나는 고양이로소이다

吾輩は猫である(1905)
夏目漱石

나쓰메 소세키 소설 전집 1

나는 고양이로소이다

초판　1쇄 발행 2013년 9월 10일
초판 22쇄 발행 2024년 3월 15일

지은이 | 나쓰메 소세키
옮긴이 | 송태욱
펴낸이 | 조미현

편집주간 | 김현림
교정교열 | 김정선
디자인 | 나윤영

펴낸곳 | (주)현암사
등록 | 1951년 12월 24일 · 제10-126호
주소 | 04029 서울시 마포구 동교로12안길 35
전화 | 365-5051 · 팩스 | 313-2729
전자우편 | editor@hyeonamsa.com
홈페이지 | www.hyeonamsa.com

ISBN 978-89-323-1675-8　04830
ISBN 978-89-323-1674-1　04830(세트)

이 도서의 국립중앙도서관 출판예정도서목록(CIP)은 서지정보유통지원시스템(http://seoji.nl.go.kr)과
국가자료종합목록시스템(http://www.nl.go.kr/kolisnet)에서 이용하실 수 있습니다.
(CIP제어번호 CIP2013015324)

나쓰메 소세키 소설 전집 ①

나는 고양이로소이다

송태욱 옮김

ᚼ 현암사

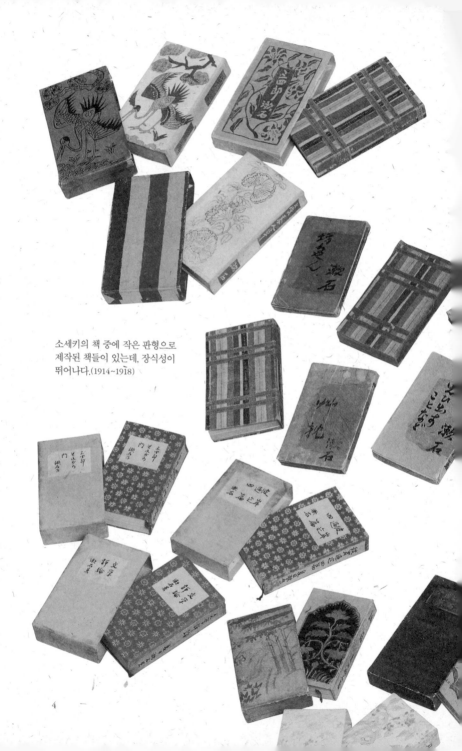

소세키의 책 중에 작은 판형으로
제작된 책들이 있는데, 장식성이
뛰어나다.(1914~1918)

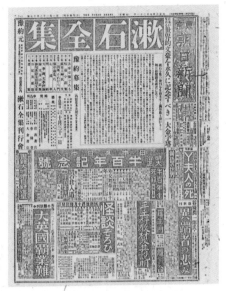

소세키 전집 발간 기사(《아사히 신문》)

소세키 사후 1주년 기념으로 출간된
최초의 소세키 전집(이와나미쇼텐, 1917)

소세키 산방 서재에서(1907). 소세키는 이곳에서 『우미인초』, 『산시로』, 『마음』 등을 집필했다.

도쿄제국대학 강사 시절. 졸업생과 함께(1906)

다섯 살 무렵의 소세키(1872)

도쿄제국대학 재학
시절의 소세키(1892)

1889년 발매된 마사오카 시키의 시문집《나나쿠사슈》에 비평과 함께
9편의 칠언절구 시를 덧붙이면서 처음으로 '소세키'라는 호를 사용한다.

소세키가 『나는 고양이로소이다』와 『도련님』을 집필한 집(1903~1906년 거주)

소세키는 슬하에 2남 5녀를
두었다.(1915)

두 아들과 소세키(1914)

소세키 산방의 서재 모습(1917)

소세키 산방에서(1912)

소세키가 애용한 문방구와 특별히
디자인한 원고용지 판목

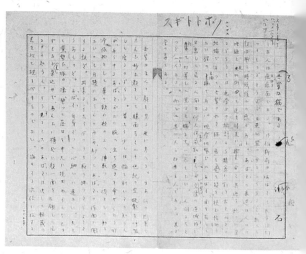

『나는 고양이로소이다』 자필 원고

『나는 고양이로소이다』
초판본 책등(1905~1907)

『나는 고양이로소이다』
초판본 커버(1905)

오카모토 잇페가 그린
소세키와 고양이

『나는 고양이로소이다』와 『도련님』 연재 당시 《호토토기스》

『나는 고양이로소이다』 중편(7장)
삽화

신문에 게재되었던 자신의 초상을 소세키가
모사한 것.

오른쪽부터 『나는 고양이로소이다』 상·중·하편 표지.
금색으로 박을 입히고 붉은색으로 인쇄하여 디자인을 통일했다.

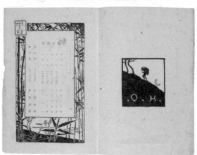

위는 『나는 고양이로소이다』 상편의 표제지. 아래는 하편의 간기면.
풀이나 꽃, 곤충을 모티프로 한 문양과 서체가 어우러져 있다.

『나는 고양이로소이다』 상편(1~5장) 자서(自序)*

『나는 고양이로소이다』는 잡지 《호토토기스(ホトトギス)》에 연재한 것이다. 원래 정리된 이야기의 줄거리가 있는 보통의 소설이 아니어서 어디서 끊어 한 권의 책으로 내도 흥미 면에서 그다지 영향이 없을 것이다. 그러나 내 생각에는 조금 더 쓴 다음에 내려고 했으나 출판사가 자꾸 재촉하는 데다 바빠서 뜻대로 원고를 계속 쓸 여유가 없어 우선 이것만 출판하기로 했다.

내가 잡지에 이미 발표한 것을 다시 단행본으로 내는 것이니, 발표할 만한 가치가 있어서라는 뜻으로 해석될지도 모르겠다. 『나는 고양이로소이다』가 과연 그만큼의 가치가 있는지 작가로서 뭐라 말할 입장은 아니라고 생각한다. 다만 내가 쓴 것이 내가 생각한 체재로 세상에 나가는 것은 내용의 가치 여부와 상관없이 나로서는 기쁜 일이다. 나에게는 이 사실이 출판을 추진하는 충분한 동기가 된다.

이 책을 발간할 때 나카무라 후세쓰(中村不折) 씨가 여러 장의 삽화

* 『夏目漱石全集』第十卷, 筑摩書房(1966).

를 그려주었다. 하시구치 고요(橋口五葉) 씨는 표지와 그 밖의 여러 가지를 디자인해주었다. 두 분 덕에 문장 이외에 일종의 정취를 더할 수 있었다. 무척 고맙게 생각한다.

『나는 고양이로소이다』를 쓰고 있을 때 일면식도 없는 사람들이 때로 서신이나 그림엽서 등을 보내 뜻밖의 칭찬을 해준 적이 있다. 내가 쓴 글이 이렇게 생면부지의 사람들로부터 인정을 받고 있다는 것을 알게 된 것은 아주 고마운 일이다. 이 책을 출판하는 기회를 이용하여 그분들께 한 마디 감사의 뜻을 전한다.

이 책은 취향도 없고 구조도 없고 시작과 끝이 어설프기만 한 해삼 같은 문장이어서, 설사 이 한 권을 내고 사라진다고 한들 전혀 지장이 없다. 또한 실제로 사라질지도 모른다. 그러나 앞으로 약간의 시간을 내 벼루에 먹을 갈 기회가 있다면 다시 원고를 이어나갈 생각이다. 고양이가 살아 있는 동안—고양이가 건강한 동안—고양이의 기분이 내킬 때는—나도 다시 붓을 잡아야 한다.

1905년 10월 6일

1

　나는 고양이다. 이름은 아직 없다.

　어디서 태어났는지 도무지 짐작이 가지 않는다. 아무튼 어두컴컴하고 축축한 데서 야옹야옹 울고 있었던 것만은 분명히 기억한다. 나는 그곳에서 처음으로 인간이라는 족속을 봤다. 나중에 들은즉 그건 서생(書生)[1]이라는, 인간 가운데서도 가장 영악한 족속이라 한다. 이 서생이라는 족속은 가끔 우리 고양이족을 잡아 삶아 먹는다는 이야기도 들린다. 그러나 당시에는 인간에 대해 별 생각이 없었기 때문에 그다지 무섭다는 생각은 하지 않았다. 다만 그의 손바닥에 얹혀 획 들어올려졌을 때, 어쩐지 두둥실 떠 있는 것 같은 느낌이 들었을 뿐이다. 손바닥 위에서 마음을 가라앉히고 그 서생의 얼굴을 본 것이, 이른바 인간이라는 존재와의 첫 대면이었다. 그때 참 묘하게 생긴 족속도 다 있구나, 했던 느낌이 지금도 남아 있다. 먼저 털로 장식되어 있어야 할 얼굴이 미끌미끌해 흡사 주전자다. 그 후 고양이들도 많이 만났지

1 다른 사람 집에 얹혀살면서 가사를 도와주며 공부하는 학생.

만, 이런 등신 같은 족속과는 만난 적이 없다. 게다가 얼굴 한복판이 너무 튀어나왔고, 그 가운데 있는 구멍으로 가끔 연기를 푸우푸우 내뿜는다. 코가 매워 정말 난처하다. 이것이 인간이 피우는 담배라는 것은 요즘에 와서야 알았다.

이 서생의 손바닥에 얼마 동안은 기분 좋게 앉아 있었는데, 잠시 후 굉장한 속도로 움직이기 시작했다. 서생이 움직이는 건지, 나만 움직이는 건지는 모르겠지만 눈이 팽팽 돌았다. 속이 울렁거렸다. 도저히 살아날 수 없다고 생각한 순간, 털썩 소리가 나면서 눈에서 번쩍 불꽃이 일었다. 거기까지는 기억나는데 그다음에 무슨 일이 있었는지 아무리 생각해보려고 해도 떠오르지 않는다.

문득 정신을 차리고 보니 서생의 모습은 보이지 않았다. 그 많던 형제자매가 한 마리도 눈에 띄지 않았다. 소중한 어머니마저 모습을 감추고 말았다. 거기다가 지금까지 있던 곳과는 달리 굉장히 환했다. 눈을 뜨고 있을 수 없을 정도였다. 어째 좀 이상하다 싶어, 느릿느릿 기어나가려고 하니 몸이 몹시 욱신거렸다. 나는 지푸라기 위에서 갑자기 조릿대 밭으로 내던져진 것이다.

어렵사리 조릿대 밭에서 기어나오자 저만치에 큰 연못이 보였다. 나는 연못 앞에 앉아 어떡하면 좋을지 생각해봤다. 딱히 이렇다 할 생각이 떠오르지는 않았다. 잠시 후, 울어대면 그 서생이 데리러 오지 않을까 하는 생각이 들었다. 야옹야옹 하고 시험 삼아 울어보았지만 아무도 오지 않았다. 그러는 사이에 연못 위에 살랑살랑 바람이 불고 날이 저물기 시작했다. 배가 몹시 고팠다. 울고 싶어도 소리가 나오지 않았다.

하는 수 없지, 뭐든 좋으니 먹을 것이 있는 데까지 가보자고 마음먹고 살금살금 연못 왼쪽으로 걸어갔다. 정말 힘들었다. 꾹 참고 억지로 기어가니 얼마 가지 않아 인간 냄새가 나는 곳이 나왔다. 이곳으로 들어가면 어떻게든 되겠지 하는 생각에, 허물어진 대울타리 사이로 난 구멍을 통해 어떤 집 안으로 숨어들었다. 인연이란 참 묘한 것으로, 만약 이 대울타리가 허물어지지 않았다면 나는 필경 길거리에서 굶어 죽었을 것이다. 옷깃만 스쳐도 인연이라더니 과연 옳은 말이다. 이 울타리 사이로 난 구멍은 지금까지도 내가 이웃집 얼룩고양이를 찾아갈 때 통로로 쓰고 있다.

그런데 집으로 숨어들기는 했지만 앞으로 어떡하면 좋을지 몰랐다. 그러는 사이에 날은 어두워지고, 배는 꼬르륵거리고, 추운 데다 비까지 오는 형국이라 이제 한시도 꾸물거리고 있을 수 없었다. 달리 방법도 없었던지라 밝고 따뜻할 것 같은 데로만 걸어갔다. 지금 생각하니 그때 이미 집 안으로 들어와 있었던 것이다. 이곳에서 나는 그 서생 말고 다른 인간을 볼 수 있는 기회를 얻었다.

제일 먼저 만난 것이 하녀다. 이 하녀는 앞서 말한 그 서생보다 훨씬 더 난폭해, 나를 보자마자 느닷없이 목덜미를 움켜잡더니 바깥으로 내동댕이쳤다. 아이고, 이제 끝이구나 싶어 눈을 질끈 감고 운명을 하늘에 맡겼다. 그러나 배고픔과 추위는 도저히 견딜 수 없었다. 나는 다시 하녀가 방심한 틈을 타 부엌으로 기어들었다. 곧 또다시 내동댕이쳐졌다. 나는 내동댕이쳐졌다가 기어들었고, 기어들었다가는 다시 내동댕이쳐지고, 이 짓을 네댓 번이나 되풀이한 것 같다. 그때부터 하녀라는 인간이 정말 싫어졌다.

지난번에 하녀의 꽁치를 훔쳐 그 앙갚음을 해주었더니 그나마 그동안의 체증이 풀리는 것 같았다. 내가 마지막으로 붙잡혀 내팽개쳐지려 할 때, 이 집 주인이 나왔다.

"웬 소란이냐!"

하녀는 나를 거꾸로 집어 들고 주인에게 내보이며 말했다.

"이 도둑고양이 새끼가 아무리 쫓아내도 계속 부엌으로 기어들어와 아주 죽겠어요."

주인은 코밑의 검은 털을 배배 비틀면서 내 얼굴을 잠깐 바라보았다.

"그럼 우리 집에 그냥 두도록 해."

곧 이렇게 말하고는 안으로 들어가버렸다. 주인은 말수가 그리 많지 않은 사람인 것 같았다.

하녀는 분하다는 듯 나를 부엌에 내팽개쳤다. 이렇게 하여 나는 결국 이 집을 거처로 삼게 되었다.

내 주인은 나와 얼굴을 마주치는 일이 좀체 없다. 직업은 선생이라고 한다. 학교에서 돌아오면 하루 종일 서재에 틀어박혀 거의 나오지 않는다. 식구들은 그가 뭐 대단한 면학가인 줄 알고 있다. 그 자신도 면학가인 척하고 있다. 그러나 실제로 그는 식구들이 알고 있는 것처럼 부지런한 사람이 아니다. 나는 가끔 발소리를 죽이고 그의 서재를 엿보곤 하는데, 대체로 그는 낮잠을 자고 있다. 가끔은 읽다 만 책에 침을 흘린다. 그는 위장이 약해서 피부가 담황색을 띠고 탄력도 없는 등 활기 없는 징후를 드러내고 있다. 그런 주제에 밥은 또 엄청 먹는다. 배터지게 먹고 나서는 다카디아스타제[2]라는 소화제를 먹는다. 그 다음에 책장을 펼친다. 두세 페이지 읽으면 졸음이 몰려온다. 책에 침을 흘린다. 이것이 그가 매일 되풀이하는 일과다.

2 소화제의 상품명. 전분 분해 효소인 디아스타제에 이 약의 발명자인 다카미네 조키치의 다카를 붙여서 만든 이름.

나는 고양이지만 때론 이런 생각을 한다. 선생이란 정말 편한 직업이로구나. 인간으로 태어난다면 선생이 되는 게 제일 낫겠다. 이렇게 자빠져 자면서도 할 수 있는 일이라면, 고양이라고 못할 게 없지 않은가. 그래도 주인은 친구들이 찾아올 때마다, 선생만큼 힘든 건 없는 것 같다며 구시렁구시렁 불평을 늘어놓는다.

내가 이 집에 눌러 살게 된 당시에는 주인 이외의 인간들에게는 제대로 대접받지 못했다. 어디를 가나 걷어차이기 일쑤고 상대해주는 사람도 없었다. 얼마나 푸대접을 받았는지는 지금까지 내 이름조차 지어주지 않은 것만 봐도 알 수 있다. 나는 달리 방법도 없는지라, 될 수 있으면 나를 받아준 주인 곁에 머물러 있으려고 애쓴다. 아침에 주인이 신문을 읽을 때는 반드시 그 무릎 위에 올라앉는다. 그가 낮잠을 잘 때는 반드시 그의 등에 올라탄다. 그건 꼭 주인이 좋아서 하는 행동은 아니지만, 따로 상대해주는 이가 없으니 나로서도 어쩔 수 없다. 그 후 다양한 경험을 거쳐 아침에는 밥통 위, 밤에는 따뜻한 고타쓰[3] 위, 날씨가 좋은 낮에는 툇마루에서 자기로 하고 있다. 그러나 제일 기분 좋은 건, 밤이 되어 이 집 아이들의 잠자리 속으로 기어들어가 함께 자는 일이다.

이 아이들이란 다섯 살과 세 살짜리로, 밤이 되면 둘이 한 이불 속에서 잔다. 나는 언제나 그들 사이에서 내 몸이 파고들 만한 틈새를 찾아내 어떻게든 비집고 들어가 자는데, 운수 사납게 아이들 중 하나가 눈을 뜨기라도 하는 날엔 아주 난리가 난다. 특히 세 살짜리 아이의 성질이 괴팍한데, 밤중이고 뭐고 고양이가 왔다, 고양이가 왔다, 하고 빽빽 소리를 지르며 울어댄다. 그러면 신경성 위염이 있는 주인은

3 일종의 난방기구로 열원 위에 탁자 같은 것을 놓고 그 위에 이불을 덮어놓는다.

언제나 잠에서 깨어나 옆방에서 달려온다. 실제로 지난번엔 잣대로 엉덩이를 세게 얻어맞았다.

나는 인간과 함께 살면서 그들을 관찰하는데, 그럴수록 그들이 제멋대로 군다고 단언할 수밖에 없게 되었다. 특히 내가 가끔 동침하는 어린애들의 경우는 새삼 말할 것도 없다. 자기들 멋대로 거꾸로 치켜들기도 하고, 머리에 자루를 씌우기도 하고, 내팽개치는가 하면, 아궁이 속에 밀어 넣기도 한다. 그런데 내가 조금이나마 손을 대기라도 하는 날엔, 모든 식구들이 쫓아다니며 박해를 해댄다. 얼마 전에는 다다미에 살짝 발톱을 갈았더니, 안주인이 몹시 화를 냈고, 그 뒤로는 좀처럼 다다미방엔 들어가게 해주지 않는다. 내가 부엌의 마루방에서 떨고 있어도 그들은 태연한 표정이다.

내가 존경하는 건넛집 흰둥이는 만날 때마다 인간만큼 인정머리 없는 족속도 없다고 말씀하신다. 흰둥이는 며칠 전 옥같이 예쁜 고양이를 네 마리나 낳으셨다. 그런데 사흘째 되는 날 그 집 서생이 그 네 마리를 죄다 뒤뜰에 있는 연못에 버리고 왔다고 한다. 흰둥이는 눈물을 흘리며 그 사건의 자초지종을 이야기하고는, 아무래도 우리 고양이족이 부모와 자식 간의 사랑을 나누며 가족적인 생활을 아름답게 영위해가려면 인간들과 싸워 그들을 섬멸해야 한다고 말씀하셨다. 다 지당한 말씀이다.

또한 이웃집 얼룩고양이는 인간들이 소유권을 이해하지 못하고 있다며 크게 분개했다. 원래 우리 고양이 사이에서는 말린 정어리 대가리나 숭어 배꼽이라도 그걸 먼저 발견한 자에게 먹을 권리가 있다. 만약 상대가 이 규약을 지키지 않으면 완력에 호소해도 무방할 정도다. 그런데 인간에게는 이런 개념이 털끝만치도 없어, 우리가 발견한 맛난 먹이를 꼭 자기들을 위해 약탈해간다. 그들은 자신들의 힘을 믿고, 마땅히 우리가 먹어야 할 것을 빼앗고도 시치미를 뚝 뗀다. 흰둥이는 군인 집에 살고 있고, 얼룩고양이의 주인은 변호사다. 나는 선생 집에 살고 있는 만큼, 이런 일에 관해서는 흰둥이나 얼룩고양이보다 오히려 마음이 편하다. 그럭저럭 그날그날을 지내기만 하면 된다. 아무리 인간이라도 언제까지고 그렇게 번창할 수는 없을 것이다. 마음을 느긋하게 먹고 고양이의 시대가 오기를 기다리는 게 좋을 것이다.

생각난 김에 잠깐 우리 집 주인의 제멋대로 된 행동 때문에 겪은 실패담이나 이야기해보려 한다. 원래 이 집 주인은 무슨 일이고 남보다 잘하는 것도 없지만, 무슨 일이든 참견하고 싶어 한다. 하이쿠를 한다고 《호토토기스》[4]에 투고를 하기도 하고, 신체시를 《묘조(明星)》에 보내기도 하고, 엉터리 영어 문장을 쓰기도 하고, 때로는 활에 빠지기도 하고, 우타이(謠)[5]를 배우기도 하고, 경우에 따라서는 바이올린을 끼익끼익 켜기도 하는데 딱하게도 어느 것 하나 제대로 하는 게 없다. 그런 주제에 뭘 시작하면, 위도 좋지 않은 사람이 더럽게 열심이다. 뒷간에 들어가서도 우타이를 불러대 이웃 사람들이 뒷간 선생이라는 별명을 붙였는데도 태연자약하게 '나는 다이라노 무네모리(平の宗盛) 올시다'[6]라는 첫 구절만 되풀이하고 있다. 저기 무네모리 온다, 하며 다들 웃음을 터뜨릴 지경이다.

---

4 1897년에 창간된 하이쿠 전문 잡지로 지금도 발간되고 있다. 소세키의 친구인 마사오카 시키(正岡子規, 1867~1902)의 하이쿠 혁신 운동이나 관찰과 묘사를 위주로 하는 산문인 사생문(寫生文) 보급의 거점이 된 잡지다. 1905년 1월 『나는 고양이로소이다』 1장이 실린 것을 시작으로 소세키의 많은 작품이 이 잡지에 연재되었다.

5 일본의 전통 가면극인 노(能)의 가사에 가락을 붙여 노래하는 것.

6 요쿄쿠(謠曲) 〈유야(能野)〉의 첫 구절이다. 〈유야〉는 주로 초보자들이 배우는 곡이다.

이 주인이 무슨 생각을 했는지 내가 함께 살게 된 지 한 달쯤 뒤인 어느 월급날 커다란 보따리를 들고 분주하게 돌아왔다. 뭘 사왔나 봤더니, 수채화 물감과 붓과 와트만이라는 종이였다. 그날부터 우타이와 하이쿠는 때려치우고 그림을 그릴 작정인 모양이었다. 아니나 다를까 다음 날부터 한동안은 매일 서재에서 낮잠도 자지 않고 그림만 그렸다. 그런데 완성했다는 걸 보니 대체 뭘 그린 건지 아무도 알아볼 수가 없었다. 주인 역시 자신의 그림이 신통치 않다고 생각했는지, 어느 날 미학인가를 한다는 친구가 찾아왔을 때 다음과 같이 이야기하는 걸 들었다.

"아무래도 잘 그려지지가 않네. 남이 그려놓은 걸 보면 아무것도 아닌 것 같은데, 직접 붓을 들어보니 새삼 어렵게 느껴지더란 말일세."

이건 주인의 술회다. 역시 솔직한 마음이다. 그의 친구는 금테 안경 너머로 주인의 얼굴을 보면서 말했다.

"처음부터 잘 그릴 수야 없겠지. 우선 실내에서 하는 상상만으로 그림을 잘 그릴 수는 없는 법일세. 옛날 이탈리아의 대가 안드레아 델 사르토[7]가 이런 말을 한 적이 있네. 그림을 그리려면 뭐든지 자연 자체를 그대로 옮겨라, 하늘에는 별이 있다, 땅에는 영롱한 이슬이 있다, 날아가는 새가 있다, 달리는 짐승이 있다, 연못에는 금붕어가 있다, 고목에는 겨울 까마귀가 있다, 자연은 그야말로 한 폭의 살아 있는 커다란 그림이다, 라고 말이네. 어떤가? 자네도 그림다운 그림을 그리고 싶다면, 사생을 좀 해보는 게 어떻겠나?"

"아니, 안드레아 델 사르토가 그런 말을 했단 말인가? 전혀 모르고 있었네. 과연 지당한 말씀이야. 정말 그 말이 맞네."

주인은 덮어놓고 감탄했다. 금테 안경 너머로 비웃는 듯한 웃음이

7 안드레아 델 사르토(Andrea del Sarto, 1486~1531). 이탈리아 피렌체파의 화가.

보였다.

그다음 날 나는 여느 때처럼 툇마루에 나가 기분 좋게 낮잠을 즐기고 있었는데, 주인이 웬일로 서재에서 나오더니 내 뒤에서 열심히 뭔가를 하고 있었다. 문득 잠에서 깨어 주인이 뭘 하는지 살짝 실눈을 뜨고 살펴보니, 안드레아 델 사르토가 말한 바를 실천에 옮기느라 여념이 없었다. 나는 그 꼬락서니를 보고 나도 모르게 피식 웃고 말았다. 주인은 친구에게 놀림을 당하고 나서 제일 먼저 나를 사생하고 있었던 것이다. 나는 늘어지게 잤다. 하품을 하고 싶어 미칠 지경이었으나 모처럼 주인이 열심히 붓을 놀리고 있는데 내가 움직이는 것도 미안해 그냥 꾹 참고 있었다.

주인은 내 윤곽을 다 그리고 나서 얼굴 언저리를 색칠하고 있었다. 고백하건대 나는 고양이로서 결코 잘생긴 용모는 아니다. 키도 그렇고, 털 색깔도 그렇고, 얼굴 생김새도 그렇고, 결코 다른 고양이보다 낫다고는 생각지 않는다. 하지만 아무리 못난 나라도, 지금 주인이 그리고 있는 것처럼 그렇게 묘한 모습이라고는 생각하지 않는다. 우선 색깔부터가 다르다. 나는 페르시아 산 고양이처럼 노란빛이 도는 엷은 회색에, 옻칠을 한 것 같은 얼룩이 있는 피부를 갖고 있다. 이 점만은 누가 보아도 의심할 수 없는 사실이다. 그러나 지금 주인이 색칠해 놓은 것을 보면 노란색도 아니고 검정색도 아니고, 회색도 아니고 갈색도 아니고, 그렇다고 그것들을 섞어놓은 색도 아니다. 그저 일종의 색이라는 것 말고는 달리 평할 방법이 없는 색이다.

게다가 신기하게도 눈이 없다. 하긴 자고 있는 모습을 사생한 것이라 무리는 아니지만, 눈 비슷한 것조차 보이지 않으니 장님 고양이인지 잠자는 고양이인지 분명치 않은 것이다. 나는 속으로 제아무리 안드레아 델 사르토라도 이래가지고서야 어떻게 해볼 방법이 없겠다는 생각이 들었다. 하지만 그 열성에는 감복할 수밖에 없었다. 되도록 움직이지 않고 있어주려 했지만 아까부터 오줌이 마려웠다. 온몸의 근육이 근질근질했다. 이젠 1분도 더 참을 수 없는 상태였는지, 부득이 실례를 무릅쓰고 두 다리를 쭈욱 뻗치고 목을 길게 빼며 니야옴 하고 크게 하품을 했다.

이렇게 되고 보니 이젠 얌전을 빼고 있어도 별 소용이 없었다. 어차피 주인의 사생을 망쳐버린 셈이니 뒤꼍에 가서 볼일이나 보려고 슬그머니 기어나갔다. 그러자 주인은 실망과 분노가 뒤섞인 목소리로 객실에서 "이런 바보 같은 놈!" 하고 고함을 질렀다. 주인은 남에게 욕을 퍼부을 때는 꼭 '바보 같은 놈'이라고 하는 게 버릇이다. 다른 욕을 모르니 어쩔 수 없는 일이지만, 이제까지 참아준 내 속도 모르고 무턱대고 바보 같은 놈이라고 하는 건 실례가 아닌가. 그것도 평소에 내가 그의 등에 올라탈 때 조금이라도 좋아하는 기색을 보였다면 까닭 없이 이렇게 욕하는 것도 감수하겠지만, 나를 편하게 해주는 일은 무엇 하나 흔쾌히 해준 적도 없으면서 오줌 싸러 간다고 바보 같은 놈이라고 하는 건 좀 심하다. 원래 인간이라는 족속은 자신의 역량을 과시하여 다들 우쭐거리며 거만하게 군다. 인간보다 좀 더 강한 자가 나와 혹독하게 다루지 않는다면 앞으로 얼마나 더 거만하게 굴지 모른다.

제멋대로 구는 것도 이 정도라면 참아보겠지만, 나는 인간의 부덕(不德)에 대해 이보다 몇 배나 슬픈 이야기를 들은 적이 있다.

이 집 뒤쪽에는 열 평쯤 되는 차밭이 있다. 넓지는 않지만 산뜻하고 햇빛이 잘 들어 기분 좋은 곳이다. 이 집 아이들이 너무 시끄러워 편안하게 낮잠을 잘 수 없을 때나 너무 따분하고 속이 편치 않을 때 나는 늘 이곳에 와서 호연지기를 기른다. 따스한 늦가을 날의 2시쯤이었는데, 나는 점심을 먹은 뒤 기분 좋게 한잠 자고 나서 운동 삼아 이 차밭으로 발길을 옮겼다. 차나무 뿌리 한 그루 한 그루의 냄새를 맡으며 서쪽의 삼나무 울타리 옆으로 가자, 덩치 큰 고양이가 시든 국화를 깔고 정신없이 자고 있었다.

그는 내가 다가가는 걸 전혀 알아차리지 못한 듯, 아니면 알면서도 무관심한 척하는지 요란하게 코를 골아대며 몸뚱이를 옆으로 축 늘어뜨린 채 자고 있었다. 남의 마당에 숨어들어온 자가 어찌 이리 태평하게 잘 수 있는지, 나는 은근히 그 대단한 배짱에 놀라지 않을 수 없었다. 그는 온통 새까만 고양이였다. 정오를 조금 지난 태양은, 그의 피부에 투명한 햇살을 비춰 반짝이는 솜털 사이로 눈에 보이지 않는 불꽃이라도 타오르는 것 같았다. 그는 고양이 중의 대왕이라고 할 만큼 덩치가 컸다. 족히 내 두 배는 돼 보였다.

감탄과 호기심에 정신을 잃고 그 앞에서 발길을 멈추고 바라보고 있으니 조용한 늦가을의 따스한 바람이 삼나무 울타리 위로 뻗은 오동나무 가지를 가볍게 흔들어 이파리 두서너 개가 시든 국화 위로 떨어졌다. 대왕은 둥그런 눈을 확 떴다. 지금도 기억에 선명하다. 그 눈은 인간이 귀히 여기는 호박(琥珀)보다 훨씬 더 아름답게 빛나고 있었다. 그는 꿈쩍도 하지 않았다. 두 눈동자에서 나오는 빛을 왜소한 내 이마에 집중시키면서 물었다.

"네놈은 대체 누구냐?"

대왕치고는 말이 좀 상스럽다 싶었지만, 어쨌든 그 목소리에는 개도 꼬리를 감출 만한 힘이 담겨 있었는지라 나는 적잖이 두려웠다. 하지만 인사를 하지 않으면 더 위험할 것 같았다.

"난 고양이야. 이름은 아직 없어."

가능한 한 태연한 척하며 차분하게 대답했다. 하지만 이때 내 심장은 평소보다 훨씬 더 격렬하게 고동치고 있었다.

"뭐, 고양이라고? 고양이가 들으면 웃겠다. 대체 어디 사는데?"

그는 상대를 경멸하는 어조로 말했다. 어지간히 방약무인한 태도였다.

"난 여기 선생 집에 살고 있어."

"내 그럴 줄 알았다. 비쩍 마른 꼬락서니 하고는."

그는 제법 대왕답게 기염을 토했다. 말투로 미루어 보건대 어째 좋은 집안의 고양이는 아닌 것 같다. 하지만 기름기가 번지르르하고 토실토실하게 살이 오른 걸 보면 잘 먹으며 풍족하게 사는 듯했다.

"그런 넌 대체 누군데?"

나는 묻지 않을 수 없었다.

"나로 말할 것 같으면 인력거꾼네 검둥이다."

의기양양했다. 인력거꾼네 검둥이라면 이 근방에서 모르는 이가 없을 만큼 난폭한 고양이다. 하지만 인력거꾼 집에 사는 만큼 힘만 세지 교양이 없으니 아무도 교제하려 들지 않았다. 다들 피하려 드는 놈인 것이다. 나는 그의 이름을 듣고 다소 멋쩍기는 했으나 한편으로는 약간 경멸하는 마음도 일었다. 나는 우선 그가 얼마나 교양이 없는지 시험해보려고 다음과 같은 물음을 던졌다.

"인력거꾼과 선생 중에 누가 더 셀까?"

"인력거꾼이 더 센 거야 뻔하지. 네놈 집 주인 좀 보라고. 피골이 상접하잖아."

"너도 인력거꾼네 고양이라서 그런지 힘이 되게 세 보인다. 인력거꾼 집에 살면 맛있는 음식을 실컷 먹을 수 있나 보지?"

"나야 뭐 어디를 가나 먹을 것 걱정은 별로 없지. 네놈도 차밭이나 어슬렁거리지 말고 나만 따라다녀봐. 한 달도 못 가서 몰라보게 살이 오를걸."

"그건 나중에 부탁하기로 하고. 하지만 집은 선생 집이 인력거꾼 집 보다는 큰 것 같은데."

"등신 같은 놈, 집이야 커봤자지, 집이 밥 먹여주는 건 아니잖아."

그는 몹시 비위가 상했는지, 설죽(雪竹)을 깎아놓은 듯한 모양의 귀를 자꾸 씰룩거리더니 휙 가버렸다. 내가 인력거꾼네 검둥이와 알고 지내게 된 것은 이때부터였다.

그 후 나는 가끔 검둥이와 마주쳤다. 우연히 만날 때마다 그는 인력 거꾼네 고양이답게 기염을 토했다. 아까 내가 말한 부덕한 사건도 실은 검둥이에게서 들은 이야기다.

어느 날 나와 검둥이는 여느 때처럼 따뜻한 차밭에서 뒹굴며 이런 저런 잡담을 하고 있었다. 그는 늘 하던 자랑을 마치 새로운 자랑거리 라도 되는 양 늘어놓고 나서 나에게 이렇게 물었다.

"넌 지금까지 쥐를 몇 마리나 잡았냐?"

나는 지식은 검둥이보다 앞선다고 자부하고 있었지만, 완력이나 용 기는 검둥이에게 도저히 미치지 못한다는 걸 인정하고 있었다. 하지 만 막상 이런 질문을 받고 보니, 여간 창피한 게 아니었다. 사실은 사 실이니 거짓말을 할 수도 없는 노릇이었다.

"사실은 잡으려고 생각만 했지 아직 잡아본 적은 없어."

검둥이는 그의 코끝에 꼿꼿이 뻗은 긴 수염을 파르르 떨면서 심하 게 웃어댔다. 원래 검둥이는 자기 자랑이 많은 만큼 어딘가 모자란 구석이 있어서 기염을 토하는 그의 이야기를, 감탄한 듯 목구멍을 그르렁거리며 공손한 태도로 듣고 있기만 하면 아주 다루기 쉬운 고양이였다. 나는 그와 친해지면서 이내 그 요령을 터득했기에, 이번에도 어설프게 자기변호를 하여 형세를 더욱 불리하게 만드는 것은 어리석은 일이고, 차라리 그에게 자신의 공적을 실컷 자랑하게 하여 어물쩍 넘기는 것이 상책이라고 생각했다. 그래서 슬며시 부추겨보았다.

"넌 나이도 나이니 만큼 꽤 많이 잡았겠네?"

과연 그는 장벽의 약한 곳이라도 찾은 듯 돌격해왔다.

"많지는 않아도 좋이 30, 40마리는 잡았을걸."

그는 득의양양하게 대답하고는 말을 이었다.

"쥐 1백 마리, 2백 마리쯤이야 언제라도 상대할 수 있는데, 족제비란 놈은 힘들더라니까. 한번은 족제비한테 덤볐다가 혼쭐이 났지 뭐야."

"와, 그렇구나."

나는 맞장구를 쳐주었다. 검둥이는 그 커다란 눈을 껌벅거리며 말했다.

"작년 대청소 때 일이야. 우리 집 주인이 석회 자루를 가지고 툇마루 밑으로 기어들어갔는데, 너만 한 족제비란 놈이 놀라서 후닥닥 튀어나왔다고 한번 생각해봐."

"와아."

나는 감탄하는 척했다.

"족제비라고 해도 뭐 그리 큰 편은 아니고, 좀 큰 쥐만 한 놈이야. 이런 새끼 정도야 하면서 냅다 쫓아가서 시궁창 속으로 몰아넣었지."

"와아, 해냈구나."

나는 갈채를 보냈다.

"그런데 말이야 막상 궁지에 몰리니까 그놈이 글쎄 최후의 방귀를 뀌더라니까. 구리고 안 구리고의 문제가 아니라 그때부턴 족제비만 보면 속이 메스꺼워지거든."

그는 여기서 마치 작년의 그 냄새가 지금도 진동하는 양 앞발을 들어 콧등을 두세 번 어루만졌다. 나도 조금 안됐다는 마음이 들었다. 그래서 기분을 맞춰주려고 이런 질문을 해봤다.

"그런데 쥐 같은 건 너한테 한 번 걸리면 끝장이겠구나. 넌 쥐잡기의 명수라 쥐만 먹으니까 그렇게 살이 토실토실하고 윤기가 자르르 흐르는 거겠지?"

검둥이의 비위를 맞추려던 이 질문은 신기하게도 반대의 결과를 불러왔다. 그는 탄식하듯 한숨을 푹 내쉬며 말했다.

"생각해보면 정말 어처구니가 없다니까. 내가 아무리 애를 써서 쥐를 잡아도, 도대체 인간이라는 족속만큼 뻔뻔스러운 놈들은 세상에 없을 거야. 남이 잡은 쥐를 죄다 빼앗아 파출소로 갖고 간다니까.[8] 파출소에서는 누가 잡은 건지 모르니까, 쥐를 갖고 가기만 하면 그때마다 한 마리에 5전씩 쳐주거든. 우리 집 주인은 내 덕분에 1엔 50전쯤 벌었을 텐데도 제대로 된 음식 한 번 준 적이 없다니까. 이봐, 인간이라는 족속은 정말 겉만 멀쩡하지 순 도둑놈들이야."

교양이라고는 전혀 없는 검둥이도 그만한 이치는 알고 있는지 몹시 분노한 표정으로 등의 털을 곤두세웠다. 나도 어쩐지 기분이 나빠져 적당히 그 자리를 마무리하고 집으로 돌아왔다. 그때부터 나는 결코

8 소설의 배경이 된 1900년대 초 도쿄 시에서는 전염병을 예방하기 위해 쥐잡기를 장려했으며 포획한 쥐는 시에서 사들였다.

쥐는 잡지 않겠다고 결심했다. 그렇다고 검둥이의 졸개가 되어 쥐 말고 다른 먹이를 잡으러 다니는 짓도 하지 않았다. 맛있는 걸 먹는 것보다 누워 있는 것이 마음 편하고 좋았다. 선생 집에 있으면 고양이도 선생과 비슷한 성격이 되는가 싶다. 조심하지 않으면 언제 위가 약해질지 모른다.

선생이라는 말이 나왔으니 말인데, 주인도 요즘에 와서는 수채화에 가망이 없다는 것을 깨달은 모양인지, 12월 1일 일기에 이렇게 적어놓았다.

오늘 모임에서 처음으로 ○○라는 사람을 만났다. 그 사람은 꽤 방탕한 사람이라고 하는데, 제법 한량다운 풍채다. 이런 유의 사람은 여자들의 호감을 사게 되는 법이니, ○○가 방탕했다기보다는 방탕하지 않을 수 없었다는 것이 적당한 말일 것이다. 그 사람의 아내는 게이샤라는데 참 부러운 일이다. 원래 다른 사람을 방탕한 자라고 비난하는 사람은 대부분 방탕할 자격이 없는 경우가 많다. 또 자신이 방탕하다고 자처하는 자 중에도 방탕할 자격이 없는 자가 많다. 이들은 어쩔 수 없이 방탕해지는 것이 아니라 자진해서 그렇게 하는 것이다. 마치 내가 수채화를 그리는 것 같은 일인데, 도무지 나아질 기미가 보이지 않는다. 그런데도 자신만은 끝까지 한량인 양 행세한다. 요릿집에서 술을 마시거나 기생집에 드나든다고 한량이 될 수 있다면 나도 어엿한 수채화 화가가 될 수 있을 게다. 내가 수채화 따위 그리지 않는 것이 나은 것과 마찬가지로 우매한 한량보다는 시골 촌뜨기가 되는 편이 훨씬 낫다.

그의 한량론은 좀 수긍하기 어렵다. 또 아내가 게이샤인 것을 부럽다고 하는 건 학교 선생으로서 입에 담아서는 안 되는 어리석은 생각이지만, 자기 수채화에 대한 비평안만은 확실하다. 주인은 이처럼 자신에 대해 잘 알고 있는데도 자만심은 좀처럼 버리지 못한다. 사흘 뒤인 12월 4일의 일기에는 이런 일을 적고 있다.

어젯밤에는 꿈을 꾸었다. 내가 수채화를 그렸으나 도저히 작품이 될 것 같지 않아 아무 데나 내팽개쳐두었는데 누가 그 그림을 근사한 액자로 만들어 문 위의 벽에 걸어놓은 꿈이었다. 그런데 액자에 넣은 그림을 보니 내가 생각해도 갑자기 솜씨가 좋아졌다. 무척 기뻤다. 이 정도면 훌륭하다고 혼자 바라보고 있는데 날이 밝았고 잠에서 깼다. 역시 전과 다름없이 서툰 솜씨라는 사실이 아침 해와 함께 명확해지고 말았다.

주인은 꿈속에까지 수채화에 대한 미련을 짊어지고 다니는 것 같았다. 이런 성격으로는 수채화 화가는 물론이고 주인이 말하는 이른바 한량조차 될 수 없다. 주인이 수채화 꿈을 꾼 다음 날, 금테 안경을 걸친 미학자가 오랜만에 주인을 찾아왔다. 그는 자리에 앉자마자 말문을 열었다.

"그림은 어떻게 되어가는가?"

"자네 충고에 따라 사생에 힘쓰고 있네만, 과연 사생을 하다 보니 지금까지는 보이지 않았던 물체의 형체며 색채의 세밀한 변화 등이 잘 보이는 것 같네. 서양에선 옛날부터 사생을 중시했으니까 오늘날처럼 그림이 발달한 것 같네. 역시 안드레아 델 사르토야."

주인은 아무렇지도 않은 표정으로 자신이 일기에 써놓은 말 따위는 내색도 하지 않고 또 안드레아 델 사르토에 대해 감탄했다.

"자네, 실은 그거 엉터리라네."

미학자는 웃으면서 머리를 긁적였다.

"뭐가 말인가?"

주인은 아직 자신이 속았다는 사실을 깨닫지 못했다.

"뭐긴, 자네가 자꾸 감탄하는 안드레아 델 사르토 말이지. 그건 내가 그냥 지어낸 얘기라네. 자네가 그렇게 곧이곧대로 믿을 줄은 미처 몰랐네. 하하하하."

미학자는 대단히 흥겨운 모양이었다. 나는 툇마루에서 이 대화를 들으며 주인이 오늘 일기에 뭐라고 쓸지 미리 예상해보지 않을 수 없었다. 이 미학자는 이런 무책임한 말을 퍼뜨려 사람을 감쪽같이 속이는 걸 유일한 낙으로 삼는 사람이다. 그는 안드레아 델 사르토 사건이 주인의 감정에 어떤 영향을 미쳤는가는 털끝만치도 생각지 않는 듯 의기양양하게 계속 지껄여댔다.

"아니, 가끔 내가 농담을 하면 사람들이 진담으로 받아들이니까 골계미를 도발하는 그 재미가 정말 각별하거든. 저번에 한 학생한테, 니컬러스 니클비[9]가 기번[10]에게 당대의 대저작인 『프랑스 혁명사』를 프랑스어로 쓰지 말고 영문으로 출판하도록 충고했다는 이야기를 했더니, 그 학생이 무지하게 기억력이 좋았던 모양인지, 일본 문학 연설회에서 내가 했던 이야기를 진지하게 그대로 반복하지 뭔가. 참 재미있

9 영국의 소설가 찰스 디킨스의 소설 『니컬러스 니클비의 생애와 모험』(1838~1839)의 주인공으로 가공의 인물이다.

10 에드워드 기번(Edward Gibbon, 1737~1794)은 영국의 역사가로 그의 대표작은 『프랑스 혁명사』가 아니라 『로마제국쇠망사』다. 『프랑스 혁명사』는 소세키가 좋아했던 영국의 비평가 토머스 칼라일(Thomas Carlyle, 1795~1881)의 저서다. 『로마제국쇠망사』는 영어로 쓰였지만, 기번은 프랑스어로 쓴 책도 많이 남겼다.

더군. 그런데 백 명쯤 되는 방청객들이 다들 그 말을 열심히 경청하더란 말이지. 재미있는 이야기가 또 있다네. 얼마 전에 어떤 문학자가 있는 자리에서 해리슨의 역사소설 『테오파노』[11] 이야기가 나왔는데, 내가 그건 역사소설의 백미다, 특히 여주인공이 죽는 장면은 정말 소름이 끼치는 것 같다고 평했더니, 내 맞은편에 앉아 있던 선생이 '그래요, 그래, 그 장면은 정말 명문이지'라고 하지 않겠나. 그래서 평소에 한 번도 모른다고 한 적이 없는 그 선생도 나처럼 이 소설을 읽지 않았다는 걸 알았지."

신경성 위염을 앓고 있는 주인은 눈을 동그랗게 뜨고 물었다.

"그런 엉터리 이야기를 했다가 상대가 그걸 읽기라도 했다면 어쩔 셈인가?"

마치 남을 속이는 건 괜찮지만 속임수가 들통 나면 곤란하지 않겠느냐는 투였다. 미학자는 조금도 당황하지 않았다.

"그때는 뭐 다른 책과 착각했다고 하면 되지."

이렇게 말하고 키득거리며 웃었다. 이 미학자는 금테 안경을 쓰고 있지만 성격은 인력거꾼네 검둥이를 빼닮았다. 주인은 잠자코 히노데[12] 담배로 동그랗게 연기를 내뿜으며 자신에게는 그런 용기가 없다는 듯한 표정을 짓고 있었다. 미학자는, 그러니까 자넨 그림을 그려도 영 글러먹은 거라는 눈빛으로 말했다.

"하지만 농담은 농담이고, 그림이란 정말 어려운 걸세. 레오나르도 다빈치는 문하생들에게 사원 벽의 얼룩을 그대로 그려보라고 한 적이

11 영국의 작가 프레더릭 해리슨(Frederic Harrison, 1831~1923)이 쓴 작품(*Theophano: The Crusade of the Tenth Century, a Romance*)인데, 이 소설에는 여주인공이 죽는 장면이 없다.
12 일본에서 1902년에 발매된 궐련 이름.

있다고 하네.[13] 정말 뒷간 같은 데 들어가서 빗물이 새는 벽을 열심히 쳐다보고 있으면, 꽤 괜찮은 도안의 그림이 자연스럽게 나올 걸세. 자네도 주의해서 그런 걸 사생해보게, 틀림없이 흥미로운 그림이 나올 테니."

"또 나를 속일 셈인가?"

"아니, 이것만은 확실한 거네. 정말 기발한 생각 아닌가? 다빈치니까 할 법한 말이지."

"음, 기발하긴 하네만."

주인은 반쯤 항복한 모습이었다. 하지만 그는 아직 뒷간에서 사생은 하지 않은 것 같았다.

인력거꾼네 검둥이는 그 후 절름발이가 되었다. 윤기가 좔좔 흐르던 털은 차츰 색이 바래고 빠졌다. 내가 호박 구슬보다도 아름답다고 평했던 그의 눈에는 눈곱이 잔뜩 끼어 있었다. 특히 내 눈길을 확 끈 것은, 의기소침해지고 체격도 왜소해진 것이었다. 내가 예의 그 차밭에서 마지막으로 만난 날, 요즘 어떻게 지내느냐고 물었더니 검둥이는 이렇게 대답했다.

"족제비의 최후의 방귀와 생선 장수의 멜대는 이제 지긋지긋해."

적송 사이로 붉은색을 두세 겹으로 수놓았던 단풍은 먼 옛날의 꿈처럼 져버리고, 거실 앞 뜰에 놓인 손 씻는 돌그릇 언저리에 번갈아가며 꽃잎을 날리던 붉은색과 하얀색 동백꽃도 남김없이 지고 말았다. 6미터 남짓한 남향 툇마루에 겨울 햇살이 일찌감치 기울고, 찬바람이 불지 않는 날도 드물어지자 내 낮잠 시간도 줄어든 것 같다.

주인은 매일같이 학교에 간다. 돌아오면 서재에 틀어박힌다. 손님

13 벽의 얼룩 이야기는 레오나르도 다빈치의 수기에 나온다.

이 오면 선생 노릇도 지겹다고 한다. 수채화도 거의 그리지 않는다. 다카디아스타제도 잘 듣지 않는다며 끊어버렸다. 기특하게도 아이들은 빼먹지 않고 유치원에 다닌다. 돌아오면 창가를 부르고, 공놀이를 하고, 가끔은 내 꼬리를 잡아 거꾸로 쳐든다.

나는 맛있는 음식도 먹지 못하니 그다지 살이 찌지는 않았지만, 절름발이도 되지 않고 그럭저럭 건강하게 그날그날을 살아가고 있다. 쥐는 결코 잡지 않는다. 하녀는 지금도 싫다. 이름은 아직도 지어주지 않았지만 욕심을 부리자면 한이 없는 일이니, 그런대로 만족하면서 평생 이 선생 집에서 이름 없는 고양이로 살아갈 생각이다.

2

나는 새해 들어 다소 유명해졌으니 비록 고양이지만 다소 자부심이 드는 것 같아 흐뭇하다.[1]

설날 이른 아침, 주인 앞으로 그림엽서 한 장이 날아들었다. 그건 친구인 모 화가가 보낸 연하장이었는데, 위쪽은 빨강, 아래쪽은 짙은 초록색으로 색칠하고 그 한가운데에 동물 한 마리가 웅크리고 앉아 있는 모습을 파스텔로 그려놓은 것이었다. 서재에서 주인은 이 그림을 가로로 보기도 하고 모로 보기도 하면서 "멋진 색이군" 했다. 일단 감탄했으니 이제 그만두는가 싶었는데, 다시 가로로 보기도 하고 모로 보기도 했다. 몸을 비틀어 보는가 하면, 손을 뻗어 노인네가 『삼세상(三世相)』[2]을 보는 것처럼 보기도 하고, 창 쪽을 향해 엽서를 코끝까지 바짝 들이대고 들여다보기도 했다.

1 1905년 1월 《호토토기스》에 『나는 고양이로소이다』 1장이 발표되었는데 호평을 얻어 연재가 계속되었다는 뜻이다.
2 사람의 생년월일의 간지나 인상 등을 통해 삼세, 즉 전세, 현세, 내세의 인과, 선악, 길흉을 판단하는 것. 여기서는 그걸 해설한 책.

얼른 그만두지 않으면 무릎이 흔들려 내가 몹시 위태로웠다. 가까스로 흔들림이 좀 잦아드나 했더니 조그만 소리로 중얼거렸다.

"대체 뭘 그린 거지?"

주인은 그림엽서의 색에는 감탄했지만 그려진 동물의 정체를 몰라 아까부터 고심하고 있었던 모양이다. 그 정도로 알쏭달쏭한 그림인가 싶어 나는 감고 있던 눈을 반쯤 우아하게 뜨고 차분하게 들여다보니 그건 틀림없이 내 초상이었다. 우리 주인처럼 안드레아 델 사르토를 흉내 낸 것은 아닐 테지만, 화가인 만큼 형태도 색채도 제대로 표현되어 있었다. 누가 봐도 고양이었다. 조금이라도 안목이 있는 사람이라면, 고양이 중에서도 다른 고양이가 아니라 바로 나라는 것을 또렷이 알 수 있도록 멋지게 그린 그림이었다.

이렇게 명백한 것을 알아채지 못하고 저렇게 고심하나 하는 생각에 어쩐지 인간이 안쓰러웠다. 그럴 수만 있다면 그 그림은 바로 나라고 알려주고 싶었다. 나라는 걸 알지 못한다고 해도, 적어도 고양이라는 사실만은 알려주고 싶었다. 하지만 인간이라는 족속은 우리 고양이족의 언어를 알아들을 수 있을 만큼 하늘의 은총을 받지 못한 동물이니, 안타깝지만 그대로 놔둘 수밖에 없었다.

잠깐 독자에게 미리 말해두는데, 원래 인간들은 무슨 말을 할 때마다 고양이가, 고양이가 하고 아무렇지 않게 경멸하는 어투로 우리를 평가하는 버릇이 있는데, 이건 정말 좋지 않다. 인간의 찌꺼기에서 소와 말이 나오고, 소와 말의 똥에서 고양이가 만들어진 것처럼 생각하는 건, 자신의 무지도 모르고 교만한 표정을 짓는 선생들에게 흔히 있는 일인데, 옆에서 보기에 그리 좋은 건 아니다. 아무리 고양이라도 그렇게 허술하고 쉽게 생기는 건 아니다.

남 보기에는 고양이가 다 똑같고 평등하며 차별이 없고 어떤 고양이도 고유한 특색 같은 건 없는 것 같지만, 고양이 사회에 들어가 보면 상당히 복잡하여 십인십색이라는 인간 세계의 말은 고양이 세계에서도 그대로 통한다. 눈, 코, 털, 발도 모두 제각각이다. 수염이 뻗은 모양새나 귀가 선 방식, 그리고 꼬리가 늘어진 정도에 이르기까지 같은 건 하나도 없다. 잘생긴 것, 못생긴 것, 좋아하고 싫어하는 먹이, 멋이 있고 없고 등 온갖 것들이 천차만별이라고 해도 무방할 정도다. 그렇게 뚜렷한 차이가 있는데도 인간의 눈은 그저 진화니 뭐니 하면서 하늘만 쳐다보고 있으니 우리들의 성격은 물론이고 얼굴조차 식별하지 못하는 것이다. 참으로 안타까운 일이라 하지 않을 수 없다.

예부터 같은 것들끼리는 서로 구한다는 동류상구(同類相求)라는 말이 있다고 하는데, 그 말대로 떡장수는 떡장수, 고양이는 고양이가 알아보는 것처럼, 고양이에 대해서는 역시 고양이가 아니고서는 알지 못한다. 인간이 아무리 발달했다고 하나 그것만은 안 되는 것이다. 게다가 사실 그들 스스로가 믿고 있는 것처럼 그렇게 뛰어난 것도 아니기에 더더욱 곤란하다. 특히 동정심이 결핍된 우리 주인 같은 사람은 서로를 속속들이 아는 것이 사랑의 진정한 의미라는 것마저 알지 못하는 사람이니 어쩔 수 없는 노릇이다.

그는 고약한 굴처럼 서재에 딱 들러붙어 일찍이 외부 세계를 향해 입을 연 적이 없다. 그러면서도 자신은 아주 달관한 듯한 상판대기를 하고 있으니 가소롭기 짝이 없다. 그가 달관하지 못했다는 것은, 실제로 내 초상이 눈앞에 있는데도 전혀 알아챌 기미가 없을뿐더러, 올해는 러시아를 정벌한 지 2년째 되는 해이니 아마 곰의 그림일 거라며[3] 도통 영문을 알 수 없는 소리나 해대고 시치미를 뚝 떼고 있는 것을 보더라도 금방 알 수 있다.

내가 주인의 무릎 위에서 눈을 감고 이런 생각을 하고 있는데, 하녀가 두 번째 그림엽서를 가지고 왔다. 외래종 고양이 네댓 마리가 행렬을 지어 펜을 쥐거나 책을 펼치거나 하면서 공부하고 있는 모습을 활판으로 인쇄한 그림엽서였다. 그중 한 마리는 자리를 떠나 책상 모서리에서 〈고양이다, 고양이〉[4]라는 노래에 맞춰 서양 춤을 추고 있다. 그 위에 일본 먹으로 '나는 고양이로소이다'라고 새까맣게 써놓고, 오른쪽 옆에 "봄날 책 읽고 춤추는 고양이의 하루"라는 하이쿠까지 적어놓았다. 이건 주인의 옛 문하생에게서 온 것이니 누가 봐도 그 의미를 알 수 있을 텐데, 우둔한 주인은 아직도 깨닫지 못한 듯 고개를 갸웃하며 혼잣말을 했다.

"그런데 올해가 고양이 해던가?"

내가 이 정도로 유명해졌다는 걸 아직 알지 못한 것 같다.

그때 하녀가 세 번째 엽서를 가져왔다. 이번에는 그림엽서가 아니었다. '근하신년(謹賀新年)'이라고 쓰고 그 옆에 "송구하오나 고양이에게도 안부 전해주십시오"라고 적어놓았다. 아무리 아둔한 주인이라도 이렇게 분명하게 써놓았으니 그제야 알아차렸는지 "홍" 하며 내 얼굴을 쳐다보았다. 그 눈빛에는 지금까지와는 달리 다소 존경의 뜻이 담겨 있는 것처럼 보였다. 이제까지 세상 사람들에게 자신의 존재를 인정받지 못한 주인이 별안간 새로운 면목을 드러낸 것도 다 내 덕인 줄 안다면, 이런 정도의 눈빛은 지극히 당연한 일이다.

3 러일전쟁 시기 일본에서는 러시아인을 흔히 곰에 비유했다. 전쟁이 한창일 때는 러시아인을 곰으로 비유한 만화가 많이 발표되기도 했다.
4 에도 후기에 유행한 속요의 가사로, 춤도 있었다. '고양이'는 게이샤(藝者)의 다른 이름이라고 한다.

때마침 현관 격자문에 달린 종이 딸랑딸랑 울렸다. 아마 손님일 것이다. 손님이라면 하녀가 맞으러 나간다. 나는 생선 장수 우메 아저씨가 올 때가 아니면 나가보지 않기로 하고 있으니, 개의치 않고 주인의 무릎에 그대로 앉아 있었다. 그런데 주인은 빚쟁이라도 들이닥친 양 불안한 얼굴로 현관 쪽을 바라보았다. 신년 인사 차 온 손님을 맞아 술 상대를 하기가 어지간히 싫은 모양이었다. 편벽하기 이를 데 없는 인간이다. 그럴 거라면 일찌감치 외출이라도 하면 되었을 텐데, 그만한 용기도 없어 결국 서재에 들러붙어 있는 굴의 근성을 드러냈다.

잠시 후 하녀가 와서 간게쓰(寒月)[5] 씨가 오셨다고 한다. 이 간게쓰라는 사내 역시 주인의 문하생이었다고 하는데, 잘은 모르겠으나 지금은 학교를 졸업하고 주인보다 훌륭하게 되었다고 한다. 무슨 이유에선지 이 사내는 주인집에 자주 놀러 왔다. 와서는 자신을 사모하는 여자가 있는 것 같기도 하고 없는 것 같기도 하다는 둥, 세상사가 재미있는 것 같기도 하고 없는 것 같기도 하다는 둥, 대단한 것 같기도 하고 시시껄렁한 것 같기도 한 불평만 늘어놓다 돌아간다. 쭈그러들기 시작한 주인 같은 인간에게 일부러 이런 얘기를 하러 찾아오는 것부터가 이해가 되지 않지만, 서재에 굴처럼 딱 들러붙어 있는 주인이 그런 이야기를 듣고 가끔 맞장구를 치는 건 더욱 우스꽝스럽다.

"그동안 격조했습니다. 실은 작년 말부터 무척 바쁘게 지내다 보니 번번이 들른다 하면서도 이쪽으로 발길이 닿지 않아서요."

하오리[6]의 끈을 만지작거리면서 아리송한 말을 했다.

---

5 물리학자인 데라다 도라히코(寺田寅彦)가 모델이다. 데라다는 소세키가 교사일 때의 제자로, 당시에는 도쿄제국대학 이학대학 강사였다가 나중에 교수가 되었다.
6 일본 옷 위에 걸치는 짧은 겉옷.

"그래, 어느 쪽으로 발길이 닿던가?"

주인은 진지한 표정으로 가문(家紋)이 새겨진 검정색 하오리의 소맷자락을 잡아당겼다. 이 하오리는 무명으로, 소매의 길이가 짧아 그 밑으로 너덜너덜한 견직물이 좌우로 어슷비슷하게 비어져 나와 있다.

"헤헤헤헤, 좀 다른 방향이라."

간게쓰 군은 웃으며 이렇게 말했다. 보니 오늘은 앞니가 하나 빠져 있었다.

"자네, 앞니는 어떻게 된 건가?"

주인은 화제를 돌렸다.

"예, 실은 어디서 표고버섯을 먹었는데요."

"뭘 먹었다고?"

"저어, 그러니까 표고버섯을 조금 먹었는데요. 앞니로 버섯 갓을 자르려다가 그만 이가 쏙 빠져버렸습니다."

"표고버섯 때문에 앞니가 빠지다니, 어째 자넨 꼭 노인네 같군그래. 하이쿠 소재는 될지 모르겠지만 연애는 잘 안 될 것 같군."

주인은 이렇게 말하며 내 머리를 톡톡 쳤다.

"아아, 그놈이 바로 그 고양이입니까? 제법 살이 올랐네요. 이 정도면 인력거꾼네 검둥이한테도 지지 않겠는걸요. 근사한 놈이네요."

간게쓰 군은 나를 몹시 칭찬하고 나섰다.

"요즘 들어 부쩍 컸다네."

주인은 자랑스럽다는 듯 다시 한 번 내 머리를 톡톡 쳤다. 칭찬을 받는 건 기분 좋은 일이지만 머리는 좀 아팠다.

"그저께 밤에도 잠시 합주회를 열었는데요."

간게쓰 군은 다시 화제를 되돌렸다.

"어디서?"

"그게 어디든, 그런 건 모르셔도 됩니다. 바이올린 셋에다 피아노 반주도 꽤 재미있었습니다. 바이올린이 셋쯤 되니까 연주가 좀 서툴러도 들을 만은 하더군요. 두 명은 여자고 제가 거기 끼었습니다만, 저도 잘 켰다고 생각합니다."

"음, 그런데 그 여자라는 건 어떤 사람이었나?"

주인은 부럽다는 듯이 물었다. 원래 주인은 평소에 말라비틀어진 나무에 차디찬 바위 같은 얼굴을 하고 있으나 실은 여성에게 결코 냉담한 편이 아니었다. 예전에 주인이 어떤 서양 소설을 읽었는데, 거기에 등장하는 한 인물이 대부분의 여성 인물에게 꼭 빠지고 마는 것이었다. 헤아려보니 길을 오가는 여성의 70퍼센트에는 애착을 보인다는 내용이 풍자적으로 쓰여 있었는데, 그것을 보고 그게 바로 진리라고 감탄한 그런 사내인 것이다.

그렇게 바람기가 많은 사내가 무슨 이유로 굴처럼 서재에만 들러붙어 사는지, 나 같은 고양이로서는 도저히 이해가 되지 않았다. 어떤 사람은 실연 때문이라고도 하고, 어떤 사람은 위가 약한 탓이라고도 하고, 또 어떤 사람은 돈이 없고 겁이 많은 성격 때문이라고도 했다. 그 이유야 어떻든 주인이 메이지 역사에 관련될 만한 인물도 아니니 상관없는 일이긴 하다.

하지만 간게쓰 군과 합주를 한 여자들에 대해 부러운 듯 물어본 것만은 사실이었다. 간게쓰 군은 재미있다는 듯 차에 곁들여 내놓은 어묵을 젓가락으로 집어 그 절반쯤을 앞니로 잘랐다. 나는 또 앞니가 빠지지나 않을까 걱정했는데 이번에는 괜찮았다.

"뭐 둘 다 양갓집 규수들이지요. 선생님께서 아실 만한 여자는 아닙니다."

간게쓰 군는 쌀쌀맞게 대답했다.

주인은 "역-" 하고 말꼬리를 길게 끌다가 '-시'라는 말은 생략한 채 생각에 잠겼다. 간게쓰 군은 이쯤에서 적당히 이야기를 그만둘 때라고 생각했는지 이렇게 권했다.

"정말 날씨가 좋군요. 한가하시면 함께 산책이라도 가실까요? 뤼순을 함락했다고[7] 지금 시내는 온통 난리법석이랍니다."

주인은 뤼순 함락보다 그 여자들이 누군지 묻고 싶은 표정으로 한참 생각에 잠겨 있다가 드디어 결심을 한 모양인지 벌떡 일어섰다.

"그럼, 나가보지."

역시 가문이 새겨진 검정 무명 하오리에, 형님의 유품이라는 20년이나 입어 낡아빠진 유키쓰무기(結城紬)[8] 솜옷을 입은 채였다. 유키쓰무기가 아무리 질기다고 해도 그렇게 오래 입으면 견뎌낼 재간이 없다. 군데군데 닳아 얇아져 햇빛에 비쳐보니 안쪽에 천을 덧댄 바늘땀이 보였다. 주인의 복장에는 섣달도 설날도 없다. 평상복도 나들이옷도 없다. 외출할 때는 소매에 팔을 끼지 않고 품속에 넣은 채 훌쩍 나선다. 달리 입을 것이 없어서인지, 있어도 귀찮아서 갈아입지 않는 것인지, 나로서는 알 수가 없다. 다만 실연 때문에 이런 차림을 하는 것 같지는 않았다.

두 사람이 나간 뒤 나는 잠깐 실례하여 간게쓰 군이 먹다 만 어묵을 먹어치웠다. 나도 요즘 들어서는 보통 고양이가 아니다. 우선 모모카

---

7 1904년 일본군의 기습으로 발발한 러일전쟁에서 러시아의 극동 요새였던 뤼순은 1905년 1월 초 일본에 함락되었다.

8 이바라키(茨城)나 도치기(栃木) 현에서 주로 생산되는 견직물로, 질기고 튼튼한 것이 특징이다.

와 조엔[9] 이후의 고양이거나 그레이[10]의 시에 나오는 금붕어를 훔쳐 먹은 고양이 정도의 자격은 충분히 있다고 생각한다. 애초에 인력거 꾼네 고양이 따위는 안중에도 없다. 어묵 한 토막쯤 먹어치웠기로서니 이러쿵저러쿵 남의 입에 오르내리는 일도 없을 것이다. 게다가 남의 눈을 피해 군것질하는 버릇은 우리 고양이 족속에만 해당되는 일이 아니다. 이 집의 하녀는 안주인이 집을 비운 사이 떡 같은 걸 슬쩍해서 먹고, 먹고는 또 슬쩍한다. 하녀만 그러는 게 아니다. 실제로 고상한 가정교육을 받고 있다고 안주인이 동네방네 떠들고 다니는 아이들마저 그런 경향이 있다.

4, 5일 전의 일이다. 주인 내외가 아직 잠들어 있는 시간, 너무 일찍 잠에서 깬 두 아이가 밥상에 마주앉았다. 그들은 아침마다 주인이 먹는 빵 몇 조각에 설탕을 찍어 먹는 게 보통인데, 이날따라 설탕 단지가 밥상 위에 놓여 있고 스푼까지 놓여 있었다. 평소와 달리 설탕을 나눠주는 사람이 없었던지라 큰아이가 지체 없이 단지에서 설탕 한 스푼을 퍼서 자기 접시에 담았다. 그러자 작은아이도 언니가 하는 대로 같은 분량의 설탕을 같은 방법으로 자기 접시에 담았다. 둘은 잠깐 서로를 노려보았고, 큰아이가 다시 한 스푼을 자기 접시에 보탰다. 작은아이도 곧 한 스푼을 자기 접시에 보태 언니와 양을 맞췄다. 그러자 언니가 또 한 스푼을 떴다. 동생도 지지 않고 한 스푼을 떴다. 언니가 다시 단지에 손을 뻗자 동생도 스푼을 들었다. 보고 있는 동안 한 스

9 모모카와 조엔(桃川如燕, 1832~1898). 19세기 말 일본 최고의 만담가로, 무대에서 고양이 이야기를 잘했기 때문에 고양이 조엔이라는 이름으로도 불렸다.

10 토머스 그레이(Thomas Gray, 1716~1771). 영국의 시인으로 「금붕어 어항에서 익사한 나의 사랑스런 고양이의 죽음(Ode on the Death of a Favourite Cat, Drowned in a Tub of Gold Fishes)」이라는 시를 남겼다.

푼 한 스푼 거듭되더니 마침내 두 아이의 접시에는 설탕이 산더미처럼 쌓였다. 단지 안에 한 스푼의 설탕도 남지 않았을 즈음, 주인은 잠이 덜 깬 눈을 비비며 침실에서 나오더니 애써 퍼낸 설탕을 원래대로 다시 단지에 담았다.

이런 것을 보면 인간은 이기주의에서 이끌어낸 공평이라는 개념을 고양이보다 잘 알고 있는지 모르지만, 지혜의 측면에서는 고양이보다 못한 것 같다. 그렇게 산더미처럼 쌓기만 하지 말고 얼른 핥아먹었으면 되었을 텐데, 여느 때처럼 내가 하는 말은 통하지 않으니 안타깝지만 밥통 위에서 잠자코 구경만 하고 있었다.

간게쓰 군과 함께 나간 주인은 어디를 어떻게 돌아다녔는지 밤이 이슥한 시간에 돌아왔고, 이튿날 밥상 앞에 앉은 것은 9시쯤이었다. 밥통 위에 앉아 바라보니 주인은 묵묵히 떡국을 먹고 있었다. 더 덜어서 먹고, 또 덜어서 먹었다. 떡 조각이 작기는 하지만, 하여튼 예닐곱 조각을 먹고, 마지막 한 조각은 그릇에 남기고는 "이제 그만 할까" 하며 젓가락을 놓았다. 다른 사람이 이런 짓을 하면 좀처럼 용납하지 않는 주제에 주인의 위세를 한껏 뽐내며, 탁한 국물에 떠 있는 불어터진 떡의 잔해를 보고도 태연한 표정이었다. 아내가 선반에서 다카디아스타제를 꺼내 밥상 위에 놓았다.

"그건 잘 안 들으니까 이제 안 먹어."

"하지만 여보, 이건 전분질 음식엔 아주 잘 듣는다니까, 드시는 게 좋을 거예요."

아내는 어떻게든 먹이려 들었다.

"전분이든 뭐든 안 듣는다니까."

주인도 고집을 피웠다.

"변덕도 참."

아내가 혼잣말처럼 말했다.

"변덕이 아니라 약이 안 듣는 거라니까."

"하지만 얼마 전까지만 해도, 정말 잘 들어, 잘 들어, 하면서 매일 드셨잖아요."

"전에는 잘 들었어, 요즘에는 잘 안 들어."

주인은 대구(對句) 같은 대답을 했다.

"그렇게 먹다 안 먹다 하면 아무리 잘 듣는 약이라도 들을 리가 없잖아요. 좀 더 참을성이 있어야지, 위가 안 좋은 건 외상과 달리 잘 낫지 않는단 말이에요."

아내는 이렇게 말하며, 쟁반을 들고 서 있는 하녀를 돌아보았다.

"그건 지당한 말씀입니다요. 좀 더 드셔보시지 않으면 아주 좋은 약인지 몹쓸 약인지 알 수가 없습니다요."

하녀는 두말없이 안주인 편을 들었다.

"어쨌든 안 먹는다면 안 먹어. 여자인 주제에 뭘 안다고 그래. 입 좀 닥쳐."

"그래요, 전 여자예요."

아내가 다카디아스타제를 주인 앞에 내밀며 기어코 먹이려 들었다. 주인은 아무 말 없이 서재로 들어가버렸다. 안주인과 하녀는 마주보며 히죽히죽 웃었다. 이런 때 주인을 따라가 무릎 위에 앉았다가는 무슨 험한 꼴을 당할지 몰라, 슬그머니 마당 쪽으로 돌아서 서재의 툇마루로 올라가 장지문 틈으로 서재를 엿보았다. 주인은 에픽테토스[11]라는 사람의 책을 펼쳐놓고 보고 있었다.

11 고대 그리스의 스토아학파 철학자.

만약 평상시처럼 그 책을 이해할 수 있다면 주인은 다소라도 훌륭한 점이 있는 거다. 5, 6분 지나자 내팽개치듯 그 책을 책상 위로 집어던졌다. 대충 그럴 거라고 생각하며 쭉 지켜보고 있었더니, 이번에는 일기장을 꺼내 다음과 같이 썼다.

네즈, 우에노, 이케노하타, 간다 주변을 간게쓰와 산보. 이케노하타의 요릿집 앞에서, 옷단에 무늬가 들어간 봄옷을 입은 게이샤가 하네 놀이[12]를 하고 있었다. 옷은 예뻤지만 얼굴은 정말 못생겼다. 어딘지 우리 집 고양이를 닮았다.

얼굴이 못생긴 예로 굳이 나를 내세울 것까지야 없지 않은가. 나도 이발소에 가서 얼굴 면도만 하면 인간과 그다지 다를 바 없을 듯싶다. 인간은 이렇게 우쭐대니 곤란한 것이다.

호탄 약방이 있는 모퉁이를 돌자 또 한 명의 게이샤가 나왔다. 키가 크고 민틋하게 내려온 어깨가 보기 좋은 여자로, 연한 보랏빛 기모노를 순박하게 차려입은 것이 품위 있어 보였다. 하얀 이를 드러내고 웃으며, "겐짱! 어젯밤에는…… 너무 바빠서" 하고 말했다. 그런데 그 목소리가 떠돌이처럼 쉬어 있어 그 좋은 풍채의 격을 뚝 떨어뜨린 것 같았으므로 겐짱이라는 자가 어떤 놈인지 돌아보는 것도 귀찮아 양손을 품속에 넣은 채 오나리미치로 나갔다. 간게쓰는 어딘지 들떠 있는 것 같았다.

인간의 심리만큼 이해하기 어려운 것도 없다. 지금 주인이 화를 내

12 배드민턴 비슷한 놀이.

고 있는지, 들떠 있는지, 또는 철학자의 유서에서 위안을 찾고 있는지 도무지 알 수가 없다. 세상에 냉소를 보내고 있는 건지, 세상에 섞이고 싶은 건지, 사소한 일에 분통을 터트리고 있는 건지, 세상사에 초연한 건지 짐작조차 할 수 없다.

그에 비하면 고양이는 단순하다. 먹고 싶으면 먹고, 자고 싶으면 자고, 화가 나면 열심히 화를 내고, 울 때는 죽어라 운다. 우선 일기처럼 쓸데없는 건 결코 쓰지 않는다. 쓸 필요가 없기 때문이다. 주인처럼 겉과 속이 다른 인간은, 일기라도 써서 세상에 드러낼 수 없는 자신의 진짜 모습을 어두운 방에서나마 발휘할 필요가 있을지도 모른다. 하지만 우리 고양이족은 걷고 멈추고 앉고 눕는 일상생활, 똥을 누고 오줌을 누는 자잘한 일 등이 모두 진정한 일기이니, 특별히 그렇게 성가신 짓을 하면서 자신의 진면목을 보존할 필요가 없다. 일기 쓸 시간이 있다면 툇마루에서 잠이나 자겠다.

간다의 모 요릿집에서 만찬을 했다. 오랜만에 정종을 두세 잔 마셨더니, 오늘 아침에는 속이 아주 편하다. 위가 안 좋은 사람에게는 반주가 그만이다. 다카디아스타제는 물론 안 된다. 누가 뭐라 하든 좋지 않다. 하여튼 듣지 않는 것은 듣지 않는 거니까.

덮어놓고 다카디아스타제를 공격한다. 혼자 싸움을 벌이고 있는 것 같다. 오늘 아침의 울화통이 일기에 슬쩍 꼬리를 드러낸다. 인간의 일기는 이런 데서 그 본색을 드러내는 건지도 모른다.

지난번에 ㅇㅇ가 아침밥을 거르면 위가 좋아진다고 하기에 2, 3일 아침을 걸러보았더니 배 속에서 자꾸 꼬르륵 소리만 나지 아무 효과가 없었다. △△는 채소 절임을 절대 먹지 말라고 충고했다. 그의 주장에 따르면 모든 위장병의 원인은 채소 절임이라는 것이다. 채소 절임만 끊으면 위장병의 원인을 근절하는 것이므로 완쾌는 따놓은 당상이라는 논리였다. 그로부터 일주일간 절인 채소에는 젓가락도 대지 않았으나 별 효과가 없어 요즘에는 다시 먹기 시작했다.

××에게 들으니 위장병엔 배를 문질러주는 치료법이 그만이라고 한다. 다만 일반적인 방법으로는 안 되고, 미나카와 식이라는 옛날 방법으로 배를 한두 차례 문질러주면 대개의 위장병은 근치된다고 한다. 야스이 소쿠켄[13]도 이 안마술을 즐겨 썼다고 한다. 사카모토 료마[14] 같은 호걸도 가끔 이 치료를 받았다고 해서 나는 당장 가미네기 시까지 가서 안마를 받아보았다. 그런데 뼈를 문지르지 않으면 낫지 않는다느니, 오장육부의 위치를 한 번 뒤집어놓지 않으면 병을 완치하기 힘들다느니 하면서 잔인할 정도로 주물러댔다. 나중에는 온몸이 솜처럼 되어 혼수상태에 빠진 것 같았다. 그 한 번에 질려 그만두기로 했다.

A군은 딱딱한 음식은 절대 먹지 말라고 했다. 그래서 우유만 마시며 하루를 지내보았는데, 이번에는 위장 속에서 홍수라도 난 것처럼 꿀렁꿀렁 심한 소리가 나 밤새 잠들지 못했다.

B씨는 횡격막으로 호흡하여 내장을 운동시키면, 자연스럽게 위장의 기능이 좋아질 것이니 시험 삼아 해보라고 했다. 이 방법 역시 조금 해보았으나 어딘지 모르게 배 속이 불편했다. 그래도 생각날 때마다 집중해서

---

13 야스이 소쿠겐(安井息軒, 1799~1876). 에도 시대 말기의 유학자. 소세키는 자신의 글에서 "그의 글은 경박하거나 천박하지 않아 좋다"고 언급했다.
14 사카모토 료마(坂本龍馬, 1836~1867). 에도 시대 말기의 무사.

그 방법으로 호흡을 해보기는 하지만 5, 6분이 지나면 잊어버린다. 잊지 않으려고 하면 횡격막이 신경 쓰여 책을 읽을 수도, 글을 쓸 수도 없었다. 미학자 메이테이 선생이 그런 내 꼴을 보고, 해산할 기미를 보이는 사내도 아니고 그만하라고 비웃는 통에 요즘에는 하지 않는다.

C선생이 소바를 먹으면 좋을 거라고 하기에 곧바로 뜨거운 국물과 차가운 국물에 번갈아가며 먹어보았으나 웬걸 설사만 할 뿐 아무런 효과가 없었다. 나는 몇 해 전부터 시작된 위장병을 고치기 위해 가능한 방법을 다 동원해봤지만 모두 허사였다. 다만 어젯밤 간게쓰와 마신 석 잔의 정종은 분명히 효과가 있었다. 앞으로는 매일 밤 두세 잔씩 마시기로 마음먹었다.

이것도 결코 오래가지는 못할 것이다. 주인의 마음은 내 눈동자만큼이나 끊임없이 변한다. 뭘 하건 오래가지 못하는 사람이다. 거기다 일기에서는 자신의 위장병을 그렇게나 걱정하는 주제에 겉으로는 아닌 척하며 오기를 부리니 정말 우습다.

지난번에 친구라는 아무개 학자가 찾아와서는, 어떤 관점에서 보면 모든 병이란 조상과 자기 자신이 저지른 죄악의 결과일 수밖에 없다는 논리를 폈다. 많은 연구를 해왔는지 논리가 정연한 것이 꽤 훌륭한 주장이었다. 딱하게도 우리 주인 같은 사람은 도저히 이를 반박할 만한 두뇌도 학문도 없다. 하지만 위장병으로 고생하고 있는 터라 어떻게든 변명이라도 해서 자신의 체면을 지키려고 했다.

"자네의 주장이 재미있기는 하네만, 토머스 칼라일[15]도 위가 안 좋았네."

칼라일도 위가 안 좋았으니 자신의 위가 안 좋은 것이 마치 명예로운 일이라도 된다는 듯한 엉뚱한 말이었다.

"칼라일이 위장병을 앓았다고 해서 그 병을 앓는 사람이 모두 칼라일이 되는 건 아니지."

친구가 이렇게 쏘아붙이자 주인은 입을 다물 수밖에 없었다. 이렇게 허영심 덩어리지만, 실제로는 위가 나쁘지 않은 것이 좋은지, 오늘 밤부터 반주를 시작하겠다고 하니 좀 우습다. 생각해보니 오늘 아침에 떡국을 그렇게 많이 먹은 것도, 어젯밤 간게쓰 군과 정종을 마신 영향인지도 모른다. 나도 떡국을 좀 먹어보고 싶은 마음이 들었다.

나는 고양이지만 웬만한 건 다 먹는다. 인력거꾼네 검둥이처럼 골목의 어물전까지 원정을 갈 기력은 없고, 물론 신작로에 있는 이현금(二絃琴)[16] 선생네 얼룩이처럼 사치를 부릴 만한 처지도 아니다. 따라서 의외로 싫어하는 것이 적은 편이다. 아이들이 먹다 흘린 빵부스러기도 먹고, 떡고물도 핥아먹는다. 채소 절임은 정말 맛없지만, 경험을 위해 단무지 두어 쪽은 맛본 적이 있다. 묘하게도 먹어보면 웬만한 건 다 먹을 수 있다. 이건 싫다, 저건 싫다, 고 하는 건 배부른 자나 할 소리고, 선생 집에 사는 고양이는 도저히 입에 담을 수 없는 말이다.

주인의 이야기에 따르면 프랑스에 발자크라는 소설가가 있었다고 한다. 이 사람은 대단히 사치를 부렸다고 하는데, 입으로 사치를 즐긴 게 아니고 소설가이니 만큼 문장으로 사치를 부렸다는 것이다.

어느 날 발자크는 집필 중인 소설 속 인물의 이름을 지으려고 이런

---

15 토머스 칼라일(Thomas Carlyle, 1795~1881). 영국의 비평가이자 역사학자. 소세키는 런던에 있는 그의 옛 집을 방문한 경험을 토대로 「칼라일 박물관」을 썼으며, 자신의 소설에서도 칼라일에 대해 자주 언급했다.

16 두 줄의 현이 달린 거문고. 소세키 부인의 회고에 따르면 소세키가 활동할 당시 소세키 집 근처에 이현금을 가르치는 선생이 살았다고 한다.

저런 이름을 붙여보았으나, 아무래도 마음에 들지 않았다. 마침 친구가 찾아왔기에 함께 산책에 나섰다. 친구는 아무것도 모르고 따라나섰지만, 발자크는 처음부터 자신이 고심해온 이름을 찾아낼 생각이었던지라 거리에 나서자 다른 건 신경도 쓰지 않고 가게의 간판만 보면서 걸었다. 그런데 역시 마음에 드는 이름이 없었다. 친구를 끌고 무턱대고 걷기만 했다. 친구 역시 영문도 모른 채 따라갔다.

그들은 결국 아침부터 밤까지 파리를 탐험했다. 돌아오는 길에 문득 어느 바느질 가게의 간판이 발자크의 눈에 들어왔다. 그 간판에는 마르퀴스라는 이름이 쓰여 있었다. 발자크는 손뼉을 쳤다.

"이거야, 이거, 바로 이거야. 마르퀴스, 거참 좋은 이름이군. 마르퀴스 앞에 Z라는 두문자를 붙이면 더할 나위 없는 이름이 되겠는걸. 꼭 Z라야 해. Z. MARCUS, 정말 괜찮은 이름이군. 내가 지은 이름은 잘 지었다고 생각은 하지만, 어딘가 부자연스러운 데가 있어서 재미가 없었는데, 드디어 내 마음에 쏙 드는 이름을 찾았어."

친구에게 폐를 끼친 건 까맣게 잊고 혼자 기뻐했다고 하는데, 소설 속 인물의 이름을 짓기 위해 하루 종일 파리 시내를 탐험해야 한다는 건 너무 수고스러운 일이다. 사치도 이만하면 그런대로 괜찮을지 모르지만, 서재에 굴처럼 딱 들러붙어 있는 주인을 가진 내 처지로서는 도저히 그런 일을 벌일 엄두가 나지 않는다. 먹을 수만 있다면 뭐든 괜찮다는 생각이 드는 것도 내 처지 탓이리라. 그러니 지금 떡국이 먹고 싶은 것도 결코 내가 사치를 부려서가 아니다. 뭐든 먹을 수 있을 때 먹어두자는 생각에, 주인이 먹다 만 떡국이 어쩌면 부엌에 남아 있지 않을까 싶었기 때문이다. 그래서 부엌으로 가보았다.

오늘 아침에 본 떡이 그 색깔 그대로 그릇 바닥에 들러붙어 있었다.

고백하건대 나는 지금까지 떡이란 걸 한 번도 입에 넣어본 적이 없다. 맛있어 보이기도 하고 또 조금은 기분이 나쁘기도 했다. 앞발로 떡 위에 붙어 있는 채소를 긁어냈다. 발톱을 보니 떡이 들러붙어 끈적거렸다. 냄새를 맡으니 가마솥의 밥을 밥통에 옮길 때와 같은 냄새가 났다. 먹을까, 그만둘까, 하며 주위를 둘러보았다. 다행인지 불행인지 아무도 없었다. 하녀는 늘 같은 표정으로 하네 놀이를 하고 있었다. 아이들은 안쪽 방에서 〈무슨 말씀이에요, 토끼님〉[17]을 부르고 있었다. 먹으려면 바로 지금이 기회다. 만약 이 기회를 놓친다면 내년까지 떡이란 것의 맛을 모르고 살아야 한다. 나는 고양이지만 이 찰나에 하나의 진리를 깨달았다.

'얻기 힘든 기회는 모든 동물로 하여금 내키지 않는 일도 굳이 하게 한다.'

사실 나는 그다지 떡이 먹고 싶지는 않았다. 아니, 그릇 바닥에 들러붙어 있는 떡의 꼬락서니를 보면 볼수록 기분이 나빠지고 먹기 싫어졌다. 그때 하녀가 부엌문이라도 열었다면, 또 안쪽 방에서 놀던 아이들의 발소리가 이쪽으로 다가오는 걸 들었다면, 나는 미련 없이 떡을 포기했을 것이다. 그리고 떡국 같은 건 내년까지 생각나지도 않았을 것이다. 그런데 아무도 오지 않았다. 아무리 망설이고 있어도 아무도 오지 않았다. 얼른 먹어치워, 먹어치우라니까, 이렇게 재촉하는 것 같았다. 나는 그릇 안을 들여다보며 어서 누군가 와주기를 빌었다. 그래도 아무도 오지 않았다. 나는 결국 떡국을 먹지 않을 수 없었다.

끝내 그릇의 바닥에 온몸의 체중을 싣듯이 하여 떡의 모서리를 한입 덥석 물었다. 이 정도 힘으로 물면 대충 잘리는데, 놀랍다! 이젠 됐

17 "여보세요, 거북이님"으로 시작되는 창가 〈토끼와 거북이〉의 1절.

다 싶어 이를 빼내려고 했으나 빠지지 않았다. 다시 한 번 고쳐 물려고 했으나 꿈쩍도 하지 않았다. 떡은 요물이구나, 하는 사실을 깨달았을 때는 이미 늦었다. 늪에 빠진 사람이 발을 빼내려고 버둥거릴 때마다 쑥쑥 더 깊이 빠져들듯, 떡을 씹으면 씹을수록 입이 무거워졌다. 이가 움직이지 않았다. 씹는 맛은 있는데, 그것만 있을 뿐이지 도저히 이 난국을 타개할 수가 없었다.

미학자 메이테이 선생이 예전에 우리 주인을 평하길 "자넨 참 알 수 없는 사람이야"라고 말한 적이 있는데, 역시 일리 있는 말을 한 셈이다. 이 떡도 주인처럼 참 알 수가 없다. 씹어도 씹어도, 10을 3으로 나눌 때와 마찬가지로 영원히 떨어지지 않을 것만 같다. 이런 번민에 빠져 있을 때 나도 모르게 두 번째 진리를 깨달았다.

'모든 동물은 직감적으로 사물의 적합, 부적합을 예견한다.'

이미 두 가지 진리를 발견했지만 떡이 들러붙어 있어 조금도 유쾌하지 않았다. 이가 떡에 박혀 있어 빠질 듯이 아팠다. 하녀가 오기 전에 얼른 먹어치우고 달아나야 한다. 아이들의 노랫소리도 끝난 모양이니, 이제 곧 부엌으로 달려올 것이다.

번민 끝에 꼬리를 빙빙 휘둘러보았으나 아무런 효과도 없고, 귀를 세웠다 눕혔다 해봐도 아무 소용이 없었다. 생각해보면 귀와 꼬리는 떡과 아무 관계도 없다. 요컨대 휘둘러도 허사고, 세우거나 눕혀도 허사라는 걸 깨닫고는 그만두었다. 그때서야 이건 앞발의 도움을 받아 떡을 떼어내는 수밖에 없다는 데 생각이 미쳤다. 우선 오른쪽 앞발을 들어 입 둘레를 두루 쓰다듬었다. 쓰다듬는다고 떨어질 리 없었다. 이번에는 왼쪽 앞발을 뻗어 입을 중심으로 맹렬하게 원을 그려보았다. 그런 주술로 이 요물이 떨어질 리 만무하다. 조급해하지 않는 게 중요할 것 같아 좌우로 번갈아가며 움직여보았으나 여전히 이는 떡에 박혀 있었다.

아아, 귀찮아, 하면서 이번에는 양쪽 발을 한꺼번에 사용했다. 그러자 신기하게도 이때만은 뒷다리로만 설 수 있었다. 어쩐지 고양이가 아닌 것 같은 기분이었다. 이렇게 된 마당에 고양이든 아니든 무슨 상관이겠는가, 좌우지간 떡이라는 요물이 떨어질 때까지 계속해야 한다는 기세로 얼굴을 닥치는 대로 긁어댔다. 앞발의 동작이 맹렬했기 때문에 자칫하면 중심을 잃고 쓰러질 뻔했다. 그럴 때마다 뒷발로 균형을 잡아야 했기에 한 곳에만 있을 수 없어 온 부엌을 이리저리 뛰어다녔다. 내가 생각해도 이렇게 서 있는 것이 참 용했다. 세 번째 진리가 곧장 눈앞에 나타났다.

'위험에 처하면 평소에 불가능한 일도 해낼 수 있다. 이를 천우(天祐)라 한다.'

다행히 하늘의 도움(天祐)을 받은 내가 떡이라는 요물과 결사적으로 싸우고 있으니, 안쪽에서 발소리가 나며 누군가 다가오는 기척이 느껴졌다. 이런 상황에 사람이 오면 큰일이다 싶어, 더더욱 필사적으로 부엌을 미친 듯이 뛰어다녔다. 발소리가 점점 다가왔다. 아아, 안타깝게도 하늘의 도움이 좀 부족했다. 결국 아이들에게 들키고 말았다.

"어머머, 고양이가 떡을 먹고 춤을 추고 있네."

아이가 큰 소리로 떠들어댔다. 이 소리를 제일 먼저 들은 건 하녀였다. 하네도 하네 채도 내팽개치고 부엌문으로 뛰어들어 왔다.

"어머, 이를 어째."

안주인은 가문이 새겨진 지리멘[18] 기모노 차림으로 나타나 말했다.

18 견직물로 바탕이 오글오글하게 만든 평직물.

"정말 이상한 고양이로구나."

주인까지 서재에서 나와 내뱉었다.

"이런 바보 같은 놈!"

재미있다, 재미있어, 하는 건 아이들뿐이었다. 그러고는 다들 약속이나 한 것처럼 깔깔거리며 웃었다. 화는 나지, 고통스럽기는 하지, 그렇다고 춤을 멈출 수도 없지, 정말 난감했다. 가까스로 웃음이 잦아들었나 싶었을 때 다섯 살 난 여자아이가 말했다.

"엄마, 고양이도 대단해요."

그러자 기울어지던 형세가 원상으로 회복되어 또다시 깔깔거리며 웃었다. 동정심이 부족한 인간의 행동을 허다하게 보고 들어왔지만, 이때만큼 인간을 원망스럽게 느낀 적은 없었다. 마침내 하늘의 도움도 어디론가 사라져버리고 원래대로 네 발로 기며 눈을 희번덕거리는 추태를 보일 만큼 난처했다. 그래도 모른 체하는 것이 딱해 보였는지 주인이 하녀에게 일렀다.

"거, 떡 좀 떼어줘라."

하녀는 좀 더 춤을 추게 내버려두죠, 하는 눈빛으로 안주인을 보았다. 안주인은 고양이의 춤을 보고 싶기는 했으나 죽이면서까지 보고 싶은 마음은 없었는지 잠자코 있었다.

"떼어주지 않으면 죽는다니까. 얼른 떼어줘."

주인은 다시 하녀를 돌아보았다. 하녀는 꿈속에서 막 맛난 걸 먹으려는 찰나에 누가 깨워서 일어나기라도 한 사람 같은 못마땅한 표정으로 떡을 쑥 잡아당겼다. 간게쓰 군은 아니지만, 앞니가 다 부러지는 줄 알았다. 정말이지 아프고 안 아프고의 문제가 아니라 떡에 단단히 박혀 있는 이를 인정사정없이 잡아당기니 견딜 수가 없었던 것이다.

'인고를 거치지 않은 안락은 없다.'

이 네 번째 진리를 경험하고 천연덕스럽게 주위를 둘러보았을 때, 집안사람들은 이미 안쪽 방으로 들어가버리고 아무도 없었다.

이런 실수를 했을 때는 괜히 집에 있다가 하녀 따위에게 얼굴을 보이는 것도 좀 겸연쩍다. 차라리 기분이라도 전환할 겸 신작로의 이현금 선생네 얼룩이라도 찾아가볼까 하고 부엌에서 뒤뜰로 나갔다. 얼룩이는 이 근방에서 미모로 유명하다. 나는 고양이임에 틀림없지만 남녀 간의 흥취에 대해서는 대충 알고 있다. 집에서 주인의 언짢은 얼굴을 보거나 하녀의 핀잔을 들어 기분이 좋지 않을 때는 반드시 이 이성 친구를 찾아가 이런저런 이야기를 나눈다. 그러면 어느새 마음이 풀리며 지금까지의 근심이나 고생은 말끔히 잊히고 마치 새로 태어난 것 같은 기분이 된다. 여성의 영향력이란 실로 막대한 것이다.

삼나무 울타리 틈으로 집에 있나 들여다보니, 얼룩이는 설날이라 새 목걸이를 달고 툇마루에 얌전히 앉아 있었다. 그 동그스름한 잔등이 이루 말할 수 없을 만큼 아름다웠다. 곡선미의 극치였다. 구부러진 꼬리의 곡선, 발을 구부리고 앉은 모양, 나른한 듯 이따금 귀를 쫑긋거리는 모습은 도저히 말로 형언할 수 없이 아름다웠다. 더군다나 볕이 잘 드는 곳에 따스하다는 듯 우아하게 앉아 있으니, 단정하고 정숙한 자세를 취하고 있는데도 벨벳을 무색케 할 만큼 매끄러운 온몸의 털은 봄의 햇살을 반사하여 바람이 없는데도 살랑살랑 미세하게 움직이는 것 같았다.

나는 잠시 황홀한 마음으로 바라보았다. 이윽고 제정신을 차리고 나직한 목소리로 그녀를 부르며 앞발을 흔들었다.

"얼룩 씨! 얼룩 씨!"

"어머나, 선생님."

얼룩이는 툇마루에서 내려왔다. 빨간 목걸이에 달린 방울이 딸랑딸랑 울렸다. 아하, 설날이라고 방울까지 달았구나, 참 소리가 좋네, 하며 감탄하고 있는 사이에 얼룩이는 내 옆으로 바싹 다가와 꼬리를 왼쪽으로 흔들며 말했다.

"선생님! 새해 복 많이 받으세요."

우리 고양이족은 인사를 나눌 때, 꼬리를 막대기처럼 곧추세워 왼쪽으로 빙글 돌린다. 이 동네에서 나를 선생님으로 불러주는 건 얼룩이뿐이다. 이미 말한 것처럼 나는 아직 이름이 없지만, 선생 집에 살고 있으니 얼룩이만은 존경의 뜻을 담아 선생님, 선생님 하고 부른다. 나도 선생님이라는 말을 듣는 것이 딱히 싫은 것도 아니어서 예예 하며 대답했다.

"야 이거, 새해 복 많이 받으십시오. 참 예쁘게 단장을 하셨네요."

"네. 지난 세밑에 저희 선생님께서 사주셨어요. 괜찮지요?"

얼룩이가 방울을 딸랑딸랑 흔들어 보였다.

"정말 소리가 좋네요. 나는 생전 그렇게 멋진 방울을 본 적이 없습니다."

"어머, 별말씀을. 다들 달고 있는걸요."

다시 방울이 딸랑딸랑 울렸다.

"소리 예쁘죠? 전 정말 기뻐요."

딸랑딸랑, 딸랑딸랑, 방울이 연거푸 울렸다.

"댁의 선생님은 당신을 무척 귀여워해주시는 것 같군요."

나는 내 신세에 빗대어 부럽다는 듯한 마음을 넌지시 내비쳤다. 얼룩이는 순수하기만 하다.

"정말 그러세요. 마치 당신의 아이처럼요."

얼룩이는 이렇게 말하며 천진난만하게 웃었다. 고양이라고 웃지 않는 건 아니다. 인간들은 자기들 말고 다른 동물들은 웃지 못하는 걸로 아는데, 그건 잘못된 생각이다. 나는 콧구멍을 세모꼴로 하고 목젖을 진동시켜 웃는데, 인간들이 이를 알아채지 못할 뿐이다.

"대체 댁의 주인은 어떤 분입니까?"

"어머나, 주인이라뇨? 묘하네요. 선생님이세요. 이현금을 가르치는 선생님요."

"그건 저도 알고 있습니다만, 신분이 어떻게 되나요? 아무튼 옛날 엔 훌륭한 분이었겠죠?"

"네."

그대를 기다리는 동안의 섬잣나무……

장지문 너머로 선생이 이현금을 타는 소리가 들려왔다.

"목소리 좋죠?"

얼룩이가 자랑했다.

"좋은 것 같기는 한데 저로선 잘 모르겠네요. 도대체 어떤 곡인가 요?"

"저거요? 저건 뭐라, 뭐라 하는 건데, 선생님은 저 곡을 무척 좋아하 세요…… 우리 선생님은 저래 봬도 예순둘이나 돼요. 정말 정정하시 죠."

예순둘에 아직 살아 있으니 정정하다고 해야 할 것이다.

"예에."

나는 이렇게 대답했다. 다소 맥이 풀리는 대답인 것 같지만, 명답이 떠오르지 않았으니 할 수 없는 일이다.

"저래 봬도, 원래는 신분이 아주 높았대요. 늘 그렇게 말씀하시거든요."

"예에. 원래 뭐였는데요?"

"확실히 아는 건 아니지만, 아무튼 덴쇼인[19]님의 문서를 관장했던 사람의 누이동생의 시어머님의 조카딸이었다나 봐요."

"뭐라고요?"

"그러니까 덴쇼인님의 문서를 관장했던 사람의 누이동생의 시어머님의……"

"아하, 잠깐만요. 그러니까 덴쇼인님의 누이동생의 문서를 담당……"

"어머. 그게 아니라, 덴쇼인님의 문서를 관장했던 사람의 누이동생의……"

"아, 알았습니다. 그러니까 덴쇼인님의, 맞죠?"

"네."

"문서를 담당하는 사람의, 그렇죠?"

"그래요."

"시집을 갔다?"

"누이동생이 시집을 간 거예요."

"그래요, 그래, 제가 틀렸군요. 누이동생이 시집을 간 곳의."

"그러니까 시어머니의 조카딸인 거예요."

"시어머니의 조카딸인 거죠?"

19 덴쇼인(天璋院, 1836~1883). 가고시마 번주(藩主)의 양녀로, 나중에 13대 쇼군(將軍) 도쿠가와 이에사다에게 시집갔다가 남편이 죽자 불교에 귀의했다.

"네. 이제 아시겠지요?"

"아뇨. 너무 복잡해서 요령부득이군요. 결국 덴쇼인님의 뭐가 되는 거지요?"

"당신도 참 말귀를 못 알아들으시네요. 그러니까 덴쇼인님의 문서를 관장했던 사람의 누이동생의 시어머님의 조카딸이라고, 아까부터 그렇게 말했잖아요."

"그건 정확히 알겠는데요."

"그것만 알면 되잖아요."

"네에."

별수 없으니 나는 두 손 들고 말았다. 우리는 어쩔 수 없이 거짓말을 하지 않으면 안 될 때가 있다.

장지문 너머로 들려오던 이현금 소리가 뚝 그치더니 선생의 목소리가 들려왔다.

"얼룩아! 얼룩아! 밥 먹어라."

얼룩이는 기쁜 듯이 말했다.

"어머, 선생님이 부르시네. 저 가봐야 해요. 괜찮죠?"

괜찮지 않다고 해봐야 어쩔 수 없다.

"그럼 또 놀러 오세요."

얼룩이는 딸랑딸랑 방울을 울리며 툇마루 쪽까지 달려가더니 갑자기 돌아와서는 걱정스럽다는 듯이 물었다.

"안색이 영 안 좋아요. 무슨 일 있었어요?"

그렇다고 떡국을 먹고 춤을 추었다는 말은 할 수 없었다.

"별일은 없습니다. 생각을 좀 했더니 두통이 나서요. 실은 당신과 이야기라도 나누면 낫지 않을까 싶어 찾아온 겁니다."

"그렇군요. 그럼 몸조심하시고, 안녕히 가세요."

약간은 헤어지기 섭섭해하는 것으로 보였다. 이제 떡국으로 잃었던 기운도 말끔히 회복되었다. 기분도 상쾌해졌다. 돌아가는 길에 차밭을 지나가려고 녹기 시작한 서릿발을 밟으며 망가진 대울타리 사이로 얼굴을 내밀고 보니, 인력거꾼네 검둥이가 시든 국화꽃 위에서 등을 산처럼 둥글게 말고 하품을 하고 있었다. 요즘은 검둥이를 보고 겁을 먹지는 않지만, 말을 걸어오면 귀찮은 일이니 못 본 척 지나치려고 했다. 검둥이는 성격상 남이 자신을 모욕했다는 사실을 알면 결코 잠자코 있지 않는다.

"야! 거기 이름도 없는 촌놈, 요즘 너무 우쭐대는 거 아냐? 아무리 네가 선생 집 밥을 먹는다고 그렇게 건방진 낯짝을 할 건 또 뭐야? 날 바보 취급하면 재미없을 텐데."

검둥이는 내가 유명해진 걸 아직 모르는 것 같았다. 설명해주고 싶지만, 도저히 알아들을 놈이 아니니 우선 인사나 하고 가능한 한 빨리 실례하는 것이 상책이라는 생각이 들었다.

"야 이거, 검둥이 군. 새해 복 많이 받아. 여전히 기운차네."

이렇게 말하며 꼬리를 세워 왼쪽으로 빙 돌렸다. 검둥이는 꼬리만 세울 뿐 인사도 하지 않았다.

"뭐, 복 많이 받으라고? 설이라서 복 받는다면, 네놈은 일 년 내내 복 많이 받아야겠다. 조심하라고, 이 풀무처럼 씩씩대는 놈."

풀무처럼 씩씩대는 놈이라는 말은 욕인 것 같은데, 나는 무슨 뜻인지 알 수 없었다.

"좀 묻겠는데, 풀무처럼 씩씩대는 놈이라는 건 무슨 뜻이지?"

"흥, 자신이 욕을 먹은 주제에 그 뜻을 묻다니, 참 속도 편한 놈이

군. 그래서 나사가 빠진 놈이라는 거야."

나사가 빠졌다는 말은 시적인 표현 같기는 하지만, 풀무처럼 씩씩대는 놈이라는 말보다 훨씬 더 분명하지 않은 말이다. 참고로 좀 물어보고 싶었지만 물어봤자 분명한 대답을 얻지 못할 게 뻔하기에 얼굴만 마주한 채 아무 말 없이 서 있기만 했다. 좀 따분했다. 그때 돌연 검둥이네 안주인의 고함 소리가 들려왔다.

"이런, 선반에 올려놓은 연어가 없어졌네. 큰일인데. 또 그놈의 검둥이가 물어갔을 거야. 정말 밉살스런 고양이라니까. 어디 돌아오기만 해봐라, 가만두나."

초봄의 한가로운 분위기를 사정없이 진동시켜 평온하고 경사스런 세상을 한순간에 속되게 만들어버렸다. 검둥이는 고함을 지르고 싶으면 마음껏 질러보라는 듯 뻔뻔한 표정으로 네모난 턱을 쓰윽 내밀고는, 지금 저 소릴 들었느냐는 듯한 몸짓을 했다. 지금까지는 검둥이와 옥신각신하느라 미처 몰랐는데, 그의 발밑에는 한 토막에 2전 3리나 하는 연어 뼈다귀가 흙투성이가 된 채 나뒹굴고 있었다.

"넌 역시 여전하구나."

지금까지의 승강이는 잊고, 그만 감탄사를 던지고 말았다. 검둥이는 그 정도로는 기분이 나아지지 않는 듯했다.

"여전하긴 뭐가 여전해, 이 자식아. 연어 한두 토막에 여전하다니, 그건 또 무슨 소리야? 날 어떻게 보고 하는 수작이냐고. 이래 봬도 난 인력거꾼네 검둥이란 말이야."

검둥이는 팔을 걷어붙이는 대신 오른쪽 앞발을 어깨까지 들어 올렸다.

"네가 검둥이라는 건 처음부터 알고 있었어."

"알고 있다면서 여전하다는 건 또 뭔 소리야? 무슨 소리냐고?"

검둥이는 계속 열을 토했다. 인간이라면 멱살을 잡혀 들볶일 참이었다. 다소 기가 질려 물러나며 내심, 이거 참 난감하게 되었는걸, 하고 있는데 다시 안주인의 고함 소리가 들려왔다.

"이봐요, 푸줏간 아저씨! 푸줏간 아저씨, 부르잖아요! 볼일이 있다니까. 이 양반아! 쇠고기 한 근 좀 얼른 갖다줘요. 알았어요? 질기지 않은 걸로 한 근요. 알았죠?"

쇠고기 주문하는 소리가 사방의 적막을 깼다.

"흥, 이거 일 년에 한 번 쇠고기 주문하는 주제에 더럽게 소리치는군. 쇠고기 한 근 먹는다고 저렇게 동네방네에 자랑해대니, 정말 어떻게 해볼 도리가 없는 여편네라니까."

검둥이는 이렇게 비아냥거리면서 네 발로 힘껏 버티고 섰다. 나는 뭐라 말해야 할지 몰라 잠자코 보고만 있었다.

"한 근 정도로 성이 차지는 않지만, 별수 없지. 됐으니까 받아놓기나 하라고. 곧 먹어줄 테니까."

검둥이는 마치 자신을 위해 주문한 쇠고기라도 되는 양 말했다.

"이번엔 진짜로 맛있는 걸 먹을 수 있겠네. 잘됐구나, 잘됐어."

나는 어떻게든 그를 집으로 돌려보내려고 했다.

"네놈이 상관할 일이 아니야. 시끄러우니까 입 닥치고 있어!"

검둥이는 이렇게 말하면서 별안간 뒷발로, 허물어진 서릿발 선 흙덩이를 내 머리에 획 끼얹었다. 화들짝 놀란 내가 몸에 묻은 흙을 떨어내는 사이에 검둥이는 울타리를 기어나가 어디론가 모습을 감추었다. 필시 푸줏간에서 가져온 쇠고기를 노리러 갔을 것이다.

집에 돌아오니 집 안이 유달리 봄다워져 주인의 웃음소리조차 쾌활하게 들렸다. 어인 일인가 싶어 열려 있는 툇마루로 올라가 주인 곁에 다가가보니 낯선 손님이 와 있었다. 머리를 반듯하게 양쪽으로 가르고, 가문이 새겨진 무명 하오리에 고쿠라 산 두터운 무명 하카마[20]를 입은, 아주 성실해 보이는 서생풍의 사내였다. 주인이 손을 쬐고 있는 조그만 화로 귀퉁이를 보니, 칠기 궐련갑과 나란히 '오치 도후(越智東風) 군을 소개해 올립니다. 미즈시마 간게쓰(水島寒月)'라고 쓰인 간게쓰 군의 명함이 있는 것으로 보아, 이 손님이 오치 도후라는 사람이며 간게쓰 군의 친구임을 알 수 있었다. 주인이 손님과 한창 대화를 나누고 있을 때 들어왔으니 전후 사정은 잘 모르겠지만, 어쩌면 내가 앞에서 소개한 미학자 메이테이 선생과 관련된 이야기인 것 같았다.

"그런데 재미있는 일이 있으니 꼭 함께 오라고 하시기에."

손님은 차분하게 말했다.

"뭔가? 그 서양 요릿집에 가서 점심을 먹는데 무슨 재미있는 일이라도 있다는 말인가?"

주인은 찻잔에 차를 더 따라 손님 앞으로 내밀었다.

"글쎄요, 재미있는 일이라는 게 뭔지 그때는 저도 몰랐지만, 어쨌든 그분이 하시는 일이니 무슨 재미있는 일이 있을 거라는 생각이 들어서……"

"그래서 같이 갔다는 건가?"

"네, 그런데 깜짝 놀랐습니다."

주인은 그럴 줄 알았다는 듯, 무릎 위에 앉아 있는 내 머리를 톡 쳤다. 좀 아팠다.

"또 엉뚱한 수작을 부렸겠지? 그게 그 사람 버릇이니까."

20 기모노 위에 덧입는 주름 폭이 넓은 하의.

주인은 불현듯 안드레아 델 사르토 사건을 떠올렸다.

"허허, 여보게, 이번에는 좀 특별한 걸 먹어보지 않겠나' 하시기에."

"그래 뭘 먹었나?"

"우선 메뉴를 보면서 요리에 대해 이런저런 이야기를 하시더군요."

"요리를 주문하기 전에 말인가?"

"네."

"그러고는?"

"그리고 고개를 갸우뚱하시더니 보이 쪽을 보며, 어째 색다른 것이 없는 것 같군, 하니까 보이도 지지 않고 오리 로스나 송아지 찹은 어떠신가요? 하고 묻더군요. 그러자 선생님이, 그런 진부한(月並)[21] 걸 먹으러 여기까지 오지는 않는다고 하니, 보이는 '진부하다'는 말의 의미를 몰라 묘한 표정으로 입을 다물고 있었습니다."

"그랬겠지."

"그러고는 저를 보더니, 여보게, 프랑스나 영국에 가면 덴메이초[22]나 만요초[23]를 먹을 수 있는데, 일본에서는 어딜 가나 판에 박은 듯하니 아무래도 서양 요릿집에는 들어갈 마음이 일어야 말이지, 하고 기염을 토하셔서…… 대체 그분은 서양에 가보시긴 한 건가요?"

"메이테이가 무슨 서양을 가봤겠나, 그야 돈도 있고 시간도 있으니 가려고 마음만 먹으면 언제든지 갈 수야 있었겠지만. 아마 앞으로 갈

---

21 매월 이루어지는 일이니 쓰키나미(月並み), 즉 진부하다는 뜻이다. 마사오카 시키가 구파의 범용한 하이쿠를 진부하다고 비판한 것과 관련된 표현이다.

22 덴메이초(天明調). 에도 시대 전기의 하이쿠 작가 마쓰오 바쇼(松尾芭蕉, 1644~1694) 스타일에 기초한 18세기 말의 작풍으로 돌아가자고 주장하는 하이쿠의 한 유파.

23 만요초(万葉調). 『만요슈(万葉集)』의 시가처럼 실생활의 소박한 감동이나 실감을 솔직하게 표현하는 데 중점을 두는 하이쿠의 한 유파.

생각인 것을 과거의 일로 가정해서 흰소리를 한 거겠지."

주인은 자신이 봐도 멋진 말을 했다고 생각하는지 웃음을 끌어내려는 듯이 웃었다. 손님은 그다지 감탄한 기색도 없었다.

"그런가요? 저는 또 어느새 서양엘 갔다 오셨나 하고, 그만 진지하게 듣고만 있었습니다. 게다가 보고 온 것처럼 달팽이 수프 얘기며 개구리 스튜가 어땠다는 얘기까지 구체적으로 하시니까……"

"그거야 누군가에게 들었겠지. 거짓말하는 데는 꽤 명인이니까."

"아무래도 그런 것 같습니다."

손님은 꽃병의 수선화를 바라보았다. 다소 아쉬워하는 기색도 보였다.

"그럼 재미있는 일이란 건 바로 그거였나 보군."

주인은 확실히 하고 넘어가려고 했다.

"아뇨, 그건 그저 시작일 뿐이고, 본론은 이제부터입니다."

"흐음."

주인은 호기심 어린 감탄사를 덧붙였다.

"그러고는, 달팽이나 개구리는 먹고 싶어도 도저히 먹을 수 없으니까 뭐 도치멘보[24] 정도로 하는 게 어떻겠나, 하시기에 저는 별 생각 없이, 그게 좋겠네요, 하고 말았거든요."

"허어, 도치멘보라는 건 좀 묘한데."

"네, 정말 묘하긴 합니다만, 선생님이 너무 진지하게 나와서 전 그만 그런 생각조차 못했습니다."

손님은 마치 주인에게 자신의 부주의를 사죄하는 것처럼 보였다.

---

24 하이쿠 시인 안도 렌자부로(安藤練三郎)의 필명인 도치멘보(橡面坊)를 서양 요리의 이름처럼 사용한 말장난.

"그 뒤엔 어찌 되었나?"

주인은 무덤덤하게 물었다. 손님의 사죄에는 일말의 동정도 표하지 않았다.

"그러고는 보이한테, 이보게 도치멘보 2인분 가져오게, 하자 보이가 멘치보 말씀입니까, 하고 되묻더군요. 그러자 선생님은 더욱더 진지한 표정으로, 멘치보가 아니라 도치멘보라네, 하고 정정해주시더군요."

"그렇군, 그런데 그 도치멘보라는 요리는 진짜 있는 건가?"

"글쎄요, 저도 좀 이상하다는 생각은 했습니다만, 선생님이 너무나도 침착하고, 게다가 알다시피 서양에 정통하고, 특히 그때는 서양에 다녀오신 것으로 철석같이 믿고 있었으니, 저도 끼어들어 도치멘보야, 도치멘보, 하고 보이한테 가르쳐주었습니다."

"그래 보이는 뭐라던가?"

"보이가 말이죠, 지금 생각하면 정말 우스운 일인데요, 잠깐 생각하더니, 대단히 죄송합니다만 오늘은 도치멘보가 안 되고 멘치보라면 2인분을 곧 해드릴 수 있다고 하더군요. 그러자 선생님은 굉장히 아쉽다는 표정으로, 그렇다면 모처럼 여기까지 온 보람이 없지 않느냐, 어떻게든 도치멘보를 먹게 해줄 수 없겠느냐며 보이한테 20전짜리 은화를 주셨지요. 보이는 그렇다면 어찌 되었든 요리사와 의논은 해보겠노라며 안으로 들어가더군요."

"도치멘보가 무척 먹고 싶었나 보군."

"좀 있다가 보이가 나오더니, 정말 죄송합니다만 주문을 받을 수는 있는데 다소 시간이 걸릴 것 같다고 하더군요. 그러자 메이테이 선생님은 차분하게, 어차피 우린 설이라 한가한 사람들이니 좀 기다렸다가 먹고 가지 않겠느냐고 하시면서, 호주머니에서 엽궐련을 꺼내 뻐끔뻐끔 피우기 시작하더군요. 저도 별 도리가 없어 품속에서 《닛폰(日本)》[25] 신문을 꺼내 읽기 시작했습니다. 그러자 보이는 의논하러 다시 안쪽으로 들어가더군요."

"되게 번거롭군그래."

주인은 러일전쟁 소식이라도 읽는 기세로 자리를 앞으로 당겨 앉았다.

"그런데 보이가 다시 와서, 요즘은 도치멘보의 재료가 동이 나 가메야[26]나 요코하마 15번지[27]에 가도 구입할 수 없기 때문에 당분간은 안되겠다며 미안하다는 듯 말했습니다. 그러자 선생님은, 거참 난감하군, 모처럼 왔는데 말이야, 하며 저를 바라보며 자꾸 같은 말을 되풀이하시기에, 저도 가만히 입을 다물고 있을 수만은 없어, 유감입니다, 정말 유감입니다, 하고 맞장구를 쳐주었습니다."

"그야 그렇겠지."

주인도 맞장구를 쳤다. 뭐가 '그야 그렇다'는 것인지 나로서는 이해할 수 없었다.

"그러자 보이도 우리가 안돼 보였는지, 조만간 재료가 들어오게 되면 어떻게든 부탁해보겠다고 하더군요. 선생님이 재료는 뭘 쓰느냐고 묻자, 보이는 헤헤헤헤 하고 웃기만 하고 대답은 안 하더군요. 재료는

---

25 1889년에 구가 가쓰난(陸羯南)이 창간한 신문으로 1914년에 폐간되었다. 민족주의적 성향이 강했고, 마사오카 시키의 하이쿠, 단카(短歌) 혁신 운동의 거점이 되기도 했다.

26 당시 교바 시에 있던 직수입 소매점으로 서양 식료품, 술, 담배 등을 팔았다.

27 원래 거류지인 야마시타초(山下町) 15번지를 가리키는데, 그 지역에는 외국인이 경영하는 은행이나 상관(商館)이 모여 있었고 상관에는 식료품, 잡화, 맥주 등의 수출입품을 취급하는 가게가 많았다.

닛폰파[28]의 하이진[29]이겠지, 하고 선생님이 재차 묻자, 보이는 그렇다고 하면서 요즘에는 요코하마에 가도 구입할 수 없으니 정말 죄송하게 되었다고 말하더군요."

"아하하하. 그게 결론인가? 그거 참 재미있구면."

주인은 평소와 달리 큰 소리로 웃었다. 그 바람에 무릎이 흔들려 나는 거의 바닥으로 떨어질 뻔했다. 그런데도 주인은 아랑곳하지 않고 웃었다. 안드레아 델 사르토에 속아 넘어간 건 자기 혼자만이 아니라는 걸 알고는 갑자기 유쾌해진 것 같았다.

"그러고 나서 둘이서 밖으로 나왔는데, 여보게, 어떤가? 제대로 되지 않았나, 도치멘보라는 걸 재료로 삼은 점이 재미있었을 거야, 하며 의기양양해하시더군요. 탄복할 뿐이라고 말하고 헤어졌는데, 실은 점심때가 지난 터라 어찌나 배가 고프던지 아주 혼났습니다."

"그거 참 난처했겠군."

주인은 처음으로 동정을 표했다. 나 역시 거기에는 이견이 없었다. 잠시 이야기가 끊기고, 입맛을 쩝쩝 다시는 내 소리가 주인과 손님의 귀에 들어갔다.

도후 군은 다 식은 차를 쭉 들이켜고는 말했다.

"실은 오늘 이렇게 선생님을 찾아뵌 건 부탁드릴 게 있어섭니다."

"아, 그런가, 무슨 일인데 그러나?"

주인도 지지 않고 점잖을 뺐다.

"아시다시피 제가 문학과 미술을 좋아해서……"

---

28 닛폰파(日本派). 마사오카 시키를 중심으로 《닛폰》 신문을 통해 하이쿠 혁신 운동을 펼친 하이쿠 시인들.

29 하이진(俳人). 하이쿠 시인.

"그건 좋은 일이지."

주인은 기운을 돋우었다.

"얼마 전에 뜻 맞는 사람들이 모이는 낭독회라는 걸 조직했는데, 매달 한 번씩 모임을 갖고 이 방면의 연구를 계속할 생각입니다. 첫 모임은 작년 연말에 이미 가졌습니다."

"좀 물어보겠는데, 낭독회라면 시가나 글 같은 것에 무슨 가락을 붙여 읽는 일처럼 들리네만, 대체 어떤 식으로 한다는 건가?"

"일단 처음에는 옛사람의 작품으로 시작했다가 차츰 동인들이 창작한 것도 해볼까 합니다."

"옛사람의 작품이라면 백낙천(白樂天)의 「비파행(琵琶行)」[30] 같은 걸 말하는 건가?"

"아닙니다."

"그럼 부손의 「슌푸바테이쿄쿠(春風馬堤曲)」[31] 같은 걸 말하는 건가?"

"아니요."

"그럼 어떤 걸 했다는 건가?"

"지난번에는 지카마쓰의 정사물(情死物)[32]을 했습니다."

"지카마쓰? 조루리(淨瑠璃)[33]의 그 지카마쓰를 말하는 건가?"

---

30 당나라의 시인 백거이(白居易, 772~846)의 장편 칠언고시. 백거이, 즉 백낙천은 헤이안 시대 이후 일본에서 가장 사랑받은 중국 시인 중 한 사람이다.

31 하이쿠 시인 요사 부손(与謝蕪村, 1716~1783)의 시편.

32 에도 시대의 조루리, 가부키 작가로 유명한 지카마쓰 몬자에몬(近松門左衛門, 1653~1724)의 작품으로 정사(情死) 사건을 소재로 한 것을 말한다. 『소네자키 신주(曽根崎心中)』, 『신주 아미지마(心中天網島)』 등이 대표적인 작품이다. 이를 신주모노(心中物)라고 하는데, 여기서 신주(心中)는 남녀의 동반자살을 말한다.

33 음곡에 맞춰 이야기를 낭창하는 장르.

지카마쓰라면 한 사람밖에 없다. 지카마쓰라고 하면 희곡 작가 지카마쓰를 말한다는 건 뻔할 뻔자다. 그런 걸 되묻는 주인도 어지간히 어리석은 사람이구나, 하는 생각을 하고 있는데, 주인은 아무것도 모른 채 내 머리를 정성스럽게 쓰다듬었다. 자신을 자꾸 곁눈질하는 것 같은 사팔뜨기를 보고 자신에게 반한 게 틀림없다고 생각하는 인간도 있는 세상이니, 이 정도의 착각은 결코 놀랄 일이 아니라고 생각하며, 쓰다듬는 대로 내버려두었다.

"네."

그렇게 대답하고 도후는 주인의 안색을 살폈다.

"그럼 혼자 낭독하는 건가? 아니면 역할을 정해서 하는 건가?"

"역할을 정해 번갈아 가며 해봤습니다. 되도록 작중인물의 감정에 동화되어 그 성격을 제대로 표현하는 것에 주안점을 두었고, 거기에 손짓과 몸짓을 보탰습니다. 대사는 되도록 그 시대 사람들의 말을 그대로 살리는 것이 핵심이어서, 양갓집 규수든 아랫것이든 마치 그 인물이 등장한 것처럼 합니다."

"그럼 뭐 연극 같은 게 아닌가?"

"네. 의상과 무대장치가 없다뿐이죠."

"미안하네만, 제대로 되었나?"

"글쎄요, 처음 한 것치고는 그런대로 성공적이었다고 생각합니다."

"그런데 저번에 했다고 한 정사물이라는 건?"

"그러니까, 뱃사공이 손님을 태우고 요시와라(芳原)[34]로 가는 대목이었습니다."

"대단한 걸 했구먼."

---

34 에도 시대에 도쿄에 있던 유곽. 보통은 요시와라(吉原)라고 쓴다.

주인은 선생인 만큼 머리를 살짝 갸웃거렸다. 코에서 내뿜은 담배 히노데의 연기가 귓가를 스치고 얼굴 옆으로 돌아나갔다.

"뭐 그리 대단할 것까지는 없습니다. 등장인물은 손님과 뱃사공, 창기, 여급, 뚜쟁이, 파수뿐이었으니까요."

도후 군은 아무렇지도 않은 표정이었다. 주인은 창기라는 말을 듣고 약간 씁쓸한 표정을 지었지만 여급, 뚜쟁이, 파수라는 용어에 대해 분명한 지식이 없었던 모양인지 우선 질문부터 하고 나섰다.

"여급이란 유곽의 하녀에 해당하는 건가?"

"아직 제대로 연구해본 적은 없습니다만, 여급은 요정의 하녀이고 뚜쟁이가 유곽에서 보조하는 역할을 하는 사람일 거라고 생각합니다."

조금 전 도후 군은 바로 그 인물이 나온 것처럼 말투나 몸짓을 흉내 낸다고 한 주제에 뚜쟁이나 여급의 특정조차 잘 모르는 것 같았다.

"그렇구면, 여급은 요정에 예속된 사람이고, 뚜쟁이는 유곽에서 사는 사람이겠군. 그럼 파수라는 건 사람인가 아니면 어떤 장소를 가리키는 것인가, 만약 사람이라면 남자인가 여자인가?"

"파수는 아무래도 남자인 것 같습니다."

"무슨 일을 하는 사람인가?"

"글쎄요, 아직 거기까진 알아보지 못했습니다. 곧 알아보도록 하지요."

이런 식의 말을 주고받은 날에는 엉뚱한 일이 벌어지리라는 생각에 나는 주인의 얼굴을 슬쩍 올려다보았다. 주인은 의외로 진지했다.

"그래 낭독하는 사람은 자네 말고 또 어떤 사람이 참가했나?"

"여러 사람이 있었지요. 창기 역을 법학사인 K군이 맡았는데, 콧수염을 기른 남자가 여자의 달콤한 대사를 늘어놓으니 좀 묘한 느낌이 들더군요. 게다가 그 창기가 심한 복통을 호소하는 대목이 있었는데……"

"낭독할 때도 복통을 호소해야 하는 건가?"

주인이 걱정스럽다는 듯 물었다.

"네. 어쨌든 표정이 중요하니까요."

도후 군은 어디까지나 문예가인 척했다.

"그래 제대로 복통이 일어나던가?"

주인이 빈정거리는 투로 물었다.

"처음에는 복통만은 좀 무리더군요."

도후 군도 빈정거리는 투로 응수했다.

"그런데 자네는 어떤 역할을 맡았나?"

"저는 뱃사공이었지요."

"허어, 자네가 뱃사공이라."

자네 같은 사람이 뱃사공을 할 수 있다면 나도 파수 정도는 할 수 있겠다는 투였다.

"뱃사공 역은 무리였나?"

주인은 인사치레가 아닌 속마음을 털어놓았다. 도후 군은 그다지 화난 기색도 없었다. 전과 같이 차분한 어조로 말을 이었다.

"그 뱃사공 때문에 애써 마련한 모임도 용두사미로 끝나고 말았지요. 실은 낭독회장 근처에 여학생 네다섯 명이 하숙을 하고 있었는데, 그날 낭독회가 있다는 걸 어디서 들었는지 창문 밑에 와서 듣고 있었나 봅니다. 제가 뱃사공의 말투나 몸짓을 흉내 내다가 차츰 궤도에 오르자 이 정도면 됐다 싶어 우쭐해하고 있는데…… 말하자면 몸짓이 좀 지나쳤나 봅니다. 그때까지 참고 있던 여학생들이 그만 까르르르 하고 일제히 웃음을 터뜨렸으니까요. 놀라기도 했거니와 창피하기도 했습니다. 게다가 도중에 할 기분마저 잡쳐버렸으니 아무래도 계속할 수 없어 급기야 그걸로 모임을 끝내고 말았습니다."

첫 모임치고는 성공이라던 낭송회가 그 정도였다면 실패한 경우에는 과연 어땠을지 상상하자 웃지 않을 수 없었다. 나도 모르게 목구멍에서 까르르 소리가 났다.

주인은 더욱 부드러운 손길로 내 머리를 쓰다듬어주었다. 남을 비웃어 귀여움을 받는 건 고마운 일이기는 하지만 기분이 좀 나쁘기도 했다.

"거참 엉뚱한 변을 당했군."

주인은 설날부터 조사(弔詞)를 했다.

"두 번째 모임부터는 더욱 분발해서 성대하게 할 생각입니다. 오늘 이렇게 선생님을 찾아뵌 것도 바로 그 때문인데, 실은 선생님께서도 모임에 가입해주십사 하는 말씀을 드리려고요."

"나는 도저히 복통을 일으키지 못하네."

소극적인 성격의 주인은 이내 거절하려 들었다.

"아니, 복통 같은 건 일으키시지 않아도 좋으니, 여기 찬조원 명부가……"

이렇게 말하며 보라색 보자기에서 조그만 장부를 소중히 꺼냈다.

"여기에 서명하시고 날인을 해주셨으면 합니다."

그는 장부를 주인 무릎 앞에 펼쳐놓았다. 거기에는 현재 이름이 널리 알려진 문학박사, 문학사들의 이름이 가지런히 적혀 있었다.

"허어, 찬조원이 못 될 것도 없긴 한데, 어떤 의무가 있는 건가?"

굴처럼 서재에만 틀어박혀 있는 선생은 자못 걱정스러운 눈치였다.

"의무라고는 해도 특별히 꼭 해야 할 것이 있는 건 아니고, 그저 이름만 기입해주시고 찬성의 뜻만 표해주시면 그걸로 족합니다."

"그렇다면 입회하기로 하지."

의무가 없다는 걸 알기가 무섭게 주인은 마음이 홀가분해졌다. 책임이 없다는 것만 알면 모반의 연판장에라도 이름을 올리겠다는 표정이었다. 더군다나 그렇게 저명한 학자들의 이름이 쭉 적혀 있는 곳에 자신의 이름도 써 넣는 일은, 지금까지 이런 경험이 없었던 주인으로서는 다시없는 영광인지라 대답에 힘이 들어간 것도 무리는 아니었다.

"잠깐 실례하네."

주인은 도장을 가지러 서재로 들어갔다. 그 바람에 나는 다다미 위로 툭 떨어졌다. 그사이에 도후 군은 접시에 담긴 카스텔라를 집어 입안에 쑤셔 넣었다. 우물우물 한동안 괴로운 모양이었다. 나는 잠깐 오늘 아침의 떡국 사건을 떠올렸다. 주인이 서재에서 도장을 가지고 돌아왔을 때는 카스텔라가 이미 도후 군의 위 속에 자리를 잡았다. 주인은 접시의 카스텔라 한 조각이 없어진 사실을 알아채지 못하는 것 같았다. 만약 알게 되면 제일 먼저 나를 의심할 것이다.

도후 군이 돌아가고 나서 주인이 서재에 들어가 보니 어느새 메이테이 선생의 편지가 와 있었다.

새해 복 많이 받으시길 기원합니다.

유달리 서두가 진지하다고 주인은 생각했다. 메이테이 선생의 편지는 진지한 내용이 거의 없다. 얼마 전까지만 해도 이런 편지가 왔을 정도다.

그 후로는 특별히 연모하는 여성도 없고, 연애편지가 날아드는 일도 없고, 그럭저럭 무사하게 지내고 있으니 걱정하시지 말기를.

그에 비하면 이 연하장은 예외라고 할 정도로 세속적인 것이다.

잠깐 찾아갈까도 했으나 대형(大兄)의 소극적인 태도와는 달리 가능한 한 적극적인 방침으로 이 천고 미증유의 신년을 맞이할 계획이라 매일매일 눈이 팽팽 돌아갈 정도로 다망하니 너그러이 헤아려주시기를……

하긴 그런 사람이니 설날에는 놀러 다니느라 분주할 게 분명하다고 주인은 내심 메이테이 선생의 편지에 동의했다.

어제는 잠시 틈을 내 도후 군에게 도치멘보를 사주려고 했으나 공교롭게도 재료가 없다 하여 그 뜻을 이루지 못해 유감천만이었네.

이제 슬슬 본래의 모습을 드러낸다 싶어 주인은 잠자코 미소를 지었다.

내일은 모 남작의 가루타[35] 모임, 모레는 심미학협회의 신년 연회, 글피는 도리베 교수 환영회, 또 그다음 날은……

35 문장이 적힌 카드와 그에 맞는 그림이 그려진 카드를 찾는 카드 게임.

서론도 참 기네, 하며 주인은 건너뛰고 읽었다.

이처럼 요쿄쿠 모임, 하이쿠 모임, 단카 모임, 신체시 모임 등 모임의 연속이라 당분간은 쉴 새 없이 참석해야 하니 직접 찾아뵙지 못하고 부득이 연하장으로 인사를 대신하니 부디 언짢게 생각하지 마시고 너그러이 용서하기 바라네.

특별히 올 것까지는 없지, 하고 주인은 편지에 대고 대답했다.

다음에 왕림하실 때는 오랜만에 만찬이라도 대접할까 하네. 가난한 부엌살림이라 특별히 대접할 만한 것은 없지만 하다못해 도치멘보라도 대접할까 하는 마음을 먹고 있네.

또 도치멘보를 들먹였다. 무례한 놈 같으니, 하고 주인은 약간 화를 냈다.

그러나 도치멘보는 요즘 재료가 동이 나 경우에 따라서는 안 될지도 모르니 그때는 공작의 혀라도 대접하겠네……

양다리를 걸치겠다 이거군, 주인은 다음 대목이 읽고 싶어졌다.

아시다시피 공작 한 마리에서 얻을 수 있는 혀의 살은 새끼손가락의 절반도 안 되는지라 왕성한 식욕을 자랑하는 대형의 배를 채우려면……

거짓말하지 마! 하고 주인은 내뱉듯이 말했다.

공작 20, 30마리는 포획해야 할 것이네. 그런데 공작은 동물원이나 아사쿠사 공원 유람장[36] 등에서는 간혹 볼 수 있으나 새를 파는 가게에서는 전혀 찾아볼 수 없으니 고심하고 있네.

자기 혼자 멋대로 고심하는 게 아니냐며 주인은 털끝만치도 감사의 뜻을 표하지 않았다.

이 공작의 혀 요리는 옛날 로마가 전성기를 구가하던 당시 한때 크게 유행한 것으로 호사와 풍류의 극치라 하여 평소부터 은근히 식욕이 동하던 터라 이 점 살펴주시기를……

살피긴 뭘 살펴? 어처구니없군, 하고 주인은 심히 냉담한 태도를 보였다.

그로부터 16, 17세기 무렵까지 전 유럽에서 공작은 연회에서는 빠질 수 없는 진미였다고 하네. 레스터 백작[37]이 엘리자베스 여왕을 케닐워스[38]로 초대했을 때도 분명히 공작 요리를 대접한 것으로 기억하고 있네. 저 유명한 렘브란트가 향연의 모습을 그린 그림에도 공작이 꼬리를 펼치

36 도쿄 아사쿠사 공원 북서부에 있던 유람장에는 동물원, 수족관, 파노라마관 등이 있었다.
37 로버트 더들리 레스터 백작(Earl of Robert Dudley Leicester, 1532?~1588). 16세기 영국의 정치가이자 군인으로 여왕 엘리자베스 1세의 총애를 받았다.
38 잉글랜드 워릭셔에 있는 한 지방으로, 레스터 백작이 엘리자베스 여왕에게 하사받은 성이 있었다.

고 식탁 위에 누워 있다네.[39]

공작 요리의 역사나 쓰고 있을 여유가 있는 걸 보니 그리 다망한 것도 아니지 않느냐고 주인은 투덜댔다.

아무튼 요즘처럼 계속해서 진수성찬을 먹다가는 건강한 나도 머지않아 대형처럼 위장이 약해지는 것도 뻔한 이치라……

쓸데없이 대형처럼이라니, 특별히 나를 위가 약한 사람의 표준으로 삼지 않아도 되잖아, 하고 주인은 중얼거렸다.

역사가의 주장에 따르면 로마인은 하루에 두세 번이나 연회를 열었다고 하네. 하루에 두세 번이나 사방이 3미터나 되는 식탁에 가득 차려진 요리를 먹는다면 아무리 위장이 튼튼한 사람이라도 소화 기능이 버티지 못할 것이고, 따라서 자연히 대형처럼……

또 대형처럼이야, 무례한지고.

그런데 사치와 위생을 양립시키기 위해 연구에 연구를 거듭한 그들은, 맛있는 음식을 과도하게 탐하는 동시에 위장을 정상 상태로 보전할 필요성을 인정하고 하나의 비법을 생각해내기에 이르렀네……

39 렘브란트의 작품 중에 식탁에 공작이 놓인 것으로는 〈돌아온 탕자의 옷을 입고 사스키아와 함께 있는 자화상〉이 있다.

그래? 하고 주인은 갑작스레 관심을 보였다.

그들은 밥을 먹은 후 반드시 목욕을 한다고 하네. 목욕을 한 다음에는 어떤 방법을 동원하여 목욕 전에 삼킨 것을 모조리 토해내 위를 청소한다는 거지. 위가 깨끗해지면 다시 식탁에 앉아 질릴 때까지 맛있는 음식을 맛보고, 그것이 끝나면 다시 욕실로 들어가 이를 토해내고는 했다네. 이렇게만 하면 맛있는 음식을 실컷 탐하더라도 내장이 고장을 일으키지 않으니 일거양득이란 바로 이를 말함이 아닐까 하는 어리석은 생각을 했다고 하네……

과연 일거양득인 건 분명하다. 주인은 부러운 듯한 표정을 지었다.

20세기인 오늘날 교통의 발달이나 연회의 증가는 말할 것도 없고, 군사(軍事)와 국사(國事)가 다망하고 러시아를 정벌한 지 2년째가 되는 때이니 우리 전승국 국민은 반드시 로마 사람들을 본받아 이 목욕 구토술을 연구해야 할 때에 이르렀다고 확신하네. 그렇게 하지 않으면 애써 대국민이 된 우리도 가까운 장래에 모두 대형처럼 위장병 환자가 되지 않을까 은근히 걱정되는 바일세……

또 대형처럼이야, 정말 짜증나는 인간이군, 하고 주인은 생각했다.

이런 때에 서양 사정에 정통한 우리 같은 사람들이 고래의 전설을 연구하고 이미 폐기된 비법을 발견하여 이를 메이지 사회에 응용한다면, 이른바 재앙을 미연에 방지하는 공덕을 쌓기도 하고, 평소에 마음껏 편하게 놀고 즐겨온 것에 대한 보답도 되리라 생각하네……

왠지 묘하다며 고개를 갸웃했다.

그리하여 얼마 전부터 기번, 몸젠,[40] 스미스[41] 등 여러 사람들의 저술을 섭렵하였는데, 아직 발견의 단서조차 찾아내지 못한 것은 참으로 유감스러운 일이네. 하지만 아는 바와 같이 나는 한 번 마음먹은 것은 성공할 때까지 중단하지 않는 성품이니 구토술을 다시 부활시키는 날도 그리 멀지 않을 것이라 믿고 있네. 이는 발견하는 대로 보고할 터이니 그리 알아주기 바라네. 그러므로 앞에서 얘기한 도치멘보와 공작 혀 요리도 가능한 이를 발견한 후에 대접할 생각이네. 그리하면 나의 편의는 물론이고, 이미 위장병에 시달리고 있는 대형을 위해서도 좋을 거라 생각하네. 그럼 이만 줄이겠네.

뭐야? 결국 속은 거야, 문장이 너무 진지해서 그만 진심인 줄 알고 끝까지 읽고 말았다. 새해 벽두부터 이 따위 장난이나 하는 메이테이는 어지간히 한가한 놈이군, 하고 주인은 웃으며 중얼거렸다.

그로부터 4, 5일은 별일 없이 지나갔다. 백자에 꽂혀 있는 수선화가 차츰 시들고, 꽃병에 꽂혀 있으면서도 어린 가지가 초록색인 매화는 점차 꽃을 피우고 있는 것을 바라보며 시간만 보내는 것도 따분하여 두 번이나 얼룩이를 찾아갔으나 만나지 못했다. 처음에는 집에 없다

---

40 테오도어 몸젠(Theodor Mommsen, 1817~1903). 독일의 역사가로 『로마사』라는 저서를 남겼다.

41 윌리엄 스미스(William Smith, 1813~1893). 영국의 고전학자. 소세키는 스미스가 편한 『고대 그리스·로마 전기 신화지리 사전』을 소장하고 있었다.

고 생각했는데, 두 번째 갔을 때는 앓아누워 있다는 걸 알았다. 장지문 안에서 예의 선생님과 하녀가 나누는 이야기를, 손 씻는 돌그릇 옆 엽란 그늘에 숨어 엿들었던 것이다.

"얼룩이는 밥을 먹더냐?"

"아뇨. 오늘 아침부터 아직 아무것도 안 먹었어요. 그래서 따뜻한 고타쓰에 눕혀놓았어요."

어째 고양이답지가 않다. 꼭 인간 대우를 받고 있다.

한편으로는 내 처지와 비교하니 부럽기도 하지만, 다른 한편으로는 내가 사랑하는 고양이가 이렇게까지 환대를 받고 있다고 생각하니 기쁘기도 했다.

"이거 참 걱정이구나. 밥을 안 먹으면 더 약해지기만 할 텐데."

"그렇습니다요. 저는 하루만 굶어도 이튿날은 도저히 일을 할 수 없거든요."

하녀는 자기보다 고양이가 고등동물이라도 되는 양 대답했다. 사실 이 집에서는 하녀보다 고양이가 더 소중한지도 몰랐다.

"의사한테는 데려가봤느냐?"

"네, 그런데 그 의사가 참 이상했어요. 제가 얼룩이를 안고 진찰실로 들어갔더니, 감기라도 들었느냐고 제 맥을 짚으려고 하지 않겠어요. 환자는 제가 아니라 바로 이 고양이예요, 하고 얼룩이를 무릎 위에 앉혔더니, 히죽히죽 웃으면서 고양이 병은 나도 몰라, 내버려두면 곧 낫겠지, 하잖아요. 너무 심한 거 아니에요. 화가 나서 그럼 안 봐주셔도 좋아요, 이래 봬도 아주 소중한 고양이란 말이에요, 하고 얼룩이를 안고 돌아와버렸어요."

"정말 심했구나."

'정말 심했구나'라는 말은 우리 집 같은 데서는 도저히 들을 수 없는 말이다. 역시 덴쇼인님의 무엇의 무엇이 되지 않고서는 쓸 수 없는, 아주 우아한 말이라며 감탄했다.

"어쩐지 코를 훌쩍거리는 것 같던데……"

"네, 아마 감기에 걸려 목이 아픈가봐요. 감기에 걸리면 누구나 기침을 하니까요……"

덴쇼인님의 무엇의 무엇이 되는 사람의 하녀인지라 무척 공손한 말을 썼다.

"게다가 요즘은 폐병인지 뭔지 하는 병이 생겨서 말이야."

"정말, 요즘처럼 폐병이니 페스트니 그런 새로운 병만 잔뜩 늘어나서 마음을 놓을 수 없다니까요."

"옛날 막부 시대에 없었던 것치고 신통한 것이 없으니 너도 조심하지 않으면 안 된다."

"그런가요?"

하녀는 무척 감동했다.

"감기에 걸렸다지만 별로 돌아다니지도 않은 것 같던데……"

"아니에요, 선생님. 요즘 나쁜 친구가 생겼거든요."

하녀는 국가의 기밀이라도 털어놓는 듯 의기양양했다.

"나쁜 친구라고?"

"네. 저 큰길가 선생님 집에 사는 좀 지저분한 수고양이가 있거든요."

"선생이라고 하면, 매일 아침 그 버릇없는 소리를 내는 사람 말이냐?"

"네. 세수할 때마다 목이 졸린 거위가 꽥꽥거리는 소리 같은 걸 내는 사람이에요."

목이 졸린 거위가 꽥꽥거리는 소리라, 근사한 표현이다.

우리 주인은 매일 아침 욕실에서 양치질을 할 때 이쑤시개로 목구멍을 쿡쿡 찔러 이상한 소리를 질러대는 버릇이 있다. 언짢을 때는 심하게 까르륵까르륵 소리를 지른다. 기분이 좋을 때는 힘이 솟는지 더욱 심하게 까르륵까르륵 소리를 질러댄다. 결국 기분이 좋을 때나 나쁠 때나 쉼 없이 기세 좋게 까르륵까르륵 소리를 질러대는 것이다. 안주인의 말에 따르면 이곳으로 이사 오기 전까지는 그런 버릇이 없었다고 하는데, 어느 날 갑자기 시작하더니 오늘까지 한 번도 그만둔 적이 없다고 한다. 좀 성가신 버릇인데, 왜 그런 짓을 끈질기게 계속하는지, 우리들 고양이로서는 도저히 상상할 수도 없다. 그건 그렇다 치더라도 '좀 지저분한 고양이'라니 꽤나 혹평을 해대는구나 하며 귀를 쫑긋하고 계속 듣기로 했다.

"그런 소리를 지르면 무슨 주문이라도 되는지 모르겠구나. 메이지 유신 전에는 무가에서 잡무를 보는 사람이든 하인이든 그에 걸맞은 예법을 알았지. 무가에서 그런 식으로 세수하는 사람은 한 사람도 없었어."

"그럼요, 그렇고말고요."

하녀는 덮어놓고 감탄하고, 덮어놓고 '말고요'를 썼다.

"그런 주인의 고양이니까 어차피 도둑고양이일 수밖에, 다음에 오면 좀 때려주거라."

"때려주고말고요. 얼룩이가 아픈 것도 그놈 탓인 게 분명한걸요. 반드시 복수를 해주고 말 거예요."

엉뚱한 죄를 몽땅 뒤집어썼다. 이래서는 함부로 접근할 수 없을 것 같았다. 끝내 얼룩이를 만나지 못하고 돌아왔다.

돌아와 보니 주인은 서재 안에서 붓을 쥔 채 깊이 생각에 잠겨 있었다. 이현금 선생 집에서 들은 주인에 대한 평판을 얘기하면 필시 화를 낼 테니 모르는 게 약이다. 주인은 신성한 시인이라도 되는 양 끙끙거리고 있었다.

당분간 다망하여 찾아올 수 없다며 일부러 연하장을 보냈던 메이테이 선생이 그때 홀연히 나타났다.

"무슨 신체시라도 짓고 있나? 재미난 게 완성되면 보여주게."

"응, 제법 괜찮은 글 같아서 지금 번역해보려는 참이네."

주인은 무겁게 입을 뗐다.

"글? 누구 글인데?"

"누구 건지는 모르겠네."

"무명씬가? 무명씨의 작품 중에도 꽤 좋은 게 있으니 함부로 무시할 순 없지. 대체 그게 어디 있었나?"

"제2독본.[42]"

주인은 태연자약하게 대답했다.

"제2독본? 제2독본이 어쨌단 말인가?"

"내가 번역하려는 명문이 제2독본에 수록되어 있다는 말일세."

"말 같잖은 소리 하지 말게. 어떻게든 공작 혀 요리에 대해 복수해보겠다는 심보인 거지?"

"난 자네 같은 허풍쟁이가 아니네."

---

42 1900년대 초 일본 중학교 영어 교과서는 대개 다섯 권으로 편성되었는데, 그중에서 두 번째 권을 말한 것으로 보인다. 그중 Longmans' New Geographical Readers의 제2독본에는 어머니가 딸에게 인력(引力)에 대해 가르치는 'The Force of Gravity'라는 장이 있었다고 한다.

주인은 콧수염을 꼬면서 말했다. 제법 태연했다.

"옛날 어떤 사람이 라이 산요[43]에게, 선생님! 요즘 명문은 없습니까, 하고 물었더니 산요는 마부가 쓴 빚 독촉장을 보여주며 요즘 명문은 아마도 이것일 거라고 했다는 이야기가 있네. 그러니 자네의 심미안도 의외로 정확할지 모르지. 어디 좀 읽어보게나. 내가 비평해줄 테니."

메이테이 선생은 자신이 심미안의 대가라도 되는 양 말한다. 주인은 선승이 다이토 국사[44]의 유훈이라도 읽는 것 같은 소리로 읽기 시작했다.

"거인(巨人) 인력(引力)."

"뭔가, 그 거인, 인력이라는 게?"

"거인 인력이라는 제목일세."

"묘한 제목이군그래. 난 무슨 의미인지 통 모르겠는걸."

"인력이라는 이름을 가진 거인을 말하는 거겠지."

"좀 억지인 것 같지만 제목이니까 일단 넘어가기로 하지. 그럼 어서 본문을 읽어보게. 자넨 목소리가 좋아서 꽤 재미있네."

"괜히 중간에 끼어들어 맥을 끊어서는 안 되네."

주인은 미리 다짐을 받고 다시 읽기 시작했다.

케이트는 창밖을 바라본다. 아이들이 공을 던지며 놀고 있다. 그들은 하늘 높이 공을 던진다. 공은 위로 높이 올라간다. 잠시 후에 떨어진다. 그

43 라이 산요(賴山陽, 1780~1832). 에도 후기의 유학자이자 역사가. 명문장가로 유명했으나 소세키는 그에 대해 비판적이었다.

44 다이토 국사(大燈國師, 1282~1337). 가마쿠라(鎌倉) 시대의 선승으로 임제종 다이토쿠지(大德寺)를 창건했다. 『다이토 국사 어록』을 남겼다.

들은 다시 공을 높이 던진다. 두 번, 세 번. 던질 때마다 공은 떨어진다.

"왜 떨어지는 거야, 왜 위로만 높이 올라가지 않는 거야?"

케이트가 물었다.

"거인이 땅속에 살기 때문이지."

어머니가 대답했다.

"그는 거인 인력이야. 힘이 세지. 그는 만물을 자기 쪽으로 잡아당겨. 집도 땅으로 끌어당기거든. 끌어당기지 않으면 날아가버릴 거야. 아이들도 날아가버릴걸. 잎이 떨어지는 거 봤지? 그건 거인 인력이 불러서야. 책을 떨어뜨릴 때가 있지? 거인 인력이 오라고 해서야. 공이 하늘로 올라가지? 하지만 거인 인력이 부르면 떨어지거든."

"그게 끝인가?"

"으음, 근사하지 않은가?"

"이야, 이거 놀라운데, 엉뚱한 데서 도치멘보의 답례를 받았군."

"답례도 아무것도 아닐세. 정말 근사해서 번역해본 걸세. 자넨 그렇게 생각지 않나?"

주인은 금테 안경 속을 들여다보았다.

"정말 놀랐네. 자네한테 이런 재주가 있는 줄은 몰랐네그려. 이번만은 내가 완전히 당했어. 항복이야, 항복."

혼자 동의하고 혼자 지껄여댔다. 하지만 주인에게는 전혀 통하지 않았다.

"뭐 자네를 항복시킬 생각은 없네. 그저 재미있는 글이다 싶어 번역해봤을 뿐이네."

"아니네, 정말 재미있어. 그렇게 나오지 않으면 진짜가 아니지. 대단하네. 두 손 들었어."

"그렇게 두 손 들 일이 아니네. 나도 요즘은 수채화를 그만뒀으니, 대신에 글이라도 써볼까 해서 말이야."

"허 참, 원근에 차별이 없고 흑백이 평등한 수채화에 비할 바 아니지. 감탄의 극치일세."

"그렇게 칭찬해주니 나도 흥이 나네."

주인은 어디까지나 착각하고 있었다.

그때 간게쓰 군이 들어왔다.

"지난번에는 실례가 많았습니다."

"아, 어서 오게. 지금 대단한 명문을 듣고 도치멘보의 망령을 퇴치하던 참일세."

메이테이 선생은 넌지시 영문을 알 수 없는 말을 던졌다.

"허어, 그렇습니까?"

간게쓰 역시 영문 모를 인사말을 했다. 주인만은 그렇게 들뜬 기색이 아니었다.

"일전에 자네가 소개했다면서 오치 도후(越智東風)라는 사람이 찾아왔었네."

"아아. 찾아왔습니까? 그 오치 고치(越智東風)라는 남자는 아주 정직합니다만, 좀 별난 데가 있는 사람이라 혹 폐가 되지 않을까 싶었는데, 꼭 좀 소개시켜달라고 해서 말이지요……"

"뭐 폐가 되지는 않았네만……"

"여기 와서 자기 이름에 대해 뭐라고 하지 않았습니까?"

"아니, 그런 얘기는 없었던 것 같은데."

"그렇군요. 어딜 가든 처음 만나는 사람에게 자기 이름에 대해 설명하는 게 버릇이거든요."

"어떤 설명을 한단 말인가?"

무슨 일이 있기를 기대하고 있던 메이테이 선생이 끼어들었다.

"그 고치(東風)라는 걸 도후[45]라고 음독할까 봐 무척 신경을 쓰고 있거든요."

"그거 참."

메이테이 선생은 금박 무늬가 들어간 가죽 담배쌈지에서 담배를 꺼냈다.

"제 이름은 오치 도후가 아니라 오치 고치입니다, 하고 반드시 정정합니다."

"거참 묘하군."

메이테이 선생은 구모이[46] 담배 연기를 배 속 깊숙이 들이마셨다.

"그건 전적으로 문학에 대한 열정에서 나온 것인데 고치로 읽으면 오치 고치,[47] 즉 원근(遠近)을 나타내는 의미가 되고 또 그 이름이 운을 맞추고 있다는 게 그의 자랑거리랍니다. 그러므로 동풍(東風)을 도후로 음독하면 자신의 고심을 평가해주지 않는 거라며 불평하는 겁니다."

"거참 별난 사람이로군."

메이테이 선생은 생각대로 되었다는 듯 우쭐대며 담배 연기를 배 속에서 콧구멍으로 다시 내뿜었다. 도중에 연기가 길을 잘못 들어 목

---

45 뜻으로 읽으면 고치, 음으로 읽으면 도후가 되는데, 도후(とうふう)는 두부(とうふ)의 일본어 발음과 비슷하다.

46 1900년대 초 일본에서 판매된 담배 이름. 종이로 만 담배가 아니라 잘게 썬 쌈지담배로 곰방대를 이용해 피운다.

47 오치고치(遠近, 彼方此方)는 여기저기, 이쪽저쪽이라는 뜻이다.

구멍에 걸렸다. 선생은 곰방대를 쥔 채 콜록콜록 기침을 해댔다.

"지난번에 와서는 낭독회에서 뱃사공 역을 맡았다가 여학생들에게
망신을 당했다고 하더군."

주인이 웃으면서 말했다.

"아, 그거구먼."

메이테이 선생은 곰방대로 무릎을 톡톡 쳤다. 나는 위태로움을 감
지하고 옆으로 살짝 비켜났다.

"그 낭독회 말이야. 요전에 도치멘보를 대접했을 땐데 말이지, 그
얘기가 나왔다네. 잘은 모르나 두 번째 모임에는 저명한 문사를 초대
하여 대회를 치를 생각이니, 나도 꼭 참석해주기를 바란다고 하더군.
그래서 내가 이번에도 지카마쓰의 세태물을 할 생각이냐고 물었더니,
다음엔 아주 새로운 것을 골라 『곤지키야샤(金色夜叉)』[48]로 정했다는
거야. 그래 자네는 어떤 역할을 맡았느냐고 물었더니, 자기는 여주인
공 오미야(御宮)를 맡았다지 뭔가. 도후가 연기하는 오미야는 재미있
을 거네. 나도 꼭 참석해서 박수갈채를 보내줄 생각이네."

"재미있겠네요."

간게쓰 군이 묘한 웃음을 흘렸다.

"허나 그 사람은 어디까지나 성실하고, 경박스러운 데가 없으니 좋
아. 메이테이, 자네하고는 완전 딴판이지."

주인은 안드레아 델 사르토와 공작 혀와 도치멘보의 복수를 한꺼번
에 해치웠다. 메이테이 선생은 아무렇지도 않은 기색으로 웃으며 말
했다.

---

48 1903년에 발표된 오자키 고요(尾崎紅葉, 1868~1903)의 소설로 우리나라에는 『장한몽』 또는
『이수일과 심순애』로 번안되어 소개되었다.

"나야 어차피 교토쿠(行德)의 도마[49]인걸 뭐."

"일단 그쯤 되겠지."

주인이 말했다.

사실 주인은 교토쿠의 도마가 무슨 말인지 잘 몰랐지만, 오랫동안 학교 선생 노릇을 해오면서 모르는 걸 이런 식으로 얼버무려왔던 터라 이런 때 그 경험을 사교에 응용한 것이다.

"교토쿠의 도마는 또 무슨 말인가요?"

간게쓰 군이 솔직하게 물었다. 주인은 일부러 도코노마[50] 쪽을 바라보며 다른 화제로 교토쿠의 도마를 덮어버렸다.

"저 수선화는 지난 세밑에 내가 목욕탕에 다녀오는 길에 사다가 꽂아놓은 건데 참 오래도 가는구먼."

"세밑이라고 하니까 말인데, 지난 세밑에 난 참으로 신기한 경험을 했네."

메이테이 선생이 곡예사처럼 곰방대를 손가락 끝으로 돌렸다.

"어떤 경험이었는지 말해보게."

주인은 교토쿠의 도마를 뒤쪽으로 멀리 팽개쳐버렸다는 생각에 안도의 한숨을 내쉬었다. 메이테이 선생의 신기한 경험이란 다음과 같은 것이었다.

"분명히 세밑 27일이었다고 기억하네. 찾아뵙고 아무쪼록 문예에 대한 고견을 듣고자 하오니 댁에 계셔주셨으면 바란다고 도후 군이

49 바보스럽고 인품이 좋지 않은 사람을 가리키는 은어. 교토쿠는 개랑조개(馬鹿貝)의 산지로 "교토쿠의 도마는 개랑조개로 닳는다"는 말에서 나온 표현이다. 여기서 개랑조개의 한자는 바보 조개라는 뜻이다.

50 일식 다다미방 한쪽 바닥을 한 층 높게 만들어 벽에는 족자를 걸고 바닥에는 꽃이나 장식물을 꾸며놓은 곳.

미리 연락을 해왔더군. 그래서 아침부터 은근히 기다리고 있었는데, 이 사람이 좀처럼 와야 말이지. 점심을 먹고 스토브 앞에서 배리 페인[51]의 유머집을 읽고 있는데, 시즈오카에 계시는 어머니한테서 편지가 왔더군. 노인네라 아직까지도 나를 어린애로만 여기시거든. 편지에도 추운 날 밤에는 외출을 하지 말라느니, 냉수욕도 좋지만 스토브를 켜서 방 안을 따뜻하게 하지 않으면 감기 든다느니 여러 가지로 주의를 주셨더군. 과연 부모란 고마운 존재지. 타인이라면 도저히 그렇게는 못할 거야. 만사태평인 나도 그때만은 무척 감동했네. 그런데도 이렇게 빈둥빈둥해서는 죄스럽다, 무슨 대작이라도 써서 가문을 빛내야겠다, 어머니가 살아계실 때 메이지 문단에 메이테이 선생이 있다는 걸 만천하에 알려주고 싶다, 뭐 이런 생각이 들더군.

그러고 나서 그다음 대목을 읽어가노라니, 너는 참 행복한 애다, 러시아와 전쟁이 벌어져 젊은 사람들이 온갖 고생을 다하며 나라를 위해 일하고 있는데, 지금이 섣달인데도 너는 설날처럼 무사태평하게 놀고 있으니 말이다, 라고 쓰여 있지 뭔가. 이래 봬도 난 어머니가 생각하고 있는 것처럼 놀고만 있는 건 아니잖은가. 그다음에는 이번 전쟁에 나가 죽거나 부상당한 초등학교 시절 친구들 이름이 열거되어 있었네. 하나씩 그 이름들을 보니 어쩐지 이 세상이 따분해지고 인간이란 존재도 시시하다는 생각이 들더군.

맨 끝에는 이제 나이를 먹었으니 설날 떡국을 먹는 것도 이번이 마지막이 아닐까 싶다는 어쩐지 허전한 내용이 쓰여 있어 더욱 기분이 울적해져서 도후 군이라도 빨리 왔으면 좋겠다 싶었는데, 이 사람이 영 와야 말이지. 그러다가 저녁때가 되고 말아서, 어머니께 답장이나

---

51 배리 페인(Barry Eric Odell Pain, 1864~1928). 영국의 유머 작가.

쓰자 싶어 열두서너 줄을 썼네. 어머니 편지는 두루마리로 2미터나 되었는데, 나는 도저히 그런 재주가 없어서 늘 열 줄 안팎으로 끝나고 말거든. 그런데 하루 종일 꼼짝도 않고 있었던 탓인지 배 속이 이상하게 더부룩하더군. 도후 군이 오면 기다려달라고 해두면 되겠다 싶어 우편물도 부칠 겸 산책을 나섰네.

평소에는 후지미초 쪽으로 가는데 그때는 나도 모르게 도테산반초 쪽으로 발길이 향하고 말았네. 마침 그날 밤은 날도 약간 흐렸고 해자 쪽에서 강바람이 세차게 불어오더군. 굉장히 추웠네. 가구라자카 쪽에서 온 기차가 경적을 울리며 둑 아래를 지나가더군. 참 쓸쓸한 기분이었네. 세밑, 전사(戰死), 노쇠, 덧없는 세상이라는 말이 머릿속을 맴돌았지. 흔히 사람들이 목을 맨다고 하는데, 바로 이런 때에 문득 죽고 싶은 마음에 사로잡히는 게 아닐까 하는 생각이 들더군. 살짝 고개를 들어 둑 위를 올려다보니 어느새 예의 그 소나무 바로 아래에 와 있지 않겠나."

"그 소나무라니, 그게 뭔가?"

주인이 한마디 하며 끼어들었다.

"목매는 소나무 말이네."

메이테이 선생은 목덜미를 움츠렸다.

"목매는 소나무는 고노다이에 있지 않나요?"

간게쓰가 파문을 확산시켰다.

"고노다이 것은 종을 달아매는 소나무고, 도테산반초 것이 바로 목매는 소나무일세. 왜 이런 이름이 붙었는가 하면 말이네, 옛날부터 전해오는 이야기가 있다네. 누구나 그 소나무 아래로 지나가면 목을 매고 싶어진다는 거지. 둑 위에는 소나무가 수십 그루 서 있는데, 누가 목을 매 죽었다고 해서 가보면 어김없이 그 소나무에 매달려 있더라는 거야. 한 해에 두세 번은 반드시 매달려 있었다네. 아무래도 다른 소나무에서는 죽을 생각이 들지 않았던 거지.

자세히 보니 가지가 한길 쪽으로 멋지게 뻗어 있더군. 아아, 멋진 가지구나, 저대로 그냥 놔두기가 아까운걸, 어떻게든 저기다 사람을 매달아보고 싶은데, 누가 안 오나, 하고 주위를 둘러봤지만 공교롭게 아무도 오지 않았네. 할 수 없지, 내가 매달려볼까, 아니지, 아니야, 내가 매달렸다가는 목숨이 날아가지, 위험하니 그만두자.

그런데 옛날 그리스 사람들은 연회석상에서 목을 매는 시늉을 하여 여흥을 돋우었다는 이야기가 있네. 한 사람이 받침대 위에 올라가 밧줄로 둥글게 만든 매듭에 목을 들이미는 순간 다른 사람이 받침대를 걷어찬다네. 그러면 목을 들이민 당사자는 받침대가 빠지는 것과 동시에 밧줄을 느슨하게 풀고 뛰어내렸다는 거야.

과연 그게 사실이라면 별로 두려워할 필요는 없겠다, 어디 나도 한번 시도해볼까 하고 손을 뻗어 가지를 잡아보니 그럴듯하게 휘어지더군. 휘어지는 모습이 아주 미적이야. 목이 공중에 매달려 둥둥 떠 있는 모습을 상상해보니 정말 기분이 좋더군. 꼭 해보고 싶었네만, 만약 도후 군이 와서 기다리고 있으면 그것도 참 딱하다는 생각이 들더군. 그렇다면 일단 도후 군을 만나 약속한 대로 이야기를 나눈 뒤에 다시 오리라 생각하고 결국 집으로 돌아가고 말았네."

"그래서 오래오래 행복하게 살았다는 건가?"

주인이 물었다.

"재미있네요."

간게쓰가 히죽히죽 웃으며 말했다.

"집에 돌아와 보니 도후 군은 오지 않았더군. 그 대신, 오늘은 부득이한 사정이 있어 못 갑니다, 가까운 시일 내에 찾아뵙고 천천히 이야기를 나누고자 합니다, 하는 엽서가 와 있더군. 겨우 안심하고 그렇다면 이제 홀가분하게 목을 맬 수 있겠다는 생각에 기쁘더군. 그래서 곧장 나막신을 신고 잰걸음으로 그곳으로 돌아가 보니……"

메이테이 선생은 이렇게 말하고 주인과 간게쓰의 얼굴을 보며 점잔을 뺐다.

"그랬더니 어떻던가?"

주인은 조금 몸이 달았다.

"점입가경이네요."

간게쓰 군은 하오리의 끈을 만지작거렸다.

"그런데 벌써 누가 와서 매달려 있지 않겠나. 간발의 차이였는데 정말 유감스러운 일이었지. 지금 생각하면 그때는 귀신에게 홀렸었나 보네. 제임스[52]가 말하는, 잠재의식에 존재하는 유명계(幽冥界)와 내가 실제로 존재하는 현실계가 일종의 인과법에 의해 서로 감응한 것일 테지. 정말 신기한 일도 다 있지 뭔가."

메이테이 선생은 시치미를 뚝 뗐다.

주인은 또 당했구나 싶었지만 아무 말도 하지 않고 찹쌀떡을 한입가득 넣고 오물거렸다.

간게쓰는 고개를 숙인 채 화로의 재를 조심스럽게 고르며 히죽히죽 웃고 있다가 이윽고 입을 열었다. 아주 차분한 어조였다.

"과연 듣고 보니 신기한 일이네요. 좀처럼 있을 것 같지 않습니다만

---

52 윌리엄 제임스(William James, 1842~1910). 미국의 철학자이자 심리학자. 소세키는 『문학론』에서 제임스로부터 많은 영향을 받았다고 언급했다.

저 같은 사람도 바로 얼마 전에 비슷한 경험을 했기 때문에 의심할 생각은 추호도 없습니다."

"아니, 자네도 목을 매고 싶었다는 말인가?"

"아닙니다. 저의 경우는 목이 아닙니다. 새해가 밝았으니, 이미 작년 연말의 일이네요. 그것도 선생님과 같은 날 같은 시각쯤에 일어난 사건이라 더더욱 신기한 느낌입니다."

"그거 재미있구먼."

메이테이 선생도 찹쌀떡을 한입 가득 넣었다.

"그날은 무코지마에 사는 친지의 집에서 망년회를 겸한 합주회가 있었는데 저도 바이올린을 갖고 참석했지요. 열대여섯 명의 숙녀와 부인들이 모인 아주 성대한 모임이었는데, 근래에 보기 드문 유쾌한 행사로 여겨질 만큼 모든 게 잘 갖춰져 있더군요. 만찬과 합주가 끝나고 이런저런 이야기가 나와 시간도 꽤 늦어졌기 때문에 저는 작별 인사를 하고 집으로 돌아가려고 했습니다. 그런데 모 박사의 부인이 제 옆으로 오더니, 당신은 ○○코 양이 아프다는 사실을 알고 계신가요, 하고 나직한 목소리로 물어왔습니다. 실은 그 2, 3일 전에 만났을 때는 평소와 다름없이 건강해 보였던 터라 저도 놀라 자세한 상황을 물어봤습니다. 그랬더니 저와 만난 그날 밤부터 갑자기 열이 오르고 연신 헛소리를 한다더군요. 그뿐이라면 다행이겠지만 그 헛소리 속에 제 이름이 가끔씩 나온다는 거였습니다."

주인은 물론이고 메이테이 선생도, '거 보통 일이 아니군' 하는 상투적인 맞장구도 치지 않고 조용히 듣고 있었다.

"의사를 불러 진찰을 받아보니, 정확한 병명은 알 수 없으나 어쨌든 열이 심해서 뇌까지 손상되었으니 만약 수면제가 생각대로 듣지 않으면 위험하다는 진단이 나왔다고 합니다. 저는 그 말을 듣자마자 어쩐지 좋지 않은 느낌이 들었습니다. 마치 꿈을 꾸다 가위에 눌렸을 때와 같은 울적한 느낌이어서 주위의 공기가 순식간에 단단한 물체가 되어 사방에서 내 몸을 조여오는 것만 같았습니다. 돌아오는 길에도 그 일만 머릿속에 맴돌아 너무나 괴로웠습니다. 그 예쁘고 활달하고 건강하던 ○○코 씨가……"

"잠깐 실례하네만 좀 기다려주게. 아까부터 듣고 있자니, ○○코 양이라는 이름이 두어 번쯤 들린 것 같은데, 혹시 별 지장이 없다면 그가 누구인지 알고 싶네."

메이테이 선생이 이렇게 말하고 뒤를 돌아보니, 주인도 "으음" 하고 그냥 건성으로 대답했다.

"아니, 그것만은 본인에게 폐가 될지도 모르는 일이니 그만두는 게 좋겠습니다."

"그럼 모든 걸 애매하고 모호하게 해나갈 셈인가?"

"비웃으시면 안 됩니다. 이건 아주 진지한 이야기니까요…… 어쨌든 그 여성이 갑자기 그런 병에 걸렸다고 생각하니 실로 인생이 무상하다는 생각에 가슴이 답답하고, 온몸의 기운이 일시에 파업이라도 일으킨 것처럼 빠져나갔습니다. 제대로 몸을 가누지 못하고 비틀거리며 겨우 아즈마바시 다리에 다다랐습니다. 난간에 기대어 아래를 보니 밀물인지 썰물인지는 모르겠으나 검은 물이 모여 그저 움직이고만 있는 것처럼 보이더군요. 하나카와도 쪽에서 인력거 한 대가 달려와 다리 위를 지나갔습니다. 그 초롱 불빛을 바라보는데, 불빛이 점차 작아지더니 삿포로맥주 공장이 있는 데서 사라졌습니다.

저는 다시 물을 내려다보았습니다. 그런데 멀리 강 상류에서 내 이름을 부르는 소리가 들리는 겁니다. 어, 이런 시간에 날 부를 사람이 없을 텐데 누굴까, 하고 수면을 들여다보았으나 어두워서 아무것도 보이지 않았습니다. 헛들은 거겠지, 하고 얼른 집으로 돌아가려고 한 발 두 발 발을 떼기 시작하자 다시 멀리서 저를 부르는 희미한 목소리가 들려오는 겁니다. 저는 다시 발걸음을 멈추고 귀를 기울여 들어보았습니다.

세 번째 불렸을 때는 난간을 붙잡고 있었는데도 무릎이 부들부들 떨리기 시작했습니다. 그 소리는 멀리서나 아니면 강바닥에서 들려오는 것 같았습니다만, 틀림없이 ○○코 씨의 목소리였습니다. 저도 모르게 네, 하고 대답하고 말았습니다. 제 대답 소리가 얼마나 컸던지 잔잔하던 물에 반향하여 저 자신도 그 소리에 놀라 주위를 둘러볼 정도였습니다. 주위에는 사람도 개도 달도 아무것도 보이지 않았습니다.

그때 전 이 '밤'에 휩쓸려 그 목소리가 나는 곳으로 가고 싶다는 생각에 걷잡을 수 없이 빠져들었습니다. 다시 ○○코 씨의 목소리가 고통스러운 듯, 뭔가를 호소하는 듯, 구원해달라는 듯 제 귀를 찔러와 저는, 지금 당장 갑니다, 하고 대답하고는 난간으로 상반신을 내밀고 검을 물을 바라보았습니다. 아무래도 저를 부르는 소리가 물결 밑에서 어렵게 새어나오는 것 같았으니까요. 이 물 밑이구나 싶어 저는 급기야 난간 위로 올라갔습니다. 다시 그녀가 부르면 뛰어들 결심을 하고 물결을 응시하고 있었더니 다시 가련한 목소리가 실낱같이 떠올랐습니다. 바로 이때다 싶어 온몸에 힘을 주고 일단 뛰어오른 다음, 마치 자갈처럼 미련 없이 몸을 던졌습니다."

"정말 뛰어들었단 말인가?"

주인이 눈을 깜박거리며 물었다.

"그렇게까지 할 줄은 몰랐네."

메이테이 선생도 자기 코끝을 살짝 만졌다.

"뛰어들고 나서는 의식이 혼미해지더니 한동안 정신을 잃었습니다. 얼마 후 눈을 떠보니 춥기는 한데 물에 젖은 데도 없고 물을 마신 것 같지도 않았습니다. 분명히 뛰어들었는데 참 신기했습니다. 이거 정말 이상하다며 정신을 차리고는 주변을 둘러보고 저는 깜짝 놀랐습니다. 물속으로 뛰어든 줄로만 알았는데, 그만 다리 한복판으로 잘못 뛰어내렸던 겁니다. 그때는 정말 안타까웠습니다. 앞뒤를 착각한 탓에 그 목소리가 나는 곳으로 갈 수가 없었던 겁니다."

간게쓰는 히죽히죽 웃으면서 여느 때처럼 하오리의 끈을 거추장스럽다는 듯 만지작거리고 있었다.

"하하하하, 그거 참 재미있구먼. 내 경험과 아주 흡사한 게 기이하군. 역시 이것도 제임스 교수의 소재가 될 수 있겠는걸. 인간의 감응이라는 제목으로 사생문을 쓰면 아마 문단을 깜짝 놀라게 할 걸세…… 그런데 그 ○○코 양의 병은 어찌 되었나?"

메이테이 선생이 다시 캐물었다.

"2, 3일 전에 새해 인사를 갔는데 대문 안에서 하녀와 하네 놀이를 하고 있더군요. 병은 다 나은 것 같았습니다."

주인은 조금 전부터 뭔가 깊은 생각에 잠겨 있더니 그제야 입을 열고는 자기도 질 수 없다는 듯이 말했다.

"나한테도 있네."

"있다니, 뭐가 말인가?"

물론 메이테이 선생의 안중에는 주인이 있을 리 없었다.

"내가 겪은 것도 지난 연말의 일이네."

"모두가 작년 연말이라니 우연치고는 참 묘하군요."

간게쓰가 웃었다. 빠진 앞니 사이에 찹쌀떡이 끼어 있었다.

"역시 같은 날, 같은 시각이 아닌가?"

메이테이 선생이 참견하고 나섰다.

"아니, 날짜는 다른 것 같네. 아마 20일쯤이었을 거네. 아내가 연말 선물 대신에 셋쓰다이조[53]의 공연을 구경시켜달라고 하더군. 못 데 리고 갈 것도 없어서 오늘은 무슨 공연을 하느냐고 물었는데, 아내는 신문을 뒤적이더니 '우나기다니(鰻谷)'[54]라는 대목이라더군. '우나기 다니'는 내가 싫어하니까 그날은 그만두고 다음에 가기로 하고 넘어 갔네.

이튿날 마누라가 다시 신문을 가지고 왔네. 오늘은 '호리카와(堀 川)'[55]니까 괜찮지요, 하더군. '호리카와'는 샤미센[56] 반주로 공연하는 것이라 시끄럽기만 하고 내용이 없으니 그만두자고 하니, 불평스러운 얼굴로 물러갔네.

그다음 날이 되자 마누라가 말하기를, 오늘은 '산주산겐도(三十三間 堂)'[57]를 한다고 해요, 전 셋쓰다이조의 '산주산겐도'를 꼭 듣고 싶어 요, 당신은 '산주산겐도'도 싫어할지 모르지만, 저에게 들려주는 것이 니 함께 가도 되지 않겠어요, 하고 담판을 지으려는 듯 사정없이 몰아 붙이는 게 아니겠나. 그래서 당신이 정 그렇게 가고 싶다면 가도 좋

53 셋쓰다이조(攝津大掾, 1836~1917). 조루리의 한 유파인 기다유부시(義太夫節)의 명인. 소세 키도 직접 들어본 적이 있다고 한다.

54 조루리 '사쿠라쓰바우라미노사메자야(櫻鍔恨鮫鞘)'의 한 대목.

55 조루리 '지카고로카와라노타테히키(近頃河原達引)'의 한 대목.

56 일본의 대표적인 현악기로 산겐(三絃)이라고도 한다. 네 개의 상자를 합친 통에 긴 지판(指 板)을 달고 그 위에 비단실로 곤 세 줄을 연결한 악기다.

57 조루리 '산주산겐도무나기노유라이(三十三間堂棟由來)'의 통칭.

다, 하지만 일생일대의 공연이라 대만원이라고 하니 불쑥 가봤자 도저히 입장이 가능할 것 같지 않다, 원래 그런 데를 가면 찻집[58] 같은 곳이 있는데 그곳에 부탁해서 적당한 자리를 예약하는 것이 정당한 절차다, 그런데 그런 절차를 밟지 않고 상식을 벗어난 일을 하는 건 좋지 않다, 그러니 아쉽지만 오늘은 그만두자, 고 했더니 매서운 눈초리로 날 쏘아보며 말하더군. 전 여자라서 그 따위 까다로운 절차는 알지 못해요, 하지만 오하라네 어머니와 스즈키네 기미요는 그런 절차를 밟지 않고도 잘만 보고 왔어요, 당신이 제아무리 학교 선생이라고 해도 이건 너무해요, 당신이야 그렇게 성가신 구경거리를 보지 않아도 되겠지만요, 하면서 우는소리를 하더군. 그럼 헛걸음이 되더라도 가보자, 저녁을 먹은 뒤에 전차를 타고 가자고 했더니, 가기로 작정했다면 4시까지 거기에 도착해야 해요, 그렇게 꾸물대다가는 못 들어가요, 하면서 갑자기 활기가 넘치더군.

왜 4시까지 가야 하느냐고 물으니, 스즈키네 기미요한테서 들으니 그 시간까지는 가야 자리를 잡을 수 있다고 했다는 걸세. 그럼 4시가 지나면 볼 수 없는 거냐고 다시 한 번 확인해보았더니, 그렇다고 대답하더군. 그런데 신기하게도 그때부터 갑자기 오한이 나기 시작하더란 말이지."

"사모님께서 말인가요?"

간게쓰가 물었다.

"무슨, 마누라는 팔팔하기만 하고, 내가 그랬다는 거지. 어쩐 일인지 구멍 뚫린 풍선처럼 한꺼번에 온몸이 쭈그러드는 느낌이 들고 눈

---

58 공연장에 딸린 찻집으로 손님을 위해 공연 좌석을 예약해주고 식사를 제공하는 등의 일을 했다.

이 어질어질하면서 꼼짝할 수가 없더란 말일세."

"급병이었구먼."

메이테이 선생이 주석을 달았다.

"이거 참 난처하게 되었구나. 1년에 한 번뿐인 아내의 소원이어서 꼭 들어주고 싶었는데. 항상 야단만 치고 제대로 말도 붙이지 않은 데다 쪼들리는 살림에 아이들 뒷바라지에 온갖 집안일까지 고생만 시키고 호강 한 번 시켜주지 못했는데, 오늘은 다행히 시간도 있겠다, 지갑에는 지폐도 네댓 장 있겠다, 데리고 가자면 얼마든지 데려갈 수 있는데, 아내도 가고 싶어 하고, 나도 데리고 가고 싶은데, 꼭 데리고 가고 싶은데, 이렇게 오한이 들어 어질어질해서야 전차 타는 건 고사하고 현관에도 내려서지 못할 지경이니, 아, 안타깝다. 안타깝다, 이런 생각을 하자 오한은 더욱 심해지고 어질어질한 것도 점점 심해지더란 말일세. 어서 의사에게 보이고 약이라도 먹으면 4시까지는 괜찮아지겠지, 하고 아내와 의논해서 의사인 아마키 선생을 부르러 보냈더니, 하필이면 전날 밤 당직이라 대학에서 돌아오지 않았다지 뭔가. 2시쯤 돌아올 테니 돌아오는 대로 보내겠다고 했다는 거네.

이거 참 곤란하군, 당장 행인수(杏仁水)[59]라도 마시면 4시 전에는 나을 텐데, 재수가 없을 때는 되는 일이 없다고, 모처럼 아내가 좋아하며 웃는 얼굴 좀 보려고 했더니 그것도 다 틀려먹게 생겼네. 아내는 원망스러운 표정으로, 도저히 못 가겠느냐고 묻더군. 갈 거라고, 반드시 갈 거라고, 4시까지는 꼭 괜찮아질 테니 안심하라고, 그러니 어서 세수하고 옷이라도 갈아입고 있으라고 했네. 말은 그렇게 했지만 속

---

59 살구 씨에서 뽑아낸 물약. 휘발성이 강한 투명한 액체로 살구 씨의 향기가 나며 기침 해소제나 진정제로 쓰였다.

으로는 오만 가지 생각이 다 들더군. 오한은 점점 심해지고 눈앞은 점점 어질어질해졌네. 만약 4시까지 괜찮아지지 않아 약속을 지키지 못하게 되면, 속 좁은 여자라 무슨 짓을 할지 모르는데, 정말 한심한 처지가 되었구나, 어쩌면 좋을까, 만일의 경우를 생각한다면 지금이라도 유위전변(有爲轉變),[60] 생자필멸(生者必滅)의 도리를 설명하여, 어떤 변고가 일어나더라도 당황하지 않게 하는 것도 아내에 대한 남편의 의무가 아닐까 하는 생각이 들었네.

그래서 얼른 마누라를 서재로 불렀네. 불러서는, 아무리 당신이 여자라도 many a slip ’twixt the cup and the lip[61]이라는 서양 속담 정도는 알고 있겠지 하고 물었더니, 그 따위 서양 꼬부랑글자를 누가 안단 말이에요, 당신은 제가 영어를 모른다는 걸 뻔히 알면서도 일부러 영어를 써서 저를 놀리시는군요, 좋아요, 어차피 전 영어를 모르니까요, 그렇게 영어가 좋으면 왜 야소학교(耶蘇學校)[62] 졸업생을 신부로 맞지 않았어요, 당신처럼 매정한 사람도 없을 거예요, 하며 서슬이 퍼래서 대드는 바람에 모처럼 생각했던 계획도 중단되고 말았네.

자네들한테도 해명하자면 난 절대 악의로 영어를 쓴 게 아니네. 전적으로 아내를 사랑하는 진심에서 나온 것인데, 그걸 아내처럼 해석한다면 내 체면이 서지 않네. 게다가 오한과 현기증으로 정신이 혼란스러운 데다 유위전변, 생자필멸의 이치를 이해시키려고 서두르다 보니 그만 아내가 영어를 모른다는 사실을 깜박 잊고 아무 생각 없이 쓰

60 세상의 모든 사물은 인연에 의하여 이루어지고 항상 변천하여 잠시도 가만히 있지 아니한다는 뜻으로, 세상사의 덧없음을 이르는 말.
61 에라스무스의 『우신예찬』에 나오는 일화에서 유래한 말로, 직역하면 '컵을 입술에 가져가는 순간에도 실수는 얼마든지 있다', 즉 사람의 일이란 한 치 앞을 내다볼 수 없다는 뜻이다.
62 미션스쿨. 1900년대 초 일본 여학교 중에는 영어 교육에 힘을 쏟는 미션스쿨이 많았다.

고 만 것이라네.

　생각해보니 내가 잘못한 거였네. 전적으로 내가 실수한 거였어. 그 실수로 오한은 점점 심해지고 눈앞은 더욱 어질어질해졌네. 아내는 내가 말한 대로 욕실로 가서 어깨를 드러내 화장을 하고는 옷장에서 기모노를 꺼내 갈아입었네. 언제든지 나갈 준비가 됐다는 모습으로 대기하고 있었던 거지.

　난 제정신이 아니었네. 어서 아마키 선생이 와주었으면 하고 시계를 보니 벌써 3시더군. 4시까지는 한 시간밖에 남지 않았네. 아내가 서재 문을 열고 '이제 슬슬 나갈까요' 하며 얼굴을 내밀더군. 자기 아내를 칭찬하는 건 팔불출이나 하는 우스운 일이지만, 난 이때만큼 아내가 예뻐 보인 적이 없었네. 어깨를 드러내고 비누로 깨끗이 씻어낸 피부가 검정 비단 하오리에 화사하게 비쳐들고 있더군. 비누로 깨끗이 씻은 얼굴이 셋쓰다이조를 들으려는 희망으로 더욱 빛나 보였던 거라네. 어떻게든 그 희망을 충족시키려면 나가야겠다는 마음이 들더군. 그럼 분발해서 나가볼까 하고 담배를 한 대 피우고 있는데 그제야 아마키 선생이 나타났네. 마침 뜻대로 되었다 싶어 내 상태를 이야기했더니, 아마키 선생은 내 혀를 보고, 손을 잡아보고, 가슴을 두드려보고, 등을 쓰다듬고, 눈가를 뒤집어보고, 두개골을 문질러보더니 잠시 생각에 잠기더군.

　'아무래도 좀 위험한 것 같아서요.'

　내가 이렇게 말하자 선생은 침착하게 대답하더군.

　'아닙니다. 별일 아닐 겁니다.'

　'잠시 외출해도 별 지장은 없겠지요?'

　아내가 이렇게 물었네.

그러자 선생은 '네' 하고는 다시 생각에 잠기더군.

'속이 불편하시지만 않다면……'

'불편은 해요.'

'그럼 일단 한 번 먹을 조제약과 물약을 드리지요.'

'아니, 어쩐지 좀 위험하다는 것 같네요?'

'아뇨, 결코 걱정하실 정도는 아닙니다. 그렇게 신경 쓰시면 안 됩니다.'

선생은 이렇게 말하고 돌아갔네. 3시 30분이 지났더군. 약을 받아 오라고 하녀를 보냈네. 하녀는 아내의 엄명을 받고 뛰어갔다가 뛰어서 돌아왔네. 그때가 4시 15분 전이었지. 4시까지는 아직 15분이 남았네. 그런데 그때부터 갑자기 아무렇지 않던 배가 메슥거리더니 구역질이 나지 않겠나. 아내가 물약을 사발에 따라 내 앞에 놓기에 그 사발을 들고 마시려고 하자 배 속에서 웩 하고 올라오더군. 어쩔 수 없이 사발을 내려놓았네. 아내는 '어서 마시세요' 하며 재촉했지. 어서 마시고 당장 출발하지 않으면 아내한테 체면이 서지 않으니 마음을 단단히 먹고 마시려고 다시 그릇에 입술을 댔는데 또 웩 하고 올라오며 끈질기게 방해를 하더군. 마시려다가 내려놓고 다시 마시려다가 내려놓고 하는 사이에 거실의 괘종시계가 땡 땡 땡 땡 하고 4시를 쳤네.

자, 이제 4시다, 우물쭈물하고 있을 때가 아니라며 다시 사발을 들었는데, 참 이상한 일도 다 있지, 정말 신기하다는 건 이런 걸 두고 하는 말일 거네. 4시 소리와 함께 구역질이 싹 가시고, 물약이 아무렇지도 않게 목구멍으로 쑥 넘어가더란 말일세. 그러고 나서 4시 10분께가 되니 아마키 선생이 명의라는 사실을 비로소 실감할 수 있었네. 등이 오슬오슬하던 것도, 눈앞이 어질어질하던 것도 거짓말처럼 싹 사라지고, 당분간은 일어서지도 못하리라 생각했던 병이 순식간에 다 나았지 뭔가. 정말 기쁘더군."

"그래서 가부키 극장에 같이 갔나?"

메이테이 선생이 영문을 모르겠다는 표정으로 물었다.

"가고 싶었네만 4시가 지나면 못 들어간다고 아내가 그러기에 할 수 없이 그만뒀지. 아마키 선생이 15분만 일찍 와주었으면 내 체면도 서고 아내도 만족했을 텐데. 겨우 15분 차이로 말이지. 정말 안타까운 일이었네. 지금 생각해도 좀 위험한 상황이었지."

이야기를 마친 주인은 드디어 자신의 의무를 다했다는 투였다. 이 것으로 두 사람에게 체면이 섰다는 생각인지도 몰랐다.

간게쓰 군은 여느 때처럼 빠진 앞니를 드러내고 웃으면서 말했다.

"거참 안타까운 일이었네요."

"자네처럼 친절한 남편을 가진 아내는 참 행복하겠네."

메이테이 선생은 짐짓 시치미를 떼는 표정으로 혼잣말처럼 말했다. 장지문 너머로 에헴, 하는 부인의 헛기침 소리가 들려왔다.

나는 얌전히 앉아 세 사람의 이야기를 차례로 들었는데, 우습지도 슬프지도 않았다. 인간이라는 족속은 시간을 보내기 위해 애써 입을 놀리고, 우습지도 않은 이야기에 웃고, 재미있지도 않은 이야기에 기 뻐하는 것 말고는 별 재주가 없는 자들이라고 생각했다.

내 주인이 방자하고 속 좁은 인간이라는 것은 전부터 알고 있었지 만, 평소에는 말수가 적어 어쩐지 이해할 수 없는 점이 많은 것 같았 다. 이해하기 어렵다는 점 때문에 얼마간 두려운 느낌도 들었으나, 지 금 이야기를 듣고 나자 갑자기 경멸하고 싶어졌다. 그는 왜 두 사람의 이야기를 가만히 듣고만 있을 수 없었단 말인가. 그들에게 질세라 얼토당토않은 잡담을 지껄여댄들 무슨 소득이 있을까. 에픽테토스의 책에 그렇게 하라고 쓰여 있는지도 모르겠다.

요컨대 주인도 간게쓰 군도 메이테이 선생도 속세를 벗어나 태평한 시대를 멋대로 살아가는 사람들이다. 그들은 수세미외처럼 바람에 흔들리면서도 초연한 척하고 있지만, 실은 그들 역시 명예나 이익에 집착하는 속된 마음도 있고 욕심도 있다. 그들이 일상적으로 나누는 담소에서도 경쟁심이나 승부욕은 언뜻언뜻 내비치는데, 한 발짝만 더 나아가면 그들이 평소에 욕을 해대던 속물들과 한통속이 되고 말 터이니 고양이인 내가 봐도 딱하기 짝이 없다. 다만 그 언동이 어설픈 지식을 과시하는 사람들처럼 판에 박은 듯한 불쾌감을 주지 않는 것은 그나마 장점이라 할 만하다.

이런 생각을 하다 보니 세 사람의 대화가 갑자기 따분해졌다. 그래서 얼룩이나 보고 올까 하고 이현금 선생 집 마당 입구로 갔다. 정월도 열흘이나 지났으니 설날 대문을 장식했던 소나무 가지는 이미 치워지고 없었지만, 구름 한 점 보이지 않는 화창한 봄날의 해가 깊은 하늘에서 온 세상을 한꺼번에 비추니 채 열 평도 안 되는 마당도 새해 첫날의 햇볕을 받았던 때보다 산뜻한 활기를 띠고 있었다.

툇마루에 방석이 하나 놓여 있고 인기척은 없었다. 장지문도 꼭 닫혀 있는 것으로 보아 선생님은 목욕이라도 하러 간 것 같았다. 선생님이 집에 없는 거야 상관없지만, 얼룩이는 좀 나았는지 그게 걱정이었다. 인기척도 없고 사방이 괴괴한 것이, 흙 묻은 발로 툇마루에 올라 방석 한복판에 털썩 드러누웠더니 기분이 참 좋았다. 그만 꾸벅꾸벅 졸다가 얼룩이도 잊고 어느새 선잠에 빠져들었는데, 장지문 안에서 갑자기 사람 소리가 들려왔다.

"수고했다. 그래, 다 되었더냐?"

선생님은 역시 집에 있었던 것이다.

"네, 좀 늦었지요. 불구점(佛具店)에 갔더니 마침 다 되었다고 해서요."

"어디 좀 볼까, 이야 그거 참 예쁘게 잘 만들었다. 이제 얼룩이도 좋은 데로 갈 수 있겠구나. 금박이 벗겨지지는 않겠지?"

"네, 몇 번이고 다짐을 받았더니, 고급품을 썼으니까 사람의 위패보다 더 오래갈 거라고 하던데요. 그리고 묘예신녀(猫譽信女)의 예(譽)자는 흘려 쓰는 게 좋을 것 같아서 획을 좀 바꿨다고 했어요."

"어디, 그럼 당장 불단에 올리고 향불이라도 피우자꾸나."

얼룩이에게 무슨 일이라도 일어난 걸까, 어쩐지 상황이 좀 이상하다 싶어 방석에서 일어섰다. 땡, 나무묘예신녀, 나무아미타불, 나무아미타불, 하는 선생님의 소리가 들렸다.

"너도 불공을 드려야지."

땡, 나무묘예신녀, 나무아미타불, 나무아미타불, 하고 이번에는 하녀의 소리가 들렸다. 나는 갑자기 가슴이 쿵쾅거리기 시작했다. 방석 위에 선 채 목각 고양이 인형처럼 눈동자도 움직이지 않았다.

"정말 안타까워요. 처음에는 살짝 감기에 걸렸을 뿐이었는데 말이에요."

"아마키 선생이 약이라도 주었으면 좋았을 텐데."

"그 아마키 선생님이 나쁜 거예요. 얼룩이를 너무 무시했잖아요."

"그렇게 남을 나쁘게 말하는 게 아니다. 이것도 다 운명이겠지."

얼룩이도 아마키 선생에게 진찰을 받은 모양이었다.

"결국 큰길가 선생님 집의 도둑고양이가 함부로 꾀어냈기 때문이라는 생각이 드는구나."

"맞아요, 바로 그놈의 새끼가 우리 얼룩이의 원수예요."

뭐라고 변명이라도 하고 싶었지만, 지금은 참아야 할 때라고 생각하고 침을 삼키며 듣고 있었다. 이야기는 자주 끊어졌다.

"세상일이란 게 마음대로 되지 않는 법이지. 얼룩이같이 예쁜 고양이는 일찍 죽고, 못난 도둑고양이는 건강하게 장난이나 치고 있으니 말이지……"

"맞아요. 얼룩이같이 귀여운 고양이는 백방으로 찾아다녀도 두 명은 없을 테니까요."

두 마리 대신 두 명이라고 했다. 하녀의 생각에는 고양이와 인간이 동족인 모양이었다. 그러고 보니, 이 하녀의 얼굴은 우리들 고양이족과 무척 닮았다.

"가능하다면 얼룩이 대신에……"

"학교 선생님 집의 그 도둑고양이가 죽었더라면 바라던 대로 되었을 텐데 말이에요."

바라던 대로 되는 건 좀 곤란하다. 죽는다는 게 어떤 건지 아직 경험한 적이 없으니 가타부타 말할 수는 없다. 하지만 얼마 전에 너무 추워 불씨 끄는 항아리에 처박혀 있었는데, 하녀가 내가 있는 줄도 모르고 위에서 뚜껑을 덮어버린 일이 있었다. 그때의 괴로움은 생각만 해도 몸서리가 쳐질 정도였다. 흰둥이의 설명에 따르면, 그런 괴로움이 조금만 더 계속되면 죽는다고 한다. 얼룩이 대신 죽는 것이라면 불만이 없겠지만, 그런 괴로움을 당하지 않고는 죽을 수 없다면 그 누구를 위해서도 죽고 싶지 않다.

"하지만 고양이라도 스님이 독경도 해주었고 또 계명(戒名)도 지어

주었으니 세상에 미련은 없을 거야."

"그럼요. 정말 행복한 고양이었어요. 다만 욕심을 좀 부리자면 그 스님의 독경이 너무 짧은 것 같았다는 거예요."

"그래. 나도 너무 짧은 것 같아서, 무척 짧네요, 하고 물었더니 겟케이지(月桂寺)의 스님이 영험이 있는 대목만 읽었다면서 고양이니까 그 정도만 해도 충분히 극락에 갈 수 있을 거라고 하더구나."

"어머…… 그래도 그 도둑고양이는……"

나는 이름이 없다고 자주 말해두었는데도, 이 하녀는 나를 자꾸 도둑고양이라고 부른다. 예의라고는 없는 인간이다.

"죄가 많으니까 아무리 고마운 독경이라도 성불할 일은 없을 거예요."

나는 그 뒤로도 도둑고양이라는 말을 수백 번이나 들었다. 끝날 줄 모르는 이야기를 더 이상 듣지 못하고 방석에서 미끄러져 내려와 툇마루에서 뛰어내렸을 때, 나는 8만 8천880개의 털을 한꺼번에 세우고 몸서리를 쳤다.

그 후로는 이현금 선생 집 근처에는 얼씬도 하지 않았다. 지금쯤 선생 자신이 겟케이지 스님의 짤막한 불공을 받고 있겠지.

요즘은 외출할 용기도 나지 않는다. 어쩐지 세상사가 다 귀찮게만 느껴졌다. 이 집 주인 못지않게 게으른 고양이가 되었다. 주인이 서재에만 틀어박혀 있는 것을 보고 사람들이 실연 때문이다, 실연 때문이다, 하는 것도 무리는 아니라고 생각되었다.

아직 한 번도 쥐를 잡아본 적이 없어, 한때는 하녀가 나를 내쫓자며 추방론을 펼친 적도 있었다. 하지만 주인은 내가 보통 고양이가 아니라는 걸 잘 알고 있으니 나는 여전히 빈둥거리며 이 집에 기거하고 있다. 이 점에 대해서는 주인의 은혜에 깊이 감사함과 동시에 그 혜안에 경의의 뜻을 표하는 데 주저하지 않을 생각이다.

하녀가 나를 몰라보고 학대하는 것은 이제 별로 화도 나지 않는다. 조만간 히다리 진고로[63]가 나와 내 초상을 누각 기둥에 새기고, 일본의 스탱랑[64]이 기꺼이 내 얼굴을 캔버스 위에 그리게 된다면, 그들 같은 우둔한 자들은 비로소 자신들의 어리석음을 부끄러워할 것이다.

---

63 히다리 진고로(左甚五郎). 에도 시대 초기에 활약했다는 전설적인 조각 직인. 실존 인물인지는 분명하지 않다.

64 테오필 스탱랑(Theophile Alexandre Steinlen, 1859~1923). 프랑스의 풍속화가로 고양이 그림을 잘 그린 것으로 유명하다.

3

얼룩이는 죽었고 검둥이는 도저히 상대가 되지 않으니 약간은 적막한 느낌이 들지만, 다행히 인간 중에 친구가 생겨 그리 따분하지는 않다. 며칠 전에는 주인에게 내 사진을 보내달라는 편지를 보낸 남자가 있었다. 또 얼마 전에는 오카야마의 특산물인 수수경단을 일부러 내 앞으로 보낸 사람도 있었다.

인간에게 조금씩 동정을 받게 되자 자신이 고양이라는 사실을 점차 망각하게 된다. 고양이보다는 어느새 인간 쪽에 다가간 기분이 들면서 이제 고양이라는 동족을 규합하여 두 발로 다니는 선생들과 자웅을 겨뤄보겠다는 생각은 털끝만큼도 없다. 그뿐 아니라 때로는 나도 인간 세계의 일원이라는 생각이 들 때조차 있을 만큼 진화한 것은 믿음직스럽기까지 하다. 감히 동족을 경멸하는 것은 아니다. 다만 성정이 비슷한 것에서 일신의 편안함을 찾는 것은 자연스러운 일인바, 이를 변심이라느니 경박하다느니 배신이라고 하는 것은 좀 곤란하다. 이런 말을 지껄이며 남을 매도하는 자 중에는 융통성이 없고 궁상을 떠는 사람이 많은 것 같다.

이렇게 고양이의 습성을 벗어나고 보니 얼룩이나 검둥이에게 연연하고 있을 수만은 없었다. 역시 인간과 같은 마음가짐으로 그들의 사상과 언행을 평가하고 싶어진다. 이것도 무리는 아닐 것이다. 다만 이 정도의 식견을 갖고 있는 나를 역시 털이 난 새끼 고양이쯤으로 여기고, 주인이 나에게 한 마디 인사말도 없이 수수경단을 제 것인 양 먹어치운 것은 유감스러운 일이다. 아직 사진도 찍어 보내지 않은 모양이다. 이것도 불평이라면 불평이지만, 주인은 주인이고 나는 나이니 서로 견해가 다른 것은 어쩔 수 없는 일이다. 나는 어디까지나 인간 행세를 하고 있으니 내가 교제를 하지 않는 고양이의 동태에 대해 쓰기에는 좀 무리가 따른다. 메이테이 선생, 간게쓰 군 등을 평하는 것만으로 양해해주기 바란다.

오늘은 화창한 일요일이라 주인은 서재에서 어슬렁어슬렁 나오더니 붓과 벼루와 원고지를 늘어놓고 내 옆에서 배를 깔고 엎드린 채 자꾸 뭐라고 구시렁거리고 있다. 아마 초고를 써내려가는 서막으로 묘한 소리를 내나 싶어 주시하고 있자니 잠시 후 굵직한 글씨로 '향일주(香一炷)'[1]라고 썼다. 글쎄 시가 될지, 하이쿠가 될지, 향일주라니. 우리 주인치고는 너무 심하게 멋을 부린 게 아닌가 하는 생각을 할 겨를도 없이 그는 '향일주'라고 써놓은 건 내버려둔 채 새로 줄을 바꿔 '얼마 전부터 천연거사(天然居士)[2]에 대해 써볼 생각을 하고 있다' 하고 붓을 놀렸다. 붓은 거기서 뚝 멈춘 채 전혀 움직이지 않았다. 주인

1 '한 줄기의 향 연기'라는 뜻.
2 제1고등중학교 예과 시절부터 소세키와 친구였던 요네야마 야스사부로(米山保三郎)의 호다. 도쿄제국대학 대학원에서 '공간론(空間論)'이라는 주제로 철학을 연구했으며, 참선에 열심이었던 그는 1897년 티푸스로 죽었다.

은 붓을 들고 고개를 갸우뚱거렸지만 그럴듯한 생각이 떠오르지 않는지 붓끝을 핥기 시작했다. 입술이 시커멓게 되었구나 하고 보고 있었더니, 이번에는 방금 쓴 글귀 아래에 조그맣게 동그라미를 그렸다. 동그라미 안에 점 두 개를 찍어 눈을 그려 넣었다. 그 한가운데에 콧방울이 벌어진 코를 그리고, 한 일 자로 쭉 그어 입을 그렸다. 이래가지고는 문장도 아니고 하이쿠도 아니다. 주인도 정나미가 떨어졌는지 얼른 얼굴을 까맣게 칠해 지워버렸다. 주인은 다시 줄을 바꾸었다. 아마도 그는, 무턱대고 줄을 바꾸기만 하면 시(詩)든 찬(贊)이든 어(語)든 녹(錄)이든 뭐든 다 될 거라고 생각하는 모양이다. 어쨌든 주인은 줄을 바꾸어 언문일치체로 단숨에 휘갈겼다.

'천연거사는 공간을 연구하고 『논어』를 읽으며 군고구마를 먹고 콧물을 흘리는 사람이다.'

어째 좀 어수선한 문장이다. 그러고 나서 주인은 이를 거침없이 낭독했다.

"으하하하! 거참 재미있군."

여느 때와 달리 크게 웃었다.

"콧물을 흘리게 하는 건 좀 가혹하니 지울까."

그 구절에만 선을 그었다. 한 줄이면 될 것을 두 줄, 세 줄이나 긋고 나서 깔끔하게 평행선을 그었다. 선이 다른 줄로 넘어가도 아랑곳하지 않고 그었다. 선이 여덟 개나 그어져도 다음 구절이 떠오르지 않는지, 이번에는 붓을 버리고 수염을 비틀어댔다. 문장을 수염에서 비틀어 짜내 보여주리라는 얼굴로 맹렬히 비틀어 올렸다가 비틀어 내리고 있을 때, 거실에서 부인이 나와 주인 코앞에 바짝 다가앉았다.

"여보, 잠깐만요."

"왜?"

주인은 물속에서 징을 치는 듯한 소리를 냈다. 대답이 마음에 들지 않았는지 다시 부인이 주인을 불렀다.

"여보, 잠깐만요."

"왜, 자꾸?"

이번에는 콧구멍에 엄지와 검지를 넣어 코털을 쑥 뽑는다.

"이번 달은 좀 모자라는데……"

"모자랄 리가 있나, 의사에게 약값도 다 치렀고, 책방에도 지난달에 다 지불했잖소. 이번 달엔 남아야 할 텐데."

주인은 점잔을 빼며 자신이 뽑아 든 코털을 천하에 신기한 것이라도 되는 양 바라보았다.

"그래도 당신이 밥은 안 드시고 빵을 드시는 데다 잼까지 발라 드시니까요."

"아니, 내가 잼을 몇 병이나 먹었다고 그래?"

"이번 달만 여덟 병이에요."

"여덟 병이라고? 그렇게 많이 먹은 기억은 없는데."

"당신만이 아니고 아이들도 먹잖아요."

"아무리 먹어봤자, 고작 5, 6엔 정도일 거 아니오."

주인은 태연한 표정으로 코털 하나하나를 정성껏 원고지 위에 심어놓았다. 코털에 모낭이 붙어 있는지 바늘을 세운 것처럼 똑바로 섰다. 주인은 뜻하지 않은 발견을 했다고 감탄한 모양인지 훅 불어보았다. 접착력이 강해 한 올도 날아가지 않는다.

"야, 이거 굉장히 단단히 붙었는데."

주인은 열심히 불어댔다.

"잼만이 아니에요. 그것 말고도 사야 할 게 많단 말이에요."

아내는 몹시 불만스러운 기색을 양 볼에 잔뜩 드러냈다.

"있을지도 모르지."

주인은 다시 손가락을 쑤셔 넣어 코털을 쑥 뽑았다. 붉은 것, 검은 것 등 여러 색깔이 뒤섞인 가운데 새하얀 것이 하나 있었다. 아주 놀란 모습으로 뚫어져라 들여다보고 있던 주인은 코털을 손가락 끝으로 집은 채 아내의 얼굴 앞으로 쑥 내밀었다.

"아이, 더러워!"

아내는 얼굴을 찡그리며 주인의 손을 밀쳤다.

"이걸 좀 봐. 코털의 새치야."

주인은 무척 감동했다는 표정이었다. 거기에는 아내도 당해내지 못하고 웃으면서 거실로 돌아갔다. 살림 문제는 단념한 모양이었다. 주인은 다시 천연거사에게 매달렸다.

코털로 아내를 몰아낸 주인은 일단 안심했다는 듯 코털을 뽑으며 원고를 쓰려고 안달하지만, 붓은 좀처럼 움직이지 않는다.

'군고구마를 먹는다는 것도 사족이니 지우자.'

끝내 이 구절도 지웠다.

'향일주도 너무 당돌하니까 지우자.'

주저하지 않고 지웠다. 이제 남은 것은 '천연거사는 공간을 연구하며 『논어』를 읽는 사람이다'라는 한 구절이다. 주인은, 이것만으로는 너무 간단하다는 생각이 들었지만, 에이 귀찮다, 글은 집어치우고 그림이나 그리자, 하고 붓을 종횡으로 휘둘러 원고지 위에 서툰 문인화로 힘차게 난을 쳤다. 애써 고심한 것이 한 글자도 남지 않고 사라졌다. 그러고는 종이를 뒤집어 '공간에서 태어나 공간을 탐구하고 공간에서 죽다. 공(空)이며 간(間)인 천연거사, 아아'라는 영문을 알 수 없는 말을 늘어놓고 있는데, 여느 때처럼 메이테이 선생이 들어섰다.

메이테이 선생은 남의 집을 자기 집처럼 아는지 안내도 청하지 않고 서슴없이 방으로 들어왔다. 그뿐 아니라 때로는 부엌문으로 훌쩍 들어서는 일도 있다. 걱정, 사양, 조심, 고생 따위는 세상에 나올 때 어딘가에 흘려버린 남자다.

"또 거인 인력인가?"

메이테이 선생은 선 채로 주인에게 물었다.

"언제까지고 그렇게 거인 인력만 쓰고 있을 순 없지. 천연거사의 묘비명을 짓고 있던 참일세."

주인은 허풍을 떨었다.

"천연거사라는 건 역시 우연동자(偶然童子) 같은 계명(戒名)인가?"

메이테이 선생은 여전히 엉터리 수작이었다.

"우연동자라는 것도 있나?"

"뭐 그런 건 없지만 있을 법도 해서 말이네."

"우연동자에 대해선 아는 바 없는 것 같네만, 천연거사는 자네도 알고 있는 남잘세."

"대체 누가 천연거사라는 이름을 붙이고 시치미를 떼고 있는 건가?"

"왜 그 소로사키(曾呂崎)라고 있지 않았나. 대학을 졸업하고 대학원에 들어가 공간론을 연구했는데, 공부를 너무 많이 하다가 복막염으로 죽었다네. 그래 봬도 소로사키는 내 친구였네."

"친구라니 나쁜 뜻으로 하는 말은 아니네만, 그 소로사키를 천연거사로 바꾼 건 대체 누구 짓인가?"

"바로 날세. 내가 그 이름을 붙여줬다네. 원래 스님이 붙여주는 계명만큼 속된 것도 없어서 말이야."

주인은 천연거사라는 이름이 대단히 우아한 것인 양 자랑했다.

"그럼 어디 그 묘비명이라는 것 좀 보세."

메이테이 선생은 웃으면서 말하고는 원고를 집어 들더니 큰 소리로 읽었다.

"뭐야…… 공간에서 태어나 공간을 탐구하고 공간에서 죽다. 공(空)이며 간(間)인 천연거사 아아. 음 과연 괜찮군, 천연거사에 잘 어울려."

"그렇지?"

주인은 무척 기뻐하며 되물었다.

"이 묘비명을 단무지 누르는 돌에 새겨 본당(本堂) 뒤꼍에 지카라이시(力石)³처럼 내던져두면 되겠군. 운치가 있어서 좋아, 천연거사도 극락왕생하겠구먼."

"나도 그럴 생각이었네."

주인은 아주 진지하게 대답하고는 메이테이 선생의 대답도 기다리지 않고 바람처럼 나가버렸다.

"난 잠깐 실례하겠네. 곧 돌아올 테니 그때까지 고양이하고 놀고 있게."

생각지도 않게 메이테이 선생의 접대를 맡게 되었으니 무뚝뚝하게 앉아 있을 수도 없는 노릇이라 야옹야옹 하고 애교를 부리면서 선생의 무릎 위에 올라앉아보았다.

"야, 이거 꽤 통통해졌구나. 어디 보자."

3 신사(神社) 경내에 있는 돌로, 힘을 시험하는 데 쓴다.

메이테이 선생은 점잖지 못하게 내 목덜미를 움켜쥐고 공중으로 치켜들었다.

"뒷발이 이렇게 늘어진 걸 보니 쥐를 잡기는 틀렸군…… 어떤가요? 제수씨, 이 고양이 쥐를 잡던가요?"

나만 가지고는 부족했다고 생각했는지 옆방의 안주인에게 말을 건넸다.

"쥐를 잡기요? 떡국 먹고 춤이나 추지."

안주인은 엉뚱한 데서 지나간 실수를 들추었다. 나는 공중에 떠 있으면서도 좀 창피했다. 메이테이 선생은 아직 나를 내려놓지 않았다.

"역시 춤깨나 출 얼굴이네요. 제수씨, 이 고양이는 방심해서는 안 될 상이군요. 옛날 구사조시(草雙紙)[4]에 나오는 둔갑 잘하는 늙은 고양이[5]를 닮았어요."

메이테이 선생은 엉뚱한 말을 하면서 안주인에게 자꾸 말을 걸었다. 안주인은 성가신 듯 바느질하던 손을 멈추고 아예 객실로 나왔다.

"적적하시지요? 곧 돌아오실 거예요."

안주인이 다시 차를 따라 메이테이 선생 앞으로 내밀었다.

"어디 간 걸까요?"

"어딜 간다고 말하고 간 적이 없는 사람이라 알 수는 없습니다만, 아마 의사 선생한테 갔겠지요."

"아마키 선생 말인가요? 아마키 선생도 그런 환자에게 걸렸다면 정말 골치깨나 썩겠는걸요."

---

4 에도 중기 이후에 유행한, 삽화가 들어간 대중적인 이야기물의 총칭. 대체로 히라가나로 쓰였다.
5 네코마타(猫又)라고 하는데 변신에 능하며 꼬리가 둘로 갈라진다.

"네에."

안주인은 뭐라 대답해야 좋을지 몰라 간단히 대답했다. 메이테이 선생은 전혀 개의치 않았다.

"요즘은 좀 어떻던가요? 속은 좀 괜찮아졌답니까?"

"좋은지 나쁜지 도무지 알 수가 있어야지요. 아무리 아마키 선생한테 진료를 받는다고 해도, 그렇게 잼만 먹어대니 위장병이 나을 리 있겠어요?"

안주인은 아까 자신이 하다 만 불평을 은근히 메이테이 선생에게 털어놓았다.

"그렇게 잼을 많이 먹나요? 꼭 애들 같군요."

"어디 잼뿐이겠어요. 요즘엔 위에 좋은 약이라면서 무즙만 마구 먹어대니……"

"허어, 참. 그거 놀라운데요."

메이테이 선생은 감탄했다.

"그게 다 무즙에 디아스타제가 들어 있다는 이야기를 신문에서 읽고부터랍니다."

"옳아, 잼으로 손상된 위장을 그걸로 보상하겠다는 속셈이란 말이군. 머리를 참 잘 썼는걸그래. 으하하하."

메이테이 선생은 안주인의 호소를 듣고 아주 유쾌한 기색이었다.

"얼마 전만 해도, 갓난아기한테까지 먹였지 뭐예요……"

"잼을 말인가요?"

"아뇨. 무즙을요…… 아가, 아버지가 맛난 걸 줄 테니까, 이리 온, 하면서요. 어쩌다 애를 귀여워해주는구나 싶으면 꼭 그런 바보 같은 짓만 한다니까요. 2, 3일 전에는 둘째 딸아이를 안아서 옷장 위에 올려놓았지 뭐예요."

"그래 무슨 꿍꿍이가 있었나요?"

메이테이 선생은 무슨 얘기를 들어도 온통 꿍꿍이라는 관점에서 해석한다.

"꿍꿍이고 뭐고 있겠어요? 그저 그 위에서 한번 뛰어내려보라는 거였어요. 서너 살짜리 여자애한테요. 애가 그런 말괄량이 같은 짓을 어떻게 할 수 있겠어요."

"저런. 그거야 정말 꿍꿍이가 너무 없었네요. 그래도 마음만은 악의가 없는 선량한 사람이지요."

"거기다가 마음까지 악의가 있다면 도저히 참을 수 없겠지요."

안주인은 기염을 토했다.

"뭐, 그렇게 불평하지 않아도 되겠네요. 이렇게 부족함이 없이 하루하루를 보낼 수 있으면 되는 거 아닌가요? 구샤미(苦沙弥)[6] 같은 사람은 도락도 모르고 옷차림에도 관심이 없고 그저 수수한 가정에 적합한 사람이니까요."

메이테이 선생은 쾌활한 태도로 격에 맞지 않은 설교를 늘어놓고 있었다.

"하지만 그게 영 그렇지가 않아요……"

"몰래 뭐 하는 거라도 있나요? 방심할 수 없는 세상이니까요."

메이테이 선생은 태평하게 들뜬 마음으로 물었다.

"뭐, 특별한 도락은 없는데, 읽지도 않는 책만 무턱대고 사들여서요. 그것도 적당히 골라서 사들이면 좋을 텐데, 마루젠(丸善)[7]에 가서 멋대로 몇 권이나 가져와놓고는 월말이면 시치미를 뚝 떼고 있다니까

6 '재채기'라는 뜻으로 주인의 이름이다.

요. 지난 연말에는 다달이 밀린 책값 때문에 아주 곤경을 치렀지 뭐예요."

"뭘요, 책 같은 거야 얼마든지 가져와도 괜찮아요. 책값을 받으러 오면 곧 주겠다, 곧 주겠다고 하면, 그냥 돌아가게 돼 있거든요."

"그래도 언제까지고 미룰 수는 없는 일이니까요."

안주인은 자못 망연한 모습이었다.

"그럼 이유를 말하고 책값을 삭감해버리면 그만이죠, 뭘."

"천만의 말씀을요, 그런 소릴 한다고 어디 들을 사람인가요. 얼마 전만 해도, 당신은 학자의 아내에 어울리지 않는다, 책의 가치를 전혀 모른다, 옛날 로마에는 이런 얘기가 있다면서 후학을 위해 들어두라고 하지 않겠어요?"

"그거 참 흥미롭군요. 어떤 얘긴가요?"

메이테이 선생은 아주 흥이 났다. 안주인에게 동정을 느껴서가 아니라 단지 호기심이 동한 것이다.

"확실히는 모르나, 옛날 로마에 다루킨(樽金)이라는 왕이 있었는데……"

"다루킨? 다루킨이라, 거 좀 묘한데요."

"전 외국인 이름 같은 건 어려워서 잘 기억하지 못해요. 듣자니 7대 왕이라고 하던데요."

"아하, 7대 왕 다루킨이라, 좀 묘한데요. 흠, 그래 그 7대 왕 다루킨이 어쨌다는 건데요?"

"어머. 선생님까지 절 놀리시면 제가 얼굴을 들 수 없잖아요. 알고

---

7 소세키가 애용했던 서점으로 일본 책뿐만 아니라 일찍부터 외국 서적과 외래 물품을 수입해서 팔았다.

있으면 가르쳐주면 좋을 텐데. 짓궂으시기는……"

안주인은 메이테이 선생을 물고 늘어졌다.

"놀리다니요? 전 그렇게 짓궂은 사람이 아닙니다. 다만 7대 왕이 다 루킨이라는 게 좀 이상한 것 같아서요…… 음, 잠깐만요, 로마의 7대 왕이라는 말씀이지요. 정확히 누구라고 기억하고 있지는 않지만, 타르퀸 더 프라우드[8]일걸요. 뭐 누구든 상관없겠지요. 그런데 그 왕이 어쨌는데요?"

"어떤 여자가 책 아홉 권을 그 왕한테 가져가 사달라고 했다는 거 예요."

"그랬군요."

"왕이 얼마면 팔겠느냐고 물었더니, 엄청 비싼 가격을 부르더랍니 다. 너무 비싸서 좀 깎아줄 수 없겠느냐고 물었더니 그 여자가 느닷없 이 아홉 권 중에서 세 권을 불태워버렸대요."

"그거 참 아깝게 됐군요."

"그 책에는 예언인지 뭔지 하는, 다른 데서는 볼 수 없는 것이 쓰여 있었대요."

"저런."

"왕은 아홉 권이 여섯 권으로 줄었으니 가격도 얼마쯤 내렸겠다 싶 어, 여섯 권에 얼마냐고 물었더니, 여전히 원래 그대로 한 푼도 깎지 않았다는 거예요. 그건 말이 안 된다고 하자, 그 여자는 다시 세 권을 불태웠대요. 왕은 아직 미련이 남았던지, 남은 세 권을 얼마에 팔겠느 냐고 물으니, 여전히 아홉 권 치 책값을 달라고 했대요. 아홉 권이 여

---

8 고대 로마 최후의 7대 왕 타르퀴니우스(재위 기원전 534~기원전 510). 영어로는 타르퀸 더 프 라우드(Tarquin the Proud). 브루투스 등의 반란으로 로마에서 추방되었다.

섯 권이 되고, 여섯 권이 세 권이 되어도, 책값은 원래대로 한 푼도 깎아주지 않고, 그걸 깎으려고 들면 남은 세 권도 불태워버릴지 모르니까, 왕은 결국 비싼 값을 치르고 불타지 않은 세 권을 샀다는 거예요.[9] 그러면서 어때, 이 얘기를 듣고 조금은 책의 고마움을 알았겠지? 하고 허세를 부리는데, 저로서는 뭐가 고맙다는 건지 통 알 수가 있어야지요."

안주인은 장광설을 늘어놓고는 메이테이 선생의 대답을 재촉했다. 그 대단한 메이테이 선생도 대답이 좀 궁했는지, 옷소매에서 손수건을 꺼내 잠시 나를 놀리더니, 갑자기 무슨 생각이라도 난 모양인지 큰소리로 말을 꺼냈다.

"하지만 제수씨, 그렇게 책을 사서 마구 쌓아놓고 있으니까 남들한테 그나마 학자 소리라도 듣는 겁니다. 저번에 어떤 문학잡지를 봤더니 구샤미에 대한 평이 실렸더군요."

"정말이요?"

안주인은 메이테이 선생을 보고 돌아앉았다. 남편에 대한 평판에 신경 쓰는 걸 보면 역시 두 사람이 부부는 부부인 듯했다.

"뭐라고 쓰여 있던가요?"

"뭐, 두세 줄 정도였는데, 구샤미의 글은 행운유수(行雲流水) 같다고 했더군요."

안주인은 살짝 생글거리며 말했다.

"그게 단가요?"

9 그리스 신화에 나오는 무녀 시빌레가 타르퀴니우스 왕에게 예언집을 팔았다는 이야기. 로마의 운명에 관한 예언이 적혀 있었다는 이 책들은 카피톨리노 언덕의 유피테르 신전에 보관되어 특정한 관리에게만 열람이 허용되었으며, 국가에 중대사가 생겼을 때 책에 적힌 신탁을 해석하여 국민들에게 전달했다고 한다.

"그다음에 말이지요, 나타났다 싶으면 홀연히 사라지고, 가고 나면 돌아오는 것을 영원히 잊는다고 쓰여 있더군요."

안주인은 묘한 얼굴로, 어쩐지 불안한 모양이었다.

"칭찬한 걸까요?"

"뭐, 칭찬한 거겠지요."

메이테이 선생은 시치미를 떼고 손수건을 내 눈앞에 드리웠다.

"책은 돈벌이 수단이라니 어쩔 수 없다지만, 성격이 여간 괴팍스러워야지요."

"좀 괴팍하기는 하지요. 학문을 하는 사람은 대개 그렇거든요."

메이테이 선생은 안주인이 또 다른 방면으로 치고 들어왔구나 싶어 맞장구를 치는 것 같기도 하고 변호하는 것 같기도 한, 이도저도 아닌 묘한 대답을 했다.

"얼마 전에는 글쎄 남편이 학교에서 돌아와 곧 근처에 나가야 한다며, 옷을 갈아입는 게 귀찮다고 외투도 벗지 않고 책상에 걸터앉아 밥을 먹고 있는 게 아니겠어요? 밥상을 고타쓰 위에 올려놓고 말이에요. 전 밥통을 안고 앉아서 보고 있었는데, 어찌나 우습던지……"

"어째 하이칼라[10]가 적의 수급을 확인하는 장면[11] 같군요. 그러나 그런 점이 바로 구샤미다운 점이라…… 아무튼 진부하진 않군요."

메이테이 선생은 궁색하게 칭찬했다.

"진부한지 아닌지 여자인 저로서는 알 수 없지만, 아무리 그래도 그건 너무 심하잖아요."

10 양복의 'high collar'에서 온 말로 서양풍의 사람이나 문물을 가리킨다.
11 전장에서 벤 적의 수급(首級)을 대장 앞에서 확인받는 일. 여기서는 구샤미가 양복을 입고 책상 앞에 앉아 부인을 시중들게 하는 모습을 그렇게 표현한 것이다.

"하지만 진부한 것보다는 낫지요."

메이테이 선생이 무턱대고 구샤미 편을 들자 안주인은 불만스러운 모양이었다.

"다들 진부하다, 진부하다 하시는데 대체 어떤 게 진부한 건가요?"

안주인이 정색하며 '진부'하다는 것의 정의를 물고 늘어졌다.

"진부 말인가요? 진부라 하면…… 그게 좀 설명하기가 쉽지는 않습니다만……"

"그런 애매한 것이라면 진부한 것이라도 괜찮은 거 아닌가요?"

안주인은 여성 특유의 논리로 따지고 들었다.

"애매한 건 아닙니다. 분명히 알고는 있지만 설명하기가 어려울 따름이지요."

"아무튼 자신이 싫어하는 건 뭐든 진부하다고 하는 거 아닌가요?"

안주인은 저도 모르는 사이에 정곡을 찔렀다. 이렇게 되자 메이테이 선생도 어떻게든 '진부'를 설명해야 하는 처지가 되고 말았다.

"제수씨, 진부하다는 건 말이지요, 우선 묘령의 아가씨들에게 둘러싸여 나뒹굴다가 날이 화창하다 싶으면 술을 들고 스미다가와 강둑으로 벚꽃놀이 가는 사람들을 말하는 거지요."

"그런 사람들도 있나요? 뭐가 뭔지 복잡해서 저는 잘 모르겠네요."

안주인은 자신이 알지 못하는 것이라 적당히 응대하며, 결국 고집을 꺾었다.

"그럼 바킨[12]의 몸통에 펜더니스 소령[13]의 머리를 달아서 1, 2년쯤 유럽의 공기로 싸두는 겁니다."

---

12 교쿠테이 바킨(曲亭馬琴, 1767~1848). 소세키는 에도 시대 말기의 소설가인 바킨의 사상과 문체에 대해 비판적이었다.

"그렇게 하면 진부한 것이 만들어질까요?"

메이테이 선생은 대꾸는 않고 웃고만 있었다.

"뭐, 그렇게 성가신 일을 하지 않아도 만들어집니다. 중학교 학생에다 시로키야(白木居)[14]의 지배인을 보태서 그걸 둘로 나누면 훌륭한 진부함이 만들어지지요."

"그런가요?"

안주인은 고개를 갸웃거리며 도통 알 수 없다는 표정이었다.

"자네 아직도 있었나?"

어느 틈에 돌아온 주인이 메이테이 선생 곁에 앉으며 말했다.

"아직도 있냐는 건 좀 심하군그래. 금방 돌아올 테니 기다리라고 하지 않았나?"

"매사가 저런 식이라니까요."

안주인은 메이테이 선생을 돌아봤다.

"자네가 없을 때 자네 이야기를 남김없이 다 들었다네."

"여자란 아무튼 말이 많아 탈이라니까. 인간들도 이 고양이만큼 침묵을 지키면 좋을 텐데 말이야."

주인이 내 머리를 쓰다듬었다.

"자네, 아이한테 무즙을 먹였다더군."

"음, 요즘 아이는 꽤 영리하다네. 그 후로는 내가, 애야, 매운 건 어디 있지? 하고 물으면 꼭 혀를 쑥 내미니, 신통방통하지 않은가."

주인은 이렇게 말하며 웃었다.

---

13 윌리엄 메이크피스 새커리의 소설 『펜더니스 이야기*The History of Pendennis*』(1848~1850)에 등장하는 인물로 소세키는 그를 "소위 세속적인 인물, 또는 속물"로 평가한다.

14 에도 시대부터 있던 도쿄의 포목전으로, 메이지 시대에 들어 서양 백화점의 영업 방식을 채택했다.

"마치 개한테 재주를 가르치는 기분이니 잔혹하지 않은가. 그건 그렇고 간게쓰 군이 올 때가 되었는데."

"간게쓰 군이?"

주인은 의아한 표정을 지었다.

"올 거네. 오후 1시까지 자네 집으로 오라고 엽서를 부쳤으니까."

"남의 사정은 물어보지도 않고, 참 제멋대로인 사람이군. 간게쓰 군은 불러서 뭘 하려고 그러나?"

"아니, 오늘은 내 의향이 아니라 간게쓰 군이 직접 요청한 걸세. 잘은 모르나 이학(理學)협회에서 연설을 한다든가 해서 말이야. 그 연습을 해본다고 나한테 들어달라고 해서, 그거 마침 잘되었다고 자네한테도 들려주자고 했지. 그래서 자네 집으로 부르게 된 걸세. 뭐, 자네야 늘 한가한 사람이니까 마침 잘됐지 않은가. 못할 사정이 있는 것도 아니고, 자네도 들어두는 게 좋을 걸세."

메이테이 선생은 제멋대로 납득하고 있었다.

"물리학 연설 같은 걸 듣는다고 내가 뭘 알아야지."

주인은 메이테이 선생의 전횡에 다소 부아가 난 듯이 말했다.

"그런데 그 문제가 '자기(磁氣)를 띤 노즐에 대하여' 따위의 무미건조한 것이 아니라네. '목매달기의 역학'이라는 탈속적이고 비범한 제목이라 경청할 만한 가치가 있을 걸세."

"자넨 목을 매달다가 실패한 사람이라 경청해도 좋겠지만, 나 같은 사람이야……"

"가부키 극장이라는 말만 나와도 오한이 날 정도의 사람이니 들을 수 없다는 결론은 나올 것 같지 않군."

메이테이 선생은 여느 때처럼 농담을 했다. 안주인은 호호호 웃으며 주인을 돌아다보고는 옆방으로 물러갔다. 주인은 말없이 내 머리를 쓰다듬었다. 이때만은 아주 정성껏 쓰다듬었다.

그로부터 약 7분쯤 지나 약속대로 간게쓰 군이 찾아왔다. 오늘 밤에는 연설을 한다고 여느 때와는 달리 멋진 프록코트를 차려입고, 갓 세탁한 와이셔츠의 칼라를 빳빳이 세워 남자다운 풍채를 2할쯤 더한 채 아주 침착한 태도로 인사했다.

"좀 늦었습니다."

"아까부터 둘이서 목이 빠지게 기다리던 참이라네. 어디 당장 해보게."

메이테이 선생은 주인을 쳐다보았다.

"음."

주인은 어쩔 수 없이 건성으로 대답했다. 간게쓰 군은 서두르지 않았다.

"물 한 잔 마실 수 있을까요?"

"정말 정식으로 하겠다는 말이군. 다음엔 박수라도 청하시겠다는 건가?"

메이테이 선생은 혼자 호들갑을 떨었다. 간게쓰 군은 안주머니에서 초고를 꺼내 천천히 입을 열었다.

"연습이니까 기탄없는 비평을 바랍니다."

간게쓰 군은 이렇게 전제해두고 드디어 연설 연습을 시작했다.

"죄인을 교수형에 처한다는 것은 주로 앵글로색슨 민족 사이에서 행해진 방법인데, 그보다 고대로 거슬러 올라가 생각해보면, 목을 맨다는 것은 주로 자살의 방법으로 행해진 것입니다. 유대인 중에는 죄인에게 돌을 던져 죽이는 관습이 있었다고 합니다. 『구약성서』를 연구해보면, 이른바 '행잉(hanging)'이라는 어휘는 죄인의 시신을 매달아 들짐승이나 육식조(肉食鳥)의 먹이로 삼는다는 의미였습니다. 헤로도토스의 설에 따르면, 유대인들은 이집트를 떠나기 전부터 밤중에 시신을 바깥에 내놓는 것을 몹시 싫어했던 것으로 보입니다. 이집트인들은 죄인의 목을 베어 몸뚱어리만 십자가에 못질해 밤중에 구경거리가 되게 했다고 합니다. 페르시아인들은……"

"간게쓰 군, 목매달기와는 점점 멀어지는 것 같은데 괜찮은가?"

메이테이 선생이 끼어들었다.

"이제 본론으로 들어갈 참이니 조금만 참고 들어주시기 바랍니다…… 그런데 페르시아인들은 어땠는가 하면, 이들 역시 처형을 할 때에는 책형(磔刑)을 이용한 것 같습니다. 단 죄인이 살아 있을 때 못을 박았는지 죽고 나서 못을 박았는지에 대해서는 잘 모르겠습니다."

"그런 건 몰라도 되잖나."

주인은 따분하다는 듯 하품을 했다.

"아직 말씀드리고 싶은 것이 이것저것 많습니다만, 불편해하옵는 것 같아서……"

"'하옵는'보다는 '하시는'이라고 하는 게 듣기 편하지 않나, 구샤미?"

"아무려면 어떤가."

메이테이 선생이 다시 책망하자 주인은 마음에도 없는 대답을 했다.

"이제 본론으로 들어가 이야기를 올리고자 합니다."

"'이야기를 올리고자 합니다' 같은 말은 만담가들이나 하는 어투야. 연설가라면 좀 더 고상한 말투를 써주면 좋겠군."

메이테이 선생이 다시 끼어들었다.

"'이야기를 올리고자 합니다'가 천한 말투라면, 어떻게 말하는 게 좋을까요?"

간게쓰 군은 불끈 화가 치민 말투로 물었다.

"메이테이는 이야기를 듣고 있는 건지, 아니면 공연한 트집이나 잡으려고 하는 건지 잘 모르겠군. 간게쓰 군, 이런 구경꾼은 신경 쓰지 말고, 어서 하는 게 나을 거네."

주인은 되도록 빨리 난관을 빠져나가려고 했다.

"'불끈 화를 내며 이야기를 올리니 버드나무'[15]인가?"

메이테이 선생은 여전히 태평한 소리를 했다. 간게쓰 군은 무심코 웃음을 터뜨렸다.

"제가 조사한 바에 따르면, 실제로 처형 방법으로 교수형이 이용된 것은 『오디세이』 22권에 나와 있습니다. 텔레마코스가 페넬로페의 열두 시녀를 교살하는 대목입니다. 그리스어로 본문을 낭독해도 좋겠습니다만, 좀 잘난 체를 하는 것 같으니 그만두기로 하겠습니다. 465행에서 473행을 보시면 아실 겁니다."

"그리스어 운운하는 건 그만두는 게 좋을 거야, 자못 그리스어를 할 줄 압네 하는 꼴 아닌가, 그렇지 않나, 구샤미?"

"그 말에는 나도 찬성이네, 그렇게 욕심을 부리는 듯한 행동은 하지 않는 게 웅숭깊어 보이고 좋지."

주인은 전에 없이 바로 메이테이 선생의 의견에 동조했다. 두 사람은 그리스어를 전혀 알지 못한다.

---

15 에도 중기의 하이쿠 시인 오시마 료타(大島蓼太)의 하이쿠 "불끈 화가 치밀어 돌아오니 뜰의 버드나무인가(むっとしてもどれば庭の柳かな)"를 비튼 것. 화가 나는 일이 있어 불끈한 마음으로 돌아오니 뜰의 버드나무가 바람이 부는 대로 흔들리고 있어 뭔가 배운 것 같다는 뜻이다.

"그러면 이 두세 구절은 오늘 밤엔 빼기로 하고, 그다음 이야기를 올리…… 아니, 말씀드리겠습니다.

여기서 교살에 대해 생각해보면, 이를 집행하는 데는 두 가지 방법이 있습니다. 첫째는 텔레마코스가 유마이오스 및 필로이티오스의 도움을 받아 밧줄 한 끝을 기둥에 묶습니다. 그리고 그 밧줄 군데군데에 고리 매듭을 만들어 그 고리에 여자의 머리를 하나씩 넣고 한쪽 끝을 바싹 잡아당겨 끌어올린 것으로 보입니다."

"그러니까 서양식 세탁소에서 셔츠를 널듯이 여자를 달아맸다고 보면 되겠군."

"바로 그겁니다. 그리고 둘째는 밧줄의 한 끝을 아까처럼 기둥에 묶고, 다른 한 끝도 처음부터 천장에 높이 달아매는 것입니다. 그리고 그 높은 밧줄에서 다른 밧줄을 몇 개 늘어뜨리고 거기에 고리 매듭을 만들어 여자 목을 집어넣은 다음, 여차할 때 여자가 밟고 있던 받침대를 치우는 구조입니다."

"비유해 말하자면 새끼발 끝에 동그란 초롱을 달아맨 것 같은 풍경이라고 생각하면 틀림없겠군."

"동그란 초롱을 보지 못해 뭐라 말씀드릴 수는 없지만, 만약 그런 게 있다면 그쯤 되지 않을까 생각합니다. 그러면 지금부터 역학적으로 첫 번째 방법이 도저히 성립할 수 없다는 걸 증명해 보이고자 합니다."

"흥미롭군."

메이테이 선생이 동의했다.

"음. 흥미롭구면."

주인도 거기에 찬성했다.

"먼저 여자가 같은 간격으로 매달린다고 가정합니다. 또 땅바닥에서 가장 가까운 두 여자의 목과 목을 연결한 밧줄이 수평이라고 가정합니다. 여기에 a a_1 a_2 …… a_6을 새끼줄이 지평선과 형성하는 각도로 하고, T_1 T_2 …… T_6을 새끼줄의 각 부분이 받는 힘으로 간주하여, T_7=X는 밧줄의 가장 낮은 부분이 받는 힘으로 합니다. W는 물론 여자의 체중이라 생각하면 됩니다. 어떻습니까? 아시겠습니까?"

"대충 알겠네."

메이테이와 주인은 마주보며 대답했다. 다만 이 '대충'이라는 정도는 두 사람이 멋대로 정한 것이니 다른 사람의 경우에는 적용되지 않을지도 모른다.

"그런데 아시는 바와 같이 다각형에 관한 평균성 이론에 따르면, 다음과 같은 열두 가지 방정식이 성립합니다.

$T_1 \cos a_1 = T_2 \cos a_2$ …… (1)

$T_2 \cos a_2 = T_3 \cos a_3$ …… (2)"

"방정식은 그쯤 해두지."

주인이 거칠게 말했다.

"실은 이 방정식이 연설의 백미인데요."

간게쓰 군은 몹시 서운해하는 눈치였다.

"그럼 백미만은 차차 듣기로 하면 되지 않겠나."

메이테이 선생도 조금 미안해하는 눈치였다.

"이 식을 생략해버리면 애써 한 역학적 연구가 완전히 헛수고가 되고 마는데요……"

"뭐, 그런 건 꺼릴 게 없으니 대충 생략하게."

주인은 아무렇지 않게 말했다.

"그럼 말씀하신 대로 무리이기는 하지만 생략하기로 하겠습니다."

"그게 좋겠지."

메이테이 선생이 묘한 대목에서 손뼉을 쳤다.

"그리고 영국으로 옮겨 논하자면, 『베어울프』[16]에 교수대, 즉 '갈가(Galga)'[17]라는 글자가 보이는 걸 보면, 교수형은 이 시대부터 이미 행해진 것으로 보입니다. 블랙스톤[18]의 주장에 따르면, 만약 교수형에 처해지는 죄인이 밧줄이 잘못되어 숨이 끊어지지 않았을 때는 다시 전과 같은 형벌을 받아야 한다고 되어 있습니다만, 묘한 것은 『농부 피어스의 꿈』[19]이라는 책에는, 비록 흉악범이라도 두 번 목을 매다는 일은 없다는 구절이 있습니다. 어느 게 진실인지는 저도 잘 모르겠습니다만, 한 번에 죽지 않은 예가 실제로 종종 있었거든요. 1786년에 피츠제럴드라는 유명한 악한을 교살한 적이 있었는데요. 그런데 어찌 된 일인지 첫 번째 발판에서 뛰어내릴 때 밧줄이 그만 끊어져버렸답니다. 다시 시도했더니 이번에는 밧줄이 너무 길어 발이 땅에 닿는 바람에 역시 죽지 않았답니다. 세 번째에는 마침내 구경꾼들이 도와 죽이는 걸 단념하게 했다는 이야기입니다."

"아이고, 맙소사."

메이테이 선생은 이런 대목에 이르면 갑자기 기운이 솟았다.

"정말 죽어야 할 때 죽지 못한 거로군."

16 『베어울프*Beowulf*』. 고대 영어로 쓰인 대표적 서사시. 이 작품의 주인공 이름이 베어울프다.

17 오늘날의 영어로는 gallows.

18 윌리엄 블랙스톤(William Blackstone, 1723~1780). 영국의 법학자로 옥스퍼드 대학 교수를 역임했다.

19 『농부 피어스의 꿈*The Vision of Piers Plowman*』. 윌리엄 랭글런드(William Langland, 1331~1389)의 작품으로 여겨지는 중세 영어로 된 풍자시이자 종교적 우의시(寓意詩).

주인마저 신이 나기 시작했다.

"더 재미난 이야기가 있습니다. 목을 매달면 키가 3센티미터쯤 늘어난다고 합니다. 이건 실제로 의사가 재어봤으니 틀림없는 사실입니다."

"그거 새로운 발견이군. 어떤가, 구샤미도 목을 좀 매달면? 3센티미터쯤 늘어나면 보통 사람 정도는 될지도 모르잖은가?"

메이테이 선생이 주인을 보고 말하자 주인은 뜻밖에 진지하게 물었다.

"간게쓰 군! 3센티미터쯤 커졌다가 살아나는 경우가 있나?"

"그야 당연히 없지요. 매달리면 척추가 늘어나기 때문인데, 실제로는 척추가 늘어나는 게 아니라 못 쓰게 되는 것이니까요."

"그렇다면 그만두겠네."

주인은 단념했다.

연설할 내용은 아직도 꽤 많이 남아, 간게쓰 군은 목매달기의 생리 작용까지 언급할 예정이었으나 메이테이 선생이 함부로 변덕쟁이처럼 엉뚱한 소리를 해대는 데다 주인이 가끔 하품을 해대는 통에 결국 도중에 그만두고 돌아가버렸다. 그날 밤 간게쓰 군이 어떤 태도로 어떤 웅변을 토했는지, 먼 데서 일어난 일이었으니 나로서는 알 도리가 없다.

2, 3일은 별일 없이 지났지만, 어느 날 오후 2시쯤 메이테이 선생이 여느 때처럼 홀연히 우연동자(偶然童子)처럼 찾아왔다. 자리에 앉자마자 불쑥 물었다.

"여보게, 오치 도후 군의 다카나와 사건이라고 들어봤나?"

뤼순 함락의 호외라도 알리러 온 것 같은 기세였다.

"아니, 요즘엔 통 만나지 못했으니까."

주인은 여느 때처럼 울적했다.

"오늘은 그 도후 공의 실수담을 보고할까 해서 바쁜 와중에도 일부러 찾아왔다네."

"또 그렇게 허풍을 떠는군. 자네는 본디 발칙한 사람이야."

"아하하하, 발칙한 게 아니라 부질없이 발랄하다고 해야겠지. 그것만은 좀 구별해줘야 하지 않겠나. 명예에 관한 일이니까."

"그게 그거지."

주인이 시치미를 뗐다. 천연거사의 완벽한 재림이다.

"지난 일요일에 도후 공께서 다카나와의 센가쿠지(泉岳寺)[20]에 갔다고 하네. 이 추위에 그런 곳엔 가지 않는 게 좋았을 텐데…… 우선 이무렵에 센가쿠지 같은 델 가는 건 도쿄를 전혀 모르는 시골뜨기 같지 않은가."

"그거야 도후 군 마음이지, 자네한테 그걸 말릴 권리는 없네."

"그야, 물론 그럴 권리는 없지. 권리야 아무래도 좋은데 말이야, 그절에 의사(義士)유물보존회라는 구경거리가 있잖은가."

"으응, 그런가?"

"몰랐단 말인가? 그래도 센가쿠지에 가본 적은 있겠지?"

"없네."

"없다고? 이거 놀라운데. 어째 도후 군을 변호한다 했네. 도쿄 토박이가 센가쿠지를 모르다니, 정말 한심하군."

"그런 건 몰라도 선생 노릇은 얼마든지 할 수 있다네."

---

20 도쿄 미나토(港) 구에 있는 절. 『주신구라(忠臣藏)』로 유명한 아코(赤穗) 낭인 47명의 묘가 있다.

주인은 드디어 천연거사가 되었다.

"그건 그렇고, 그 전시장에 도후 군이 들어가 구경하고 있는데, 독일 사람 부부가 들어왔다네. 그들이 처음에는 일본말로 도후 군에게 뭘 물어본 모양이야. 그런데 도후 군은 늘 그렇듯이 독일어를 써보고 싶어 환장한 사람 아닌가. 그래서 독일어로 두세 마디 유창하게 나불거려봤다네. 그랬더니 뜻밖에도 잘되더라는 거야. 나중에 생각하니 그게 재앙의 시작이었던 거지."

"그래서 어떻게 되었는데?"

주인은 끝내 낚이고 말았다.

"독일 사람이 오다카 겐고[21]의 그림이 그려진 인롱(印籠)을 보고, 이걸 사고 싶은데 파는 거냐고 묻더라는 거야. 그때 도후 군이 한 대답이 걸작이지 뭔가. 일본 사람들은 모두 청렴한 군자들이라 절대 팔지 않을 거라고 말했다는 걸세. 그래도 그때까지는 좋았는데, 독일 사람은 그때부터 적당한 통역이라도 구했다고 생각했는지 자꾸 묻더라는 거야."

"뭘 말인가?"

"그게 말이지, 그게 무슨 말인지 알았다면 걱정이 없겠지만, 빠른 말로 질문을 해대는 통에 알아들을 수가 있어야지. 어쩌다가 알아들은 말이라는 게 쇠갈고리나 나무망치[22]가 뭐냐고 묻는 거였는데, 쇠갈고리나 나무망치를 뭐라고 번역해야 좋을지 배운 적이 없으니 난감할 수밖에."

---

21 오다카 겐고(大鷹源吾, 1672~1703). 센가쿠지에 묻힌 아코 낭인 47명 중 한 사람이다.
22 아코 낭인들이 문이나 벽을 부수고 주군의 원수 기라 요시나카(吉良義央)의 집으로 공격해 들어갈 때 사용한 도구다.

"그랬겠지."

주인은 선생인 자신의 처지와 비교해 도후 군에게 동정을 표했다.

"그런데 한가한 사람들이 신기한 구경거리라도 생긴 양 하나둘 모여들기 시작했다네. 나중에는 도후 군과 독일 사람을 빙 둘러싸고 구경하더라는 거야. 도후 군은 얼굴이 빨개져서 쩔쩔매고, 처음의 기세와는 달리 아주 난감한 상황이었다네."

"그래서 어떻게 되었는가?"

"결국 도후 군은 더 이상 버티지 못하고 '아뇨 가세요' 하고 일본말로 인사하고 내빼고 말았다네. 그런데 '아뇨 가세요'라는 건 좀 이상하다, 자네 고향에선 '안녕히 가세요'를 '아뇨 가세요'라고 하느냐고 물었더니, 자기 고향에서도 '안녕히 가세요'라고 하는데, 상대가 서양 사람이니 조화를 꾀하려고 '아뇨 가세요'라고 했다지 뭔가. 도후 공은 괴로울 때도 조화를 잊지 않는 사람이라는 걸 알고 정말 감탄했다네."

"'아뇨 가세요'는 그렇다고 치고, 그래 그 서양 사람은 어떻게 되었나?"

"서양 사람은 어안이 벙벙해서는 멍하니 보고만 있었다네. 으하하하, 재미있지 않은가?"

"그다지 재미있는 것 같지는 않군. 그 얘길 해주려고 일부러 찾아온 자네가 더 재미있네."

주인은 담뱃재를 화로에 떨었다. 때마침 현관 벨소리가 펄쩍 뛸 만큼 요란하게 울렸다.

"실례합니다."

여자의 카랑카랑한 목소리가 들려왔다. 메이테이 선생과 주인은 얼떨결에 얼굴을 마주보고 입을 다물었다.

주인집에 여자 손님이 찾아오는 건 무척 드문 일이라 내다봤더니, 그 카랑카랑한 목소리의 주인공은 겹쳐 입은 비단 기모노 자락으로 다다미를 쓸면서 들어왔다. 나이는 마흔 살을 살짝 넘었을 것이다. 훤한 이마에는 앞머리가 제방공사라도 하는 양 높이 솟구쳐, 적어도 얼굴 길이의 절반쯤은 하늘로 밀려 올라가 있었다. 눈은 깎아지른 고개 정도의 각도로 직선으로 올라가 좌우로 대립하고 있다. 여기서 직선이란 가느다란 눈을 표현한 것이다. 그런데 코만큼은 엄청나게 크다. 남의 코를 훔쳐다 얼른 한복판에 붙여놓은 것처럼 보인다. 세 평 남짓한 조그마한 뜰에 쇼콘샤(招魂社)[23]의 석등을 옮겨놓은 것처럼 혼자 세력을 떨치고 있어 어쩐지 안정되지 못한 모양새다. 이런 코를 소위 매부리코라 하는데, 일단 마음껏 높이 올라가보았으나 도중에 이건 너무했다 싶어 겸손한 마음에 끝 쪽으로 가면서 처음의 기세와는 달리 처지기 시작해 밑에 있는 입술을 들여다보고 있다. 이처럼 코가 눈에 확 들어와 이 여자가 말을 할 때에는 입이 말한다기보다 코가 말을 하는 것 같았다. 나는 이 위대한 코에 경의를 표하기 위해 앞으로는 이 여자를 '하나코(鼻子)'라 부를 생각이다.

하나코는 우선 첫인사를 마치고는 집 안을 둘러보며 말했다.

"집이 참 좋네요."

주인은 속으로 '거짓말 마'라고 말하며 뻐끔뻐끔 담배를 피워댔다. 메이테이 선생은 천장을 올려다보며 넌지시 주인을 재촉했다.

"여보게, 저건 비가 샌 얼룩인가, 아니면 널빤지의 나뭇결인가? 참 묘한 무늬로군."

"물론 비가 샌 걸세."

23 1879년에 야스쿠니(靖國) 신사로 개칭되었다.

주인이 대답했다.

"근사한데."

메이테이 선생이 시치미를 떼고 대답했다.

하나코는 이들 두 사내가 영 사교를 모르는 사람들이라고 속으로 분개했다. 잠시 세 사람은 마주 앉은 채 말이 없었다.

"드릴 말씀이 좀 있어서 찾아뵈었습니다만."

하나코가 다시 말문을 열었다.

"네에."

주인은 아주 냉담한 어조로 대답했다. 이래서는 안 되겠다 싶었는지 하나코는 말을 이었다.

"실은 저는 바로 근처, 건너편 길모퉁이에 있는 집에 사는데요……"

"그 커다란 양관(洋館)[24]의 창고가 있는 집 말인가요? 거기 가네다라는 문패가 달려 있던 것 같은데."

주인은 그제야 가네다의 양관과 창고를 알아차린 듯했지만, 그렇다고 가네다 부인을 대하는 태도가 달라진 건 아니었다.

"실은 바깥양반이 직접 말씀을 드려야 하는데, 회사 일이 너무 바빠서요."

부인은 이번엔 좀 효과가 있겠지 하는 눈치였다. 주인은 전혀 동요하지 않았다. 아까부터 초면의 여자치고 하나코의 말투가 너무 무례해 이미 불쾌한 상태였다.

"회사도 하나가 아니에요. 두세 곳이나 된답니다. 게다가 어느 회사든 다 중역이거든요. 물론 알고 계실 테지만."

부인은 이래도 두 손 들지 않고 배기겠느냐는 표정이었다. 원래 이

24 서양식으로 지은 집이나 건축물, 양옥.

집 주인은 '박사'라든가 '대학교수'라든가 하면 아주 황송해하는 사람이지만, 묘하게도 사업가에 대한 존경심은 무척 낮았다. 사업가보다는 중학교 선생이 더 훌륭하다고 믿고 있었다. 비록 그렇게 믿고 있지 않더라도 융통성이 없는 성격이라 사업가나 부자들 덕을 보는 일은 결코 없을 거라고 체념하고 있었다. 상대가 아무리 세력가든 자산가든 자신이 신세를 질 가능성이 없다고 단념한 사람들과의 이해관계에는 아주 무관심했다. 그러므로 학자 사회를 제외한 다른 방면의 일에는 매우 어두웠으며, 특히 사업계에서 누가 어디서 무슨 일을 하고 있는지 전혀 알지 못했다. 설령 그걸 안다고 해도 털끝만치의 경외심도 갖지 않았다.

하나코는 천하에 이런 괴짜가 자신과 같은 햇빛을 받으며 살고 있으리라고는 꿈에도 생각하지 못했다. 지금까지 이 세상의 많은 사람들을 접해왔지만, 가네다의 아내라고 말했을 때 후닥닥 자신을 대하는 태도를 바꾸지 않은 경우는 없었다. 어느 모임에 나가더라도, 아무리 지체가 높은 사람 앞에서도 가네다의 부인이라고 하면 다 통했다. 하물며 이렇게 완전히 퇴색한 늙다리 서생쯤이야, 건너편 길모퉁이에 있는 게 자기 집이라고만 하면 직업 같은 건 듣기도 전에 놀랄 것이라고 예상하고 있었다.

"자네, 가네다란 사람 알고 있나?"

주인은 대수롭지 않게 메이테이 선생에게 물었다.

"알다마다, 가네다 씨는 우리 큰아버지의 친구분이거든. 지난번 원유회에도 오셨어."

메이테이 선생은 진지하게 대답했다.

"그래? 자네 백부님이 누군데?"

"마키야마 남작일세."

메이테이 선생은 아주 진지했다. 주인이 뭐라고 대꾸하기도 전에 하나코가 갑자기 돌아앉으며 메이테이 선생을 보았다. 메이테이 선생은 비백 무늬가 들어간 사라사[25]인지 뭔지 하는 걸 겹쳐 입고 점잔을 빼고 있었다.

"어머, 댁이 마키야마 남작님의 뭐가 되신다고요? 그런 줄도 모르고 그만 실례를 범했습니다. 마키야마 남작님께는 항상 폐를 끼쳐드리고 있다고 남편이 항상 얘기하고 있답니다."

갑자기 정중한 말씨를 쓰며 머리를 숙여 절까지 했다.

"아아, 뭐. 하하하하."

메이테이 선생이 웃었다. 주인은 어처구니없다는 듯 잠자코 두 사람을 쳐다보았다.

"딸의 혼담 때문에 여러 가지로 마키야마 남작님께 심려를 끼쳐드렸다고 하던데……"

"아아, 그랬습니까?"

메이테이 선생도 이 일만은 전혀 예상하지 못했는지 살짝 놀란 기색이었다.

"실은 여기저기서 아무쪼록 잘 부탁한다는 말은 해옵니다만, 저희 쪽 신분도 있고 하니 아무 데나 보낼 수도 없는 처지라……"

"그야 그렇겠지요."

메이테이 선생은 그제야 안심했다.

"그 일에 관해 좀 여쭤볼 게 있어 찾아온 겁니다만."

하나코는 주인 쪽을 보고 갑자기 원래의 상스러운 말투로 돌아갔다.

25 다섯 가지 빛깔을 이용해 인물, 새와 동물, 꽃과 나무 또는 기하학적인 무늬를 물들인 피륙.

"이 댁에 미즈시마 간게쓰라는 남자가 종종 들른다고 하던데요. 그 사람은 대체 어떤 사람인가요?"

"간게쓰 군에 대한 얘기를 들어서 뭘 하시게요?"

주인은 떨떠름한 어조로 물었다.

"결국 따님 혼사 문제로 간게쓰 군의 전반적인 성품을 알고 싶으시 다 그 말씀 아니겠나?"

메이테이 선생이 눈치 빠르게 대응했다.

"그 얘길 들을 수 있다면 정말 좋겠는데요."

"그러면 댁의 따님을 간게쓰 군에게 주고 싶으시다 그 말씀인가 요?"

"주고 싶다는 건 아니고요."

하나코는 갑자기 주인을 곤혹스럽게 했다.

"여기저기 다른 데서도 자꾸 얘기가 들어오니까 굳이 데려가지 않 아도 곤란할 건 없어요."

"그렇다면 간게쓰 군 얘긴 안 들어도 상관없겠군요."

주인도 오기를 부렸다.

"하지만 숨길 이유도 없잖아요?"

하나코도 약간 시비조로 나왔다. 메이테이 선생은 두 사람 사이에 앉아 은 곰방대를 스모 심판이 쓰는 부채라도 되는 양 들고, 싸워라, 싸워라, 하고 마음속으로 외치고 있었다.

"그럼 간게쓰 군이 신부로 데려가겠다는 말이라도 했단 말이오?"

주인이 하나코에게 정면에서 밀어내기 공격을 했다.

"데려가겠다고 한 건 아닙니다만……"

"그럼 데려가고 싶어 한다고 생각하시는 겁니까?"

주인은 이 여성에게는 밀어내기 공격이 그만이라는 걸 깨달은 모양이었다.

"혼담이 그만큼 진행되고 있는 건 아닙니다만…… 간게쓰 씨도 기분 나빠할 일은 아니겠지요."

하나코가 씨름판 가장자리에서 아슬아슬하게 기세를 회복했다.

"간게쓰 군이 댁의 따님에게 애착을 보인 일이라도 있었습니까?"

있다면 말해보라는 기세로 주인이 반격을 가했다.

"뭐, 그럴걸요."

이번엔 주인이 건 기술이 전혀 먹혀들지 않았다. 지금까지 자기가 무슨 스모 심판이라도 되는 양 흥미롭게 구경하고 있던 메이테이 선생도 하나코의 한 마디에 호기심이 동했는지 곰방대를 내려놓고 몸을 앞으로 쑥 내밀었다.

"간게쓰 군이 따님한테 연애편지라도 부쳤단 말인가요? 이거 유쾌한 일이로군. 새해 들어 에피소드가 한 가지 늘었어, 좋은 얘깃거리가 되겠는걸."

메이테이 선생은 혼자 신이 났다.

"연애편지가 아니에요. 더 심한 거였는데, 두 분께서도 잘 아실 텐데요."

하나코는 묘하게 생트집을 잡고 나왔다.

"자네, 알고 있나?"

주인은 여우에게 홀린 사람 같은 표정으로 메이테이 선생에게 물었다. 메이테이 선생도 얼빠진 표정으로 쓸데없는 데서 겸손을 떨었다.

"난 모르지. 알고 있다면 자네겠지."

"아니에요. 두 분 다 아시는 일이에요."

하나코만이 득의양양했다.

"허어, 참."

두 사람은 동시에 감탄사를 내뱉었다.

"잊으셨다면 제가 말씀드리지요. 작년 연말에 무코지마의 아베 씨 댁에서 연주회가 있었는데, 간게쓰 씨도 참석하지 않았나요? 그날 밤 돌아오는 길에 아즈마바시 다리에서 무슨 일이 있었잖아요. 자세한 말씀은 드리지 않겠어요. 본인한테 폐가 될지도 모르니까요. 이 정도 증거면 충분할 것 같은데, 아닌가요?"

하나코는 다이아몬드 반지를 낀 손을 무릎 위에 가지런히 올려놓고 뚱하게 자세를 고쳐 앉았다. 위대한 코가 더욱 이채를 띠어 메이테이 선생과 주인은 있어도 없는 듯한 형국이었다.

주인은 물론이고 메이테이 선생도 이 불의의 기습에는 얼이 빠졌는지 잠시 학질 떨어진 병자처럼 멍하니 앉아 있었다. 그러나 경악한 마음이 누그러지면서 차츰 타고난 본능을 회복하자 왠지 우습다는 느낌이 한꺼번에 밀려왔다. 두 사람은 약속이나 한 듯이 "하하하하" 하며 배꼽을 잡고 웃었다. 하나코만은 좀 어이가 없었던 모양으로, 이런 경우에 웃는 건 큰 실례가 아니냐는 듯 두 사람을 흘겨보았다.

"그 사람이 따님이었나요? 야, 이거 잘됐네, 말씀하신 대로야. 그렇지 않은가, 구샤미? 간게쓰 군은 진심으로 따님을 사모하고 있는 게 틀림없어…… 더 이상 숨겨봤자 소용없으니까 이쯤에서 다 털어놓는 게 어떤가."

"으흠."

주인은 이렇게 헛기침만 할 뿐이었다.

"이제는 정말 숨기셔도 소용없습니다. 증거가 다 드러났으니까요."

하나코는 다시 의기양양해졌다.

"이렇게 되면 어쩔 수 없군요. 간게쓰 군과 관계된 사실이라면 뭐든지 참고하시게 말씀드리지요. 여보게, 구샤미. 자네가 주인인데 그렇게 싱글싱글 웃고만 있어서는 아무것도 해결되지 않을 게 아닌가. 비밀이란 정말 무서운 것이군요. 아무리 숨긴다고 해도 어디에선가 꼭 드러나게 되니 말입니다. 그런데 좀 이상하기는 하네요. 가네다 부인, 이 비밀을 어떻게 아셨지요? 정말 놀랍군요."

메이테이 선생은 혼잣말처럼 주절거렸다.

"저도 빈틈이 없거든요."

하나코는 거 보란 듯한 표정이었다.

"너무 빈틈이 없는 것 같군요. 대체 이 얘기는 누구한테 들으셨나요?"

"바로 이 뒷집 인력거꾼네 아주머니한테서요."

"그 시커먼 고양이가 있는 인력거꾼네 말인가요?"

주인은 눈을 동그랗게 뜨고 물었다.

"네, 간게쓰 씨에 관한 일로 돈도 많이 썼습니다. 간게쓰 씨가 이곳에 들를 때마다 어떤 얘기를 하는지 알아볼까 해서, 인력거꾼네 아주머니한테 부탁해 일일이 알려달라고 했지요."

"그건 좀 심하군요."

주인은 큰 소리로 말했다.

"아니, 댁이 뭘 하시든, 무슨 말씀을 하시든 거기엔 관심이 없어요. 제 관심은 간게쓰 씨에 관한 일뿐이거든요."

"간게쓰에 관한 일이든 아니든, 그 인력거꾼네 아주머니는 영 마음에 안 든다니까."

주인은 혼자 화를 냈다.

"그러나 댁의 울타리 밖에 서 있는 건 그 사람 마음 아닌가요? 이야기가 밖으로 새나가는 게 기분 나쁘셨다면, 목소리를 낮추시든지 좀 더 큰 집으로 이사 가면 되는 일이잖아요."

하나코는 전혀 부끄러워하는 기색이 없었다.

"인력거꾼네만이 아니에요. 한길가의 이현금 선생님한테서도 꽤 여러 가지 이야기를 들었습니다."

"간게쓰 군에 대한 이야깁니까?"

"간게쓰 씨에 대한 얘기만은 아닙니다."

하나코의 말은 어쩐지 좀 무섭게 들렸다. 주인은 놀라는가 싶더니 이렇게 말했다.

"그 선생은 아주 고상한 체하며 자기만 인간답다는 표정을 짓고 있지요. 바보 같은 자식입니다."

"유감스럽지만, 여잡니다. 자식이라니요, 한참 잘못 짚으셨습니다."

하나코의 말투는 점점 더 본색을 드러냈다. 이건 마치 싸움을 하러 찾아온 것 같은데, 이렇게 되자 메이테이 선생은 이 담판을 흥미롭다는 듯 듣고 있었다. 철괴선인(鐵枴仙人)[26]이 닭싸움을 구경하는 듯한 표정으로 태연하게 듣고만 있었다.

험담으로는 도저히 하나코의 적수가 되지 못한다는 걸 자각한 주인은 어쩔 수 없이 한동안 입을 다물고 있을 수밖에 없는 처지에 내몰렸다. 그때서야 무슨 생각이 났는지 메이테이 선생에게 구원을 청했다.

"부인은 간게쓰 군이 따님한테 애착을 보인다고 말씀을 하시는데,

---

26 중국 팔선(八仙) 중의 한 명인 이철괴(이홍수)를 가리킨다. 일본 가노파(狩野派) 그림의 주요 소재가 되었다.

제가 들은 바로는 좀 다릅니다, 그렇지 않나, 메이테이?"

"그래, 그때 얘기로는 따님이 먼저 무슨 병에 걸려 헛소릴 했다고 들었는데."

"그런 일은 절대 없습니다."

가네다 부인은 분명하게 잘라 말했다.

"그래도 간게쓰 군은 분명히 모모 박사의 부인한테 들었다고 하던데요."

"그게 바로 저희 쪽에서 쓴 수였어요. 모모 박사 부인한테 부탁해서 간게쓰 씨의 의향을 타진해본 거였거든요."

"모모 부인은 그걸 알고서 떠맡았다는 건가요?"

"네. 떠맡기는 것도 빈손으론 안 되잖아요. 이래저래 여러 가지 것들이 많이 들었죠."

"무슨 일이 있어도 간게쓰 군에 대해 미주알고주알 듣지 못하면 돌아가지 않겠다고 결심이라도 한 건가요?"

메이테이 선생도 언짢아졌는지, 전에 없이 거친 어조였다.

"까짓 좋지 뭐. 얘기를 한다고 손해나는 것도 아니니까 얘기하지 않겠나, 구샤미? 부인! 저나 구샤미나 간게쓰 군에 관한 일 중에서 말해도 별 지장이 없는 일은 다 얘기할 테니까, 그래요, 그러니 순서대로 하나하나 질문해주시면 좋겠네요."

하나코는 그제야 납득하고 슬슬 질문을 던지기 시작했다. 한때 거칠었던 어조도 메이테이 선생에게만은 아까처럼 정중한 태도로 돌아와 있었다.

"간게쓰 씨도 이학사라던데, 대체 뭘 전공하고 있는 건가요?"

"대학원에서는 '지구의 자기(磁氣)에 대한 연구'를 하고 있지요."

주인이 진지하게 대답했다. 불행하게도 하나코는 그 의미를 전혀 이해할 수 없어 "네에, 네" 하고 대답하기는 했으나 의아하다는 표정을 짓고 있었다.

"그런 공부를 하면 박사가 될 수 있나요?"

"박사가 못 되면 따님을 줄 수 없다는 말씀인가요?"

주인이 불쾌하다는 듯이 물었다.

"네. 그냥 학사라면 널려 있으니까요."

하나코는 아무렇지 않게 대답했다. 주인은 메이테이 선생을 보며 몹시 언짢다는 표정을 지었다.

"박사가 될지 안 될지는 우리도 보장할 수 없는 일이니까, 다른 걸 물어보시지요."

메이테이 선생도 그다지 기분 좋은 표정은 아니었다.

"요즘에도 지구의 뭔가 하는 공부를 하고 있나요?"

"2, 3일 전에는 이학협회에서 '목매달기의 역학'이라는 연구 결과를 발표했습니다."

주인은 아무렇지도 않은 표정으로 말했다.

"어머, 망측해라. '목매달기'라니요, 참 특이한 사람이네요. '목매달기'인가 뭔가를 연구했다면 도저히 박사가 될 수는 없겠네요."

"본인이 목을 맨다면 어렵겠지만, '목매달기의 역학'으로 박사가 되지 못한다고 단정할 수는 없지요."

"그럴까요?"

이번에는 주인 쪽을 바라보며 안색을 살폈다. 안타깝게도 하나코는 '역학'이라는 단어의 의미를 몰라 안절부절못하고 있었다. 그러나 이 정도의 단어를 물어서는 자신의 체면이 서지 않는다 싶었던지, 그저 상대방의 안색으로 추측해볼 뿐이었다. 주인은 떨떠름한 표정이었다.

"그거 말고 뭔가 알기 쉬운 걸 공부하고 있지는 않나요?"

"글쎄요. 지난번에 「도토리의 스터빌러티(stability)를 논하고 아울러 천체의 운행에 이르다」라는 논문을 쓴 적이 있습니다."

"도토리라는 것도 대학에서 공부하는 것인가요?"

"글쎄요, 저도 그쪽은 생소해서 잘은 모르겠지만, 어쨌든 간게쓰 군이 할 정도라면 연구할 가치가 있는 것이겠지요."

메이테이 선생은 시치미를 뚝 떼고 놀렸다. 하나코는 학문에 대한 질문은 힘에 겨운 일이라 단념한 것인지, 이번에는 화제를 바꿨다.

"다른 이야깁니다만, 지난 설날 표고버섯을 먹고 앞니 두 개가 부러졌다고 하던데요."

"네. 이가 빠진 자리에 떡이 달라붙어 있더군요."

메이테이 선생은 이 질문이야말로 자신의 전문 영역이라고 생각했는지 갑자기 흥겨워했다.

"멋없는 사람이군요. 왜 이쑤시개를 사용하지 않았을까요?"

"다음에 만나면 주의를 주지요."

주인이 키득키득 웃었다.

"표고버섯을 먹다가 이가 부러질 정도라면 이가 어지간히 안 좋은 모양이군요. 어떤가요?"

"좋다고는 할 수 없겠지요. 그렇지 않나, 메이테이?"

"좋다고는 할 수 없지만, 그래도 애교는 좀 있는 편이지. 그 후로 아직 새로 해 넣지 않은 걸 보면 신기하단 말이야. 아직도 빈자리에 떡이 끼일 정도라니, 정말 가관이라니까."

"이를 해 넣을 돈이 없어서 내버려두는 건가요? 아니면 유별난 사람이라서 그대로 내버려두는 건가요?"

"뭐, 영원히 그렇게 놔둘 생각은 없는 듯하니 안심하시지요."

메이테이 선생의 기분은 점차 회복되었다. 하나코는 이제 다른 문제로 넘어갔다.

"이 댁에 간게쓰 씨 본인이 쓴 편지 같은 게 있다면 좀 보고 싶군요."

"엽서라면 많습니다. 보시지요."

주인이 서재에서 30, 40장의 엽서를 가져왔다.

"그렇게 많이 보지 않아도, 그중에서 두세 장만……"

"어디, 제가 좋은 걸 골라드리지요."

메이테이 선생이 한 장의 그림엽서를 내밀었다.

"이게 재미있겠네요."

"어머, 그림도 그리나 보네요. 꽤 재주가 있군요. 어디 좀 볼까요……
어머, 징그러워, 이건 너구리 아닌가요? 왜 하필이면 너구리를 그렸을
까요? 그래도 너구리로 보이니 신기하기는 하네요."

하나코는 은근히 감탄한 듯했다.

"그 문구를 좀 읽어보시지요."

주인이 웃으면서 말했다. 하나코는 하녀가 신문이라도 읽듯이 읽어
내려갔다.

　　　설달 그믐날 밤, 산에 사는 너구리가 원유회를 열어 신나게 춤을 춥니
　　다. 그 노랫말 한 구절은, 오늘 밤, 설달 그믐날 밤, 산길을 올라오는 사람
　　은 없겠지, 둥둥둥둥.

"이건 뭐예요? 사람을 바보 취급하고 있잖아요."

하나코는 불만스럽다는 태도였다.

"이 선녀는 마음에 안 드시나요?"

메이테이 선생이 또 한 장을 내밀었다. 선녀가 날개옷을 걸치고 비파를 타고 있었다.

"이 선녀는 코가 너무 작은 것 같은데요."

"뭐, 그 정도면 보통이죠. 코보다는 글귀를 읽어보시지요."

글귀는 이랬다.

옛날 어느 곳에 한 천문학자가 살고 있었습니다. 어느 날 밤 평소처럼 높은 곳에 올라가 별을 바라보고 있으니 하늘에서 아름다운 선녀가 나타나 이 세상에서는 들을 수 없는 신묘한 음악을 연주하기 시작하는지라, 천문학자는 살을 에는 추위도 잊은 채 넋을 잃고 듣고 있었습니다. 아침에 보니 그 천문학자의 시신에 하얗게 서리가 내려 있었습니다. 이것은 정말 있었던 이야기라고, 그 거짓말쟁이 할배가 말해주었습니다.

"이건 또 뭔가요? 아무 의미도 없잖아요. 이래도 이학사로 통하나요?《문예구락부(文藝俱樂部)》[27]에서나 읽으면 좋을 것 같은 얘긴데요."

간게쓰 군만 호되게 당했다. 메이테이 선생은 반쯤 재미로 세 번째 엽서를 꺼냈다.

"이건 어떤가요?"

이번에는 돛단배가 활판으로 인쇄되어 있고, 그 밑에 어지럽게 뭐

---

27 1895년에서 1933년까지 하쿠분칸(博文館)에서 간행한 문예 잡지로 당시 일본에서 널리 읽혔다.

라고 휘갈겨놓았다.

어젯밤 묵은

열여섯 살 소녀

부모 없다고

거친 바다의 물떼새

한밤중에 잠이 깨

물떼새에 울었네

뱃사공 부모는

파도 밑

"잘 썼네요. 이건 감동적이에요. 말이 되는데요."

"말이 되나요?"

"네, 이 정도면 샤미센 반주로 노래할 수도 있겠어요."

"샤미센 반주로 노래할 수 있다면 진짜지요, 이건 또 어떻습니까?"

메이테이 선생은 마구 내놓았다.

"아니요. 이 정도만 보면 됐어요. 이제 충분합니다. 그리 촌스러운 사람이 아니라는 것만은 알았으니까요."

하나코는 혼자 고개를 끄덕였다. 이로써 간게쓰 군에 대한 질문은 대충 마무리된 것 같았다.

"이거 대단히 실례했습니다. 부디 제가 찾아뵌 일은 간게쓰 씨한테 비밀로 해주시기 바랍니다."

하나코는 제멋대로 요구하고 나섰다. 간게쓰에 관한 사항이라면 뭐든지 들어야 하지만, 자신에 관한 일은 간게쓰 군에게 일절 알리지 않겠다는 방침이었다. 메이테이 선생도 주인도 "예예" 하고 내키지 않은 대답을 했다. 하나코는 다짐을 받으며 일어섰다.

"가까운 시일 안에 인사는 올릴 테니까요."

배웅하러 나갔던 두 사람이 자리에 돌아오기 바쁘게 메이테이 선생이 말했다.

"저 사람 뭐야?"

"저 사람 뭐지?"

두 사람은 동시에 같은 질문을 던졌다.

안방에서 안주인이 웃음을 참지 못했는지 킥킥거리는 소리가 들려왔다. 메이테이 선생이 큰 소리로 말했다.

"제수씨, 제수씨, 진부함의 표본이 왔네요. 진부함도 저 정도면 보통이 아닌데요. 자, 괘념치 마시고 얼마든지 웃으십시오."

주인은 불만스러운 어조로 하나코가 밉살스럽다는 듯이 말했다.

"무엇보다 얼굴이 마음에 안 들어."

"코가 얼굴 한가운데에 묘하게 진을 치고 있더군."

메이테이 선생이 바로 그 말을 받아 덧붙였다.

"게다가 휘어지기까지 했어."

"약간 새우등이야. 새우등 같은 코라, 참 기발한데."

메이테이 선생은 재미있다는 듯 웃었다.

"남편한테 올라탈 상이야."

주인은 아직도 분하다는 듯 말했다.

"19세기에 팔다 남아서 20세기의 진열대에서 마주칠 상판이지."

메이테이 선생은 묘한 말만 했다. 그때 안주인이 안방에서 나와, 여자인 만큼 주의를 주었다.

"그렇게 욕만 하시면 또 인력거꾼 아주머니가 일러바칠지도 몰라요."

"조금은 일러바치는 게 도움이 될 거예요, 제수씨."

"하지만 얼굴 갖고 험담하는 건 천박해요. 누군들 좋아서 그런 코를 갖고 태어나는 건 아닐 테니까요. 게다가 상대는 여성이잖아요. 너무 심해요."

안주인이 하나코의 코를 변호함과 동시에 자신의 용모도 간접적으로 변명했다.

"심하긴 뭐가 심하다는 거야? 그런 사람은 여성이 아니라 그냥 어리석은 사람일 뿐이야. 그렇지 않나, 메이테이?"

"어리석은지 어떤지는 잘 모르겠지만 대단한 사람이야. 어지간히 당하지 않았나."

"대체 선생을 뭐로 알고 있는 건지."

"뒷집의 인력거꾼쯤으로 알고 있을 걸세. 그런 사람에게 존경을 받자면 박사가 되는 수밖에 없어. 무엇보다 박사가 되지 않은 게 자네 불찰이지. 그렇지요, 제수씨?"

메이테이 선생은 웃으면서 안주인을 돌아다보았다.

"박사는 아무나 되나요."

주인은 마누라에게조차 버림을 받았다.

"이래 봬도 앞으로 어떻게 될지 모르는 거니까 경멸하면 못쓰는 거요. 당신은 모르겠지만, 옛날 이소크라테스라는 사람은 아흔네 살에 대작을 완성했지. 소포클레스가 걸작을 내놓아 세상을 놀라게 한 것은 거의 백 살에 가까운 무렵이었지. 시모니데스는 여든 살에 아주 절묘한 시를 지었고. 나라고……"

"정말 어이가 없네요. 당신 같은 위장병 환자가 그렇게 오래 살 수 있겠어요?"

안주인은 주인의 수명까지 뻔히 예측하고 있었다.

"무례하기는…… 아마키 선생한테 가서 물어봐. 애초에 당신이 이런 우글쭈글한 검정 무명 하오리에 더덕더덕 기운 옷을 입혀놓으니까 저런 여자한테까지 무시당하는 거라고. 내일부터는 나도 메이테이가 입고 있는 옷 같은 걸 입을 테니까 꺼내줘."

"꺼내두라고요, 그런 좋은 옷이 어디 있는데요? 가네다 부인이 메이테이 선생님께 정중한 태도를 보인 것은 백부님의 이름을 듣고 나서부터예요. 옷 때문이 아니라고요."

안주인은 교묘하게 자신의 책임을 회피했다. 주인은 '백부님'이라는 말을 듣고 갑자기 생각난 듯 메이테이 선생에게 물었다.

"자네한테 백부님이 계시다는 말은 오늘 처음 들었네. 지금까지 그런 얘기를 들은 적이 한 번도 없는데, 진짜 있기는 한 건가?"

메이테이 선생은 기다렸다는 듯 주인 내외를 번갈아 바라보며 말했다.

"아, 큰아버지 말인가? 그 큰아버지가 지독하게 완고한 사람인데 말이야, 19세기부터 오늘날까지 연명하고 계시네."

"호호호호, 정말 재미있는 말씀만 하시네요. 그래, 지금은 어디에 계시나요?"

"시즈오카에 살고 계시는데, 그저 단순하게 살고 있는 게 아닙니다. 아직 머리에 상투를 틀고 있으니 정말 두 손 들 일이지요. 모자를 쓰라고 하면, 당신은 이 나이가 되도록 아직 모자를 쓸 정도로 추위를 느낀 적이 없다며 우기지 뭡니까. 추우니까 좀 누워 계시라고 하면,

인간은 네 시간만 자면 충분하고 네 시간 이상 자는 건 사치스러운 일이라면서 꼭두새벽부터 일어나 계신답니다. 그런데 말이지요, 당신께서도 수면 시간을 네 시간으로 줄이기 위해 여러 해 동안 수련을 했다고 하는데, 젊었을 때는 아무래도 졸려서 잘 안 되었지만, 요즘에 이르러서야 비로소 어디에서든 마음먹은 대로 행동할 수 있는 경지에 들어 대단히 기쁘다고 자랑하십니다. 예순일곱 살이 되어 밤잠이 줄어든 건 당연한 일인데도 말이지요. 수련이고 나발이고 다 소용없는 일인데도 당신께서는 극기의 힘으로 극복했다고 생각하고 계시니까요. 그래서 외출할 때는 반드시 쇠부채를 들고 나간답니다."

"그걸 어디 쓰시려고?"

"어디에 쓰는지는 모르지. 그냥 가지고 나가시는 거야. 뭐, 지팡이 대용쯤으로 생각하시는지도 모르지. 그런데 얼마 전에 아주 묘한 일이 있었어요."

이번에는 안주인을 보고 말했다.

"네에."

안주인은 건성으로 대답했다.

"올봄에 갑자기 편지를 보내서 중산모와 프록코트를 빨리 보내달라는 거예요. 좀 놀라 우편으로 그 이유를 여쭤보니, 당신께서 입으시려고 그런다는 답장이 왔어요. 23일 시즈오카에서 승전[28]을 축하하는 모임이 있으니 그때까지 받아볼 수 있도록 시급히 조달하라는 명령이었지요. 그런데 웃기는 건 그런 명령 끝에 이런 말이 있는 거예요. 모자는 적당한 크기로 사고 양복도 치수를 가늠해서 다이마루 포목점에 주문하라고요……"

28 뤼순 함락.

"요즘에는 다이마루에서도 양복을 맞출 수 있나?"

"아니지. 노인네가 아마 시로키야와 헷갈렸을 거네."

"치수를 가늠하라는 것도 무리 아닌가."

"바로 그 점이 큰아버님다운 점이지."

"그래서 어떻게 했나?"

"뭘 별수 없어서 적당히 가늠해서 보내드렸지."

"자네도 참 무모하군. 그래, 날짜에는 맞췄고?"

"뭐, 그럭저럭 맞추기는 한 모양이야. 지방 신문을 보니, 행사 당일 마키야마 옹은 드물게도 프록코트를 입고 예의 그 쇠부채를 들고……"

"쇠부채만은 손에서 놓지 않았던가 보군."

"그렇지, 그래서 돌아가시면 관에 쇠부채만은 꼭 넣어드리려고 생각하고 있네."

"그래도 모자하고 양복을 제때에 착용할 수 있어서 다행이었구먼."

"그런데 그게 큰 착각이었네. 나도 무사히 넘어가서 내심 다행이라고 생각하고 있었더니 얼마 후 고향에서 소포를 보내왔기에 무슨 답례품이라도 보냈나 하고 열어보았더니 바로 그 중산모인 거야. 편지가 함께 들어 있었는데, 애써 구해주었는데 다소 큰 것 같으니 모자점에 보내 줄여주기 바란다, 줄이는 비용은 이쪽에서 송금할 테니, 뭐, 그런 내용이더군."

"역시 세상 물정에 어두우시군."

주인은 자기보다 세상 물정에 어두운 사람이 있다는 사실을 발견하고 크게 만족한 모양이었다. 그리고 곧 이렇게 물었다.

"그래서 어떻게 했나?"

"어떡하긴, 하는 수 없이 내가 쓰기로 하고 쓰고 있네만."

"그 모자 말인가?"

주인이 히죽히죽 웃었다.

"그래 바로 그분이 남작이란 말인가요?"

안주인이 이상하다는 듯 물었다.

"누가요?"

"쇠부채를 들고 다니신다는 그 백부님 말예요."

"아뇨, 한학자인걸요. 젊었을 땐 사당에서 주자학인가 뭔가에 푹 빠져 계시더니 전깃불 밑에서도 경건한 자세로 상투를 틀고 있었다고 합니다. 달리 방법이 없었겠지요."

메이테이 선생은 마구 턱을 쓰다듬었다.

"그래도 자넨, 아까 그 여자한테 마키야마 남작이라고 했던 것 같은데."

"그렇게 말씀하셨어요. 저도 안방에서 들었어요."

안주인도 이것만은 주인의 의견에 동의했다.

"그랬나, 아하하하하."

메이테이 선생이 실없이 웃었다.

"그건 거짓말이네. 나한테 남작인 백부가 있었다면 지금쯤 국장 정도는 돼 있었겠지."

여전히 태연한 표정이었다.

"어째 좀 이상하다 싶더라니."

주인은 기뻐하는 것 같기도 하고 걱정하는 것 같기도 한 묘한 표정을 짓고 있었다.

"어머, 어쩜 그렇게 진지한 표정으로 그런 거짓말을 다 하실까? 참 대단한 허풍쟁이시네요."

안주인은 무척 감탄했다.

"나보단 그 여자가 한 수 위더군요."

"선생님도 그 여자한테 질 염려는 없어요."

"하지만 제수씨, 내 허풍은 그저 단순한 허풍에 불과해요. 그 여자의 허풍은 다 무슨 속셈이 있는, 까닭이 있는 거짓말이지요. 질이 안 좋아요. 얕은꾀로 짜낸 술수와 타고난 해학 취미를 혼동하면, 코미디의 신도 이 세상에 사물의 본질을 꿰뚫어볼 줄 아는 안목 있는 사람이 없음을 한탄하지 않을 수 없게 될 테니까요."

"글쎄, 어떨지."

주인은 눈을 내리깐 채 말했다.

"둘 다 그게 그거 아닌가요?"

안주인은 웃으면서 이렇게 반문했다.

나는 지금까지 건너편 골목에 발을 들여놓은 적이 없다. 물론 모퉁이에 있는 가네다 씨 집이 어떻게 생겼는지 본 적이 없다. 들은 것도 이번이 처음이다. 주인집에서 사업가가 화제에 오른 적이 한 번도 없었기 때문에, 주인집 밥을 먹는 나도 그 방면에는 전혀 관심이 없었을 뿐만 아니라 지극히 냉담했다.

그런데 조금 전에 뜻밖에도 하나코의 방문을 받고 멀리서나마 그들이 나누는 얘기를 듣게 되자, 그 따님의 농염한 아름다움을 상상하고 또 그 부귀와 권세를 떠올려보니, 내가 아무리 고양이라고 해도 한가하게 툇마루에서 뒹굴고 있을 수만은 없었다. 그뿐 아니라 나는 간게쓰 군에 대해서도 심히 동정을 금할 수 없었다. 그쪽에서는 박사의 부인과 인력거꾼네 아주머니, 이현금 선생까지 매수해서 아무도 모르게 앞니 빠진 것까지 정탐하고 있는데, 간게쓰 군은 그저 싱글거리며 아무 생각 없이 하오리 끈에만 신경 쓰고 있으니 아무리 갓 학교를 졸업한 이학사라 해도 너무 무능하다.

그렇다고 그렇게 위대한 코를 얼굴 한가운데에 안치하고 있는 여자에 대해서인 만큼 웬만한 사람은 쉽게 접근할 수 있을 것 같지 않다. 이런 사건에 대해 주인은 오히려 무관심하고 또 돈이 너무 없다. 메이테이 선생은 그다지 돈에 쪼들리는 상황이 아니지만, 그런 '우연동자'라서 간게쓰에게 별다른 도움을 주지 못할 것이다. 그러고 보면 가엾은 것은 '목매달기의 역학'을 연설하는 간게쓰 군뿐이다. 나라도 분발해서, 적의 성에 잠입해 그 동정을 정찰해주지 않는다면 이건 너무 불공평한 일이다.

나는 고양이지만, 에픽테토스를 읽다가 책상 위에 내팽개칠 정도의 학자 집에서 기거하는 고양이인지라 세상에 일반적으로 존재하는 바보스럽고 어리석은 고양이와는 차원이 좀 다르다. 이런 모험을 굳이 실행에 옮길 만한 의협심을 꼬리의 끝에 접어 넣어 소중하게 간직했음은 말할 것도 없다. 내가 평소에 간게쓰 군에게 특별히 은혜를 입은 일은 없지만, 이번 일은 그저 개인을 위해 혈기왕성하게 미쳐 날뛰는 어리석은 행동이 아니다. 거창하게 말하자면 공평을 선호하고 중용을 사랑하는 하늘의 뜻을 현실화하려는 장하고 아름다운 행동이다.

본인의 허락도 받지 않고 아즈마바시 다리 사건 등을 여기저기에 떠벌리고 다닌 이상, 남의 집 처마 밑에 개를 잠입시켜 거기서 얻은 정보를 만나는 사람에게 득의양양하게 떠벌린 이상, 인력거꾼과 마부, 무뢰한, 건달서생, 날품팔이 노파, 산파, 요괴 같은 할망구, 안마사,

얼뜨기에 이르기까지 죄다 이용하여 국가에 유용한 인재에게 누를 끼치고도 반성하지 않는다면, 고양이인 나도 각오를 할 수밖에 없다.

오늘은 다행히 날씨도 좋다. 서릿발이 녹아 질척이는 것은 질색이지만, 도리를 위해 이 한 목숨 바치겠다. 발바닥에 진흙이 묻어 툇마루에 매화 도장을 찍는 것쯤 하녀에게는 폐가 될지 모르지만 나의 고통이라 할 건 못 된다. 내일이 아니라 지금 바로 떠나리라 마음먹고, 용맹하게 정진하자는 큰 결심을 하고 부엌까지 뛰어나갔는데 '잠깐' 하는 생각이 들었다.

나는 고양이로서 진화의 최고 단계에 도달해 있을 뿐만 아니라 두뇌 발달에서도 중학교 3학년 학생에게 뒤떨어지지 않는다고 생각하지만, 불행하게도 어디까지나 고양이인지라 목구멍의 구조로 인해 인간들의 말을 할 수 없다. 내가 용케 가네다 씨 집에 잠입하여 적의 정세를 충분히 살폈다고 하더라도 정작 간게쓰 군에게 알려줄 방법이 없다. 주인에게도 메이테이 선생에게도 얘기해줄 수 없다. 그걸 얘기할 수 없다면, 흙속에 묻힌 다이아몬드가 햇빛을 받아도 반짝이지 못하는 것과 같은 일로, 애써 얻은 지식도 무용지물이 되어버린다. 이는 어리석은 짓일 터, 그만둘까 하는 생각에 문턱에서 잠시 멈춰 섰다.

그러나 한 번 마음먹은 일을 중도에 포기하는 건, 소나기가 오나 하고 기다리고 있는데 먹구름이 이웃 지방으로 지나가버린 것처럼 어쩐지 아쉬움이 남는다. 그것도 잘못이 이쪽에 있다면 또 모르겠으나 이른바 정의와 인도주의를 위해서라면 비록 개죽음을 당하더라도 앞으로 당당하게 나아가는 것이 의무의 참뜻을 아는 사나이의 숙원일 것이다. 헛수고와 헛걸음으로 발을 더럽히는 것쯤 고양이로서는 감당할 만한 일이다. 고양이로 태어난 탓에 간게쓰, 메이테이, 구샤미 등 여러 선생과 세 치 혀로 서로의 사상을 교환할 재주는 없지만, 고양이인 만큼 잠입하는 기술은 여러 선생들보다 낫다.

다른 사람이 할 수 없는 일을 성취하는 것은 그 자체만으로도 유쾌한 일이다. 나 하나만이라도 가네다 집안의 내막을 아는 것은 아무도 모르는 것보다 유쾌한 일이다. 다른 사람에게 전달하지 못하더라도 그들로 하여금 남에게 알려졌다는 자각을 갖게 하는 것만으로도 유쾌한 일이다. 이런 유쾌함이 속속 드러나고 보니 역시 가지 않을 수 없었다. 역시 가보자.

건너편 골목길로 가보니 들은 바대로 양관이 모퉁이를 제 것인 양다 차지하고 있었다. 집주인도 이 양관처럼 오만하게 버티고 있겠지 하는 마음으로 대문으로 들어서서 그 건물을 바라보았는데, 그저 사람을 위압하기 위해 2층으로 무의미하게 우뚝 솟아 있는 것 말고는 아무런 기능도 없는 구조였다. 메이테이 선생이 말한 '진부함'이란 바로 이런 게 아닌가 싶었다.

현관 왼쪽의 정원수 사이를 빠져나가 부엌문으로 돌아갔다. 역시 부엌은 넓었다. 구샤미 선생네 부엌의 열 배는 되어 보였다. 얼마 전 《닛폰》 신문에 자세하게 실렸던 오쿠마 백작 저택의 부엌[29] 못지않을 만큼 반듯하고 번쩍거렸다.

'모범적인 부엌이로군.'

살금살금 기어들었다. 회벽으로 쳐올린 두 평 남짓한 봉당에서 예의 그 인력거꾼네 아주머니가 식모와 인력거꾼에게 뭔가 열심히 지껄여대고 있었다. 위험하겠다 싶어 얼른 물통 뒤로 숨었다.

---

29 메이지 시대의 정치가로 수상까지 지낸 오쿠마 시게노부(大隈重信, 1838~1922) 저택의 부엌은 당시 상류사회의 모범이라고 일컬어졌다.

"그 선생이란 작자가 우리 주인님 이름도 모르는 걸까요?"

식모가 물었다.

"모를 리가 있겠어. 이 근방에서 가네다 씨 저택을 모른다면 눈과 귀도 없는 병신이지."

이건 고용된 인력거꾼의 목소리였다.

"뭐라 말할 수 없어요. 그 선생은 책 말고는 정말 아무것도 모르는 아주 별난 사람이니까요. 우리 주인님에 대해 조금이라도 알고 있다면 두려워할지 모르지만, 가망 없어요. 제 자식의 나이도 모르는 인간이니까요."

인력거꾼네 아주머니가 말했다.

"가네다 씨가 무섭지도 않은가, 정말 성가신 벽창호야. 그런 건 개의치 말고, 우리가 다 같이 을러보는 게 어떨까?"

"그게 좋겠어요. 마님 코가 너무 크다느니, 얼굴이 마음에 안 든다느니, 아주 심한 말을 했으니까요. 자기 낯짝은 질그릇으로 만든 너구리 같은 주제에. 그런 꼴에 제법 자신이 잘났다고 생각하고 있으니 봐줄 수가 있어야지요."

"얼굴뿐인가, 수건을 늘어뜨리고 목욕탕에 가는 꼴을 좀 보라지. 더럽게 오만한 놈이잖아. 자기보다 훌륭한 인간은 없다고 생각하고 있다니까."

구샤미 선생은 이 집 식모에게조차 인망이 없었다.

"하여튼 여럿이서 그 집 울타리 밑에 가서 실컷 욕이나 해주자고."

"그러면 좀 무서워하겠지."

"하지만 누가 우리를 보면 안 되니까 소리만 들리게 해서 공부를 방해하고, 되도록 약을 올려주라고 아까 마님께서 분부하셨거든요."

"그야 물론 알고 있어."

인력거꾼 아주머니는 자신이 욕설의 3분의 1을 떠맡겠다는 뜻을 비쳤다.

'옳거니, 이자들이 바로 구샤미 선생을 놀려주러 가는군.'

나는 살금살금 세 사람 옆을 지나 안쪽으로 들어갔다.

고양이의 발은, 있어도 없는 것이나 마찬가지다. 어디를 걸어도 서툴게 소리를 내는 일이 없다. 하늘을 밟는 듯, 구름 속을 가는 듯, 물속에서 경(磬)[30]을 치는 듯, 동굴 속에서 슬(瑟)[31]을 타는 듯, 불교의 깊은 가르침을 말로 설명해서가 아니라 스스로 깨우치는 것과 같다. 진부한 양관도 없고, 모범적인 부엌도 없고, 인력거꾼네 아주머니도, 하인도, 식모도, 따님도, 하녀도, 하나코 부인도, 부인의 남편도 물론 없다. 가고 싶은 곳으로 가서 듣고 싶은 이야기를 듣고, 혀를 내밀고 꼬리를 흔들며 수염을 바짝 세워 유유히 돌아올 뿐이다.

특히 이런 방면에서 나는 일본에서 제일 능숙하다. '구사조시'에 나오는 네코마타라는 늙은 고양이의 혈통을 이어받은 것이 아닐까 스스로 의심해볼 정도다. 두꺼비의 이마에는 밤에도 빛나는 구슬이 있다고 하는데, 내 꼬리에는 모든 인간사는 물론이고, 만천하의 인간들을 업신여길 수 있는 집안 대대로 전해오는 묘약이 잔뜩 들어 있다. 가네다 씨 집 복도를 들키지 않고 마음껏 돌아다니는 것쯤은 금강역사가 우무묵을 짓뭉개는 것보다 쉬운 일이다. 스스로도 내 자신의 역량에 감탄했다. 이 역시 평소 소중히 여겨온 꼬리 덕이라 생각하니 가만히 있을 수가 없었다. 내가 존경하는 꼬리 신(神)께 예배하고 고양이의

30 고대 중국의 타악기.
31 고대 중국의 현악기.

운이 영원하기를 기원하려고 잠깐 고개를 숙여보았으나 어쩐지 방향이 빗나간 것 같았다. 되도록 꼬리 쪽을 보고 세 번 절해야 한다. 꼬리 쪽을 보려고 몸을 돌리자 꼬리 역시 저절로 돌았다. 쫓아가려고 목을 비틀었더니 꼬리 역시 같은 간격을 두고 앞으로 달려 나갔다. 과연 고양이는 천지를 세 치 혀 안에 품을 만큼의 영물이라 도저히 감당할 수가 없다. 꼬리를 쫓아 일곱 바퀴 반을 돌고 나니 피곤해서 그만두었다.

눈이 좀 어질어질했다. 내가 어디 있는 건지 잠깐 방향을 잃어버렸다. 그게 무슨 상관이냐며 마구 돌아다녔다. 장지문 안에서 하나코 부인의 소리가 들려왔다. 여기다 싶어 멈춰 서서 좌우의 귀를 비스듬히 세우고 숨을 죽였다.

"가난한 선생 주제에 건방지지 않나요?"

예의 그 카랑카랑한 목소리를 높이고 있었다.

"음, 건방진 놈이로군. 따끔한 맛을 보여줘야겠는걸. 그 학교엔 우리 고향 사람도 있으니까 말이야."

"누가 있어요?"

"쓰키 핀스케랑 후쿠치 기샤고가 있으니까 부탁해서 혼을 내달라고 해야지."

나는 가네다 씨의 고향이 어딘지 모르지만, 묘한 이름을 가진 사람들만 모인 곳이구나 하고 약간 놀랐다. 가네다 씨가 물었다.

"그놈이 영어 선생이라고 했나?"

"네. 인력거꾼네 아주머니 말로는 영어의 리더[32]인가 뭔가를 전문적으로 가르친대요."

"어차피 제대로 된 교사도 아닐 게야."

32 리더(reader). 1900년대 초 일본 중학교에서 사용하던 영어 강독용 교과서.

'아닐 게야'라는 말에 적잖이 감탄했다.

"지난번에 핀스케를 만났더니, 자기 학교에 기묘하게 생겨먹은 놈이 있다는 게야. 선생님 반차(番茶)는 영어로 뭐라고 합니까, 하고 어떤 학생이 물었는데 '반차'는 '새비지 티(savage tea)'[33]라고 아주 진지하게 대답한 일로 교원들 사이에서 웃음거리가 되었다면서, 그런 교사 때문에 다른 교사들까지 피해를 본다고 아주 난처하다던데, 아마 바로 그놈일 게야."

"그놈일 게 뻔해요. 그런 말을 할 만한 낯짝이더군요. 징그럽게 수염까지 기르고."

"괘씸한 놈이야."

수염을 기른 게 괘씸하다면, 괘씸하지 않은 고양이는 이 세상에 한 마리도 없다.

"거기다 메이테이라나 주정뱅이라나 하는 놈은 또 얼마나 얼빠지고 경망스러운 놈인지, 자기 백부가 마키야마 남작이라나 뭐라나, 하긴 그런 낯짝에 백부 남작이 있을 리가 없다 싶긴 했지만요."

"어디서 굴러온 말 뼈다귀인지 모를 놈이 하는 소리를 진지하게 받아들인 당신도 잘못했어."

"잘못했다니요? 사람을 너무 무시하는 거 아니에요?"

무척 서운하게 생각하는 것 같았다.

신기하게도 간게쓰 군에 대한 이야기는 한 마디도 나오지 않았다. 내가 이곳으로 숨어들기 전에 이미 인물평이 끝난 것인지, 아니면 이미 안 된다고 결판이 나서 염두에 두지 않은 것인지, 마음에 걸리기는

---

33 야만인, 미개인을 의미하는 '반진(番人)'이라는 말에서 '반차(番茶, 질 낮은 엽차)'를 'savage tea(미개 차, 야만 차)'라고 한 것이다.

했지만 달리 대처할 방법도 없었다. 잠시 서성거리고 있었더니 복도 건너편 방에서 이상한 소리가 났다.

'아하, 저기에서도 무슨 일이 있나 보다. 늦기 전에 가보자.'

그쪽으로 발길을 옮겼다.

가서 보니, 여자 혼자 큰 소리로 무슨 말을 늘어놓고 있었다. 그 목소리가 이 집 안주인 하나코와 무척 닮은 것으로 추측해보면, 이 집의 따님, 즉 미수에 그치기는 했으나 간게쓰로 하여금 강물에 투신하게 한 장본인일 것이다. 안타깝게도 장지문 너머라 옥처럼 아름다운 모습을 접할 수는 없었다. 따라서 얼굴 한가운데에 커다란 코를 모셔두고 있는지 어떤지는 확인해볼 수 없었다. 그러나 대화의 동정이나 콧김이 드센 것 등을 종합해보면, 꼭 남의 주의를 끌지 못하는 들창코라고는 생각되지 않았다. 여자는 계속 말하고 있지만 상대의 목소리가 전혀 들리지 않으니, 아마도 소문으로 들은 전화를 하고 있는 모양이다.

"거기 야마토(大和)[34]지? 내일 갈 거니까, 메추라기 3[35] 잡아둬. 알았지?…… 알았어?…… 뭐, 모르겠다고? 어머, 안 돼. 메추라기 3 잡아두라니까…… 뭐라고?…… 안 된다고? 그럴 리가 없어. 잡아야 돼…… 히히히히. 농담하지 말라고?…… 뭐가 농담이야?…… 정말 사람 놀리는 거야? 대체 넌 누구야? 조키치라고? 조키치가 누군지 내 알 바 아니고, 지금 당장 마담한테 전화 받으라고 해…… 뭐? 니가 뭐든지 알아서 한다고?…… 너 참 버릇없구나. 내가 누군지나 알아? 가네다야…… 히히히히 잘 알고 있다고? 정말 바보구나, 너…… 가네다라니

34 극장에 딸려 있어 관객에게 안내, 휴식, 식사 등의 시중을 들던 찻집 이름.
35 메추라기는 극장의 아래층 양쪽에 높게 만든 관람석. 3번이면 무대가 아주 잘 보이는 자리다.

까…… 뭐?…… 늘 이용해주셔서 감사하다고?…… 뭐가 감사한데? 그런 겉치레 인사말 같은 건 듣고 싶지 않아…… 어머, 너 또 웃고 있는 거니? 너 정말 바보구나…… 말씀하신 대로라고?…… 너 그렇게 사람 놀리면 전화 끊는다. 알았어? 그럼 곤란한 거 아냐?…… 잠자코 있으면 모르잖아. 무슨 말이든 좀 해보란 말이야."

조키치 쪽에서 전화를 끊었는지 아무런 대답도 들려오지 않은 것 같았다. 따님은 불끈 화를 내며 찌리링찌리링 전화를 마구 돌려댔다. 발치에 있던 진[36]이 놀라 갑자기 짖어대기 시작했다. 멍하니 있다가는 큰일 나겠다 싶어 급히 뛰어내려 툇마루 밑으로 기어들었다.

때마침 복도로 다가오는 발소리가 들리고 장지문 여는 소리가 났다. 누가 왔구나 싶어 귀를 쫑긋 세웠다.

"아씨, 나리와 마님께서 부르십니다."

잔시중을 드는 하녀로 보이는 여자의 목소리가 들렸다.

"몰라."

딸이 핀잔을 주었다.

"잠깐 볼일이 있으니 아씨를 불러오라 하셨습니다."

"시끄러, 난 모른다니까."

딸은 두 번째 핀잔을 주었다.

"……미즈시마 간게쓰 씨 일로 좀 보자고 하셨습니다."

하녀가 재치를 살려 따님의 마음을 바꿔보려고 했다.

"간게쓰(寒月)든, 스이게쓰(水月)든 모른다니까…… 정말 싫어. 어리둥절해하는 수세미외 같은 얼굴을 해가지고."

세 번째 핀잔은 가엾게도 그 자리에 있지도 않은 간게쓰 군이 받았다.

36 일본산 애완견으로 몸집이 작고 이마가 튀어나왔으며 털이 길다.

"아니, 너 언제 머리 올렸어?"

"오늘이요."

하녀는 휴우 하고 가볍게 한숨을 내쉬고는 되도록 간단히 대답했다.

"건방지게, 몸종인 주제에."

네 번째 핀잔은 다른 쪽을 향했다.

"그리고 그 새 깃을 달았네?"

"네에. 요전에 아씨께서 주신 거예요. 너무 예뻐 아까워서 고리짝에 넣어두었는데, 쓰던 것이 너무 지저분해져서 바꿔 달았어요."

"내가 언제 그런 걸 줬지?"

"지난 설에요. 시로키야에 가셨다가 샀는데…… 녹갈색에 스모 선수들의 순위표 무늬를 새겨 넣은 거예요. 너무 수수해 싫다면서 저한 테 준다고 하셨던 바로 그거예요."

"어머, 그러니. 잘 어울리는구나. 얄미울 정도야."

"감사합니다."

"칭찬하는 게 아냐. 얄밉다는 거지."

"네에."

"그렇게 잘 어울리는 걸 왜 아무 말 없이 받은 거지?"

"네?"

"너한테 그렇게 잘 어울린다면, 내가 해도 이상하지 않을 거 아냐."

"아마 잘 어울리실 거예요."

"어울릴 줄 알면서 왜 아무 말 않은 거야? 그러고서 시치미 뚝 떼고 그걸 달고 있다니, 정말 못돼 먹었네."

핀잔은 그칠 줄 모르고 이어졌다. 앞으로 이 일이 어떻게 전개될까 하며 귀를 기울이고 있을 때 건너편 방에서 딸을 부르는 가네다 씨의 소리가 들렸다.

"도미코! 도미코!"

"네에."

딸은 하는 수 없이 전화가 있는 방에서 나왔다. 나보다 덩치가 조금 큰 진이 얼굴 중앙에 눈과 입을 끌어다 모아놓은 듯한 낯짝을 하고 딸의 뒤를 따라갔다. 나는 여느 때처럼 소리를 죽여 살금살금 다시 부엌을 통해 한길로 나와 서둘러 주인집으로 돌아왔다. 탐험의 성적은 일단 충분했다.

돌아와보니 깨끗한 집에서 갑자기 지저분한 곳으로 옮겨왔기 때문인지 양지 바른 산꼭대기에서 어둑어둑한 동굴 속으로 들어온 것 같은 기분이었다. 탐험을 할 때는 다른 일에 정신이 팔려 방 안의 장식, 맹장지나 장지문의 상태에는 눈길조차 준 적이 없었다. 하지만 집에 돌아오자 내가 거처하는 곳의 저속함이 느껴짐과 동시에 이른바 '진부함'이 그리워졌다. 선생보다는 역시 사업가가 훌륭한 것 같았다. 나도 좀 이상하다 싶어 예의 꼬리를 통해 점을 쳐보았더니, 그 말이 맞다, 맞다, 하고 꼬리 끝으로 신탁을 내려주었다.

방으로 들어가 메이테이 선생이 아직도 돌아가지 않은 걸 보고 놀랐다. 담배꽁초를 벌집처럼 화로에다 마구 꽂아둔 채 털썩 주저앉아 뭔가 이야기를 나누고 있었다. 어느 틈에 간게쓰 군도 와 있었다. 주인은 팔베개를 하고 누워 천장에 비가 새서 생긴 얼룩을 열심히 바라보고 있었다. 여전히 태평한 사람들의 모임이다.

"간게쓰 군, 자네에 대해 잠꼬대까지 했다는 여성의 이름을 그때는 비밀로 한 것 같은데 지금은 말해도 되지 않나?"

메이테이 선생이 놀려대기 시작했다.

"저한테만 관계되는 일이라면 말해도 상관없지만, 상대에게 폐가 될지도 모르는 일이라서요."

"아직도 안 되나?"

"더욱이 모모 박사 부인께 약속드린 일이라서……"

"다른 사람한테 말하지 않겠다는 약속인가?"

"네."

간게쓰 군은 여느 때처럼 이 말을 하면서 하오리 끈을 만지작거렸다. 그 끈은 시중에서 잘 팔지 않는 보라색이었다.

"그 끈 색깔은 다소 덴포³⁷ 취향이로군."

주인이 누운 채 말했다. 주인은 가네다 사건에는 별 관심이 없었다.

"그렇구먼. 도저히 러일전쟁 시대 것은 아니야. 전립에 접시꽃 문양이 들어간, 등솔의 아래쪽을 터놓은 하오리라도 입어야 어울리는 끈이지. 오다 노부나가³⁸가 데릴사위로 들어갈 때 머리를 짧게 자르고 끝이 뭉툭하게 뒤에서 묶었다는데, 그 시절에 사용한 것이 아마 그런 끈이었을 거야."

메이테이 선생의 불평은 여전히 장황했다.

"사실 이건 할아버지가 조슈 정벌³⁹ 때 썼던 겁니다."

간게쓰 군은 자못 진지했다.

"이제 박물관에라도 헌납하면 어떤가? '목매달기의 역학'을 연설하는 이학사 미즈시마 간게쓰 군 정도의 사람이 영락한 하타모토(旗

---

37 덴포(天保, 1830~1844). 에도 후기의 연호. 여기서는 취향이 고리타분하다는 것을 말한다. 원래는 덴포 시대의 하이쿠가 진부하고 신선미가 결여되었다는 것을 가리킬 때 쓰는 말이다.

38 오다 노부나가(織田信長, 1534~1582). 일본 전국 시대의 무장으로 무로마치 막부를 궤멸시키고 일본 통일을 꾀했으나 전투 중 부하의 습격을 받고 자결했다.

39 1864년, 에도 막부와 조슈 번 사이의 전쟁.

本)⁴⁰ 같은 차림을 해서야 체면에 관련된 문제니까."

"지적하신 대로 해도 좋습니다만, 이 끈이 저에게 아주 잘 어울린다고 말해준 사람도 있어서요."

"누군가? 그런 멋대가리 없는 소리를 한 자가?"

주인은 몸을 뒤치면서 목소리를 높였다.

"모르시는 분이라……"

"몰라도 괜찮아. 대체 누구야?"

"어떤 여성입니다."

"하하하하. 제법 풍류를 아는 여성인가 보군. 맞혀볼까? 역시 스미다가와 강 밑에서 자네 이름을 부른 그 여자겠지? 그 하오리를 걸치고 다시 한 번 투신을 하면 어떨까?"

메이테이 선생이 옆에서 끼어들었다.

"히히히히. 이젠 물속에서 부르지 않습니다. 여기서 북서쪽에 해당하는 청정한 세계에서……"

"그다지 청정하지도 않은 것 같고 독살스러운 코던데."

"네?"

간게쓰 군은 의아해하는 표정을 지었다.

"건너편 골목의 코가 아까 쳐들어왔다네. 여기로 말이지. 우리 두 사람은 정말 놀랐네. 그렇지 않나, 구샤미?"

"음."

주인은 누운 채 차를 마시며 대답했다.

"코라니요? 도대체 누굴 말씀하시는 겁니까?"

"자네가 친애하는 영원한 여성의 어머님 말씀이야."

40 에도 시대 쇼군 직속의 무사.

"네에?"

"가네다의 마누라라는 여자가 자네에 관해 물어보러 왔다네."

주인은 진지한 자세로 설명해주었다. 놀라는 건지, 기뻐하는 건지, 아니면 부끄러워하는 건지 간게쓰 군의 기색을 살폈으나 별다른 점은 없었다. 여느 때와 마찬가지로 조용한 어조로 보랏빛 끈을 만지작거리며 말했다.

"저에게 부디 따님을 데려가달라는 부탁이었겠죠?"

"영 딴판이던걸. 그 어머님이라는 사람이 위대한 코의 소유자여서……"

메이테이 선생이 반쯤 말했을 때 주인이 엉뚱한 소리를 했다.

"어이. 자네, 난 아까부터 그 코에 관한 하이타이시(俳体詩)[41]를 생각 중인데 말이야."

옆방에서 안주인이 키득키득 웃었다.

"자네는 참 한가하기도 하군. 그래, 완성은 했나? 그 하이타이시?"

"조금은 했네. 제1구가 '이 얼굴에 코 제사'라는 걸세."

"다음 구절은?"

"다음이 '이 코에 신주(神酒)를 붓고'라네."

"그다음 구절은?"

"아직 거기까지밖에 짓지 못했네."

"재미있군요."

간게쓰 군은 히죽히죽 웃었다.

"그다음에 '구멍 두 개 어렴풋하네'라고 붙이면 어떻겠는가?"

---

41 소세키와 다카하마 교시(高浜虛子, 1874~1959)가 하이쿠를 연이은 구에서 힌트를 얻어 새롭게 시도한 시 형식. 두 사람이 주고받은 작품이 잡지 《호토토기스》에 소개되었다.

메이테이 선생이 이내 그다음을 지었다. 그러자 간게쓰 군이 뒤를 이었다.

"'속 깊어 털도 보이지 않고'는 어떨까요?"

이렇게 각자가 되는대로 늘어놓고 있자니 한길 쪽에서 네댓 사람이 왁자지껄 떠드는 소리가 들렸다.

"질그릇으로 만든 너구리야! 질그릇으로 만든 너구리야!"

주인과 메이테이 선생도 순간 놀라 울타리 틈새로 밖을 내다보았더니 "와하하하하" 하고 웃는 소리가 들려오고 멀리 흩어지는 소리가 들렸다.

"질그릇으로 만든 너구리라는 게 뭐지?"

메이테이 선생이 신기하다는 듯 주인에게 물었다.

"뭔지 모르겠네."

주인이 대답했다.

"제법인데요."

간게쓰 군이 비평을 더했다. 메이테이 선생은 무슨 생각이 났는지 갑자기 자리에서 일어나더니 연설하는 흉내를 냈다.

"저는 몇 년 전부터 미학적인 관점에서 이 코에 대해 연구한 적이 있는지라 그 일부분을 피력할 터이니 두 분은 귀찮으시더라도 경청해주시기 바랍니다."

주인은 너무 갑작스러운 일이라 아무 말 없이 멍하니 메이테이 선생을 바라보고 있었다.

"꼭 들어보고 싶습니다."

간게쓰 군이 작은 소리로 말했다.

"여러모로 연구해보았습니다만, 코의 기원은 아무래도 확실히 알 수 없었습니다. 첫 번째 의문은, 만약 코를 실용상의 도구라고 가정한다면 두 개의 구멍이 있는 것만으로 충분하지 않을까요. 이렇게까지 건방지게 얼굴의 한복판에 툭 불거져 있을 이유는 없다는 겁니다. 그런데 보는 바와 같이 왜 이렇게 튀어나왔느냐."

메이테이는 자신의 코를 쥐어 보였다.

"그렇게 튀어나온 것도 아니지 않나."

주인은 빈말이 아닌 말을 했다.

"어쨌든 푹 들어가지는 않았으니까요. 그저 두 개의 구멍이 나란히 뚫려 있는 상태와 혼동하면 오해를 낳게 될지도 모르는 일이니 미리 주의를 해두겠습니다. 그런데 제 어리석은 견해로는, 코는 우리 인간이 코를 푸는 미세한 행위의 결과가 자연스럽게 축적되어 이렇게 현저한 현상을 노정하게 된 것이라는 겁니다."

"틀림없이 어리석은 견해로군."

주인이 다시 촌평을 하며 끼어들었다.

"아시는 바와 같이 코를 풀 때는 반드시 코를 손가락으로 잡습니다. 코를 손가락으로 잡고, 특히 이 부분에만 자극을 주면 진화론이라는 대원칙에 의해 그 부분이 자극에 반응하기 때문에 다른 부분에 비해 유난히 발달하게 되는 겁니다. 자연스럽게 피부도 단단해지고, 살도 점차 딱딱해지고. 결국에는 굳어 뼈가 되는 겁니다."

"그건 좀…… 그렇게 멋대로 살이 뼈로 변화하는 건 불가능할 텐데요."

이학사인 만큼 간게쓰 군이 항의했다. 메이테이 선생은 시치미를 뚝 떼고 말을 이어나갔다.

"아니, 의심쩍어하는 것도 당연합니다만, 이론보다 증거가 중요합니다. 이렇게 뼈가 있으니까 어쩔 수 없지요. 이미 뼈가 만들어져 있습니다. 뼈가 있어도 여전히 콧물은 나옵니다. 나오면 풀지 않고서는 견딜 수 없습니다. 이런 작용으로 뼈의 좌우가 깎여나가 가늘고 높게 융기된 것으로 변하는 겁니다. 실로 가공할 만한 작용 아닙니까. 물방울이 바위에 구멍을 뚫는 것처럼, 빈두로 존자(賓頭盧尊者)[42]의 머리가 절로 빛을 내는 것처럼, 신기한 향기나 신기한 냄새라는 비유처럼, 이렇게 콧날이 우뚝 서고 단단해지는 겁니다."

"그래도 자네 코는 불룩불룩한데."

"연사 자신의 신체 부위는 스스로의 논리를 변호하는 수단이 될 염려가 있기 때문에 여기서는 구태여 논하지 않겠습니다. 가네다 씨 부인의 코는 가장 발달한, 가장 위대한 천하의 진품으로 두 분에게 소개해두고자 하는 바입니다."

"옳소, 옳소."

간게쓰 군이 무심코 말했다.

"그러나 사물도 극에 달하면, 장관임에는 틀림없다 하더라도 어쩐지 무서워서 다가가기 어려워지는 법입니다. 그 콧마루가 근사한 것임에는 틀림없습니다만, 너무 험준하지 않나 싶습니다. 선인들 중에서도 소크라테스, 골드스미스,[43] 새커리[44] 등의 코는 구조에서 보자면 흠잡을 데가 꽤 많겠지만, 그 흠잡을 데에 애교가 있습니다. 코는 높

---

42 16나한의 하나. 이 나한상을 쓰다듬은 손을 환부에 대면 병이 낫는다고 해서 반들반들 반짝이는 것이 많다.

43 올리버 골드스미스(Oliver Goldsmith, 1728~1774). 영국의 시인, 소설가, 극작가. 소설 『웨이크필드의 목사*The Vicar of Wakefield*』(1766)가 대표작이다.

44 윌리엄 메이크피스 새커리(William Makepeace Thackeray, 1811~1863). 영국의 소설가로 대표작은 『허영의 도시*Vanity Fair*』다. 소크라테스, 골드스미스, 새커리는 모두 용모가 뛰어나지 않았던 것으로 전해진다.

아 고귀한 것이 아니라 기이해서 고귀하다 함은 그 때문이 아닐까요? '코보다 경단'[45]이라는 속담도 있습니다만, 미적 가치에서 보면 우선 메이테이 선생의 코 정도가 적합하지 않을까 생각합니다."

"으하하하하."

간게쓰와 주인이 동시에 웃음을 터뜨렸다. 메이테이 선생 자신도 유쾌한 듯 웃었다.

"그런데 지금까지 제가 이야기를 올린 것은……"

"선생님, '이야기를 올린 것'이라는 말은 어째 만담가 같아서 천박해 보이니 쓰지 말아주시지요."

간게쓰 군이 지난번의 복수를 했다.

"그렇다면 세수를 하고 처음부터 다시 시작할까, 예에…… 이제부터 코와 얼굴의 균형에 대해 한 마디 하고자 합니다. 다른 것과 관계없이 단독으로 코론(鼻論)을 펼치자면, 가네다 부인은 어디에 내놓아도 부끄럽지 않은 코, 구라마 산(鞍馬山)[46]에서 전시회가 열린다고 해도 아마 1등을 할 만한 코를 소유하고 계십니다. 그러나 안타깝게도 그 코는 눈, 입, 그 밖의 여러 선생들과 아무런 의논도 없이 생겨난 코입니다. 율리우스 카이사르의 코는 대단한 것임에 틀림없습니다. 그러나 카이사르의 코를 가위로 잘라, 이 댁 고양이의 얼굴에 붙이면 어떻게 될까요? '고양이의 이마'로 비유될 만큼 좁은 지면에 영웅의 콧대가 우뚝 솟아 있다면, 바둑판 위에 나라(奈良)의 대불(大佛)을 놓은 것처럼 균형이 깨져 그 미적 가치가 떨어질 것입니다.

45 금강산도 식후경이라는 뜻의 '꽃보다 경단'이라는 말을 비튼 것. 여기서 꽃을 코로 바꾼 것은, 꽃과 코의 일본어가 '하나'로 발음이 같기 때문이다.
46 구라마 산에는 구라마 덴구가 산다고 한다. 덴구는 상상의 동물로 얼굴이 붉고 코가 높으며 신통력이 있어 하늘을 자유로이 난다고 한다.

가네다 부인의 코는 카이사르의 그것처럼 참으로 당당하고 씩씩한 융기임에 틀림없습니다. 그러나 그 주위를 둘러싼 안면의 조건은 어떤 것일까요? 물론 이 댁의 고양이처럼 열등하지는 않습니다. 그러나 간질병을 앓고 있는 오카메[47]처럼 미간에 여덟 팔 자를 새기고 가느다란 눈을 매달고 있는 것은 사실입니다. 여러분, 그 얼굴에 그 코라고 감탄하지 않을 수 있겠습니까?"

메이테이 선생의 말이 잠시 끊기자마자 뒤쪽에서 무슨 소리가 들렸다.

"아직도 코 얘기를 하고 있어. 정말 끈질긴 작자들이구나."

"인력거꾼네 아주머니야."

주인이 메이테이 선생에게 알려주었다. 메이테이 선생은 다시 시작했다.

"생각지도 않게 뒤쪽에서 새로 이성(異性)의 방청자를 발견한 것은 이 연사에게 큰 명예라 아니할 수 없습니다. 더욱이 구슬이 구르는 듯이 매끄럽고 아름다운 목소리로 무미건조한 이 강연에 품위를 더해주신 것은 실로 뜻밖의 행운이 아닐 수 없습니다. 연설 내용을 되도록 통속적으로 고쳐 가인숙녀(佳人淑女)의 기대에 부응하는 강의를 기약하는 바입니다만, 이제부터는 역학상의 문제로 접어들게 되기 때문에 자연히 여성분들에게는 다소 이해하기 어려우실지도 모르니 아무쪼록 참아주시기 바랍니다."

간게쓰 군은 다시 역학이라는 말을 듣고 히죽히죽 웃었다.

"제가 증명하려는 것은 이 코와 이 얼굴은 전혀 조화롭지 않다, 즉 아돌프 차이징[48]의 황금률(黃金律)[49]을 위반하고 있다는 것인데, 그것

47 둥근 얼굴에 광대뼈가 불거지고 코가 납작한 여자 또는 그런 얼굴의 탈.

을 엄격하게 역학상의 공식에서 연역하여 보여드리려는 것입니다. 먼저 H를 코의 높이로 합시다. a는 코와 얼굴 평면이 교차하는 각도입니다. W는 물론 코의 중량이라고 알아주십시오. 어떻습니까? 대충 아시겠습니까?"

"그걸 어떻게 알겠는가?"

주인이 말했다.

"간게쓰 군은 어떤가?"

"저 역시 좀 이해하기 힘드네요."

"거참 난감하군. 구샤미는 그렇다 치더라도 자네는 이학사니까 이해할 줄 알았는데. 이 식이 연설의 핵심이라 이걸 생략하면 지금까지 연설한 보람이 없는데…… 뭐, 어쩔 수 없지. 공식은 생략하고 결론만 얘기하기로 하지."

"결론이 있나?"

주인이 신기하다는 듯 물었다.

"당연하지. 결론 없는 연설은 디저트 없는 서양 요리 같은 거니까. 자, 그럼, 두 사람은 잘 들어보게. 여기서부터가 결론일세.

자, 이상의 공식에 루돌프 피르호,[50] 아우구스트 바이스만[51] 같은 여러 사람들의 이론을 참작하여 생각해보건대, 선천적 형태의 유전은 말할 것도 없이 허용되어야 합니다. 또 형태에 따라서 일어나는 이런 심리적 상황은, 비록 후천성이 유전되지 않는다는 유력한 이론이 있음에도 불구하고, 어느 정도까지는 필연적인 결과라고 인정할 수밖

48 아돌프 차이징(Adolf Zeising, 1810~1876). 독일의 미학자. 『황금분할』이라는 저서가 있다.
49 소세키는 『문학론』에서도 이를 논하고 있다.
50 루돌프 루트비히 카를 피르호(Rudolf Ludwig Karl Virchow, 1821~1902). 독일의 병리학자.
51 아우구스트 바이스만(August Weismann, 1834~1914). 독일의 유전학자.

에 없습니다. 따라서 이처럼 신분에 맞지 않는 코의 소유자가 낳은 아이의 코에도 뭔가 이상이 있을 것이라 사료됩니다. 간게쓰 군 같은 사람은 아직 젊으니 가네다 씨 따님의 코 구조에서 특별한 이상을 발견하지 못할지도 모르겠습니다만, 이러한 유전은 잠복기가 길어서 언제 어느 때에 기후의 격변과 함께 갑자기 발달하여 어머님의 코처럼 눈 깜짝할 사이에 팽창할지도 모릅니다. 그러므로 저 메이테이 선생의 미학적 논증에 따르면, 이번 혼담은 지금 당장 단념하는 것이 안전하리라 사료됩니다. 이 점에 대해서는 이 집의 주인은 물론이거니와, 저기 누워 계신 늙은 고양이님께서도 이의가 없을 것으로 생각합니다."

주인은 간신히 몸을 일으키고는 아주 열심히 주장했다.

"그야, 물론이지. 그런 작자의 딸을 누가 데려간단 말인가? 간게쓰 군, 데려오면 안 되네!"

그 견해에 어느 정도 찬성의 뜻을 표하기 위해 나도 야옹야옹 두 번 울었다. 간게쓰 군은 그다지 동요하는 기색도 없었다.

"두 분 선생님의 의향이 그러시다면 저야 단념해도 상관없지만, 만약 상대가 그걸 걱정하여 병이라도 걸린다면 죄가 되는 일이라……"

"으하하하하. 염죄(艷罪)[52]라 그 말인가?"

하지만 주인은 정색하고 나섰다.

"그런 바보가 어디 있어? 그런 여자의 딸이라면 변변치 못할 게 뻔하다고. 남의 집에 처음 와서 나를 몰아붙인 여자란 말이야. 오만방자한 여편네라고."

주인은 혼자서 분통을 터뜨렸다. 그러자 다시 울타리 옆에서 서너

---

52 억울한 죄라는 뜻의 엔자이(冤罪)와 발음이 같으면서 연애에 관련된 죄라는 의미를 띠게 만든 언어유희.

명이 "와하하하하" 하고 웃는 소리가 났다. 그중 한 명이 말했다.

"오만한 벽창호 같으니."

그러자 다른 한 사람이 말했다.

"좀 더 큰 집으로 들어가 살고 싶겠지."

그중에서 또 다른 사람이 크게 소리를 질렀다.

"안됐지만 아무리 잘난 척해봐야 집 안 호랑이지 뭐."

주인이 툇마루로 나가 그들에게 질세라 큰 소리로 고함을 질렀다.

"시끄러! 뭐야, 남의 담장 밑에 와서."

"우와하하하하, 새비지 티다, 새비지 티."

저마다 욕을 퍼부었다. 주인은 크게 화가 난 표정으로 벌떡 일어나더니 지팡이를 들고 바깥으로 달려 나갔다.

메이테이 선생은 손뼉을 쳤다.

"재미있군. 잘한다, 잘해."

간게쓰 군은 하오리 끈을 만지작거리며 히죽히죽 웃었다. 나는 주인의 뒤를 따라 울타리 사이로 난 틈을 통해 한길로 나갔다. 주인은 길가 한복판에 지팡이를 짚고 망연자실하며 서 있었다. 길에는 개미 새끼 하나 보이지 않았다. 순간적으로 여우에게 홀린 듯한 모습이었다.

4

여느 때처럼 가네다 씨 저택으로 숨어들었다.

'여느 때처럼'이란 말은 이제 와서 특별히 해석할 필요가 없다. '누차'를 제곱한 것만큼을 나타내는 말이다. 한 번 한 일을 두 번 해보고 싶고, 두 번 한 일을 세 번 해보고 싶은 것은 인간에게만 한정된 호기심이 아니다. 고양이도 이런 심리적 특권을 가지고 세상에 태어났다는 것을 인정해주어야 한다. 세 번 이상 같은 행동을 되풀이할 때 비로소 '습관'이라는 말이 붙고, 이 행위가 생활상의 필요로 진화하는 것 또한 인간과 다를 바 없다.

무엇 때문에 이렇게까지 뻔질나게 가네다 씨 저택을 드나드느냐는 미심쩍은 생각이 든다면, 그전에 잠깐 인간들에게 되묻고 싶은 것이 있다. 왜 인간은 입으로 담배 연기를 들이마셨다가 코로 토해내는 것인가, 포만감을 가져오는 것도 아니고, 혈액순환에 도움이 되는 것도 아닌 것을 부끄러워하지도 않고 들이마셨다가 내뱉는 것을 꺼리지 않는 이상, 내가 가네다 씨 저택에 드나드는 것을 너무 큰 소리로 책망하지 않았으면 좋겠다. 가네다 씨 저택은 나의 담배 같은 것이다.

'숨어들었다'고 하면 어폐가 있다. 어쩐지 도둑질이나 계집질이라도 하는 것 같아 듣기에 괴롭다. 내가 가네다 씨 저택으로 가는 것은, 물론 초대를 받지는 않았으나 결코 다랑어 한 토막을 슬쩍하거나, 눈과 코가 얼굴의 한가운데에 몰려 있는 진과 밀담을 나누기 위해서가 아니다. 뭐, 탐정이냐고? 당치도 않은 일이다. 무릇 이 세상에서 아무리 천한 가업(家業)이라 해도 탐정과 고리대금업자만큼 천한 직업은 없다고 생각한다. 정말 간게쓰 군을 위해 고양이로서는 흔히 가질 수 없는 의협심으로 가네다 씨 저택의 동정을 멀리서나마 살펴본 적은 있지만, 그건 단 한 번이었다. 그 후로는 결코 고양이의 양심에 꺼릴 만한 비열한 행동을 한 적이 없다.

그렇다면 왜 '숨어들었다'는 애매한 말을 사용했느냐고? 글쎄, 그건 대단히 의미 있는 일이다. 원래 내 생각에 따르면 하늘은 만물을 덮기 위해, 대지는 만물을 싣기 위해 생겨난 것이다. 아무리 집요한 논의를 좋아하는 인간이라도 이 사실을 부정할 수는 없을 것이다. 그런데 이 하늘과 대지를 만들어내기 위해 그들 인류가 얼마만큼의 노력을 했는가. 조금의 도움도 주지 않았지 않은가.

자신이 만들지 않은 물건을 자신의 소유로 정하는 법은 없으리라. 자기 소유로 정하는 것이야 별 지장이 없겠지만, 다른 사람의 출입을 금할 이유는 없을 것이다. 이 드넓은 대지에 빈틈없이 울타리를 치고 말뚝을 세워 누구누구의 소유지로 구획하는 것은, 마치 창공에 새끼줄을 치고 여기는 나의 하늘, 저기는 그의 하늘이라고 신고하는 것이나 마찬가지다. 만일 토지를 잘라내어 한 평에 얼마를 받고 소유권을 매매한다면, 우리가 호흡하는 공기를 한 30세제곱미터로 나누어 팔아도 된다는 말이 된다. 그러나 공기는 나누어 팔 수 없고 하늘에 새끼 줄을 치는 일이 불가능하다면 토지의 사유 역시 불합리하지 않은가.

이러한 관점에 따라 이러한 법칙을 믿고 있는 나는, 그렇기에 어디에든 들어간다. 하긴 가고 싶지 않은 곳에는 가지 않지만, 내가 가고 싶으면 동서남북을 따지지 않고 아무렇지 않은 표정으로 어슬렁어슬렁 걸어간다. 가네다 같은 자를 꺼릴 이유가 없다. 그러나 고양이의 슬픔은, 힘만으로는 도저히 인간을 당할 수 없다는 데 있다. 이 세상에 강한 힘이 권리[1]라는 격언까지 존재하는 이상, 고양이의 논리가 아무리 이치에 맞다 하더라도 고양이의 주장이 통하지는 않는다. 무리하게 관철하려다가는 인력거꾼네 검둥이처럼 느닷없이 생선 장수의 멜대에 얻어맞을 염려가 있다. 이치로 따지자면 이쪽이 맞지만 저쪽이 권력을 쥐고 있는 경우, 자신의 뜻을 굽히고 두말없이 굴종할 것이냐, 아니면 권력의 눈을 피해 자신의 뜻을 관철할 것이냐 하는 선택의 기로에 선다면, 나는 물론 후자를 선택할 것이다. 멜대를 어떻게든 피해야 하기 때문에 숨어들 수밖에 없다. 남의 집 안으로 들어가도 별 지장이 없기 때문에 들어가지 않을 수 없다. 그러므로 나는 가네다 씨 저택에 숨어드는 것이다.

잠입하는 횟수가 거듭됨에 따라 정탐할 생각이 없어도, 보고 싶지 않아도 가네다 일가의 사정이 자연스럽게 내 눈에 들어오고, 기억하고 싶지 않은데도 내 뇌리에 인상을 남기는 것은 어쩔 수 없는 일이다. 하나코 부인은 세수를 할 때마다 정성껏 코를 닦고, 딸 도미코는 아베카와 떡[2]을 마구 먹어대며, 가네다 씨는—마누라와 달리 가네다

---

1 영어의 'Might is right'라는 격언. 보통 '힘이 정의다'라고 번역된다.
2 구운 떡을 더운물에 담갔다가 콩가루와 설탕을 묻힌 떡.

는 코가 낮은 편이다―코뿐만 아니라 얼굴 전체가 낮다. 어렸을 때 싸움을 하다 골목대장에게 목덜미를 붙잡힌 상태에서 토담에 아주 힘껏 눌렸을 때의 얼굴이 40년 후인 오늘날까지 영향을 미치고 있지나 않은지 의심스러울 정도로 아주 평평한 얼굴이다.

지극히 온화하고 위험스럽지 않은 얼굴임에는 틀림없지만 어쩐지 변화가 없다. 아무리 화를 내도 평평한 얼굴이다. 가네다 씨가 참치회를 먹으며 손으로 자신의 대머리를 찰싹찰싹 두드리는 일, 얼굴이 밋밋할 뿐만 아니라 키가 작아 무턱대고 높은 모자와 높은 나막신을 신는 일, 인력거꾼이 그것을 우스워하며 서생에게 이야기하는 일, 서생이 인력거꾼에게 자네의 관찰은 기민하다고 감탄하는 일 등 일일이 헤아릴 수가 없다.

요즘에는 부엌문 옆을 지나 마당으로 나가 가산(假山)³의 그늘에서 건너편을 내다보고는, 장지문이 꼭 닫혀 있고 조용한 것을 확인하면 살금살금 기어든다. 만일 사람 소리가 시끄럽게 들려온다든가 방 안에서 내다보일 염려가 있으면 연못 동쪽으로 돌아 뒷간 옆을 지나서는 슬쩍 툇마루 밑으로 들어간다. 나쁜 짓을 한 기억이 없으니 숨거나 특별히 두려워할 필요는 없다. 하지만 인간이라는 무법자를 만났다가는, 재수가 없었다고 체념하는 수밖에 다른 도리가 없다. 만약 구마사카 조한⁴ 같은 악한만의 세상이 된다면, 그 어떤 성덕군자도 나와 같은 태도를 취할 것이다.

가네다 씨는 어엿한 사업가라서 당연히 구마사카 조한처럼 160센

3 정원 등을 꾸미기 위해 만든 산의 모형물.
4 구마사카 조한(熊坂長範). 일본 전설에 등장하는 헤이안 시대의 유명한 도둑. 일설에 따르면 160센티미터나 되는 거대한 칼을 사용했다고 한다.

티미터나 되는 칼을 휘두를 염려는 없겠지만, 듣건대 사람을 사람으로 보지 않는 병이 있다고 한다. 사람을 사람으로 보지 않을 정도라면 당연히 고양이를 고양이로 보지 않을 것이다. 그렇다면 아무리 성덕 군자인 고양이라도 그의 집 안에서는 결코 방심할 수 없다. 그러나 방심할 수 없다는 것이 고양이에게는 다소 흥미로운 점이다. 내가 이렇게까지 가네다 씨 저택의 문을 드나드는 것도, 단지 그 위험을 무릅쓰고 싶다는 마음 때문인지도 모른다. 그것은 차차 차분히 생각해본 뒤 고양이의 뇌를 남김없이 해부할 수 있을 때 다시 말하기로 하자.

오늘은 과연 어떤 모습일까, 하고 예의 가산 잔디 위에 턱을 밀착시키고 앞을 내다보았다. 춘삼월의 널찍한 객실은 활짝 열려 있고, 방 안에는 가네다 부부가 한 손님과 한창 이야기꽃을 피우고 있었다. 공교롭게도 하나코 부인의 코가 이쪽을 향해 연못 너머의 내 이마를 똑바로 노려보고 있었다. 코가 그렇게 노려보는 것은 처음 당하는 일이었다.

가네다 씨는 다행히 얼굴을 옆으로 돌린 상태에서 손님을 상대하고 있었던지라 그 평평한 부분은 절반쯤 가려 보이지 않았지만, 그 대신 코가 어디에 있는지 분명하지 않았다. 다만 희끗희끗한 콧수염이 아무렇게나 자라 있어, 그 위에 구멍 두 개가 있을 것이라는 결론만은 쉽게 내릴 수 있었다. 아울러 봄바람도 저런 매끄러운 얼굴에만 분다면 무척 편할 거라는 상상을 해보았다.

세 사람 중에서 손님이 가장 평범한 용모다. 다만 평범한 만큼 특별히 내세워 소개할 만한 데가 하나도 없다. 평범이라고 하면 제법 괜찮은 것 같지만, 지극히 평범한 것은 오히려 가련하기 그지없다. 이런 무의미한 낯짝을 가져야 할 숙명을 안고 태평성대인 메이지 시대에 태어난 이 사람은 대체 누구일까? 여느 때처럼 툇마루 밑으로 가서 그 대화의 내용을 들어보지 않고서는 알 수 없다.

"……그래서 마누라가 일부러 그 사내의 집까지 가서 사정을 알아봤는데 말이야……"

가네다 씨는 여느 때처럼 건방진 말투였다. 건방지기는 하나 위엄이라고는 전혀 없다. 말도 그의 안면처럼 단조롭고 많기만 하다.

"역시, 그 사람이 미즈시마 씨를 가르친 적이 있으니까…… 역시, 생각 잘하셨네요. 역시."

손님은 '역시'만 연발했다.

"그런데 어쩐지 요령부득이라서."

"네에, 구샤미는 요령부득이어서…… 그 사람은 제가 같이 하숙을 할 때부터 태도가 분명하지 않은 사람이라서…… 그거 참, 난감하셨겠네요."

손님은 하나코 쪽을 보고 이렇게 말했다.

"난감하고 뭐고가 어디 있겠어요, 글쎄, 이 나이가 될 때까지 남의 집에 가서 그런 푸대접을 받은 적은 없었어요."

하나코는 여느 때처럼 거센 콧김을 내뿜었다.

"무슨 무례한 말이라도 지껄이던가요? 옛날부터 완고한 성격이라…… 어떻든 10년을 하루같이 리더 전문 선생을 하는 걸 보면 대충 아실 만할 겁니다."

손님은 적당히 맞장구를 쳐주었다.

"아니, 말도 안 통하는 정도라서, 마누라가 뭘 물으면 아주 쌀쌀맞게 대했다니……"

"그거 참 괘씸한 일이군요. 대체로 학문을 좀 했다고 하면 자만심이 생기기 십상이라, 거기다가 가난한 처지라면 억지를 부리기도 하니까요…… 정말이지, 세상엔 무례한 놈들이 참 많습니다. 자신이 무능하다는 걸 깨닫지 못하고, 무턱대고 재산이 있는 사람에게 덤빈다니까요. 마치 자기 재산이라도 빼앗긴 것 같은 기분이 드는 모양인지 참, 놀라운 일입니다. 하하하하."

손님은 아주 신이 난 것 같았다.

"이건, 정말 언어도단이야. 그런 건 필경 세상 물정을 모르고 제멋대로 굴기 때문에 생기는 거니까 따끔한 맛을 봐야 정신을 차릴 것 같아서 혼 좀 내줬지."

"그렇다면 분명 정신을 차렸겠지요. 그 사람 본인을 위해서도 좋은 일이니까요."

손님은 어떤 방법을 썼다는 말도 듣기 전에 이미 가네다 씨의 의견에 동의하고 있었다.

"그런데 스즈키 씨, 그 사람 정말 완고한 작자더군요. 학교에 나와서도 후쿠치 씨나 쓰키 씨한테는 말도 걸지 않는다고 합니다. 송구한 마음에 잠자코 있나 했더니, 글쎄 지난번에는 지팡이를 들고 죄도 없는 우리 집 서생을 쫓아오더랍니다. 나이 서른이나 되는 낯짝으로 그 따위 미련한 짓을 하다니. 정말 자기 생각대로 되지 않는다고 정신이 좀 이상해졌나 봅니다."

"허어, 왜 또 그런 난폭한 짓을……"

여기에 대해서는 손님도 약간 미심쩍은 마음이 든 것 같았다.

"아니, 그냥 그 사람 집 앞을 뭐라고 하면서 지나갔다나 봐요. 그러자 느닷없이 지팡이를 들고 맨발로 뛰어나오더랍니다. 설사 뭐라고 좀 했기로서니, 아직 애잖아요. 수염이 난 다 큰 어른인 주제에, 게다가 선생이잖아요."

"그렇지요. 선생이지요."

손님이 이렇게 말하자 가네다 씨도 덧붙였다.

"그럼, 선생이지."

선생인 이상 어떤 모욕을 당하더라도 목상처럼 얌전히 있어야 한다는 것이, 뜻밖에 일치된 이 세 사람의 견해인 것 같았다.

"게다가 그 메이테이라는 사람은 정말 별난 사람이던데요. 아주 쓸데없는 새빨간 거짓말만 늘어놓고. 저는 그렇게 이상한 사람은 처음 봤다니까요."

"아아, 메이테이 말인가요? 여전히 허풍을 많이 떠나 보군요. 역시 구샤미 집에서 만나셨나 보군요. 그자한테 걸리면 정말 당할 수가 없지요. 그자 역시 옛날에 같이 자취를 하던 동료였습니다만, 어찌나 사람을 무시하던지 자주 싸웠지요."

"누구든 화를 내겠지요, 그렇게 하면. 물론 거짓말이야 할 수도 있지요. 의리상 어쩔 수 없을 때라든가 분위기를 맞추어야 할 때라든가…… 그런 때는 누구든 마음에 없는 말을 하게 되지요. 그런데 그 사람은 안 해도 될 거짓말을 마구 해대니까 감당할 수가 있어야지요. 뭘 바라고 그런 엉터리 같은 소리를 하는지…… 정말 그런 뻔한 거짓말을 해대는 게 참 용하다니까요."

"지당한 말씀입니다. 전적으로 취미 삼아 하는 거짓말이라서 더 난감하거든요."

"미즈시마 씨에 대해 진지하게 알아보러 갔는데 엉망진창이 되고 말았습니다. 저는 정말 부아가 치밀고 분해서…… 그래도 남의 집에 물어보러 갔다가 모른 척하는 것이 도리는 아니어서 인력거꾼을 시켜 맥주 한 다스를 보냈습니다. 그런데 그게 어떻게 됐겠어요? 이런 걸 받을 이유가 없으니 도로 가져가라고 했다지 뭡니까? 아니, 이건 단순한 답례품이니까 아무쪼록 받아달라고 인력거꾼이 말했더니, 자기는 매일 잼은 먹지만 맥주같이 쓴 건 마신 적이 없다면서 안으로 들어가버리더래요. 할 소리가 따로 있지. 어떤가요? 실례 아닌가요?"

"거, 너무했네요."

손님도 이번에는 정말 너무했다고 느낀 모양이었다.

"그래서 오늘 일부러 자넬 부른 걸세."

잠시 이야기가 끊어졌다가 가네다 씨의 목소리가 들려왔다.

"그런 병신 같은 놈은 안 보이는 데서 놀려주기만 하면 그만인데, 이번에는 좀 곤란한 사정이 있어서……"

가네다 씨는 참치 회를 먹을 때처럼 자신의 대머리를 톡톡 두드렸다. 하긴 나는 지금 툇마루 밑에 있기 때문에 실제로 가네다 씨가 자신의 머리를 두드렸는지 어쨌는지 볼 수 없지만, 근래 들어 대머리를 때리는 소리가 이미 귀에 익었다. 비구니가 목탁 소리를 구별하는 것처럼 툇마루 밑에서도 소리만 확실하다면, 이건 대머리에서 나는 소리군, 하고 쉽게 감정할 수 있다.

"그래, 자네한테 부탁할 일이 좀 있어서 말이야……"

"제가 할 수 있는 일이라면 뭐든지, 사양하지 마시고 말씀하십시오. 이번에 도쿄에서 근무하게 된 것도 여러 가지로 배려해주신 덕분이고 하니까요."

손님은 기꺼이 가네다 씨의 부탁을 받아들였다. 말하는 걸로 보건대, 이 손님 역시 가네다 씨의 신세를 진 모양이었다.

'야, 이거 사건이 점점 재미있게 진행되는데.'

오늘은 날씨가 너무 좋아 별 생각 없이 왔는데, 이렇게 좋은 정보를 얻으리라고는 전혀 생각하지 못했다. 이건 우연히 참배하러 절을 찾았다가 주지의 방에서 찹쌀떡을 얻어먹은 격이었다. 가네다 씨는 손님에게 무슨 일을 의뢰할까, 라고 생각하며 툇마루 밑에서 귀를 쫑긋하고 듣고 있었다.

"무슨 이유에서인지는 모르겠지만 그 구샤미라는 괴짜가 미즈시마에게 가네다의 딸을 데려오면 안 된다고 넌지시 말하곤 한다는 거야. 그렇지, 여보?"

"넌지시 말한 게 아니에요. 그런 놈의 딸을 데려가는 병신이 이 세상에 어디 있겠나, 간게쓰 군! 절대로 데려오면 안 되네, 라고 했대요."

"그런 놈이라는 건 뭐야, 버릇없기는. 그런 무례한 말까지 했다는 거야?"

"그렇고말고요. 인력거꾼네 아주머니가 일부러 와서 알려주었다니까요."

"스즈키 군! 어떤가? 들은 대로인데, 꽤 골치 아프겠지?"

"난감하군요. 다른 일과 달리 이런 일에는 제삼자가 함부로 끼어들기도 어려우니까요. 아무리 구샤미라고 해도 그 정도는 알고 있을 텐데, 대체 어떻게 된 일인지 원."

"그래서 말인데 자넨 학창시절부터 구샤미와 같이 자취도 했고, 지금은 어찌 되었든 옛날에는 친한 사이였다고 하니까 부탁하는 거네. 그 사람을 만나서 말이지, 이번 일의 이해득실을 그에게 깨우쳐주지 않겠나? 뭔가 무척 화가 나 있는 것 같은데, 화를 내는 건 그쪽 잘못 때문이다, 그쪽이 얌전히만 있어준다면 일신상의 편의도 얼마든지 도

모해줄 수 있고 또 비위를 상하게 하는 일도 하지 않을 것이라고 말일세. 하지만 그쪽이 계속 그런 식으로 나온다면 이쪽도 가만히 있을 수 없지 않겠나? 다시 말해서 그렇게 고집을 부리면 본인만 손해라는 걸 잘 타일러주게."

"예예, 정말이지 말씀하신 대로 어리석게 저항해봐야 본인만 손해일 뿐 아무 도움도 안 되는 일이니까요, 잘 타일러보도록 하지요."

"그리고 우리 딸은 여러 곳에서 청혼이 들어오고 있으니 꼭 미즈시마에게 준다고 결정한 것은 아니지만, 이것저것 들어보니 미즈시마의 학문이나 인물도 그리 나쁘지는 않은 것 같으니, 만약 본인이 공부해서 가까운 장래에 박사라도 된다면 사위로 맞이할 수도 있다는 것 정도는 넌지시 비쳐도 괜찮겠지."

"그렇게 말해두면 본인도 힘을 내어 공부하겠지요. 잘 알겠습니다."

"그리고 이건 좀 묘한 얘긴데, 미즈시마에겐 어울리지 않다고 생각하지만 그 괴짜인 구샤미를 선생님, 선생님 하면서 그가 하는 말은 대체로 듣는 것 같으니 참 난감하네. 그야 뭐 내 딸을 꼭 미즈시마에게 시집보내려는 건 아니니까 구샤미가 뭐라고 방해를 하든 우리 쪽에 특별히 지장이 있는 건 아니지만……"

"미즈시마 그 사람이 가엾어지니까요."

하나코 부인이 끼어들었다.

"미즈시마라는 사람을 만나본 적은 없습니다만, 어쨌든 이 댁과 연분이 맺어진다면 그 사람한테는 일생일대의 행복이니 본인이야 물론 이의가 없겠지요."

"네. 미즈시마 씨는 데려가고 싶어 합니다만, 구샤미와 메이테이 같은 괴짜들이 이러쿵저러쿵 말이 많으니까요."

"그건 옳지 못한 일이지요. 상당한 교육을 받은 자에게 걸맞지 않은 행동입니다. 제가 구샤미 집으로 가서 이야기를 해보겠습니다."

"아아, 아무쪼록 귀찮더라도 잘 부탁하네. 그리고 실은 미즈시마에 관한 일도 구샤미가 가장 잘 알고 있겠지만, 지난번에 마누라가 갔을 때 아까 이야기한 것과 같은 그런 상황이라 제대로 들어보지 못했으니까 자네가 다시 한 번 그의 성품이나 학문적 재능 같은 걸 자세히 물어봤으면 좋겠네."

"네, 알겠습니다. 오늘은 토요일이니까 지금 찾아가면 집에 있겠지요. 요즘은 어디 사는지요?"

"이 앞에서 오른쪽으로 돌아 쭉 가면 막다른 길인데, 거기서 왼쪽으로 백 미터쯤 가면 무너진 검은 울타리가 있는 집이에요."

하나코가 가르쳐주었다.

"그럼 바로 근처로군요. 문제없습니다. 돌아가는 길에 잠깐 들러보지요. 뭐 대충 알 수 있을 겁니다. 문패를 보면……"

"문패는 있을 때도 있고 없을 때도 있답니다. 대문에 명함을 밥풀로 붙여놓거든요. 비가 오면 떨어지고, 그러면 갠 날 다시 붙여놓는답니다. 그러니까 문패는 믿을 게 못 돼요. 그런 성가신 일을 하느니 차라리 나무 문패라도 걸면 좋을 텐데요. 정말 속을 알 수 없는 사람이라니까요."

"거참 놀랍군요. 하지만 무너진 검은 울타리 집이라고 하면 대충 알겠지요."

"네. 그런 지저분한 집은 이 동네에 한 채밖에 없으니까, 금방 알 수 있을 거예요. 아 참, 그래도 알 수 없을 때는 좋은 수가 있어요. 어쨌든 지붕에 풀이 난 집만 찾아가면 틀림없습니다."

"상당히 특색 있는 집이로군요. 아하하하하."

스즈키 씨가 주인집에 왕림하기 전에 돌아가지 않으면 곤란하다. 이야기도 이 정도 들었으면 충분하고도 남는다. 툇마루 밑을 따라 뒷간을 서쪽으로 돌아, 가산 그늘을 통해 큰길로 나가서 종종걸음으로 서둘러 지붕에 풀이 난 집으로 돌아왔다. 그러고는 시치미를 뚝 뗀 표정으로 객실 툇마루로 갔다.

주인은 툇마루에 흰 담요를 깔고 엎드려서 화사한 봄볕에 등짝을 말리고 있었다. 태양 광선은 의외로 공평한 것이어서 지붕에 풀이 난 황폐한 집이라도 가네다 씨의 객실만큼 환하고 따뜻해 보인다. 그러나 가엾게도 담요만은 봄날답지 않다. 제조공장에서는 흰 것이라 생각하고 짰고, 양품점에서도 흰 것이라 생각하고 팔았을 뿐 아니라 주인 역시 흰 것을 주문해 사왔을 것이다. 그러나 열두세 해 전의 일이라 흰색의 시대는 이미 지나갔고, 지금은 짙은 회색으로 변색하는 시기를 맞고 있다. 이 시기를 지나 암흑색으로 변할 때까지 담요의 생명이 유지될지 어떨지 심히 의심스러울 따름이다.

지금도 여기저기 닳고 닳아 씨줄 날줄의 실오라기가 뚜렷이 드러날 정도이니 이제 '담요'라 부르는 것도 분에 넘치는 일이다. 오히려 '담'은 생략하고 그저 '요'라고 하는 것이 합당할 것이다. 하지만 주인은 1년을 쓰고 2년을 쓰고 5년을 쓰고 10년을 썼으니 평생 쓸 수 있다고 생각하는 것 같다. 만사태평이다.

그런데 그런 내력이 있는 담요 위에 엎드린 채 주인은 두 손으로 툭 불거진 턱을 괴고 있고, 오른손 손가락 사이에는 담배가 끼워져 있다. 그저 그뿐이다. 하긴 그의 비듬투성이 머릿속에서는 우주의 대진리가 불타는 수레처럼 회전하고 있을지도 모르지만, 외부에서 보기에는 전혀 그런 생각이 들지 않는다.

담뱃불은 차츰 입가로 타들어가 3센티미터쯤 탄 재가 담요 위에 툭 떨어지는 것도 아랑곳하지 않고 주인은 열심히 담배에서 피어오르는 연기의 행방을 응시하고 있었다. 그 연기는 봄바람에 떴다 가라앉았다 하며 몇 겹의 고리를 만들면서 방금 머리를 감은 아내의 짙은 가지색 머리카락을 향해 흘러가고 있었다. 저런, 안주인에 관한 얘기를 하려고 했는데 깜빡 잊고 있었다.

안주인은 주인에게 엉덩이를 돌리고 있다. 뭐, 예의를 모르는 마누라라고? 하지만 특별히 실례되는 일도 아니다. 예의가 있고 없고는 서로 어떻게 해석하느냐에 따라 달라지는 문제다. 주인은 아무렇지 않게 마누라 엉덩이를 향해 턱을 괴고 있고, 마누라 역시 아무렇지 않게 주인의 얼굴 앞에 장엄한 엉덩이를 깔고 앉았을 뿐, 무례고 나발이고 없다. 이 내외는 결혼하고 채 1년도 되지 않아 예의범절이라는 답답한 상황을 초월했다.

그건 그렇고, 이렇게 주인에게 자신의 엉덩이를 돌린 안주인은 무슨 생각에서인지 화창한 오늘 날씨를 틈타 청각채와 생달걀로 박박 감은 것으로 보이는 30센티미터가 넘는 삼단 같은 머리를 보란 듯이 어깨에서 잔등까지 늘어뜨리고 묵묵히 어린아이의 소매 없는 겉옷을 열심히 꿰매고 있었다. 실은 감은 머리를 말리기 위해 모슬린 이불과 반짇고리를 툇마루에 내다놓고 공손히 엉덩이를 주인에게 돌렸던 것이다. 아니면 주인이 엉덩이가 있는 쪽으로 얼굴을 들이댔는지도 몰랐다. 그래서 조금 전에 이야기한, 담배 연기가 풍성하게 나부끼는 검은 머리카락 사이를 흐르고 흘러 때 아닌 아지랑이로 피어오르는 장면을 주인은 물끄러미 바라보고 있었던 것이다.

그러나 연기는 본디 한 곳에 머물러 있지 않는다. 그 성질상 위로만 올라가니 주인의 눈도 연기가 머리카락과 뒤엉키는 기괴한 광경을 빠짐없이 관망하려면 반드시 눈을 움직여야 한다. 주인은 먼저 허리께에서부터 관찰하기 시작해 서서히 등줄기를 따라 어깨에서 목덜미에 이르렀고, 그곳을 지나 마침내 정수리에 이르렀을 때 자신도 모르게 앗 하고 놀랐다.

주인이 백년해로를 기약한 부인의 정수리 한복판에 동그랗고 커다랗게 머리가 빠진 부분이 보였다. 게다가 그 부분이 따스한 햇살을 반사하며, 이제야 때를 만났다는 듯 득의양양하게 빛나고 있었다. 뜻하지 않은 데서 이런 굉장한 발견을 한 주인의 눈은 눈부심 속에서 깜짝 놀란 표정을 보이며, 격렬한 광선으로 동공이 열린 것도 아랑곳하지 않고 뚫어져라 그 부분을 응시하고 있었다. 머리가 뭉텅 빠진 부분을 보았을 때 제일 먼저 그의 뇌리에 떠오른 것은 집안에 대대로 내려오는 불단을 장식하고 있는 등잔이었다. 그의 집안은 진종(眞宗)이라는 종파에 속해 있는데, 진종에서는 불단에 자기 분수에 맞지 않은 과도한 돈을 들이는 게 예로부터 내려오는 관례였다.

주인이 어렸을 때는 집 곳간에 어슴푸레하게 장식된, 두껍게 금박을 한 감실(龕室)이 있었다. 그 감실 안에는 놋쇠로 만든 등잔이 매달려 있었는데, 거기에는 대낮에도 늘 희미하게 불이 켜져 있었던 것을 기억하고 있다. 주위가 어두워도 이 등잔만은 비교적 환하게 빛나고 있었던 터라, 어린 마음에 몇 번이고 그 불을 보았을 때의 인상이 마누라의 그 부분에서 환기되어 느닷없이 떠오른 것이리라. 등잔에 대한 기억은 채 1분도 지나지 않아 사라졌다.

이번에는 관음보살상의 비둘기가 떠올랐다. 관음보살상의 비둘기와 마누라의 머리 빠진 부분은 아무 관계가 없는 것처럼 보이지만, 주인의 머릿속에서 이 두 가지는 밀접한 관계가 있었다. 마찬가지로 어렸을 때 아사쿠사에 가면 반드시 콩을 사서 비둘기에게 주곤 했다. 콩은 한 접시에 3리(厘)[5]였는데 붉은 질그릇에 들어 있었다. 질그릇의 색깔이나 크기가 모두 그 부분과 닮았다.

"과연 닮았군."

주인이 자못 감탄한 듯 말하자 마누라는 고개를 돌리지도 않고 물었다.

"뭐가요?"

"뭐냐고? 당신 머리에 커다랗게 탈모된 부분이 있었군그래. 알고 있었나?"

"네."

마누라는 여전히 바느질하던 손을 멈추지 않고 대답했다. 그다지 놀란 기색도 없었다. 초연한 모범 부부다.

"시집올 때부터 있었나? 아니면 결혼하고 나서 생긴 건가?"

주인이 물었다. 만약 시집오기 전부터 있었다면 속은 게 아니냐고, 입 밖으로 내뱉지는 않았지만 속으로는 그렇게 생각했다.

"언제 생겼는지 모르겠어요. 머리 빠진 거야 아무려면 어때요?"

도통한 모습이었다.

"아무려면 어떻다니? 자기 머리잖아?"

주인의 목소리는 다소 노기를 띠었다.

"제 머리니까 괜찮다니까요."

이렇게 대꾸하기는 했지만, 역시 신경이 쓰이는지 오른손을 그 자

5 1리는 1천 분의 1엔.

리에 대고 이리저리 만져보았다.

"어머, 상당히 커졌네. 이 정도는 아니었는데."

이렇게 말하는 것을 보면 머리가 빠진 부분이 나이에 비해 너무 크다는 것을 이제야 알아차린 모양이었다.

"여자가 머리를 틀게 되면 여기를 바싹 당겨서 올리니까 누구나 벗겨져요."

안주인은 슬쩍 변호하려 들었다.

"그런 속도로 빠지면, 40대쯤에는 다들 속이 빈 주전자가 되어야 할텐데. 그건 틀림없이 병이야. 전염될지도 모르니까 한시라도 빨리 아마키 선생한테 가봐."

주인은 자꾸만 자신의 머리를 이리저리 만져보았다.

"그렇게 자꾸 남 얘기를 하시지만, 당신도 콧구멍에 흰 털이 나지 않았나요? 대머리가 전염된다면 흰 털도 전염되겠지요."

안주인도 잔뜩 골을 냈다.

"콧속의 흰 털은 안 보이니까 해가 없지만 정수리, 특히 젊은 여자의 정수리가 그렇게 빠지면 보기 흉하지. 그건 불구야, 불구."

"불구라면 결혼은 왜 했어요? 자기가 좋아서 장가들어놓고선 이제와서 불구라니……"

"그땐 몰랐으니까 했지. 오늘까지도 전혀 몰랐거든. 그렇게 당당하다면 시집올 때는 왜 머리를 안 보여준 건데?"

"그런 어이없는 말이 어디 있어요? 세상 어느 나라에 머리 시험을 보고 합격해야 결혼할 수 있다는 법이 있다고 그래요?"

"머리 빠진 거야 뭐 참을 만하지만, 당신은 다른 사람들에 비해 키가 너무 작아. 보기 흉해서 못쓴다고."

"키야 보면 금방 알 수 있잖아요? 키가 작은 건 처음부터 알았으면서 장가들지 않았나요?"

"그건 알았지. 알긴 알았지만 더 클 줄 알고 데려온 거지."

"스무 살이 넘어 키가 자라다니…… 당신도 참 사람을 바보로 만드네요."

안주인은 바느질하던 아이 겉옷을 내동댕이치고 주인 쪽으로 몸을 틀었다. 주인의 대응 여하에 따라 가만있지 않겠다는 사나운 태도였다.

"스무 살이 되었다고 키가 자라지 말라는 법은 없지. 시집온 다음에 영양가 많은 음식을 먹이면 조금이라도 자랄 가망이 있는 줄 알았지."

주인이 진지한 표정으로 그런 기묘한 논리를 늘어놓고 있을 때 대문의 벨이 힘차게 울리면서 계시냐는 소리가 들려왔다. 드디어 스즈키 씨가 잡초가 우거진 황폐한 지붕을 보고 구샤미 선생의 와룡굴(臥龍窟)[6]을 찾아낸 모양이었다.

아내는 싸움을 훗날로 미루고 허둥지둥 반짇고리와 아이 겉옷을 안고 황급히 거실로 피했다. 주인은 쥐색 담요를 말아 서재로 집어던졌다. 이윽고 하녀가 가져온 명함을 보고 주인은 약간 놀란 듯한 표정을 지었는데, 이리로 안내하라고 말하고는 명함을 든 채 뒷간으로 들어갔다. 무슨 이유로 갑자기 뒷간으로 들어갔는지 요령부득이었고, 무슨 이유로 스즈키 도주로 씨의 명함까지 뒷간으로 가져갔는지는 더욱 설명하기 힘들었다. 아무튼 안된 것은 고약한 냄새가 나는 곳까지 따라가게 된 명함이다.

하녀가 사라사로 만든 방석을 도코노마 앞에 놓으며 여기 앉으시라

---

6 세상에 알려지지 않은 큰 인물이 살고 있는 집. 보통은 『삼국지』에 등장하는 제갈공명의 은거지를 말한다.

하고 물러난 뒤 스즈키 씨는 일단 방 안을 빙 둘러보았다. 벽에 걸린 '화개만국춘(花開万國春)'이라 쓴 모쿠안[7]의 가짜 족자와 교토에서 생산한 싸구려 청자에 꽂혀 있는 히간자쿠라[8] 등을 하나하나 순서대로 점검하고 나서 문득 하녀가 권한 방석 위를 쳐다봤다. 방석 위에는 어느 틈에 고양이 한 마리가 시치미를 뚝 떼고 앉아 있었다. 말할 것도 없이 그 고양이는 지금 이렇게 말하고 있는 나다.

이때 스즈키 씨의 가슴속에 잠깐 동안 낯빛에도 나타나지 않을 만큼의 풍파가 일었다. 이 방석은 의심할 것도 없이 스즈키 씨를 위해 깔아놓은 것이다. 자신을 위해 깔아놓은 방석 위에 자신이 앉기도 전에 양해도 구하지 않고 묘한 동물이 태연히 웅크리고 있다. 이것이 스즈키 씨의 평정심을 잃게 한 첫 번째 요인이었다.

만약 누군가 권한 방석이 임자 없이 봄바람에 맡겨져 있었더라면, 스즈키 씨는 짐짓 겸손의 뜻을 표하며 주인이 '자아, 어서 앉으세요'라고 말할 때까지 딱딱한 다다미 위에서 참고 있었을지도 모른다. 그런데 곧 자신이 소유해야 할 방석 위에 인사도 없이 올라앉은 저놈은 누구일까? 인간이라면 양보할 수도 있겠지만 고양이라니 정말 괘씸하다. 올라앉은 놈이 고양이라는 것이 한층 더 불쾌감을 자극했다. 이게 스즈키 씨의 평정심을 잃게 한 두 번째 요인이었다.

마지막으로 그 고양이의 태도가 가장 비위에 거슬렸다. 조금은 안됐다는 뜻인지, 앉을 권리도 없는 방석 위에 거만한 자세를 취한 채 애교라고는 없는 동그란 눈을 깜박이며 '넌 누구야?'라고 묻는 듯이

7 모쿠안(木菴, 1611~1648). 명나라에서 일본에 귀화한 황벽종(黃檗宗)의 승려로 달필로 유명했다. 아쿠타가와 류노스케의 『소세키 산방의 가을』(1920)에 따르면 소세키 산방의 벽에는 실제로 '화개만국춘'이라 쓴 모쿠안의 족자가 걸려 있었다고 한다.
8 다른 벚꽃보다 이르게 춘분(히간) 무렵에 피는 벚꽃이라고 해서 이런 이름이 붙었다.

스즈키 씨의 얼굴을 빤히 보고 있었다. 이것이 마음의 평정심을 잃게 한 세 번째 요인이었다.

그토록 불만이라면 내 목덜미를 잡아 끌어내면 될 텐데, 스즈키 씨는 말없이 보고만 있었다. 당당한 인간이 고양이가 무서워 손을 대지 못할 일은 없을 텐데, 왜 얼른 나를 처리하고 자신의 불만을 해소하지 않는 것일까? 이는 전적으로 스즈키 씨가 일개 인간으로서 자신의 체면을 유지하려는 자존심 때문이라 짐작되었다. 만약 완력에 호소한다면 삼척동자라도 나를 마음대로 들었다 놓았다 할 수 있을 것이다. 하지만 체면을 중히 여기는 점에서 생각하면, 제아무리 가네다 씨의 충복인 스즈키 도주로라는 이 사람도 사방이 60센티미터쯤 되는 방석 한가운데에 자리 잡고 있는 고양이 대명신(大明神)을 어쩌지는 못하는 것이었다.

아무리 보는 사람이 없는 곳에서라도 고양이와 자리다툼을 해서는 인간의 위엄이 말이 아닌 것이다. 고양이를 상대로 진지하게 시비를 다투는 것은 너무나도 어른스럽지 못한 일이다. 우스꽝스러운 일이다. 이 불명예를 피하려면 다소간의 불편은 참아야 한다. 그러나 참지 않으면 안 되는 만큼 고양이에 대한 증오심은 점점 더 심해졌을 터라, 스즈키 씨는 때로 내 얼굴을 보고 씁쓰레한 표정을 지었다. 나는 스즈키 씨의 불만스러운 표정을 보는 게 재미있어 우스꽝스럽다는 생각을 억누르고 되도록 시치미를 뚝 떼고 있으려고 했다.

나와 스즈키 씨 사이에 이러한 무언극이 펼쳐지는 동안, 주인이 옷매무새를 바로 하고 뒷간에서 나왔다.

"왔나!"

주인은 자리에 앉았다. 그런데 손에 쥐고 있던 명함의 그림자조차 보이지 않는 걸 보니, 스즈키 도주로 씨의 이름은 고약한 냄새가 나는 곳에서 무기도형(無期徒刑)을 당한 것으로 보였다. 명함만 엉뚱하게 액운을 만났다는 생각을 할 겨를도 없이 주인이 난데없이 "요놈이" 하면서 내 목덜미를 움켜쥐고는 툇마루로 획 내던졌다.

"자아, 어서 앉게나. 무슨 바람이 불어서 이렇게. 도쿄에는 언제 올라왔나?"

주인은 옛 친구에게 방석을 권했다. 스즈키 씨는 얼른 방석을 뒤집어 앉았다.

"아직 바빠서 미처 연락도 못했네만, 실은 얼마 전에 도쿄 본사로 돌아오게 되었네."

"그거, 참 잘됐군. 정말 오랫동안 만나지 못했지. 자네가 시골로 간 후 처음 아닌가?"

"그래. 벌써 10년 가까이 되는군. 뭐, 그 후로 가끔 도쿄로 올라오기는 했지만 일이 바빠서 그만 번번이 연락도 하지 못했네. 나쁘게 생각지는 말게. 자네 직업과는 달리 회사 일은 아주 바빠서 말일세."

"10년 동안 많이 변했군."

주인은 스즈키 씨를 위아래로 훑어보았다. 스즈키 씨는 머리를 단정하게 가르고 영국제 트위드 양복을 입었는데, 화려한 옷깃 장식에다 가슴에는 번쩍이는 금줄까지 달고 있어 아무래도 구샤미의 옛 친구처럼 보이지 않았다.

"음, 이런 것까지 매달고 다녀야만 하는 처지가 되었네."

스즈키 씨는 자꾸 금줄에 신경을 썼다.

"그거 진짜인가?"

주인은 무례한 질문을 던졌다.

"18케이 금이네. 자네도 이제 꽤 나이를 먹었군. 아마 어린애가 있었을 텐데. 하난가?"

스즈키 씨가 웃으며 물었다.

"아니."

"둘?"

"아니."

"또 있나, 그럼 셋인가?"

"음, 셋이네. 앞으로 또 몇 명이 생겨날지는 모르겠네."

"여전히 맘 편한 소리를 하고 있군. 제일 큰앤 올해 몇 살인가? 이제 꽤 컸겠지?"

"음, 정확하게 몇 살인지는 잘 모르겠지만 예닐곱 살쯤일 걸세."

"하하하. 선생은 참 태평해서 좋군. 나도 학교 선생이나 할 걸 그랬네."

"해보게, 아마 사흘이면 싫어질 테니."

"그럴까? 어쩐지 고상하고 마음도 편하고 한가한 데다 자신이 좋아하는 공부도 할 수 있으니 좋을 것 같은데. 사업가도 나쁘진 않지만 우리는 틀렸네. 사업가가 되려면 훨씬 위로 올라가지 않으면 안 되지. 아래에 머물러 있으면 쓸데없이 알랑거려야 한다거나 좋아하지도 않는 술을 마셔야 하거든, 정말 구차한 일이지."

"나는 학교 다닐 때부터 사업가가 아주 질색이었네. 돈만 벌 수 있다면 무슨 짓이든 하거든. 옛말로 하자면 장사치 아닌가."

주인은 사업가를 앞에 두고 태평한 소리를 늘어놓고 있었다.

"설마…… 꼭 그렇게만은 말할 수 없지. 좀 천박한 구석이 있기는 하지만, 아무튼 돈과 함께 죽을 각오가 없으면 해낼 수 없는 일이니까. 그런데 그 돈이라는 놈이 괴물이라서 말이야. 지금도 어떤 사업가한테 이야기를 듣고 왔는데, 돈을 버는 데도 삼각법을 써야만 한다는 거야. 의리가 없고 인정이 없고 부끄러움이 없는 것, 이것으로 삼각이 된다는 거네. 재미있지 않은가? 아하하하."

"누군가, 그런 바보 같은 소리를 한 사람이?"

"바보가 아니라 꽤나 똑똑한 사내라네. 사업계에선 꽤 유명한데, 자넨 모르나? 바로 요 앞 골목에 사는데."

"가네다 말인가? 난 또 누구라고, 그놈이야!"

"굉장히 화를 내는군. 그야 뭐 농담으로 한 소리겠지만 말이야. 그 정도로 하지 않으면 돈이 모이지 않는다는 비유겠지. 자네처럼 그렇게 진지하게 해석하면 곤란하네."

"삼각법이야 농담이라도 좋지만, 그 집 마누라 코는 그게 뭔가? 자네 그 집에 갔다면 보고 왔겠지? 그 코 말이네."

"부인 말인가? 부인은 탁 트인 사람이던데."

"코 말이야. 그 거대한 코를 말하는 거네. 지난번에 나는 그 코에 대해 하이타이시를 지었는데 말이지."

"하이타이시라는 건 또 뭔가?"

"하이타이시도 모른단 말인가? 자네도 세상사에 어지간히 둔감하군."

"나처럼 바쁜 사람이 어찌 문학을 알겠나. 게다가 원래부터 문학을 좋아하는 편도 아니었으니까."

"자네 샤를마뉴 대제의 코가 어떻게 생겼는지 알고 있나?"

"하하하하, 정말 무사태평한 사람이군. 난 모르네."

"웰링턴[9] 장군은 부하들이 화려한 별명을 붙였는데, 자넨 그 사실을 알고 있나?"

"코에만 신경을 쓰고, 무슨 일인가? 코 같은 게 동그랗든 뾰족하든 무슨 상관이라고."

"절대로 그렇지 않네. 자네, 파스칼에 대해서는 알고 있나?"

"또 '알고 있나?' 하는 소린가? 꼭 시험을 치르러 온 것 같군. 파스 칼이 어쨌단 말인가?"

"파스칼이 이런 말을 했다네."

"무슨 말?"

"만약 클레오파트라의 코가 조금만 낮았다면 세계사에 대변혁을 초래했을 거라고."[10]

"그렇군."

"그러니까 자네처럼 코를 대수롭지 않게 생각하고 무시해서는 안된다네."

"그건 알았네. 앞으로 소중히 여길 테니까. 그건 그렇고, 오늘 찾아온 것은 자네한테 좀 볼일이 있어서라네. 저, 전에 자네가 가르쳤다는 미즈시마, 그래 미즈시마…… 기억이 잘 안 나는군. 그래, 지금도 자네한테 자주 찾아온다고 하던데?"

"간게쓰 군 말인가?"

"그래, 그래. 간게쓰. 그 사람에 대해 좀 물어볼 게 있어서 왔네."

"결혼 문제 아닌가?"

"뭐 그 비슷한 일이지. 오늘 가네다 댁에 갔더니……"

"얼마 전에는 코가 제 발로 찾아왔었네."

---

9 아서 웨슬리 웰링턴(Arthur Wellesley Wellington, 1769~1852). 영국의 군인이자 정치가로, 워 털루 전투에서 나폴레옹을 격파했으며 나중에 영국 수상이 되었다.

10 파스칼의 『팡세』에 나오는 말이다.

"그래, 부인도 그랬다고 하더군. 구샤미 자네한테 뭐 좀 물어보려고 찾아갔더니 공교롭게 그 자리에 있던 메이테이가 훼방을 놓는 바람에 뭐가 뭔지 모르게 돼버렸다고 말이네."

"그런 코를 달고 온 사람 잘못이지."

"아니, 자네 얘길 하는 게 아닐세. 메이테이가 있어 자세한 걸 물어볼 수도 없어 아쉬웠으니, 나더러 한번 가서 물어봐주지 않겠느냐는 부탁을 하더군. 난 지금까지 이런 일을 해본 적이 없지만, 만약 당사자끼리 싫어하지만 않는다면 중간에 서서 성사시키는 것도 그리 나쁜 일이 아닐 테니까 말일세. 그래서 찾아왔네."

"거 수고가 많군."

주인은 이렇게 냉담하게 대답은 했지만, 마음속으로는 '당사자끼리'라는 말을 듣고, 무슨 영문인지는 모르겠으나 살짝 마음이 움직였다. 무더운 여름밤에 한줄기 시원한 바람이 소맷부리를 스치고 지나간 듯한 기분이었다. 주인은 원래 무뚝뚝하고 고집쟁이인 데다 흥을 깨는 데 재주가 있는 사내지만, 그렇다고 냉혹하고 인정머리 없는 문명의 산물은 아니라고 자처하고 있었다. 그가 툭하면 버럭 화를 내며 뾰로통한 것에서도 저간의 사정은 알 수 있다.

며칠 전에 코와 싸운 것은 코가 마음에 들지 않은 탓이지, 코의 딸에게는 아무런 죄가 없다는 이야기다. 사업가를 싫어하니 사업가와 한패인 가네다 아무개가 싫은 것은 틀림없지만, 이 또한 딸과는 상관없는 일이다. 가네다의 딸에게는 은혜를 입은 일도 원한을 품을 일도 없고, 간게쓰는 친아우보다 아끼는 자신의 문하생이다. 만약 스즈키 씨의 말처럼, 당사자끼리 좋아하는 사이라면 간접적으로라도 이를 방해하는 것은 군자가 할 만한 일이 아니다. 이래 봬도 구샤미 선생은 자신을 아직 군자라고 생각하고 있었다. 만약 당사자들끼리 좋아하는 사이라면? 그러나 그것이 문제였다. 이 문제에 대한 자신의 태도를 바꾸려면 우선 진상을 알아봐야 한다.

"여보게, 그 처자는 간게쓰 군한테 시집가고 싶어 하나? 가네다나 코는 아무래도 상관없지만, 그 처자의 생각은 어떤가?"

"그야, 뭐, 뭐랄까? 어쨌든, 음, 가고 싶어 하지 않겠나?"

스즈키 씨의 대답은 다소 애매했다. 사실 간게쓰 군에 대한 이야기 만 듣고 그 결과만 보고하면 되는 줄 알고, 딸의 의향까지는 확인하지 않았던 것이다. 따라서 무슨 일이나 원활하게 처리하는 스즈키 씨도 약간 당황하는 기색이었다.

"'않겠나'라니, 말이 분명치 않군그래."

주인은 무슨 일이든, 정면으로 호통을 치지 않고는 못 배기는 성미 다.

"아니, 그건 내가 말을 잘못했네. 딸도 아마 마음이 있을 걸세. 아니, 꼭…… 어…… 부인이 나한테 그랬네. 뭐 가끔 간게쓰 군 험담을 할 때도 있다지만 말이야."

"그 처자가?"

"음."

"괘씸한 아가씨로군. 험담을 하다니. 그렇다면 무엇보다 간게쓰 군 한테 마음이 없다는 거 아닌가?"

"그게 말이지. 세상사는 묘한 것이라 일부러 자기가 좋아하는 사람 의 험담을 하는 수도 있거든."

"그런 어리석은 사람이 어디 있나?"

주인은 인간의 이런 미묘한 심리에 대해 무슨 말을 들어도 도무지 느낌이 없는 사람이다.

"그런 어리석은 사람이 이 세상에 꽤 있으니 어쩌겠는가? 실제로 가네다 부인도 그렇게 해석하고 있다네. 갈피를 잡지 못하고, 흔들리는 수세미외 같다고 때로 간게쓰 군 험담을 해대는 걸 보면 그만큼 마음속으로 생각하고 있는 게 틀림없다고 말일세."

주인은 이런 묘한 해석을 듣고는 그다지 생각지 못했던 일이라 눈을 휘둥그레 뜨고 대답도 하지 못한 채 스즈키 씨의 얼굴을 길거리 점쟁이처럼 물끄러미 바라보았다. 스즈키 씨는 이대로 가다가는 자칫 일을 그르칠지도 모른다 싶었는지 주인에게도 판단이 설 만한 것으로 말머리를 돌렸다.

"자네, 생각해보면 알 만하지 않은가? 그만한 재산에 그만한 미모라면 어디든 상당한 집에 보낼 수 있지 않겠나? 간게쓰 군도 훌륭할지 모르지만 신분으로 보면, 아니, 신분이라고 하면 실례가 될지도 모르겠군. 재산이라는 점에서 보면, 뭐, 누가 보든 한쪽으로 기우니까 말이네. 그런데 내가 일부러 걸음을 할 만큼 양친이 애를 태우고 있는 것은, 본인이 간게쓰 군한테 마음이 있기 때문이 아니겠나?"

스즈키 씨는 제법 그럴싸한 논리로 설명을 덧붙였다. 이번에는 주인도 납득을 한 듯해서 간신히 마음을 놓았지만, 이런 상황에서 우물쭈물하고 있다가는 또 언제 고함을 지를지 모르기 때문에 빨리 이야기를 진척시켜 한시라도 빨리 사명을 완수하는 편이 상책이라는 생각이 들었다.

"그래서 말인데, 지금 말한 대로니까, 저쪽 말로는 뭐 금전이나 재산 같은 건 필요하지 않고, 그 대신 간게쓰 본인에게 뭔가 자격이 있었으면 좋겠다는 거네. 자격이라면 뭐, 직함 같은 거겠지. 박사가 되면 딸을 주겠다고 거들먹거리는 건 아닐세. 오해해선 안 되네. 지난번에 부인이 왔을 때는 메이테이가 묘한 말을 했으니까…… 아니, 자네가 잘못했다는 건 아니네. 부인도 자네에 대해서는, 빈말을 하지 않는 정직하고 좋은 분이라고 칭찬하더라고. 전적으로 메이테이가 잘못한 것이겠지. 그래서 말인데, 본인이 박사라도 돼준다면 저쪽에서도 세상에 떳떳하고 체면도 설 것 같다고 하는데, 어떤가? 가까운 시일 안에 미즈시마 군이 박사논문이라도 제출해서 박사학위를 따게 되지는 않겠는가? 뭐, 가네다 댁만의 문제라면 박사도 학사도 필요 없겠지만, 세상에서 보는 눈이라는 게 있으니까 일이 그렇게 간단한 건 아닐 걸세."

이런 설명을 듣고 보니, 저쪽에서 박사가 되기를 요구하는 것도 꼭 무리한 요구라고 할 수는 없는 것 같았다. 무리한 요구가 아니라면 스즈키 씨의 부탁대로 해주고 싶었다. 주인을 살리는 것도 죽이는 것도 스즈키 씨 뜻대로였다. 역시 주인은 단순하고 정직한 사람이다.

"그럼 다음에 간게쓰 군이 오면 박사논문을 쓰도록 권유해보겠네. 그러나 본인이 가네다의 딸을 맞을 생각인지 어떤지, 먼저 그것부터 따져봐야 하지 않겠나?"

"따져보다니? 여보게, 그렇게 정색을 하고 물어본다고 해서 일이 성사되는 건 아니네. 그냥 평소처럼 이야기하다가 넌지시 마음을 떠보는 게 가장 좋을 걸세."

"마음을 떠본다고?"

"그래, 마음을 떠본다 하면 좀 어폐가 있을지도 모르겠네. 뭐 마음을 떠보지 않더라도, 얘기를 나누다 보면 자연스럽게 알게 되는 게 아니겠나."

"자네야 그걸 알지 모르지만, 나는 분명하게 들은 것 말고는 알지 못하네."

"알 수 없다면 뭐 어쩔 수 없지. 하지만 메이테이처럼 쓸데없이 훼방을 놓아 일을 그르치는 건 좋지 않다고 생각하네. 설사 권하지는 않더라도, 이런 일은 당연히 본인들 의사에 따라야 하는 거니까. 다음에 간게쓰 군이 오거든 되도록 훼방을 놓지 않도록 해주게. 아니, 자네 얘기가 아니네. 메이테이를 말하는 거네. 그 사람의 입에 오르면 도저히 살아남을 수가 없으니까."

주인을 대신하여 메이테이 선생에 대한 험담을 듣고 있었는데, 호랑이도 제 말 하면 온다더니 메이테이 선생이 봄바람을 타고 여느 때처럼 부엌문으로 표연히 들어왔다.

"이야, 이거 귀한 손님이로군. 나같이 허물없는 손님은 홀대를 하려 해서 못써. 하여간 구샤미한테는 10년에 한 번쯤 와야 한다니까. 과자부터가 벌써 보통 때보다 고급 아닌가."

메이테이 선생은 이렇게 말하며 서양 과자점인 후지무라의 양갱을 마구 먹어댔다. 스즈키 씨는 머뭇머뭇하고 있었고, 주인은 히죽히죽 웃고 있었으며, 메이테이 선생은 입을 우물거리고 있었다.

나는 툇마루에서 이 광경을 바라보면서 족히 훌륭한 무언극을 만들 수 있겠다고 생각했다. 선가(禪家)에서 무언의 문답을 하는 것이 이심전심이라면, 이 무언의 연극 또한 이심전심의 한 무대였다. 아주 짧았지만 굉장히 예리한 무대였다.

"자넨 평생 정처 없이 떠도는 나그네일 줄 알았더니 어느새 이렇게 돌아왔군그래. 오래 살고 볼 일이라니까. 나도 어떤 횡재를 할지 모르니까 말이지."

메이테이 선생은 스즈키 씨에 대해서도 주인을 대하는 것처럼 털끝만치도 조심할 줄을 몰랐다. 아무리 자취 생활을 함께한 동료라 해도 10년이나 만나지 못했다면 서먹서먹해지기도 하는 법이건만, 메이테이 선생에게서는 전혀 그런 기색을 찾아볼 수 없었다. 메이테이 선생이 훌륭해서인지, 아니면 바보여서인지 짐작할 수가 없었다.

"거 사람 주눅 들게 왜 그러나, 그렇게 바보 취급하면 안 되지."

스즈키 씨는 조심조심 대답하기는 했지만, 어쩐지 마음이 안정되지 않은 듯 금줄을 신경질적으로 만지작거렸다.

"자네, 전기 철도[11]는 타봤나?"

주인은 갑작스럽게 스즈키 씨에게 묘한 질문을 던졌다.

"오늘은 자네들한테 놀림을 당하러 온 거나 다름없다는 생각이 드는군. 아무리 내가 촌놈이라도…… 이래 봬도 가철(街鐵)[12]의 주식을 60주나 갖고 있다네."

"거 얕보지 못하겠군. 난 그 주식을 888주 반을 갖고 있었는데 말이야, 안타깝게도 길쭉벌레라는 놈이 갉아먹어서 이젠 반 주밖에 없네. 자네가 조금만 더 일찍 도쿄에 올라왔다면 벌레 먹지 않은 것을 한 10주쯤 줬을 텐데, 아쉽게 됐네."

"변함없이 입이 걸군. 하지만 농담은 농담이고, 그런 주식은 가지고 있다고 해도 손해 볼 일이 없네, 해마다 오르기만 하니까 말일세."

"그렇지, 비록 반 주라고 하더라도 한 천 년쯤 갖고 있으면 곳간이

---

11 전차를 말한다. 1903년 8월 도쿄전차철도주식회사가 도쿄의 시나가와-신바시 구간에 최초의 전차 노선을 개통했다.

12 전철회사인 도쿄시가철도주식회사의 약칭. 1903년 9월 스키야바시-간다바시 구간을 시작으로 운행에 들어갔다. 소세키의 다른 소설 『도련님』의 주인공이 근무하게 되는 회사이기도 하다.

셋쯤은 설 테니 말일세. 자네나 나나 그런 점에서는 빈틈없는 당대의 재사지만, 그런 문제에서 보면 구샤미 같은 사람은 가엾기 짝이 없지. 주식이라고 하면 무의 형제[13]쯤으로 여기고 있으니 말일세."

메이테이 선생이 다시 양갱을 집고는 주인 쪽을 힐끗 보자 주인 역시 메이테이 선생의 먹성에 전염되었는지 저절로 과자 접시 쪽으로 손이 갔다. 인간 세상에서는 모든 면에 적극적인 자가 모방꾼을 거느릴 권리를 갖는다.

"주식 같은 건 아무래도 상관없네만, 나는 소로사키한테 한 번이라도 좋으니 전차를 태워주고 싶었네."

주인은 먹다 만 양갱의 이빨 자국을 망연히 바라보았다.

"소로사키가 전차를 탔다면, 탈 때마다 시나가와까지 가고 말았을걸세. 그보단 역시 천연거사가 되어 단무지 돌에 새겨져 있는 게 무사해서 좋지."

"그러고 보니 소로사키가 죽었다면서. 참 안됐어. 머리가 비상한 사람이었는데 애석한 일이야."

스즈키 씨가 말하자 메이테이 선생이 곧바로 말꼬리를 이어받았다.

"머리는 좋았지만 밥 짓는 건 제일 형편없었지. 소로사키가 식사 당번인 날에는 난 항상 외출해서 소바로 끼니를 때웠거든."

"정말, 소로사키가 지은 밥은 탄내가 나고 하도 꼬들꼬들해서 나도 참 힘들었네. 게다가 반찬으로 항상 날두부를 내놓는데, 차가워서 먹을 수가 있어야지."

스즈키 씨도 10년 전의 불평을 기억 속에서 끄집어냈다.

"구샤미는 그 시절부터 소로사키와 밤마다 팥죽을 먹으러 나갔는

13 주식(가부)과 무의 한 종류인 순무(가부)의 발음이 같아서 나온 말이다.

데, 그 벌로 지금은 만성위장병으로 고생하고 있는 중이라네. 실은 구샤미가 팥죽을 더 많이 먹었으니 소로사키보다 먼저 죽었어도 할 말이 없을 텐데 말이지."

"세상에 그런 논리가 어디 있나? 내가 팥죽을 먹은 건 그렇다 치고, 자네는 운동을 한답시고 밤마다 죽도를 들고 집 뒤쪽에 있는 묘지에 가서 석탑을 두드리다 스님한테 들켜 야단맞지 않았나?"

주인도 지지 않고 메이테이 선생의 예전 악행을 폭로했다.

"으하하하하, 그래 맞아. 스님이 부처님의 머리를 두드리면 안면(安眠)에 방해가 되니까 그만두라고 했었지. 그런데 나는 죽도였지만, 스즈키 장군은 훨씬 더 난폭했지. 석탑과 씨름을 해서 크고 작은 것 세 개쯤 쓰러뜨렸으니까."

"그때 스님이 노발대발하던 모습이 정말 대단했지. 반드시 원래대로 일으켜 세우라고 해서 인부를 고용할 때까지 기다리라고 했더니, 인부를 동원하면 안 되고 참회의 뜻을 표하려면 제 손으로 일으켜 세워야지 그렇지 않으면 부처님의 뜻에 위배된다고 했지 않았나."

"그때 자네 꼬락서니가 가관이었지. 옥양목 셔츠에 훈도시 차림으로 빗물 고인 웅덩이 속에서 끙끙대는 꼴이라니……"

"그런 모습을 자네가 시치미를 떼고 스케치를 했으니 정말 너무했지 뭔가. 난 그다지 화를 내본 기억이 없는 사람이지만, 그땐 정말 자네가 너무하다 싶더군. 그때 자네가 댄 핑계를 난 지금도 기억하고 있는데, 자넨 생각나나?"

"10년 전에 댔던 핑계를 누가 기억한단 말인가. 하지만 그 석탑에 '기센인덴(歸泉院殿) 고카쿠(黃鶴) 대거사(大居士) 안에이(安永) 5년 신(辰) 정월'이라 새겨져 있었던 것만은 지금도 기억하고 있네. 그 석탑은 정말 운치 있게 만들어진 것이었지. 이사할 때 훔쳐가고 싶을 정도였어. 실로 미학상의 원리에 들어맞는 고딕 양식의 멋진 석탑이었거든."

메이테이 선생은 다시 엉터리 미학이론을 휘둘러댔다.

"그거야 아무래도 좋지만, 그때 자네의 평계는 이런 내용이었네. 나는 미학을 전공할 생각이라 세상에서 일어나는 재미있는 사건을 되도록 많이 스케치해두었다가 장래에 그걸 참고로 해야 한다, 안됐다느니 가엾다느니 하는 사사로운 감정 따위는 학문에 충실한 나 같은 사람이 입에 담아서는 안 된다, 라고 아주 태연한 표정으로 말하더군. 나도 자네가 너무 몰인정한 놈이구나 싶어 흙투성이 손으로 자네의 스케치북을 북북 찢어버렸지."

"유망했던 내 그림 솜씨가 좌절되어 전혀 그릴 수 없게 된 것도 바로 그때부터였네. 자네한테 예봉이 꺾이고 말았지. 그래서 나는 자넬 원망하고 있다네."

"놀리지 말게. 원망스러운 사람은 바로 날세."

"메이테이는 그때부터 이미 허풍선이였군그래."

주인은 양갱을 다 먹고 다시 두 사람의 대화에 끼어들었다.

"약속 같은 걸 지킨 적이 없고 추궁을 당해도 결코 사과한 적도 없고, 이러쿵저러쿵 변명만 늘어놓지. 언젠가 사찰 경내에 백일홍이 피었을 때였는데, 이 꽃이 질 때까지 『미술원론』이라는 책을 쓰겠노라고 하더군. 그래서 못 쓴다, 도저히 불가능한 일이라고 했지. 그랬더니 메이테이가 대답하기를, 난 이래 봬도 겉보기와는 달리 의지가 강한 남자다, 그렇게 의심스러우면 내기를 하자고 하기에 난 그 말을 곧이곧대로 믿고 간다의 서양 요리를 내기로 했다네. 책 같은 걸 쓸 마음이 없다고 생각했으니까 내기에 응하기는 했지만 내심 걱정했네. 나한테는 서양 요리를 한턱낼 만한 돈이 없었으니까 말이야. 그런데 예상했던 대로 원고를 쓸 기색이 전혀 보이지 않더군. 이레가 지나도 스무 날이 지나도 한 장도 쓰지 않는 거야. 마침내 백일홍이 지고 꽃 한 송이 남지 않게 되어도 본인은 태연하기만 하더라니까. 그래서 드디어 서양 요리를 얻어먹게 됐나 싶어 계약을 이행하라고 했더니 시치미를 뚝 떼지 않겠나."

"또 핑계를 대던가?"

스즈키 씨가 장단을 맞췄다.

"음. 참으로 뻔뻔한 인간이야. '나는 달리 능력이 없지만 의지 하나만큼은 결코 자네한테 뒤지지 않네'라면서 배짱을 부리는 거야."

"한 장도 쓰지 않고?"

이번에는 메이테이 선생 자신이 질문을 했다.

"물론이지. 그때 자네는 이렇게 말했어. '나는 의지라는 한 가지 면에서는 그 누구한테도 한 발짝도 양보하지 못한다. 그러나 유감스럽게도 기억력은 남보다 배는 부족하다. 『미술원론』을 저술하려는 의지는 충분히 있었으나, 그런 내 의지를 자네에게 말해버린 다음 날부터 그만 책을 써야 한다는 걸 잊어버리고 말았다. 그러므로 백일홍이 질 때까지 책을 완성하지 못한 것은 기억력 탓이지, 의지 탓이 아니다. 의지 탓이 아닌 이상, 서양 요리 따위를 낼 이유가 어디 있느냐'고 오히려 큰소리를 치더군."

"역시, 메이테이 특유의 성격이 드러나 재미있군."

스즈키 씨는 어쩐 일인지 굉장히 재미있어 했다. 메이테이 선생이 없을 때의 말투와는 상당히 달랐다. 이것이 영리한 사람의 특성인지도 모른다.

"뭐가 재미있다는 건가?"

주인은 지금도 화가 치밀어 오르는 모양이었다.

"그건 미안하게 됐네. 그러니까 그것을 벌충하려고 공작 헛바닥 요리 같은 걸 야단법석을 피우며 찾고 있지 않은가. 뭐 그렇게 화만 내지 말고 기다리게나. 그런데 자네, 책이라고 해서 하는 말인데, 오늘은 아주 진기한 소식을 가지고 왔네."

"자네는 올 때마다 진기한 소식을 가져오니 어디 마음을 놓을 수가 있어야지."

"그런데 오늘 뉴스는 정말 진기한 거네. 액면 그대로 한 푼의 에누리도 없는 진짜일세. 자네, 간게쓰 군이 박사논문을 쓰기 시작했다는 걸 알고 있나? 간게쓰 군은 묘하게 잘난 체하는 사람이라서 박사논문을 쓰는 것 같은 몰취미한 노력은 하지 않을 거라고 생각했는데, 그래도 역시 여자에게 관심이 있으니 좀 우습지 않은가. 자네, 그 코한테 꼭 알려주는 게 좋을 걸세. 요즘은 도토리 박사라도 되는 꿈을 꾸고 있는지 모르니까."

스즈키 씨는 간게쓰라는 이름을 듣고 주인에게, 턱과 눈으로 얘기하면 안 된다는 신호를 보냈다. 그러나 주인에게는 그 의미가 전혀 전달되지 않았다. 조금 전에 스즈키 씨를 만나 설교를 들었을 때는 가네다의 딸만 안되었다는 생각뿐이었다. 그러나 지금 메이테이 선생으로부터 코, 코 하는 소리를 들으니 다시 얼마 전에 코와 다투었던 일이 생각났다. 그 생각을 하니 우습기도 하고 다소 밉살스럽기도 했다.

그러나 간게쓰 군이 박사논문을 쓰기 시작했다는 소식은 무엇보다 반가운 선물이고, 이것만은 메이테이 선생이 자화자찬한 것처럼 어쨌든 근래의 '진기한 뉴스'였다. 비단 진기한 뉴스일 뿐만 아니라 기쁘고 유쾌한, 진기한 뉴스였다. 가네다의 딸을 얻게 되든 아니든, 그런 것은 아무래도 좋았다. 어쨌든 간게쓰 군이 박사가 된다는 건 좋은 일이었다. 자신처럼 되다 만 목상은 불구점 구석에서 벌레가 먹을 때까지 칠도 하지 않은 채 그대로 썩어가도 유감은 없지만, 잘 만들어졌다고 생각하는 조각에는 하루빨리 금박을 입혀주고 싶었다.

"정말 논문을 쓰기 시작한 건가?"

스즈키 씨의 신호는 거들떠보지도 않고 주인은 열심히 물었다.

"남이 하는 말을 잘 믿지 못하는 사람이군. 하긴 문제가 도토리인지, 목매달기의 역학인지 확실히 알지는 못하겠지만 말이야. 아무튼 간게쓰 군이 하는 일이니 코가 황송해할 것임에는 틀림없겠지."

조금 전부터 메이테이 선생이 코, 코 하고 함부로 말하는 것을 들을 때마다 스즈키 씨는 불안한 기색을 감추지 못했다. 메이테이 선생은 이를 조금도 알아채지 못했기에 태연하기만 했다.

"그 후에 코에 대해 다시 연구를 했는데, 요즘 『트리스트럼 섄디』[14]라는 책에 코론(鼻論)이 등장하는 걸 찾아냈네. 가네다 마누라의 코도 스턴에게 보여주었더라면 좋은 재료가 되었을 텐데 정말 유감스러운 일이지. 비명(鼻名)을 후세에 전할 자격이 충분하면서도, 저렇게 썩히고 있으니 가엾기 짝이 없는 일 아니겠나. 다음에 코가 이곳에 오면 미학상의 참고를 위해 스케치해둬야겠어."

메이테이 선생은 여전히 입에서 나오는 대로 떠들어댔다.

"그런데 그 처자가 간게쓰 군한테 시집오고 싶다는데."

14 영국의 소설가 로렌스 스턴(Laurence Sterne, 1713~1768)의 소설로 원래의 제목은 『신사 트리스트럼 섄디의 생애와 의견*The Life and Opinions of Tristram Shandy, Gentleman*』이다.

주인이 조금 전에 스즈키 씨에게 들은 대로 이야기하자 스즈키 씨는 좀 곤혹스럽다는 표정으로 주인에게 눈짓을 해보였다. 그러나 마치 절연체라도 되는 양 주인에게는 전혀 전기가 통하지 않았다.

"참 묘하군. 그런 자의 자식이 사랑을 한다는 게 말이야. 하지만 대단한 사랑은 아닐 거야. 코 사랑쯤 되겠지."

"코 사랑이라도 간게쓰 군이 아내로 맞으면 좋을 텐데."

"아내로 맞으면 좋겠다니, 얼마 전까지만 해도 자넨 크게 반대하지 않았나? 오늘은 태도가 많이 누그러졌네그려."

"누그러지긴. 난 절대 누그러지지 않네. 다만……"

"다만 어떻게 된 거겠지. 그렇지 않나, 스즈키? 자네도 사업가의 가장 말석을 차지하는 사람이니 참고 삼아 들려주겠네. 그 가네다 아무개란 자 말일세, 그자의 여식 따위를 천하의 수재 미즈시마 간게쓰 군의 부인으로 맞이하는 것은 마치 초롱과 초롱꽃처럼 격에 맞지 않은 일 아닌가. 그러니 붕우인 우리가 이를 매정하게 묵과할 수만은 없는 일이지 싶네만, 비록 자네가 사업가라도 여기에 이의는 없을 거네."

"여전히 힘이 넘치는군. 좋아. 자넨 10년 전과 조금도 변함이 없으니 정말 훌륭하네."

스즈키 씨는 유연하게 받아넘기며 어물쩍 넘어가려 했다.

"훌륭하다는 칭찬을 들었으니 좀 더 박학함을 보여주도록 하겠네. 옛날 그리스 사람들은 체육을 대단히 중요시했다고 하네. 그래서 온갖 경기에 귀중한 상을 내걸고 다양한 장려책을 생각해냈다네. 그런데 신기하게도 학자의 '지식'에 대해서만은 어떤 상금도 주었다는 기록이 없으니 지금까지도 참 이상하다고 생각하고 있네."

"그렇군, 좀 묘하긴 하네."

스즈키 씨는 그저 장단을 맞출 뿐이었다.

"그런데 바로 2, 3일 전에 미학 연구를 하다가 문득 그 이유를 발견했다네. 다년간에 걸쳐 품고 있던 의문이 한꺼번에 풀렸네. 번뇌에 사로잡혀 있다가 빠져나와 득도한 것 같은 통쾌한 깨달음을 얻어 환천희지(歡天喜地)의 경지에 이르렀지."

메이테이 선생의 얘기가 너무나 과장되어, 입담 좋은 스즈키 씨도 감당하지 못하겠다는 표정을 지었다. 주인은 또 시작이군, 하는 표정으로 상아 젓가락으로 과자 접시의 가장자리를 톡톡 치면서 바닥을 바라보고 있었다. 메이테이 선생만은 득의양양하게 말을 이어갔다.

"그런데 이 모순된 현상에 대한 설명을 분명하게 기록하여 암흑의 심연에서 우리의 의혹을 세상으로 끌어내준 사람이 누구라고 생각하나? 학문이 시작된 이후로 가장 위대한 학자로 칭해지는 그리스의 철학자, 소요학파의 원조인 아리스토텔레스가 바로 그 사람일세. 그의 설명에 따르면, 어이, 과자 접시만 두드리지 말고 내 말 좀 경청하게. 그리스 사람들이 경기에서 받는 상은 그들이 하는 기예보다 귀중한 것이었다네. 그래서 포상이 되기도 하고 장려의 수단이 되기도 했다는 거지.

그러나 지식에 이르면 어떤가? 만일 지식에 대한 보수로 무언가를 주려고 한다면, 지식보다 더 가치 있는 것을 주어야만 하네. 그러나 지식 이상의 보물이 이 세상에 존재하겠는가? 물론 있을 리가 없지. 어설픈 것을 주었다가는 지식의 위엄만 손상시킬 뿐이니까.

그들은 돈이 든 상자를 올림포스 산만큼 쌓아놓고 크로이소스[15] 왕

---

15 리디아 왕국의 마지막 왕(재위 기원전 560~기원전 546). 소아시아 지방을 정복하여 거대한 부를 쌓았지만 나중에 페르시아의 키루스 2세에게 패했다.

의 재물을 모두 털어 '지식'에 상응하는 보수를 주려고 했는데, 아무리 생각해도 도저히 균형을 맞출 수 없다는 것을 간파하고 그 후에는 아예 아무것도 주지 않기로 결정했다네.

이제 아무리 많은 돈이라도 지식에 필적하지 못함은 이로써 충분히 이해가 되었을 거네. 그럼 이 원리를 명심하고 시사문제에 적용해보면 좋을 걸세. 가네다 아무개는 누군가? 지폐에 눈과 코를 붙여놓았을 뿐인 작자 아닌가? 좀 기발한 말로 표현하자면 일개 '활동 지폐'에 불과한 인간이라는 거지. 활동 지폐의 딸이라면 활동 우표쯤 되겠고.

그렇다면 간게쓰 군은 어떻게 보아야 할까? 고맙게도 그는 최고학부를 1등으로 졸업하고 조금도 권태로움을 느끼는 기색도 없이 조슈 정벌 시대의 하오리 끈을 늘어뜨리며 밤낮의 구별도 없이 도토리의 스터빌리티를 연구하고 있지. 그런데도 여전히 만족하는 기색도 없이 조만간 물리학자 켈빈 경[16]을 압도할 만한 대논문을 발표하려 하고 있지 않은가? 우연히 아즈마바시 다리를 지나가다가 강물에 투신하는 재주를 부리다 실패한 적은 있으나, 이 역시 열정적인 청년한테서 흔히 발견되는 발작적인 행위로서 그가 지식의 도매상이 되기에 지장을 줄 정도의 사건은 전혀 아니네.

나 메이테이 특유의 비유로 간게쓰 군을 평한다면, 그는 활동 도서관이네. 지식으로 빚어 만들어낸 28센티미터짜리 포탄이지. 이 포탄이 때를 만나 학계에서 한 번 폭발한다면…… 폭발해보게…… 폭발하겠지……"

여기에 이르자 메이테이 선생은 메이테이 특유의 것이라고 자칭하는 형용사가 뜻대로 나오지 않아, 속된 말로 용두사미라는 느낌으로

---

16 켈빈 경(Lord Kelvin, 1824~1907). 영국의 물리학자인 윌리엄 톰슨(William Thomson)의 칭호.

다소 기가 꺾인 듯했으나 곧바로 다시 말을 이었다.

"활동 우표 따위가 수천만 장 있어봤자 산산조각이 나고 말거든. 그러니까 간게쓰 군한테 어울리지 않는 그런 여자는 안 되는 거지. 내가 허락할 수 없네. 모든 동물 중에서 가장 총명한 큰 코끼리와 가장 탐욕스러운 새끼 돼지가 결혼하는 거나 마찬가질세. 안 그런가, 구샤미?"

주인은 다시 잠자코 과자 접시를 톡톡 두드리기 시작했다.

"그럴 리가 있나."

스즈키 씨는 약간 기가 죽은 기색으로 몹시 난감해하며 대꾸했다. 조금 전까지 메이테이 선생에 관한 험담을 꽤 했는데, 여기서 다시 함부로 말했다가는 주인과 같은 무법자가 또 무슨 일을 폭로할지 몰랐다. 지금은 되도록 메이테이 선생의 예봉을 적당히 피해 무사히 빠져나가는 것이 상책이었다. 스즈키 씨는 영리한 사람이었다. 이 세상에서는 되도록 쓸데없는 저항은 피하고 볼 일이요, 불필요한 입씨름은 봉건 시대의 유물이라 생각하고 있었다.

인생의 목적은 말에 있는 게 아니라 실천에 있다. 자신의 생각대로 일이 착착 진행된다면 그것으로 인생의 목적은 달성되는 셈이었다. 고생과 걱정과 논쟁을 하지 않고 일이 진척된다면, 인생의 목적은 극락주의라는 방법으로 달성되는 것이다. 스즈키 씨는 대학을 졸업한 후 이 극락주의로 성공을 거두었고, 이 극락주의를 통해 금시계를 늘어뜨리게 되었고, 또 이 극락주의로 가네다 부부의 의뢰를 받았고, 마찬가지로 이 극락주의로 감쪽같이 구샤미를 순조롭게 설득하여 이 사건이 십중팔구 성취되려는 마당에 메이테이라는, 상식이 통하지 않고 보통의 인간과는 다른 심리를 가진 게 아닌지 의심스러운 변덕쟁이가 뛰어들었으므로 그 갑작스러움에 다소 당황하고 있었다. 극락주의를 발견한 이는 메이지의 신사고, 극락주의를 실천한 이는 스즈키 도주로 씨며, 지금 이 극락주의로 곤경에 처한 사람 역시 스즈키 도주로 씨다.

"자넨 아무것도 모르니까 '그럴 리가 있나' 하며 시치미를 떼고는 여느 때와 달리 과묵하게 점잔을 빼고 앉아 있지만, 지난번에 그 코 임자가 왔을 때의 광경을 봤다면 아무리 사업가 편을 드는 자네라도 분명히 질색했을 것이네, 그렇지 않은가 구샤미? 자네, 몹시 분투하지 않았나."

"그래도 자네보다는 내 평판이 낫다고 하더군."

"아하하하, 자넨 역시 자신감이 강한 사람이야. 그렇지 않고서야 어떻게 학생들과 동료 교사들이 새비지 티라고 놀려대는데도 시치미를 떼고 학교에 나갈 수 있겠는가. 나도 의지만큼은 남들에게 뒤지지 않네만, 그렇게 뻔뻔하지는 않지. 어쨌든 탄복할 따름이네."

"학생들이나 선생들이 좀 수군거린다고 해서 두려울 게 뭐 있겠는가? 생트뵈브[17]는 고금을 막론하고 아주 독보적인 평론가지만, 파리 대학에서 강의를 할 때는 평판이 아주 나빴다고 하네. 그래서 생트뵈브는 학생들의 공격에 대응하기 위해 외출을 할 때는 반드시 호신용으로 비수를 소매 속에 넣어 다니곤 했다네. 브륀티에르[18] 역시 파리 대학에서 에밀 졸라의 소설을 공격했을 때는……"

"하지만 자넨 대학교수도 뭐도 아니지 않은가? 고작 영어 강독 선

17 샤를 오귀스탱 생트뵈브(Charles Augustin de Sainte-Beuve, 1804~1869). 프랑스의 시인, 소설가, 비평가. 근대 비평의 아버지라 불린다.
18 페르디낭 브륀티에르(Ferdinand Brunetière, 1849~1906). 프랑스의 문예비평가. 고전주의 입장을 취했고 『프랑스 문학사의 비평적 연구』 등의 저서를 남겼다.

생이면서 그런 대가들을 예로 드는 건 잡어가 자신을 고래에 비유하는 것이나 다름없네. 그런 소리를 하면 놀림만 더 받을 걸세."

"입 좀 다물게. 생트뵈브나 나나 같은 수준의 학자야."

"대단한 견해로군. 하지만 호신용 칼을 가지고 다니는 것만은 따라 하지 않는 게 좋을 거네, 위험하니까. 대학교수가 호신용 칼을 가지고 다닌다면, 영어 강독 선생은 주머니칼쯤일까? 그러나 역시 칼 같은 건 위험하니까 상점가에 가서 장난감 공기총을 사서 메고 다니는 게 좋겠군. 애교가 있어 좋겠어. 그렇지 않나, 스즈키?"

스즈키 씨는 드디어 화제가 가네다 사건에서 벗어났구나 싶어 몰래 한숨을 돌리면서 말했다.

"여전히 순수하고 유쾌하군. 10년 만에 자네들을 만나니 어쩐지 답답한 골목에서 넓은 들판으로 나온 기분이네. 지금 우리 세대의 담화는 조금도 방심할 수가 없거든. 무슨 말을 하건 신경을 써야 하니까 걱정스럽고 답답하고 정말 괴롭다고. 이야기는 부담이 없는 게 좋지. 그리고 옛날 학창시절 친구들과 얘기하는 것이 스스럼이 없어 가장 좋네. 오늘은 정말 뜻밖에 메이테이 자네를 만나 정말 즐거웠네. 난 볼일이 있어 이만 실례하겠네."

스즈키 씨가 일어서려고 하자 메이테이 선생도 일어섰다.

"나도 가야지. 난 이제부터 연예교풍회(演藝矯風會)[19] 일로 니혼바시에 가야 하니까. 거기까지 함께 가세."

"그거 잘됐군. 오랜만에 함께 산책이나 하세."

두 사람은 손을 잡고 돌아갔다.

---

19 일본에서 연극 개량을 목적으로 1888년에 설립된 단체. 1889년 일본연예협회로 개칭되었다.

5

24시간 동안 벌어진 일을 빠짐없이 적고 또 빠짐없이 읽자면 적어도 24시간은 걸릴 것이다. 내가 아무리 사생문을 고취하고 있다고 해도, 이런 일은 고양이가 시도하기에는 무척 힘든 일이라고 자백하지 않을 수 없다. 따라서 아무리 집주인이 묘사할 만한 기언과 기행을 하루 종일 보여준다 하더라도, 내가 이를 일일이 독자에게 보고할 능력과 끈기가 없음은 심히 유감스러운 일이다. 유감스럽지만 어쩔 수 없다. 아무리 고양이라 해도 휴식이 필요하다. 스즈키 씨와 메이테이 선생이 돌아가자, 마른 나뭇가지를 때리는 찬바람이 뚝 그치고 눈 내리는 겨울밤처럼 조용해졌다. 주인은 여느 때처럼 서재에 틀어박혔고, 아이들은 6첩 다다미방에서 베개를 나란히 하고 자고 있다. 한 칸 반짜리 장지문을 사이에 둔 남향의 방에는 안주인이 올해 세 살 난 여자아이 멘코에게 젖을 물리고 누워 있다.

벚꽃 필 무렵의 흐릿한 하늘에 황혼을 재촉하던 해는 이미 졌고, 한길을 오가는 나막신 소리마저 손에 잡힐 듯 거실까지 들려왔다. 이웃

동네 하숙방에서 민테키(明笛)[1] 부는 소리가 끊어졌다 이어졌다 하면서 졸린 귓전에 가끔 둔감한 자극을 주었다. 바깥은 아마 어둑어둑할 것이다. 어묵 국물로 밥그릇을 비운 터라 아무래도 휴식이 필요하다.

어렴풋이 들려오는 바에 따르면 항간에 고양이의 사랑이라는 하이쿠 취미 현상이 생겼다는데, 이른 봄날 동네의 우리 고양이 종족이 꿈자리가 편치 않을 만큼 들떠 돌아다니는 밤도 있다고 한다. 하지만 나는 아직 그런 정신적인 변화와 마주한 적이 없다.

무릇 연애란 우주적인 활력이다. 위로는 하늘의 신 유피테르로부터 아래로는 땅속에서 울어대는 지렁이와 땅강아지에 이르기까지 연애라는 길에서 애태우는 것이 만물의 속성이므로 우리 고양이들이 어슴푸레해지는 것을 기뻐하며 시끌벅적한 풍류 기분을 내는 것도 무리가 아닌 것이다.

돌이켜보면 이렇게 말하는 나 역시 얼룩이를 몹시 그리워한 적이 있다. 삼각법의 장본인 가네다 씨의 딸인 콩고물 떡 도미코조차 간게쓰 군을 연모한다는 소문이 돌지 않았는가. 그러므로 천금 같은 봄밤에 마음이 들떠 온 천하의 암고양이와 수고양이가 미쳐 돌아다니는 것을 번뇌의 미망이라 경멸할 생각은 추호도 없다. 아무리 유혹을 받아도 내겐 그런 마음이 일지 않으니 어쩔 수 없는 일이다. 지금 내 상태는 오직 휴식이 필요할 따름이다. 이렇게 잠이 쏟아져서야 연애도 할 수 없지 않은가. 어슬렁어슬렁 아이들의 이불자락으로 기어들어 기분 좋게 잠을 잤다.

문득 눈을 떠보니 주인은 어느새 서재에서 침실로 왔는지, 안주인 옆에 깔아놓은 이불 속에 기어들어가 있었다. 주인은 잠을 잘 때 반드

1 중국에서 일본에 전해진 피리. 보통 구멍이 일곱 개다.

시 영문으로 된 작은 책을 서재에서 들고 오는 버릇이 있다. 그러나 자리에 누워 그 책을 두 페이지 이상 계속해서 읽은 적이 없다. 어떤 때는 책을 가지고 와 머리맡에 놓은 채 손도 대지 않을 때도 있다. 한 줄도 읽지 않으려면 일부러 들고 올 필요도 없을 듯한데, 이것이 바로 주인의 주인다운 점이다. 마누라가 아무리 비웃어도, 그만두라고 해도 결코 말을 듣지 않는다. 매일 밤 읽지도 않는 책을 고생스럽게도 침실까지 가져온다. 어떤 때는 욕심을 부려 서너 권이나 안고 온다.

얼마 전에는 매일 밤 웹스터대사전까지 안고 왔을 정도다. 생각건대 이는 주인의 병이다. 사치스러운 사람이 류분도가 만든 쇠 주전자에서 나는 솔바람 소리[2]를 듣지 않으면 잠이 오지 않는 것처럼, 주인역시 머리맡에 책을 놓지 않으면 잠들지 못하는 것이리라. 그러고 보면 주인에게 책이란 읽는 것이 아니라 잠을 청하는 기계다. 활판 수면제인 셈이다.

오늘 밤 역시 주인 옆에 뭔가 있을 것 같아 쳐다보니, 붉고 얇은 책이 주인의 콧수염에 닿을락 말락 한 위치에 반쯤 펼쳐진 상태로 나뒹굴고 있었다. 주인의 왼손 엄지손가락이 책 사이에 끼인 것을 보니, 기특하게도 오늘 밤엔 대여섯 줄은 읽은 모양이다. 붉은 책과 나란히 예의 니켈 회중시계가 봄철에 어울리지 않는 차가운 빛을 발하고 있다.

안주인은 젖먹이를 30센티미터쯤 앞쪽으로 밀쳐놓은 채 입을 벌리고 코를 골며 베개도 베지 않고 잠들어 있다. 무릇 인간에게 가장 꼴불견인 것은 입을 벌리고 자는 모습이다. 고양이들은 평생 이렇게 창

---

2 류분도(龍文堂)는 에도 말기에서 메이지 초기에 활동한 교토의 유명한 주물공인 시카타 류분(四方龍文, 1780~1841, 2대)을 말한다. 그의 이름이 새겨진 쇠 주전자에서 물이 끓는 소리를 솔바람 소리에 비유한 것이다.

피한 짓을 저지르지 않는다. 원래 입은 소리를 내기 위한 것이고, 코
는 공기를 뱉고 삼키기 위한 도구다. 하긴 북쪽으로 가면 인간들이 게
을러져서 되도록 입을 벌리지 않으려고 노력한 결과 코로 말하는 듯
한 즈즈 하는 소리를 내지만, 코를 막고 입으로만 호흡 작용을 하는
것은 즈즈 하는 것보다 더욱 꼴불견인 듯하다. 무엇보다 천장에서 쥐
똥이라도 떨어질 때는 위험한 것이다.

아이들을 보니 역시 부모에게 지지 않을 꼬락서니로 자빠져 자고
있다. 언니인 돈코는 언니의 권리란 바로 이런 거라는 듯이 오른손을
뻗어 여동생의 귀 위에 올리고 있다. 여동생인 슨코는 그 복수라도 하
려는 듯 언니의 배 위에 자신의 한쪽 다리를 턱하니 올려놓고 있다.
처음에 둘이 자리에 누웠을 때의 자세에서 좋이 90도는 회전한 상태
다. 게다가 이 부자연스러운 자세를 유지하면서 둘 다 투정도 부리지
않고 얌전히 깊은 잠에 빠져 있다.

역시 봄날의 등불은 각별하다. 천진난만하기는 해도 정취라고는 찾
아볼 수 없는 이런 광경 속에서 이 좋은 밤이 지나는 것을 아쉬워하듯
그윽하게 빛나고 있다. 몇 시나 되었을까 하고 방 안을 둘러보니, 사
위는 조용하기만 하고, 다만 들리는 것은 벽시계 소리와 안주인의 코
고는 소리, 그리고 먼 데서 들려오는 하녀의 이 가는 소리뿐이다.

이 하녀는 다른 사람들이 그녀가 이를 간다는 소리만 하면 언제나
그걸 부정하는 여자다. 자기는 태어나서 입때껏 이를 간 적이 없다며
꼭 고치겠다고도 미안하다고도 말하지 않고, 그저 그런 기억이 없다
고 억지만 부렸다. 하긴 잠을 자면서 부리는 재주이니 기억에 없을 것
임에 틀림없다. 하지만 기억에 없더라도 사실은 존재할 수 있는 것이
니 난감한 것이다. 세상에는 못된 짓을 하고서도 자신은 어디까지나

선량한 사람이라고 믿는 사람들이 있다. 이는 자신에게 죄가 없다고 자부하는 일이니 순수해서 좋기는 하지만, 남이 난처해하는 사실은 아무리 그것이 순수하다고 해도 없는 일이 될 수는 없다. 이러한 신사 숙녀는 이 하녀와 같은 계통에 속하는 사람들이다. 밤도 꽤나 이슥한 모양이다.

부엌 덧문을 똑똑 가볍게 두 번 두드리는 자가 있었다. 이 시간에 누가 찾아올 리도 없었다. 아마 예의 그 쥐일 것이다. 쥐는 잡지 않기로 마음먹었으니 멋대로 뛰어놀게 놔두면 된다. 다시 똑똑 하는 소리가 들려왔다. 아무래도 쥐 같지가 않았다. 쥐라면 대단히 조심성이 있는 쥐일 것이다. 그런데 주인집의 쥐는 주인이 나가는 학교의 학생들처럼 한낮이나 한밤중이나 난폭한 행패를 부리는 연습에 여념이 없으며 불쌍한 주인의 꿈을 깨뜨리는 걸 천직으로 여기는 무리인지라 이렇게 조심성이 있을 리가 없었다.

이건 분명히 쥐가 아니다. 일전에는 주인의 침실까지 들어와 높지도 않은 주인의 콧등을 깨무는 개가를 올리고 물러갔을 정도의 쥐치고는 너무 겁이 많다. 결코 쥐가 아니다. 이번에는 덧문을 끼익 하고 들어 올리는 소리가 들렸다. 그와 동시에 부엌 미닫이문을 문틀에 따라 되도록 천천히 밀고 있었다. 정말 쥐가 아니다.

인간이다. 이렇게 야심한 시간에 인간이 실례한다는 말도 없이 닫힌 문을 열고 왕림했다면, 이건 메이테이 선생이나 스즈키 씨가 아닌 것은 분명했다. 고명한 이름만큼은 익히 들어 알고 있는 도선생인지도 모른다. 정말 도선생이라면 어서 그 존귀한 얼굴을 보고 싶었다. 도선생은 이제 커다란 흙발을 쳐들고 부엌으로 두 걸음쯤 들어온 모양이었다. 세 걸음째를 내딛었을 때 발이 마루 판자에 걸렸는지 쿵 하고 어둠을 뒤흔드는 소리가 들렸다. 내 등의 털을 누가 구둣솔로 거꾸로 문지르는 듯한 기분이었다. 잠시 발자국 소리도 나지 않았다.

안주인을 바라보니 아직 입을 헤벌리고 태평하게 공기를 뱉고 삼키느라 정신이 없었다. 주인은 붉은 책에 엄지손가락이 끼인 꿈이라도 꾸고 있을 것이다. 이윽고 부엌에서 성냥을 긋는 소리가 들렸다. 도선생도 나만큼 밤눈이 어두운 모양이었다. 걷기 불편해서 아마 사정이 여의치 못할 것이다.

이때 나는 몸을 웅크린 채 생각했다. 도선생은 부엌에서 거실 쪽으로 모습을 드러낼 것인가, 아니면 현재의 위치에서 왼쪽으로 틀어 현관을 지나 서재로 빠져나갈 것인가. 발소리는 미닫이 소리와 함께 툇마루로 나갔다. 도선생은 마침내 서재로 들어갔다. 그 후로는 아무 소리도 들려오지 않았다.

나는 그사이에 재빨리 주인 부부를 깨워야겠다고 생각했으나, 요령부득인 생각만 물레방아처럼 머릿속을 빙빙 돌 뿐 막상 어떻게 해야 깨울 수 있을지 뾰족한 방안이 떠오르지 않았다. 이불자락을 물고 흔들어보면 어떨까 싶어 두세 번 흔들어보았으나 아무 소용이 없었다. 차가운 코를 뺨에 비벼대면 어떨까 싶어 주인 얼굴 앞으로 코를 내밀었더니 주인은 잠이 든 채 손을 쭉 뻗어 나의 콧등을 힘껏 밀쳐냈다. 코는 고양이에게도 급소다. 고통이 이만저만이 아니었다. 이번엔 달리 방법이 없어 야옹야옹 하고 두 번쯤 울어 깨워보려고 했으나 어쩐 일인지 이때만은 목구멍에 뭐가 걸렸는지 마음대로 소리가 나오지 않았다.

주저주저하면서 간신히 낮은 소리를 냈으나 이번에는 내가 놀랐다. 정작 중요한 주인은 눈을 뜰 기색도 없는데 갑자기 도선생의 발소리가 들렸던 것이다. 삐걱삐걱 툇마루를 지나 다가왔다. 드디어 올 것이

왔구나, 이렇게 되면 이제 모든 게 글렀다고 체념한 채 미닫이와 고리 짝 사이에 잠시 몸을 숨기고 동정을 살폈다.

도선생의 발소리는 침실 장지문 앞에서 뚝 멈췄다. 나는 숨을 죽이고 이제 무슨 짓을 하는지 열심히 살폈다. 나중에 생각한 일이지만, 쥐를 잡을 때도 바로 이런 기분이면 문제될 게 없겠다 싶었다. 두 눈에서 혼이 튀어나갈 것만 같은 기세였다. 도선생 덕분에 두 번 다시 얻기 어려운 깨달음을 얻은 것은 참으로 고마운 일이었다.

순식간에 장지문의 세 번째 문살이 한가운데만 비에 젖은 것처럼 색깔이 변했다. 그것을 통해 불그스름한 것이 차츰 짙게 비치는가 싶더니 어느새 종이가 찢어지고 빨간 혀가 불쑥 나타났다. 잠시 혀는 어둠 속으로 사라졌다. 그 대신 뭔가 무시무시하게 빛나는 것 하나가 찢어진 구멍 너머로 나타났다. 의심할 것도 없이 그건 도선생의 눈이었다. 묘하게도 그 눈은 방 안에 있는 다른 것은 보지 않고 오직 고리짝 뒤에 숨어 있는 나만 응시하는 것 같았다. 채 1분도 되지 않은 시간이었지만, 이렇게 노려보는 시선을 받아서는 수명이 줄어들 것만 같았다. 더 이상 참을 수가 없어 고리짝 뒤에서 뛰어나가려고 결심했을 때, 침실 장지문이 스르륵 열리더니 기다리던 도선생이 마침내 눈앞에 나타났다.

나는 이 이야기의 서술 순서에 따라 불시에 등장한 도선생을 독자 여러분에게 소개하는 영예를 차지한 셈인데, 그전에 잠깐 내 개인적인 소견을 개진하려 하니 부디 양해를 부탁드린다.

고대의 신은 전지전능한 존재로 숭상받았다. 특히 그리스도교의 신은 20세기인 오늘날까지도 전지전능함이라는 가면을 쓰고 있다. 그러나 속인들이 생각하는 전지전능함이란, 경우에 따라서는 무지무능함으로도 해석할 수 있다. 이렇게 말하면 분명히 패러독스다. 그런데도 천지가 개벽한 이래 이 패러독스를 깨달은 자로는 내가 유일하다는 생각을 하면, 내가 생각해도 자신이 그런대로 괜찮은 고양이라는 허영심도 생긴다. 그러므로 여기서 꼭 그 이유를 밝혀 고양이도 얕볼 수 없는 존재라는 사실을 오만한 인간들의 뇌리에 각인시키고자 한다.

신이 천지만물을 만들었다고 하는데, 그렇다면 인간 역시 신의 피조물일 것이다. 실제로 성서인가 하는 책에 그렇게 명기되어 있다고 한다. 그런데 이 인간에 대해 인간 스스로 수천 년 동안 관찰한 결과 대단히 현묘하고 신기하게 여기게 된 동시에 점점 더 신의 전지전능함을 인정하는 쪽으로 기울어지게 만든 사실이 존재한다.

그건 다름 아니라 인간도 이처럼 우글우글 많지만 똑같은 얼굴을 가진 자는 전 세계에 한 사람도 없다는 것이다. 얼굴의 요소는 정해져 있다. 크기도 비슷비슷하다. 바꿔 말하자면 그들은 모두 같은 재료로 만들어진 것이다. 그런데도 한 사람도 똑같은 결과에 이르지 않았다. 그렇게 간단한 재료로 이만큼 다양한 얼굴들을 만들어낸 자라고 하면, 인간을 제조한 존재의 기량에 감탄하지 않을 수 없다. 상당히 독창적인 상상력이 없다면 이런 변화는 불가능할 것이다. 한 시대를 풍미한 화공이 정력을 다해 변화를 모색한 얼굴이라도 열두세 가지 이상은 만들어내기 힘들다는 점을 미루어 생각하면, 인간의 제조를 한 손에 떠맡은 신의 솜씨는 각별한 것이라고 경탄하지 않을 수 없다. 도저히 인간 사회에서 찾아볼 수 없는 한없는 기량이기에 이를 전지전능한 기량이라고 해도 무방할 것이다.

인간은 이 점에서 신에게 크게 놀라고 있는 것 같다. 하기야 인간의 관점에서 보자면 이는 당연하다. 그러나 고양이의 입장에서 보면, 똑같은 사실이 도리어 신의 무능력을 증명하고 있다고도 해석할 수 있다. 가령 전혀 무능하지는 않더라도 인간 이상의 능력은 결코 없다고 단정할 수도 있을 것이다. 신이 인간 수만큼의 얼굴을 만들어냈다고 하는데, 처음부터 마음속에 무슨 계획이 있어 그만큼의 변화를 보여준 것인지, 아니면 어중이떠중이 모두 다 똑같은 얼굴로 만들려고 했는데 도저히 자신의 뜻대로 되지 않아, 만들어내는 족족 잘못되어 이런 난잡한 상태에 빠진 것인지는 알 수 없다. 그들의 안면 구조는 신의 성공 기념이라 볼 수도 있고 동시에 실패의 흔적이라고도 볼 수 있지 않겠는가. 전능이라고 할 수도 있겠지만, 무능이라 평해도 별 지장은 없다.

인간의 눈 두 개는 평면상에 나란히 있으므로 좌우를 한꺼번에 볼 수가 없다. 그러므로 사물의 반쪽밖에 시선에 들어오지 않는 것은 참으로 딱한 일이다. 입장을 바꿔 생각하면 이처럼 단순한 일은 인간 사회에서 밤낮으로 끊임없이 일어나는 것인데, 우쭐한 채 신에게 휩쓸려 깨닫지 못하는 것이다.

제작 과정에서 변화를 꾀하는 것이 어렵다면, 철두철미하게 모방하는 것 또한 똑같이 어려운 일이다. 라파엘에게 완전히 똑같은 성모상을 두 장 그리라고 요구하는 것은, 전혀 닮지 않은 성모 마리아를 한 쌍 그려보라는 것과 마찬가지로 곤혹스러운 일일 것이다. 고보 대사[3]에게 어제 썼던 필법으로 대사의 이름인 구카이(空海)를 써달라고 하는 것이, 서체를 완전히 바꿔 써달라는 주문보다 곤혹스러운 일일지도 모른다.

인간이 사용하는 언어는 전적으로 모방주의를 통해 후세에 전해진

3 고보 대사(弘法大師, 774~835). 헤이안 시대 초기의 고승이었던 구카이의 시호(諡号). 글씨로는 일본의 3대 명필로 꼽힌다.

다. 그들 인간이 어머니로부터, 유모로부터, 그리고 타인으로부터 실용적인 언어를 배울 때는 그저 자신이 들은 대로 되풀이하는 것 외에 털끝만치의 야심도 없다. 가능한 한 모든 능력을 동원해 남의 흉내를 내는 게 고작인 것이다. 이처럼 남의 흉내 내기를 통해 성립된 언어가 10년, 20년이 지나는 동안 발음에 자연스러운 변화가 생기는 것은 그들에게 완전한 모방 능력이 없다는 걸 증명해준다. 순수한 모방은 이처럼 어려운 것이다.

따라서 신이 그들 인간을 구별할 수 없도록 죄다 소인(燒印)으로 찍어낸 오카메처럼 똑같이 만들어낼 수 있었다면 신의 전능함을 표명할 수 있었을 것이고, 동시에 오늘날처럼 제멋대로 된 얼굴을 햇볕에 드러내 눈이 팽팽 돌아갈 정도로 변화를 보여준 것은 오히려 그 무능력을 추측할 수 있는 근거가 될 수도 있는 것이다.

내가 무엇 때문에 이런 격론을 펼치게 되었는지 잊어버렸다. 기원을 망각하는 것은 인간에게도 흔한 일이니 고양이에게는 당연한 일이라고 너그러이 봐주기 바란다. 아무튼 침실 장지문을 열고, 문턱 위에 불쑥 나타난 도선생을 언뜻 보았을 때, 앞에서 말한 것 같은 감상이 자연스레 내 가슴속에 일었던 것이다. 왜 그런 생각이 들었을까? 그런 질문을 받는다면 일단 생각해보아야 한다. 그러니까 그 이유는 이렇다.

평소 신의 제작에 대해, 그 솜씨가 어쩌면 신의 무능함을 말해주는 것이 아닐까 의심하고 있었는데, 내 눈앞에 유유히 나타난 도둑의 얼굴을 보니 그 얼굴이 그 의심을 일시에 부정하기에 족할 만큼의 특징을 갖고 있었기 때문이다. 특징이란 다른 게 아니었다. 그의 이목구비가 나의 친애하는 호남아 미즈시마 간게쓰 군을 쏙 빼닮았다는 사실이다. 물론 내가 아는 도둑이 많지는 않지만, 그 행위가 난폭하다는 점에서 평소 은밀히 마음속에 그려온 모습이 없는 것도 아니다. 조그마한 코 좌우로 1전짜리 동전만 한 눈이 두 개 붙어 있고 머리는 밤송이처럼 짧게 깎았을 게 빤하다고 멋대로 생각하고 있었는데, 실제로 보니 생각한 것과는 하늘과 땅 차이였다. 상상이란 결코 마음대로 해서는 안 된다.

이 도선생은 훤칠한 키에 거무스름한 일자형 눈썹을 가진 기개 있고 멋진 도둑이다. 나이는 스물예닐곱쯤일 것이다. 그것도 간게쓰 군과 비슷하다. 이렇게 닮은 얼굴 두 개를 제조할 솜씨가 있다면 신도 결코 무능하다고 볼 수 없을 것이다. 아니, 사실을 말한다면 간게쓰 군 자신이 머리가 좀 이상해져서 심야에 뛰쳐나온 게 아닐까 하고 생각할 만큼 닮았다. 다만 코밑에 거무스레한 수염이 없는 것으로 보아 다른 사람이라는 것은 알 수 있었다.

간게쓰 군은 옹골차고 야무진 호남아로 메이테이 선생으로부터 활동 우표라 불리는 가네다 도미코 양을 좋이 흡수하고도 남을 만큼 정성을 들인 제작물이다. 그러나 인상을 관찰하건대 이 도선생도 여성을 끌어들이는 작용에서 볼 때 간게쓰 군에게 한 발자국도 뒤처지지 않았다. 만약 가네다의 딸이 간게쓰 군의 눈매나 입꼬리에 반했다면, 그와 똑같은 열정으로 이 도선생에게도 반해야지 그렇지 않다면 도리에 맞지 않는다. 도리야 어찌 됐든 논리에 맞지 않는다. 그렇게 재기 넘치고 무슨 일에서든 이해가 빠른 성미니 이 정도 일쯤은 남에게 듣지 않더라도 알 수 있을 것이다.

그러고 보니 간게쓰 군 대신 이 도선생을 내놓더라도 필시 온몸으로 사랑하여 금실 좋은 부부가 될 수 있을 것이다. 만약 간게쓰 군이 메이테이 선생의 설득에 넘어가 이 천고의 연분이 깨진다 하더라도 이 도선생이 건재하는 한 문제없을 것이다. 나는 미래의 사건 전개를 여기까지 예상하고는 비로소 도미코 양에 대해 안심했다. 천지간에 이 도선생이 존재하는 것은 도미코 양의 생활을 행복하게 하는 중요한 요건이다.

도선생은 옆구리에 뭔가를 끼고 있었다. 아까 주인이 서재로 집어던진 낡은 담요였다. 줄무늬 무명 겉옷에 쥐색을 띤 남색 띠를 엉덩이 위로 묶었고 무릎 아래로는 희멀건 정강이를 그대로 드러낸 채 한쪽 발을 들어 다다미 위로 들여놓았다. 아까부터 붉은 책에 손가락을 물리는 꿈을 꾸고 있던 주인이 이때 몸을 획 뒤치면서 큰 소리를 질렀다.

"간게쓰다!"

도선생은 담요를 떨어뜨리고 내밀었던 발을 급히 거둬들였다. 가늘고 긴 정강이 두 개가 선 채 어렴풋이 움직이는 그림자가 장지문에 비쳤다. 주인은 으음, 음냐, 음냐 하고 입을 쩝쩝거리면서 그 붉은 책을 밀쳐버리고 옴이라도 옮은 것처럼 시커먼 팔을 벅벅 긁어댔다. 그런 뒤에는 조용해지더니 베개를 밀어내고 잠들어버렸다. '간게쓰다!'라고 소리를 지른 건 무의식중에 내뱉은 잠꼬대인 것 같았다. 도선생은 잠시 툇마루에 선 채 방 안의 동정을 살피다가 주인 부부가 깊이 잠든 것을 확인하고는 다시 한쪽 발을 다다미 위에 들여놓았다. 이번에는 '간게쓰다!' 하는 소리도 들리지 않았다. 드디어 나머지 한 발도 들여놓았다.

봄밤의 등불 하나로 넉넉히 비추던 6첩 다다미방은 도선생의 그림자로 선명하게 둘로 갈라져 고리짝 언저리에서부터 내 머리 위를 넘어 벽 절반쯤이 시커메졌다. 돌아보니 도선생의 얼굴 그림자가 정확히 벽의 3분의 2 높이에서 흐릿하게 움직이고 있었다. 호남아라고 해도 그림자만 보고 있으면, 머리가 여덟 개 달린 요괴처럼 참으로 기묘한 모습이었다. 도선생은 안주인의 잠든 모습을 위에서 내려다보고는 무슨 까닭인지 히죽히죽 웃었다. 웃는 모습까지 간게쓰 군을 빼닮아 나도 놀랐다.

안주인의 머리맡에는 가로 12센티미터에 세로 40~50센티미터쯤 되는, 못을 친 상자가 소중한 물건인 양 놓여 있었다. 히젠의 가라쓰 출신 다타라 산페이 군이 지난번 고향에 내려갔다 오면서 선물로 가져온 참마가 든 상자였다. 참마를 머리맡에 장식해두고 자는 건 그다지 흔한 일이 아니지만, 이 집의 안주인은 조림 요리를 할 때 쓰는 백설탕을 장롱에 넣어둘 정도로 물건을 넣어두어야 할 합당한 장소 개념이 부족한 여자였으므로, 안주인에게는 참마는커녕 단무지가 침실에 있어도 아무렇지 않을지도 모른다.

하지만 신이 아닌 도선생으로서는 안주인이 그런 여자라는 걸 알리 없었다. 이렇게 애지중지하듯 곁에 두고 있는 이상, 귀한 물건일 거라고 감정하는 것도 무리는 아니다. 도선생은 참마 상자를 살짝 들어보더니 자신이 예상했던 대로 꽤 무겁다고 느꼈는지 대단히 만족한 눈치였다. 드디어 참마를 훔치는구나 하고 생각하니, 게다가 이런 호남아가 참마를 훔치는구나 하고 생각하니 갑자기 우스워졌다. 하지만 함부로 소리를 내면 위험하기에 꾹 참고 있었다.

이윽고 도둑은 참마 상자를 낡은 담요에 정성스럽게 싸기 시작했다. 그러고는 뭔가 묶을 게 없나 하고 주위를 둘러보았다. 다행히도 주인이 잘 때 풀어놓은 무명 띠가 눈에 띄었다. 도선생은 참마 상자를 그 띠로 단단히 묶어 힘들이지 않고 둘러멨다. 여자들이 좋아할 만한 몰골은 아니었다. 그리고 아이들의 소매 없는 옷 두 벌을 주인의 메리야스 속바지 속에 밀어 넣자 가랑이가 둥그렇게 부풀어 구렁이가 개구리를 잡아먹은 것 같은, 아니 산달이 된 구렁이 같다고 하는 것이 나을지도 모르겠다. 어쨌든 그런 이상한 꼴이 되었다. 내 말이 거짓말 같으면 어디 시험 삼아 한번 해보시라.

도선생은 메리야스 속바지를 목에다 둘둘 감았다. 그다음에는 어떻게 하나 봤더니 주인의 명주 윗옷을 보자기처럼 크게 펼치고 거기에 안주인의 오비,[4] 주인의 하오리와 속옷, 그 밖의 온갖 잡동사니를 곱게 접어 챙겨 넣었다. 그 숙련되고 재빠른 솜씨에도 다소 감탄했다. 그러고는 안주인의 헝겊 끈과 띠로 묶어 꾸러미를 만들고는 한 손에 들었다. 또 가져갈 건 없나 하고 주위를 두리번거리더니, 주인의 머리맡에서 아사히 담뱃갑을 찾아내고 그걸 얼른 소매 속에 집어넣었다. 그는 곧 담배 한 대를 꺼내 남폿불에 대고 불을 붙였다. 맛있다는 듯 깊이 빨아들였다가 뱉어낸 연기가 젖빛 등피(燈皮)를 맴돌다 미처 사라지기도 전에 도선생의 발소리는 툇마루에서 점점 멀어지더니 이내 들리지 않게 되었다. 주인 부부는 여전히 깊이 잠들어 있었다. 인간은 의외로 우둔한 존재다.

나는 잠깐의 휴식이 필요했다. 마냥 지껄이고만 있다가는 몸이 견디지 못할 것이다. 잠을 푹 자고 눈을 떴을 때는 음력 3월의 하늘이 화창하게 개어 있었고, 부엌문 쪽에서 주인 내외가 순사와 이야기를 나누고 있었다.

"그렇다면 이곳으로 들어와 침실 쪽으로 돌아간 거로군요. 당신들은 잠을 자고 있어서 전혀 몰랐다는 말이지요?"

4 기모노를 입을 때 허리 부분을 감고 조여 묶는 좁고 긴 천.

"예."

주인은 다소 멋쩍은 모양이었다.

"그래서 도난을 당한 건 몇 시쯤이었습니까?"

순사는 무리한 걸 물었다. 그 시간을 알았다면 물건을 도난당하지도 않았을 것이다. 그걸 모르는 주인 부부는 이 질문에 답하기 위해 의논에 의논을 거듭하고 있었다.

"몇 시쯤이었지?"

"글쎄요."

안주인은 생각에 잠겼다. 생각하면 그걸 알 수 있다고 여기는 모양이었다.

"당신은 어젯밤 몇 시에 주무셨어요?"

"내가 잠든 건 당신보다는 나중이었어."

"네, 제가 자리에 누운 건 당신보다 먼저였어요."

"잠이 깬 건 몇 시였지?"

"7시 반이었을 거예요."

"그럼 도둑이 들어온 건 몇 시쯤이 되지?"

"아마도 밤중이었겠지요."

"밤중인 거야 뻔한 거고, 몇 시쯤이었느냐고?"

"확실한 건 잘 생각해보지 않으면 모른단 말이에요."

안주인은 아직도 생각할 작정인가 보았다. 순사는 그저 형식적으로 물어본 것일 뿐, 도둑이 언제 들어왔든 상관없었다. 거짓말이든 뭐든 적당히 대답해주면 된다고 생각하는데, 주인 내외가 요령부득인 말만 늘어놓자 순사는 좀 조바심이 난 모양이었다.

"그렇다면 도난 시간은 분명하지 않다는 거군요?"

"뭐, 그런가 보네요."

주인은 예의 말투로 대답했다. 순사는 웃지도 않고 다시 물었다.

"그럼 말이죠, 1905년 몇 월 며칠, 문단속을 하고 잠자리에 들었는데 도둑이 어디어디의 덧문을 열고 어디어디로 침입하여 물건을 몇점 훔쳐갔으므로 이에 고소하고자 한다는 것을 서면으로 제출해주십시오. 단순한 신고가 아니라 고소입니다. 수신인은 쓰지 않는 게 좋습니다."

"도난당한 물건도 일일이 써야 합니까?"

"네. 하오리 몇 벌, 가격이 얼마, 하는 식으로 표를 만들어 제출하십시오. 뭐 집 안에 들어가봤자 아무 소용없겠네요. 이미 도난당한 후니까요."

순사는 태평한 소리를 하고 돌아갔다.

주인은 붓과 벼루를 객실 한가운데로 가지고 나와 안주인을 앞에 불러놓고, 마치 싸움이라도 하는 듯한 어조로 말했다.

"이제 도난 고소장을 쓸 테니 도난당한 걸 하나씩 말해봐. 어서, 말해."

"어머, 싫어요. 어서 말해, 라니. 그렇게 위압적으로 물어대면 누가 말하겠어요?"

안주인은 가는 끈을 두른 채 털썩 주저앉았다.

"그 꼴은 또 뭐야? 칠칠치 못한 술집 갈보 같잖아. 오비는 또 왜 안 맨 거야?"

"이런 꼴 보기 싫으면 띠를 사주던가. 술집 갈보고 뭐고, 오비를 훔쳐갔으니 뾰족한 수가 없잖아요."

"오비까지 훔쳐갔나? 지독한 놈이로군. 그렇다면 오비부터 쓰도록 하지. 그건 어떤 오빈데?"

"어떤 오비라뇨? 저한테 여러 개가 있었나요? 검정 공단과 오글쪼
글한 비단을 안팎으로 댄 거예요."

"검정 공단과 오글쪼글한 비단을 안팎으로 댄 오비 하나라…… 값
은 얼마나 되지?"

"6엔 정도일걸요."

"주제넘게 그동안 비싼 오비를 맸군. 다음부턴 1엔 50전 정도 하는
걸로 매."

"그런 오비가 어디 있다고 그래요? 그래서 당신은 몰인정하다는 말
을 듣는 거예요. 마누라 따위는 아무리 너절한 꼴을 하고 있어도 자기
만 좋으면 괜찮다고 생각하는 거잖아요."

"그건 됐어. 그다음엔 뭐야?"

"명주 하오리예요. 그건 고노 숙모님한테서 유품으로 받은 건데, 똑
같은 명주라도 요즘 명주와는 질이 달라요."

"그런 설명은 필요 없어. 값은 얼만데?"

"15엔."

"15엔짜리 하오리를 입다니. 분수에 안 맞게."

"무슨 상관이에요. 당신이 사준 것도 아닌데."

"그다음엔 뭐지?

"검정 버선이 한 켤레."

"당신 건가?"

"당신 거예요. 값은 27전."

"그리고?"

"참마 한 상자."

"참마까지 가져갔나? 쪄서 먹을 생각인가, 아니면 갈아 국물을 만들어 먹을 생각일까?"

"그걸 어떻게 알겠어요? 도둑놈한테 가서 직접 물어보고 오세요."

"얼마나 할까?"

"참마 가격까지는 몰라요."

"그럼 12엔 50전쯤으로 해두지."

"그게 말이 돼요? 아무리 가라쓰에서 캐왔다고 해도 참마가 어떻게 12엔 50전이나 하겠어요?"

"하지만 당신이 모른다고 했잖아."

"그건 맞아요. 모르긴 해도 12엔 50전이라는 건 말도 안 돼요."

"모르긴 해도 12엔 50전은 말도 안 된다는 건 또 뭐야? 전혀 앞뒤가 안 맞잖아. 그러니까 당신은 오탄친 팔라이올로고스[5]라는 소리를 듣는 거야."

"뭐라고요?"

"오탄친 팔라이올로고스라고."

"그 오탄친 팔라이올로고스라는 게 뭔데요?"

"아무것도 아니야. 그다음은? 내 옷은 통 나오지 않는군."

"다음이야 아무려면 어때요? 오탄친 팔라이올로고스가 무슨 뜻인지나 말해주세요."

"뜻이고 뭐고 할 게 어딨어?"

"가르쳐줘도 되잖아요? 당신은 저를 완전히 무시하고 있다고요. 제가 영어를 모른다고 욕한 거 맞죠?"

---

5 '얼간이'를 의미하는 에도 시대의 속어인 '오탄친'을 동로마제국 최후의 황제 콘스탄티누스 4세 팔라이올로고스와 연관시킨 말장난.

"쓸데없는 소리 하지 말고, 어서 그다음이나 말해보라고. 지금 빨리 고소하지 않으면 물건을 돌려받지 못할 수도 있어."

"어차피 이제 와서 고소를 해보았자 이미 늦었어요. 그보다는 오탄친 팔라이올로고스가 무슨 뜻인지나 가르쳐달라니까요."

"정말 귀찮은 여자로군. 아무 뜻도 없다니까."

"그럼 물건이고 뭐고 없어요."

"똥고집은. 그럼 맘대로 해. 나도 도난 고소장을 쓰지 않을 테니까."

"저도 도난당한 물건 숫자 못 가르쳐줘요. 고소는 당신이 알아서 하는 거니까요. 쓰지 않아도 전 곤란할 게 없어요."

"그렇다면 그만두지 뭐."

주인은 여느 때처럼 훌쩍 자리에서 일어나 서재로 들어갔다. 안주인은 거실로 들어가 반짇고리 앞에 앉았다. 두 사람 모두 10분쯤 아무 것도 하지 않고 말없이 장지문만 노려보고 있었다.

그때 기세 좋게 현관문을 열고 참마의 기증자인 다타라 산페이 군이 들어왔다. 다타라 산페이 군은 원래 이 집의 서생이었는데, 지금은 법과대학을 졸업하고 어느 회사의 광산부에 다니고 있었다. 그도 막 사업가의 길에 들어선 셈인데, 이를 테면 스즈키 도주로 씨의 후배라 할 수 있었다. 다타라 군은 예전의 관계도 있고 해서 가끔씩 옛 선생의 초라한 거처를 찾았다. 일요일 같은 날은 하루 종일 놀다 돌아갈 정도로 이 가족과는 스스럼없는 사이였다.

"사모님! 날씨가 참 좋습니다."

그는 가라쓰 지방의 사투리로 인사하고는 양복바지 차림으로 안주인 앞에 앉았다.

"어머, 다타라 씨!"

"선생님은 어디 출타 중이십니까?"

"아니요, 서재에 계세요."

"사모님, 선생님께서 공부만 하시면 몸에 해롭습니다. 모처럼 일요일인데."

"저한테 말해봐야 소용없으니까 선생님한테 직접 말하세요."

"그렇지만 그게……"

다타라 군은 무슨 말을 하려다가 객실을 주욱 둘러보았다.

"오늘은 따님도 안 보이네요."

다타라 군이 이렇게 묻자마자 옆방에서 돈코와 슨코가 달려 나왔다.

"다타라 아저씨! 오늘은 초밥 사왔어요?"

언니인 돈코는 지난번에 했던 약속을 기억하고 있다가 다타라 군의 얼굴을 보자마자 졸라댔다. 다타라 군은 머리를 긁적이며 털어놓았다.

"잘도 기억하고 있구나. 다음엔 꼭 사올게. 오늘은 그만 깜빡했다."

"치이."

"치이."

언니가 말하자 동생도 이를 흉내 냈다. 안주인은 그제야 마음이 풀렸는지 살짝 웃는 얼굴이 되었다.

"초밥은 못 사왔지만, 참마라는 거 가져왔었잖아. 아가씨들! 그건 먹었나?"

"참마가 뭔데?"

"참마가 뭔데?"

언니가 묻자 동생도 언니를 따라 다타라 군에게 물었다.

"아직도 안 먹었구나? 어서 엄마에게 삶아달라고 해. 가라쓰 참마는 도쿄 것과 달라서 아주 맛있거든."

다타라 군이 고향 자랑을 하자 안주인은 그제야 생각났다는 듯 예를 표했다.

"다타라 씨! 지난번엔 친절하게 그렇게 많이 보내주셔서 정말 고마웠어요."

"어떻습니까? 드셔보셨습니까? 부러지지 말라고 특별히 상자를 짜서 단단히 채웠는데 상하지는 않았지요?"

"그런데 애써 가져온 참마를 어젯밤에 도둑맞고 말았어요, 글쎄."

"도둑이요? 등신 같은 놈이로군요. 그렇게 참마를 좋아하는 놈이 다 있습니까?"

다타라 군은 무척 감탄했다.

"엄마, 어젯밤에 도둑놈이 들어왔어?"

언니가 물었다.

"응. 그래."

"도둑놈이 들어와…… 그래서…… 도둑놈이 들어와…… 어떤 얼굴로 들어왔어?"

이번에는 동생이 물었다. 이 기발한 질문에는 안주인도 뭐라 대답해야 좋을지 몰랐다.

"무서운 얼굴로 들어왔어."

이렇게 대답하고는 다타라 군 쪽을 바라봤다.

"무서운 얼굴이란 다타라 아저씨 같은 얼굴이야?"

언니가 미안한 기색도 없이 되물었다.

"뭐라고? 어떻게 그런 실례되는 말을."

"하하하하. 제 얼굴이 그렇게 무섭습니까? 이거 참 곤란하군."

다타라 군이 머리를 긁적였다. 다타라 군의 뒷머리에는 지름 3센티미터쯤 머리가 빠진 자국이 보였다. 한 달 전부터 생겨 의사의 진단을 받아보았으나 지금으로서는 쉬이 나을 것 같지 않았다. 머리가 빠진 것을 제일 먼저 발견한 건 언니인 돈코였다.

"어머, 다타라 아저씨 머리도 엄마 머리처럼 반짝거리네."

"입 다물고 있으라니까."

"엄마, 어젯밤에 왔던 도둑놈 머리도 빛났어요?"

이건 동생의 질문이었다. 안주인과 다타라 군은 무심코 웃음을 터뜨렸다. 그러나 아이들이 너무 성가시게 굴어 아무것도 할 수 없었기에 안주인은 결국 아이들을 밖으로 내보냈다.

"자아자, 너희들은 뜰에 나가 놀아라. 엄마가 맛있는 과자 줄 테니까. 그런데 다타라 씨, 머리는 어떻게 된 거예요?"

안주인이 진지하게 물어보았다.

"벌레가 파먹었어요. 좀처럼 낫지를 않네요. 사모님도 이런 게 있습니까?"

"아이, 징그러, 벌레가 파먹다니요. 여자들은 머리를 틀어 올리니까 그 부분이 조금씩 빠지기는 해요."

"머리가 빠지는 건 모두 박테리아에 감염된 겁니다."

"전 박테리아 때문이 아니에요."

"그건 사모님이 고집을 부리는 것이지요."

"어쨌든 박테리아는 아니에요. 그런데 대머리를 영어로 뭐라고 하지요?"

"대머리는 아마 '볼드(bald)'라고 할 겁니다."

"아니, 그거 말고요. 좀 더 긴 이름 있잖아요."

"선생님께 여쭤보면 금방 알 수 있을 텐데요."

"선생님은 절대 가르쳐주지 않아서 지금 이렇게 묻고 있는 거예요."

"저는 '볼드'밖에 모르는데…… 길다면 얼마나 긴 건데요?"

"오탄친 팔라이올로고스라고 하던데요. 오탄친이란 것이 '대'라는 글자이고, 팔라이올로고스가 '머리'를 뜻할 거예요."

"그럴지도 모르지요. 당장 선생님 서재에 가서 웹스터대사전을 찾아보겠습니다. 그런데 선생님도 참 별난 성격이시로군요. 이렇게 날씨가 좋은데 집 안에서 꼼짝도 않으시고. 사모님! 그러니 위장병이 낫지 않는 겁니다. 우에노에 잠깐 꽃구경이라도 가자고 권해보세요."

"다타라 씨가 모시고 나가세요. 선생님은 여자가 하는 말은 절대 안 듣는 사람이니까."

"요즘도 잼을 자주 드시나요?"

"네. 여전하지요, 뭐."

"지난번에 선생님이 푸념을 늘어놓던데요. 어째 아내가 나더러 잼을 너무 많이 먹는다고 해서 좀 곤란하다, 난 그다지 많이 먹는 것 같지 않은데, 뭔가 셈을 잘못한 것 아니겠느냐, 고 하시기에, 그건 따님과 사모님도 같이 먹어서 그런 게 아니겠느냐고 제가 말씀드렸지요."

"아이 다타라 씨도 참! 무슨 말을 그렇게 하세요?"

"그렇지만 사모님도 드실 것 같은 얼굴인데요."

"얼굴만 보고 그런 걸 어떻게 알아요?"

"아는 수가 있지요. 그럼 사모님은 조금도 드시지 않습니까?"

"그야, 뭐 조금은 먹지요. 먹어도 되잖아요. 어차피 우리 건데."

"하하하하. 그럴 줄 알았습니다. 그런데 도둑을 맞다니, 정말 뜻밖의 변을 당하셨네요. 참마만 가져갔습니까?"

"참마만 가져갔다면 그리 곤란할 게 없겠지만, 평소에 입는 옷가지까지 몽땅 털어갔어요"

"지금 당장 곤란한 상황인가요? 다시 빚을 내야 하나요? 이 고양이가 개였으면 좋았을 텐데, 아쉽네요. 사모님! 큼직한 개 한 마리 꼭 키우세요. 고양이는 쓸모없어요. 밥만 축내고. 쥐라도 좀 잡나요?"

"한 마리도 잡은 적 없어요. 정말 교활하고 뻔뻔스러운 고양이라니까요."

"아니, 그럼 다른 도리가 없겠네요. 얼른 내다버리세요. 제가 가져가 삶아 먹을까요?"

"어머, 다타라 씨는 고양이도 드세요?"

"먹어봤습니다. 상당히 맛있어요."

"정말 호걸이시네요."

저속한 서생들 중에 고양이를 잡아먹는 야만인이 있다는 이야기는 일찍이 들은 적이 있지만, 평소에 나를 좋아해줘서 고맙게 여겨왔던 다타라 군이 그런 유의 인간일 줄은 이제껏 꿈에도 몰랐다.

하물며 그는 이제 서생도 아니다. 대학을 졸업한 지는 얼마 되지 않았지만, 이제 당당한 법학사고 무쓰이 물산회사의 사원인지라 나의 경악 또한 예사로운 게 아니었다. 모르는 사람을 보면 도둑인 줄 알라는 격언은 간게쓰 2세의 행위를 통해 이미 입증이 되었지만, 사람을 보면 고양이 잡아먹는 사람인 줄 알라는 건 다타라 군 덕분에 비로소 얻게 된 진리다.

세상을 살다 보면 세상 이치를 알게 된다. 세상 이치를 알게 된다는 건 기쁜 일이지만, 그와 동시에 나날이 위험이 많아져 방심할 수 없게 된다. 교활해지는 것도 비열해지는 것도, 표리 두 겹으로 된 호신용 옷을 걸치는 것도 모두 세상 이치를 아는 결과이며, 세상 이치를 안다는 것은 결국 나이를 먹는 쳇값이다. 노인 중에 변변한 자가 없다는 것도 같은 이치다. 나 같은 자도 어쩌면 머지않아 다타라 군의 냄비 안에서 양파와 함께 성불하는 것이 득책일지도 모른다고 생각하며 구석 쪽에 웅크리고 앉아 있으니, 조금 전에 안주인과 싸움을 하고 일단 서재로 물러났던 주인이 다타라 군의 목소리를 알아듣고는 어슬렁어슬렁 거실로 나왔다.

"선생님! 도둑맞으셨다면서요? 참 어리석은 일이었군요."

처음부터 꼼짝 못하게 나왔다.

"들어오는 놈이 어리석은 거지."

주인은 어디까지나 현인을 자처하고 있었다.

"들어오는 놈도 어리석지만 도둑맞은 사람도 별로 현명하지는 못하지요."

"아무것도 도둑맞을 게 없는 다타라 씨 같은 사람이 제일 현명하겠지요."

안주인이 이번에는 남편 편을 들었다.

"하지만 제일 어리석은 건 이 고양입니다. 정말 무슨 생각일까요? 쥐는 안 잡지, 도둑이 와도 모른 체하고 있지. 선생님! 이 고양이 저한테 주시지 않겠습니까? 이렇게 둬봤자 아무짝에도 쓸모없을 테니까요."

"가져가도 좋아. 어디에 쓰려고?"

"삶아 먹으려고요."

주인은 거침없는 이 한 마디를 듣고 으흐흐 하고 위가 약한 사람 특유의 기분 나쁜 웃음만 흘렸을 뿐 특별히 대꾸하지는 않았다. 다타라 군 역시 꼭 먹고 싶다는 말을 하지 않았으니 나에게는 천만다행이었다.

이윽고 주인이 말머리를 돌렸다.

"고양이는 아무래도 좋은데, 옷을 도둑맞은 바람에 추워서 못살겠 군."

무척 의기소침한 모습이었다. 하긴 춥기도 할 것이다. 어제까지 솜 옷을 두 벌이나 겹쳐 입었는데, 오늘은 겹옷에 반소매 셔츠만 입고 아 침부터 운동도 안 하고 가만히 앉아 있기만 했으니 불충분한 혈액은 모조리 위로만 몰리고 손발로는 전혀 돌지 않았던 것이다.

"선생님! 선생 같은 것만 해서는 도저히 안 됩니다. 도둑 한 번 맞았 다고 이렇게 금세 곤란해지니까요. 그러니 이제부터 마음을 고쳐먹고 사업이라도 해보시지 않겠습니까?"

"선생님은 사업가라면 질색하시니까 그런 소릴 해봐야 아무 소용없 어요."

안주인이 옆에서 다타라 군에게 대답했다. 물론 안주인은 남편이 사업가가 되어주기를 바라고 있었다.

"선생님! 학교 졸업하신 지 몇 년 되었지요?"

"올해로 9년째일걸요."

안주인이 이렇게 대답하고 주인을 돌아보았다. 주인은 그렇다고도 그렇지 않다고도 말하지 않았다.

"9년이 지나도 월급 한 푼 안 오르고 아무리 공부해도 칭찬해주는 사람 하나 없으니, 그저 '낭군 홀로 적막강산'이로군요."

다타라 군이 중학교 시절에 배운 시구를 안주인을 위해 낭송했지만, 안주인은 들어도 당최 이해가 되지 않아 아무 대꾸도 하지 않았다.

"선생도 물론 싫지만, 사업가는 더 싫어."

주인은 무엇을 좋아하는지 마음속으로 생각하고 있는 모양이었다.

"선생님은 뭐든 다 싫어하시니까……"

"싫어하시지 않는 건 사모님뿐입니까?"

다타라 군은 격에 맞지 않은 농담을 던졌다.

"제일 싫지."

주인의 대답은 간단명료했다. 안주인은 고개를 돌리고 잠깐 새침한 표정을 지었으나 다시 주인 쪽을 보고 코를 납작하게 할 생각으로 말했다.

"살아 있다는 것도 싫겠지요."

"별로 좋지는 않아."

뜻밖에 태연하게 대답했다. 이래서는 속수무책이었다.

"선생님! 좀 활달하게 산보라도 하시지 않으면 건강을 해칩니다. 그리고 사업가가 되세요. 돈 버는 건 정말 식은 죽 먹기입니다."

"잘 벌지도 못한 주제에."

"그야 작년에 겨우 회사에 들어갔는걸요. 그래도 선생님보단 저축한 게 많습니다."

"그래 얼마나 저축했어요?"

안주인은 열심히 묻는다.

"이젠 50엔 정도 됩니다."

"도대체 월급은 얼마나 받아요?"

이것 역시 안주인의 질문이었다.

"30엔입니다. 그중에서 매달 5엔씩 회사에서 모아두었다가 필요로 할 때 내어줍니다. 사모님! 푼돈으로 소토노보리선(外濠線)[6] 주식을 좀 사두시지 않겠습니까? 앞으로 3, 4개월만 있으면 두 배 가까이 오를 겁니다. 정말 돈이 조금만 있으면 곧 두세 배로 쉽게 불릴 수 있다니까요."

"그런 돈이 있다면 도둑을 맞더라도 곤란을 겪을 일은 없겠지요."

"그래서 사업가가 최고라는 겁니다. 선생님도 법과대학이라도 가서 회사나 은행에 취직하셨더라면, 지금쯤 한 달 수입이 3, 4백 엔은 되었을 텐데 정말 안타까운 일입니다. 선생님, 스즈키 도주로라는 공학사 아시지요?"

"음, 어제 왔었네."

"그렇습니까? 지난번 어떤 연회에서 만나 선생님 얘길 했더니, 그런가, 자네가 구샤미 집에서 서생으로 있었나, 나도 예전에 고이시카와의 절간에서 구샤미와 함께 자취를 한 적이 있네, 이번에 가거든 안부 좀 전해주게, 하며 조만간 찾아오겠다고 하더군요."

"최근에 도쿄로 올라왔다고 하더군."

"네. 지금까진 규슈의 탄광에 있었는데, 얼마 전에 도쿄에서 근무하게 되었답니다. 말주변이 참 좋던데요. 저 같은 사람한테도 마치 친구처럼 얘기하더군요. 선생님, 그 사람이 얼마 받을 것 같습니까?"

"모르지."

"월급이 250엔이고 연말에 배당이 붙으니까, 아마 평균 4, 5백 엔은 될 겁니다. 그런 사람이 그 정도 받는데 선생님은 영어 강독 선생으로 10년이나 궁상을 떨고 있으니, 이건 정말 어이없지 않습니까?"

"정말 어이없군."

---

6 도쿄전기철도주식회사가 경영하던, 황거(皇居) 외곽을 일주하는 노선으로 1905년에 개통했다.

주인과 같은 초연한 사람이라고 해도 금전 관념은 보통 사람과 다르지 않다. 아니, 곤궁한 만큼 금전욕이 남들의 배가 될지도 모른다. 다타라 군은 사업가가 얼마나 돈을 잘 버는지 충분히 떠들었는지 이제 더 이상 할 말이 없는 눈치였다.

"사모님! 미즈시마 간게쓰라는 사람이 자주 옵니까?"

"네. 자주 와요."

"어떤 인물입니까?"

"학문에 조예가 깊은 분이라 하더군요."

"잘생겼나요?"

"호호호호, 다타라 씨 정도는 되겠지요."

"그렇습니까? 저 정도라는 말이지요?"

다타라 군은 자못 진지한 표정이었다.

"간게쓰라는 이름은 어떻게 알고 있나?"

이번에는 주인이 물었다.

"얼마 전에 어떤 사람한테 부탁받았습니다. 그런 걸 물어볼 만한 인물입니까?"

다타라 군은 말을 듣기도 전에 이미 자신이 간게쓰보다 낫다는 태도였다.

"자네보다 훨씬 뛰어난 사내지."

"그렇습니까? 저보다 뛰어납니까?"

웃지도 않고 화를 내지도 않았다. 이런 점이 바로 다타라 군의 특색이었다.

"머지않아 박사가 될 것 같습니까?"

"지금 논문을 쓰고 있다더군."

"역시 바보로군요. 박사논문을 쓰다니, 얘기가 좀 통하는 사람으로 알았더니."

"여전히 대단한 식견이네요."

안주인이 웃으며 말했다.

"박사가 되면 누구네 딸을 준다느니 안 준다느니 하는 말이 있더군요. 그래서 제가 그런 바보가 어디 있느냐, 남의 딸을 얻기 위해 박사가 되다니, 그런 인물한테 딸을 주느니 저한테 주는 게 훨씬 나을 거라고 말해줬습니다."

"누구한테."

"제게 미즈시마에 대해 물어봐달라고 부탁한 사람한테요."

"스즈키 아닌가?"

"아니요, 그 사람한테는 감히 그런 식으로 말 못하죠. 그쪽은 높은 사람이니까요."

"다타라 군은 집 안에서만 큰소리치는 사람인가 보네요. 우리 집에 와서는 제법 으스대지만, 스즈키 씨 같은 사람 앞에서는 쩔쩔매나 보지요?"

"네. 안 그러면 위험합니다."

"다타라, 산보나 하지."

느닷없이 주인이 말했다. 겹옷 한 벌만 입고 있어서인지 아까부터 몹시 추웠던지라 운동이라도 하면 몸이 좀 녹을 것 같다는 생각에 주인은 전례 없이 다타라의 제의에 동의를 표한 것이다. 되는대로 살아가는 다타라 군은 물론 주저할 까닭이 없었다.

"가시죠. 우에노로 가시겠습니까? 이모자카에 가서 경단을 먹을까요? 선생님은 거기 경단 드셔보신 적이 있습니까? 사모님도 한 번 가서서 드셔보세요. 몰랑몰랑하고 쌉니다. 술도 마실 수 있고요."

여느 때처럼 쓸데없는 잡담을 두서없이 늘어놓고 있는 사이에 주인은 벌써 모자를 쓰고 신발 신는 곳으로 내려섰다.

나는 또 약간의 휴식이 필요하다. 주인과 다타라 군이 우에노 공원에서 무슨 짓을 하고, 이모자카에서 경단을 얼마나 먹는지, 그런 일은 탐색할 필요도 없고 또 미행할 용기도 없으니 모두 생략하고 그동안 좀 쉬어야겠다. 휴식은 만물이 하늘에 마땅히 요구해야 할 권리다. 이 세상에서 살아 숨 쉬어야 하는 의무를 가지고 움직이는 자는 그 의무를 다하기 위해 휴식을 취해야 한다. 가령 신이 있어 너희는 일하기 위해 태어났지 잠자기 위해 태어난 것이 아니라고 한다면, 나는 이렇게 답할 것이다. 나는 그 말씀대로 일하기 위해 태어났다, 그러므로 일하기 위해 휴식을 원하는 거라고.

주인과 같이 기계에 불평을 해대기까지 하는 고집불통조차도 때로는 일요일이 아닌 날에도 자진해서 쉬지 않는가? 다감다한(多感多恨)하고 밤낮없이 마음을 쓰며 애쓰는 나 같은 자는 비록 고양이라 하더라도 주인 이상으로 휴식이 필요하다는 것은 말할 것도 없다. 다만 조금 전에 다타라 군이 나를 지목하여 휴식을 취하는 것 말고는 아무런 능력도 없는 것처럼 매도한 것이 좀 마음에 걸렸다.

아무튼 물질적인 것에 의해서만 움직이는 속인들은 오감을 자극하는 일 말고는 이렇다 할 활동도 하지 않기 때문에 다른 것을 평가하는 데도 육체적인 것만 고려하니 성가시다. 무슨 일이든 소매를 걷어붙이고 땀이라도 내지 않으면 일하지 않는 것으로 치부한다.

달마라는 스님은 발이 썩을 때까지 좌선을 하고도 끄덕하지 않았다고 하는데, 가령 벽 틈으로 넝쿨이 비집고 들어와 대사의 눈과 입을 막을 때까지 꼼짝하지 않는다 해도 그건 잠든 것도 죽은 것도 아니다. 머릿속은 항상 움직여 확연무성(廓然無聖)[7] 같은 묘한 이치를 골똘히 생각하고 있는 것이다.

유가에도 정좌 수행이라는 것이 있다고 한다. 이 수행도 방 안에 틀어박혀 아무 일도 안 하고 편안하게 앉아 있는 것이 아니다. 뇌 안의 활력은 다른 사람의 배 이상으로 활활 타오르고 있다. 다만 겉으로 보기에는 차분히 가라앉아 있고 조용하며 단정하고 엄숙한 상태인지라 평범한 세상 사람들은 이들 지식의 거장을 혼수상태나 가사상태에 빠져 있는 범인(凡人)으로 간주하여 쓸모없는 존재니 밥벌레니 하며 비방의 목소리를 높이는 것이다.

이들 평범한 사람들은 모두 겉모습만 보고 내면은 보지 못하는 불구의 시각을 가지고 태어난 자들이다. 게다가 다타라 산페이 같은 자는 겉모습은 볼 수 있지만 마음은 읽지 못하는 대표적인 인물인지라, 그가 나를 마른 똥 막대기[8]로 여기는 것도 놀랄 일은 아니다. 하지만 유감스러운 것은, 고금의 서적을 어느 정도 읽어 다소나마 사물의 진상을 이해했음직한 주인마저 천박한 다타라 군에게 두말없이 동의하여 고양이 요리를 막아보려는 기색이 없다는 점이다. 그러나 한 발짝 물러나 생각해보면 그들이 이렇게까지 나를 경멸하는 것도 꼭 무리라고는 할 수 없다.

큰 진리는 소인배의 귀에 들어오지 않으며 양춘백설(陽春白雪)의 시에는 화답하는 자가 적다[9]는 오래된 비유처럼, 겉모습 이외의 활동

---

7 최고의 진리는 일체의 분별을 넘어선 것으로 성과 속 또는 성인과 범인의 분별이 없다는 뜻. 양무제의 물음에 대한 달마의 답변으로 선종의 공안 중 하나다.

8 부처가 무엇이냐는 물음에 운문(雲門) 선사가 마른 똥 막대기라고 답했다는 데서 나온 공안 가운데 하나다.

을 볼 수 없는 자들에게 내 영혼의 광휘를 보라고 강요하는 것은, 중에게 머리를 묶으라고 강요하는 것과 같고 참치에게 연설을 해보라고 하는 것과 같으며 전철에 탈선을 요구하는 것과 같고 주인에게 사직을 권고하는 것과 같으며 다타라에게 돈에 대해 생각하지 말라고 하는 것과 같다. 필시 무리한 주문이다.

하지만 고양이도 사회적 동물이다. 사회적 동물인 이상 자신의 뜻이 아무리 높다 하더라도 어느 정도까지는 사회와 조화를 꾀해 나가야 한다. 주인이나 안주인, 하녀, 그리고 다타라 군이 나를 제대로 평가해주지 않는 것은 유감스럽지만 어쩔 수 없는 일이다. 하지만 그 어리석음 때문에 내 가죽을 벗겨 샤미센 가게에 팔아넘기고 고기를 토막 내어 다타라 군의 밥상에 올리는 분별없는 짓을 당한다면, 이는 중대한 일이 아닐 수 없다.

나는 머리로 활동해야 할 천명을 받아 이 속세에 출현했을 정도로 고금에 존재한 적이 없는 고양이인지라 매우 소중한 몸이다. '귀한 자식은 신중하여 아무 데나 앉지 않는다'[10]는 속담도 있듯이, 자신이 다른 존재보다 뛰어나다고 생각하여 쓸데없이 내 몸에 위험을 초래하는 일은 자신에게 재앙일 뿐만 아니라 하늘의 뜻을 거역하는 일이기도 하다. 사나운 호랑이도 동물원에 들어가면 똥 묻은 돼지 옆에 자리를 잡으며, 기러기도 산 채로 잡혀 닭장에 들어가면 병아리나 닭과 같은 도마에 오른다. 평범한 사람과 상종하는 이상 몸을 낮추어 평범한 고양이가 되는 수밖에 없다. 평범한 고양이고자 한다면 쥐를 잡지 않을

---

9 양춘백설은 중국 초나라에서 가장 고상하다고 알려졌던 가곡. 훌륭한 사람의 말과 행동은 보통 사람이 이해하기 어렵다는 것을 비유한 말이다.

10 千金之子 坐不垂堂. 『사기』에 나오는 말이다.

수 없다. 그래서 나는 마침내 쥐를 잡기로 결심했다.

얼마 전부터 일본은 러시아와 큰 전쟁을 벌이고 있다고 한다. 나는 일본의 고양이니 물론 일본 편이다. 가능하다면 혼성 고양이 여단[11]을 조직해 러시아 병사들을 할퀴어주고 싶은 심정이다. 이렇게까지 원기 왕성한 나인지라 쥐 한두 마리쯤 잡으려고 마음만 먹으면 누워서 떡 먹기처럼 쉽게 잡을 수 있다.

옛날에 어떤 사람이 유명한 선사에게, 어떻게 하면 깨달음을 얻을 수 있는지 물었다. 선사는 그때 고양이가 쥐를 노리듯이 하라고 대답했다고 한다. 고양이가 쥐를 잡듯이 하라고 함은, 그렇게 하기만 하면 일에 어긋남이 없다는 의미다. 여자가 약으면 어떻다는 속담은 있지만, 고양이가 약아서 쥐를 잡지 못한다는 격언은 아직 들어보지 못했다. 그러고 보면 아무리 약은 나 같은 자라도 쥐를 잡지 못할 리가 없다. 못 잡을 리 없기는커녕 잡다가 놓치는 일도 없을 것이다. 지금까지 잡지 않은 것은 잡고 싶지 않았기 때문이다. 봄날은 어제처럼 저물고 때때로 눈처럼 바람에 흩날리는 벚꽃들이 부엌에 있는 낮은 장지문의 찢어진 틈새로 날아들어, 들통 속에 떠 있는 벚꽃 그림자가 흐릿한 부엌용 등불에 하얗게 보였다.

오늘 밤에야말로 큰 공을 세워 온 집안사람들을 깜짝 놀라게 해주리라고 결심한 나는 미리 전쟁터를 둘러보고 지형을 알아둘 필요가 있었다. 물론 전선(戰線)은 그리 넓지 않을 것이다. 다다미로 치면 네 장쯤 될까? 그중 한 장의 절반이 개수대고, 나머지 절반은 술집이나 식료품 장수를 상대하는 봉당이다. 부뚜막은 가난한 부엌살림에 어

---

11 혼성 고양이 여단(混成猫旅團). 혼성여단은 보병여단을 중심으로 포병은 물론 식량 조달까지 가능하게 편성한 독립 부대. 여기서 쥐잡기는 러일전쟁을 비유한 표현이다.

울리지 않게 근사해서, 붉은 구리 가마가 번쩍거리고 그 뒤쪽 벽에 붙인 1미터 80센티미터짜리 널빤지에서 60센티미터쯤 남겨놓은 지점에 내 밥그릇이 놓여 있다. 거실에 가까운 1미터 80센티미터쯤 되는 공간에는 밥상이며, 공기, 접시, 작은 주발 등을 넣어두는 찬장이 있어 그렇잖아도 좁은 부엌을 더욱 좁게 칸을 막고 있다. 찬장은 옆으로 튀어나온 선반과 비슷한 높이다. 그 밑에는 절구가 나자빠져 있고, 그 절구 안에 들어 있는 작은 통의 밑바닥이 내 쪽을 향하고 있다. 강판과 나무공이가 나란히 걸려 있고 그 옆에는 불씨 끄는 항아리만 덩그러니 놓여 있다. 시꺼멓게 그슬린 서까래가 엇갈려 있고 그 한가운데에서 갈고리 하나가 내려뜨려져 있으며 그 끝에는 넓적하고 큼직한 바구니가 걸려 있다. 그 바구니가 가끔씩 바람에 흔들려 천천히 움직이고 있었다.

이 집에 처음 왔을 때는 이 바구니를 왜 걸어두는지 전혀 알지 못했는데, 고양이의 손이 닿을 수 없기 때문에 일부러 이곳에 먹을 것을 넣어둔다는 사실을 알고 나서는 인간이 얼마나 고약한 존재인지 뼈저리게 느꼈다.

이제부터 작전 계획이다. 쥐와 전쟁을 벌이는 곳은 물론 쥐가 나오는 곳이어야 한다. 아무리 이쪽에 유리한 지형이라고 해도 혼자 기다리고만 있어서는 아예 싸움이 되지 않는다. 이런 점에서 쥐가 나오는 출구를 연구할 필요가 있다. 부엌 한가운데에 서서 쥐가 어느 쪽에서 나타날 것인지 사방을 둘러보았다. 어쩐지 도고 장군[12]이라도 된 기분이었다.

---

12 도고 헤이하치로(東鄕平八郎, 1848~1934). 1905년 러일전쟁 당시 일본연합함대의 사령장관으로서 러시아의 발틱 함대를 물리쳤다.

하녀는 아까 목욕탕에 가서 아직 돌아오지 않았다. 아이들은 이미 잠이 들었다. 주인은 이모자카에서 경단을 먹고 돌아와 여전히 서재에 틀어박혀 있다. 안주인이 무엇을 하고 있는지는 모르겠다. 아마 졸면서 참마 꿈이나 꾸고 있을 것이다. 가끔 인력거가 대문 앞을 지나가는데, 지나간 다음에는 더욱 쓸쓸했다. 나의 결심이나 의지, 부엌의 광경이나 주위의 적막도 모두 비장하기만 했다. 아무래도 고양이 중의 도고 장군인 것만 같았다.

이런 지경에 이르면 누구나 무서움 속에서 일종의 유쾌함을 느끼겠지만, 나는 이런 유쾌함의 근저에 가로놓인 커다란 근심을 발견했다. 쥐와 전쟁을 벌이는 것은 이미 각오한 일이니 몇 마리가 와도 두렵지 않지만, 나타나는 방향이 분명하지 않은 것이 고약했다. 주도면밀한 관찰로 얻은 자료를 종합해보니 쥐들이 나타나는 데는 세 가지 길이 있었다.[13] 그들이 만일 시궁쥐라면 토관을 따라 개수대로 들어와 부뚜막 뒤로 돌아 나올 것이다. 그때는 항아리 뒤에 숨어 있다가 돌아가는 길을 차단하면 된다. 또는 목욕물을 도랑으로 버리는 구멍으로 들어와 목욕탕을 우회하여 부엌으로 불쑥 뛰어들지도 모른다. 그렇다면 가마의 뚜껑 위에 진을 치고 있다가 쥐가 시야에 들어왔을 때 위에서 뛰어내려 한 줌에 움켜잡으면 된다. 그리고 그다음에는, 하고 주위를 둘러보니 찬장 문 오른쪽 아래 구석진 곳에 반달 모양으로 뜯긴 데가 있었다. 쥐가 드나들기에 편하지 않을까 하는 의심이 들었다. 코를 대고 냄새를 맡아보니 희미하게 쥐 냄새가 났다. 만약 이곳으로 함성을 지르며 돌격해오면 기둥을 방패 삼아 그냥 지나치게 했다가 옆쪽에

<hr />

13 발틱 함대가 블라디보스토크로 가는 항로는 모두 세 군데였는데, 도고는 그중 하나인 대한해협에서 기다렸고, 발틱 함대는 도고의 예측대로 대한해협으로 진입했다가 괴멸당했다.

서 휙 하고 발톱으로 일격을 가하면 된다. 혹시 천장에서 내려오지 않을까 하고 올려다보니 새까만 그을음이 등불에 반짝여 지옥을 뒤집어 늘어뜨려놓은 것만 같다. 내 재주로는 올라갈 수도 내려갈 수도 없을 것 같았다. 설마 저렇게 높은 데서 뛰어내리는 일은 없을 거라고 생각하고 이 방면만은 경계를 늦추기로 했다.

그래도 세 방면에서 공격당할 염려가 있었다. 한 구멍이라면 한쪽 눈을 감고도 퇴치할 수 있다. 두 구멍이라면 그럭저럭 퇴치할 자신이 있다. 그러나 세 구멍이라면 아무리 본능적으로 쥐를 잡도록 준비된 나라도 손쓸 방도가 없다. 그렇다고 인력거꾼네 검둥이 같은 녀석에게 도움을 청하는 것은 나의 위엄이 허락하지 않는다. 어떻게 하면 좋을까, 어떻게 하면 좋을까, 아무리 생각해도 묘안이 떠오르지 않을 때는 그런 일이 일어날 염려가 없다고 단정해버리는 것이 안심할 수 있는 가장 좋은 방법이다. 또한 대책이 서지 않는 일은 일어나지 않을 거라고 생각하고 싶어지는 법이다.

하여간 세상을 둘러보라. 어제 시집온 새색시가 오늘 죽지 않는다는 보장도 없지 않은가. 그런데 신랑은 검은 머리가 파뿌리 될 때까지 행복하게 살자는 둥 듣기 좋은 말만 늘어놓으며 걱정하는 기색이 전혀 없지 않은가. 걱정하지 않는 것은 걱정할 가치가 없어서가 아니다. 아무리 걱정한들 뾰족한 수가 없기 때문이다. 내 경우에도 삼면에서의 동시 공격은 절대 일어나지 않을 거라고 단언할 만한 근거는 없지만, 일어나지 않을 거라고 생각하는 것이 안심하는 데는 편리하다. 안심은 만물에 필요하다. 나도 안심을 바란다. 따라서 삼면에서의 동시 공격은 일어나지 않을 거라고 단정한다.

그래도 여전히 걱정이 가시지 않아 어찌 된 일인가 하고 여러모로 생각해보고야 가까스로 알 수 있었다. 세 가지 전략 중에서 어느 것을 택하는 것이 가장 나은 선택인가 하는 문제에 대해 스스로 명료한 답변을 얻지 못해서 생긴 걱정이었다.

찬장에서 나올 때는 내게도 대응할 방법이 있다. 목욕탕에서 나타날 때는 이에 대비한 계획이 있다. 또 개수대에서 기어 나올 때도 이에 대처할 방책이 있다. 그런데 그중 하나를 정해야만 하자니 당혹스러웠다. 도고 장군은 발틱 함대가 대한해협을 지날지, 쓰가루 해협을 지날지, 아니면 멀리 소야 해협을 우회할지 크게 고민했다고 하는데, 지금의 내 처지에서 상상해보건대 무척 난감했을 것으로 사료된다. 나는 전체의 상황에서 도고 각하와 비슷할 뿐만 아니라 이 각별한 지위에서도 도고 각하와 아주 비슷한 고심을 하는 자다.

내가 이렇게 지략을 짜느라 몰두하고 있는데 찢어진 장지문이 열리더니 하녀의 얼굴이 불쑥 나타났다. 얼굴만 나타났다는 것은 손발이 없다는 뜻이 아니다. 밤눈에 다른 부분은 잘 보이지 않았는데 얼굴만은 뚜렷하게 강한 색이어서 분명하게 보였기 때문이다. 하녀는 그렇지 않아도 붉은 얼굴을 더욱 붉게 하여 목욕탕에서 돌아온 길에, 어젯밤 일도 있어서인지 일찌감치 부엌 문단속을 했다.

"내 지팡이 좀 머리맡에 갖다놔라."

서재에서 주인이 말하는 소리가 들렸다. 무엇 때문에 지팡이를 머리맡에 두려는 것인지 나는 이해할 수 없었다. 설마 역수(易水)의 대장부[14]라도 되는 양 용이 울 때처럼 명검이 낮게 울리는 소리를 들으

---

14 중국 전국시대의 자객 형가(荊軻)를 말한다. 역수는 중국 허베이 성에 있는 강 이름. 형가가 연나라 태자 단(丹)의 의뢰로 진시황을 암살하려고 떠날 때 역수에서 단과 헤어지며 "바람은 소슬하고 역수는 차갑구나(風蕭蕭兮易水寒) 대장부 한 번 떠나면 다시는 돌아오지 못하리(壯士一去兮不復還)"라고 노래했다는 고사에 근거한다.

려는 별난 취향도 아닐 것이다. 어제는 참마, 오늘은 지팡이, 내일은 또 뭐가 놓이려나.

밤이 아직 깊지 않아서인지 쥐는 좀처럼 나타날 기미가 없었다. 나는 대전을 치르기에 앞서 잠깐 휴식을 취할 필요가 있었다.

주인집의 부엌에는 들창이 없다. 방에는 폭이 30센티미터쯤 되는 교창이 뚫려 있어 여름과 겨울에는 바람이 통하는 들창 구실을 한다. 미련 없이 지는 벚꽃을 꾀어 획 불어드는 바람에 놀라 눈을 뜨니 어느새 어스름한 달빛까지 비쳐드는지 부뚜막 그림자가 비스듬히 널빤지 위에 걸쳐 있었다. 너무 오래 잔 것이 아닌가 하고 두세 번 귀를 털고 집 안의 동정을 살폈다. 어젯밤처럼 벽시계 소리만 괴괴히 들려왔다. 이제 쥐가 나타날 시간이다. 어디에서 나올 것인지.

찬장 안에서 달그락달그락 소리가 나기 시작했다. 작은 접시의 가장자리를 밟으며 안을 헤집고 있는 듯했다. 이곳으로 나오겠군, 하고 구멍 옆에 움츠리고 기다렸다. 좀처럼 나올 기색이 없었다. 접시가 달그락거리는 소리는 곧 그쳤고 이번에는 사발인가 뭔가에 걸린 듯 묵직하게 덜그럭덜그럭 하는 소리가 가끔씩 들렸다. 게다가 문 바로 안쪽에서 소리가 났다. 내 코끝과 불과 10센티미터밖에 떨어져 있지 않았다. 때로는 발소리가 쪼르르 구멍 입구까지 다가왔지만 다시 멀어지고 한 마리도 얼굴을 내밀지 않았다. 바로 문짝 너머에서 적이 지금 멋대로 만행을 저지르고 있는데 나는 가만히 구멍 앞에서 기다리고만 있어야 하는 참으로 태평하기 짝이 없는 일이었다. 쥐는 뤼순 밥그릇〔椀〕[15] 안에서 떠들썩하게 무도회를 개최하고 있었다. 하녀가 적어도 내가 들어갈 수 있을 만큼만 이 문을 열어놓았으면 좋았을 텐데 정말 눈치 없는 시골뜨기다.

이번에는 부뚜막 그림자 속에서 내 밥그릇이 댕그렁 하고 울렸다. 적이 이쪽으로도 나타났구나 하고 살금살금 다가가자 들통 사이에서 꼬랑지만 살짝 보이고는 이내 개수대 밑으로 숨어버렸다. 잠시 후 목욕탕에서 양치질할 때 쓰는 그릇이 놋대야에 짤랑 부딪쳤다. 이번에는 뒤로구나 하고 돌아보자마자 15센티미터쯤 되는 큼지막한 놈이 날쌔게 치약을 떨어뜨리고 툇마루 밑으로 뛰어들었다. 어디 놓칠쏘냐, 하고 뒤따라 뛰어내렸더니 이미 흔적도 없이 사라졌다. 쥐를 잡는 것은 생각보다 어려운 일이었다. 나는 선천적으로 쥐를 잡는 능력이 없는지도 몰랐다.

내가 목욕탕으로 돌아가면 적은 찬장에서 튀어나왔고 찬장을 경계하면 개수대에서 튀어나왔으며 부엌 한가운데서 버티고 있으면 세 방면에서 모두 조금씩 소란을 피웠다. 건방지다고 할까 비겁하다고 할까 그들은 도저히 군자의 적이 아니었다. 나는 열대여섯 번이나 이쪽저쪽으로 분주히 뛰어다니며 몸과 마음이 지칠 만큼 애를 써보았지만 끝내 한 번도 성공하지 못했다.

아쉽기는 하지만 이런 소인배가 적이어서는 아무리 도고 장군이라고 해도 손쓸 방도가 없다. 처음에는 용기도 있었고 적개심도 있었으며 비장감이라는 숭고한 미감도 있었지만, 결국 귀찮고 바보 같기도 한 데다 졸리고 지쳐서 부엌 한가운데에 앉아 움직이지 않기로 했다. 그러나 움직이지 않아도 사방팔방을 쏘아보고 있기만 하면 적은 소인배라 이렇다 할 일을 벌이지 못한다. 노리고 있는 적이 의외로 째째한 놈이라면 전쟁이 명예라는 느낌은 사라지고 얄밉다는 느낌만 남는다.

15 뷔순 만을 비튼 말. 만(灣)과 밥그릇(椀)의 일본어 발음이 모두 '완'으로 같아서 만들어진 말이다.

얄밉다는 느낌이 사라지면 긴장이 풀리며 멍해진다. 멍한 뒤에는 멋대로 하라, 어차피 멋진 일은 일어나지 않으니까, 하고 경멸하는 마음이 극에 달해 졸렸다. 나는 이상의 과정을 거쳐 마침내 잠이 들었다. 나는 잠을 잤다. 휴양은 적진에 있어도 필요한 법이다.

햇빛을 향해 옆으로 열린 들창에서 또 꽃잎 한 줌을 뿌리며 세찬 바람이 나를 맴도는가 싶더니 찬장 문에서 총알처럼 튀어나온 놈이 피할 새도 없이 바람을 가르며 내 왼쪽 귀를 물었다. 이어서 검은 그림자가 뒤로 돌아가나 싶더니 생각할 틈도 없이 내 꼬리를 물고 늘어졌다. 순식간에 벌어진 일이었다. 나는 아무런 목적도 없이 기계적으로 뛰어올랐다. 온몸의 힘을 모공에 모아 이 괴물을 떨어뜨리려고 했다. 귀를 물고 늘어졌던 놈은 중심을 잃고 내 얼굴 옆으로 축 늘어졌다. 고무관처럼 부드러운 꼬리 끝이 예기치 않게 내 입으로 들어왔다. 이게 웬 떡이냐 싶어 끊어질 만큼 꼬리를 물고 좌우로 흔들자 꼬리만 앞니 사이에 남고 몸통은 낡은 신문지를 붙인 벽에 부딪히더니 널빤지 뚜껑 위로 떨어졌다. 일어날 틈을 주지 않고 덮치려고 하자 놈은 걷어찬 공처럼 튀어 올라 내 코끝을 스치고는, 달아맨 선반 가장자리에 발을 오므리고 섰다.

놈은 선반 위에서 나를 내려다보았다. 나는 널빤지 마룻바닥에서 놈을 올려다보았다. 거리는 1미터 50센티미터. 그 사이로 공중에 넓은 띠를 펼쳐놓은 것처럼 비스듬히 달빛이 들어왔다. 나는 앞발에 힘을 모아 얍 하고 선반 위로 뛰어올랐다. 앞발만은 성공적으로 선반 가장자리에 닿았지만 뒷발은 공중에서 버둥거렸다. 게다가 조금 전의 그 검은 놈이 죽을 때까지 놓지 않을 기세로 내 꼬리를 물고 늘어져 있다. 위험했다. 앞발을 고쳐 걸치며 뒷발을 붙일 데를 찾았다. 앞발을 고쳐 걸칠 때마다 꼬리의 무게 때문에 뒤로 밀려났다. 20, 30퍼센트만 뒤로 미끄러지면 떨어질 수밖에 없었다. 나는 점점 더 위태로웠다. 선반의 널빤지를 발톱으로 긁어대는 드드득 하는 소리가 들려왔다. 이래서는 안 되겠다 싶어 왼쪽 앞발을 고쳐 걸치려다가 발톱을 걸치지 못하고 보기 좋게 놓치는 바람에 오른쪽 발톱 하나로 선반에 매달리는 꼴이 되고 말았다. 나와 꼬리를 물고 늘어진 놈의 무게로 내 몸이 빙글빙글 돌았다.

이때까지 꿈쩍하지 않고 노려만 보고 있던 선반 위의 괴물이 이때다 하고 내 이마를 노리고 선반 위에서 돌을 내던지듯이 뛰어내렸다. 내 발톱은 마지막 남은 발판마저 잃어버렸다. 세 덩어리가 한 덩어리가 되어 달빛을 세로로 가르며 떨어져 내렸다. 선반 아랫단에 놓여 있던 절구와 절구 안에 들어 있던 작은 통과 빈 잼 통이 한 덩어리가 되어 그 아래에 있는 불씨 끄는 항아리와 함께 절반은 물독으로, 절반은 마룻바닥 위로 떨어져 나뒹굴었다. 심야에 모든 것이 예사롭지 않은 소리를 내며, 필사적으로 몸부림을 치고 있던 내 영혼마저 얼어붙게 만들었다.

"도둑이야!"

주인이 굵고 거친 소리를 내지르며 침실에서 뛰어나왔다. 한 손에는 등불을, 다른 손에는 지팡이를 들었고, 잠에 취한 멍한 눈에서는 신분에 어울리지 않게 번쩍이는 빛이 뿜어져 나왔다. 나는 내 밥그릇 옆에 얌전히 웅크리고 앉아 있었다. 두 마리의 괴물은 찬장 안으로 모습을 감추었다. 주인은 하릴없이 노기를 띠며 들을 사람도 없는데 물었다.

"뭐야, 누가 이렇게 시끄럽게 군 거야?"

달이 서쪽으로 기울어 하얗게 빛나던 띠는 절반쯤 가늘어졌다.

『나는 고양이로소이다』 중편(6~9장) 자서*

『나는 고양이로소이다』의 원고를 이어서 쓸 때는 대략 상편과 같은 정도의 매수를 써서, 상하 두 권의 단행본으로 낼 생각이었다. 그런데 어떤 사정으로 페이지가 조금 늘어나는 바람에 출판사 측에서 상·중·하 세 권으로 내자고 제의했다. 그것은 영업상의 문제이니 작가인 나로서는 특별히 반대할 이유도 없어 우선 이것만을 중편으로 발간하기로 했다.

그런데 서를 쓸 때 문득 생각난 일이 있다. 내가 런던에 있을 때, 죽은 친구 시키(子規)의 투병을 위로하기 위해 당시 그 지역의 사정을 써서 두세 번 멀리서 긴 편지를 보냈다. 무료함에 괴로워하고 있던 시키는 내 편지를 보고 아주 재미있어 한 듯 "바쁜 와중에 미안하네만 다시 한 번 뭔가 써서 보내줄 수 없겠나" 하는 의뢰를 해왔다. 이때 시키는 상당히 위중한 상태(당시 시키는 결핵 치료를 위해 요양 중이었다)**였고 편지 문구도 굉장히 비참했기에 인정상 뭔가 적어서 보낼 생각

---

* 『筑摩全集類聚版 夏目漱石全集』第十卷, 筑摩書房(1972).

이었다. 하지만 나도 놀고 있는 몸이 아니었고 또 그렇게 재미있는 소재를 찾아다닐 만큼 한가한 시간도 없었던 터라 그런 생각만 하고 있는 중에 시키는 그만 죽고 말았다.

문서함에서 꺼내 보니 그 편지에는 이렇게 쓰여 있다.

런던의 소세키에게

나는 이제 틀렸네. 매일 이유 없이 오열하고 있는 형편이라네. 그래서 신문이나 잡지에도 전혀 글을 쓰지 못하고 있네. 편지도 완전히 끊었다네. 그러므로 오랫동안 소식 전하지 못했네. 오늘 밤에는 문득 생각나 특별히 편지를 쓴다네. 언젠가 보내준 자네의 편지는 굉장히 재미있었네. 근래에 나를 가장 기쁘게 해준 것이었네. 내가 예전부터 서양을 보고 싶어 했다는 것은 자네도 잘 알고 있을 것이네. 그런데 병자가 되어버려 유감스럽기 그지없지만, 자네의 편지를 보고 서양에 있는 것 같은 기분이 들어 무척 유쾌했다네. 혹시 보내줄 수 있다면 내 눈이 보일 때 다시 한 번 보내줄 수 없겠나(무리한 부탁이겠지만).

그림엽서도 잘 받았네. 런던의 군고구마 맛은 어떤지 듣고 싶네.

후세쓰는 지금 파리에 있는데, 이슬람 사원에 다니고 있다지 않은가. 자네를 만나면 가다랑어포 하나를 선물로 준다고 했는데, 그런 건 이미 먹어버렸을지도 모르겠네.

다카하마 교시***는 아들을 얻었네. 내가 도시오(年尾)라는 이름을 지

** 하이쿠 혁신 운동을 벌였으며, 소세키의 친구이기도 한 마사오카 시키를 말한다. 소세키가 영국에 유학할 당시 시키는 결핵균이 폐에서 혈액을 통해 척추로 전이되어 발병하는 '척추 카리에스'로 누워서만 지내는 상태였다.

*** 하이쿠 시인이자 소설가. 마사오카 시키의 뒤를 이어 《호토토기스》의 편집과 경영을 맡았으며, 소세키로 하여금 『나는 고양이로소이다』를 쓰게 한 장본인이다.

어주었네.

다케무라 고토*도 죽고 니노미 히후**도 죽고, 다들 나보다 먼저 죽어버렸네.

나는 도저히 자네를 다시 만날 수 없을 것 같네. 만약 만날 수 있다고 해도 그때는 이야기를 할 수 없는 상태일 걸세. 사실 나는 살아 있는 것이 고통스럽네. 내 일기에는 "고하쿠 왈 오라(古白曰來)"라는 글자가 특별히 쓰여 있는 곳이 있네.

쓰고 싶은 말은 많지만 고통스러우니 용서해주게.

1901년 11월 6일 등잔 아래서 씀

도쿄에서

시키 배(拝)

이 편지는 미농지에 행서로 쓰여 있다. 필력은 빈사의 병자로 생각되지 않을 만큼 확실하다. 나는 이 편지를 볼 때마다 어쩐지 고인에게 미안한 일을 했다는 느낌이 든다. "쓰고 싶은 말은 많지만 고통스러우니 용서해주게"라는 문구는 한 점 거짓이 없지만, "쓰고 싶기는 하지만 바쁜 몸이니 용서해주게"라는 나의 답글에는 약간 발뺌하는 어투가 숨어 있다. 가엾은 시키는 내 편지를 기다리면서, 기다린 보람도 없이 숨을 거두고 말았다.

시키는 얄미운 사내다. 일찍이 『묵즙일적(墨汁一滴)』인가에서 "독일에서는 아네사키 마사하루(姉崎正治)나 후지시로 소진(藤代素人)이 독일어로 연설을 하여 큰 갈채를 받았는데, 소세키는 런던 변두리에 틀

* 다케무라 고토(竹村黃塔, 1866~1901).
** 니노미 히후(新海非風, 1870~1901).

어박혀 할멈의 구박을 받고 있다"는 내용의 글을 썼다. 이런 글을 쓸 때는 밉살스러운 사내지만 "쓰고 싶은 말은 많지만 고통스러우니 용서해주게"라는 글을 보면 가엾기 그지없다. 나는 시키에게 그 가엾음을 해소하지도 못하고 결국 그를 죽이고 말았다.

　시키가 살아 있었다면 『나는 고양이로소이다』를 읽고 뭐라 말했을지 모르겠다. 어쩌면 런던 소식은 읽고 싶지만 『나는 고양이로소이다』는 됐다며 도망쳐버렸을지도 모른다. 그러나 『나는 고양이로소이다』는 나를 유명하게 한 첫 번째 작품이다. 유명해진 일이 그다지 자랑할 만한 일은 아니지만, 『묵즙일적』에서 은근히 나를 격려해준 고인에게는 어쩌면 이 작품을 지하로 보내는 것이 맞을지도 모르겠다. 계자(季子)는 칼을 묘에 걸어두고 고인의 뜻에 보답했다고 하니 나 역시 『나는 고양이로소이다』를 묘에 헌상하여 지난날의 가엾음을 5년 후인 오늘 해소하려고 한다.

　시키는 죽을 때 수세미외에 대한 하이쿠를 읊으며 죽은 사내다. 그러니 세인은 시키의 기일을 수세미외 기일이라 칭하며 시키를 수세미외불(佛)이라 명명하고 있다. 내가 10여 년 전 시키와 함께 하이쿠를 지을 때,

　　길지만 태연히 늘어져 있는 수세미외
　　長けれど 何の糸瓜と さがりけり

　얼떨결에 이런 하이쿠를 지은 적이 있다. 수세미외와 인연이 있으니 이 하이쿠를 『나는 고양이로소이다』와 함께 지하로 보낸다.

묵직하게 엉덩이를 붙이고 있는 호박이런가

どっしりと 尻を据えたる 南瓜かな

　이런 하이쿠도 그 무렵에 지은 것 같다. 마찬가지로 과(瓜)라는 글자가 붙은 걸 보면 호박(南瓜)과 수세미외(糸瓜)는 친척 사이일 것이다. 친척 사이니 호박에 대한 하이쿠를 수세미외불에 봉납하는 것도 그다지 이상하지는 않을 것이다. 그래서 내친김에 이 하이쿠도 영전에 헌상하기로 했다. 시키는 지금 어디서 어떻게 지내는지 모르겠다. 아마 눌러앉을 엉덩이가 없어서 안정을 취할 기회가 궁할 것이다. 나는 아직 엉덩이를 갖고 있다. 어차피 갖고 있으니 일단 묵직하게 앉아, 사람들의 의도대로 그리 갑자기는 움직이지 않을 생각이다. 그러나 또 여느 때처럼 시키가 엉덩이를 갖지 못한 자신에게 남 일 같지 않게 여겨져 멀리서 나를 걱정하면 안 되니 죽은 벗을 안심시키기 위해 미리 한 마디 해둔다.

1906년 10월

6

이렇게 더워서야 아무리 고양이라도 견딜 재간이 없다. 영국의 시드니 스미스[1]라는 사람이 껍질을 벗기고 살을 벗겨내고 뼈만으로 시원한 바람을 쐬고 싶다며 괴로워했다는 이야기가 있는데, 설사 뼈만 남기지 않아도 좋으니 적어도 이 옅은 회색의 얼룩 털옷만이라도 잠시 벗어 빨아 말리든 아니면 당분간 전당포에라도 맡기고 싶은 심정이다. 인간의 눈으로 보면 고양이 따위는 사시사철 같은 얼굴로 춘하추동 단벌옷으로 버티는 지극히 단순하고 무탈하며 돈이 들지 않는 생애를 보내는 것으로 보일지도 모르겠지만, 아무리 고양이라도 그에 걸맞은 더위와 추위를 느낀다. 가끔은 목욕이라도 한번 하고 싶지 않은 것도 아니지만, 어쨌든 이 털옷을 입은 채 목욕을 한 날에는 말리는 게 쉽지 않으니 땀 냄새를 참으며 이날이 될 때까지 목욕탕 문턱을 넘은 적이 없다. 때로는 부채라도 사용하고 싶은 마음이 일지 않은 건 아니나 쥘 수가 없으니 하여간 어쩔 수 없는 일이다.

1 시드니 스미스(Sydney Smith, 1771~1845). 영국의 목사이자 저술가.

그런 생각을 하면 인간은 참으로 분에 넘치는 자들이다. 날것으로 먹어야 할 것을 굳이 삶고 굽고 식초에 절이고 된장을 바르는 등 기꺼이 쓸데없는 수고를 하며 서로들 무척 기뻐한다. 옷만 해도 그렇다. 고양이처럼 일 년 내내 같은 옷을 입으라는 것은 불완전하게 태어난 그들에게는 좀 무리한 일인지 모르겠지만, 아무리 그래도 그렇게 잡다한 것을 피부 위에 걸치고 살지 않아도 될 것이다. 양에게 폐를 끼치거나 누에의 신세를 지거나 목화밭의 온정까지 받기에 이르면, 그들의 사치는 무능의 결과라고 단언해도 좋을 정도다. 일단 입고 먹는 것은 너그러이 봐준다 하더라도, 생존에 직접적인 이해관계가 없는 것까지 이런 식으로 하는 것은 털끝만치도 이해가 되지 않는다.

우선 머리털 같은 것은 자연스럽게 자라는 것이니 내버려두는 것이 가장 간편하고 또 당사자에게도 도움이 될 것 같은데, 그들은 불필요한 궁리를 하여 갖가지 잡다한 모양을 하고는 우쭐해한다. 중을 자처하는 자는 언제 봐도 머리를 박박 밀고 있다. 더우면 그 위에 삿갓을 쓴다. 추우면 두건을 두른다. 그럴 거면 뭐 때문에 머리를 박박 밀고 다니는지 알 수가 없지 않은가.

그런가 하면 빗이라 하는 무의미한, 톱같이 생긴 도구를 이용하여 머리를 좌우로 등분해놓고 기뻐하는 자도 있다. 등분하지 않으면 7 대 3의 비율로 두개골 위에 인위적인 구획을 만든다. 그중에는 이 구획이 가마를 지나 뒤쪽까지 밀고 나간 경우도 있다. 마치 가짜로 만든 파초 잎 같다. 그다음에는 정수리를 평평하게 자르고 좌우는 똑바로 깎아내린다. 둥근 얼굴에 사각 틀을 끼우고 있으니 정원사가 손질한 삼나무 울타리를 그대로 베낀 것으로밖에 보이지 않는다. 그밖에 머리를 1.5센티미터 길이로 깎는 것, 1센티미터 길이로 깎는 것, 약

3.3밀리미터 길이로 깎는 것까지 있다고 하니, 종국에는 머릿속까지 깎아 마이너스 3.3밀리미터, 마이너스 1센티미터 등 기발한 것이 유행할지도 모르겠다.

하여튼 그런 일에 그렇게 열중해서 어쩌자는 것인지 알 수가 없다. 먼저 다리가 네 개나 있는데 두 개밖에 쓰지 않는다니 사치스러울 뿐이다. 네 발로 걸으면 그만큼 잘 걸을 수 있을 텐데 늘 두 개로 걷고 나머지 두 개는 선물 받은 대구포처럼 하릴없이 내려뜨리고 있으니 정말 어처구니가 없다.

이렇게 보면 인간은 고양이보다 상당히 한가한 존재로, 너무 무료한 나머지 그런 장난을 고안하여 즐기고 있는 것으로 보인다. 다만 웃기는 것은 이 한가한 사람들이 모이기만 하면 으레 바쁘다며 떠들고 다닐 뿐만 아니라 그 안색도 너무 바쁜 것으로 보인다는 점이다. 자칫하면 그 분주함에 잡혀 먹히는 게 아닌가 싶을 정도로 곰상스럽게 행동한다. 그들 중 어떤 자는 나를 보고, 나도 고양이 신세라면 얼마나 마음이 편할까, 하는 말을 하는데, 마음 편한 게 좋아 보이면 그렇게 하면 될 일이다. 그렇게 좀스럽게 굴어달라고 누가 부탁한 것도 아니다. 자기가 멋대로 감당할 수 없을 만큼 일을 벌여놓고 괴롭다고 연발하는 것은 자기가 불을 활활 지펴놓고 덥다고 하는 것과 같은 일이다. 고양이도 머리 깎는 방법을 스무 가지나 생각한다면 이렇게 마음 편히 있을 수 없을 것이다. 마음 편히 있고 싶다면 나처럼 여름에도 털옷을 입고 돌아다닐 수 있을 만큼 수련을 하는 게 좋다. 이렇게 말은 하지만, 좀 덥긴 하다. 털옷은 정말 너무 덥다.

이래서는 나의 전매특허인 낮잠도 잘 수 없다. 좋은 수가 없을까. 오랫동안 인간 사회의 관찰을 게을리 했으니 오늘은 오랜만에 그들이 별난 취향에 안달하는 모습이나 볼까 하는 생각도 해봤지만, 공교롭게도 주인은 이 점에서 고양이와 무척 비슷한 성품을 지녔다. 낮잠은 나 못지않을 만큼 자고, 특히 여름방학이 끝난 뒤부터는 무엇 하나 인간다운 일을 하지 않으니 아무리 관찰한다고 해도 보람이 없다. 이런 때 메이테이 선생이라도 오면 위장병에 시달린 주인의 피부도 얼마간 반응을 보이며 잠깐이라도 고양이와는 좀 달라질 텐데. 그렇게 메이테이 선생이 와도 좋을 때라고 생각하고 있는데, 누구인지 모르겠지만 목욕탕에서 물을 쫙쫙 끼얹는 소리가 들렸다. 물을 끼얹는 소리뿐만이 아니라 때로는 우렁찬 소리로 가락까지 넣고 있었다.

"아아, 좋다."

"아, 정말 기분 좋다."

"한 바가지 더."

온 집 안에 이런 목소리가 울려 퍼졌다. 주인집에 와서 이렇게 큰 소리로 무례한 짓을 하는 자는 달리 없다. 메이테이 선생임에 틀림없었다.

드디어 왔구나, 이제 오늘 한나절은 때울 수 있겠다고 생각하고 있으니, 메이테이 선생이 물기를 닦고 옷을 입고는 여느 때처럼 객실까지 성큼성큼 들어왔다.

"제수씨, 구샤미 어디 갔습니까?"

메이테이 선생은 큰 소리로 이렇게 말하고는 모자를 다다미 위로 휙 던졌다. 옆방에서 반짇고리 옆에 엎드려 한창 기분 좋게 자고 있던 안주인이, 뭔가 고막을 울릴 만큼 시끄러운 소리에 깜짝 놀라 잠이 덜 깬 눈을 일부러 부릅뜨고 객실로 나가자 메이테이 선생이 삼베옷을 입고 멋대로 진을 치고 앉아 줄기차게 부채질을 하고 있었다.

"어머, 어서 오세요. 전혀 모르고 있었네요."

다소 당황해하는 기색의 안주인은 콧등에 땀이 밴 채 인사를 했다.

"아니, 지금 막 왔습니다. 방금 목욕탕에서 하녀한테 물을 끼얹어달라고 했는데 이제야 좀 살 것 같습니다. 너무 덥지 않습니까?"

"요 2, 3일은 가만히 있기만 해도 땀이 날 정도로 정말 덥네요. 그런데도 여전하시네요."

안주인은 여전히 콧등의 땀을 닦지 않았다.

"예, 고맙습니다. 이 정도 더위로 뭐 그리 변하겠습니까? 하지만 이 더위는 정말 각별하네요. 몸이 너무 나른한데요."

"저 같은 경우도 낮잠을 자는 일이 없는데 어찌나 덥던지 그만……"

"자는 거야 좋지요. 낮에도 자고 밤에도 잘 수 있다면 그보다 좋은 일은 없지요."

여전히 한가한 소리를 늘어놓았는데, 그것만으로는 부족하다 싶었는지 말을 이었다.

"나 같은 사람은 잠을 못 자는 체질이라서요. 내가 올 때마다 자고 있는 구샤미 같은 사람을 보면 참 부럽습니다. 하긴 약한 위에는 이런 더위가 해로울 테니까요. 튼튼한 사람도 오늘 같은 날에는 어깨 위에 머리를 얹고 있는 것이 힘든데, 얹고 다니는 이상, 그렇다고 떼어낼 수도 없는 노릇이고."

메이테이 선생은 전에 없이 목을 어찌해야 좋을지 난감해했다.

"제수씨는 머리 위에 또 얹고 있는 게 있으니 앉아 있는 것도 힘들 겁니다. 틀어 올린 머리의 무게만으로도 드러눕고 싶겠지요."

안주인은 틀어 올린 머리 탓에 지금까지 누워 있던 것이 들켰다고 생각하며 머리를 매만졌다.

"호호호호. 그렇게 험한 말을."

메이테이 선생은 그런 말에는 신경도 쓰지 않고 묘한 말을 했다.

"제수씨, 어제는 말이지요, 지붕 위에서 계란프라이를 만들어봤습니다."

"프라이를 어떻게 했다고요?"

"지붕 기와가 잘 구워져 있길래 그냥 내버려두는 것이 아깝다는 생각이 들어서요. 버터를 바르고 계란을 탁 깨뜨렸지요."

"어머나."

"그런데 역시 햇빛으로는 생각대로 되지 않더군요. 좀처럼 반숙이 되지 않아서 아래로 내려와 신문을 읽고 있는데 손님이 와서 그만 깜박 잊고 말았습니다. 오늘 아침에야 퍼뜩 생각나서 이제 됐겠지 하고 올라가봤더니 말이지요."

"어떻게 됐는데요?"

"반숙은커녕 완전히 흘러가버렸더군요."

"어머 저런."

안주인은 얼굴을 찡그리며 탄식했다.

"그런데 삼복 무렵에는 그렇게 시원하더니 이제 와서 더워지는 건참 이상한 일이네요."

"정말 그래요. 얼마 전에는 홑옷만 입고 있으면 추울 정도였는데 그저께부터 갑자기 더워졌어요."

"게라면 옆으로 기어간다지만 올해 날씨는 뒷걸음질을 치고 있어요. '도행역시(倒行逆施)'²라 해도 좋지 않겠느냐고 말하는 건지도 모

---

2 『사기』「오자서(伍子胥) 열전」에서 유래한 말로, 어떤 일을 다급하게 처리하고자 거꾸로 행한다는 뜻으로 일상의 도리에서 벗어난 일을 의미한다.

릅니다."

"그게 무슨 말이에요?"

"아니, 아무것도 아닙니다. 아무래도 날씨가 거꾸로 가는 게 꼭 헤라클레스의 소 같습니다."

메이테이 선생이 생각대로 되었다는 듯 우쭐대며 더욱 묘한 말을 하자 아니나 다를까 안주인은 무슨 말인지 도통 알 수가 없었다. 하지만 조금 전에 나온 '도행역시'라는 말 때문에 다소 넌더리가 났기에 이번에는 그저 '네에'라고만 말하고 되묻지 않았다. 메이테이 선생은 안주인이 되물어오지 않으면 애써 그 말을 꺼낸 보람이 없었다.

"제수씨, 헤라클레스의 소라는 말을 아십니까?"

"그런 소는 몰라요."

"모르십니까, 그럼 잠깐 설명해드릴까요?"

안주인은 그럴 필요 없다고 말할 수도 없었기에 '네'라고만 말했다.

"옛날에 헤라클레스가 소를 끌고 왔습니다."

"그 헤라클레스라는 사람은 소를 치는 사람인가요?"

"소를 치는 사람은 아닙니다. 소를 치는 사람도 이로하³의 주인도 아닙니다. 그때는 그리스에 아직 쇠고기 푸줏간이 한 집도 없던 시절이었으니까요."

"어머, 그리스 이야긴가요? 그럼 그렇다고 말해주면 좋았을 텐데."

안주인은 그리스라는 나라 이름만은 알고 있었다.

"그래도 헤라클레스 아닙니까?"

"헤라클레스라면 그리스인인가요?"

"예, 헤라클레스는 그리스의 영웅이니까요."

3 1900년대 초 도쿄의 유명한 쇠고기 정육점으로, 지점도 많았다.

"어쩐지 모르겠다 싶더라고요. 그런데 그 남자는 어떻게 됐어요?"

"그 남자가 제수씨처럼 잠이 와서 쿨쿨 자고 있는데……"

"어머 또 그런 소리."

"자고 있는 동안 헤파이스토스[4]의 아들이 와서 말이지요."

"헤파이스토스는 또 누군가요?"

"헤파이스토스는 대장장이입니다. 이 대장장이의 자식이 그 소를 훔쳐갔지요. 그런데 소의 꼬리를 잡고 힘껏 끌고 가버려서, 헤라클레스가 잠에서 깨어나 소야, 소야 하고 부르며 다녀도 어디 있는지 알 수 없는 겁니다. 알 턱이 없지요. 소의 발자국을 쫓아간다고 해도 앞쪽으로 끌고 간 것이 아니었거든요. 뒤로 끌고 갔으니까요. 대장장이의 자식치고는 아주 제법이었지요."

메이테이 선생은 이미 날씨 이야기는 잊고 있었다.

"그런데 구샤미는 어떻게 된 겁니까? 여전히 낮잠인가요? 낮잠도 중국 시에 나오면 풍류지만, 구샤미처럼 일과처럼 낮잠을 자면 다소 속된 느낌이 들지요. 아무 일도 없는 매일, 조금씩 죽어보는 것 같은 것이지요. 제수씨, 귀찮으시겠지만 좀 깨워주시지요."

메이테이 선생이 이렇게 재촉하자 안주인은 같은 생각을 하고 있었는지 이렇게 말하며 일어섰다.

"네, 정말 저래서 큰일이에요. 무엇보다 몸만 나빠지니까요. 이제 막 밥을 먹었는데."

"제수씨, 밥이라고 하시니, 저는 아직 밥을 먹지 못했습니다."

메이테이 선생은 태연한 얼굴로 묻지도 않은 말을 했다.

"어머, 저런, 끼니때인데 전혀 모르고 있었네요. 그럼 아무것도 없

4 그리스 신화에 나오는 불과 대장간의 신.

으니 오차즈케⁵라도."

"아니, 오차즈케 같은 건 먹지 않아도 괜찮습니다."

"그래도 어차피 입에 맞을 만한 게 없어서요."

안주인은 살짝 싫은 소리를 늘어놓았다. 메이테이 선생은 눈치를 챈 모양이었다.

"아니, 오차즈케든 오유즈케⁶든 거절하겠습니다. 오는 길에 맛있는 걸 주문해놓고 왔으니 여기서 그걸 먹겠습니다."

보통 사람이라면 도저히 할 수 없는 말이다.

"어머!"

안주인은 짧게 한 마디를 내뱉었는데, 그 한 마디에는 놀랍다는 뜻과 언짢다는 의미, 그리고 수고를 덜어주어 고맙다는 뜻이 모두 담겨 있었다.

그때 구샤미가 서재에서 비트적거리며 나왔다. 여느 때와 달리 너무 시끄러워 막 든 잠에서 억지로 깬 듯 하품을 하며 무뚝뚝한 표정으로 말했다.

"여전히 시끄러운 사람이군. 모처럼 기분 좋게 자려고 했는데."

"야, 이거 일어나셨구먼. 주무시는 사람을 깨워 심히 미안하군. 하지만 가끔은 괜찮겠지. 자, 이리 앉게나."

메이테이 선생은 누가 손님인지 알 수 없는 인사를 했다. 주인은 아무 말 없이 자리에 앉아 쪽매붙임 궐련 상자에서 '아사히' 한 개비를 꺼내 뻐끔뻐끔 피우기 시작했는데, 문득 맞은편 구석에 굴러다니고 있는 메이테이 선생의 모자에 눈을 주고 물었다.

5 밥에 녹차를 부은 요리.
6 밥에 뜨거운 물을 부은 것.

"자네, 모자 샀군?"

메이테이 선생은 곧바로 자랑스럽게 주인과 안주인 앞으로 모자를 내밀었다.

"어떤가?"

"어머, 예쁘네요. 정말 촘촘하고 부드럽네요."

안주인은 모자를 들고 여기저기 어루만졌다.

"제수씨, 이 모자는 아주 귀한 보물입니다. 무슨 말이든지 잘 듣거든요."

메이테이 선생이 주먹을 쥐고 파나마모자의 옆구리를 툭 치자 과연 생각대로 주먹만 한 구멍이 뚫린 것처럼 움푹 들어갔다.

"어머나!"

안주인이 놀랄 틈도 없이 이번에는 주먹을 안쪽으로 넣어 힘껏 밀자 모자 위쪽이 뾰족하게 튀어 올라왔다. 다음에는 모자를 잡고 양쪽에서 차양을 눌러 찌부러뜨렸다. 찌부러진 모자는 밀방망이로 민 메밀 반죽처럼 평평해졌다. 그것을 한쪽에서 멍석이라도 말듯이 둘둘 말았다. 그러고는 둥글게 뭉친 모자를 품속에 넣으며 말했다.

"보시는 대롭니다. 어떻습니까?"

"신기하네요."

안주인이 기텐사이 쇼이치[7]의 마술이라도 구경한 것처럼 감탄하자 메이테이 선생도 자신이 무슨 마술사라도 되는 양 오른쪽에서 품에 넣었던 모자를 일부러 왼쪽 소매로 빼냈다.

"흠이 생긴 데는 하나도 없습니다."

7 기텐사이 쇼이치(歸天齋正一). 메이지 초 파리로 건너가 서양 마술을 배운 뒤 1876년 무렵부터 일본에서 서양 마술을 공연해 인기를 얻었다.

모자를 원래 모양대로 해놓고 엄지손가락 끝을 모자 속으로 넣어 빙빙 돌렸다. 이제 그만두나 했더니 마지막으로 뒤로 툭 던지고는 그 위로 털썩 엉덩방아를 찧으며 앉았다.

"자네, 괜찮은가?"

주인조차 걱정스러운 표정이었다. 안주인도 걱정스러운 듯 주의를 주었다.

"애써 구한 근사한 모자인데 망가뜨리기라도 하면 안 되니까 이제 그만하시는 게 좋지 않을까요?"

의기양양한 것은 모자 주인뿐이었다.

"그런데 망가지지 않으니 신기한 거지요."

메이테이 선생은 엉망이 된 모자를 엉덩이 밑에서 끄집어내 그대로 머리에 올려놓았다. 그러자 신기하게도 순식간에 머리 모양으로 돌아 갔다.

"정말 튼튼한 모자네요. 어떻게 하신 건가요?"

안주인이 더욱 감탄했다.

"뭐, 제가 어떻게 한 게 아닙니다. 원래 이런 모자인 거지요."

메이테이 선생은 모자를 쓴 채 안주인에게 대답했다.

"당신도 이런 모자를 사면 좋겠네요."

잠시 후 안주인이 주인에게 권했다.

"그렇지만 구샤미는 근사한 밀짚모자를 갖고 있지 않습니까?"

"그런데 얼마 전에 아이들이 그걸 밟는 바람에 망가지고 말았거든 요."

"아이고 저런, 아깝게 되었네요."

"그러니 이번에는 선생님 것처럼 튼튼하고 멋진 걸 사면 좋을 것 같은데."

안주인은 파나마모자의 가격도 모르면서 주인에게 자꾸 권했다.

"당신도 이런 걸로 사세요, 네."

메이테이 선생은 이제 오른쪽 소매 안에서 빨간 케이스에 든 가위를 꺼내 안주인에게 보여주었다.

"제수씨, 모자는 그 정도로 해두고 이 가위 좀 보세요. 이게 또 굉장히 귀한 보물인데, 열네 가지 용도로 쓸 수 있습니다."

가위 이야기가 나오지 않았다면 주인은 안주인의 파나마모자 공세에 시달릴 뻔했는데, 다행히 여자로서 타고난 안주인의 호기심 때문에 이 액운을 면했다. 나는 그것이 메이테이 선생의 재치라기보다는 요행이었다는 걸 간파했다.

"그 가위를 어떻게 열네 가지 용도로 쓸 수 있나요?"

안주인이 이렇게 묻자마자 메이테이 선생은 의기양양한 어조로 나왔다.

"지금부터 일일이 설명해드릴 테니 잘 들으십시오. 자, 여기 초승달 모양으로 좀 들어간 부분이 있지요. 여기에 궐련을 넣고 끄트머리를 싹둑 자릅니다. 그리고 여기 안쪽에 살짝 세공한 데가 있지 않습니까. 이것으로는 철사를 툭툭 자릅니다. 다음으로는 종이 위에 이렇게 평평하게 가로로 놓으면 자로 쓸 수 있지요. 또 날 뒷면에는 눈금이 새겨져 있어서 줄자 대신 쓸 수 있습니다. 여기 겉에는 줄처럼 되어 있어 손톱을 다듬을 수도 있습니다. 그리고 이 끝을 나사못 머리에 끼워 넣고 바싹 돌리면 드라이버[8]로도 쓸 수 있습니다. 또 못질이 된 상자 틈에 이걸 푹 집어넣고 비틀어 열면 대부분 힘들이지 않고 덮개를 열

8 원문은 망치(金づち)로 되어 있으나 실수로 보임.

286

수 있습니다. 또 여기 날 끝은 송곳으로 되어 있습니다. 이걸로는 잘 못 쓴 글자를 지울 수 있고, 이걸 해체하면 칼이 됩니다. 마지막으로, 제수씨, 이 마지막이 제일 재미있습니다. 여기 파리 눈알만 한 구슬이 있지요. 자 한번 들여다보세요."

"싫어요. 또 무시당할 테니까."

"그렇게 못 믿으시니 참 곤란하네요. 하지만 속는 셈 치고 잠깐 들여다보세요. 네? 싫은가요? 잠깐이면 되는데."

메이테이 선생은 가위를 안주인에게 건넸다. 안주인은 의심쩍다는 듯 가위를 들고 파리 눈알만 한 구슬에 눈을 대고 열심히 들여다보았다.

"어떻습니까?"

"그냥 새까만데요."

"새까맣기만 하면 안 되는데. 좀 더 장지문 쪽으로 하고, 가위를 그렇게 눕히지 말고…… 예, 예, 이제 보이지요?"

"어머, 사진이네요. 이런 조그마한 사진을 어떻게 붙인 거지요?"

"그게 흥미로운 점이지요."

안주인과 메이테이 선생은 열심히 말을 주고받았다. 아까부터 잠자코 있던 주인은 그제야 갑자기 사진이 보고 싶은 모양이었다.

"어디 나도 좀 보세."

그러자 안주인은 가위에 얼굴을 바짝 들이댄 채 좀처럼 내놓지 않았다.

"정말 예쁘네요. 나체의 미인이에요."

"나도 좀 보자니까."

"좀 기다려봐요. 참 예쁜 머리네요. 허리까지 내려와요. 살짝 위를 보고 있는, 정말 키가 큰 여자예요. 그런데 미인이네요."

"이봐, 좀 보자고 하면 보여줄 줄도 알아야지."

주인은 안달을 하며 안주인에게 달려들었다.

"허 참, 오래도 기다렸네요. 실컷 보세요."

안주인이 가위를 주인에게 건넬 때 부엌에서 하녀가 손님이 주문한 것이 왔다며 소바[9] 두 그릇을 방으로 가져왔다.

"제수씨, 이것이 제가 말한 맛있는 겁니다. 잠시 실례를 무릅쓰고 여기서 좀 먹겠습니다."

메이테이 선생은 정중하게 고개를 숙였다. 진지한 것 같기도 하고 장난 같기도 한 동작이어서 안주인도 어떻게 대응해야 좋을지 모르는 것 같았다.

"어서 드세요."

가볍게 대답하고 보고 있었다. 주인은 그제야 사진에서 눈을 떼고 말했다.

"이보게, 이렇게 더운 날 소바는 독이나 다름없다네."

"아니, 괜찮네. 좋아하는 건 좀처럼 탈이 나지 않는다네."

메이테이 선생이 그릇의 뚜껑을 열었다.

"막 뽑은 면이라 다행이군. 불어터진 소바와 얼빠진 인간은 원래 미덥지가 못하거든."

메이테이 선생은 국물에 양념을 넣고 이리저리 마구 휘저었다.

"자네, 와사비를 그렇게 넣으면 매울 텐데."

주인은 걱정스럽다는 듯 주의를 주었다.

"소바는 국물과 와사비 맛으로 먹는 거거든. 자네는 소바 싫어하지?"

9 메밀가루로 만든 국수를 무·파·고추냉이를 넣은 간장에 찍어 먹는 일본 요리.

"난 우동이 좋네."

"우동은 마부들이나 먹는 거지. 소바의 맛을 모르는 사람만큼 딱한 이도 없네."

이렇게 말하면서 삼나무 젓가락을 푹 찔러 되도록 많은 양을 6센티미터 높이로 건져 올렸다.

"제수씨, 소바를 먹는 데도 여러 방식이 있는데 말이지요. 초보자들은 무턱대고 국물에 찍어 입속에 넣고 씹어 먹지 않습니까. 그렇게 하면 소바의 맛이 안 나지요. 무엇보다 이렇게 단번에 건져 올려야 합니다."

그러면서 한꺼번에 건져 올리자 긴 국수 가락이 30센티미터쯤 낚여 올라갔다. 메이테이 선생도 이제 됐겠지 싶어 아래를 보자 아직 열두세 가락이 그릇 바닥을 떠나지 않고 발에 들러붙어 있었다.

"이놈 참 길군. 어떻습니까, 제수씨? 이 길이가."

다시 안주인에게 장단을 맞춰달라고 청했다.

"참 기네요."

안주인은 자못 감탄한 듯이 대답했다.

"이 긴 가락을 국물에 3분의 1쯤 담가서 한입에 후루룩 삼키는 거지요. 씹으면 안 됩니다. 씹으면 소바의 맛이 사라지거든요. 주르륵 목구멍을 타고 넘어가는 그 맛이 별미입니다."

젓가락을 한껏 높이 들어 올리자 들러붙어 있던 국수가락마저 마침내 바닥을 떠났다. 왼손에 든 국물 그릇에 젓가락을 조금씩 내리자 맨 끝에서부터 담기기 시작했고, 아르키메데스의 원리에 따라 면이 담긴 분량만큼 국물의 분량이 늘어났다. 그런데 그릇 안에는 원래부터 국물이 80퍼센트쯤 들어 있었던지라 메이테이 선생의 젓가락에 걸린 국수가 4분의 1도 채 담기지 않았는데도 국물은 벌써 그릇에 가득 차고 말았다. 메이테이 선생의 젓가락은 그릇에서 15센티미터쯤 위에 딱 멈춘 채 한동안 움직이지 않았다. 움직이지 않는 것도 무리는 아니었다. 조금이라도 내리면 국물이 넘칠 판국이었으니까. 여기에 이르자 메이테이 선생도 다소 주저하는 모양이었는데, 순식간에 아주 빠른 기세로 입을 젓가락 쪽으로 가져갔다. 후루룩후루룩 소리를 내며 목울대가 한두 번 아래위로 억지로 움직이는가 싶더니 젓가락 끝의 국수는 어느새 다 사라지고 없었다. 메이테이 선생의 두 눈초리에서 눈물 같은 것이 한두 방울 볼로 흘러내렸다. 와사비 때문이었는지 삼키는 데 애를 먹어서였는지는 확실하지 않았다.

"대단하군. 단번에 그렇게 후루룩 삼키다니."

주인이 감탄했다.

"정말 멋지네요."

안주인도 메이테이 선생의 솜씨를 격찬했다. 메이테이 선생은 아무 말도 하지 않고 젓가락을 내려놓고는 가슴을 두세 번 두드렸다.

"제수씨, 소바는 대체로 세 입 반이나 네 입에 먹습니다. 그보다 손이 많이 가면 맛있게 먹을 수 없습니다."

메이테이 선생은 손수건으로 입을 닦고 잠깐 한숨을 돌렸다.

그때 간게쓰 군이 무슨 영문인지 이렇게 더운 날에 고생스럽게도 겨울 모자를 뒤집어쓰고 두 발이 먼지투성이인 채 들어왔다.

"이야, 이거 미남이 납시었는데, 먹는 중이니 잠깐 실례하겠네."

메이테이 선생은 사람들이 빙 둘러앉아 보고 있는데도 넉살 좋게 남은 소바를 먹어치웠다. 이번에는 아까처럼 눈부신 방법으로 먹지 않는 대신, 꼴사납게 손수건으로 입을 닦으며 도중에 한숨 돌리거나 하는 일 없이 소바 두 판을 간단하게 해치운 것은 다행스러운 일이었다.

"간게쓰 군, 박사논문은 벌써 탈고했는가?"

주인이 묻자 메이테이 선생도 이어서 말했다.

"가네다 씨네 여식이 학수고대하고 있으니 어서 제출하게."

간게쓰 군은 예의 그 살짝 기분 나쁜 웃음을 흘리며 대답했다.

"저도 못할 짓이니 되도록 빨리 제출해서 안심시켜드리고 싶습니다만, 어쨌든 주제가 주제인지라 상당한 노력을 요하는 연구니까요."

진담 같지 않은 말을 진담처럼 말했다.

"그럼, 주제가 주제인 만큼 그 코주부가 말하는 대로 되지는 않겠지. 하지만 그 코라면 콧김을 살필 만한 가치는 충분히 있겠지만 말이야."

메이테이 선생도 간게쓰 군 식으로 대답했다. 비교적 진지한 사람은 주인이다.

"자네 논문의 주제가 뭐라고 했지?"

"개구리 안구의 전동(電動) 작용에 대한 자외선의 영향입니다."

"거참 기발하군. 과연 간게쓰 선생이야, 개구리 안구는 흔들리지. 어떤가, 구샤미, 논문 탈고하기 전에 그 주제만이라도 가네다 씨 댁에 알려주는 건."

주인은 메이테이 선생의 말에는 상대도 하지 않고 간게쓰 군에게 물었다.

"자네, 그게 힘들다던 연구인가?"

"예, 꽤 복잡한 문제입니다. 우선 개구리 안구의 렌즈 구조가 그렇게 간단한 게 아니니까요. 그래서 여러 가지로 실험을 해야 하는데, 먼저 동그란 유리알을 만드는 일부터 시작하려고 합니다."

"유리알이라면 유리 가게에 가면 될 일 아닌가?"

"천만의 말씀을요."

간게쓰 군은 몸을 약간 뒤로 젖히며 말했다.

"원래 원이라든가 직선이라는 건 기하학적인 것이라 어떤 정의에 딱 맞는 이상적인 원이나 직선은 현실 세계에 존재하지 않습니다."

"없는 거라면 그만두면 될 일 아닌가."

메이테이 선생이 말참견을 했다.

"그래서 우선 실험에 지장이 없는 정도의 공을 만들어보려고 생각해서 얼마 전부터 시작했습니다."

"그래 만들었나?"

주인이 간단한 일처럼 물었다.

"만들어질 리가요."

간게쓰 군은 이렇게 말했지만, 다소 모순이라고 생각했는지 거짓말인지 참말인지 짐작할 수도 없는 말을 장황하게 늘어놓았다.

"아무래도 어렵습니다. 조금씩 갈아 이쪽 반지름이 좀 길다 싶어 약간 더 갈면 이번에는 저쪽이 좀 길어집니다. 그걸 애써 조금씩 갈아냈나 싶으면 전체적인 모양이 일그러지고 맙니다. 일그러진 것을 간신히 수정하면 다시 지름에 차이가 생깁니다. 처음에는 사과만 했는데 점점 작아져 딸기만 해집니다. 그래도 끈질기게 하다 보면 콩알 정도가 됩니다. 콩알 정도가 되어도 아직 완전한 원이 만들어진 것은 아닙니다. 저도 꽤 열심히 갈았는데, 지난 정월부터 크고 작은 유리알을 여섯 개쯤 갈았습니다."

"어디서 그렇게 갈고 있나?"

"역시 학교 실험실이지요. 아침에 갈기 시작해서 점심때 잠깐 쉬고 나서 어두워질 때까지 갑니다만, 간단치가 않습니다."

"그럼 자네가 요즘 바쁘다, 바쁘다 하면서 매일, 일요일에도 학교에 가는 건 그 공을 갈러 가는 거로군."

"지금은 정말 아침부터 밤까지 공만 갈고 있습니다."

"유리알 만들기 박사가 되어 나타나서는 어쩌고저쩌고 하는, 딱 그런 거로군. 그런데 그렇게 열심히 한다는 말을 들으면 그 대단한 코주부도 조금은 고마워하겠지. 사실 지난번에 내가 볼일이 있어 도서관에 갔다가 돌아오려고 문을 나서다가 우연히 로바이 군을 만났네. 그 사람이 졸업한 후에 도서관에 발길을 한다는 게 참 이상한 일이다 싶어, 열심히 공부하는군, 했더니 묘한 얼굴로, 선생님, 뭐 책을 보러 온 건 아닙니다, 바로 문 앞을 지나다가 오줌이 마려워서 잠깐 화장실에 들른 겁니다, 해서 크게 웃었네만, 로바이 군과 반대되는 좋은 예로 『신찬몽구(新撰蒙求)』[10]에 꼭 싣고 싶네."

메이테이 선생은 여느 때처럼 장황한 주석을 달았다. 주인은 다소 진지하게 물었다.

"자네, 그렇게 매일 유리알만 가는 것도 좋지만, 대체 언제쯤 완성할 생각인가?"

"지금으로선 한 10년은 걸릴 것 같습니다."

간게쓰 군은 주인보다 느긋하게 받아들였다.

"10년이라, 거 좀 빨리 갈면 좋겠군."

"10년이면 빠른 편입니다. 경우에 따라서는 20년도 걸릴 수 있습니다."

[10] 『몽구』는 옛사람의 흥미로운 언행을 모은 당나라 때의 책이다. 『신찬몽구』는 그 현대판이라는 의미로 쓰였을 뿐 실재하지 않는 책이다.

"그거 참 큰일이군. 그렇다면 쉽게 박사가 될 수 없는 게 아닌가."

"예, 하루라도 빨리 취득해서 안심시켜드리고 싶지만, 어쨌든 유리 알을 만들지 않으면 중요한 실험을 할 수 없으니……"

간게쓰 군은 잠시 말을 끊었다가 의기양양한 얼굴로 말을 이었다.

"뭐, 그렇게 걱정할 일은 아닙니다. 가네다 씨 댁에서도 제가 유리 알만 갈고 있다는 걸 잘 알고 있습니다. 사실 2, 3일 전에 갔을 때 사 정을 잘 말씀드렸습니다."

그러자 지금까지 세 사람의 이야기를 잘 알아듣지는 못하지만 경청 하고 있던 안주인이 의심쩍다는 듯이 물었다.

"그런데 가네다 씨 댁 사람들은 지난달에 모두 오이소에 간 거 아 니었나요?"

간게쓰 군도 이 말에는 다소 난처해하는 것 같았지만 짐짓 시치미 를 뗐다.

"거참 이상하군요, 어떻게 된 거지?"

이런 때 요긴한 사람이 메이테이 선생으로, 이야기가 끊겼을 때, 멋 쩍을 때, 잠이 쏟아질 때, 난처할 때, 그 어느 때나 반드시 옆에서 튀어 나온다.

"지난달에 오이소에 간 사람들을 2, 3일 전에 도쿄에서 만나는 건 신비적이어서 좋군. 이른바 텔레파시지. 사모하는 정이 애틋할 때는 흔히 그런 현상이 일어나는 법이거든. 잠깐 들으니 꿈같기는 한데, 꿈 이라고 해도 현실보다 분명한 꿈이지. 제수씨처럼 딱히 마음을 주지 도 받지도 않은 구샤미에게 시집와서 평생 사랑이 뭔지 모르는 사람 에게는 의심스러운 것도 당연하겠지만……"

"어머, 무슨 근거로 그런 말을 하세요? 너무 무시하는군요."

안주인은 말을 끊고 느닷없이 메이테이 선생에게 대들었다.

"자네도 상사병 같은 걸 앓은 적이 없지 않은가?"

주인도 정면으로 안주인을 거들고 나섰다.

"그야 내 염문 따위야 아무리 길어도 75일 이상 지나면 자네의 기억에 남아 있지 않을지 모르네만, 이래 봬도 실연한 탓에 이 나이가 될 때까지 독신으로 지내는 거라네."

메이테이 선생은 그렇게 말하고 둘러앉은 사람들을 일일이 죽 둘러보았다.

"호호호호, 재미있네요."

안주인이 이렇게 말하자 주인은 뜰 쪽을 향한 채 말했다.

"당치 않은 소리."

다만 간게쓰 군만은 여전히 히죽거리며 말했다.

"후학을 위해 아무쪼록 그 추억담이나 들려주시지요."

"내 얘기도 꽤 신비적이어서 돌아가신 고이즈미 야쿠모[11] 선생에게 들려드렸다면 꽤 좋아하셨을 텐데, 안타깝게도 영면하시고 말았으니 사실 이야기할 맛이 나지는 않지만, 모처럼 말이 나왔으니 털어놓지. 그 대신 끝까지 경청하지 않으면 안 되네."

메이테이 선생은 이렇게 다짐을 해놓고 드디어 본론으로 들어갔다.

"돌이켜보니 지금으로부터, 으음, 몇 년 전이었더라, 뭐 번거로우니 대충 15, 16년 전이라고 해두세."

"말 같잖은 소리."

---

11 고이즈미 야쿠모(小泉八雲, 1850~1904), 일본에 귀화한 메이지 시대의 작가 라프카디오 헌(Lafcadio Hearn)의 일본 이름. 소세키가 부임하기 전에 도쿄 대학에서 영문학을 가르쳤다. 괴기 전설을 취재한 『괴담(怪談)』이 유명하다.

주인은 콧방귀를 뀌었다.

"기억력이 참 안 좋으시네요."

안주인이 놀렸다. 간게쓰 군만은 약속을 지켜 한 마디도 하지 않고 어서 얘기가 듣고 싶다는 표정이었다.

"아무튼 어느 해 겨울이었네. 내가 에치고 지방의 간바라 군(郡) 다케노코다니를 지나 다코쓰보 고개에 당도하여 드디어 아이즈로 들어서려는 참이었지."

"참 묘한 곳이군."

주인이 또 참견하고 나섰다.

"잠자코 들으세요. 재미있으니까."

안주인이 제지했다.

"그런데 날은 저물지, 길은 모르겠지, 배는 고프지, 어쩔 수 없이 고갯마루 한가운데에 있는 어느 집 문을 두드렸네. 여차여차해서 그러니 하룻밤만 묵어갈 수 없겠느냐고. 그랬더니, 물론이지요, 어서 들어오세요, 하면서 촛불을 내 얼굴 가까이 내미는 아가씨의 얼굴을 보고 난 부들부들 떨고 말았네. 난 그때 사랑이라는 괴물의 마력을 절실히 깨달았다네."

"어머 이를 어째. 그런 산중에도 아름다운 여자가 있나요?"

"산이든 바다든, 제수씨, 그 아가씨를 한번 보여드리고 싶을 정도입니다. 신부처럼 머리를 올리고 있었거든요."

"말도 안 돼."

안주인은 어이없어했다.

"들어가 보니, 8첩 다다미방 한가운데에 커다란 이로리[12]가 있었는데, 아가씨와 아가씨의 할아버지와 할머니, 그리고 나, 이렇게 넷이 빙 둘러 앉았지. 시장하시지요, 하고 묻기에 뭐든 상관없으니 좀 먹게 해 달라고 청했다네. 그러자 할아버지가 모처럼 오신 손님이니 뱀밥이라도 지어주겠다고 하지 뭔가. 자, 이제 드디어 실연 이야기로 들어가니까 잘 듣게나."

"선생님, 잘 듣기는 하겠습니다만, 아무리 에치고 지방이라고 해도 겨울에는 뱀이 없을 겁니다."

"음, 그거 참 그럴듯한 질문이군. 그러나 이런 시적인 이야기에서는 그런 이치에만 얽매일 수는 없는 거니까. 이즈미 교카의 소설에서는 눈 속에서 게가 나오지 않던가?[13]"

"아, 그렇군요."

간게쓰 군은 이렇게 말하고 다시 경청하는 자세로 돌아갔다.

"그 무렵의 나는 이색적인 것을 잘 먹는 사람이었는데, 메뚜기, 민달팽이, 송장개구리 같은 것에 질렸던 참이라 뱀밥은 꽤 특이했지. 잘 먹겠다고 할아버지한테 즉시 대답했네. 그래서 할아버지는 이로리 위에 냄비를 걸고 그 안에 쌀을 넣고는 부글부글 끓이기 시작했지. 그런데 그 냄비의 뚜껑을 보니 이상하게도 크고 작은 구멍이 열 개쯤 뚫려 있었네. 그 구멍으로 김이 모락모락 올라오는 걸 보고 시골 사람들치고 머리를 참 잘 썼구나, 하고 감탄하며 보고 있었더니, 할아버지가 벌떡 일어나 어딘가로 나가더니 잠시 후에 커다란 바구니를 옆구리에 끼고 돌아왔네. 그 바구니를 아무렇지 않게 이로리 옆에 놓아서 안을 들여다보았더니, 있었네. 길쭉한 놈이. 추위 탓인지 서로 엉겨서 똬리

---

12 일본의 전통적인 난방 장치. 방바닥의 일부를 네모나게 잘라내고 난방이나 취사를 위해 재를 깔아 불을 피웠다.

13 이즈미 교카(泉鏡花, 1873~1939)의 소설 「긴탄자쿠(銀短册)」(1901)에 눈과 게 이야기가 나온다.

를 튼 채 한 덩어리가 되어 있더군."

"아, 징그러워. 이제 그런 얘기는 그만 하세요."

안주인은 눈살을 찌푸렸다.

"이것이 실연의 큰 원인이 되었으니 그리 간단히는 그만둘 수 없지요. 할아버지는 곧 왼손으로 냄비 뚜껑을 열고 오른손으로 덩어리가 된 그 길쭉한 것을 아무렇지 않게 잡고는 냄비 안에 휙 넣고 뚜껑을 닫았네. 정말이지 그때는 나도 숨이 콱 막히는 것 같았다네."

"이제 그만하세요. 아, 징그러."

안주인이 자꾸 무서워했다.

"이제 곧 실연 이야기로 넘어가니 조금만 참으세요. 그런데 1분이 될까 말까 할 때 뚜껑 구멍으로 뱀 대가리가 불쑥 나오지 뭔가. 간이 떨어진 줄 알았네. 야, 나왔구나 하는데 옆 구멍에서도 또 뱀 대가리가 쑥 나왔지. 또 나왔구나 하는 사이에 여기서도 쑥, 저기서도 쑥 나왔다네. 결국에는 냄비가 온통 뱀 대가리로 가득 차고 말았지."

"왜 그렇게 머리를 내미는 건가?"

"냄비 안이 뜨거워 괴로우니까 나가려고 하는 거지. 한참 있다가 할아버지는 이제 다 됐으니 당기라느니 뭐라고 하니까 할머니와 아가씨가 네, 하고는 각자 뱀 대가리를 잡고 쑥 당기는 거네. 대가리를 잡아당기니까 살은 냄비 안에 남고 뼈만 깨끗이 발라져 나오는 게 재미있더군."

"뱀의 뼈 발라내긴가요?"

간게쓰 군이 웃으며 물었다.

"그렇지, 뼈 발라내기지. 참 좋은 재주 아닌가. 그러고 나서 뚜껑을 열고 주걱으로 밥과 살을 마구 뒤섞고는 자, 드시지요, 하지 뭔가."

"그래, 먹었나?"

주인이 냉담하게 묻자 안주인은 언짢은 얼굴로 푸념했다.

"이제 그만두라니까요. 속이 메슥거려 밥이고 뭐고 못 먹겠네요."

"제수씨는 뱀밥을 먹어보지 않았으니까 그런 말을 하겠지만, 한번 먹어보세요. 그 맛은 평생 잊지 못할 겁니다."

"아아, 징그러, 누가 먹는대요?"

"그래서 배불리 먹었겠다, 추위도 가셨겠다, 아가씨 얼굴도 거리낌 없이 볼 수 있겠다, 이제 아쉬울 게 없다고 생각하고 있었는데, 안녕히 주무시라기에 여독도 있었으니 분부대로 벌렁 드러누웠는데, 미안하게 되었네만 세상모르고 곯아떨어지고 말았네."

"그 뒤에는 어떻게 되었나요?"

이번에는 안주인이 채근했다.

"그러고는 다음 날 아침이 되어 눈을 떴더니 실연이었지요."

"무슨 일이 있었던가요?"

"아니, 특별한 건 없었지요. 아침에 일어나 담배를 피우면서 뒤 창문을 내다보고 있었더니, 물이 흘러나오는 저쪽 홈통 옆에서 대머리가 세수를 하고 있더군요."

"할아버지던가, 할머니던가?"

주인이 물었다.

"그게 말이네, 나도 식별이 안 되어서 잠시 보고 있었는데 그 대머리가 이쪽을 볼 때는 깜짝 놀랐지. 그게 나의 첫사랑이었던 전날 밤의 그 아가씨지 뭔가."

"아까는 그 아가씨가 신부처럼 머리를 올리고 있었다고 하지 않았나?"

"전날 밤에는 머리를 올리고 있었지, 그것도 우아하게. 그런데 다음 날 아침에는 대머리였고."

"지금 누굴 놀리는 건가?"

주인은 여느 때처럼 천장으로 눈을 돌렸다.

"나도 이상한 나머지 내심 살짝 겁이 나기도 해서 슬며시 지켜보고 있었다네. 그랬더니 대머리는 드디어 세수를 마치고 옆의 돌 위에 놓아둔 틀어 올린 머리 가발을 아무렇지 않게 쓰고는 태연하게 안으로 들어오기에, 아하 역시 그렇군, 하고 생각했다네. 아하, 그렇구나, 하고 생각은 했지만 그때부터 결국 실연의 덧없는 운명을 한탄하는 신세가 되고 말았지."

"참 시답잖은 실연도 다 있군. 그렇지 않나, 간게쓰 군? 그러니까 실연을 하고도 이렇게 쾌활하고 기력이 좋은 거겠지."

주인은 간게쓰 군에게 메이테이 선생의 실연을 이렇게 평했다.

"하지만 그 아가씨가 대머리가 아니어서 순조롭게 도쿄로 데리고 왔다면 선생님 기력이 더 좋아졌을지도 모르지요. 어쨌든 어렵게 만난 아가씨가 대머리였다는 게 천추의 한이네요. 그런데 그렇게 젊은 아가씨의 머리가 왜 다 빠져버렸을까요?"

"나도 그 점에 대해서는 여러 가지로 생각해봤는데, 역시 뱀밥을 너무 많이 먹은 탓임에 틀림없을 걸세. 뱀밥이라는 건 피가 머리로 올라오게 하거든."

"하지만 선생님은 아무렇지 않으시네요."

"난 대머리가 되지는 않았지만, 그 대신 그때부터 보다시피 근시가 되고 말았네."

이렇게 말하며 메이테이 선생은 금테 안경을 벗어 정성껏 닦았다.

잠시 후 주인이 이제야 생각이 났다는 표정으로, 확인을 받아야겠다는 듯 물었다.

"대체 어디가 신비적이라는 건가?"

"그 가발을 어디서 샀는지, 주운 것인지, 아무리 생각해도 아직 모르겠으니 그게 신비로운 거지."

메이테이 선생은 다시 안경을 원래대로 코 위에 걸쳤다.

"마치 만담꾼의 이야기를 듣는 것 같네요."

안주인의 비평이었다.

메이테이 선생의 쓸데없는 잡담도 이것으로 일단락을 고했으니 이제 끝났구나 싶었는데, 재갈이라도 물리기 전에는 도저히 잠자코 있지 못하는 성미인지라 또다시 이런 이야기를 꺼냈다.

"내 실연도 씁쓸한 경험이지만, 그때 만약 대머리인 줄 모르고 데려왔다면 평생 눈엣가시가 되었을 테니, 잘 생각해보면 결혼이란 위험한 거야. 결혼 직전에 뜻밖의 허물이 숨어 있다는 것을 발견하게 되기도 하니까. 간게쓰 군도 그렇게 동경하거나 멍한 채 혼자 전전긍긍하지만 말고 차분하게 유리알이나 가는 게 좋을 걸세."

메이테이 선생은 묘한 방식으로 이견을 표했다.

"예, 되도록 유리알만 갈고 싶은데, 저쪽에서 가만 놔두지 않으니 난처해 죽겠습니다."

간게쓰 군은 일부러 난처하다는 표정을 지었다.

"그렇겠지, 자네 같은 경우에는 상대가 자극을 하는 거지만, 개중에는 아주 웃기는 경우도 있다네. 도서관에 소변을 보러 들어왔다는 로바이 군 같은 경우도 참 묘하니까 말이지."

"무슨 일이 있었는데 그러나?"

주인이 관심을 보이며 물었다.

"뭐, 이렇게 된 거라네. 로바이 군이 옛날에 시즈오카의 도자이칸(東西館)이라는 여관에 묵은 적이 있었지. 딱 하룻밤이었네. 그런데 그날 밤에 바로 그곳 하녀에게 청혼을 했다네. 나도 꽤나 한가한 사람이긴 하지만 아직 그 정도까지는 진화하지 않았네. 하긴 그 무렵 그 여관에 나쓰라는 유명한 미인이 있었는데, 로바이 군의 방에 들어온 이가 마침 그 나쓰였으니 무리도 아니었지만 말이네."

"무리가 아니기는커녕 자네의 어디어디 고갯마룬가 하는 얘기와 똑같지 않은가."

"다소 비슷하기는 하지. 사실 나와 로바이 군은 그다지 다르지 않으니까 말일세. 어쨌든 그 나쓰 씨한테 청혼을 했는데, 그 답변도 듣기 전에 수박이 먹고 싶어졌다더군."

"뭐라고?"

주인이 해괴한 표정을 지었다. 주인만이 아니라 안주인도, 간게쓰 군도 약속이라도 한 듯 고개를 갸웃하며 잠시 생각을 해보는 것 같았다. 메이테이 선생은 개의치 않고 바로 이야기를 이어나갔다.

"나쓰 씨를 불러 시즈오카에 수박이 없느냐고 물었더니, 아무리 시즈오카라고 해도 까짓 수박이 없겠느냐며 쟁반에 수박을 가득 담아왔다네. 그래서 로바이 군은 먹었다고 하더군. 산더미 같은 수박을 모조리 해치우고 나쓰 씨의 답변을 기다리고 있는데, 그 답변도 듣기 전에 배가 슬슬 아파오더라네. 끙끙거렸지만 전혀 나아지질 않자 다시 나쓰 씨를 불러, 이번에는 시즈오카에 의사가 없느냐고 물었더니, 아무리 시즈오카라고 해도 의사가 없겠느냐며 덴치 겐코(天地玄黃)라는, 천자문에서 훔쳐온 듯한 이름의 의사를 데려왔다네. 이튿날 아침,

떠나기 15분 전에 나쓰 씨를 불러 덕분에 복통도 나아 고맙다며 어제 청혼한 것의 가부를 물었더니 나쓰 씨는 웃으면서 시즈오카에는 수박도 있고, 의사도 있지만 하룻밤 사이에 구할 수 있는 신부는 없다며 나가서는 두 번 다시 얼굴을 보이지 않았다네. 그러고 나서 로바이 군도 나처럼 실연을 당해 도서관에는 소변을 보러 가는 것 말고는 가지 않게 되었다네. 생각하면 여자는 참 죄가 많은 존재일세."

"정말 그러네. 지난번에 뮈세[14]의 희곡을 읽었더니 거기에 나오는 한 인물이 로마 시인의 시를 인용하여 이런 말을 하더군. '날개보다 가벼운 것은 먼지다. 먼지보다 가벼운 것은 바람이다. 바람보다 가벼운 것은 여자다. 여자보다 가벼운 것은 무(無)다.' 핵심을 찌르는 말 아닌가. 여자들은 정말 어쩔 수가 없다니까."

여느 때와 달리 주인이 동의하며 힘주어 묘한 말을 했다.

"여자가 가벼우면 안 된다고 말하지만 남자가 무거운 것도 좋은 일은 아니지요."

"무겁다니, 무슨 말이야?"

"무겁다는 건 그냥 무겁다는 것이지요. 당신처럼 말이에요."

"내가 왜 무거워?"

"무겁잖아요."

묘한 논의가 시작되었다. 메이테이 선생은 재미있다는 듯 듣고 있다가 드디어 입을 열었다.

"그렇게 흥분하여 서로를 공격하는 점이 부부의 진상인지도 모르지. 아무래도 옛날 부부들은 전혀 무의미한 것이었음에 틀림없네."

14 루이 샤를 알프레드 드 뮈세(Louis Charles Alfred de Musset, 1810~1857). 프랑스의 시인, 소설가, 극작가. 여기서 말하는 희곡은 「바르브리느(Barberine)」(1835)다.

놀리는 건지 칭찬하는 건지 애매한 말을 했는데, 그것으로 그만두어도 좋았을 텐데, 예의 태도로 아래와 같이 부연했다.

"옛날에는 남편에게 말대답을 한 여자는 한 사람도 없었다고 하는데, 그렇다면 벙어리를 아내로 삼는 것과 같은 일이라서 나 같은 사람은 전혀 고맙지 않네. 역시 제수씨처럼, 당신은 무겁잖요, 라든가 하는 말을 들어보고 싶네. 어차피 아내를 둘 거라면, 가끔씩 싸움이라도 해야지, 안 그러면 심심해서 어찌 살겠나. 우리 어머니 같은 경우는 아버지 앞에서 '예'와 '알았어요'라는 말만 하고 살았지. 그렇게 20년이나 같이 살면서 절에 갈 때 말고는 외출한 적이 없다고 하니, 너무 비참하지 않은가. 하긴 그 덕분에 조상 대대로의 계명은 모조리 외우고 있지. 남녀 간의 교제도 그렇다네. 내가 어릴 때는 간게쓰 군처럼 마음에 두고 있는 사람과 합주를 한다거나 텔레파시를 주고받아 몽롱체(朦朧体)[15]로 만나거나 하는 일은 도저히 불가능했지."

"참 안되셨네요."

간게쓰 군이 고개를 숙이며 말했다.

"정말 딱한 일이지. 게다가 그때 여자가 지금 여자보다 품행이 방정했다고 말할 수도 없는데 말이지. 제수씨, 요즘 여학생이 타락했네 어쩌네 말들이 많은데, 옛날에는 이보다 심했지요."

"그런가요?"

안주인은 진지했다.

"그럼요, 엉터리가 아닙니다. 확실한 증거가 있으니 어쩔 수 없지요. 구샤미, 자네도 기억하고 있을지 모르겠네만, 우리가 열대여섯 살 때

---

15 소세키가 활동할 당시의 비평 용어로 의미가 애매한 문예, 윤곽이 불명확한 회화를 가리켰다.

까지는 호박처럼 여자를 바구니에 넣어 멜대로 메고 다니며 팔지 않았나?"

"난 그런 기억 없는데."

"자네 고향에서는 어땠는지 모르겠네만, 시즈오카에서는 분명히 그랬네."

"설마요."

안주인이 작은 소리로 말했다.

"정말입니까?"

간게쓰 군이 설마 그랬겠느냐는 듯한 표정으로 물었다.

"정말이네. 실제로 우리 아버지가 값을 매긴 적이 있네. 그때 나는 여섯 살쯤 되었을 거네. 아버지와 함께 아부라마치에서 도리초로 산책을 가는데 맞은편에서 큰 소리로, 여자아이 팝니다, 여자아이 팝니다, 하고 외치는 소리가 들리지 뭔가. 마침 2초메(町目) 모퉁이를 돌아 이세겐이라는 포목점 앞에서 우리는 그 남자와 마주쳤네. 이세겐은 폭이 18미터나 되고 창고가 다섯 개나 되는, 시즈오카에서 제일 큰 포목점이라네. 다음에 가면 꼭 한 번 보고 오게. 지금도 여전히 남아 있으니까. 훌륭한 집이지. 그 지배인은 진베라는 사람인데, 늘 사흘 전에 어머니가 돌아가신 것 같은 얼굴로 계산대에 앉아 있네. 진베 옆에는 하쓰라고 하는 스물네다섯 살쯤 되는 젊은이가 앉아 있는데, 이하쓰라는 사람이 또 운쇼 율사[16]에게 귀의하여 21일 동안 소바 삶아낸 국물만 먹고 지낸 것 같은 파리한 얼굴을 하고 있지. 하쓰 옆에는 조돈이라는 자가 있는데, 이 사람은 어제 집에 불이 나 길거리로 나

---

16 운쇼(雲照) 율사(1827~1909). 진언종(眞言宗)의 승려. 메이지 초기의 폐불훼석(廢佛毁釋)에 반대하여 불교의 부흥에 힘쓰고 진언종의 통일을 꾀했다.

앉은 사람처럼 수심에 잠겨 주판에 몸을 기대고 있었네. 조돈과 나란히……"

"자네는 포목점 얘기를 하자는 건가, 사람 파는 이야기를 하자는 건가?"

"아, 그렇지, 사람 파는 얘기를 하고 있었지. 사실 이 이세겐에 대해서도 무척 기이한 이야기가 있는데, 그건 생략하기로 하고 오늘은 사람 파는 이야기만 하기로 하겠네."

"그러는 김에 사람 파는 이야기도 하지 않는 게 좋겠네."

"천만의 말씀, 이게 20세기인 오늘날과 메이지 초기 여자의 품성 비교에 참고가 되는 좋은 재료인데, 그리 쉽게 그만둘 수야 없지. 아무튼, 그래서 내가 아버지와 이세겐 앞까지 갔더니 그 사람 장수가 아버지를 보고, 손님, 팔다 남은 여자아이가 있는데 어떻습니까, 싸게 드릴 테니 하나 들여가시지요, 하면서 멜대를 내려놓고 땀을 닦더란 말이지. 앞뒤에 있는 바구니를 들여다보니 두 살쯤 된 여자아이가 하나씩 들어 있었네. 아버지는 그 남자한테 싸게 준다면 살 수도 있는데, 이거밖에 안 남았나, 하고 물었더니, 공교롭게도 오늘은 다 팔리고 둘밖에 안 남았다면서 어느 것이든 좋으니 하나 사시라고 여자아이를 양손에 들고 마치 호박이나 되는 것처럼 아버지 코앞으로 내밀었네. 아버지는 머리를 톡톡 두드려보고, 아, 꽤 괜찮은 소리군, 했다네. 그러고 나서 드디어 흥정이 시작되었는데, 값을 실컷 깎고 나서 아버지가, 사도 좋은데 품질은 틀림없겠지, 하고 묻자, 그럼요, 앞에 있는 놈은 시종 보고 있으니까 틀림없습니다만 뒤에 메고 있는 놈은 무엇보다 뒤통수에 눈이 달려 있는 것도 아니니까 어쩌면 금이 갔을지도 모른다고 하더니, 그거라면 보증할 수 없으니 대신 값을 더 깎아준다고 했네. 나는 그 대화를 아직도 생생하게 기억하고 있는데, 그때는 어린 마음에도 여자라는 건 역시 방심하면 안 되는 것이라고 생각했네. 하지만 1905년인 오늘날 여자를 팔고 다니는 그런 바보 같은 짓을 하는 사람도 없고, 눈에 안 보이는 뒤쪽에 멘 것은 위험하다는 말도 들을 수 없네. 그러니 내 생각에는 역시 서양 문명 덕분에 여자의 품행도 상당히 진보했을 거라고 단정하고 있는데, 어떻게 생각하나, 간게쓰 군?"

간게쓰 군은 대답을 하기 전에 우선 의젓하게 한 번 헛기침을 하고는 일부러 차분하고 나직한 목소리로 이런 이야기를 했다.

"요즘 여자들은 학교에 오가는 길이나 합주회, 자선 모임이나 원유회에서, 저 좀 사주세요, 어머, 싫으세요? 하고 자신을 팔고 있으니까, 그런 채소 장수 같은 사람을 고용해서, 여자아이 팝니다, 하고 천박한 위탁 판매를 할 필요가 없지요. 인간에게 독립심이 발달하게 되면 자연히 그렇게 되는 법입니다. 노인들은 쓸데없는 걱정을 하며 이런저런 말을 합니다만, 사실상 이게 문명의 추세라서 저 같은 사람은 아주 반가운 현상이라고 은밀히 축하의 뜻을 표하고 있습니다. 사는 쪽도 머리를 두드려 품질이 확실한지 확인하는 촌뜨기는 한 명도 없으니까, 그런 점은 안심할 수 있습니다. 또 이 복잡한 세상에서 그런 수고를 하는 날에는 한계가 없으니까요. 그렇다면 쉰이 되어도, 예순이 되어도 남편을 얻는 일이든, 시집가는 일이든 가능하지 않을 겁니다."

간게쓰 군은 20세기의 청년인 만큼 아주 현대식 사고를 개진하고 시키시마[17] 연기를 후우 하고 메이테이 선생의 얼굴 쪽으로 내뿜었다. 메이테이 선생은 시키시마의 연기 정도에 물러설 사람이 아니다.

17 1900년대 초 일본에서 판매되던 고급 담배 이름.

"자네 말대로 요즘 여학생이나 아가씨들이 자존심과 자신감으로 똘 똘 뭉쳐 있어 뭐든지 남자한테 지지 않으려 하는 점은 경탄할 따름이 네. 우리 집 근처에 있는 여학교 학생들도 아주 대단하지. 통소매 옷 을 입고 철봉에 매달리니 감탄할 따름이라네. 나는 2층 창으로 그들 이 체조하는 모습을 볼 때마다 고대 그리스의 여성들을 떠올리지."

"또 그놈의 그리스인가?"

주인이 냉소하듯 내뱉었다.

"아무래도 아름다운 느낌이 드는 것은 대개 그리스에서 발원한 것 이니 어쩔 수 없지 않나. 미학자와 그리스는 도저히 떨어질 수가 없 네. 특히 거무스름한 여학생이 체조에 몰두하고 있는 모습을 보면 나 는 늘 아그노디케의 일화[18]가 떠오르네."

메이테이 선생이 박식한 체하는 얼굴로 말했다.

"또 어려운 이름이 나왔네요."

간게쓰 군은 여전히 히죽거렸다.

"아그노디케는 대단한 여자라네. 나는 정말 감탄했지. 당시 아테네 의 법률로는 여자가 산파 영업을 하는 건 금지되어 있었네. 불편한 일 이지. 아그노디케도 그 불편함을 느끼지 않았겠나."

"뭔가, 그 뭐라 뭐라 하는 게?"

"여자네, 여자 이름이야. 이 여자가 곰곰이 생각해보니, 아무래도 여자가 산파가 될 수 없다는 게 한심하고 불편하기 짝이 없는 거지. 어떻게든 산파가 되고 싶은데 방법이 없을까, 하고 사흘 밤낮으로 골 똘히 생각했다네. 사흘째 되는 날이 밝을 무렵, 이웃집에서 응애 하는

---

18 카이우스 율리우스 히기누스(Caius Julius Hyginus)의 작품으로 전해지는 『우화』에 나오는 삽화.

갓난아이의 울음소리를 듣고, 음, 그렇지, 하고 돌연히 크게 깨달았지. 그러고는 당장 긴 머리를 자르고 남자 옷을 입고 헤로필로스의 강의를 들으러 갔지. 강의를 끝까지 다 듣고 이제 됐다 싶었을 때 드디어 산파 간판을 내걸었지. 그런데 제수씨, 손님이 많았답니다. 여기서도 응애, 저기서도 응애 했으니까요. 그 아이들을 모두 아그노디케가 받았으니 돈을 엄청 벌었지요. 그런데 인간만사 새옹지마, 칠전팔기, 설상가상이라고 그 비밀이 결국 들통이 났고, 나라의 법도를 어겼다는 이유로 무거운 처벌을 받게 되었답니다."

"꼭 야담 같네요."

"꽤 잘하지요? 그런데 아테네의 여자들이 모두 연서하여 탄원서를 냈단 말이거든. 그러니 당시의 관리도 냉담하게 처리할 수 없었지. 결국 무죄로 방면되었고, 그때부터는 아무리 여자라도 산파 영업을 할 수 있다는 포고령까지 나왔으니 경사스러운 해결을 맞게 된 셈이지."

"별걸 다 알고 있네요. 감탄스러워요."

"예, 대개의 것들은 알고 있지요. 모르는 것은 자신이 바보라는 것 정도입니다. 하지만 그것도 어렴풋이는 알고 있습니다."

"호호호호, 정말 재미있는 말만 하시네요……"

안주인이 싱글벙글 웃고 있는데, 격자문에 달린 벨이 처음 달았을 때와 같은 소리를 내며 울렸다.

"어머, 또 손님인가 보네요."

안주인은 안방으로 물러갔다. 안주인과 엇갈리며 방으로 들어온 사람이 누구인가 했더니 예의 오치 도후 군이었다.

이 자리에 도후 군까지 왔으니 주인집에 들락거리는 기인들이 모조리 망라되었다고까지는 할 수 없어도 최소한 나의 무료함을 달래주기에 충분한 머릿수는 채워졌다고 하지 않을 수 없었다. 그런데도 부족하다고 하면 배부른 소리다. 운 나쁘게 다른 집에 살게 되었다면 평생 인간 중에 이런 선생들이 있다는 걸 모른 채 죽었을지도 모른다. 다행히 구샤미 선생 문하의 고양이가 되어 아침저녁으로 귀인을 가까이서 모실 수 있어, 주인은 물론이고 메이테이 선생, 간게쓰 군이나 도후 군 등 넓은 도쿄에서도 그다지 예를 찾아보기 힘든 일당백 호걸들의 행동거지를 드러누워 볼 수 있는 것은 나에게는 천재일우의 영광이다. 덕분에 이렇게 더운데도 털옷을 뒤집어쓰고 있는 괴로움도 잊고 재미있게 한나절을 보낼 수 있다는 것이 고마울 따름이다. 어차피 이 정도만 모이면 예사로 지나가지는 않을 것이다. 무슨 일이라도 일어날 것이라고 생각하며 장지문 뒤에서 삼가 지켜보고 있었다.

"정말 오랜만에 찾아뵙습니다."

이렇게 인사하는 도후 군의 머리를 보니 얼마 전처럼 역시 말끔하게 빛나고 있다. 머리만 평한다면 삼류 배우처럼 보이기도 하지만, 하얗고 두꺼운 하카마가 뻣뻣하여 고생스러울 텐데도 짐짓 점잔을 빼고 있는 모습은 사카키바라 겐키치[19]의 제자로밖에 보이지 않는다. 따라서 도후 군의 몸에서 보통 사람다운 곳은 그저 어깨에서 허리까지뿐이다.

"이야, 이렇게 더운데 잘 왔네. 자, 이쪽으로 들어오게."

메이테이 선생은 마치 자기 집이라도 되는 양 맞이했다.

"선생님도 정말 오랜만에 뵙는군요."

"그렇지, 지난봄 낭독회 때 보고 처음이지, 아마. 낭독회는 요즘도 자주 하나? 그 후에는 오미야 역은 해봤는가? 그땐 참 잘하더군. 내가

---

19 사카키바라 겐키치(榊原鍵吉, 1830~1894). 에도 말기의 검객.

박수를 크게 쳤는데, 자네도 알았나?"

"예, 덕분에 용기가 나서 결국 끝까지 해냈습니다."

"다음에는 또 언제 열리나?"

주인이 끼어들었다.

"7, 8월은 쉬고 9월에는 대대적으로 해보려고 합니다. 뭐 재미있는 거 없을까요?"

"글쎄."

주인이 성의 없이 대답했다.

"도후 군, 내가 창작한 걸 해보지 않겠나?"

이번에는 간게쓰 군이 상대를 했다.

"자네가 창작한 거라면 재미있겠네만, 어떤 건가?"

"희곡이지."

간게쓰 군이 매우 당당하게 나오자 아니나 다를까 세 사람은 아연하여 약속이라도 한 듯 간게쓰의 얼굴을 쳐다보았다.

"희곡이라니, 대단하군. 희극인가 비극인가?"

도후 군이 이야기를 진척시키자 간게쓰 군은 여전히 시치미를 뗀 채 대답했다.

"뭐, 희극도 비극도 아니네. 요즘에는 구극이라느니 신극[20]이라느니 상당히 떠들썩한 모양이어서 나도 새롭게 하나 고안해서 배극이라는 걸 만들어봤네."

"배극이라니, 그건 어떤 건가?"

"하이쿠(俳句) 취향의 극이라는 말을 줄여서 배극(俳劇)이라는 두

---

20 구극은 가부키극, 신극은 신파극을 가리킨다. 서양 연극의 영향을 많이 받은 오늘날의 신극과는 다른 것이다.

글자로 한 거네."

그러자 주인도 메이테이 선생도 다소 얼떨떨한 채 듣고만 있었다.

"그런데 그 취향이라는 건 또 뭔가?"

이렇게 물은 것은 역시 도후 군이었다.

"뿌리가 하이쿠 취향에서 온 것이니 너무 장황하거나 흉악한 것은 좋지 않을 것 같아서 단막극으로 했네."

"그렇구먼."

"먼저 무대장치부터 말하자면, 이것도 아주 간단한 게 좋네. 무대 한가운데에 큰 버드나무 하나를 심어놓는 거네. 그러고는 그 버드나무 줄기에서 가지 하나가 오른쪽으로 쭉 뻗게 하고, 거기에 까마귀 한 마리를 앉혀놓는 거네."

"까마귀가 가만히 있을까?"

주인이 걱정스럽게 혼잣말처럼 중얼거렸다.

"뭐 간단한 일입니다. 까마귀 발을 실로 가지에 묶어두면 됩니다. 그런데 그 아래에 목욕통을 내놓고 미인이 옆을 보며 수건으로 몸을 씻고 있습니다."

"그거 참 데카당한걸. 누가 그 여자 역할을 맡겠나?"

메이테이 선생이 물었다.

"뭐, 그것도 쉽게 구할 수 있습니다. 미술학교의 모델을 쓰면 되거든요."

"그럼 경시청이 성가시게 굴 것 같은데, 안 그래?"

주인은 또 걱정했다.

"그야, 흥행만 하지 않으면 상관없지 않을까요. 그런 걸 이러쿵저러쿵 말한다면 학교에서 나체화 사생 같은 건 할 수 없겠지요."

"그러나 그건 연습을 위해서고, 그저 보고 있는 것과는 좀 다르지."

"선생님들이 그런 말씀을 하시다니 일본도 아직 멀었습니다. 회화도 연극도 똑같은 예술입니다."

간게쓰 군이 기염을 토했다.

"아니, 논쟁도 좋지만, 그다음은 어떻게 되나?"

도후 군은, 어쩌면 쓸 수도 있을 것 같아 줄거리를 듣고 싶어 했다.

"그때 하나미치[21]로 지팡이를 든 하이쿠 시인 다카하마 교시가 하얀 골풀 모자를 쓰고 얇은 견직 하오리에 감색 바탕의 비백 무늬 옷자락을 걷어 올려 허리띠에 끼우고 단화를 신은 차림으로 등장하지. 차림새는 육군에 물건을 납품하는 장사치 같지만 하이쿠 시인이니 되도록 느긋하게, 마음속으로는 시구를 떠올리느라 여념이 없는 모습이 아니면 안 되네. 그래서 교시가 하나미치를 걸어 드디어 무대에 이르렀을 때 문득 시구를 떠올리던 눈을 들어 앞을 보니 커다란 버드나무가 있고 그 그늘에서 하얀 여자가 목욕을 하고 있는 거지. 깜짝 놀라 위를 쳐다보니 기다란 버드나무 가지에 까마귀 한 마리가 앉아 목욕하는 여자를 내려다보고 있다네. 그래서 교시 선생이 하이쿠 특유의 풍취에 크게 감동한 모습이 50초쯤 이어지고, 목욕하는 여자에게 반한 까마귀이런가, 하고 큰 소리로 읊는 것을 신호로 딱따기를 치고 막을 내리는 거지. 어떤가, 이런 취향은? 마음에 들지 않나? 자네는 오미야 역보다 교시 역이 훨씬 나을 거네."

"너무 싱거운 것 같지 않나? 좀 더 인정이 가미된 사건이었으면 좋겠는데."

---

21 가부키 극장에서 객석을 가로질러 무대로 이어진 좁은 통로로, 배우가 등장하거나 퇴장하는 데 쓰이는데 무대의 일부로 간주된다.

도후 군은 어딘가 좀 부족하다는 듯한 표정으로 진지하게 말했다.

지금까지 비교적 얌전히 있었지만, 메이테이 선생은 언제까지고 그렇게 잠자코 있을 사람이 아니었다.

"단지 그것뿐이라면 배극이라는 건 어이가 없네. 우에다 빈[22] 군의 주장에 따르면, 하이쿠 특유의 정취라든가 해학이라는 것은 소극적이어서 망국의 운율이라고 하는데, 역시 우에다 군답게 좋은 말을 했네. 그렇게 시시한 걸 해보게, 그거야말로 우에다 군에게 비웃음을 살 뿐이지 않겠나. 무엇보다 너무 소극적이어서 극인지 익살극인지 알 수가 없지 않나. 미안하네만 역시 간게쓰 군은 실험실에서 유리알이나 가는 게 낫겠네. 배극 따위 1백 편, 2백 편을 지어봐야 망국의 노래라면 영 아닌 거지."

"그렇게 소극적인가요? 저는 꽤 적극적이라 생각하는데요. 교시 선생이 말이지요, 여자에게 반한 까마귀이런가, 하고 까마귀를 가지고 여자에게 반했다고 표현한 부분이 아주 적극적이라 생각합니다."

간게쓰 군은 다소 울컥하여 이도 저도 아닌 변명을 했다.

"그거 참 새로운 설이로군. 꼭 그 설명을 듣고 싶네."

"이학사로서 생각하면 까마귀가 여자에게 반한다는 건 불합리한 일이지요."

"그렇지."

"그렇게 불합리한 일을 아무렇게나 말하는데도, 전혀 무리한 일로 들리지 않습니다."

"그런가?"

---

22 우에다 빈(上田敏, 1874~1916). 시인, 영문학자. 번역시집 『해조음(海潮音)』으로 유명하다. 소세키와는 도쿄제국대학 영문과 동급생이다.

주인이 미심쩍다는 듯 끼어들었으나 간게쓰 군은 전혀 개의치 않았다.

"왜 무리하게 들리지 않는가 하면, 심리적으로 설명하면 쉽게 알 수 있습니다. 사실 반한다거나 그렇지 않다는 것은 하이쿠 시인 본인에게 존재하는 감정이지 까마귀와는 전혀 상관없는 일입니다. 그러니까 그 까마귀가 반했다고 느끼는 것은, 다시 말해 까마귀가 이러니저러니 하는 게 아니라 결국 자신이 반했다는 것이지요. 교시 자신이 아름다운 여인이 목욕하는 모습을 보고 깜짝 놀라는 순간 반했음에 틀림없습니다. 그러니까, 자신도 반한 눈으로 가지 위에서 꼼짝 않고 아래를 내려다보고 있는 까마귀를 본 것이니까, 아아, 저놈도 나처럼 반했구나, 하고 착각을 한 것이지요. 착각임에는 틀림없지만 그 부분이 문학적이고 또 적극적인 점입니다. 자신만이 느낀 일을 한 마디 양해도 구하지 않고 까마귀에게 확장하고는 시치미를 뚝 떼고 있는 점은 상당히 적극적이지 않습니까? 어떻습니까, 선생님?"

"역시 훌륭한 논리군. 교시 선생이 들으면 놀라겠는걸. 설명만은 적극적이지만 실제로 그 극을 무대에 올리면 관객은 분명히 소극적이 될 거네. 그렇지 않나, 도후 군?"

"네, 너무 소극적일 것 같습니다."

도후 군은 진지한 얼굴로 대답했다. 주인은 대화의 국면을 다소 진척시키고 싶은 듯 도후 군에게 물었다.

"어떤가, 도후 군? 요즘은 걸작이 없나?"

"아니, 이렇다 하게 보여드릴 만한 것은 없습니다만, 조만간 시집을 내볼까 하는데, 마침 교정본을 가져왔으니 비평 좀 부탁합니다."

도후 군은 품에서 보라색 보자기를 꺼내 50, 60매쯤 되는 원고뭉치를 주인에게 내밀었다. 주인은 그럴듯한 표정으로, 그럼 좀 볼까, 하며 훑어보니 첫 페이지에 다음과 같은 2행이 쓰여 있었다.

세상 사람 같지 않게 섬약해 보이는
도미코 양에게 바친다

주인이 다소 묘한 표정으로 잠시 첫 페이지를 잠자코 바라보자 메이테이 선생이 옆에서 들여다보고는 열심히 칭찬했다.

"뭔가, 신체신가? 아아, 바친 거로군. 도후 군, 도미코 양에게 과감히 바친 것은 훌륭하지 않나?"

주인은 여전히 이상하다는 듯 물었다.

"도후 군, 이 도미코라는 사람은 실제로 존재하는 여성인가?"

"예, 얼마 전에 메이테이 선생님과 함께 낭독회에 초대한 여성 중 한 명입니다. 바로 이 근처에 살고 있지요. 바로 조금 전에 시집을 보여줄 생각으로 잠깐 들렀다 왔습니다만, 하필이면 지난달에 오이소로 피서를 갔다는군요."

도후 군은 자못 진지한 체하는 얼굴로 말했다.

"구샤미, 이게 20세기라네. 그런 얼굴 하지 말고 어서 걸작이나 낭독하게. 그런데 도후 군, 이렇게 바치는 방식이 좀 그런 것 같군. '섬약'하다는 말은 대체 무슨 뜻으로 쓴 건가?"

"가냘프고 연약하다는 뜻으로 쓴 겁니다."

"음, 그렇게 해석할 수 없는 건 아니네만, 원래 뜻은 위태롭다는 말일세. 그러니 나라면 이렇게 쓰지 않았을 걸세."

"그럼 어떻게 써야 더 시적인 표현이 될까요?"

"나라면 이렇게 쓰겠네. 세상 사람 같지 않게 섬약해 보이는 도미코 양의 코밑에 바친다, 라고 말이네. 불과 세 글자 차이지만 코밑이라는 말이 있는 것과 없는 것은 느낌이 전혀 다르지."

"그렇군요."

도후 군은 이해할 수 없었지만 억지로 납득한 체했다.

주인은 말없이 첫 페이지를 간신히 넘기고 드디어 권두 제1장을 읽기 시작했다.

울적하게 피어나는 향기 속에 그대의
영혼인가 서로 사모하는 마음 연기처럼 뻗어가네
오오 난, 아아 난, 쓰디쓴 이 세상에
달콤하게 얻었나, 뜨거운 입맞춤

"나는 무슨 말인지 통 모르겠네."

주인은 이렇게 탄식하면서 메이테이 선생에게 건넸다.

"이건 좀 너무 멋을 부렸군."

메이테이 선생은 간게쓰 군에게 건넸다.

"음, 그렇군."

간게쓰 군은 이렇게 말하며 도후 군에게 돌려주었다.

"선생님께서 이해하시기 어려운 건 당연합니다. 10년 전의 시 세계와 오늘날의 시 세계는 몰라볼 정도로 변했으니까요. 요즘 시는 드러누워 읽거나 정거장에서 읽어서는 도저히 이해할 수 없습니다. 지은 본인조차 질문을 받으면 답변이 궁할 때가 자주 있습니다. 인스피레이션[23]만으로 쓰기 때문에 시인은 그 외에는 아무런 책임도 없습니다.

주석이나 뜻풀이는 학자들이 하는 일이고, 저희와는 전혀 상관없는 일이지요. 얼마 전에도 소세키(送籍)라는 제 친구가 「하룻밤(一夜)」[24]이라는 단편을 썼는데, 누가 읽어도 몽롱하고 종잡을 수가 없어서 당사자를 만나, 대체 주장하는 게 뭐냐고 자세히 물어봤습니다만, 본인도 그런 건 모른다며 상대해주지 않았습니다. 바로 그런 부분이 시인의 특징이 아닐까 합니다."

"시인인지는 모르겠지만 참 묘한 사람이군."

주인이 이렇게 말하자 메이테이 선생은 소세키에 대해 간단히 이렇게 정리했다.

"바보인 거지."

도후 군은 이것만으로는 아직 설명이 부족하다고 생각한 모양이었다.

"소세키는 우리 친구들 중에서도 예외입니다만, 제 시도 아무쪼록 그런 마음으로 읽어주셨으면 합니다. 특히 주의해야 할 부분은, 쓰디쓴 이 세상과 달콤한 입맞춤을 대구로 표현한 것이 제가 고심한 부분입니다."

"꽤 고심한 흔적이 보이는군."

"'쓰디쓰다'와 '달콤하다'를 대조시킨 것은 열일곱 가지 맛 조미료[25] 같아서 재미있군. 도후 군 특유의 기량이 느껴져서 탄복할 따름이네."

메이테이 선생은 자꾸 정직한 사람의 속을 뒤집어놓으며 기뻐하고

---

23 인스피레이션(inspiration). 영감, 창조적 자극 따위를 이르는 말.

24 나쓰메 소세키도 1905년 9월 《주오코론(中央公論)》에 「하룻밤(一夜)」이라는 단편을 발표했다. 『나는 고양이로소이다』를 발표하기 한 달 전이다.

있었다.

주인은 무슨 생각을 했는지, 벌떡 일어나 서재 쪽으로 가더니 반지(半紙) 한 장을 들고 나왔다.

"도후 군의 작품도 봤으니까 이번에는 내가 쓴 단문을 읽을 테니 비평 좀 해주게."

적이 진지한 모습이었다.

"천연거사의 묘비명이라면 이미 두세 번 들었네."

"거, 좀 조용히 있게. 도후 군, 이건 그리 자신 있는 글은 아니네만, 좌중의 흥을 돋우기 위한 것이니 들어주게."

"꼭 듣고 싶습니다."

"이왕 하는 것이니 간게쓰 군도 들어주게."

"이왕 하는 게 아니라도 듣겠습니다. 긴 건 아니겠지요?"

"기껏해야 60자 정도라네."

구샤미 선생은 드디어 손수 지은 명문을 읽기 시작했다.

"야마토다마시(大和魂)[26]! 하고 외치며 일본인이 폐병 앓는 환자처럼 기침을 했다."

"서두부터가 굉장하네요."

간게쓰 군이 칭찬했다.

"야마토다마시! 하고 신문팔이가 외친다. 야마토다마시! 하고 소매치기가 외친다. 야마토다마시가 일약 바다를 건넜다. 영국에서 야마토다마시 연설을 한다. 독일에서 야마토다마시 연극을 한다."

---

25 열일곱 글자로 된 하이쿠와 조미료(七味唐辛子, 고추를 주로 하여 일곱 가지 향신료로 만든 조미료)라는 말을 조합한 말장난.

26 일본 민족의 고유한 정신.

"이건 정말 천연거사 이상의 작품이군."

메이테이 선생이 이렇게 말하며 몸을 뒤로 젖혀 보였다.

"도고 대장이 야마토다마시를 갖고 있다. 생선 장수인 긴 씨도 야마토다마시를 갖고 있다. 사기꾼, 투기꾼, 살인자도 야마토다마시를 갖고 있다."

"선생님, 간게쓰 군도 갖고 있다고 덧붙여주시지요."

"야마토다마시가 어떤 것인지 물었더니 야마토다마시라고 대답하고 지나갔다. 10미터쯤 가더니 에헴 하는 소리가 들렸다."

"그 구절은 썩 잘되었네. 자네는 꽤 문재가 있구먼. 다음 구절은?"

"세모난 것이 야마토다마시인가, 네모난 것이 야마토다마시인가. 야마토다마시는 이름 그대로 혼(다마시)이다. 혼이라서 늘 흔들흔들한다."

"선생님, 꽤 재미있습니다만, 야마토다마시가 너무 많은 거 아닙니까?"

도후 군이 이렇게 지적했다.

"찬성이오."

이렇게 말한 것은 물론 메이테이 선생이었다.

"입에 담지 않는 사람은 없지만 본 사람은 아무도 없다. 누구나 들은 적은 있지만 만난 사람은 아무도 없다. 야마토다마시는 덴구[27] 같은 것인가."

주인은 여운이 남도록 할 생각으로 끝까지 다 읽었지만, 아무리 명문이라도 너무 짧은 데다 어디에 주의를 두어야 할지 몰랐으므로 세

27 깊은 산에 산다는 상상의 괴물로, 얼굴이 붉고 코가 높으며 신통력이 있어 하늘을 자유로이 난다고 한다.

사람은 아직 남은 줄 알고 기다리고 있었다. 아무리 기다려도 일언반구가 없어 결국 간게쓰 군이 물었다.

"그것뿐인가요?"

"응."

주인이 대답했다. '응'이라는 건 너무 태평한 대답이었다.

신기하게도 메이테이 선생은 이 명문에 대해 여느 때처럼 그다지 쓸데없는 잡담을 늘어놓지 않았는데, 잠시 후 돌아앉으며 물었다.

"자네도 단편을 한 권으로 모아 누군가에게 바치는 게 어떤가?"

"자네에게 바칠까?"

주인은 아무렇지 않다는 듯 태연하게 물었다.

"싫네."

메이테이는 이렇게 대답하고는 아까 안주인에게 자랑했던 가위로 손톱을 싹둑싹둑 잘랐다. 간게쓰 군은 도후 군에게 물었다.

"자네는 가네다 씨 댁 아가씨를 알고 있나?"

"올봄 낭독회에 초대한 뒤로 친해져서 쭉 교제하고 있네. 난 그 아가씨 앞에만 서면 어쩐지 감격한 나머지 한동안은 시를 짓든 노래를 부르든 유쾌해서 흥이 절로 난다네. 이 시집에도 연애시가 많은 것은 바로 그런 이성 친구한테 인스피레이션을 받기 때문일 거네. 그래서 난 그 아가씨에게 심심한 감사의 뜻을 표해야 하는데, 이 기회를 이용해서 내 시집을 바치기로 한 걸세. 옛날부터 여성 친구가 없는 사람이 훌륭한 시를 짓는 경우는 없다고 하네."

"그럴까?"

간게쓰 군은 은근히 웃으면서 되물었다. 쓸데없는 잡담을 늘어놓는 사람들이 아무리 모여 있어도 그리 오래 지속되지 않을 모양인지 담화의 불길이 상당히 사그라졌다. 나도 그들의 무료한 잡담을 하루 종일 들어야 하는 의무도 없으므로, 이만 실례하고 사마귀를 찾으러 뜰로 나섰다. 오동나무 잎사귀 사이로 서쪽으로 기우는 해가 얼룩얼룩 새어들고, 줄기에 붙어 있는 애매미가 줄기차게 울어대고 있었다. 밤에는 어쩌면 한바탕 비가 쏟아질지도 모르겠다.

7

나는 요즘 들어 운동을 시작했다. 고양이인 주제에 무슨 운동이냐며 시건방지다고 무조건 비웃으며 욕부터 해대는 놈들에게 좀 물어보겠는데, 그러는 인간들도 바로 얼마 전까지 운동이 뭔지도 모른 채 먹고 자는 걸 천직으로 알고 있지 않았는가. '무사시귀인(無事是貴人)'[1] 이라며 팔짱을 끼고 엉덩이가 썩어 문드러지도록 방석에 앉아 있는 것을 남자의 명예라 여기고 우쭐거리며 살아온 것을 기억하고 있을 것이다. 운동을 해라, 우유를 마셔라, 냉수욕을 해라, 바다로 뛰어들어라, 여름이 되면 산속에 틀어박혀 한동안 안개를 먹어라, 이런 쓸데없는 주문을 연발하게 된 것은 서양에서 신국(神國)[2]으로 전염된 새로운 병으로, 역시 페스트, 폐병, 신경쇠약의 일종이라 여겨도 좋을 정도다. 하기야 나는 작년에 태어나 올해 한 살이니 인간이 이런 병에 걸리기 시작한 당시의 모습은 기억에 없을 뿐만 아니라 그 시절에는 이 뜬세

1 임제 선사의 『임제록(臨濟錄)』에 나오는 말로, 일 없는 이가 가장 존귀한 사람이라는 뜻이다.
2 일본을 가리키는 말.

상에 있지도 않았음에 틀림없다.

하지만 고양이의 1년은 인간의 10년에 해당한다고 해도 좋다. 우리의 수명은 인간의 2분의 1, 3분의 1에 불과하지만, 그 짧은 시간에 한마리의 고양이로 충분히 성장하는 것으로 추론하건대, 인간의 세월과 고양이의 세월을 같은 비율로 계산하는 것은 심각한 오류다. 첫째, 한 살 몇 개월밖에 안 된 내가 이 정도의 식견을 갖고 있는 것으로도 알 수 있을 것이다. 주인의 셋째 딸은 세는 나이로 올해 세 살이라고 하는데, 지식의 발달에서 보면 기가 막히게 느리다. 우는 일과 요에 지도 그리는 일, 그리고 젖 먹는 일 말고는 아무것도 모른다. 세상을 걱정하고 시대에 분개하는 나 같은 고양이에 비하면 정말 미덥지가 못하다. 그러므로 내가 운동, 해수욕, 전지요양(轉地療養)의 역사를 마음속에 간직하고 있다고 한들 전혀 놀랄 일이 아니다. 이 정도 일에 만약 놀라는 자가 있다면 그건 다리가 두 개 모자란 인간이라는 아둔패기일 게 뻔하다. 인간은 옛날부터 아둔패기였다. 그러니 요즘 들어 점점 운동의 효과를 선전하거나 해수욕의 효능을 재잘거리며 엄청난 발명이나 되는 것처럼 여기는 것이다.

우리는 태어나기 전부터 그 정도의 일은 충분히 알고 있다. 첫째로 해수욕이 왜 약이 되는가 하면, 잠깐 해안에 가보면 금방 알 수 있는 일 아닌가. 그렇게 넓은 곳에 물고기가 몇 마리나 있는지 모르겠으나 그중 한 마리도 병에 걸려 의사의 진료를 받은 적이 없다. 다들 건강하게 헤엄치고 있다. 병에 걸리면 몸이 말을 듣지 않게 된다. 죽으면 반드시 뜬다. 그러니 물고기가 죽으면 '떠올랐다'고 말하고, 새가 죽으면 '떨어졌다'고 말하며 인간이 죽으면 '떠났다'고 하는 것이다. 인도양을 횡단하여 서양에 간 사람에게, 자네, 물고기가 죽는 걸 본 적이 있나, 하고 물어보는 게 좋다. 누구든 아니라고 답할 게 뻔하다. 그렇게 대답하는 것도 무리는 아니다. 아무리 왕복한다 한들 파도 위에서 막 숨을 거둔, 아니, 바닷물을 거두고 떠 있는 걸 한 마리도 본 자가 없기 때문이다. 숨을 거두었다고 하면 안 된다. 물고기니까 바닷물을 거두었다고 해야 하는 것이다. 망망하고 끝없이 이어지는 대해를 석탄을 때며 밤낮없이 계속해서 찾아다녀도 예부터 지금까지 떠오른 물고기가 한 마리도 없는 것으로 추론해보면, 물고기는 상당히 건강한 것임에 틀림없다는 단정을 금방 내릴 수 있다.

그렇다면 물고기는 왜 그렇게 건강한가. 이 또한 인간이라 모르는 것이지 다른 이유는 없다. 금방 알 수 있다. 바닷물을 마시고 시종 해수욕을 하기 때문이다. 이처럼 물고기에게 해수욕의 효능은 현저하다. 물고기에게 현저한 이상 인간에게도 현저하지 않으면 안 된다. 1750년에 닥터 리처드 러셀[3]이 브라이튼의 바닷물에 뛰어들면 404가지 병이 그 자리에서 완쾌된다는 과장된 광고를 냈는데, 그것도 늦은 거라며 비웃어도 좋다.

비록 고양이지만 적당한 시기가 오면 다 같이 가마쿠라 근처로 가볼 생각이다. 하지만 지금은 안 된다. 모든 일에는 시기가 있다. 메이지 유신 전의 일본인이 해수욕의 효능을 경험해보지 못하고 죽은 것처럼 오늘날의 고양이는 아직껏 나체로 바닷물에 뛰어들 기회를 얻지 못했다. 서둘다가는 오히려 실패하기 십상이다. 오늘날처럼 매립지에 내팽개쳐진 고양이가 무사히 돌아오지 못하는 동안에는 함부로 뛰어들 수는 없다. 진화의 법칙에서도 우리들 고양이족의 기능이, 미쳐 날

---

3 리처드 러셀(Richard Russel, 1714~1771?). '수치요법(Water Cure)'으로 유명한 영국의 의사. 해수욕 이야기는 소세키의 『문학평론』에도 나온다.

뛰는 파도에 적절히 저항할 수 있는 힘을 키울 때까지는, 바꿔 말하면 고양이가 죽었다는 말 대신 고양이가 떠올랐다는 말이 일반적으로 사용될 때까지는 쉽게 해수욕을 할 수는 없다.

해수욕은 추후에 실행하기로 하고, 일단 운동만은 하기로 결심했다. 아무래도 20세기인 오늘날 운동을 하지 않으면 영락없이 빈민 같고 평판도 좋지 않다. 운동을 하지 않으면, 운동을 하지 않는 게 아니라 못하는 것이고, 할 시간이 없는 것이다. 여유가 없는 것으로 여겨진다. 옛날에는 운동을 하면 천하다고 비웃음을 샀지만 지금은 운동을 하지 않으면 오히려 천한 존재로 간주된다. 세상 사람들의 평가는 때와 장소에 따라 우리 고양이의 눈동자처럼 변한다. 우리 고양이의 눈동자는 단지 작아지거나 커질 뿐이지만 인간의 품평은 완전히 거꾸로 뒤집어진다. 뒤집어져도 별문제는 없다. 사물에는 양면이 있고 양 끝이 있다. 양 끝을 뒤집어 흑백을 백흑으로 바꿀 수 있는 것이 인간의 융통성이다.

방촌(方寸)[4]을 거꾸로 하면 촌방(寸方)[5]이 되는 점에 흥이 있는 것이다. 몸을 숙이고 가랑이 사이로 아마노하시다테[6]를 보면 또 각별한 느낌이 든다. 셰익스피어도 옛날 그대로의 셰익스피어라면 시시하다. 가끔은 가랑이 사이로 햄릿을 보고, 자네, 이거 안 되겠는데, 하는 자가 없으면 문학도 발전하지 못할 것이다. 그러므로 운동을 나쁘게 말한 이들이 갑자기 운동을 하고 싶다며 여자까지 라켓을 들고 길을 다닌다 한들 전혀 이상하지 않다. 다만 고양이가 운동하는 것을 시건방

4 사방 한 치의 넓이, 즉 사람의 마음을 말할 때 쓰인다.
5 치수를 뜻한다.
6 일본 3대 절경의 하나로 교토 북부 해안에 있는 모래톱.

지다며 비웃지만 않으면 된다. 그런데 내가 하는 운동이 어떤 종류의 운동인지 수상쩍어하는 사람이 있을지 모르니 일단 설명하고자 한다.

알다시피 고양이는 불행히도 기구를 들 수가 없다. 그러므로 공이나 배트를 다루기가 곤란하다. 다음으로 돈이 없으니 기구를 살 수도 없다. 이 두 가지 이유로 우리가 선택한 운동은 한 푼도 들지 않고 기구 없이도 할 수 있는 종목이다. 그렇다면 어슬렁어슬렁 돌아다니거나 참치 토막을 물고 도망치는 일이라고 생각할지 모르지만, 단지 네 발을 역학적으로 운동시켜 지구의 인력에 따라 대지를 오가는 일은 너무 단순하여 흥미가 일지 않는다. 아무리 운동이라는 이름이 붙었다고 하나 주인이 때때로 실행하는, 문자 그대로의 운동은 아무래도 운동의 신성함을 더럽히는 것이다. 물론 단순한 운동이라도 어떤 자극하에서는 꼭 안 한다고는 할 수 없다. 가다랑어포 쟁탈전, 연어 찾기 등은 괜찮지만, 이는 중요한 대상물이 있어야 할 수 있는 것이고, 그 자극이 없으면 흥미가 없고 따분한 것이 되고 만다. 포상과 같은 흥분제가 없다면, 뭔가 재미라도 있는 운동을 해보고 싶다. 나는 여러모로 생각해봤다.

부엌의 차양을 통해 지붕으로 뛰어오르기.

지붕 꼭대기에 있는 매화 모양의 기와 위에 네 발로 서 있기.

빨래 장대 타기. 이는 굉장히 흥미로운 운동 중 하나지만 함부로 했다가는 혼쭐이 나기 때문에 기껏해야 한 달에 세 번밖에 시도하지 않는다.

종이봉지 머리에 뒤집어쓰기. 이건 답답하기만 할 뿐 재미는 영 없는 운동이다. 특히 인간이라는 상대가 없으면 성공하지 못하니 안 된다.

다음으로는 책 표지를 발톱으로 긁어대기. 이는 주인에게 들키면 반드시 봉변을 당할 위험이 있을 뿐 아니라 비교적 발끝 재주만 부리면 되니 몸 전체의 근육을 쓰지 못한다.

이상 열거한 것들은 이른바 나의 구식 운동이다. 신식 운동 중에는 꽤 고상한 취향의 운동이 있다.

첫째로 사마귀 사냥.

사마귀 사냥은 쥐 사냥만큼 격렬한 운동이 아닌 대신 그만큼의 위험도 없다. 한여름에서 초가을에 걸쳐 할 수 있는 유희로서는 안성맞춤인 운동이다. 그 방법을 말하자면, 우선 뜰로 나가 사마귀 한 마리를 찾는다. 제철이면 한두 마리쯤 찾는 것은 일도 아니다. 그러고는 찾아낸 사마귀 옆으로 바람을 가르며 휙 달려간다. 그러면 사마귀가, 이크, 하며 낫 모양으로 머리를 치켜든다. 사마귀라 해도 꽤 씩씩해서 상대의 역량을 모를 때는 저항할 기세를 보이니 재미있다.

치켜든 머리를 오른쪽 앞발로 살짝 건드린다. 치켜든 목은 부드러워서 맥없이 옆으로 휘어진다. 이때 사마귀의 표정이 굉장히 흥미롭다. 이런! 하는 표정이 역력하다. 그때 폴짝 뛰어 사마귀 뒤로 돌아 이번에는 등 쪽에서 날개를 가볍게 긁는다. 그 날개는 평생 소중히 접고 있던 것인데, 세게 긁으면 확 펼쳐지며 그 안에서 얇은 종이 같은 엷은 색 속옷이 나타난다.

사마귀는 여름인데도 고생스럽게 두 겹으로 겹쳐 입고 있어 아주 별스럽다. 이럴 때 사마귀는 긴 목을 반드시 뒤로 돌린다. 어떤 때는 대들지만, 대개의 경우는 목만 쑥 내밀고 서 있다. 이쪽에서 먼저 공격하기를 기다리는 것으로 보인다. 상대가 언제까지고 그런 자세로 있으면 운동이 되지 않기 때문에 대치 상태가 너무 길어진다 싶으면 다시 한 번 건드린다. 이렇게 건드리면 분별력이 있는 사마귀는 반드시 꽁무니를 뺀다.

그런데 다짜고짜 대드는 놈은 상당히 무식하고 야만스러운 사마귀다. 만약 상대가 이렇게 야만스러운 행동으로 나오면, 대드는 순간을 노려 힘껏 발로 후려갈긴다. 대개는 50센티미터에서 1미터쯤 나가떨어진다. 그러나 적이 얌전히 뒤로 물러나면, 안됐다는 생각에 나는 뜰의 나무를 새처럼 두세 번 돌고 온다. 사마귀는 아직 15센티미터나 20센티미터밖에 도망가지 못한 상태다. 이제 내 역량을 알았으니 대들 용기가 나지 않는 것이다. 단지 우왕좌왕 내빼느라 정신이 없다. 그러나 나도 이리저리 쫓아다니기 때문에 사마귀는 결국 괴로워하며 날개를 펼치고 일대 활약을 시도하곤 한다.

원래 사마귀 날개는 긴 목에 어울리게 아주 가늘고 길게 생겼는데, 듣자 하니 그저 장식용일 뿐 인간의 영어, 프랑스어, 독일어처럼 전혀 쓸 데가 없다고 한다. 그러니 쓸데없이 길쭉한 것을 이용하여 기운차게 뛰어보려고 한들 나에게는 효과가 있을 리 없다. 말이 뛰는 것이지 사실은 땅바닥 위로 다리를 질질 끌며 걸어 다니는 것에 지나지 않는다.

이렇게 되면 좀 딱하기는 하지만 운동을 위해서니 어쩔 수 없다. 실례를 무릅쓰고 순식간에 앞쪽으로 달려간다. 사마귀는 관성 때문에 급회전을 못하니 어쩔 수 없이 전진하는데, 그 코를 또 갈긴다. 이때 사마귀는 어김없이 날개를 펼친 채 쓰러진다. 그러면 앞발로 꾹 누르고 잠시 휴식을 취한다. 그리고 나서 다시 놓아준다. 놓아주었다가 다시 누른다. 제갈량의 칠금칠종(七擒七縱)[7]이라는 전략으로 공격한다.

7 『삼국지』에 나오는 고사로, 제갈량이 남방 정벌에서 맹획을 일곱 번 잡고 일곱 번 풀어주며 자유자재로 농락한 일. 보통은 '칠종칠금'이라고 한다.

한 30분쯤 이런 과정을 되풀이하고, 놈이 몸을 움직일 수 없게 된 것을 확인하면 살짝 입에 물고 흔들어본다. 그러고 나서 다시 뱉어낸다. 이번에는 땅바닥 위에 엎어진 채 꿈쩍도 하지 않기 때문에 앞발로 쿡 찌르면, 그 기세에 날아오르려는 것을 다시 꾹 누른다.

이것도 싫증이 나면 마지막 수단으로 우적우적 씹어 먹는다. 이왕 말이 나왔으니 사마귀를 먹어본 적이 없는 인간에게 이야기해두는데, 사마귀는 그리 맛있는 게 아니다. 그리고 의외로 영양가도 적은 것 같다.

사마귀 사냥에 이어서 매미 잡기 운동을 한다. 그냥 매미라고 해서 다 같은 매미가 아니다. 인간에게도 기름진 놈, 참한 놈, 시끄러운 놈이 있듯이 매미에게도 기름매미, 참매미, 애매미가 있다. 기름매미는 끈덕져서 못쓰고, 참매미는 으스대서 곤란하다. 다만 잡아서 재미있는 것은 애매미다. 이는 늦여름이 되어서야 나온다.

겨드랑이 아래로 가을바람이 예고 없이 살갗을 어루만져, 에취 하고 감기에 걸리는 무렵이면 꼬리를 곤두세우고 열심히 운다. 정말 잘 우는 놈인데, 내가 볼 때 우는 재주와 고양이에게 잡히는 재주를 타고 났다고 여겨질 정도다. 초가을에는 이놈들을 잡는다. 이를 매미 잡기 운동이라고 한다.

잠깐 여러분께 말해두겠는데, 적어도 매미라는 이름이 붙은 이상 땅바닥을 굴러다녀서는 안 된다. 땅바닥에 떨어져 있는 것에는 반드시 개미가 들끓는다. 내가 잡는 것은 개미의 영역에서 굴러다니는 놈이 아니다. 높은 나뭇가지에서 씨우츠 씨우 츠츠르르르 하는 놈들을 잡는 것이다. 이왕 말이 나온 김에 박학한 인간에게 묻고 싶은데, 씨우츠 씨우 츠츠르르르 하고 우는 건지, 씨우우 쥬쥬쥬 하고 우는 건지, 그 해석에 따라 매미 연구에 적지 않은 영향이 있을 것이라 생각한다. 인간이 고양이보다 나은 점은 이런 데에 있고, 인간 스스로 자랑하는 것도 이런 점에 있으니 지금 바로 대답할 수 없다면 잘 생각해 두는 것이 좋을 것이다.

하기야 매미 잡기 운동에는 어느 쪽이든 상관없다. 나는 단지 소리를 따라 나무로 올라가 우는 데 정신이 팔려 있는 놈을 잡을 뿐이다. 이는 아주 간단한 운동으로 보여도 꽤 힘든 운동이다. 나는 네 발을 갖고 있으니 대지를 활보하는 데 감히 다른 동물에게 뒤지지 않는다고 생각한다. 적어도 두 개와 네 개라는 숫자적 지식으로 판단해볼 때 인간에게는 지지 않는다고 생각한다.

그러나 나무 오르기는 나보다 뛰어난 놈이 꽤 있다. 나무 오르기가 본업인 원숭이는 별도로 하고, 원숭이의 후예인 인간 중에도 간단히 무시할 수 없는 자들이 있다. 원래 인력을 거스르는 무리한 일이라 잘 하지 못한다고 해서 딱히 치욕스럽다고는 생각하지 않지만, 매미 잡기 운동에는 적지 않게 불편하다. 다행히 발톱이라는 편리한 도구가 있으니 어떻게든 오르기는 하지만, 옆에서 보는 것만큼 쉬운 일은 아니다.

뿐만 아니라 매미는 날아다니는 놈이다. 사마귀와 달리 일단 날아오르면 모든 게 허사다. 애써 나무에 올랐어도 오르지 않은 것과 조금도 다를 바가 없는 비운에 처하지 말란 법도 없다. 마지막으로 때로는 매미의 오줌을 뒤집어쓸 위험이 있다. 어쩌면 내 눈을 노리고 오줌을 갈기는 것 같다. 도망치는 것은 어쩔 수 없는 일이지만, 제발 오줌만은 갈기지 말았으면 한다. 날아오르기 직전에 오줌을 싸는 것은, 대체 어떤 심리적 상태가 초래하는 생리 현상일까. 역시 괴로운 나머지 어쩔 수 없이 그리되는 걸까. 아니면 적의 허를 찔러 잠시 도망칠 시간을 버는 방편인지도 모른다. 그렇다면 오징어가 먹물을 뿜고, 폭력배가 문신을 드러내고, 주인이 라틴어를 지껄이는 것과 같은 항목에 넣어야 할 사항이다. 이 또한 매미학에서 소홀히 해서는 안 되는 문제다. 연구만 충분히 한다면 이것만으로도 박사논문감일 것이다. 이는 여담이니 그 정도로 하고 다시 본론으로 돌아가자.

매미가 가장 잘 꼬이는 곳은—꼬인다는 말이 이상하면 모인다고 해야 하는데, 모인다고 하면 진부하니까 그냥 꼬인다로 한다—오동나무다. 한문투로 하면 벽오동이라 한다. 그런데 이 오동나무는 잎이 굉장히 많고, 게다가 그 잎이 모두 부채만큼 크기 때문에 무성해지면 줄기가 전혀 보이지 않는다. 매미 잡기 운동에는 이것이 방해가 된다. '소리는 나는데 보이지 않는다'는 속요는 특별히 나를 위해 만든 게 아닐까 의심이 들 정도다. 하는 수 없으니 나는 그저 소리를 따라간다. 오동나무는 아래에서 2미터쯤 되는 곳에서 어김없이 두 갈래로 갈라지는데, 거기에서 잠깐 숨을 돌리며 나뭇잎 사이로 매미가 어디에 있는지 탐색한다. 그런데 거기까지 오르는 중에 나는 버석버석 소리에 날아가는 성미 급한 놈이 있다. 한 놈만 날아가도 끝장이다. 흉내 내는 점에서 매미는 인간 못지않을 정도로 바보다. 한 놈이 날면 줄줄이 날아간다. 줄기가 갈라지는 지점까지 간신히 올라갔는데 우는 소리가 뚝 그치고 나무 전체가 적막해지는 경우가 있다. 얼마 전에는 거기까지 올라가 아무리 둘러봐도, 아무리 귀를 쫑긋해봐도 매미가 있는 기미가 보이지 않아, 나중에 다시 올라오는 것도 귀찮고 해서 갈라지는 지점에 진을 치고 잠시 쉬면서 두 번째 기회를 노린 적이 있다. 그런데 어느새 낮잠에 빠져들고 말았다. 이런, 하고 눈을 떴을 때는 마당에 깔린 돌 위에 떨어져 있었다.

하지만 대개는 나무에 오를 때마다 한 마리는 잡아온다. 다만 나무 위에서는 입에 물고 있어야 하니 재미가 덜하다. 그래서 물고 내려와 뱉을 때는 대개 죽어 있다. 아무리 장난을 치고 할퀴어도 이렇다 할 반응이 없다. 매미 잡기의 묘미는 눈에 띄지 않게 살며시 다가가, 꼬리를 열심히 늘였다 줄였다 하는 놈을 앞발로 꽉 누르는 순간이다. 이때 놈은 비명을 지르며 얇고 투명한 날개를 종횡무진 퍼덕인다. 그 재빠르고 멋진 동작은 말로 표현할 수 없는, 실로 매미 세계의 장관이다. 나는 놈을 잡을 때마다 늘 녀석에게 요청하여 이 예술적 공연을 구경한다. 그것도 싫증이 나면 실례를 무릅쓰고 입 안에 넣어버린다. 매미에 따라서는 입 안에 들어가서도 공연을 계속하는 놈이 있다.

매미 잡기 다음으로 하는 운동은 소나무 미끄럼이다. 이는 길게 쓸 필요도 없으니 잠깐만 말해두겠다. 소나무 미끄럼이라고 하면, 소나무에서 미끄럼을 타는 것으로 생각할지 모르겠지만, 그런 게 아니다. 역시 나무 타기의 일종이다. 다만 매미 잡기는 매미를 잡기 위해 오르는 거지만, 소나무 미끄럼은 오르는 것 자체를 목적으로 한다. 이것이 두 운동의 차이다. 소나무는 본디부터 상록수로, 호조 도키요리를 위한 땔감[8]이 된 이래 오늘날에 이르기까지 몹시 울퉁불퉁하다. 따라서 소나무 줄기만큼 미끄러지지 않는 것은 없다. 그래서 앞발로 매달리기에도 좋고 뒷발로 디디기에도 좋다. 바꿔 말하면 발톱을 걸기에 소나무만큼 좋은 게 없다는 것이다. 발톱을 걸기에 좋은 줄기에 단숨에 뛰어오른다. 뛰어올랐다가 뛰어내린다.

8 요쿄쿠 『하치노키(鉢木)』의 한 구절. 권좌에서 물러나 사이묘지(最明寺)를 건건하고 출가한 가마쿠라 막부 시대의 집권자 호조 도키요리(北條時賴, ?~1263)가 사노(佐野)에서 대설을 만나 사노 겐자에몬(佐野源左衛門)의 집에 묵게 되었는데, 사노가 그에게 밤밥을 대접하고 소나무를 비롯하여 화분에 심은 나무까지 땔감으로 썼다는 이야기다.

뛰어내리는 데는 두 가지 방법이 있다. 머리를 땅 쪽으로 하고 거꾸로 내려오는 방법과 올라간 자세 그대로 꼬리를 아래로 한 채 내려오는 방법이다. 인간에게 묻겠는데, 어느 게 더 어려울 것 같은가. 인간의 좁은 소견으로는 어차피 내려가는 것이니 아래쪽을 향하고 내려가는 것이 편할 거라고 생각할 것이다. 그러나 그건 잘못된 생각이다. 인간들은 미나모토노 요시쓰네[9]가 험준한 비탈인 히요도리고에를 함락했다는 것만 알고, 요시쓰네도 아래쪽을 향해 내려갔으니 고양이도 당연히 아래쪽을 향하고 내려간다고 생각할 것이다. 그렇게 경멸해서는 안 된다. 고양이 발톱이 어느 쪽을 향하고 있다고 생각하는가. 다 뒤쪽으로 휘어 있다. 그러니 쇠갈고리처럼 뭔가에 걸어 끌어당기는 것은 가능해도 밀어내는 힘은 없다.

지금 내가 소나무를 기세 좋게 뛰어올랐다고 치자. 그러면 나는 원래 땅바닥에 사는 자이니 자연의 섭리에서 보자면 내가 오랫동안 소나무 꼭대기에 머무는 것을 허락하지 않을 것이다. 그냥 놔두면 반드시 떨어지게 되어 있다. 그러나 덮어놓고 떨어지면 너무 빠르다. 그러므로 어떤 수단을 써서 이 자연의 섭리를 얼마간 완화해야 한다. 이것이 바로 내려가는 일이다. 떨어지는 것과 내려가는 것은 엄청나게 다른 것 같지만, 사실은 생각만큼 다르지는 않다. 떨어지는 속도를 늦추면 내려가는 것이고, 내려가는 속도를 빨리하면 떨어지는 것이다. 떨어지는 것과 내려가는 것은 속도의 차이일 뿐이다.

나는 소나무 위에서 떨어지는 것이 싫기 때문에 떨어지는 속도를 늦춰 내려가야 한다. 다시 말해 어떤 것을 이용하여 떨어지는 속도

9 미나모토노 요시쓰네(源義経, 1159~1189). 헤이안 시대 말기, 가마쿠라 시대 초기의 무장으로 일본인들에게는 비극적 영웅으로 추앙받고 있다.

에 저항하지 않으면 안 되는 것이다. 내 발톱은 앞에서 말한 대로 모두 뒤쪽을 향하고 있어, 만약 머리를 위로 하고 발톱을 세우면 이 발톱의 힘을 모조리 떨어지는 힘에 거스르는 것으로 이용할 수 있다. 따라서 떨어지는 것이 내려가는 것으로 변한다. 무척 알기 쉬운 이치다. 반면 몸을 거꾸로 하여 요시쓰네처럼 소나무에서 내려가보라. 발톱이 있어도 아무런 도움이 되지 않는다. 자신의 체중을 지탱할 수 없어 줄줄 미끄러질 뿐이다. 내려가려고 애쓰지만 결국 떨어지는 것으로 변한다. 이처럼 요시쓰네가 히요도리고에를 내려오듯 하기는 어렵다.

고양이 중에 이런 재주를 부릴 줄 아는 자는 아마 나뿐일 것이다. 그러므로 나는 이 운동을 소나무 미끄럼이라 칭한다.

마지막으로 울타리 돌기에 대해 한마디 하겠다. 주인의 마당은 대울타리로 네모나게 구획되어 있다. 툇마루와 평행한 한쪽은 15미터 남짓일 것이다. 좌우는 모두 7미터밖에 되지 않는다. 지금 내가 말한 울타리 돌기라는 운동은 이 울타리 위에서 떨어지지 않고 한 바퀴 빙 도는 것을 말한다. 이는 가끔 실패하는 경우도 있지만 순조롭게 돌면 큰 위로가 된다. 특히 군데군데 통나무를 박아놓아 잠깐 쉬는 데 편하다.

오늘은 성적이 좋아 아침부터 낮까지 세 번을 해봤는데 할 때마다 실력이 늘었다. 늘 때마다 재미있어진다. 결국 네 번을 반복했는데, 네 번째로 절반쯤 돌았을 때 옆집 지붕에서 까마귀 세 마리가 날아와 2미터쯤 앞에 열을 지어 앉았다. 무례한 놈들이다. 남이 운동하는 걸 방해하다니. 특히 어디서 굴러온 까마귀인지도 모르는 존재가 남의 울타리에 앉는 법이 어디 있나 싶어, 지나갈 테니 물렀거라, 하고 소리를 질렀다. 제일 앞의 까마귀는 나를 보고 히죽히죽 웃고 있다. 다음 까마귀는 주인집 마당을 내려다보고 있다. 세 번째 까마귀는 부리를 대울타리에 닮고 있다. 뭔가 먹고 온 것임에 틀림없다. 나는 그들의 대답을 기다리는 데 3분의 말미를 주고 울타리 위에 서 있었다.

까마귀를 통칭 간자에몬(勘左衛門)[10]이라 하는데, 과연 간자에몬이다. 아무리 기다려도 인사도 하지 않을 뿐 아니라 날아가지도 않는다. 하는 수 없이 나는 살금살금 걷기 시작했다. 그러자 제일 앞의 간자에몬이 살짝 날개를 펼쳤다. 드디어 내 위엄에 겁을 먹고 도망가려나 싶었는데, 오른쪽을 보고 있다가 왼쪽으로 방향만 바꾸었을 뿐이다. 이놈들! 땅바닥 위에서라면 가만 놔두지 않았겠지만, 어쩌랴, 안 그래도 힘겨운 운동을 하는 도중이라 간자에몬 따위를 상대하고 있을 여유가 없다. 그렇다고 다시 멈춰 서서 세 마리가 물러날 때까지 마냥 기다리는 것도 싫다. 무엇보다 그렇게 기다리고 있어서는 다리가 버티지 못한다.

놈들은 날개가 있는 몸이라 이런 데 앉아 있을 수 있다. 따라서 마음만 내킨다면 얼마든지 머물러 있을 것이다. 하지만 나는 이번이 네번째다. 그렇지 않아도 상당히 지쳐 있다. 게다가 줄타기에 못지않은 기예 겸 운동을 하고 있다. 아무런 장애물이 없다고 해도 떨어지지 않으리란 보장이 없는데, 시커먼 옷차림을 한 세 놈이 앞길을 가로막고 있으니 사정이 영 좋지 못하다. 급하면 스스로 운동을 중단하고 울타리에서 내려갈 수밖에 없다. 귀찮으니 차라리 그렇게 할까, 적은 여러 놈이고, 특히 이 동네에서는 그다지 눈에 익지 않은 녀석들이다. 부리가 유난히 뾰족하여 어쩐지 덴구의 자손 같다. 어차피 성깔이 좋은 놈들이 아닐 게 뻔하다. 퇴각하는 게 안전할 것이다. 함부로 나섰다가 괜히 떨어지기라도 한다면 그 이상의 치욕은 없다.

10 까마귀(烏, 가라쓰)의 첫음절로 사람 이름처럼 만든 것.

이런 생각을 하고 있는데 왼쪽을 향하고 있던 까마귀가 바보라고 말했다. 다음 까마귀도 흉내를 내어 바보라고 했다. 마지막 놈은 아주 정중하게 바보, 바보, 하고 두 번 소리쳤다. 아무리 온화한 성격의 나라도 이것만은 그냥 넘어갈 수 없다. 무엇보다 자기 집 안에서 까마귀들에게 모욕을 당한 이상, 내 이름에 먹칠을 한 셈이다. 이름이 아직 없으니 먹칠할 수도 없다고 한다면 체면에 먹칠을 한 것이다. 결코 물러설 수 없다. 옛말에도 오합지졸(烏合之卒)이라고 하는 걸 보면 세 마리라 해도 의외로 약할지 모른다.

나아갈 수 있을 만큼 나아가서는 배짱 있게 어슬렁어슬렁 걷기 시작한다. 까마귀는 시치미를 떼고 뭔가 이야기를 나누고 있는 모습이다. 점점 울화통이 터진다. 울타리의 폭이 15센티미터만 되었어도 혼쭐을 내주겠는데, 안타깝게도 아무리 화가 나도 살금살금 갈 수밖에 없다. 가까스로 녀석들과 15센티미터 거리까지 다가가 이제 한 발짝이라고 생각했을 때 간자에몬은 약속이나 한 듯이 느닷없이 날개를 퍼덕이며 50센티미터쯤 날아올랐다. 놈들이 일으킨 바람이 돌연 내 얼굴에 불어닥쳤고, 아차 하는 순간 그만 발을 헛디뎌 쿵 하고 땅바닥에 떨어지고 말았다.

낭패를 당했다며 울타리 밑에서 올려다보니, 세 마리는 원래 자리에 앉아 부리를 나란히 하고 위에서 내 얼굴을 내려다보고 있다. 뻔뻔한 놈들이다. 쩨려보아주었지만 전혀 먹혀들지 않는다. 등을 둥글게 웅크리고 약간 으르렁거려보았지만 아무 소용이 없었다. 속인이 영묘한 상징시를 알 수 없는 것처럼, 내가 그들에게 보여주는 분노의 기호에도 아무런 반응을 보이지 않는다. 생각해보면 무리도 아니다. 나는 지금까지 그들을 고양이로 취급하고 있었다. 그게 잘못이다. 고양이는 이쯤 하면 분명히 반응을 보이지만, 하필 상대는 까마귀다. 간자에몬 공(公) 까마귀니 어쩔 수 없는 일이다. 사업가가 주인 구샤미 선생을 압도하려고 안달하는 것이나, 사이교[11]에게 은제 고양이를 선물한 것이나, 사이고 다카모리의 동상[12]에 간자에몬 공이 똥을 싸는 것이나 마찬가지다.

기회를 포착하는 데 재빠른 나는 도저히 안 되겠다고 판단하고 깨끗이 툇마루로 물러났다. 벌써 저녁 먹을 시간이다. 운동도 좋지만 도가 지나치면 좋지 않다. 어쩐지 온몸이 나른하고 녹초가 된 느낌이다. 뿐만 아니라 아직 가을 문턱이라 운동할 때 햇볕을 받은 털옷은 석양까지 한껏 흡수한 듯 화끈거려 견딜 수가 없다. 모공에서 배어나온 땀이 흐르면 좋으련만 모근에 기름처럼 들러붙는다. 등짝이 근질근질하다. 땀으로 근질근질한 것과 벼룩이 기어 다녀 근질근질한 것은 확실히 구별할 수 있다. 입이 닿는 데라면 씹을 수 있고, 발이 닿는 데는 긁을 수 있는데 척추를 따라 이어진 한가운데는 자력으로 어떻게 해볼 수가 없다. 이런 때는 인간을 찾아 마구 비벼대거나 아니면 소나무 껍질에 마찰하는 기술이라도 쓰지 않으면 불쾌해서 편히 잘 수가 없다.

인간은 어리석은 존재라 아양을 떠는 소리(猫なで聲)로—아양을 떠는 소리는 인간이 내게 하는 소리다. 하지만 나를 기준으로 보면 아양을 떠는 소리가 아니라 아양을 받는 소리다—, 뭐든 상관없다, 어쨌든 인간은 어리석은 존재라 아양을 떠는 소리를 듣고 무릎 옆으로 다

11 헤이안 시대의 승려이자 가인인 사이교(西行, 1118~1190)에게 당대의 권력자인 미나모토노 요리토모(源賴朝, 1147~1199)가 은제 고양이를 선물했는데, 사이교는 바깥에서 놀고 있는 아이들에게 주어버렸다고 한다.
12 메이지 유신을 이끈 에도 시대 말기의 정치가 사이고 다카모리(西鄕隆盛, 1828~1877)의 동상은 우에노 공원에 있다.

가가면 대개의 경우 그 또는 그녀를 좋아하는 것이라 착각하여 내가 하는 대로 내버려두거나 때로는 머리를 쓰다듬어주기도 한다. 그런데 요즘 내 털 속에 벼룩이라 칭하는 일종의 기생충이 번식했다 하여 함부로 다가가면 반드시 목덜미를 움켜쥐고 멀리 내던진다. 눈에 보일까 말까 한 하찮은 벌레 때문에 정나미가 떨어진 모양이다.

손바닥을 뒤집으면 비, 다시 뒤집으면 눈이라더니 이렇게 인간의 마음이란 쉽게 변한다. 기껏해야 벼룩 1천이나 2천 마리에 이렇게 야박한 짓을 할 수 있다니. 인간 세상에서 이루어지는 사랑의 법칙 제1조는 이런 것이라고 한다.

모름지기 자신에게 이익이 되는 동안에는 사랑해야 한다.

인간의 태도가 갑자기 돌변했으니 아무리 가려워도 인간의 힘을 이용할 수 없다. 그러므로 두 번째 방법인 소나무 껍질 마찰법을 쓸 수밖에 없다. 그렇다면 잠시 비비고 올까 하고 다시 툇마루에서 내려려고 했으나 이 또한 수지가 맞지 않은 어리석인 방법이라는 걸 깨달았다. 그 이유는 다른 게 아니다.

소나무에는 송진이 있다. 이 송진이라는 놈은 굉장히 집착이 강해서 한번 털끝에 묻으면 벼락이 치든 발틱 함대가 전멸하든 절대 떨어지지 않는다. 그뿐 아니라 털 다섯 개에 들러붙으면 그 순간 열 개에 들러붙는다. 열 개가 들러붙었나 싶으면 이미 서른 개에 들러붙어 있다. 나는 담백함을 사랑하는 다인(茶人)풍의 고양이다. 이렇게 끈질기고 흉악하고 끈적끈적하고 집념이 강한 놈은 정말 싫다. 설사 천하의 아름다운 고양이라 하더라도 사양하겠다. 하물며 송진임에랴.

인력거꾼네 검둥이의 두 눈에서 북풍을 타고 흘러내리는 눈곱이나 진배없는 주제에 옅은 회색의 이 털옷을 망쳐놓는 건 괘씸하기 짝이 없는 일이다. 좀 생각해보는 게 나을 것 같다. 그렇게 말한들 쉽사리 생각해볼 마음은 없다. 그 껍질 언저리로 가서 등을 대자마자 들러붙을 게 뻔하다. 이런 무분별한 얼간이를 상대로 해서는 내 체면이 말이 아닐 뿐만 아니라 적어도 내 털 체면까지 말이 아닌 것이다. 아무리 근질근질해도 참는 수밖에 없다. 그러나 이 두 방법을 모두 쓸 수 없게 되면 마음이 심히 불안하다. 당장 무슨 수를 생각해내지 않으면, 근질근질하고 끈적끈적하여 결국에는 병에 걸릴지도 모른다.

무슨 수가 없을까 하고 뒷발을 접고 생각에 잠겼는데, 문득 한 가지 수가 떠올랐다. 우리 집 주인은 때때로 수건과 비누를 들고 어디론가 훌쩍 나가곤 한다. 30, 40분 지나 돌아오는 걸 보면, 그의 몽롱한 안색이 조금은 활기를 띠어 환해진 것처럼 보인다. 주인 같은 누추한 남자에게 이 정도의 영향을 준다면 나에게는 좀 더 효과가 있을 것이다. 나는 안 그래도 이 정도의 용모이니 더 이상 미남이 될 필요는 없겠지만, 만약 병에 걸려 한 살 몇 개월에 요절하는 일이라도 생긴다면 세상 사람들에게 면목이 없다.

듣자 하니 이 또한 인간이 소일거리로 생각해낸 공중목욕탕이라는 것이라 한다. 어차피 인간이 만든 것이니 제대로 된 것이 아닐 게 뻔하지만, 이런 상황이니 시험 삼아 들어가보는 것도 좋을 것이다. 일단 들어가보고 효험이 없으면 나오면 그만이다. 그러나 인간이 자신들을 위해 설비한 공중목욕탕에 다른 족속인 고양이를 들어가게 할 만한 아량이 있을는지, 그것이 의문이다. 주인이 태연히 들어갈 정도의 장소이니 설마 나를 제지하는 일은 없겠지만, 만약 딱한 일을 당하여 소문이라도 나는 날엔 곤란하다. 그렇다면 우선 상황을 보러 가는 것이 좋을 것이다. 눈으로 확인한 뒤, 이거라면 괜찮겠구나, 싶을 때는 수건을 물고 뛰어들기로 하자. 여기까지 생각하고 어슬렁어슬렁 공중목욕탕을 향해 걸어갔다.

골목을 왼쪽으로 꺾어들자 저만치에 대나무 홈통 같은 것이 우뚝 서 있고 그 끝에서 엷은 연기가 피어오르고 있다. 그게 바로 공중목욕탕이다. 나는 뒷문으로 살그머니 기어들었다. 뒷문으로 슬쩍 들어가는 것을 비겁하다거나 미숙하다고 하는데, 그건 정문으로밖에는 드나들 수 없는 자들이 반은 질투로 떠들어대는 푸념이다. 옛날부터 영리한 사람은 허를 찔러 뒷문으로 기습하는 것이 상례다. 신사 양성법의 제2권 제1장 5페이지에 그렇게 나와 있다고 한다. 그다음 페이지에는 "신사의 유서(遺書)에서 뒷문은 자신이 덕을 얻는 문이다"라고 쓰여 있을 정도다. 나는 20세기의 고양이라 이 정도의 교양은 있다. 함부로 경멸해서는 안 된다.

그런데 숨어들어 보니, 왼쪽에 30센티미터쯤 되는 크기로 잘라놓은 소나무 장작이 산더미처럼 쌓여 있고, 그 옆에는 석탄이 언덕처럼 쌓여 있다. 왜 소나무 장작이 산 같고, 석탄이 언덕 같으냐고 묻는 사람이 있을지도 모르지만, 특별한 의미는 없다. 그저 산과 언덕을 구분했을 뿐이다. 쌀을 먹고, 새를 먹고, 물고기를 먹고, 동물을 먹고, 여러 가지 나쁜 것을 먹어온 인간이 끝내는 석탄까지 먹을 정도로 타락한 것은 가여운 일이다.

막다른 데를 보니 2미터쯤 되는 입구가 열려 있어 안을 들여다보니 휑뎅그렁하고 조용하다. 그 맞은편에서는 끊임없이 사람 소리가 들렸다. 소리가 나는 곳이 이른바 공중목욕탕이 틀림없다고 단정하고, 소나무 장작과 석탄 사이의 골짜기를 빠져나가 왼쪽으로 돌아 전진하자 오른쪽에 유리창이 있고, 그 너머에는 조그맣고 동그란 통이 삼각형,

즉 피라미드 모양으로 쌓여 있다. 둥근 것이 삼각으로 쌓여 있는 것은 본의가 아니었을 거라고, 은밀히 작은 통의 마음을 헤아렸다.

작은 통의 남쪽으로 1미터 남짓 널빤지가 튀어나와 있는데, 마치 나를 맞이하는 것처럼 보였다. 널빤지의 높이는 바닥에서 1미터쯤이어서 뛰어오르기에 안성맞춤이다. 좋았어, 하면서 폴짝 뛰어올랐더니, 소위 공중목욕탕이라는 곳이 바로 코앞, 눈 아래, 얼굴 앞에 펼쳐져 있었다. 천하에 가장 재미있는 것이 무엇이냐고들 하는데, 아직 먹어보지 못한 것을 먹고, 아직 보지 못한 것을 보는 것만큼 유쾌한 것은 없다. 여러분도 우리 주인처럼 일주일에 세 번쯤 이 공중목욕탕 세계에서 30분 내지 40분을 산다면 좋겠지만, 만약 나처럼 공중목욕탕을 보지 못했다면 하루빨리 구경하는 게 좋을 것이다. 부모의 임종을 지키지 못해도 좋으니 이것만은 꼭 보는 게 좋다. 세상이 넓다고 하지만 이처럼 기괴한 광경은 다시없을 것이다.

뭐가 기괴한 광경이냐고? 입에 담기가 꺼려질 만큼 기괴한 광경이다. 이 유리창 안에서 우글우글, 와글와글 소란을 피우고 있는 인간은 모조리 나체다. 타이완의 생번(生蕃)[13]이다. 20세기의 아담이다.

대저 의상의 역사를 펼쳐보면―긴 이야기가 될 테니 이는 토이펠스드뢰크[14] 군에게 맡기기로 하고 책을 펴서 읽는 것만은 그만두겠는데―인간은 전적으로 복장으로 유지되고 있다. 18세기경 대영제국 바스[15]의 온천장에서 보 내시[16]가 엄중한 규칙을 제정했을 때만 해

---

13 타이완의 고사족 가운데 중앙의 권위(한족)에 복종하지 않고 원시생활을 하던 이들을 말한다. 소설의 배경이 된 1905년 당시 타이완은 일본의 식민지였다.

14 토머스 칼라일의 『의상철학Sartor Resartus』에 등장하는 가공의 인물이다.

15 로마 시대부터 온천 목욕탕으로 유명했던 곳으로, 잉글랜드의 서머싯 카운티 북동부에 위치한 도시다.

도 목욕탕 안에서는 남녀 모두 어깨에서 발끝까지 옷으로 가렸을 정도다.

지금으로부터 60년 전, 영국의 어느 도시에서 디자인학교를 설립한 일이 있다. 디자인학교라서 나체화, 나체상의 모사, 모형을 사들여 여기저기에 전시한 것까지는 좋았는데, 막상 개교식을 거행하는 단계가 되자 당국자를 비롯한 학교 직원이 매우 곤란한 처지에 빠졌다. 개교식을 하려면 시내의 숙녀들을 초대해야 한다. 그런데 당시 귀부인들의 사고에 따르면 인간은 복장의 동물이다. 거죽을 걸친 원숭이의 자손이 아니라고 생각하고 있었던 것이다. 인간으로서 옷을 입지 않는 것은 코 없는 코끼리, 학생 없는 학교, 용기 없는 군인처럼 완전히 본체를 잃어버린 것이라 여겼다. 적어도 본체를 잃어버린 이상, 인간으로 통용되지 않고 짐승에 불과한 것이다. 설령 모사나 모형이라 하더라도 짐승에 속하는 인간과 어깨를 나란히 하는 것은 귀부인의 품위를 손상시키는 것이다. 이런 이유로 숙녀들은 참석을 거부하겠다고 했다. 그래서 직원들은 얘기가 통하지 않는 사람들이라고 생각했지만, 어쨌든 동서를 막론하고 여자는 일종의 장식품이다. 방아를 찧을 수도 없고 지원병도 될 수 없으나 개교식에는 빼놓을 수 없는 화장 도구인 것이다. 그래서 어쩔 수 없이 포목점에 가서 검은 천을 서른여섯 마쯤 사와서 그 짐승 인간에게 모조리 옷을 입혔다. 실례가 되어서는 안 된다며 세세한 데까지 주의하여 얼굴에도 천을 씌웠다. 이렇게 하여 가까스로 순조롭게 개교식을 마쳤다는 일화가 있다. 그만큼 의복

16 리처드 내시(Richard Nash, 1674~1762). 도박사였다가 온천지 바스의 의전장이 되어 풍속을 개량하고 바스를 사교장의 대명사로 만들었다. 유행의 선구자로서도 이름을 날려 보(Beau, 멋쟁이) 내시라고도 불렸다. 소세키는 『문학평론』에서도 내시에 대해 쓴 바 있다.

은 인간에게 중요한 것이다.

요즘은 나체화, 나체화 하면서 자꾸 나체를 주장하는 선생도 있는데, 그것은 잘못된 것이다. 태어나서 오늘에 이르기까지 하루도 나체가 된 적이 없는 내가 볼 때 그건 아무래도 잘못된 일이다. 나체화는 그리스, 로마의 유풍이 문예부흥 시대의 음탕하고 문란한 풍조에 이끌려 유행하기 시작한 것이다. 그리스인이나 로마인은 평소에 늘 나체를 보아 익숙했기에 그것이 풍속이나 교화와 어떤 관계가 있을 거라고는 털끝만치도 생각하지 않았겠지만, 북유럽은 추운 곳이다. 일본조차 벌거벗고 나다닐 수 없는 날씨인데, 독일이나 영국에서 알몸으로 있다가는 죽게 된다. 죽어버리면 그걸로 끝이니 옷을 입는다. 모두가 옷을 입으면 인간은 복장의 동물이 된다. 일단 복장의 동물이 된 후에 갑자기 나체 동물을 만나면 인간이라고 인정하지 않고 짐승이라 여긴다. 그러므로 유럽인, 특히 북유럽 사람들은 나체화, 나체상을 짐승으로 취급해도 되는 것이다. 고양이보다 못한 짐승이라 인정해도 좋은 것이다.

아름답다고? 아름다운 건 관계없는 일이다. 아름다운 짐승으로 간주하면 되는 것이다. 이렇게 말하면 서양 부인의 예복을 봤느냐는 사람이 있을지도 모르는데, 나는 고양이니 서양 부인의 예복을 본 적이 없다. 듣자 하니 그들은 가슴을 드러내고 어깨를 드러내고 팔을 드러낸 옷을 입는다는데, 이를 예복이라 하는 모양이다. 괘씸한 일이다.

14세기경까지 그들의 차림새는 그렇게 우스꽝스럽지 않았다. 역시 보통 사람들이 입는 옷을 입었다. 그런데 어쩌다가 그렇게 천박한 곡예사 같은 옷을 입게 되었는지는 번거로우니 말하지 않겠다. 아는 사람은 알고 모르는 사람은 그저 모르는 대로 있어도 좋을 것이다.

역사는 그렇다 치고, 그들은 그렇게 요상한 옷차림으로 밤중에는 득의양양하지만 그래도 내심 인간다운 면도 갖추었는지 해가 뜨면 어깨를 움츠리고 가슴을 감추고 팔을 감싸 여기저기 모두 보이지 않게 할 뿐만 아니라 발톱 하나라도 다른 사람에게 보이는 걸 굉장한 치욕이라 생각한다. 이런 점에서 생각해도 그들의 예복은 일종의 엉뚱한 작용으로 바보와 바보가 의논하여 만들어낸 것이라는 걸 알 수 있다. 그게 분하다면 낮에도 어깨와 가슴과 팔을 드러내놓고 다니면 될 것을. 나체 신봉자도 마찬가지다. 그만큼 나체가 좋은 것이라면 딸을 발가벗기고, 이왕 하는 김에 자신도 알몸이 되어 우에노 공원이라도 산책하면 될 일이다. 못한다고? 못하는 게 아니다. 서양인이 하지 않으니 자신도 하지 않는 거겠지.

실제로 불합리하기 짝이 없는 예복을 입고 으스대며 데이코쿠(帝國) 호텔[17] 같은 곳을 드나들지 않는가. 그 이유를 물어도 아무 대답도 못한다. 단지 서양인이 입으니까 입는다고 할 뿐이다. 서양인은 강하니까 무리해서라도, 바보 같긴 해도 흉내 내지 않으면 견딜 수 없는 것일 게다. 긴 것에는 감겨라, 강한 것에는 굽혀라, 무거운 것에는 눌려라, 이런 명령을 다 따라 하는 것은 촌스러운 일이 아닌가. 촌스럽다고 해도 어쩔 수 없다고 한다면, 제발 부탁이니 일본인을 훌륭하다고 생각해서는 안 된다. 학문의 경우에도 마찬가지인데, 이건 복장과 관계없는 일이니 다음은 생략하겠다.

의복은 이처럼 인간에게도 중요한 것이다. 인간이 의복인가, 의복이 인간인가 할 정도로 인간에게 의복은 중요한 조건이다. 인간의 역사는 살의 역사도, 뼈의 역사도, 피의 역사도 아니며, 단지 의복의 역

17 1890년에 도쿄에 세워진 본격적인 서양식 호텔로 지금도 일본 각지에서 운영되고 있다.

사라고 말하고 싶을 정도다. 그러니 옷을 입지 않은 인간을 보면 인간다운 느낌이 들지 않는다. 마치 요괴를 만난 느낌이다. 요괴라도 모두가 요괴가 되면, 이른바 요괴는 사라지는 셈이니 상관없다. 허나 그렇게 되면 인간 자신이 몹시 난처해질 뿐이다.

먼 옛날, 자연은 인간을 평등한 존재로 만들어 세상에 내보냈다. 그러므로 어떤 인간이라도 태어날 때는 벌거숭이인 것이다. 만약 인간의 본성이 평등에 만족하는 존재라면, 마땅히 벌거숭이인 채 살아야 할 것이다. 그런데 벌거숭이 한 사람이 말하길, 이렇게 모두가 똑같다면 공부를 할 이유가 없다. 애써 노력한 대가가 없다. 어떻게든 나는 나다, 누가 봐도 나라는 점이 눈에 띄게 하고 싶다. 그러니 누군가가 보고 앗 하고 깜짝 놀랄 만한 것을 몸에 걸쳐보고 싶다. 뭔가 좋은 게 없을까, 하고 10년간 생각한 끝에 드디어 잠방이를 발명했다. 곧바로 잠방이를 입고는, 어떠냐, 놀랐지, 하고 자랑하며 근방을 돌아다녔다. 이 사람이 오늘날 인력거꾼의 조상이다. 이 간단한 잠방이를 발명하는 데 10년이라는 긴 세월을 보냈다는 것은 좀 묘한 느낌도 든다. 하지만 이는 오늘날에서 고대로 거슬러 올라가 몸을 무지몽매한 세계에 두고 단정한 결론일 뿐, 그 당시에는 이 정도의 대발명이 없었다.

데카르트는 '나는 생각한다, 고로 존재한다'라는 세 살배기도 알 수 있는 진리를 생각해내는 데 십 몇 년인가를 허비했다 한다. 무릇 뭔가를 생각해낼 때는 고생하는 법이니 잠방이를 발명하는 데 10년을 허비했다고 해도 인력거꾼의 지혜는 대단한 것이라고 해야 할 것이다.

그런데 잠방이가 생겨나자 인력거꾼만이 세력을 떨치는 세상이 되었다. 인력거꾼이 잠방이를 입고 천하의 대로를 제집인 양 활보하는 것을 못마땅하게 생각하여 오기가 난 요괴가 6년간 궁리한 끝에 하오리라는 쓸데없이 길기만 한 옷을 발명했다. 그러자 잠방이 세력은 갑자기 쇠퇴하고 하오리의 전성시대가 되었다. 채소 가게, 한약방, 포목점 등 모두가 이 대발명가의 후예다. 잠방이 시대, 하오리 시대 뒤에 온 것이 하카마 시대다. 이는, 뭐야 하오리 주제에, 하며 부아가 난 요괴가 고안한 것인데, 예전의 무사나 지금의 관원 등이 모두 그 후손이다.

이처럼 요괴들이 앞다투어 서로 다르다는 것을 뽐내며 새로운 것을 만들면서 경쟁한 끝에 제비 꼬리를 본뜬 기형[18]까지 출현했다.

뒤로 물러나 그 유래를 생각하면 억지로, 엉터리로, 우연히, 막연히 생겨난 게 결코 아니라는 걸 알 수 있다. 다들 이기고 싶다는 용맹스러운 마음이 모여 다양하게 새로운 형태가 된 것으로, 나는 너와 달라, 하며 활보하는 대신에 옷을 뒤집어쓰고 있는 것이다. 그러고 보면 이러한 심리에서 일대 발견이 이루어지는 것이다. 그건 다른 게 아니다. 자연은 진공을 꺼리는 것처럼, 인간은 평등을 싫어한다는 것이다. 이미 평등을 싫어하여 어쩔 수 없이 의복을 골육처럼 이렇게 걸치고 다니는 오늘날, 본질의 일부분인 이 점을 내버려두고 원래의 좋지 않은 공평 시대로 돌아가는 것은 미치광이나 하는 짓이다.

좋다, 미치광이라는 명칭을 감수하더라도 도저히 돌아갈 수는 없다. 개명인의 눈으로 보면, 돌아간 이들이 요괴다. 가령 세계의 수억이나 되는 인구를 모조리 요괴의 영역으로 끌어내려놓고, 자 이제 평등하다, 모두 요괴가 되었으니 부끄러울 것 없다고 안심하라 해도 역시 안 되는 일이다. 세계의 인구가 모두 요괴가 된 다음 날부터 다시 요괴의 경쟁이 시작될 것이다. 옷을 입고 경쟁할 수 없으면 요괴 차림으로 경쟁할 것이다. 벌거숭이는 벌거숭이대로 어디까지나 차별성을 내

18 연미복을 말한다.

세울 것이다. 이 점에서 봐도 의복은 도저히 벗을 수 없는 것이다.

그런데도 지금 내가 눈 아래로 보고 있는 한 무리는 벗어서는 안 될 잠방이, 하오리, 하카마까지 몽땅 벗어 선반 위에 올려놓고 거리낌 없이 원래의 광태를 중목환시(衆目環視)에 드러내며 태연자약하게 담소를 즐기고 있다. 내가 앞에서 기괴한 광경이라고 한 것은 바로 이것을 말한다. 나는 문명인인 여러분들을 위해 여기서 삼가 그 사람들을 소개하는 영광을 누리고자 한다.

어쩐지 어수선하고 복작복작한 상황이라 어디서부터 말해야 좋을지 모르겠다. 요괴가 하는 일에는 규칙이 없으니 논리적으로 증명하기가 굉장히 힘들다. 우선 욕조부터 말하기로 하자.

욕조인지 뭔지 잘 모르겠으나 아마 욕조일 것이다. 1미터 정도의 폭에 3미터 남짓한 길이인데, 그것을 둘로 나눠 하나에는 허연 물이 들어 있다. 확실히는 모르나 약탕이라고 한다는데, 석회를 풀어놓은 것처럼 뿌옇다. 그것도 그냥 뿌연 게 아니다. 번들번들 기름기가 돌고 묵직한 느낌으로 탁하다. 자세히 들으니 썩은 것처럼 보인다고 해도 이상하지 않은 것이, 일주일에 한 번밖에 물을 갈지 않는다고 한다. 그 옆에는 보통의 뜨거운 물이 들어 있다고 하는데, 이것 역시 맑고 투명하다고는 도저히 말할 수 없다. 그 색에는 빗물받이에 받은 물을 뒤섞어놓은 정도의 가치가 충분히 드러나 있다.

이제 요괴에 대해 기술하겠다. 상당히 힘든 작업이 될 것이다. 그 빗물 통에 젊은 녀석 둘이 서 있다. 마주 보고 선 채 배에 물을 쫙쫙 끼얹고 있다. 기분 전환으로는 딱이다. 둘 다 피부가 검다는 점에서는 흠잡을 데 없을 만큼 발달해 있다. 저 요괴는 상당히 늠름하구나, 하며 보고 있었더니 잠시 후 한 녀석이 수건으로 가슴께를 어루만지며 물었다.

"긴 씨, 아무래도 여기가 아픈데 어디가 안 좋은 걸까?"

"그거, 위장이야. 위장이란 게 잘못하면 목숨까지 앗아간다니까. 조심하지 않으면 위험해."

긴 씨는 열심히 충고했다.

"여기, 왼쪽이라니까."

한 녀석이 이렇게 말하며 왼쪽 폐를 가리켰다.

"거기가 위야. 왼쪽이 위고, 오른쪽이 폐야."

"그런가, 난 또 위가 여기쯤인 줄 알았는데."

이번에는 허리 근처를 두드려 보이자 긴 씨가 말했다.

"거기라면 산증(疝症)이야."

그때 스물대여섯쯤 되어 보이는, 성글게 수염을 기른 사내가 풍덩하고 탕으로 뛰어들었다. 그러자 몸에 묻어 있던 비누 거품이 때와 함께 떠올랐다. 철분이 있는 물을 햇빛에 비췄을 때처럼 반짝반짝 빛났다. 그 옆에 머리가 벗겨진 할아버지가 머리를 짧게 깎은 사내를 붙잡고 뭐라 떠들고 있다. 두 사람 모두 머리만 떠 있을 뿐이다.

"야, 이거 이렇게 나이를 먹으니 안 되겠어. 사람도 늙어빠지면 젊은 애들한테는 안 된다니까. 그런데 탕만큼은 지금도 뜨겁지 않으면 개운하지가 않아."

"어르신은 아직 짱짱하신데요 뭘. 그 정도 기력이 있으니 다행이지요."

"기력도 없네. 그저 병치레를 안 한다뿐이지. 사람은 나쁜 짓만 하지 않으면 백스무 살까지는 사는 법이니까."

"와아, 그렇게 오래 사는 건가요?"

"그럼 살고말고. 백스무 살까지는 내 보증함세. 메이지 유신 전에 우시고메라는 곳에 마가리부치라는 무사가 살았는데, 그 집에 있던 하인이 백서른 살이었거든."

"그자는 참 오래 살았네요."

"음, 너무 오래 살아서 그만 자기 나이를 잊어먹었지. 백 살까지는 기억하고 있었는데 그 후로는 잊어먹었다고 하더군. 내가 알았던 때가 백서른 살이었는데, 그때도 죽은 게 아니었어. 그다음에는 어떻게 되었는지 모르겠군. 어쩌면 아직 살아 있을지도 모르지."

대머리 할아버지는 이렇게 말하면서 탕에서 나왔다. 수염을 기른 사내는 자기 주위에 운모(雲母) 같은 것을 뿌리면서 혼자 히죽히죽 웃고 있었다. 그들과 교대라도 하듯이 탕으로 뛰어든 이는 보통 요괴와는 달리 등짝에 무늬가 새겨져 있었다. 이와미 주타로[19]가 큰 칼을 휘둘러 이무기를 퇴치하는 장면 같은데, 아쉽게도 아직 완성되지 않아서인지 이무기는 어디에도 보이지 않았다. 따라서 이와미 선생이 다소 맥이 빠진 것처럼 보였다.

그 이와미 선생이 물에 뛰어들면서 투덜거렸다.

"되게 미지근하네."

그러자 또 한 사람이 이어서 뛰어들었다.

"이거야 원…… 좀 더 뜨거워야지."

얼굴을 찡그리고 뜨거운 것을 참는 기색으로도 보였는데, 이와미 선생과 얼굴을 마주치자 인사를 건넸다.

"아아, 형님."

---

19 이와미 주타로(岩見重太郎). 일본 전국시대의 전설적인 무사로 스스키다 하야토(薄田隼人)의 이전 이름이라는 설도 있다. 강담이나 구사조시에 다양한 무용담이 전해진다.

"어어. 그런데 다미 씨는 어떤가?"

이와미 선생은 이렇게 물으며 말을 이었다.

"어떻게 된 게 그렇게 노름만 좋아하니 말이야."

"노름만 해서야 원……"

"그래, 그 사람도 심성이 좋은 건 아니니까. 어찌 된 건지 사람들도 좋아하지 않고, 신뢰하지도 않지. 직인이란 그래서는 안 되는데."

"옳습니다. 다미 씨는 겸손할 줄 모르고 거만합니다. 그러니까 아무도 신뢰하지 않는 거죠."

"정말 그래. 그런데도 자기가 제법 솜씨가 있다고 생각하니까, 결국 자기만 손해지."

"우리 시로가네초에도 어르신들은 다 돌아가셔서 이제 나무통 가게 모토 씨하고 기와 가게 주인과 형님 정도밖에 남지 않았지요. 우리야 이렇게 여기서 나고 자랐지만 다미 씨는 어디서 굴러온 사람인지도 모르지 않습니까."

"그래. 그래도 용케 그쯤 되었으니."

"으음. 어찌 된 일인지 사람들이 좋아하지 않지요. 사람들과 어울리질 않으니 원."

철두철미하게 다미 씨를 공격한다.

빗물 통은 이 정도로 하고, 하얀 탕 쪽을 보니 거기에도 또 요괴들이 잔뜩 들어가 있다. 탕 속에 사람이 들어가 있다기보다 사람 안에 탕이 들어가 있다고 하는 편이 나아 보인다. 게다가 그들은 굉장히 유유자적한 모습인데, 아까부터 들어가는 사람은 있어도 나오는 사람은 한 사람도 없다. 이렇게 많은 사람들이 들어가는데 일주일이나 물을 갈지 않았으니 더러워지는 것도 당연하다며 감탄하고는 다시 탕 안을 둘러보았다. 구샤미 선생이 벌건 얼굴로 왼쪽 구석에 처박혀 움츠리고 있었다. 불쌍하게도 누군가 길을 터주면 좋으련만 아무도 움직일 기미를 보이지 않을 뿐 아니라 주인도 나올 기미를 보이지 않는다. 그저 벌겋게 된 얼굴로 가만히 있을 뿐이다.

고생스러운 일이다. 2전 5푼인 목욕료를 최대한 활용하고자 하는 정신에서 저렇게 벌겋게 되었겠지만, 어서 나오지 않으면 뜨거운 김에 불어터질 텐데, 하고 주인을 생각하는 나는 창 너머 널빤지 위에서 적잖이 걱정했다. 그러자 한 사람 건너 주인 옆에 몸을 담그고 있던 사내가 얼굴을 찡그리며 죽 늘어앉은 요괴들에게 넌지시 동정을 구했다.

"이거 너무 뜨거운 거 아닌가, 등 쪽에서 뜨거운 것이 찌릿찌릿 끓어오르는 것 같은데."

그러자 이렇게 자랑을 늘어놓은 이가 있었다.

"아니, 이 정도가 딱 좋은데요, 뭘. 약탕은 이쯤 되지 않으면 효험이 없어요. 우리 고향에서는 이보다 두 배는 뜨거운 탕에 들어가는데요."

"이 탕은 대체 어디에 효험이 있답니까?"

수건을 접어 울퉁불퉁한 머리를 덮은 사내가 모두에게 물었다.

"여러 가지에 좋지요. 무슨 병에도 다 좋다고 하니 굉장하지 않아요?"

이렇게 말한 이는 모양이나 색깔이 꼭 오이 같은 얼굴에 깡마른 사람이다. 그렇게 효험이 있는 탕이라면 좀 더 건강해질 법도 한데.

"약을 넣고 나서 사흘이나 나흘째가 제일 좋답니다. 오늘이 그런 날이지요."

박식한 체하며 이렇게 말하는 사람을 보니 팅팅 불어터진 사내다. 아마 때가 불어터진 것이리라.

"마셔도 듣습니까?"

어디에서인지는 모르지만 새된 목소리를 내는 자가 있다.

"몸이 찰 때는 한 잔 마시고 자면 신기하게도 소변 때문에 일어나지 않아도 된다니까 어디 한번 마셔보시지요."

누가 이런 대답을 한 것인지는 모르겠다.

탕 쪽은 이쯤 해두고 마루 쪽을 둘러보니, 있다, 있어. 그림도 되지 못할 아담들이 저 좋은 자리에 편한 자세로 죽 늘어앉아 몸을 씻고 있다. 그중에 가장 놀랄 만한 것은 천장을 보고 누워 높은 데 난 들창을 바라보고 있는 아담과 엎드린 채 물고랑을 들여다보고 있는 아담이다. 이들은 어지간히 한가한 아담들로 보인다. 석벽을 향해 쭈그리고 앉은 중과 그 뒤에서 열심히 어깨를 두드리고 있는 새끼중도 보인다. 사제 관계상 때밀이 역할을 대신하고 있는 것이리라. 그런가 하면 진짜 때밀이도 있다. 감기에 걸렸는지, 이렇게 더운데도 소매 없는 솜옷을 입고 타원형의 통으로 손님의 어깨에 뜨거운 물을 쫙쫙 끼얹고 있다. 오른발을 보니 엄지발가락과 둘째발가락 사이에 조잡한 털실로 짠 때수건이 끼워져 있다.

또 이쪽에서는 욕심을 부려 작은 통을 세 개나 끼고 앉은 사내가 옆 사람에게 비누를 쓰라고 권하면서 열심히 긴 이야기를 늘어놓고 있다. 무슨 얘기인가 하고 들어보니 이런 얘기였다.

"장총은 외국에서 건너온 거지. 옛날에는 칼싸움만 있었거든. 외국 사람들은 비겁하니까, 그런 게 생긴 거지. 아무래도 중국은 아닌 것 같고, 역시 외국 같단 말이지. 와토나이(和唐內)[20] 시절에는 없었거든. 와토나이는 역시 세이와 겐지(淸和源氏)[21]지. 확실히는 모르나 요시쓰네가 에조[22]에서 만주로 건너갔을 때, 대단히 학식이 높은 에조 남자가 따라갔다는 거야. 그래서 요시쓰네의 아들이 대국 명나라를 공격했는데, 명나라가 어려운 상황이라 3대 쇼군에게 사자를 보내 병사 3천 명을 보내달라고 하자 3대 쇼군은 그 사자를 붙잡아두고 돌려보내지 않았지. 이름이 뭐였다더라. 아무튼 이름이 뭐라는 사자였어. 그 사자를 2년간 붙잡아두고 마지막에는 나가사키에서 유녀를 붙여주었지. 그 유녀한테서 생긴 아들이 와토나이야. 그러고 나서 고향으로 돌아가 보니 대국 명나라는 국적에게 멸망하고 사라진 뒤였다 그런 얘기지……"

무슨 말을 하는지 전혀 모르겠다. 그 뒤에 스물대여섯 살쯤 되는 음침한 표정을 한 사내가 멍하니 사타구니에 허연 물을 자꾸만 끼얹으며 찜질을 하고 있다. 종기인가 뭔가 때문에 괴로워하고 있는 것으로 보인다. 그 옆에는 '자네'가 어떻고 '내'가 어떻고 하며 건방진 말을 나불대고 있는 열일고여덟 살쯤 되어 보이는 자가 있는데, 아마 이 근방에 사는 서생일 것이다.

다시 그 옆에는 묘한 등이 보인다. 한죽(寒竹)을 박아놓은 것처럼 꼬리뼈 위에서부터 등뼈의 마디마디가 또렷하게 튀어나와 있다. 그리고 그 좌우에 뜸을 뜬 자리가 고누판과 비슷한 형태로 네 개씩 가지런

20 일본 근세의 작가 지카마쓰 몬자에몬(近松門左衛門)의 작품 『고쿠센야 전투(國性爺合戰)』의 주인공. 명나라 말기의 지사 정성공(鄭成功)이 모델인데, 정지룡(鄭芝龍)의 아들로 어머니는 일본인이다. 청나라와 싸워 명나라의 부흥을 도모했으나 그 뜻을 이루지 못하고 병사했다. 목욕탕 손님의 이야기는 이와 일치하지 않는다.
21 세이와 천황에서 나와 미나모토(源)라는 성을 받은 일족. 미나모토노 요리토모(源賴朝) 등이 여기에 속한다. 스스로 그 후예라고 주장하는 무가(武家)도 많은데, 소세키의 다른 작품 『도련님』의 주인공도 그렇게 주장한다.
22 아이누 족이 살았던 홋카이도의 옛 이름. 세이와 겐지의 먼 후손인 미나모토노 요시쓰네가 에조에서 만주로 건너갔다는 이야기는 요시쓰네가 칭기즈칸과 동일인이라는 근거 없는 설에서 나온 것이다.

히 늘어서 있다. 그 자리는 붉게 짓물러 있고 주위에 고름이 차 있는 것도 있다.

이렇게 순서대로 쓰자니 쓸 것이 너무 많아 내 솜씨로는 도저히 그 일부분조차 제대로 형용할 수 없다. 참 성가신 일을 시작했구나, 하고 난처해하고 있는데 입구 쪽에 옥색 무명옷을 입은 일흔 살쯤 되어 보이는 대머리가 불쑥 나타났다. 대머리는 그 나체 요괴들에게 공손히 인사하고는 막힘없이 지껄였다.

"예, 여러분, 오늘도 이렇게 찾아주셔서 감사합니다. 오늘은 날이 좀 찹니다. 아무쪼록 느긋하게 약탕에 들락거리시면서 편히 몸을 푸시기 바랍니다. 지배인! 물이 뜨거운지 잘 봐드려."

"예, 예."

지배인이 대답했다.

"참 붙임성이 좋구먼. 저렇게 하지 않으면 장사가 안 되겠지."

와토나이 운운하던 사내가 대머리를 격찬했다. 나는 갑작스럽게 등장한 이 이상한 대머리 영감을 보고 다소 놀란지라 하던 이야기는 이대로 두고 잠시 대머리 영감을 집중적으로 관찰하기로 했다.

대머리 영감은 지금 막 탕에서 나온 네 살쯤 되어 보이는 사내아이에게 손을 내밀며 말했다.

"얘야, 이리 온."

아이는 찹쌀떡을 짓이겨놓은 듯한 영감의 얼굴을 보고 큰일이다 싶었는지 으앙 하고 비명을 지르며 울음을 터뜨렸다. 영감은 본의가 아니었다는 듯이 다소 당혹해했다.

"아니, 왜 울지? 할아버지가 무서워? 야, 이거, 참."

그러고는 하는 수 없이 예봉을 순식간에 아이의 아버지에게 돌렸다.

"아이고, 이거 겐 씨 아닌가. 오늘은 좀 쌀쌀하군그래. 어젯밤 오우미야에 들었던 도둑놈 말이야, 얼마나 멍청한 놈이냐 그 말이야. 그집 문으로 들어가려고 네모나게 뚫었는데 아무것도 가져가지 못했다더군. 순사나 야경꾼이라도 나타났던 모양이지."

이렇게 도둑놈의 무모함을 비웃고는 또 다른 사람을 붙들고 재잘거렸다.

"야, 이거 춥구먼. 자네는 젊어서 그리 느끼지 못하는 게야."

노인인 만큼 혼자서만 추워했다.

한동안 할아버지에게 정신이 팔려 다른 요괴들은 완전히 잊고 있었을 뿐만 아니라 괴로운 듯 찌그러져 있던 주인조차 기억에서 사라졌을 때, 갑자기 몸 씻는 곳과 탈의실 사이에서 큰 소리를 지르는 이가 있었다. 누군가 봤더니 틀림없는 구샤미 선생이었다. 주인의 목소리가 유달리 크다는 것과 걸걸하여 듣기 괴롭다는 것은 오늘에야 알게 된 일은 아니지만 장소가 장소인 만큼 나는 적잖이 놀랐다. 뜨거운 탕 안에 몸을 담그고 너무 오랫동안 참고 있었기에 불끈한 것이 틀림없다고 나는 순식간에 판단했다. 그것도 병 때문이라면 타박할 일이 아니겠지만, 그는 불끈하면서도 용케 제정신을 잃지 않고 있었다. 터무니없이 거친 소리를 낸 이유를 보면 금방 알 수 있다. 그는 건방을 떠는 하찮은 서생을 상대로 어른스럽지 못하게 시비를 걸었던 것이다.

"좀 더 물러나, 내 물통에 물이 튀잖아."

이렇게 고함을 지른 이는 물론 주인이다. 사물은 보기에 따라 다른 것이니 이런 고함을 단지 불끈한 결과라고만 판단할 필요는 없다. 만명 중 한 명쯤은 다카야마 히코쿠로[23]가 산적을 호되게 꾸짖는 것 같다는 정도로 해석해줄지도 모른다. 당사자도 그런 생각으로 한 연극인지도 모르겠지만, 상대가 스스로를 산적이라 생각하지 않는 이상 기대하는 결과가 나오지 않는 건 당연하다.

"저는 아까부터 여기 있었는데요."

서생은 뒤를 돌아보며 공손히 대답했다. 아주 평범한 대답이었다. 그 자리에서 물러나지 않겠다는 뜻을 드러낸 만큼 주인의 생각대로 되지 않은 것이었다. 그 태도며 말투로 보건대 산적이라 여기고 욕을 해야 할 정도의 일이 아니라는 것은 아무리 불끈하는 성향의 주인이라도 알고 있을 터였다. 하지만 주인이 고함을 지른 것은 서생이 앉아 있는 자리 때문이 아니라 아까부터 이 두 사람이 나이 어린 주제에 정말이지 거만하고 잘난 체하는 이야기만 늘어놓고 있었기에, 시종 그 이야기를 듣고 있어야 했던 주인은 바로 그 점에 부아가 치민 것으로 보인다. 그래서 상대가 공손하게 말을 했어도 잠자코 탈의실로 물러나지 않았던 것이다.

"뭐야, 바보 같은 놈, 다른 사람의 통에 자꾸 더러운 물을 튀기는 놈이 어디 있어."

이번에는 이렇게 책망하고 물러났다. 나도 이 어린놈들이 좀 얄밉다고 생각하던 터라 그때는 마음속으로 쾌재를 불렀는데, 학교 교원인 주인의 언동으로는 온당하지 못하다고 생각했다. 주인은 원래 융통성이 없어서 문제다. 석탄재처럼 푸석푸석한 데다 너무 딱딱하다.

옛날 한니발이 알프스 산을 넘을 때 길 한가운데에 커다란 바위가 있었다. 아무래도 군대가 통과하는 데 불편하고 방해가 되었다. 그래서 한니발은 그 거대한 바위에 식초를 뿌리고 불을 붙여 부드럽게 한

---

23 다카야마 히코쿠로(高山彦九郎, 1747~1793). 에도 후기의 존황(尊皇) 사상가. 여러 고장을 돌아다녔으며 극단적인 존황론과 기행으로 유명하다.

다음 어묵처럼 톱으로 잘라 지체 없이 통과했다고 한다. 효험 있는 약탕에 불어터지도록 들어가 있어도 전혀 효과를 보지 못한 주인과 같은 사람은 역시 식초를 뿌리고 불을 붙여야 제격일 터이다. 그렇지 않으면 저런 서생이 수백 명 나오고, 수십 년이 지난다 한들 주인의 완고함은 고쳐지지 않을 것이다.

이 탕에 몸을 담그고 머리만 내밀고 있는 자들, 몸 씻는 곳에 우글거리고 있는 자들은 문명인에게 필요한 복장을 벗어던진 요괴 집단이니 일반적인 규칙이나 도덕으로 다룰 수는 없다. 무슨 짓을 하든 상관없다. 폐가 있어야 할 자리에 위장이 진을 치고, 와토나이가 세이와 겐지가 되고, 다미 씨가 신뢰를 얻지 못해도 좋다. 그러나 일단 몸 씻는 곳을 나가 탈의실로 가면 더 이상 요괴가 아니다. 보통의 인간들이 살아가는 사바세계로 나온 것이다. 그러니 문명에 필요한 옷을 입는 것이다. 따라서 인간다운 행동을 하지 않으면 안 될 것이다.

지금 주인이 밟고 있는 곳은 문지방이다. 몸 씻는 곳과 탈의실 경계에 놓인 문지방을 밟고 선 채로, 교언영색(巧言令色)과 원전활탈(圓轉滑脫)[24]의 세계로 되돌아가려는 참이다. 그 찰나에서조차 이렇게 완고하다면 그 완고함은 빠져나와야 할 감옥이자, 고쳐야 할 병임에 틀림없다. 병이라면 쉽게 고칠 수는 없을 것이다. 어리석은 생각에 따르면 이 병을 치유하는 방법은 딱 하나다. 교장에게 면직시켜달라고 부탁하는 것이다. 주인은 융통성이 없으니 면직되면 길거리에 나앉게 될 것이다. 길거리에 나앉게 되면 객사하지 않으면 안 된다. 바꿔 말하면 주인에게 면직은 죽음의 먼 원인이 된다. 주인은 기꺼이 병을 앓으면서도 기뻐하고 있지만, 죽는 것은 끔찍이 싫어한다. 죽지 않을 정도의

24 말을 하거나 일을 처리하는 데 모나지 않고 여러 가지 수단을 써서 잘 헤쳐 나간다는 뜻.

병이라는 일종의 사치를 즐기고 싶은 것이다. 그래서 그런 병이나 앓고 있으면 죽이겠다고 위협한다면, 주인은 겁쟁이라서 무서워 벌벌 떨 것이다. 이렇게 벌벌 떨 때 병은 깨끗이 나을 것이다. 그래도 낫지 않으면 어쩔 수 없지만.

아무리 바보라도, 아무리 병을 앓고 있어도 주인임에는 변함이 없다. 한 끼 밥도 은혜가 된다는 시인도 있으니 고양이도 주인의 신상을 생각하지 않을 수는 없는 일이다. 안됐다는 생각에 가슴이 먹먹해져 그만 그쪽에 정신을 팔고 있다가 몸 씻는 곳 관찰을 태만히 했더니 갑자기 허연 탕 쪽을 향해 입을 모아 욕을 해대는 소리가 들렸다. 여기서도 싸움이 일어났나 하고 돌아보니 비좁은 욕탕 입구에 입추의 여지가 없을 만큼 요괴들이 들러붙어 있었다. 털이 난 정강이와 털이 없는 허벅지가 뒤섞여 움직이고 있었다.

마침 초가을 해는 저물어가고 있고, 몸 씻는 곳은 천장까지 온통 뜨거운 김으로 자욱했다. 요괴들이 득실거리는 모습이 그 사이로 희미하게 보였다. 앗 뜨거 하는 소리가 내 귀를 관통하여 좌우로 빠져나가려고 머릿속에서 어지럽게 움직인다. 그 소리에는 노란 것, 파란 것, 빨간 것, 검은 것이 있는데, 서로 겹쳐져 욕탕 안에서 이루 말할 수 없는 음향으로 흘러넘친다. 다만 혼잡하고 혼란스럽다고 형용하기에 적합한 소리일 뿐, 그밖에는 아무 도움도 안 되는 소리다. 나는 멍하니 그 광경에 매료된 채 꼼짝하지 못했다. 얼마 후 와와 하는 소리가 극도의 혼란에 달해 더 이상 한 발짝도 나아갈 수 없는 지경까지 퍼졌을 때, 엉망진창으로 서로 밀고 밀리는 무리 가운데서 한 거한이 불쑥 일어섰다. 그의 키를 보니 다른 선생들보다 10센티미터쯤 컸다. 그뿐 아니라 얼굴에 수염이 났는지 수염에 얼굴이 동거하고 있는지 모를 정도로 벌건 얼굴을 뒤로 젖히고 한낮에 깨진 종을 치는 듯한 소리로 외쳤다.

"앗, 뜨거! 찬물, 찬물 좀 틀어."

어수선하게 모여 있는 군중들 위로 그 목소리와 얼굴만 툭 튀어나와 그 순간에는 욕탕 전체를 이 사내가 독차지한 것처럼 생각될 정도였다. 초인이다. 이른바 니체가 말한 초인이다. 악마 중의 대왕이다. 요괴의 두령이다. 이렇게 생각하며 보고 있었더니 탕 뒤에서 예, 하고 대답하는 자가 있었다. 누구지? 하고 그쪽으로 눈길을 돌리자 부예서 뭐가 뭔지 분간할 수 없는 가운데 예의 그 소매 없는 솜옷을 입은 때밀이가 석탄 덩어리를 부서져라 하고 아궁이 안으로 던져 넣고 있는 것이 희미하게 보였다. 아궁이 안으로 들어간 석탄 덩어리가 탁탁 소리를 내며 탈 때 때밀이의 얼굴 반쪽이 환하게 밝아졌다. 동시에 때밀이 뒤에 있는 벽돌 벽이 어둠 속에서 타오르듯이 빛났다. 상황이 다소 끔찍해졌기에 나는 얼른 창에서 뛰어내려 집으로 돌아왔다.

돌아오면서 생각했다. 하오리를 벗고, 잠방이를 벗고, 하카마를 벗고 평등해지려고 애쓰는 벌거숭이들 중에서 또 벌거숭이의 호걸이 나와 다른 군소 벌거숭이들을 제압한다. 아무리 벌거숭이가 되더라도 평등을 얻을 수 있는 것은 아니다.

집에 돌아와 보니 천하는 태평하기 그지없다. 주인은 탕에서 막 나온 번들번들한 얼굴을 빛내며 저녁을 먹고 있다.

"참 한가한 고양이로고. 지금껏 어디를 그렇게 싸돌아다니다 온 건지."

내가 툇마루에서 방으로 올라가는 것을 보고 주인이 중얼거렸다. 밥상 위를 보니 돈도 없는 주제에 두세 가지 반찬이 놓여 있다. 그중에 구운 생선 한 마리가 있다. 무슨 생선인지는 모르겠으나 어제쯤 오다이바 근처에서 잡힌 것이 분명하다. 생선은 건강한 것이라고 설명해두었지만, 아무리 건강해도 이렇게 굽고 찌는 데는 당해낼 재간이 없다. 자주 병치레를 하더라도 얼마 남지 않은 목숨을 부지하는 것이 오히려 낫다.

이런 생각을 하며 밥상 옆에 앉아 틈이 나면 뭔가 먹어볼까 하고 보는 척 안 보는 척 시치미를 떼고 있었다. 이렇게 시치미를 떼는 요령을 모르는 자는 맛있는 생선을 먹겠다는 생각을 포기해야 한다. 주인은 생선을 잠깐 들쑤시더니 맛없다는 표정을 지으며 젓가락을 내려놓았다. 맞은편에 잠자코 앉아 있는 안주인 역시 젓가락이 아래위로 운동하는 것과 주인의 턱이 붙었다 떨어졌다 하는 것 사이의 관계를 열심히 연구하고 있다.

"이봐, 그 고양이 머리를 한 번 때려봐."

주인이 갑자기 안주인에게 요구했다.

"때려서 뭘 어쩌시려고요?"

"그냥 한 번 때려보라니까."

"이렇게요?"

안주인은 손바닥으로 내 머리를 한 번 톡 때렸다. 전혀 아프지 않았다.

"안 울잖아."

"그러게요."

"다시 한 번 때려봐."

"몇 번을 때리나 마찬가지잖아요."

안주인은 또 손바닥으로 내 머리를 톡 쳤다. 역시 하나도 아프지 않아서 가만히 있었다. 그러나 무엇 때문에 그러는 건지 지혜가 깊은 나로서도 도무지 알 수가 없었다. 그걸 알 수 있다면 어떻게 해볼 방도가 있겠지만, 그저 때려보라니까 때리는 안주인도 난감하고 맞고 있는 나도 난감하기는 마찬가지다. 주인은 두 번이나 생각대로 되지 않자 살짝 안달이 난 듯 이렇게 말했다.

"이봐, 울게 좀 때려봐."

"울려서 뭐 하게요?"

안주인은 귀찮다는 얼굴로 이렇게 물으면서 다시 한 번 내 머리를 찰싹 때렸다. 이렇게 상대의 목적을 알면 별문제 없다. 울어주기만 하면 주인을 만족시킬 수 있는 것이다. 주인이 이렇게 우둔한 사람이니 지겹다. 울게 만들 목적이라면 처음부터 그렇다고 말해주어야 두 번 세 번 쓸데없는 수고를 하지 않아도 될 것이고, 나도 한 번에 벗어날 일을 두 번 세 번 되풀이하지 않아도 되었을 것 아닌가. 그저 때려보라는 명령은 때리는 일 자체가 목적이 아닌 경우에는 해서는 안 되는 것이다. 때리는 것은 그쪽 일이고, 우는 것은 내 일이다. 처음부터 울 거라고 예상하고, 내 자의에 속하는 우는 행위까지 때리라는 명령에 포함된다고 생각하는 것은 무례하기 짝이 없는 일이다. 타인의 인격을 존중하지 않는 처사다. 고양이를 무시하는 짓인 것이다. 주인이 사갈시하는 가네다 씨라면 할 법한 짓이지만 솔직함을 자랑하는 주인으로서는 대단히 비열한 짓이다. 그러나 실상 주인은 그렇게 쩨쩨한 사내가 아니다. 그러므로 주인의 이 명령은 그가 교활해서 나온 게 아니다. 지혜가 부족한 데서 꾄 장구벌레 같은 것이라 사료된다.

밥을 먹으면 배가 부르는 게 당연하다. 베이면 피가 나는 게 당연하다. 죽이면 죽는 게 당연하다. 그러니 때리면 우는 게 당연하다고 속단했을 것이다. 딱한 노릇이지만 그것은 다소 논리에 맞지 않다. 그런 식으로 하자면 강에 떨어지면 반드시 죽어야 한다. 튀김을 먹으면 반드시 설사를 해야 한다. 월급을 받으면 반드시 출근해야 한다. 책을 읽으면 반드시 훌륭해져야 한다. 반드시 그렇게 된다면 다소 곤란한 사람이 생긴다. 때리면 반드시 울어야 한다면 나에게도 민폐인 것이다. 시각을 알리는 메지로의 종과 똑같이 취급된다면 고양이로 태어난 보람이 없다. 일단 마음속으로 이만큼 주인을 난처하게 해놓은 다음에야 요구한 대로 야옹 하고 울어주었다.

그러자 주인은 안주인에게 물었다.

"지금 울었는데, 야옹 하는 소리가 감탄사인지 부사인지 아나?"

안주인은 너무 갑작스러운 물음이라 아무 대답도 하지 못한다. 사실 나도 목욕탕에서 불끈한 일이 아직 가시지 않았기 때문이라고 생각했을 정도다. 원래 주인은 벽 하나 사이의 가까운 이웃 사이에서 괴짜로 유명한데, 실제로 어떤 사람은 그가 정신병자임에 틀림없다고 단언했을 정도다. 그런데 주인의 자신감은 대단한 것이어서, 나는 정신병자가 아니다, 세상 사람들이 정신병자라고 우기는 것일 뿐이라고 말한다. 이웃들이 주인을 멍멍이라고 부르면, 주인은 공평을 유지하기 위해 필요하다고 말하면서 그들을 꿀꿀이라고 부른다. 실제로 주인은 어디까지나 공평을 유지할 생각인 듯하다. 난감한 일이다. 이런 사내이니 아내에게 그런 괴상한 질문을 하는 것도 주인에게는 손바닥을 뒤집는 것처럼 아주 사소한 일인지 모르겠지만, 듣는 쪽에서 보면 정신병자에 가까운 사람이 하는 소리로 들린다. 나는 물론 뭐라고 할 말이 없다. 그러자 주인이 갑자기 큰 소리로 불렀다.

"어이!"

"예."

안주인은 깜짝 놀라 대답했다.

"그 '어이'는 감탄사인가 부사인가, 어느 쪽이냐고?"

"어느 쪽이냐고요? 그런 말 같잖은 게 무슨 상관이라고 그래요?"

"무슨 상관이냐고? 그게 실제로 국어학자들의 머리를 지배하고 있는 큰 문제야."

"어머 정말, 고양이 우는 소리가 말예요? 지겨운 일이네요. 고양이 소리는 일본어가 아니잖아요?"

"그러니까 그렇지. 그래서 어려운 문제라는 거야. 비교연구라고 하지."

"그런가요?"

안주인은 영리해서 이런 바보 같은 문제에는 관여하지 않는다.

"그래서 어느 쪽인지 알았대요?"

"중요한 문제라서 그리 빨리 알 수는 없지."

주인은 예의 그 생선을 우적우적 먹었다. 내친김에 그 옆에 있는 돼지고기와 감자조림도 먹는다.

"이건 돼지고기로군."

"네, 돼지고기예요."

"흠."

주인은 아주 경멸하는 표정으로 돼지고기를 삼키며 술잔을 내밀었다.

"한 잔만 더 해야겠군."

"오늘 밤에는 많이 드시네요. 벌써 상당히 빨개졌는데."

"마시고말고. 당신, 세계에서 가장 긴 단어가 뭔지 알아?"

"네, 옛날의 그 간파쿠다이조다이진(關白太政大臣)[25]이잖아요."

"그건 직함이지. 긴 단어를 아느냐고."

"단어라면 서양 단어인가요?"

"음."

"몰라요. 술은 그만하실 거죠? 이제 밥이나 드세요."

"아냐, 더 하겠어. 가장 긴 단어 가르쳐줄까?"

"네, 그러면 밥 드시는 거예요?"

"Archaiomelesidonophrunicherata[26]라는 단어야."

"엉터리죠?"

"엉터리긴, 그리스어야."

"무슨 뜻인데요, 일본어로 하면?"

"의미는 몰라. 그냥 철자만 알고 있어. 길게 쓰면 한 20센티미터는 될 거야."

보통은 술에 취해서나 하는 말을 멀쩡한 정신으로 하고 있으니 실로 가관이 아닐 수 없다. 하긴 오늘 밤에는 술을 마구 마신다. 평소라면 작은 잔으로 두 잔만 마시는 걸로 정해놓고 있는데, 벌써 네 잔째다. 두 잔만 마셔도 벌게지는데 배나 마셨으니 얼굴이 부젓가락처럼 화끈 달아올라 자못 괴로워 보였다. 그런데도 그만두지 않고 잔을 내밀었다.

"한 잔 더."

"괴롭기만 할 텐데, 이제 그만 드세요."

---

25 후지와라노 다다미치(藤原忠通, 1097~1164). 헤이안 시대 후기의 가인이자 서예가로 「오구라햐쿠닌잇슈(小倉百人一首)」에 홋쇼지뉴도사키노칸파쿠다이조다이진(法性寺入道前關白太政大臣)으로 나와 있어 일본에서는 고래로 가장 긴 이름으로 여겨지고 있다.

26 아리스토파네스의 희극 「벌」에 나오는 말로 '시돈 사람 프리니코스는 옛 노래처럼 사랑스럽다'라는 뜻이다.

안주인은 너무 마신다 싶어 씁쓸한 얼굴로 말했다.

"뭐, 괴로워도 조금만 더 연습할 거야. 오마치 게이게쓰[27]가 마시라고 했단 말이야."

"게이게쓰는 또 뭔데요?"

그 대단한 게이게쓰도 안주인에게는 한 푼어치의 가치도 없다.

"게이게쓰는 당대 최고의 비평가지. 그 사람이 마시라고 하는 걸 보면 좋은 거 아니겠어."

"무슨 소리예요. 게이게쓰(桂月)든 메이게쓰(梅月)든 괴로운데도 마시라는 건 쓰잘데없는 소리예요."

"술만 그런 게 아니야. 교제도 하고 도락도 즐기고 여행도 하라고 했다고."

"그렇다면 더 나쁜 거잖아요. 그런 사람이 최고의 비평가라고요? 정말 어처구니가 없네요. 처자가 있는 사람한테 도락을 권하다니……"

"도락도 좋지. 게이게쓰가 권하지 않아도 돈만 있으면 즐길지도 모르지."

"돈이 없어서 다행이네요. 앞으로 도락 같은 데 빠지면 정말 큰일이잖아요."

"그렇게 큰일이라면 안 할 테니까 그 대신 남편을 좀 더 중히 여기란 말이야. 그리고 저녁에는 맛있는 것도 좀 먹게 해주고."

"이게 그나마 최선을 다한 거예요."

27 오마치 게이게쓰(大町桂月, 1868~1925). 시인, 수필가, 평론가. 1905년 《다이요(太陽)》에 게재된 「잡언록(雜言錄)」에 "나쓰메 소세키는 잼 맛은 알지만 술맛은 모른다." "잼만 먹지 말고 술도 마시고", "서재에 틀어박혀 있지만 말고 사회로 나와 산천을 두루 돌아다니고, 고양이만 상대하지 말고 여자도 상대하여 취미를 넓히고……"라고 썼다. 『나는 고양이로소이다』 7장과 8장은 이 비평이 나온 다음 달에 발표되었다.

"그럴까? 그렇다면 도락은 추후에 돈이 들어오는 대로 즐기기로 하고, 오늘 밤에는 이쯤 해두지."

주인은 밥그릇을 내려놓았다. 기어코 오차즈케를 세 그릇이나 먹은 모양이다. 나는 그날 밤 돼지고기 세 점과 소금구이 생선 대가리를 얻어먹었다.

8

　울타리 돌기라는 운동을 설명할 때 주인집의 마당을 둘러치고 있는 대울타리에 대해 잠깐 설명했는데, 이 대울타리 바깥이 바로 이웃집, 즉 남쪽 이웃인 지로 짱네 집이라고 생각하면 오산이다. 집세가 싸기는 해도 이 집에 사는 사람은 구샤미 선생이다. 욧 짱이나 지로 짱이라 부르는, 소위 짱을 붙여 부르는 사람들과는 얄팍한 울타리 하나를 사이에 둔 이웃이라도 친밀하게 교제하는 일은 없다.

　이 울타리 바깥에는 폭이 10미터쯤 되는 공터가 있고, 그 끝에는 노송나무 대여섯 그루가 울창하게 늘어서 있다. 툇마루에서 보면 건너편은 무성한 숲으로, 이곳에 사는 선생은 들판의 외딴집에서 이름 없는 고양이를 벗 삼아 세월을 보내는 강호의 처사처럼 느껴진다. 다만 노송나무 가지가 자랑할 만큼 빽빽하지 않아 그 사이로 군학관(群鶴館)이라는, 이름만 번드르르한 싸구려 하숙집의 허름한 지붕이 고스란히 보이기 때문에 선생을 그렇게 상상하기 위해서는 물론 상당히 애를 써야 한다.

그러나 이 하숙이 군학관이라면 선생의 거처는 필시 와룡굴 정도의 가치는 있을 것이다. 이름에 세금을 물리는 것도 아니니 이름이야 멋대로 서로 근사한 것을 붙이는 것이고, 폭이 10미터쯤 되는 공터가 대울타리를 따라 동서로 18미터쯤 이어지고 나서 곧바로 직각으로 구부러져 와룡굴의 북쪽 면을 감싸고 있다. 이 북쪽 면이 바로 소동의 근원지다. 원래는 공터가 끝나는 곳에 또 공터가 있다고 뻐겨도 좋을 만큼 집의 두 면을 감싸고 있는데, 와룡굴의 주인은 물론이고 굴 안에 있는 영묘한 고양이인 나조차 이 공터에는 애를 먹고 있다. 남쪽 면에 노송나무가 세력을 떨치고 있는 것처럼 북쪽 면에는 오동나무 일고여덟 그루가 늘어서 있다. 벌써 둘레가 30센티미터나 될 만큼 자랐으니 나막신 장수만 데려오면 비싼 값을 받겠지만, 셋집에 사는 서글픈 신세라 아무리 그것을 알아도 실행에 옮길 수가 없다. 주인에게도 참 안된 일이다.

얼마 전에는 학교의 잡역부가 와서 가지 하나를 잘라 갔는데, 그다음에는 오동나무로 만든 새 나막신을 신고 와서는 그때 잘라간 가지로 만들었다고, 묻지도 않은 말을 하고 갔다. 교활한 놈이다. 오동나무는 있지만 나와 주인 가족에게는 한 푼어치도 안 되는 오동나무다. 포벽유죄(抱璧有罪)[1]라는 옛말이 있다고 하는데, 이는 오동나무는 기르나 돈은 없는 상황에 걸맞은 것으로, 이른바 그림의 떡 같은 것이다. 어리석은 것은 주인이 아니고 나도 아니고 집 소유주인 덴베이다. 나막신 장수가 어디 없나, 어디 없나 하고 오동나무 쪽에서 재촉하는데도 덴베이는 시치미를 뚝 떼고 집세만 받으러 온다. 그렇다고 내가 특

---

1 값진 보물을 갖고 있으면 죄가 없어도 화를 입게 된다는 뜻으로 『춘추좌씨전(春秋左氏傳)』에 나오는 이야기다.

별히 덴베이에게 원한이 있는 건 아니니 그에 대한 욕은 이 정도로 해두고, 본론으로 돌아가 이 공터가 소동의 근원지라는 우스꽝스러운 이야기를 할 텐데, 절대 주인의 귀에 들어가선 안 된다. 이 자리에서만 하는 이야기다.

애초에 이 공터의 가장 큰 불편 사항은 울타리가 없다는 것이다. 막다르지 않은 뒷골목이라 바람이 불어 지나가고, 천하에 거리낄 것 없이 통행이 공인된 공터다. '공터다'라고 하면 거짓말을 하는 것 같아 좀 찜찜하다. 사실은 '공터였다'다. 그러나 이야기는 과거로 거슬러 올라가지 않으면 원인을 알 수 없다. 원인을 모르면 의사라도 처방이 곤란하다. 그러니 이곳으로 이사 올 당시부터 천천히 이야기하겠다.

여름에는 바람이 불어 지나가니 시원해서 기분이 좋다. 허술해도 돈 없는 집에 도적이 들 리 없다. 그러므로 주인집에는 담, 울타리 내지는 말뚝, 가시나무 울타리 같은 것은 전혀 필요하지 않다. 그러나 이는 공터 건너편에 사는 인간 내지는 동물 종류 여하에 따라 정해지는 문제일 것이다. 따라서 이 문제를 결정하기 위해서는 자연히 건너편에 진을 치고 있는 군자의 성품을 밝히지 않으면 안 된다.

인간인지 동물인지 알기도 전에 군자라 칭하는 것은 심히 경솔한 것 같지만 대체로 군자임에 틀림없을 것이다. 양상군자(梁上君子)라 하며 도둑놈조차 군자라 하는 세상 아닌가. 다만 내가 말하는 군자는 결코 경찰을 성가시게 하는 군자가 아니다. 경찰을 성가시게 하지 않는 대신 숫자로 밀어붙이겠다는 것인지 아주 많다. 우글우글하다.

낙운관(落雲館)이라는 사립 중학교. 8백 명의 군자를 더욱더 나은 군자로 양성하기 위해 매월 2엔의 월사금을 징수하는 학교다. 이름이 낙운관이라 풍류를 아는 군자들만 모였을 거라고 생각하면 오산이다.

이것이 첫 번째 잘못이다. 군학관에 학이 내려오지 않고, 와룡굴에 고양이가 있는 것처럼, 이름은 그리 믿을 게 못 된다. 학사니 교사니 하는 자 중에 주인 구샤미 선생 같은 미치광이가 있다는 사실을 안 이상, 낙운관의 군자 또한 모두 풍류를 아는 자는 아니라는 것쯤은 쉽게 짐작할 수 있을 것이다. 그래도 모르겠다면, 우선 사흘만이라도 주인 집에 묵어보는 게 좋을 것이다.

앞에서 말한 것처럼 이곳으로 이사 올 당시에는 예의 공터에 울타리가 없어 낙운관의 군자는 인력거꾼네 검둥이처럼 어슬렁어슬렁 오동나무 밭으로 기어들어 수다를 떨지 않나, 도시락을 까먹지 않나, 조릿대 위에 드러눕지 않나, 별의별 짓을 다 했다. 그러고 나서는 도시락의 잔해, 즉 댓잎, 오래된 신문, 또는 낡아빠진 조리,[2] 낡아빠진 나막신 등 '낡아빠진'이라는 말이 붙은 것은 대체로 이곳에 버린 듯하다. 둔감한 주인은 의외로 태연하여 별 항의도 하지 않고 지냈는데, 몰라서 그런 건지, 알면서도 야단칠 생각이 없어서 그랬는지는 알 수 없다. 그런데 그 군자들은 학교에서 교육을 받으면서 점점 군자답게 되었는지, 점차 북쪽에서 남쪽 방면으로 잠식(蠶食)해 들어왔다. 잠식이라는 말이 군자에게 어울리지 않는다면 쓰지 않아도 상관없다. 다만 그 말 외에 적당한 말이 없다. 그들은 물과 풀을 찾아 거처를 옮기는 사막의 주민들처럼 오동나무를 떠나 노송나무 쪽으로 다가왔다.

노송나무가 있는 곳은 객실 정면이다. 어지간히 대담한 군자가 아니라면 그런 행동까지는 할 수 없을 것이다. 하루 이틀이 지난 후 그들의 대담함은 한층 더해져 대대담담이 되었다. 교육의 결과만큼 무서운 것은 없다. 그들은 단지 객실 정면으로 다가왔을 뿐만 아니라 바

2 샌들처럼 생긴 신발.

로 앞에서 노래를 부르기까지 했다. 무슨 노래인지는 잊어버렸지만 서른한 글자짜리 일본 노래 같은 것은 결코 아니고, 좀 더 활기차고 세인의 귀에 쏙쏙 들어오는 노래였다. 놀란 것은 주인뿐만이 아니었다. 나까지도 그들 군자들의 재능에 탄복하여 무심코 귀를 기울일 정도였다.

하지만 독자들도 잘 아시겠지만, 탄복이라는 것과 방해라는 것이 때로 양립하는 경우가 있다. 공교롭게도 그때 양자가 합쳐져 하나가 되어 나타난 것은 지금 생각해도 정말 안타까운 일이다. 주인도 안타까웠겠지만, 어쩔 수 없이 서재에서 뛰쳐나가 두세 번 쫓아낸 모양이다.

"여기는 너희들이 들어올 데가 아니다, 얼른 나가거라."

그러나 교육을 받은 군자들이니 만큼 그런 말을 얌전히 들어줄 리 만무하다. 쫓겨나면 바로 다시 들어온다. 들어오면 활기찬 노래를 부른다. 큰 소리로 떠들어댄다. 그것도 군자들이 떠들어대는 이야기고 보니 '너 이 자식'이라든가 '몰라 새꺄' 하는 식이다. 메이지 유신 전만 해도 그런 말은 하인이나 뜨내기 일꾼, 때밀이의 전문적 지식에 속했다고 하는데, 20세기가 되고 나서는 교육을 받은 군자가 배우는 유일한 언어가 되었다고 한다. 일반 사람들로부터 경멸을 받던 운동이 오늘날 이렇게 환영받게 된 것과 동일한 현상이라고 설명하는 사람도 있다.

주인은 또 서재에서 뛰쳐나가 군자들 식의 언어에 가장 능숙한 놈을 붙잡아, 여기에 들어오는 이유가 대체 뭐냐고 물었다.

"여기가 학교 식물원인 줄 알았습니다."

군자는 곧바로 '너 이 자식, 몰라 새꺄'라는 고상한 말을 잊어버리고 굉장히 저속한 말로 대답했다. 주인은 앞으로는 들어오지 말라고 이르고는 놓아주었다. 놓아주었다고 하니 거북이 새끼를 놓아준 것처럼 들려 이상하지만, 실제로 그는 군자의 소매를 움켜쥐고 담판을 지었던 것이다. 주인은 이 정도로 따끔하게 일렀으니 이제 됐겠지 했다고 한다. 그런데 실제로는 여와씨(女媧氏)[3]의 시대부터 예상과 다른 법이라 주인은 또 실패하고 말았다.

이번에는 북쪽에서 집 안을 가로질러 대문으로 빠져나갔다. 대문을 덜커덩 여는 소리가 들려 손님이 왔나 했더니 오동나무 밭 쪽에서 웃음소리가 들려왔다. 형세는 점점 불온해졌다. 교육의 성과는 점점 두드러졌다. 딱한 주인은, 이놈들은 감당이 안 된다며 서재에 틀어박혀 낙운관 교장에게 정중하게 한 통의 편지를 보내 단속 좀 해달라고 애원했다. 교장도 주인에게 정중한 답신을 보내, 울타리를 둘러칠 테니 기다려달라고 했다.

얼마 후 두세 명의 인부가 왔고, 한나절 사이에 주인집과 낙운관 사이에 높이 1미터 정도의 네모꼴 대나무 울타리가 둘러쳐졌다. 이제 안심이라며 주인은 기뻐했다. 주인은 어리석은 사람이다. 이 정도의 일로 군자의 거동이 변화될 리 없다.

원래 다른 사람을 놀리는 일은 재미있는 법이다. 나 같은 고양이조차 때때로 이 집 딸들을 놀리며 노는 정도인 만큼 낙운관의 군자들이 고지식한 구샤미 선생을 놀리는 것은 지극히 당연한 일이다. 여기에 불만인 것은 아마 놀림을 당하는 당사자뿐이리라. 놀리는 심리를 해부해보면 두 가지 요소가 있다. 첫째로, 놀림을 당하는 당사자가 태연

---

3 고대 중국의 전설에 나오는 사람 머리에 뱀의 몸을 지닌 여신. 오색의 돌을 갈아 하늘을 짓고 큰 거북의 다리를 잘라 네 기둥을 세우고 흑룡을 죽여 기주를 건너고 갈대로 재를 쌓아 홍수를 막고 황토를 빚어 사람을 만들려고 했으나 예상과는 달리 실패했다는 이야기가 있다.

해서는 안 된다는 것이다. 둘째로, 놀리는 자가 세력이나 숫자에서 상대보다 강하지 않으면 안 된다는 것이다.

얼마 전 주인이 동물원에서 돌아와 감동한 모양인지 열심히 이야기한 적이 있다. 들어보니 낙타와 강아지가 싸우는 것을 봤다는 것이다. 강아지가 낙타 주위를 질주하듯 돌며 짖어대는데 낙타는 전혀 신경 쓰지 않고 등에 혹을 단 채 가만히 서 있기만 했다. 아무리 짖고 사납게 대들어도 상대를 해주지 않자 강아지도 끝내 정나미가 떨어졌는지 그만두었다. 낙타가 실로 무신경하다고 웃었지만, 그것이 이 경우의 적절한 예다.

놀리는 자가 아무리 능숙해도 상대가 낙타처럼 굴어서는 놀림이 성립되지 않는다. 그렇다고 사자나 호랑이처럼 상대가 너무 강해도 안 된다. 놀리자마자 갈가리 찢기고 만다. 놀리면 이를 드러내며 화를 낸다. 화를 내기는 하지만 이쪽을 어떻게 해볼 수가 없어 안심할 수 있을 때 그 유쾌함이 상당히 큰 것이다.

이런 일이 재미있는 이유는 여러 가지다. 우선 심심풀이에 적당하다. 무료할 때는 수염의 수까지 헤아려보고 싶어지는 법이다. 옛날에 감옥에 갇힌 죄수 한 사람은 너무 무료한 나머지 벽에 삼각형을 겹쳐 그리며 하루를 보냈다는 이야기가 있다. 세상에 심심한 것만큼 참기 힘든 것도 없다. 뭔가 활기를 자극하는 사건이 없으면 살아가는 것이 시시하다. 놀린다는 것도, 그런 자극을 만들어 노는 일종의 오락이다. 다만 상대를 화나게 하거나 약 오르게 하거나 난처하게 하지 않으면 자극이 되지 않으니, 예로부터 놀리는 오락에 빠지는 자는 다른 사람의 심정을 모르는 얼간이 무사처럼 따분함을 못 견디는 자, 또는 자신의 즐거움 말고는 생각할 틈이 없을 정도로 두뇌 발달이 유치한 데다 넘치는 활기를 어떻게 써야 할지 모르는 소년들뿐이다.

다음으로는 자신의 우세함을 실제로 증명하는 데 가장 간편한 방법이라서 그렇다. 사람을 다치게 하거나 죽이거나 또는 함정에 빠뜨리거나 해서도 자신의 우세함을 증명할 수는 있지만, 이런 방법은 오히려 사람을 다치게 하거나 죽이거나 함정에 빠뜨리는 것이 목적일 때 사용해야 할 수단으로, 자신의 우세함은 이런 수단을 수행한 후에 필연적으로 따르는 결과에 지나지 않는다. 그러므로 한편으로는 자신의 세력을 과시하고 싶기는 하지만 다른 사람에게 해를 끼치고 싶지는 않을 때는 놀리는 것이 안성맞춤이다. 다른 사람에게 다소 상처를 주지 않으면 사실상 자신이 우세하다는 것을 증명할 수가 없다. 머릿속으로 아무리 안심하고 있어도 실현되지 않으면 쾌락은 의외로 약해지는 것이다.

인간은 자신을 믿는 법이다. 아니, 믿기 어려운 경우에도 믿고 싶은 법이다. 그러므로 자신은 이만큼 믿을 수 있는 사람이다, 이 정도라면 안심이라는 것을 다른 사람에게 실제로 적용해보지 않으면 직성이 풀리지 않는다. 게다가 도리를 모르는 속물이거나 자신이 그다지 미덥지 못해 불안정한 사람은 온갖 기회를 이용하여 그것을 증명하려고 한다. 유도를 하는 사람이 때때로 다른 사람을 던져보고 싶어지는 것과 같은 이치다. 유도 기술이 어설픈 사람이 한 번이라도 좋으니 어떻게든 자신보다 약한 놈과 맞닥뜨리기를 바라고, 초보자라도 좋으니 내던져보고 싶다는 지극히 위험한 생각을 품고 동네를 돌아다니는 것도 이 때문이다.

이밖에도 이유는 많지만 너무 길어지니 생략하기로 한다. 정 들고 싶으면 가다랑어포 한 상자쯤 들고 찾아오면 된다. 언제든지 가르쳐줄 테니까.

지금까지 말한 것을 참고하여 추론하자면, 놀려먹기에는 동물원 원숭이와 학교 선생이 가장 적합하다는 것이 내 생각이다. 학교 선생을 동물원 원숭이에 비교하니 죄스럽다. 원숭이에게 죄스러운 게 아니다. 선생에게 죄스러운 것이다. 허나 많이 닮았으니 어쩌겠는가.

아시다시피 동물원 원숭이는 사슬에 묶여 있다. 아무리 이빨을 드러내며 꺅꺅 으르렁거려도 할퀼 염려는 없다. 선생은 사슬로 묶여 있지 않은 대신 월급에 매여 있다. 아무리 놀려대도 괜찮다. 사직하고 학생을 두드려 패는 일은 없다. 사직을 할 용기가 있는 자라면 처음부터 학생을 돌봐야 하는 선생 같은 일을 하지 않을 것이다. 주인은 선생이다. 낙운관의 선생은 아니지만 역시 선생임에는 틀림없다. 놀리기에 아주 적당하고 간편하며 무난한 사내다.

낙운관의 학생은 소년이다. 놀리는 것은 자신의 콧대를 높이는 일인 까닭에 교육의 효과로서 아주 당연히 요구해야 할 권리라고까지 생각하고 있다. 뿐만 아니라 놀리는 일이라도 하지 않으면 활력이 넘치는 오체와 두뇌를 어떻게 써야 좋을지 몰라 10분이라는 쉬는 시간도 주체하지 못하는 녀석들이다. 이러한 조건이 구비되어 있으니 주인은 저절로 놀림을 당하고 학생은 놀리는, 누가 봐도 전혀 무리가 없는 일이 벌어지는 것이다. 그것에 화를 내는 주인은 촌스러움의 극치, 얼간이의 극치가 아니겠는가. 앞으로는 낙운관의 학생이 어떻게 주인을 놀렸고, 그에 대해 주인이 얼마나 촌스러운 짓을 했는지 낱낱이 적어보겠다.

여러분은 네모꼴 대나무 울타리가 어떤 것인지 알 것이다. 통풍이 좋고 간편한 울타다. 나는 그 틈으로 자유자재로 드나들 수 있다.

울타리를 치나 안 치나 나에게는 마찬가지인 것이다. 그러나 낙운관의 교장이 고양이를 위해 일부러 네모꼴 대나무 울타리를 만든 건 아니다. 자신이 양성하는 군자가 드나들지 못하도록 일부러 인부를 불러 둘러친 것이다. 과연 통풍이 잘되게 만들었어도 인간은 드나들 수 없다. 대나무로 짜서 만든 12센티미터 남짓한 구멍을 빠져나가는 일은 청나라 마술사 장세존[4]이라 해도 힘들다. 그러니 인간에 대해서는 울타리 역할을 충분히 하고 있다고 할 수 있다. 완성된 울타리를 보고 이거라면 괜찮을 거라고 주인이 기뻐한 것도 무리는 아니다. 그러나 주인의 논리에는 큰 구멍이 있다. 이 울타리의 구멍보다 큰 구멍이 있다. 배를 삼키는 대어도 빠져나갈 만한 큰 구멍이 있는 것이다.

주인의 생각은 울타리란 넘어갈 만한 것이 아니라는 가정에서 출발한 것이다. 적어도 학교 학생인 이상 아무리 허술한 울타리라도 울타리라는 이름이 붙어 분계선의 구획만 확실하다면 결코 난입할 염려는 없다고 가정했던 것이다. 다음으로 그는 그 가정을 일단 무너뜨리고, 설사 난입하려는 자가 있어도 괜찮다고 판단한 것이다. 아무리 꼬맹이라 해도 네모꼴 대나무 울타리의 구멍으로 드나들 수는 없으니 난입할 염려는 결코 없다고 속단해버린 것이다. 과연 그들이 고양이가 아닌 이상 이 네모난 구멍으로 드나들지는 않을 것이고, 그렇게 하고 싶어도 불가능하겠지만 타고 넘어오는 일, 뛰어넘어오는 일이라면 아무 일도 아니다. 오히려 운동이 되어 재미있을 정도다.

울타리가 생긴 다음 날부터 울타리가 생기기 전과 마찬가지로 그들은 북쪽 면의 공터로 훌쩍훌쩍 뛰어넘어 들어왔다. 다만 객실 정면까지 깊이 들어오지는 않았다. 만약 쫓아오면 도망치는 데 약간의 여

---

4 장세존(張世尊). 아사쿠사에서 공연한 중국인 마술사로 일본에 귀화했다.

유가 필요하니 미리 도망갈 시간을 계산에 넣고 붙잡힐 위험이 없는 곳에서 경계하며 놀고 있었던 것이다. 그들이 뭘 하는지, 동쪽 별채에 있는 주인의 눈에는 물론 들어오지 않는다. 북쪽 공터에서 그들이 놀고 있는 모습은 문을 열고 반대 방향에서 직각으로 꺾어 보거나 아니면 뒷간 창문에서 울타리 너머로 바라보는 수밖에 없다. 창문으로 내다보면 어디에 뭐가 있는지 일목요연하게 볼 수 있지만, 설사 적 몇 명을 발견했다고 해서 붙잡을 수 있는 건 아니다. 다만 창문의 격자살 안에서 엄하게 호통을 칠 뿐이다.

만약 대문으로 우회하여 적지로 돌격한다면 발소리를 듣고 붙잡히기 전에 모두 건너편으로 물러가버릴 것이다. 물개가 양지에서 볕 쬐기를 하고 있는 곳으로 밀렵선이 들어갔을 때와 같은 것이다. 물론 주인은 뒷간에서 감시를 하는 건 아니다. 그렇다고 대문을 열어놓고 소리가 나면 재빨리 뛰쳐나갈 준비도 하지 않는다. 만약 그런 일을 하는 날에는 선생 노릇을 그만두고 그 방면의 전문가라도 되지 않으면 따라잡을 수 없다. 주인의 불리함은, 서재에서는 적의 소리만 들리고 보이지 않는다는 것과 뒷간 창문으로는 모습이 보이지만 손을 쓸 방도가 없다는 것이다. 주인의 불리함을 간파한 적은 다음과 같은 전략을 짰다.

주인이 서재에 틀어박혀 있다는 것을 정찰했을 때는 되도록 큰 소리로 와글와글 떠들어댄다. 그때는 들으라는 듯이 주인을 놀리는 말을 한다. 게다가 그 소리의 출처를 아주 모호하게 한다. 얼핏 들어서는 울타리 안에서 떠드는지 아니면 울타리 너머에서 설치는지 알 수 없게 한다. 만약 주인이 뛰어나오면 도망치거나, 아니면 처음부터 울타리 너머에 있으면서 시치미를 뗀다. 또 주인이 뒷간—아까부터 자꾸 뒷간, 뒷간 하며 더러운 단어를 쓰고 있는데 나는 이를 특별히 광영 이라고는 생각하지 않는다. 사실 아주 달갑지는 않지만 이 전쟁을 기술하는 데 필요하니 어쩔 수 없는 노릇이다—에 들어간 것을 알았을 때는 반드시 오동나무 부근을 배회하며 일부러 주인의 눈에 띄도록 한다. 주인이 만약 뒷간에서 사방으로 울려 퍼지는 큰 소리로 호통을 치면 적은 허둥대는 기색도 없이 유유자적하게 근거지로 물러난다.

이 전략을 쓰면 주인은 무척 난처하다. 분명히 들어온 것이라 생각하고 지팡이를 들고 뛰쳐나가면 아무도 없고 사방은 적막하기만 하다. 아무도 없나 싶어 창문으로 내다보면 반드시 두세 명이 들어와 있다. 주인은 뒤로 돌아가 보고, 뒷간에서 내다보고, 또 뒷간에서 내다보고, 뒤로 돌아가 보고, 몇 번을 말해도 같은 일이지만, 몇 번을 말해도 같은 그 일을 반복하고 있다. 분명(奔命)에 지친다는 말은 바로 이를 두고 하는 말이다. 선생이 직업인지 전쟁이 본업인지 알 수 없을 만큼 부아가 치민다. 이 욱한 감정이 정점에 이르렀을 때 다음과 같은 사건 이 벌어졌다.

사건은 대체로 욱한 감정에서 일어나는 법이다. 욱한 감정이란 말 그대로 피가 거꾸로 솟구치는 것이다. 이 점에 대해서는 갈레누스[5]도 파라켈수스[6]도 낡은 의술의 편작(扁鵲)[7]은 물론 아무도 이의를 제기하지 않을 것이다. 다만 어디로 욱하느냐가 문제다. 또 무엇이 욱하느냐가 논란이 되는 부분이다.

5 클라디우스 갈레누스(Claudius Galenus). 고대 그리스의 의사로 로마 황제 마르쿠스 아우렐리우스의 시의(侍醫)가 되었다.
6 필리푸스 아우레올루스 파라켈수스(Philippus Aureolus Paracelsus, 1493~1541). 스위스의 의학자이자 과학자. 르네상스기의 대표적 의사.
7 고대 중국의 전설적 명의.

고래로 유럽인의 전설에 따르면, 사람의 체내에는 네 종류의 액이 순환한다고 한다. 첫째로, 노액(怒液)이라는 게 있다. 이것이 거꾸로 욱하고 솟구치면 화를 낸다. 둘째로, 둔액(鈍液)이라는 게 있다. 이것이 거꾸로 욱하고 솟구치면 신경이 둔해진다. 다음으로 우액(愚液)이라는 게 있는데, 이는 인간을 우울하게 만든다. 마지막으로 혈액이 있는데, 이는 사지(四肢)의 기력을 왕성하게 한다.

그 후 인문이 발전함에 따라 둔액, 노액, 우액은 어느새 없어지고 현재에 이르러서는 혈액만이 옛날처럼 순환하고 있다는 이야기다. 그러므로 만약 거꾸로 솟구치는 것이 있다면 혈액 말고는 없을 것이다. 그런데 이 혈액의 분량은 개인에 따라 정확히 정해져 있다. 천성에 따라 다소의 증감은 있지만, 우선은 대체로 한 사람당 10리터 정도다. 따라서 그 10리터가 거꾸로 솟구치면 윗부분은 왕성하게 활동하지만 그 밖의 부분은 결핍을 느껴 차가워진다. 마치 파출소 방화사건[8] 당시 순사가 모조리 경찰서로 몰려가는 바람에 마을에 순사가 한 사람도 남지 않게 된 것과 같은 이치다. 그것도 의학적으로 진단하면 경찰이 거꾸로 욱하고 솟구친 것이다.

그런데 거꾸로 욱하고 솟구치는 것을 치유하려면 혈액을 종전대로 체내의 각 부분에 골고루 배분해야 한다. 그렇게 하려면 거꾸로 솟구친 것을 아래로 내리지 않으면 안 된다. 그 방법에는 여러 가지가 있다. 지금은 고인이 되었지만 주인의 선친은 젖은 수건을 머리에 대고 고타쓰에서 몸을 따뜻하게 했다고 한다. 『상한론(傷寒論)』[9]에서도 두

---

8 러일전쟁이 종결되며 맺어진 포츠머스 조약에 반대하는 일본인들의 국민대회가 1905년 9월 5일 히비야 공원에서 개최되었는데, 당국이 제지하자 폭동으로 번져 수많은 파출소가 불태워졌다.

한족열(頭寒足熱)은 식재연명(息災延命)[10]의 징후라고 했듯이 젖은 수건은 장수법에서 하루도 빼놓을 수 없는 것이다. 그게 아니라면 스님이 늘 쓰는 수단을 시도해보는 것이 좋다.

흐르는 구름처럼 각지를 떠돌아다니는 행려승은 반드시 나무 아래나 바위 위에서 잠을 잔다고 한다. 나무 아래나 바위 위에서 자는 것은 몹시 괴로운 수행을 하기 위해서가 아니다. 이는 바로 솟구쳐 오르는 피를 내려가게 하기 위해 육조(六祖)[11]가 쌀을 찧으며 생각해낸 비법이다. 시험 삼아 바위 위에 앉아보라. 당연히 엉덩이가 차가워질 것이다. 엉덩이가 차가워지고, 솟구쳐 오르는 피가 내려간다. 이 또한 자연의 순리라는 데 의심을 품을 만한 여지는 털끝만치도 없다.

이렇게 솟구쳐 오르는 피를 내려가게 하는 방법이 꽤 다양하게 발명되었지만, 아직 피를 솟구치게 하는 좋은 방법이 발명되지 않은 것은 안타까운 일이다. 일률적으로 생각하면 피를 솟구치게 하는 것은 백해무익한 현상이지만, 그렇게만 속단할 수 없는 경우가 있다.

직업에 따라서는 피가 솟구쳐 오르는 것은 상당히 중요한 것으로, 그렇지 않으면 아무것도 할 수 없는 일도 있다. 그중에서 피가 솟구쳐 오르는 것을 가장 중시하는 것은 시인이다. 시인에게 피가 거꾸로 솟구쳐 오르는 것이 필요한 것은 기선(汽船)에 석탄이 빠지면 안 되는 것과 같은 이치로, 석탄 공급이 하루라도 끊기면 그들은 수수방관하며 밥만 축내는 것 말고는 아무것도 할 수 없는 평범한 사람이 되어버리기 때문이다. 하기야 피가 거꾸로 솟구치는 사람은 미치광이의 다

9 고대 중국의 의서(醫書). 후한 건안(建安) 연간에 완성되었고 진나라 때 수정·보완되었다.
10 재난이 멎고 목숨이 연장됨.
11 달마로부터 헤아려 중국 선종의 6대 조사에 해당하는 혜능(慧能, 638~713)을 가리킨다.

른 이름으로, 미치광이가 되지 않으면 가업을 꾸려나갈 수 없다고 해서는 체면이 서지 않기 때문에 그들 사이에서는 피가 거꾸로 솟구치는 것을 그렇게는 말하지 않는다. 약속이라도 한 듯이 자못 거드름을 피우며 인스피레이션, 인스피레이션 한다. 이는 그들이 세상 사람들을 기만하기 위해 만들어낸 이름인데, 그 실상은 바로 피가 거꾸로 솟구치는 것이다.

플라톤은 그들 편을 들어 피가 거꾸로 솟구치는 것을 신성한 광기라고 했는데, 아무리 신성해도 광기라고 하면 사람들이 상대해주지 않는다. 역시 인스피레이션이라는 새로이 발명된 약 같은 이름을 붙이는 것이 그들을 위해 좋을 거라고 생각한다.

그러나 어묵의 재료가 참마인 것처럼, 관음상이 5센티미터짜리 썩은 나무인 것처럼, 오리국수의 재료가 까마귀인 것처럼, 하숙집의 쇠고기 전골이 말고기인 것처럼, 인스피레이션도 실은 피가 거꾸로 솟구치는 것이다. 그러니 일시적인 미치광이다. 스가모 정신병원에 입원하지 않아도 되는 것은 단지 일시적인 미치광이기 때문이다. 그런데 이 일시적인 미치광이를 만들어내는 것이 어려운 것이다.

평생 미치광이는 오히려 만들어내기가 쉽다. 펜을 쥐고 종이 앞에 있을 때만 미치광이로 만드는 것은 아무리 재주 좋은 신이라도 상당히 애를 먹는 일인 듯, 좀처럼 만들지 못한다. 신이 만들어주지 않는 이상 자력으로 만들어야 한다. 그래서 예로부터 지금까지 많은 학자들이 솟구친 피를 내리게 하는 방법과 마찬가지로 피를 거꾸로 솟구치게 하는 방법을 발명하느라 골머리를 썩였다.

어떤 이는 인스피레이션을 얻기 위해 매일 떫은 감을 열두 개나 먹었다. 떫은 감을 먹으면 변비가 생기고, 변비가 생기면 반드시 피가 거꾸로 솟구친다는 이론에서 나온 것이다. 또 어떤 이는 술병을 들고 목욕통으로 뛰어들었다. 탕 안에서 술을 마시면 피가 거꾸로 솟구칠 게 뻔하다고 생각한 것이다. 그 사람은 이 방법으로 성공하지 못할 때는 포도주를 데운 탕에 들어가면 대번에 효험이 나타날 것이라 믿고 있었다. 그러나 돈이 없어 끝내 실행해보지도 못하고 죽고 말았으니 참 가여운 사람이다.

마지막으로 옛사람의 흉내를 내면 인스피레이션을 얻을 수 있다고 생각한 이가 있었다. 이는 어떤 사람의 태도나 동작을 흉내 내면 심적 상태도 그 사람을 닮게 된다는 학설을 응용한 것이다. 술주정뱅이처럼 술주정을 하면 어느새 술을 마신 것 같은 기분이 되고, 좌선을 하며 향 하나가 다 타들어갈 동안 참고 있으면 어딘지 모르게 스님다운 기분을 느낄 수 있다. 그러므로 예부터 인스피레이션을 받은 유명한 대가의 행동을 흉내 내면 반드시 피가 거꾸로 솟구칠 것이다.

듣자 하니 빅토르 위고는 요트에 드러누워 글을 구상했다고 하니 배를 타고 푸른 하늘을 쳐다보고 있으면 반드시 피가 거꾸로 솟구친다는 것은 보증한다. 로버트 스티븐슨[12]은 바다에 배를 깔고 엎드려 소설을 썼다고 하니 엎드린 채 펜을 쥐고 있으면 아마 피가 거꾸로 솟구칠 것이다.

이처럼 이러저러한 사람들이 여러 가지 것들을 생각해냈지만 아직 아무도 성공하지 못했다. 오늘날에는 일단 인위적으로 피를 거꾸로 솟구치게 하는 일은 불가능한 것으로 여겨지고 있다. 안타깝지만 어쩔 수 없는 일이다. 조만간 마음대로 인스피레이션을 불러일으킬 날

12 로버트 루이스 벨포어 스티븐슨(Robert Louis Balfour Stevenson, 1850~1894). 영국의 소설가이자 시인. 『보물섬』, 『지킬 박사와 하이드 씨』 등으로 알려졌으며 소세키도 그를 높이 평가했다.

이 도래하리라는 것은 의심할 수 없는 일이다. 나는 인문학을 위해 그 날이 하루라도 빨리 오기를 간절히 바라는 바다.

피가 거꾸로 솟구치는 일에 대한 설명은 이 정도로 충분하다고 생각하니 이제 사건으로 들어가겠다. 그러나 대사건이 일어나기 전에는 반드시 작은 사건이 일어나는 법이다. 대사건만을 말하고 작은 사건을 빠뜨리는 것은 고래로 역사가가 늘 빠지는 폐단이다. 주인도 작은 사건을 겪을 때마다 피가 거꾸로 솟구치는 일이 한층 심해져 끝내 대사건을 일으켰으니, 그 발달을 순서대로 설명하지 않으면 주인의 피가 어떻게 솟구치는지 알기 어려울 것이다. 이를 알기 어려우면 주인의 피가 거꾸로 솟구치는 일은 헛된 명성으로 돌아가고, 세상 사람들은 설마 그 정도는 아니겠지, 하고 얕볼지도 모른다. 모처럼 피가 거꾸로 솟구쳤는데 사람들로부터 아주 훌륭하다는 칭찬을 받지 못하면 신명이 나지 않을 것이다.

이제 말할 사건은 크고 작은 것에 상관없이 주인에게는 명예로운 일이 아니다. 사건 자체는 명예롭지 못한 것이지만, 적어도 피가 거꾸로 솟구친 일은 제대로 된 것이어서 결코 남에게 뒤지지 않은 것이었다는 점은 분명히 밝혀두고 싶다. 주인은 다른 사람에 비해 이렇다 하게 자랑할 만한 성품을 갖고 있지 않다. 피가 거꾸로 솟구친 일이라도 자랑하지 않으면 애써 써줄 만한 이야깃거리가 없다.

낙운관에 떼를 지어 모이는 적군은 최근에 덤덤탄[13]이라는 것을 발명하여 10분의 쉬는 시간이나 방과 후에 북쪽 공터를 향해 집중 포화를 퍼부었다. 이 덤덤탄은 통칭 볼이라 하는데, 커다란 나무공이를 가

---

13 총탄의 일종으로, 인체에 명중하면 내부에서 파열하여 상처를 크게 한다. 그 때문에 1899년 헤이그 평화회의에서 사용을 금지하기로 결정했다.

지고 임의로 적진에 발사한다. 아무리 덤덤탄이라 해도 낙운관 운동 장에서 발사하기 때문에 서재에 틀어박혀 있는 주인이 맞을 염려는 없다. 아무리 적이라고 해도 탄도가 너무 멀다는 것은 자각하고 있었는데, 바로 그것이 전략이었다.

여순 전쟁에서도 해군의 간접 사격이 보기 좋게 성과를 거둔 것이고 보면, 공터에 굴러 떨어지는 볼이라고 해도 상당한 효과를 거둘 수 있는 것이다. 하물며 한 발을 쏠 때마다 군사력을 총집결하여 와 하고 위협성 고함을 질러대니 더욱 그런 것이다. 주인은 겁에 질린 나머지 손발로 통하는 혈관이 수축되지 않을 수 없다. 그 부근을 갈팡대던 피는 번민한 끝에 거꾸로 솟구칠 것이다. 적의 계략이 상당히 교묘했다고 해야 할 것이다.

옛날 그리스에 아이스킬로스[14]라는 작가가 있었다고 한다. 이 남자는 학자와 작가에게 공통되는 머리를 가지고 있었다. 내가 학자와 작가에게 공통되는 두뇌라고 하는 것은 대머리를 말한다. 왜 머리가 벗겨지는가 하면, 머리의 영양이 부족하여 머리카락이 성장할 만큼 활력이 없어서다. 학자와 작가는 머리를 가장 많이 쓰고, 대개는 찢어지게 가난하다. 그러니 학자와 작가의 머리는 모두 영양부족으로 벗겨지는 것이다. 아이스킬로스도 작가였으니 자연히 벗겨질 수밖에 없었는데, 그는 반들반들한 금귤 머리였다.

그런데 어느 날의 일이었다. 아이스킬로스 선생이 예의 머리—머리에는 외출용도 평소용도 없으므로 당연히 예의 대머리다—를 곤두세우고 햇빛을 받으며 길을 걷고 있었다. 이것이 바로 실수의 근원

---

14 아이스킬로스(Aeschylos, 기원전 525~기원전 456). 그리스의 비극 시인. 『아가멤논』 등으로 유명하다.

이었다. 햇빛을 받고 있는 대머리를 멀리서 보면 무척 환하게 빛난다. 키 큰 나무는 바람을 맞는다. 빛나는 머리도 뭔가 맞지 않으면 안 된다. 이때 아이스킬로스의 머리 위에 독수리 한 마리가 날고 있었는데, 보아하니 어딘가에서 생포한 거북이 한 마리를 발톱으로 꼭 움켜쥐고 있었다. 거북이나 자라는 맛있기는 하지만, 그리스 시대에도 딱딱한 등딱지를 갖고 있었다. 아무리 맛있어도 등딱지가 붙어 있어서는 아무것도 할 수 없다. 새우는 통째로 구울 수 있지만, 거북이 등딱지 찜은 지금도 없을 정도니 당시에도 당연히 없었다.

그 대단한 독수리도 어떻게 먹어야 좋을지 몰랐는데, 때마침 멀리 하계에 반짝반짝 빛나는 것이 있었다. 그때 독수리는 이제 됐다 싶었다. 그 빛나는 것 위에 거북이를 떨어뜨리면 등딱지가 부서질 게 틀림없었다. 부서지면 내려가 몸통을 먹기만 하면 된다. 바로 이거야, 하고 조준을 한 다음 그 거북이를 높은 데서 아무런 말도 없이 머리 위로 떨어뜨렸다. 하필이면 작가의 머리가 거북이 등딱지보다 부드러웠는지라 대머리가 엉망으로 깨졌고, 그 바람에 유명한 아이스킬로스는 무참한 최후를 맞았다.

그건 그렇지만 이해할 수 없는 것은 독수리의 속내다. 예의 머리를 작가의 머리인 줄 알고 떨어뜨린 것인지 아니면 반들반들한 바위라 생각하고 떨어뜨린 것인지 알 수가 없다. 그에 따라 낙운관의 적과 그 독수리를 비교하는 것이 가능하기도 하고 불가능하기도 하다. 주인의 머리는 아이스킬로스의 머리처럼, 또는 훌륭한 학자들의 머리처럼 반짝반짝 빛나지 않는다. 비록 6첩 다다미방이라 해도 서재를 마련해놓고 졸면서 어려운 책에 얼굴을 들이밀고 있는 이상 학자나 작가와 동류라고 간주하지 않으면 안 된다. 그러면 주인의 머리가 벗겨지지 않은 것은 아직 벗겨질 만한 자격이 없기 때문이니 머지않아 벗겨질 운명이라 봐야 한다. 그러고 보면 낙운관의 학생이 이 머리를 노리고 예의 덤덤탄을 집중적으로 쏘아대는 것은 가장 시의적절한 전략이라고 하지 않을 수 없다. 만약 적이 이 행동을 2주간 계속한다면 주인의 머리는 공포와 번민 때문에 반드시 영양부족을 호소하며 금귤로도 주전자로도 구리 단지로도 변할 것이다. 또한 2주간의 포격을 당하면 금귤은 틀림없이 찌부러질 것이다. 주전자는 샐 게 틀림없다. 구리 단지라면 금이 갈 게 뻔하다. 이 뻔한 결과를 예상하지 못하고 끝까지 적과 전투를 계속하려고 고심하는 것은 당사자인 구샤미 선생뿐이다.

어느 날 오후, 나는 여느 때처럼 툇마루로 나가 낮잠을 자며 호랑이가 된 꿈을 꾸고 있었다. 주인에게 닭고기를 가져오라고 하니 주인이 '예' 하고 주뼛주뼛 닭고기를 가져온다. 메이테이 선생이 오기에 그에게 '기러기가 먹고 싶다. 기러기 전골집에 가서 주문하고 오너라' 하자 '순무절임과 소금 센베이를 같이 드시면 기러기 맛이 납니다' 하고 여느 때처럼 엉터리 같은 소리를 지껄이기에 큰 입을 쩍 벌리고 '어흥' 하고 위협했더니 메이테이 선생은 파랗게 질린 채 '야마시타의 기러기 전골집은 문을 닫고 말았습니다. 어찌해야 할까요?' 했다. '그렇다면 쇠고기로 참아줄 테니 얼른 니시카와에 가서 로스용으로 한 근 사오너라. 꾸물댔다가는 너부터 잡아먹을 테다'라고 했더니 메이테이 선생은 뒷자락을 걷어 올려 허리춤에 지르고는 급히 뛰어나갔다. 갑자기 몸집이 커진 나는 툇마루를 다 차지하고 엎드린 채 메이테이 선생이 돌아오기를 기다리고 있는데, 홀연히 온 집 안을 울리는 커다란 소리가 들려 모처럼의 쇠고기도 먹지 못한 채 꿈에서 깨어나고 말았다.

그때 좀 전까지 주뼛주뼛 내 앞에 엎드려 있던 주인이 갑자기 뒷간에서 튀어나오더니 내 옆구리를 세게 걷어찼다. 이런! 하고 생각하는 사이 순식간에 뜰에서 신는 나막신을 아무렇게나 걸치더니 대문을 돌아 낙운관 쪽으로 뛰어갔다. 나는 호랑이에서 돌연 고양이로 수축되어 어쩐지 멋쩍기도 하고 우습기도 했지만, 주인의 시퍼런 서슬과 옆구리를 걷어차인 아픔 때문에 호랑이 일은 금세 잊어버리고 말았다. 동시에 주인이 드디어 출진하여 적과 교전을 벌이는 모양이군, 재미있겠는걸, 하고 아픈 것도 참아가며 뒤를 따라 뒷문으로 나갔다.

바로 그때 주인이 '도둑이야!' 하고 고함을 지르는 소리가 들렸다. 소리 나는 쪽을 보니 교모를 쓴 열여덟아홉 살쯤 되는 건장한 놈 하나가 네모꼴 대나무 울타리를 넘고 있었다. 야, 이거 늦었구나, 하고 생각하는 사이 교모를 쓴 그놈은 뛰어가는 자세를 취하고 근거지 쪽으로 위타천(韋陀天)[15]처럼 도망쳤다. 주인은 '도둑이야!' 하고 외친 것이 크게 성공했기에 다시 한 번 '도둑이야!' 하고 크게 외치면서 쫓아갔다. 하지만 그 적을 따라잡으려면 주인도 울타리를 넘어야 한다. 너무 깊이 들어가면 주인 스스로 도둑이 되고 말 것이다.

앞에서 말했다시피 주인은 어엿하게 피가 거꾸로 솟구치는 사람이다. 이렇게 기세를 타고 도둑을 쫓아가는 이상 자신이 도둑이 된다고 해도 쫓아갈 생각인지, 되돌아올 기색도 없이 울타리 바로 앞까지 나아갔다. 이제 한 발짝만 더 가면 도둑의 영역으로 들어가야 하는 찰나 적군 중에서 성긴 수염이 힘없이 자란 장군이 어슬렁어슬렁 출진해왔다. 두 사람은 울타리를 사이에 두고 무슨 담판을 벌이고 있었다. 들어보니 이런 시시한 이야기였다.

---

15 불법을 수호하는 신으로, 부처가 열반했을 때 속질귀(速疾鬼)가 부처의 치아를 훔쳐 달아나자 쫓아가 되찾았다는 전설이 있을 정도로 발이 빠르다.

"저 아이는 우리 학교 학생입니다."

"학생인 자가 왜 남의 집에 침입한답니까?"

"아니, 그게, 그만 공이 넘어가는 바람에."

"왜 미리 알리고 가지러 오지 않는답니까?"

"앞으로는 꼭 주의하도록 하겠습니다."

"그렇다면 됐소."

용쟁호투의 장관이 벌어질 거라고 예상한 교섭은 이처럼 산문적인 담판으로 아무 일 없이 신속하게 끝나고 말았다. 주인의 기세는 그저 마음가짐뿐이다. 막상 닥치고 나면 늘 이렇게 끝나고 만다. 마치 내가 호랑이 꿈에서 갑자기 고양이로 돌아온 것 같은 느낌이다. 나의 작은 사건은 바로 이를 말한다. 작은 사건을 기술한 뒤에는 순서에 따라 반드시 대사건을 이야기해야 한다.

주인은 객실 장지문을 열고 엎드린 채 뭔가 궁리하고 있다. 아마 적에 대한 방어책을 강구하고 있을 것이다. 낙운관은 수업 중인지 운동장은 의외로 조용하다. 다만 한 교실에서 윤리 강의를 하고 있는 소리가 손에 잡힐 듯이 들려온다. 낭랑한 음성으로 제법 그럴싸하게 늘어놓고 있는 소리를 듣자니 바로 어제 적진에서 출진해와 담판 임무를 수행했던 그 장군이다.

"……그래서 공중도덕이라는 것이 중요한데, 프랑스든 독일이든 영국이든 어디를 가봐도 이 공중도덕이 지켜지지 않는 나라는 없다. 또 아무리 천한 자라도 이 공중도덕을 중시하지 않는 자는 없다. 슬픈 일이게도 우리 일본은 아직 이런 점에서 외국과 맞설 수가 없다. 그러니 여러분 중에는 공중도덕이라고 하면 뭔가 외국에서 새로 수입해온 것으로 생각하는 학생이 있을지 모르는데, 그렇게 생각하는 것은 큰 잘못이다. 옛사람도 공자의 도는 충서(忠恕) 하나로 관통하고 있다고 했다. 이 서(恕)라는 게 바로 공중도덕의 출처다. 나도 인간이니 때로 큰소리로 노래를 부르고 싶은 때가 있다. 하지만 내가 공부하고 있을 때 옆 교실 학생들이 큰 소리로 노래 부르는 걸 들으면 도저히 책을 읽을 수 없는 것이 내 성격이다. 그래서 나도 당시선이라도 큰 소리로 읊으면 기분이 개운해질 거라고 생각할 때조차 만약 나처럼 불편해하는 사람이 옆집에 살고 있어 나도 모르게 그 사람을 방해하는 일이 있어서는 안 되겠다고 생각해서 늘 조심한다. 그러니 여러분도 되도록 공중도덕을 지켜, 적어도 다른 사람에게 방해가 되는 일은 절대 해서는 안 되는 것이다……"

주인은 귀를 기울여 이 강의를 경청하고 있었는데, 이야기가 여기에 이르자 히죽 웃었다. 잠깐 히죽 웃은 그 웃음의 의미를 설명할 필요가 있다. 빈정거리기 좋아하는 사람이 이걸 읽는다면, 히죽 웃은 그 웃음 뒤에는 냉소적인 요소가 섞여 있을 거라고 생각할 것이다. 하지만 주인은 결코 그렇게 나쁜 사내가 아니다. 나쁘다기보다 그렇게 지혜가 발달한 사내가 아닌 것이다. 주인은 정말 기뻐서 히죽 웃었던 것이다. 윤리 교사인 자가 그렇게 통절한 훈계를 했으니 앞으로는 영원히 덤덤탄의 난사에서 벗어날 수 있을 것임에 틀림없다. 당분간 머리도 벗겨지지 않을 것이고, 피가 거꾸로 솟구치는 일은 단번에 고쳐지지 않는다고 해도 때가 되면 점차 회복될 것이다. 젖은 수건을 얹고 고타쓰에서 몸을 녹이지 않아도, 나무 아래나 바위 위에서 잠을 청하지 않아도 될 것이라 판단했기에 히죽히죽 웃었던 것이다. 20세기인 오늘날에도 역시 빚은 반드시 갚아야 하는 것이라고 생각할 만큼 정직한 주인이 이 강의를 진지하게 들은 것은 당연한 일이다.

드디어 시간이 되었는지 강의가 뚝 그쳤다. 다른 교실의 수업도 함께 끝났다. 그러자 지금까지 교실 안에 밀봉되어 있던 8백 명의 일행은 함성을 지르며 건물 밖으로 뛰쳐나왔다. 그 기세는 30센티미터쯤 되는 벌집을 쑤셔 떨어뜨린 것 같았다. 붕붕, 웽웽하며 창문으로, 문으로, 여닫이문으로, 적어도 구멍이 뚫려 있는 곳이라면 어디서든 앞다투어 가차 없이 튀어나왔다. 이것이 대사건의 발단이다.

우선 벌의 진용부터 설명한다. 이런 전쟁에 진용이고 뭐고 어디 있겠느냐는 것은 잘못이다. 보통 사람은 전쟁이라고 하면 사허, 펑톈, 뤼순[16] 전쟁만 있고 다른 전쟁은 없는 것으로 생각한다. 다소 시를 아는 야만인이라면 아킬레우스가 헥토르의 주검을 질질 끌고 트로이의 성벽을 세 번 돌았다[17]든가 연나라 사람 장비가 장판교에서 장팔사모(丈八蛇矛)를 옆에 차고 조조의 백만 대군을 노려보는 것만으로 물리쳤다거나 하는 어마어마한 것만 연상한다. 연상이야 본인 마음이지만 그밖에는 전쟁이 없다고 생각하는 것은 좋지 않다.

태고의 무지몽매한 시대에는 그런 어처구니없는 전쟁이 있었는지 모르겠지만, 태평성대인 오늘날 대일본제국의 수도 한복판에서 그런 야만적인 행동이 일어난다는 것은 기적에 속한다. 아무리 소동이 일어난다고 해도 파출소를 불태우는 것 이상의 일이 일어날 염려는 없다. 그러고 보면 와룡굴의 주인 구샤미 선생과 낙운관 뒤쪽 8백 건아의 전쟁은 우선 도쿄 시가 생긴 이래 대전쟁의 하나로 손꼽을 만한 것이다.

16 모두 옛 만주의 지명으로 러일전쟁의 격전지다. 펑톈(奉天)은 선양(瀋陽)의 옛 명칭.
17 트로이 전쟁을 그린 호메로스의 서사시 『일리아드』에 나오는 이야기. 이 전쟁은 소아시아의 도시 트로이와 고대 그리스 도시들과의 싸움이고, 『일리아드』의 주인공 아킬레우스는 그리스의 영웅이며 헥토르는 트로이의 왕 프리아모스의 장남이다.

좌씨가 『춘추좌씨전』에서 언릉전(鄢陵戰)[18]을 기술할 때도 우선 적의 진영부터 서술했다. 고래로 서술에 능숙한 사람은 다들 이런 필법을 쓰는 것이 통례다. 그러니 내가 벌의 진용을 이야기하는 것도 별문제가 되지 않을 것이다. 그래서 먼저 벌의 진용이 어땠는가를 보면, 네모꼴 대나무 울타리 바깥쪽에 일렬종대로 늘어선 한 부대가 있다. 이는 주인을 전선 안으로 유인하는 임무를 띤 것으로 보인다.

"항복 안 할까?"

"안 해, 안 해."

"안 되겠다, 안 되겠어."

"안 나오는데."

"두 손 들고 나오지 않을까?"

"안 나올 리가 없지."

"짖어봐."

"멍멍."

"멍멍."

"멍멍멍멍."

그다음에는 일렬종대로 늘어선 전원이 함성을 질렀다. 일렬종대에서 오른쪽으로 약간 떨어진 운동장 쪽에는 포대가 요충지를 차지한 채 진지를 구축하고 있었다. 한 장군이 와룡굴을 향한 채 커다란 나무공이를 들고 대기하고 있다. 이와 10미터 간격을 두고 또 한 사람이서 있고, 나무공이 뒤에 또 한 사람이 서 있는데 이 사람은 와룡굴을 향하고 우뚝 서 있다. 이처럼 일직선으로 나란히 맞서고 있는 것이 포

---

18 공자의 『춘추』를 해설한 『춘추좌씨전』에서 서술이 가장 뛰어나다고 평가되는 것이 '언릉전' 대목이다. 소세키도 『문학론』에서 높이 평가했다.

대다.

어떤 사람의 주장에 따르면, 이는 베이스볼 연습이지 결코 전투 준비가 아니라고 한다. 나는 베이스볼이 뭔지 모르는 문외한이다. 그러나 듣자 하니 이는 미국에서 수입된 유희로, 오늘날 중학 이상의 학교에서 행해지는 운동 중에서 가장 유행하는 것이라 한다. 미국은 이상야릇한 것만 생각해내는 나라라서 포대로 착각하는 것도 당연하고, 이웃에 폐를 끼치는 유희를 일본인에게 가르쳐줄 만큼 친절했는지도 모른다. 또한 미국인은 이를 일종의 운동 유희로 여기고 있을 것이다. 하지만 순수한 유희라도 이처럼 이웃을 놀라게 하는 데 충분한 능력을 갖고 있는 이상 사용하기에 따라서는 충분히 포격용이 될 수도 있다.

내 눈으로 관찰한바, 그들은 이 운동 기술을 이용하여 전투의 공을 세우려고 기도하고 있는 것으로밖에 생각되지 않았다. 세상일이란 말하기에 따라 뭐든 될 수 있는 거다. 자선을 빙자하며 사기를 치고 인스피레이션이라 하며 피가 거꾸로 솟구치는 것을 기뻐하는 자가 있는 이상, 베이스볼이라는 유희를 빙자하여 전쟁을 하지 말라는 법도 없다. 혹자의 설명은 세상 일반의 베이스볼을 두고 하는 소리일 것이다. 지금 내가 말하는 베이스볼은 이 특별한 경우에 한한 베이스볼, 즉 성을 공격하는 포술인 것이다.

이제 덤덤탄을 발사하는 방법을 소개하기로 한다. 직선으로 배치된 포열 중의 한 사람이 덤덤탄을 오른손에 쥐고 나무공이를 든 자에게 던진다. 덤덤탄이 무엇으로 만들어졌는지 관계자가 아니면 알 수 없다. 딱딱하고 둥근 돌 경단 같은 것을 꼼꼼하게 가죽으로 싸서 꿰맨 것이다. 앞에서 말한 대로 이 탄환이 한 포병의 손에서 떠나 바람을 가르고 날아가면 맞은편에 선 한 사람이 예의 그 나무공이를 휘둘러 이를 친다. 가끔은 맞히지 못한 탄환이 뒤로 빠지는 경우도 있지만, 대개는 딱! 하고 큰 소리를 내며 날아간다. 그 기세가 굉장히 맹렬하다. 신경성 위염을 앓고 있는 주인의 머리쯤 쉽게 깨부술 수 있다. 포병은 그렇게 하는 것만으로 족하지만, 그 주위에는 구경꾼 겸 구원병이 구름 떼처럼 따라다닌다. 딱! 하고 나무공이가 경단을 맞추는 순간, 와하는 함성과 함께 아우성을 치고 짝짝짝 박수를 치며 얼씨구 한다. 맞았지? 한다. 이래도 모르겠어? 한다. 두 손 들었지? 한다. 항복 안 해? 한다.

이것뿐이라면 그래도 낫겠지만, 맞아 날아간 탄환은 세 번에 한 번 꼴로 반드시 와룡굴 안으로 굴러들어온다. 이것이 굴러들어가지 않으면 공격의 목적은 달성되지 않은 것이다. 근래 덤덤탄은 여러 곳에서 제조하지만 상당히 비싼 것이라서, 전쟁이긴 해도 그렇게 충분한 공급을 바랄 수는 없다. 대체로 한 부대의 포병에게 하나 내지 두 개 꼴이다. 딱! 하는 소리가 날 때마다 이 귀중한 탄환을 소비할 수는 없다. 그래서 그들은 탄환 줍기 부대라는 부대 하나를 두고 떨어진 탄환을 주워 온다. 괜찮은 데 떨어지면 주워 오는 데 애를 먹지 않지만, 풀밭이나 남의 집 안으로 날아가면 그리 쉽게 돌아오지 않는다. 그러므로 평소라면 되도록 고생을 피하려고 주워 오기 쉬운 곳으로 치는데, 지금은 반대로 한다. 목적이 유희에 있지 않고 전쟁에 있기 때문에 일부러 덤덤탄을 주인집 안으로 떨어지게 한다. 집 안에 떨어진 이상 집 안으로 들어가 주워 오지 않으면 안 된다. 집 안으로 들어가는 가장 간편한 방법은 네모꼴 대나무 울타리를 넘어가는 것이다. 네모꼴 대나무 울타리 안쪽에서 소동을 일으키면 주인이 화를 내지 않을 수 없다. 그렇지 않으면 투구를 벗고 항복해야 한다. 고심한 나머지 머리는 점점 벗겨지지 않을 수 없다.

지금 막 적군이 발사한 탄환은 조준이 빗나가지 않아 네모꼴 대나무 울타리를 넘어 오동나무 잎을 떨어뜨리고 제2의 성벽, 즉 대울타리에 명중했다. 상당히 큰 소리다. 뉴턴의 운동 제1법칙에 따르면, 일단 움직이기 시작한 물체는 다른 힘을 더하지 않으면 균일한 속도로 직선으로 움직인다. 만약 물체의 운동이 이 법칙에만 지배된다면 주인의 머리는 이때 아이스킬로스와 운명을 같이했을 것이다. 다행히 뉴턴은 운동 제1법칙을 정함과 동시에 제2법칙도 만들었기에 주인의 머리는 아슬아슬하게 목숨을 건졌다. 운동 제2법칙에 따르면, 운동의 변화는 더해진 힘에 비례하지만 그 힘이 작용하는 직선 방향에서 일어난다. 이것이 무슨 말인지 잘 모르겠지만, 이 덤덤탄이 대울타리를 꿰뚫고 장지문을 찢으며 주인의 머리를 깨부수지 않은 것을 보면 뉴턴 덕분임에 틀림없다. 잠시 후 아니나 다를까 적은 집 안으로 넘어온 듯했다.

"여기야?"

"좀 더 왼쪽 아니야?"

막대기를 가지고 조릿대 잎을 헤치는 소리가 들렸다. 대체로 적이 주인집 안으로 들어와 덤덤탄을 집어가는 경우에는 유난히 큰 소리를 낸다. 몰래 들어와 슬쩍 집어가면 중요한 목적을 달성할 수 없다. 덤덤탄이 귀중할지 모르지만 주인을 놀리는 것은 덤덤탄 이상으로 중요한 일이다. 이런 경우는 멀리서도 덤덤탄이 어디에 있는지 분명히 알 수 있다. 대울타리에 맞은 소리도 들을 수 있고, 부딪친 곳도 알 수 있다. 그래서 어디에 떨어졌는지도 알 수 있다. 그러니 얼마든지 조용히 집어갈 수 있다.

라이프니츠의 정의에 따르면, 공간은 동시에 존재할 수 있는 현상의 질서다. '가나다라마바사'는 언제나 같은 순서로 나타나고, 버드나무 밑에는 반드시 미꾸라지가 있으며, 박쥐에는 저녁달이 따르는 법이다. 울타리에 공은 어울리지 않을지도 모르지만, 매일매일 공을 남의 집 안으로 던져 넣는 자의 눈에는 그 공간의 배열이 익숙할 수밖에 없다. 한 번 보면 금방 알 수 있는 것이다. 그런데 이처럼 소동을 피우는 것은 필경 주인에게 전쟁을 거는 책략인 것이다.

이렇게 되면 아무리 소극적인 주인이라도 응전하지 않을 수 없다. 아까 객실에서 윤리 강의를 듣고 히죽히죽 웃고 있던 주인은 분연히 일어섰다. 맹렬히 뛰쳐나갔다. 돌진하여 적 하나를 생포했다. 주인으로서는 대성공이다. 대성공임에는 틀림없지만, 보아하니 열네댓 살짜리 어린애다. 수염이 난 주인의 적으로는 좀 어울리지 않는다. 하지만 주인은 이것으로 충분하다고 생각했을 것이다. 공손히 사과를 하는데도 억지로 툇마루 앞까지 끌고 왔다.

여기서 잠깐 적의 책략에 대해 한 마디 해둘 필요가 있다. 적은 어제 주인의 서슬 퍼런 태도를 보고 그런 상황이면 오늘도 반드시 직접 출진할 게 틀림없다고 생각했다. 그때 만일 도망치지 못하고 몸집이 큰 아이가 잡히면 성가시게 된다. 그렇다면 1학년이나 2학년짜리 어린애를 탄환 줍기에 보내 위험을 피하는 게 상책이다. 설령 주인이 어린애를 붙잡고 도리가 어쩌고 하는 이야기를 주절주절 늘어놓는다고 해도 낙운관의 명예와는 무관하고, 어른스럽지 못하게 어린애를 상대하는 주인만 치욕스러워질 뿐이다.

적의 생각은 이러했다. 이것이 평범한 인간이 하는 지극히 당연한 생각이다. 다만 적은 상대가 평범한 인간이 아니라는 사실을 계산에 넣는 걸 잊었을 뿐이다. 주인에게 이 정도의 상식이 있다면 어제처럼 뛰쳐나가지도 않는다. 거꾸로 치솟는 피는 평범한 인간을 평범한 인간 이상으로 끌어올리고, 상식이 있는 자에게 비상식을 주는 것이다. 여자라느니 어린애라느니 인력거꾼이라느니 마부라느니, 그런 분별이 있는 동안에는 아직 피가 거꾸로 솟구쳤다고 자랑하기에 부족하다. 주인처럼 상대도 되지 않는 중학교 1학년짜리를 생포하여 전쟁의 인질로 삼는 정도의 소견이 없다면 피가 거꾸로 치솟는 사람 사이에 끼일 수 없다.

딱한 이는 포로다. 단지 상급생의 명령으로 탄환 줍기에 나선 졸병 역할을 하다가 재수 없게 비상식적인 적장, 피가 거꾸로 솟구치는 일의 귀재에게 궁지에 몰려 담을 넘기는커녕 앞마당으로 끌려가 꿇어앉게 되고 말았다. 이렇게 되자 적군은 한가하게 아군의 치욕을 바라보고 있을 수만은 없었다. 앞을 다투어 네모꼴 대나무 울타리를 넘어와 출입구를 통해 마당 안으로 난입했다. 그 수는 약 한 다스쯤이었고, 주인 앞에 쭉 늘어섰다. 대부분 웃옷도 조끼도 입지 않았다. 하얀 셔츠의 팔을 걷어붙이고 팔짱을 끼고 있는 놈도 있다. 색 바랜 무명 플란넬을 살짝 등에만 걸친 놈도 있다. 그런가 하면 하얗고 튼튼한 면 셔츠에 까만 테두리를 두르고 가슴팍 한가운데에 까만 알파벳 글자를 붙인 멋쟁이도 있다. 다들 일기당천(一騎當千)의 맹장으로 보였는데, 까맣고 늠름하게 근육이 발달한 것이 마치 '도읍에서 먼 산골 지방에서 어젯밤에야 도착했습니다'라고 말하는 듯했다.

중학교 같은 데를 보내 학문을 시키기에는 아까울 지경이다. 어부나 선장을 시키면 필시 국가에 도움이 될 거라고 생각될 정도다. 그들은 약속이나 한 듯이 맨발에 바짓가랑이를 높이 걷어 올렸는데, 마치 근처에 난 불이라도 끄러 가는 것 같은 차림이었다. 그들은 주인 앞에 죽 늘어선 채 입을 꾹 다물고 한 마디도 하지 않았다. 주인도 입을 열지 않았다. 잠시 쌍방이 노려보며 대치하는 가운데 약간의 살기가 느껴졌다.

"너희들은 도둑놈들이냐?"

주인이 물었다. 대단한 기염이다. 어금니로 잘근잘근 씹은 울화통이 불꽃이 되어 콧구멍으로 빠져나와서 콧방울이 눈에 띄게 화난 것처럼 보인다. 에치고 사자춤을 출 때 쓰는 사자탈의 코는 화난 인간의 모습을 본떠 만든 모양이다. 그렇지 않고서야 그렇게 무섭게 만들 수 없다.

"아뇨, 도둑이 아닙니다. 낙운관의 학생입니다."

"거짓말하지 마. 낙운관 학생이라면 어떤 놈이 남의 집 마당에 무단으로 침입하겠느냐?"

"하지만 보시는 대로 이렇게 학교 마크가 달린 모자를 쓰고 있습니다."

"가짜겠지. 낙운관 학생이라면 왜 함부로 침입했느냐?"

"공이 넘어와서요."

"왜 공을 넘겼느냐?"

"생각지 않게 그냥 넘어왔습니다."

"괘씸한 놈이로고."

"앞으로 주의할 테니 이번 한 번만 용서해주십시오."

"어디 사는 어떤 자인지도 모르는 놈이 울타리를 넘어 집 안으로 침입했는데, 그리 쉽게 용서받을 줄 알았느냐?"

"그래도 낙운관 학생인 것은 틀림없으니까요."

"낙운관 학생이라면 몇 학년이냐?"

"3학년입니다."

"정말이지?"

"네."

주인은 안쪽을 돌아보며 소리를 질렀다.

"이봐라, 누구 없느냐?"

"네에."

사이타마 출신의 하녀가 장지문을 열고 얼굴을 내밀며 대답했다.

"낙운관에 가서 누구 좀 데려오너라."

"누굴 데려올까요?"

"누구든 상관없으니 데려오기나 해."

"네에."

하녀는 대답은 그렇게 했지만, 마당의 광경이 너무나 묘한 데다 심부름의 내용이 확실하지 않고 또 아까부터 지켜본 사건이 어이가 없고 우스워서 이러지도 저러지도 못한 채 히죽히죽 웃고만 있었다. 이래 봬도 주인은 대전쟁을 치르고 있다고 생각하고 있다. 피가 거꾸로 치솟는 솜씨를 실컷 발휘하고 있다고 생각하고 있다. 그런데 당연히 자기편을 들어야 할 하녀가 진지한 태도로 일에 임하지 않을 뿐만 아니라 심부름을 시켰는데도 히죽히죽 웃고만 있다. 점점 더 피가 거꾸로 솟구치지 않을 수 없다.

"아무나 상관없으니 불러오라고 일렀거늘, 무슨 말인지 모르겠느냐? 교장이든 간사든 교감이든……"

"그 교장 선생님을……"

하녀는 교장이라는 말밖에 모른다.

"교장이든 간사든 교감이든 아무나 불러오라고 하는데 무슨 말인지 모르겠느냐?"

"아무도 없으면 사환이라도 괜찮을까요?"

"이런 바보 같기는, 사환이 뭘 알겠느냐?"

"네에."

그제야 하녀도 어쩔 수 없다고 생각했는지 순순히 대답하고 나갔다. 역시 심부름의 의도를 이해하지 못하고 있었다. 사환이라도 끌고 오지 않을까 걱정하고 있는데, 예의 윤리 선생이 대문으로 들어오리라는 걸 어찌 생각이나 했겠는가. 태연히 자리에 앉는 걸 기다리고 있던 주인은 곧바로 담판에 들어갔다.

"방금 이자들이 집 안으로 난입하야⋯⋯"

『주신구라(忠臣藏)』[19]에나 나올 법한 고풍스런 말로 시작했으나 다소 빈정거리는 말투로 끝을 맺었다.

"정말 댁네 학교 학생이 맞는지요?"

윤리 선생은 그다지 놀란 기색도 없이 태연히, 마당에 늘어서 있는 용사들을 한 번 쓱 훑어보고는 다시 주인에게 눈을 돌리고 이렇게 대답했다.

"그렇습니다. 다들 우리 학교 학생들입니다. 이런 일이 없도록 늘 훈계를 하고 있습니다만⋯⋯ 도무지 쉬운 일이 아니라서⋯⋯ 너희들 울타리는 왜 넘었어?"

과연 학생은 학생이다. 윤리 선생에게는 할 말이 없는 듯 다들 입을 다물고 있었다. 얌전히 마당 구석에 모여, 양 떼가 눈을 만난 것처럼

---

19 1701년 아코 번의 47명의 낭인이 주군의 원수를 갚고 할복한 사건을 다룬 일본의 대표적인 고전 문학 작품.

기다리고 있었다.

"공이 넘어오는 것도 어쩔 수 없는 일이지요. 이렇게 학교 옆에 살고 있는 이상, 때때로 공도 날아오겠지요. 하지만…… 너무 난폭하니까요. 설사 울타리를 넘어온다고 해도 아무도 모르게 살짝 집어간다면야 그래도 참을 만하겠지만……"

"지당한 말씀입니다. 늘 주의를 주고 있습니다만 워낙 수가 많은 터라…… 앞으로는 절대 조심하도록. 만약 공이 날아가면 대문으로 돌아와서 양해를 구하고 주워 가야 해. 알았지? 여러모로 애를 쓰는 데도 넓은 학교 일이라 어쩔 수가 없습니다. 운동은 교육상 필요한 것이라서 아무래도 못하게 할 수도 없는 노릇이고, 그렇다고 이를 허락하면 폐를 끼치는 일이 생기니, 아무튼 이 점 널리 이해해주시기 바랍니다. 그 대신 앞으로는 반드시 대문으로 돌아와 양해를 구하고 주워 가도록 하겠습니다."

"아니, 뭐 알았으면 됐습니다. 공은 얼마든지 던져도 좋습니다. 대문으로 들어와 잠깐 양해를 구한다면 상관없습니다. 그럼 이 학생은 선생님께 넘길 테니 데려가시지요. 일부러 이렇게 오시라고 해서 정말 죄송합니다."

주인은 늘 그렇듯이 용두사미격의 인사를 했다. 윤리 선생은 도읍에서 먼 산골에서 당도한 맹장들을 데리고 대문을 통해 낙운관으로 물러갔다. 내가 말하는 대사건은 이것으로 일단락되었다. 이게 무슨 대사건이냐고 비웃어도 좋다. 그런 사람에게는 대사건이 아닐 뿐이다. 나는 주인의 대사건을 기술한 것이지 그런 사람의 대사건을 기술한 게 아니다. 흐지부지 끝나 강노말세 불능천노호(強弩末勢不能穿魯縞)[20]라고 험담하는 사람이 있다면, 이것이 주인의 특징이라는 것을 기억해주었으면 한다. 주인이 해학적인 글의 재료가 되는 것 또한 그 특징에 있다는 것을 기억해주었으면 좋겠다. 열네댓 살의 어린애를 상대하는 것은 바보나 하는 짓이라고 한다면, 나도 바보임에 틀림없다는 데 동의한다. 그래서 오마치 게이게쓰는 주인을 붙들고 아직 치기를 벗어나지 못했다고 말하는 것이다.[21]

나는 앞서 작은 사건을 썼고, 지금 다시 대사건을 썼으니 이제 대사건 후에 일어난 여담을 써서 전체 글을 마무리할 생각이다. 대체로 내가 쓴 것은 입에서 나오는 대로 적당히 쓴 것이라 생각하는 독자도 있을지 모르지만, 나는 결코 그렇게 경솔한 고양이가 아니다. 한 글자 한 구절 안에 우주의 오묘한 이치를 담은 것은 물론이고, 그 한 글자 한 구절이 층층이 연속되면 수미가 상응하고 전후가 호응하여, 자질구레한 이야기라 여기며 무심코 읽었던 것이 홀연 표변하여 예사롭지 않은 법어(法語)가 되니, 아무렇게나 누워서 읽거나 발을 뻗고 한꺼번에 다섯 줄씩 읽는 무례는 절대 범해서는 안 된다. 당나라의 문인 유종원(柳宗元)은 한유(韓愈)의 글을 읽을 때마다 장미수로 손을 씻었다고 한 만큼, 나의 글에 대해서는 적어도 자기 돈으로 잡지[22]를 사와 읽어야지 친구가 읽다 만 것으로 임시변통하는 무례만은 범하지 않기를 바란다.

앞으로 기술하는 것은 나 스스로 여담이라 했는데, 여담이라면 어차

---

20 강한 쇠뇌로 쏜 화살도 그 힘이 다하는 먼 곳에 이르러서는 얇은 비단조차 뚫지 못한다는 뜻.

21 오마치 게이게쓰의 비평은 앞에서 말한 《다이요》에 게재된 글을 말한다. 소세키는 다카하마 교시에게 보낸 1905년 12월 4일자 편지에 "천하에 게이게쓰만큼 치기 어린 싸구려 글을 쓰는 자는 없다"고 썼다.

22 이 작품이 실린 잡지 《호토토기스》를 말한다.

피 시시할 게 뻔하니 읽지 않아도 좋을 거라고 생각한다면 무척 후회하게 될 것이다. 무슨 일이 있어도 끝까지 정독하지 않으면 안 된다.

대사건이 벌어진 다음 날, 나는 잠시 산책을 하고 싶어 밖으로 나갔다. 그런데 건너편 골목으로 접어드는 모퉁이에서 가네다 씨와 스즈키 씨가 선 채 열심히 이야기를 나누고 있었다. 가네다 씨는 인력거를 타고 집으로 돌아가는 길이었고, 스즈키 씨는 가네다 씨가 집에 없는 틈에 방문했다가 돌아가는 참이었는데 우연히 딱 마주친 것이었다. 근래에는 가네다 씨 집에 특별한 일이 없었기에 그쪽으로는 좀처럼 발길을 하지 않았는데, 이렇게 보게 되니 어쩐지 반가웠다. 스즈키 씨도 참 오랜만이니 멀리서나마 얼굴을 볼 영광을 얻기로 하자, 이렇게 결심하고 어슬렁어슬렁 두 사람이 서 있는 곳 가까이 다가가니 자연스럽게 두 사람의 대화가 귀에 들어왔다. 이는 내 잘못이 아니다. 이야기하는 쪽이 나쁜 거다. 가네다 씨는 탐정까지 붙여 주인의 동정을 살필 정도의 양심을 가지고 있는 남자이니 우연히 내가 그의 대화를 엿듣는다고 해서 화를 낼 염려는 없을 것이다. 만약 화를 낸다면 그는 공평이라는 말의 의미를 알지 못하는 것이다. 어쨌든 나는 두 사람의 대화를 들었다. 듣고 싶어서 들은 게 아니다. 듣고 싶지도 않은데 대화가 내 귀로 뛰어든 것이다.

"그렇지 않아도 방금 댁에 들렀다 오는 길인데, 이렇게 뵙게 되어 다행입니다."

"음, 그런가. 사실 나도 얼마 전부터 자넬 좀 봤으면 싶었는데, 마침 잘됐네."

"네, 그거 참 잘되었습니다. 무슨 용건이라도……"

"아니, 뭐 별일은 아니네. 어떻든 상관이야 없지만 자네가 아니면 할 수 없는 일이라네."

"제가 할 수 있는 일이라면 무슨 일이든 하겠습니다. 무슨 일인지요?"

"음, 그게……"

가네다 씨는 생각에 잠겼다.

"뭣하시면 편하실 때 다시 찾아뵙겠습니다. 언제가 좋겠습니까?"

"뭐, 그리 대단한 일은 아니네…… 모처럼 만났으니 그럼 부탁해볼까."

"모쪼록 사양치 마시고……"

"그 괴짜 말이네. 아, 자네의 옛 친구라는 사람 말일세. 구샤민가 뭔가 하는 사람 있잖은가."

"예, 구샤미한테 무슨 일이라도 있습니까?"

"아니, 아무 일도 없네만. 그 사건 후로 속이 뒤집어져서 말이야."

"그럴 만도 하시겠지요. 구샤미는 정말 거만하니까요…… 조금은 자신의 사회적 지위를 생각해도 좋을 텐데, 정말 안하무인이니까요."

"바로 그런 점이네. 돈에 머리를 숙이지 않겠다느니 사업가 따위가 어떻다느니 여러 가지로 건방진 말을 해대니 말일세. 그렇다면 사업가의 뜨거운 맛을 보여주자고 생각하고 있네. 얼마 전부터 상당히 난처해하는 것 같기는 한데, 역시 잘 버티고 있네. 정말 끈질긴 놈이야. 놀랐네."

"아무래도 이해득실 개념이 희박한 녀석이라 앞뒤 생각하지 않고 오기를 부리는 거겠지요. 옛날부터 그런 버릇이 있는 녀석입니다. 다시 말해 자신에게 손해가 되는 일인지 어떤지도 모르니 구제불능 아니겠습니까."

"아하하하하, 정말 구제불능이야. 이런저런 수단을 다 써봤는데, 결국 학교 학생들한테 시켰지."

"그거 정말 묘안이네요. 효과가 있었습니까?"

"거기에는 녀석도 상당히 곤란해하는 것 같더군. 머지않아 두 손 들고 나오지 않을까 싶네."

"그거 참 잘됐네요. 아무리 큰소리쳐봤자 다수한테는 못 당하니까요."

"그렇지, 혼자서는 어쩔 수 없지. 그래서 상당히 난처해하는 것 같긴 한데, 어떻게 하고 있는지 자네가 한번 가봤으면 해서 말이네."

"예, 그렇습니까? 그야 간단한 일입니다. 금방 가보지요. 상황은 돌아가는 길에 보고해드리기로 하겠습니다. 재미있겠는데요, 그 고집불통이 의기소침해 있는 꼴이라니, 아마 볼 만할 겁니다."

"아, 그럼 돌아가는 길에 들르게, 기다리고 있을 테니."

"그럼 가보겠습니다."

아니, 이번에도 역시 책략이다. 역시 사업가의 세력은 대단하다. 석탄재 같은 주인의 피를 거꾸로 솟구치게 하는 것도, 고민한 결과 주인의 머리가 파리조차 미끄러지는 험한 곳이 되는 것도, 그 머리가 아이스킬로스와 같은 운명에 빠지는 것도 모두 사업가의 세력 때문이다. 지구가 지축을 회전하는 것은 무슨 작용인지 모르겠으나 세상을 움직이는 것은 분명히 돈이다. 이 돈의 공력을 알고, 이 돈의 위광을 자유롭게 발휘하는 것은 사업가들 말고는 한 사람도 없다. 태양이 무사히 동쪽에서 뜨고 무사히 서쪽으로 지는 것도 모두 사업가 덕이다. 지금까지는 벽창호인 가난한 학자 집에서 사느라 사업가의 공덕을 알지 못한 것은 내가 생각해도 불찰이었다. 그런데 무지한 주인도 이번에는 좀 깨달은 바가 있을 것이다. 이런데도 무지하게 끝까지 버틸 생각이라면 위험하다. 주인의 가장 귀중한 목숨이 위험하다. 그가 스즈키 씨를 만나 어떤 말로 대응할지 모른다. 그 대응을 보면 그의 깨달음의 상태는 저절로 밝혀질 것이다. 꾸물거리고 있을 때가 아니다. 고양이라도 주인의 일이니 무척 걱정된다. 부랴부랴 스즈키 씨를 앞질러 먼저 집으로 돌아갔다.

스즈키 씨는 여전히 요령 좋은 사내다. 오늘은 가네다 씨에 대해서는 전혀 입 밖에 내지 않는다. 어련무던한 세상 돌아가는 이야기를 재미있다는 듯 열심히 늘어놓고 있다.

"자네, 안색이 좀 안 좋은 것 같은데, 어디 안 좋은 데라도 있나?"

"특별히 안 좋은 데는 없네."

"그래도 창백하니, 조심하지 않으면 안 되네. 날씨도 좋지 않으니 말일세. 밤엔 잘 자나?"

"음."

"무슨 걱정거리라도 있나? 내가 할 수 있는 일이라면 뭐든지 함세. 사양하지 말고 얘기해보게."

"걱정거리라니, 무슨?"

"아니, 없으면 말고, 만약 있다면 얘기해보라는 걸세. 몸에는 걱정이 제일 안 좋은 거니까. 세상은 웃고 즐겁게 사는 게 최고네. 아무래도 자네는 너무 음침한 것 같으이."

"웃는 것도 독이니까. 함부로 웃다가 죽는 일도 있다네."

"농담하면 못쓰네. 소문만복래(笑門萬福來)라는 말도 있지 않나."

"옛날 그리스에 크리시포스[23]라는 철학자가 있었는데, 자네는 잘 모

23 크리시포스(Chrysippos, 기원전 280?~기원전 207?). 스토아 철학을 처음으로 체계화한 철학자.

를 거네."

"모르네. 그 사람이 어쨌는데?"

"그 사람이 너무 웃다가 죽었네."

"뭐? 거참 신기하구먼. 하지만 그건 옛날 일 아닌가."

"예나 지금이나 무에 그리 다르겠는가. 당나귀가 은사발에 담긴 무화과를 먹는 걸 보고 웃음을 참지 못하고 마구 웃었다네. 그런데 아무리 해도 웃음이 그치지 않았지. 결국 웃다 죽었네."

"하하하하, 하지만 그렇게 한없이 웃을 것까지야 없지. 조금 웃는 거지, 적당하게. 그러면 기분이 좋아지네."

스즈키 씨가 열심히 주인의 동정을 살피고 있을 때 대문이 드르륵 열렸다. 손님인가 했더니 그것도 아니었다.

"저기, 공이 넘어와서요, 좀 주워 가겠습니다."

"네."

하녀가 부엌에서 대답했다. 학생은 집 뒤편으로 돌아갔다. 스즈키 씨는 묘한 얼굴로 물었다.

"무슨 일인가?"

"뒤쪽 학생이 공을 마당으로 던진 거라네."

"뒤쪽 학생? 뒤쪽에 학생이 있나?"

"낙운관이라는 학교가 있다네."

"아아, 그런가, 학교가 있구먼. 꽤나 시끄럽겠는걸."

"시끄러운 정도가 아니네. 제대로 공부도 할 수 없다네. 내가 문부대신이라면 당장 폐쇄하라고 했을 걸세."

"하하하하, 화가 단단히 난 모양이로군. 뭔가 부아가 난 일이라도 있는가?"

"있다마다. 아침부터 밤까지 계속 부아가 난 상태라네."

"그렇게 부아가 난다면, 이사 가면 될 일 아닌가?"

"이사를 가긴, 누가, 천만의 말씀이지."

"나한테 화를 내봐야 무슨 소용인가. 뭐, 애들 아닌가, 치게 두면 될 일이지."

"자네야 괜찮겠지만 난 괜찮지 않네. 어제는 교사를 불러다 담판을 지었네."

"그거 재미있었겠군. 미안해했겠구면."

"음."

그때 다시 문이 열리고 소리가 들렸다.

"공이 넘어와서요, 좀 주워 가겠습니다."

"이야, 이거 어지간히 오는군. 또 공이라네."

"음, 대문으로 들어오기로 약속을 받았다네."

"아하, 그래서 저렇게 오는 것이로군. 그래, 알았네."

"뭘 알았단 말인가?"

"아니, 공을 주우러 오는 원인 말이네."

"오늘만 벌써 열여섯 번째라네."

"자네는 시끄럽지도 않나? 오지 않게 하면 되잖은가."

"오지 않게 하다니, 오는 건 어쩔 수 없지 않은가."

"어쩔 수 없다면 그만이지만, 그리 고집을 부리지 않아도 좋지 않나 그 말이네. 사람은 모가 나면 세상 굴러가는 게 힘들어서 손해라네. 둥근 것은 데굴데굴 어디라도 힘들이지 않고 갈 수 있지만, 네모난 것은 굴러가기 힘들기만 하지 않은가. 굴러갈 때마다 모가 닿아서 아픈 법이네. 어차피 자기 혼자만 사는 세상도 아니고, 그렇게 자기 생각대로 되지도 않네. 뭐, 어떤가. 하여튼 돈 있는 사람한테 반항하면 자기만 손해라네. 신경만 쓰이고 몸만 나빠질 뿐이고 남이 칭찬해주지도 않지. 상대는 아무렇지도 않네. 가만히 앉아서 다른 사람한테 시키기만 하면 되니까. 어차피 중과부적(衆寡不敵)이니 당해낼 수 없다는 건 알고 있지 않나. 고집을 피우는 것도 좋지만 끝까지 고집만 부리다가는 자기 공부에 방해가 되고 매일 업무에 지장만 초래하고, 결국에는 아무리 애를 써도 고생한 보람도 없는 헛수고가 될 뿐이네."

"죄송합니다. 지금 공이 날아왔는데, 뒤쪽으로 돌아가 주워 가도 되겠습니까?"

"거 보게, 또 오지 않았나."

스즈키 씨는 웃었다.

"무례하기는."

주인 얼굴이 시뻘게졌다.

"그럼 이만 가보겠네. 자네도 좀 놀러 오게나."

스즈키 씨는 이제 방문 목적을 대체로 달성했다고 생각했기에 이렇게 말하고 돌아갔다.

스즈키 씨와 교대라도 하듯 아마키 선생이 찾아왔다. 예로부터 자주 피가 거꾸로 솟구치는 사람이 스스로 그렇다고 인정하는 예는 그리 많지 않다. 이거 좀 이상하군, 하고 깨달았을 때는 피가 거꾸로 솟구치는 것도 이미 한 고비를 넘어섰을 때다. 주인은 어제 대사건이 일어났을 때 피가 거꾸로 솟구치는 것이 최고조에 달했는데, 담판이 용두사미 격이기는 했으나 그럭저럭 매듭이 지어졌기에 그날 밤 서재에서 곰곰이 생각해보니 좀 이상한 것 같았다. 다만 낙운관이 이상한 건지 자신이 이상한 건지 의문의 여지는 충분했지만, 어쨌든 이상한 건 틀림없었다. 아무리 중학교 옆에 거처를 두었다지만 이처럼 일 년 내내 짜증이 나는 것은 좀 이상한 것 같았다. 이상하다면 어떻게든 해야 한다. 어떻게 해본들 별 도리가 없다. 역시 의사가 처방해주는 약이라도 먹고 짜증의 원인에 뇌물이라도 써서 달래는 것 말고는 방법이 없다. 이렇게 깨닫고 나니 평소 단골로 부르던 아마키 선생을 불러 진찰을 받아보자고 생각한 것이다. 현명한 건지 어리석은 건지 그 문제는 별도로 하고, 어쨌든 자신의 피가 거꾸로 솟구치는 것을 알았다는 것만큼은 대견하고 기특한 일이라 하지 않을 수 없다.

"어떻습니까?"

아마키 선생은 여느 때처럼 싱글벙글 웃는 얼굴로 차분히 물었다. 의사는 대개 어떠냐고 묻기 마련이다. 나는 '어떻습니까?'라고 물어보지 않는 의사는 아무래도 믿음이 가지 않는다.

"선생님, 아무래도 효과가 없습니다."

"아니, 그럴 리가 있겠습니까?"

"대체 의사가 처방해준 약은 듣는 건가요?"

아마키 선생은 놀랐지만 성품이 워낙 온후한 어른이라 그다지 격해진 기색도 없이 평온하게 대답했다.

"듣지 않는 일은 없습니다."

"제 위장병은 아무리 약을 먹어도 차도가 없어서요."

"절대 그런 일은 없습니다."

"그럴까요? 조금은 나아지는 건가요?"

주인은 이렇게 자신의 위에 대해 남에게 물어보았다.

"그렇게 갑자기는 낫지 않습니다. 차츰 나아질 겁니다. 지금도 처음보다는 꽤 좋아졌습니다."

"그럴까요?"

"여전히 짜증이 납니까?"

"나고말고요. 꿈에서까지 짜증을 부립니다."

"운동이라도 좀 하시면 좋을 텐데요."

"운동을 하면 더 짜증이 납니다."

아마키 선생도 어처구니가 없는 모양이었다.

"어디 한번 볼까요?"

아마키 선생은 진찰을 시작했다. 진찰이 끝나기를 기다리지 못한 주인이 갑자기 큰 소리로 물었다.

"선생님, 얼마 전에 최면술에 대해 쓴 책을 읽었더니 최면술을 응용해서 손버릇이 나쁘다든가 하는 여러 가지 병을 고칠 수 있다고 하던데, 정말인가요?"

"예, 그런 치료법도 있습니다."

"지금도 하고 있습니까?"

"예."

"최면을 거는 건 어려운 일인가요?"

"뭐, 어렵지는 않습니다. 저도 자주 합니다."

"선생님도 하신다고요?"

"예, 한번 해볼까요? 누구든 걸리게 되어 있습니다. 선생님만 괜찮다면 걸어볼까요?"

"그거 재미있겠네요, 한번 걸어주세요. 저도 진작부터 한번 걸려보고 싶었거든요. 하지만 최면에 걸렸다가 깨어나지 못하면 곤란한데."

"아니, 괜찮습니다. 그럼 시작해볼까요?"

의논은 순식간에 결정되어 주인은 드디어 최면에 걸리게 되었다.

나는 지금까지 이런 일을 본 적이 없었기에 은근히 기뻐하며 그 결과를 객실 구석에서 지켜보고 있었다. 아마키 선생은 우선 주인의 눈에서부터 최면을 걸기 시작했다. 지켜보고 있었더니 그 방법이라는 것은 두 눈의 눈꺼풀을 위에서 아래로 쓸어내리는 것이었다. 주인이 이미 눈을 감고 있는데도 계속해서 같은 방향으로 쓸어내리며 길을 들이는 것 같았다. 잠시 후 아마키 선생은 주인에게 물었다.

"이렇게 눈꺼풀을 쓸어내리니 눈이 점점 무거워지지요?"

"정말, 무거워지는데요."

주인이 대답했다. 선생은 여전히 같은 식으로 쓸어내리며 말했다.

"점점 무거워집니다. 괜찮습니까?"

주인은 최면에 걸린 것인지 아무 말도 하지 않았다. 똑같은 마찰법이 다시 3, 4분간 반복되었다. 마지막에 아마키 선생이 말했다.

"자, 이제 눈을 뜰 수 없습니다."

가엾게도 주인의 눈은 드디어 멀고 말았다.

"이제 뜰 수 없습니까?"

"예, 이제 뜰 수 없습니다."

주인은 잠자코 눈을 감고 있었다. 나는 이제 주인이 장님이 되어버렸다고 믿었다. 잠시 후 아마키 선생이 말했다.

"뜰 수 있으면 어디 떠보세요. 절대 뜰 수 없을 테니까요."

"그런가요?"

이렇게 말하자마자 주인은 평소처럼 두 눈을 번쩍 떴다.

"걸리지 않았네요."

주인이 히죽히죽 웃으면서 이렇게 말하자 아마키 선생도 따라 웃으면서 말했다.

"예예, 걸리지 않았습니다."

최면술은 끝내 성공을 거두지 못했다. 아마키 선생도 돌아갔다.

그다음에 온 이가…… 주인집에 이렇게 많은 손님이 온 적은 없다. 교제가 적은 주인집으로서는 거짓말 같았다. 하지만 온 것은 틀림없다. 게다가 진기한 손님이 왔다. 내가 이 진기한 손님에 대해 한 마디라도 기술하는 것은 그냥 진기한 손님이어서가 아니다. 앞에서 말한 대로 나는 대사건의 여담을 기술하고 있다. 그런데 이 진기한 손님이야말로 이 여담을 기술하는 데 빼놓을 수 없는 재료다. 이름이 어떻게 되는지는 모른다. 다만 얼굴이 길쭉한 데다 산양 같은 수염을 기른 마흔 전후의 사내라고 하면 될 것이다. 메이테이 선생을 미학자라고 했으니 나는 이 사내를 철학자라고 부를 생각이다. 왜 철학자인고 하니, 메이테이 선생처럼 특별히 자신이 미학자라고 떠벌려서가 아니다. 단지 주인과 대화를 나누는 모습을 보고 있노라면 너무나도 철학자답다는 생각이 들기 때문이다. 이 사람도 옛날 동창인 모양인지, 두 사람 다 무척 격의 없이 대했다.

"음, 메이테이 말인가, 그 사람은 연못에 떠 있는 금붕어 먹이처럼 둥실둥실 떠다니지. 지난번에 친구를 데리고 일면식도 없는 귀족의 저택 앞을 지나다가 잠깐 들러서 차 한 잔 마시고 가자며 끌고 들어갔다더군. 꽤나 한가한 사람이야."

"그래서 어떻게 되었다던가?"

"어떻게 되었는지는 물어보지도 않았네만…… 그래, 타고난 기인 아닌가. 그 대신 생각이고 뭐고 아무것도 없는 딱 금붕어 먹이야. 스즈키 말인가…… 그 사람이 여기 온다는 말인가? 이야, 그 사람은 사리에 밝지는 않아도 요령 좋게 처신하지. 금시계를 차고 다닐 만한 사람이야. 하지만 속이 깊지 못해 안정감이 없으니 문제지. 원만하게, 원만하게를 떠들지만 원만하게라는 말의 뜻도 제대로 몰라. 메이테이가 금붕어 먹이라면 그 사람은 지푸라기로 묶은 곤약이지. 그저 못되게 뺀질뺀질하고 벌벌 떨고 있을 뿐이야."

주인은 이 기발한 비유를 듣고 무척 감동한 듯 오랜만에 큰 소리로 웃었다.

"그렇다면 자네는 뭔가?"

"나 말인가, 글쎄, 나 같은 사람은…… 뭐, 참마 정도 되겠지. 길쭉하게 진흙 속에 묻혀 있지."

"자네는 늘 태연하고 참 마음이 편해 보여, 정말 부럽네."

"아니, 보통 사람과 똑같지 뭐. 특별히 부러워할 만한 정도는 아니네. 다행히 다른 사람을 부러워할 마음은 일지 않으니, 그것만은 괜찮네."

"요즘 살림은 풍족한가?"

"뭐, 다 똑같지. 족하기도 하고 부족하기도 하고. 하지만 먹고살고는 있으니 괜찮네. 드물지도 않은 일이지."

"나는 불쾌하고 짜증이 나 견딜 수가 없네. 어디에나 불평뿐이지."

"불평도 괜찮네. 불평이 생겨 털어놓고 나면 그래도 당분간은 기분이 좋아지니까. 사람은 다 다른 법이라서 그렇게 자기처럼 되라고 해 봤자 될 수 있는 게 아니지. 젓가락은 다른 사람처럼 쥐지 않으면 밥 먹기가 힘들지만, 빵은 자기 마음대로 자르는 것이 가장 좋은 것 같네. 실력 있는 양복점에서 옷을 맞추면 처음 입을 때부터 몸에 맞는 것을 갖고 오는데, 솜씨 없는 양복점에서 맞추면 한동안 참지 않으면 안 되네. 하지만 세상은 참 교묘해서 입고 있는 사이에 양복이 내 골격에 맞춰주니까 말이야. 훌륭한 부모가 지금 세상에 맞도록 솜씨 좋게 낳아주면 그게 행복이지만, 그렇게 안 되면 세상에 맞지 않은 채 참든가 아니면 세상이 맞춰줄 때까지 견디는 것 말고는 다른 길이 없겠지."

"하지만 나 같은 사람은 아무리 지나도 맞을 것 같지 않네, 어쩐지 마음이 안 놓여."

"잘 맞지 않는 양복을 억지로 입으면 터지고 마네. 싸움을 하거나 자살을 하거나 소동이 일어나지. 하지만 자네는 그저 재미없다고 말만 할 뿐 자살을 하지 않은 것은 물론이고 싸움도 해본 일이 없을 거네. 그런대로 괜찮은 편이지."

"그런데 매일 싸움만 하고 있네. 상대가 없어도 화를 내고 있으면 싸움하는 거 아닌가?"

"그러니까 혼자 싸운다는 말이군. 재미있겠는걸. 얼마든지 싸우는 게 좋겠지."

"그것도 질렸네."

"그럼 그만두게."

"자네 앞이니 하는 말이네만, 내 마음이라고 해서 그렇게 자유롭게 되는 게 아니네."

"아니, 대체 뭐가 그리 불만인가?"

그제야 주인은 낙운관 사건을 비롯해 질그릇으로 만든 너구리에서 핀스케, 기샤고, 그 밖의 온갖 불만을 거침없이 철학자 앞에 늘어놓았다. 철학자 선생은 잠자코 듣고 있다가 마침내 입을 열고 주인에게 이렇게 말하기 시작했다.

"핀스케나 기샤고가 무슨 말을 하건 모르는 체하고 있으면 되지 않은가. 어차피 시시한 얘기일 테니까. 중학교 학생 따위를 신경 쓸 가치가 어디 있겠나. 뭐, 방해가 된다고? 담판을 짓는다고 해도, 싸움을 한다고 해도 그 방해가 없어지지는 않지 않은가. 그런 점에서 볼 때 나는 서양인보다 옛날 일본인이 훨씬 더 대단하다고 생각하네. 요즘 적극적, 적극적이라며 서양인의 방식이 상당히 유행하는 것 같은데, 그건 큰 결점을 갖고 있네. 무엇보다 적극적이라고 하는 건 한계가 없는 이야기 아닌가. 아무리 적극적으로 한다고 해도 만족이라는 영역이나 완전이라는 지경에 이를 수는 없다는 말이네. 맞은편에 노송나무가 있다고 하세. 그게 시야를 가린다고 없애버리면, 그 너머에 하숙집이 또 방해가 되네. 하숙집을 철거하게 하면 그다음 집이 또 눈에 거슬리게 되지. 아무리 가도 끝이 없는 이야기라는 거지. 서양인의 방식이라는 게 다 이런 거네. 나폴레옹도 그렇고 알렉산드로스도 그렇고, 이겨서 만족한 이는 한 사람도 없었네. 사람이 마음에 들지 않는다고 싸움을 하고, 상대가 손을 들지 않으면 법정에 호소하고, 결국 법정에서는 이기겠지. 하지만 그것으로 결말이 났다고 생각하는 것은 잘못이네. 아무리 안달한다고 해도 죽을 때까지 마음의 결말이라는 건 나는 게 아니라는 거지.

과두정치가 안 되니까 대의정치를 하고, 대의정치가 안 되면 또 다른 것이 하고 싶어지지. 강이 건방지다고 다리를 놓고, 산이 마음에 들지 않는다며 터널을 파네. 교통이 귀찮다며 철도를 깔지. 그렇다고 영원한 만족을 얻을 수는 없네. 그래봤자 인간인데, 얼마나 적극적으로 자기 뜻을 관철할 수 있겠나. 서양 문명은 적극적이고 진취적일지는 모르겠으나 결국 만족하지 못하고 평생을 보내는 사람이 만든 문명인 셈이지. 일본 문명은 자기 이외의 상태를 변화시켜 만족을 구하려는 게 아니네. 서양과의 큰 차이점은, 근본적으로 주위 조건이 바뀌어서는 안 된다는 가정하에서 발달했다는 점이지. 서양 사람들처럼 부모 자식 관계가 좋지 못하다며 그 관계를 개량해서 안정을 찾으려고 하지 않네. 부모 자식 관계는 지금까지 있었던 그대로 도저히 바뀔 수 없는 것으로 생각하고, 그런 관계에서 안정을 찾을 수 있는 수단을 강구하지. 부부 관계나 군신 관계도 그렇고, 무사와 평민도 그렇고, 자연 자체를 보는 것도 그러하네.

이웃한 지역으로 가야 하는데 산이 가로막고 있다면 산을 무너뜨리겠다는 생각을 하는 대신 이웃한 지역으로 가지 않아도 될 궁리를 하지. 산을 넘지 않아도 만족하는 마음을 키우는 거라네. 그러니 보게나. 선가에서도 유가에서도 이 문제를 근본적으로 보고 있는 것이네. 자신이 아무리 뛰어나도 세상은 도저히 자기 뜻대로 되지 않지. 지는 해를 다시 뜨게 하는 일도, 가모가와 강을 거꾸로 흐르게 하는 일도 할 수 없네. 다만 할 수 있는 것은 자신의 마음뿐이지. 마음만 자유롭게 하는 수양을 한다면 낙운관의 학생들이 아무리 시끄럽게 굴어도 태연할 수 있을 게 아닌가. 질그릇으로 만든 너구리라 놀려도 신경 쓰지 않고 있을 수 있겠지. 핀스케 같은 녀석이 어리석은 말을 하면 '이 바보 같은 녀석' 하고 넘어가면 될 일 아닌가.

확실히는 모르나 옛날 어느 스님이 누가 자신을 베려고 하자 '칼을 번뜩이며 나를 벤들 봄바람을 벤 것이나 마찬가지, 깨달음을 얻은 중의 생명을 끊을 수는 없다'[24] 하는 재치 있는 말을 했다는 이야기가 있네. 마음의 수양을 쌓아 소극(消極)의 경지에 이르면 이런 활력 있는 작용이 가능하지 않겠나. 나 같은 사람이야 그렇게 어려운 것은 잘 모르지만, 어쨌든 서양인풍의 적극주의만 좋다고 생각하는 것은 좀 잘

못된 것 같네. 실제로 자네가 아무리 적극주의로 나간다고 해도 학생들이 자네를 놀리러 오는 것을 어떻게 할 수도 없잖은가. 자네의 권력으로 그 학교를 폐쇄한다거나 경찰에 고발할 만큼 그쪽이 나쁜 짓을 하면 또 모르겠지만, 그렇지 않은 이상 아무리 적극주의로 나간다고 해도 이길 수는 없을 거네. 만약 적극적으로 나간다고 하면 돈 문제가 될 것이네. 중과부적이라는 거지. 바꿔 말하면 자네가 부자한테 고개를 숙여야 된다는 뜻이네. 숫자를 믿고 달려드는 어린애들한테 두 손을 들어야 될 거라는 거지. 자네 같은 가난뱅이가, 그것도 혼자 적극적으로 싸우려는 것이 애당초 자네가 불평을 하게 된 원인이네. 어떤가, 이제 알겠는가."

주인은 알았다고도 그렇지 않다고도 말하지 않고 듣고만 있었다. 진기한 손님이 돌아간 뒤 주인은 서재로 들어가 책도 들여다보지 않고 뭔가 골똘히 생각했다.

스즈키 씨는 주인에게 돈과 다수를 따르라고 일러주었다. 아마키 선생은 최면술로 신경을 가라앉히라고 조언했다. 마지막 손님은 소극적인 것의 수양을 통해 안정을 얻으라고 설법했다. 주인이 어느 것을 택할지는 주인 마음이다. 다만 지금까지와 같은 방식으로는 통하지 않을 거라는 건 분명한 사실이다.

---

24 명나라의 승려 무학조원(無學祖元, 1226~1286)을 말한다. 호조 도키무네(北條時宗, 1251~1284)의 초청으로 일본에 와 엔가쿠지(円覺寺)를 창건하는 등 임제종의 기초를 닦았다. 원나라 군사가 절에 침입했을 때 이 말을 하여 무사히 넘겼다는 일화가 다쿠안(澤庵) 선사의 『부동지신묘록(不動智神妙錄)』 등에 소개되어 있다.

9

주인은 곰보다.[1] 메이지 유신 전에는 곰보도 꽤 유행했다고 하는데, 영일동맹[2]을 맺은 오늘날에서 보면 이런 얼굴은 다소 시대에 뒤처진 감이 없지 않다. 곰보의 쇠퇴는 인구 증가와 반비례하며 가까운 장래에는 완전히 그 흔적이 사라지게 될 거라는 것이 정밀한 의학적 통계에 의해 산출된 결론이다. 나 같은 고양이도 전혀 의심을 할 여지가 없을 정도로 뛰어난 이론이다. 현재 지구상에 곰보로 살고 있는 인간이 얼마나 되는지 모르겠지만, 내가 교제하는 구역 안에서 계산해보면 고양이 중에는 한 마리도 없다. 인간 중에는 딱 한 명이 있다. 그런데 그 한 사람이 바로 주인이다. 정말 딱한 일이다.

나는 주인의 얼굴을 볼 때마다 생각한다. 무슨 업보로 이런 묘한 얼굴을 가지고 염치도 없이 20세기의 공기를 호흡하고 있는 것일까. 옛

1 예방책인 종두가 원인이 되어 천연두가 발병하는 경우가 있는데, 소세키 자신이 그러했다.
2 1902년에 체결되어 1921년에 폐기된, 영국과 일본의 동맹조약. 남하하는 러시아에 대비하기 위한 것이었다.

날이라면 조금은 말발이 먹혔을지 모르겠으나 모든 곰보가 양 팔뚝으로 퇴거 명령을 받은 오늘날 여전히 콧잔등이나 볼 위에 진을 치고 한 사코 움직이지 않는 것은 자랑이 되지 않을 뿐만 아니라 오히려 곰보의 체면에 관련된 문제일 것이다. 할 수만 있다면 지금이라도 당장 모두 없애는 게 좋을 것 같다. 곰보 자신도 불안할 것이다. 아니면 세력이 부진할 때 맹세코 지는 해를 중천으로 되돌려놓고 말겠다는 패기로 그렇게 건방지게 얼굴 전체를 점령하고 있는지도 모른다. 그렇다면 그 곰보를 경멸하는 시선으로 보아서는 결코 안 될 것이다. 도도히 흐르는 세속에 저항하는, 영원히 줄어들지 않는 구멍의 집합체이며, 우리가 크게 존경할 만한 울퉁불퉁한 것이라 해도 좋다. 다만 던적스럽다는 것이 결점이다.

주인이 어렸을 때 우시고메의 야마부시초에 아사다 소하쿠[3]라는 한방의 명의가 있었는데, 이 노인이 왕진을 다닐 때는 반드시 가마를 타고 느긋하게 이동했다고 한다. 그런데 소하쿠 노인이 죽고 그 양자가 대를 잇자 순식간에 가마가 인력거로 바뀌었다. 그러니 양자가 죽고 다시 그의 양자가 뒤를 이으면 갈근탕이 안티피린[4]으로 바뀔지도 모를 일이다. 가마를 타고 도쿄 시내를 천천히 지나는 일은 소하쿠 노인이 살았던 당시에도 그다지 보기 좋은 모습은 아니었다. 그런 짓을 하고도 시치미를 뗀 자는 고루한 자와 기차에 실린 돼지와 소하쿠 노인 뿐이었다.

주인의 곰보도 시원치 않다는 점에서는 소하쿠 노인의 가마와 매

3 아사다 소하쿠(淺田宗伯, 1815~1894). 에도 막부의 의관으로 메이지 유신 후 궁내성에 출사, 동궁(東宮) 시의가 된 인물이다.

4 갈근탕은 한방 감기약으로 유명한 약재고, 안티피린(Antipyrine)은 1884년 크노르(L. Knorr)가 합성해 만든 최초의 해열진통제다.

일반으로 옆에서 보면 아주 딱할 지경인데, 한방의 못지않게 완고한 주인은 여전히 고성낙일(孤城落日)[5]의 곰보 자국을 천하에 드러내며 매일 학교에 나가 리더를 강독하고 있다.

이처럼 지난 세기의 기념물을 만면에 새기고 교단에 선 그는 학생들에게 수업과는 별도로 큰 교훈을 주고 있을 것이다. 그는 '원숭이에게는 손이 있다(The ape has hands)'[6]를 반복하기보다는 '곰보 자국이 안면에 미치는 영향'이라는 큰 문제를 손쉽게 해석하여 무언중에 학생들에게 그 답안을 제시하는 것이다. 만약 주인 같은 인간이 교직에 종사하지 않는다면, 학생들은 이 문제를 연구하기 위해서 도서관이나 박물관으로 달려가, 우리가 미라를 보며 이집트인을 떠올리는 정도의 노력을 기울여야 할 것이다. 이런 점에서 보면 주인의 곰보도 부지불식간에 묘한 공덕을 베풀고 있는 셈이다.

하지만 주인은 이 공덕을 베풀기 위해 얼굴 가득 마맛자국을 남긴 게 아니다. 사실은 종두를 접종했다. 팔뚝에 맞았는데 불행하게도 얼굴로 전염된 것이다. 어린 시절의 일이었으니 지금처럼 겉치레 같은 건 신경도 쓰지 않았기 때문에 가렵다며 함부로 얼굴을 긁어댔다고 한다. 마치 화산이 분화하여 용암이 얼굴 위로 흘러내린 것처럼 부모로부터 물려받은 얼굴을 엉망으로 만들어버렸다. 주인은 가끔 아내에게 종두를 접종하기 전까지만 해도 옥 같은 남자였다고 말한다. 아사쿠사의 관음상 같아서 서양인이 돌아보았을 정도로 예뻤다고 자랑할 때도 있다. 과연 그랬을지도 모른다. 다만 증명해줄 사람이 아무도 없

5 원군도 없이 고립되어 있는 성에 석양이 비치는 모습. 고립무원의 쓸쓸한 심정이나 풍경을 이르는 말이다.
6 메이지 시대 일본의 영어 교과서 초급 부분에 실렸던 문장이라고 한다.

다는 것이 안타까울 따름이다.

　아무리 공덕이 되고 교훈이 된다고 해도 추접한 것은 역시 추접한 것이다. 그래서 철이 들 무렵부터 주인은 곰보 자국이 걱정되어 온갖 수단을 동원해서 이 추한 모습을 없애려고 했다. 그런데 소하쿠 노인의 가마와 달리 보기 싫다고 갑자기 내동댕이칠 수 있는 것이 아닌지라, 아직도 또렷이 남아 있다. 이 또렷하다는 게 다소 마음에 걸리는 듯 주인은 길을 걸을 때마다 얼굴에 곰보 자국이 있는 사람을 세며 걷는다고 한다. 오늘은 곰보를 몇 명 만났는지, 남자였는지 여자였는지, 그 장소는 오가와마치의 상점이었는지 우에노 공원이었는지 모조리 일기에 적어둔다. 그는 곰보에 관한 지식이라면 누구에게도 지지 않을 거라고 확신하고 있다.

　얼마 전 서양에서 돌아온 친구가 찾아왔을 때 이렇게 물었을 정도다.

　"서양인 중에도 곰보가 있는가?"

　"글쎄……"

　친구는 고개를 갸웃하며 한참을 생각한 뒤에 대답했다.

　"음, 거의 없는 것 같던데."

　"거의 없다고 해도 조금은 있던가?"

　주인은 신경을 쓰며 다시 물었다.

　"있다고 해도 거지나 날품팔이지, 교육받은 사람 중에는 없는 것 같네."

　친구는 무관심한 표정으로 대답했다.

　"그래? 일본과는 좀 다르군."

　주인은 이렇게 말했다.

철학자의 의견에 따라 낙운관과의 싸움을 단념한 주인은 그 후 서재에 틀어박혀 무슨 생각에 골몰해 있다. 그의 충고를 받아들여 마음을 편히 하고 앉아 활발한 정신을 소극적으로 수양할 생각인지도 모르지만, 원래부터 소심한 인간인 주제에 그렇게 어두운 표정으로 팔짱만 끼고 있어서는 제대로 된 결과가 나올 리 없다. 그보다는 영어책이라도 전당포에 맡겨 게이샤한테서 유행가라도 배우는 편이 훨씬 낫겠다는 생각이 들기는 하였으나, 그리 편벽한 남자가 고양이의 충고를 들을 리 만무하니 멋대로 하게 내버려두는 것도 좋겠다 싶어 대엿새 동안 근처에도 가지 않고 지냈다.

오늘은 그로부터 딱 이레째가 되는 날이다. 선가에서는 이레 안에 대오각성을 하겠노라며 엄청난 기세로 결가부좌를 트는 이들도 있다 하니 우리 주인도 어떻게든 되었겠지, 죽느냐 사느냐 어떻게든 결판이 났을 거라 생각하고 어슬렁어슬렁 툇마루에서 서재 입구까지 가서 실내의 동정을 살폈다.

서재는 남향의 6첩 다다미방으로 볕이 잘 드는 곳에 큼직한 책상[7]이 놓여 있다. 그냥 큼직한 책상이라고 하면 잘 모를 것이다. 길이 1미터 80센티미터, 너비 1미터 15센티미터 그리고 적당한 높이의 큼직한 책상이다. 물론 기성품은 아니다. 근처 가구점에 주문해서 침대 겸 책상으로 만들게 한 희대의 물건이다. 무엇 때문에 이렇게 큼직한 책상을 새로 들여놓았고 또 무엇 때문에 그 위에서 잘 생각을 했는지 본인에게 물어보지 않았으니 전혀 알 수 없다. 일시적인 변덕으로 이런 애

---

7 1906년에 촬영된 소세키의 서재 사진에서 소세키는 몇 권의 책을 쌓아둔 좌탁 너머에 서가를 등지고 앉아 있다. 좌탁은 어른 키 정도의 길이인데 「소세키 사진첩」(『소세키 전집』)에서는 그 사진 해설에 『나는 고양이로소이다』의 이 구절을 인용하고 있다.

물단지를 들여놓았는지도 모르고, 어쩌면 아무런 연관도 없는 두 개의 관념을 연상하곤 하는 정신병자처럼 책상과 침대를 멋대로 연결시켰는지도 모른다. 어쨌든 기발한 생각이다. 다만 기발하기만 할 뿐 도움이 되지 않는다는 게 결점이다. 나는 일찍이 주인이 이 책상 위에서 낮잠을 자다 몸을 뒤척이는 바람에 툇마루로 굴러 떨어지는 것을 본 일이 있다. 그 뒤로는 이 책상이 침대로 쓰인 일이 한 번도 없다.

책상 앞에는 얄팍한 모슬린 방석이 놓여 있는데 담뱃불로 생긴 구멍 세 개가 한 곳에 모여 있다. 구멍 안으로 들여다보이는 솜은 거무스름하다. 이 방석 위에 등을 보이며 단정히 앉아 있는 이가 주인이다. 쥐색으로 더럽혀진 허리끈을 옭매듭으로 묶었는데 좌우 두 가닥이 발 뒤로 축 늘어져 있다. 얼마 전에는 이 끈에 달라붙어 장난을 치다가 느닷없이 머리를 얻어맞은 적이 있다. 함부로 가까이할 끈이 아니다.

'서투른 사람의 생각은 시간 낭비일 뿐 아무 쓸모가 없다'는 속담도 있는데, 아직 생각에 잠겨 있는지 뒤에서 들여다보니 책상 위에 묘하게 반짝거리는 것이 놓여 있다. 나는 나도 모르게 눈을 두세 번 깜박거리고는, 그놈 참 이상하군, 하며 눈부신 것을 참고 그 반짝이는 것을 가만히 쳐다봤다. 그 빛은 책상 위에서 움직이고 있는 거울에서 나오는 것이었다. 그런데 주인은 무슨 이유로 서재에서 거울 같은 걸 휘두르고 있는 것일까. 거울이라면 욕실에 있어야 한다. 실제로 나는 오늘 아침 욕실에서 이 거울을 봤다. 특별히 이 거울이라고 말할 수 있는 것은 주인집에 이 거울 말고 다른 거울은 없기 때문이다. 주인은 매일 아침 세수를 한 뒤 머리 가르마를 탈 때도 이 거울을 이용한다. 주인 같은 남자가 머리 가르마를 타느냐고 묻는 사람이 있을지도 모르지만, 실제로 그는 다른 일에는 무심해도 머리에는 공을 들인다. 내가 이 집에 온 뒤로 지금까지 주인은 아무리 날이 후텁지근해도 머리를 1, 2센티미터 길이로 짧게 깎은 적이 없다. 반드시 6센티미터 남짓한 길이로 자르고 왼쪽에 거창하게 가르마를 타기만 하든가 오른쪽 끝을 살짝 올리고는 점잔을 빼고 있다. 이 또한 정신병의 징후인지도 모른다. 이렇게 거드름을 피우며 가르마를 탄 머리가 이 책상과는 전혀 어울리지 않는 것 같지만, 남에게 해를 끼칠 정도는 아니어서 다들 아무 말도 하지 않는다. 본인도 득의양양하다.

가르마를 타는 방식이 세련되었는지는 제쳐두고, 왜 머리를 그렇게 길게 기르나 했더니 사실은 이런 사정이 있었다. 그의 곰보 자국은 단지 그의 얼굴만 파먹은 것이 아니라, 이미 오래전에 정수리까지 파먹었다고 한다. 그러니 만약 보통 사람들처럼 머리를 짧게 깎으면 짧은 머리카락 사이로 수십 개나 되는 곰보 자국이 드러나고 만다. 아무리 쓰다듬고 어루만져도 돌기가 없어지지 않는다. 마른 들판에 반딧불이를 풀어놓은 듯해서 운치가 있을지 모르지만, 아내의 마음에 들지 않는 것은 물론이다. 머리만 길게 기르면 드러나지 않는데 왜 굳이 자신의 결점을 드러낼 필요가 있겠는가. 할 수만 있다면 얼굴에도 털이 나서 곰보 자국을 아무도 모르게 덮어버렸으면 싶은데, 그냥 자라는 머리를 돈을 내고 깎아, 천연두가 내 두개골 위까지 번졌습니다, 하고 선전할 필요는 없을 것이다. 이것이 주인이 머리를 길게 기르는 이유고, 머리를 길게 기르니 가르마를 타는 것이며, 가르마를 타니 거울을 보는 것이고, 그래서 거울이 욕실에 있는 것이며, 그리고 그 거울이 하나밖에 없다는 것이다.

욕실에 있어야 할 거울이, 게다가 하나밖에 없는 거울이 서재에 와 있는 이상 거울이 몽유병에 걸렸거나 아니면 주인이 욕실에서 가져왔을 것이다. 가져왔다면 무엇 때문에 가져왔을까. 어쩌면 예의 그 소극적 수양에 필요한 도구인지도 모른다.

옛날 어떤 학자가 스님에게 이러저러한 지식에 대해 물었더니 스님이 갑자기 웃통을 벗어젖히고 기와를 갈기 시작했다.

"스님, 뭘 만드십니까?"

"거울을 만들려고 지금 열심히 갈고 있는 중이 아닌가."

그래서 깜짝 놀란 학자는 이렇게 말했다.

"아무리 뛰어난 승려라도 기와를 갈아 거울을 만들 수는 없습니다."

"그런가, 그럼 그만두어야지. 아무리 책을 읽어도 도를 알지 못하는 것도 같은 이치겠지."

스님은 껄껄 웃으며 큰 소리로 말했다.

주인도 어디서 이 이야기를 주워듣고 욕실에서 거울을 가져와 의기양양한 얼굴로 그걸 휘두르고 있는지도 모른다. 그 모습을 보고 있자니 어지간히 뒤숭숭해졌구나 싶었다.

이런 사정도 모르는 주인은 하나밖에 없는 거울을 아주 열심히 들여다보고 있었다. 거울은 원래 좀 무서운 느낌이 드는 물건이다. 깊은 밤에 넓은 방에 촛불을 켜두고 혼자 거울을 들여다보려면 상당한 용기가 필요하다고 한다. 이 집의 딸이 처음으로 내 얼굴에 거울을 들이밀었을 때 나는 소스라치게 놀라 집 주위를 세 바퀴나 돌았을 정도다. 아무리 대낮이었다고 해도 주인처럼 이렇게 열심히 들여다본다면, 자기도 자신의 얼굴이 무서워질 것이다. 그렇지 않아도 그다지 기분 좋은 얼굴은 아니다.

잠시 후 주인은 혼자 중얼거렸다.

"역시 추레한 얼굴이군."

자신이 추하다고 고백하다니 칭찬할 만한 일이다. 꼬락서니를 보아하니 미치광이임에 틀림없지만, 하는 말은 진리다. 한 발짝만 더 나아가면 자신의 추악함이 두려워질 것이다. 인간은 자신이 끔찍한 악당이라는 사실을 철두철미하게 느끼지 않고는 세상을 잘 안다고 할 수 없다. 세상을 잘 아는 사람이 아니면 도저히 해탈할 수 없다. 주인도 이왕 여기까지 왔으니 '아아, 무섭다'라고 말할 것도 같은데, 좀처럼 그 말이 나오지 않는다. '역시 추레한 얼굴이군' 하고 말한 뒤 무슨 생각을 한 것인지 볼을 뚱하게 부풀렸다. 그렇게 부푼 볼을 손바닥으로 두세 번 두드렸다. 무슨 주문인지 알 수가 없다.

이때 나는 어쩐지 이 비슷한 얼굴을 어디서 본 것 같다는 느낌이 들었다. 곰곰이 생각해보니 그것은 하녀의 얼굴이었다. 이왕 말이 나온 김에 하녀의 얼굴을 잠깐 소개하자면, 참으로 불룩한 얼굴이다. 일전에 어떤 사람이 아나모리이나리 신사에서 선물로 산 복어 초롱을 가져왔는데, 바로 그 복어 초롱처럼 불룩하다. 너무나 잔혹하게 불룩하기 때문에 두 눈이 안 보일 지경이다. 하긴 복어는 전체가 둥글게 부풀었지만 하녀는 원래의 골격이 다각형이어서 그 골격대로 부풀어 마치 부종에 시달리는 육각시계 같다. 하녀가 들으면 필시 화를 낼 것이니 하녀는 이 정도로 해두고 다시 주인 이야기로 돌아가자면, 이처럼 있는 힘껏 숨을 들이쉬어 볼을 부풀린 그는 앞에서 말한 대로 손바닥으로 볼을 두드리면서 다시 혼잣말을 했다.

"이 정도로 피부가 팽팽해지면 곰보 자국도 눈에 띄지 않을 텐데."

이번에는 얼굴을 옆으로 돌려 햇볕을 받는 쪽을 거울에 비쳐본다.

"이렇게 보니 눈에 확 띄는군. 역시 정면으로 해를 받는 편이 반들 반들해 보여. 참 요상한 놈이로군."

꽤나 감탄한 모양이었다. 그러고 나서 오른손을 쭉 뻗어 거울을 되 도록 멀리 해서 조용히 들여다보았다.

"이만큼 떨어지면 그렇지도 않군. 역시 너무 가까우면 안 되겠어. 어디 얼굴만 그렇겠어? 뭐든지 그렇겠지."

대단한 깨달음이라도 되는 양 말했다. 이어서 거울을 갑자기 옆으 로 돌렸다. 그러고는 코를 중심으로 눈과 이마, 눈썹을 한꺼번에 중심 을 향해 이리저리 모았다.

"이야, 이건 안 되겠군."

딱 보기에도 불쾌한 용모가 만들어졌다고 생각했는데, 당사자에게 도 그렇게 보였는지 재빨리 그만두었다.

"왜 이렇게 독살스러운 얼굴일까?"

주인은 다소 미심쩍다는 듯 거울을 얼굴에서 10센티미터 정도로 바싹 들이댔다. 오른손 검지로 콧방울을 문지르고 그 손가락 끝을 책 상 위에 놓인 압지 위에 대고 꾸욱 눌렀다. 손에 묻은 콧기름이 종이 위에 동그랗게 스며들었다. 참 별 재주를 다 부린다. 그러고 나서 주 인은 콧기름을 닦아낸 손가락 끝으로 단숨에 오른쪽 눈의 아래 눈꺼 풀을 뒤집어, 속칭 '메롱'이라는 것을 보기 좋게 해치웠다. 곰보를 연 구하는 것인지 거울과 눈싸움을 하는 것인지 다소 불분명하다. 변덕 이 심한 주인인지라, 보고 있는 사이에도 여러 가지를 하는 모양이다. 하지만 그럴 계제가 아니다. 만약 선의를 가지고 억지로 갖다 붙여 불 교적으로 해석해주면, 주인은 자기의 본성을 깨닫는 방편으로 이렇게 거울을 상대로 여러 가지 몸짓을 연출하고 있는 것인지도 모른다.

대개 인간 연구는 자기를 연구하는 것이다. 천지든 산천이든 일월이든 성신이든 모두 자기의 다른 이름에 지나지 않는다. 자기를 제외한 다른 것에서 연구해야 할 사상을 발견할 수 있는 사람은 아무도 없다. 만약 인간이 자기 바깥으로 뛰쳐나갈 수 있다면, 뛰쳐나가자마자 자기는 없어지고 만다. 게다가 자기 연구는 자기 말고는 해줄 사람이 아무도 없다. 아무리 하고 싶어도, 누가 해주었으면 싶어도 불가능한 것이다. 그러므로 고금의 호걸은 다들 제 힘으로 호걸이 되었다.

다른 사람 덕분에 자기를 알 정도라면, 자기 대신 쇠고기를 먹이고 질긴지 부드러운지 판단하게 할 수 있을 것이다. 아침에 석가의 가르침을 듣고 저녁에 도를 듣고 서재에서 책을 손에 드는 것은, 모두 제 힘으로 깨달음을 얻으려는 마음을 일게 하는 방편에 지나지 않는다. 다른 사람이 하는 설법에, 다른 사람이 말하는 도리에, 그리고 다섯 수레에 실을 만큼 많은 벌레 먹은 책 속에 자기가 존재할 까닭이 없다. 존재한다면 그것은 자신의 유령이다. 하기야 어떤 경우에는 영이 없는 것보다 유령이 나을지도 모른다. 그림자를 좇으면 본체에 이르지 못한다고 말할 수도 없으니까. 대부분의 그림자는 본체를 떠날 수 없는 것이다. 이런 의미에서 주인이 거울을 만지작거리고 있다면 꽤 말이 통하는 남자일 것이다. 에픽테토스 따위를 잘 이해하지도 못한 채 그냥 받아들이며 학자인 척하는 것보다는 훨씬 낫다고 생각한다.

거울은 자만 제조기인 동시에 소독기다. 만약 실속 없고 겉만 화려한 허영심으로 거울을 대한다면 이것만큼 어리석은 자를 선동하는 도구도 없을 것이다. 예로부터 실력도 없으면서 으스댐으로써 자신을 해치고 다른 사람을 상하게 하는 일의 3분의 2는 아마 거울의 소행일 것이다.

프랑스 혁명 당시 유별난 의사가 개량 단두대인 기요틴을 발명하여 뜻하지 않은 죄를 지은 것처럼, 처음으로 거울을 만들어낸 사람도 아마 잠자리가 뒤숭숭했을 것이다. 하지만 자신에게 정나미가 떨어졌을 때, 자아가 위축되었을 때는 거울을 보는 것만큼 약이 되는 일도 없다. 미추가 분명히 드러나기 때문이다. 이런 얼굴로 용케 사람입네 하고 오늘날까지 거만하게 살아왔구나 하고 깨닫는 것이다. 인간의 생애 가운데 그걸 깨달을 때가 가장 다행스러운 시기다. 스스로 자신이 바보임을 아는 것만큼 존경스럽게 보이는 것은 없다. 이 자각성 바보 앞에서는 온갖 잘난 체하는 사람들은 모조리 머리를 조아리고 황송해해야 한다. 당사자는 당당하게 자신을 경멸하고 조소하더라도, 이쪽에서 보면 그 의기양양한 모습이 머리를 조아리며 황송해하도록 만드는 것이다.

주인은 거울을 보고 자신의 어리석음을 깨달을 만큼 현자가 아니다. 하지만 자신의 얼굴에 새겨진 곰보 자국 정도는 사심 없이 읽어낼 수 있는 남자다. 얼굴이 추하다는 것을 스스로 인정하는 것은 마음의 비천함을 터득하는 첫걸음이 될 것이다. 믿음직한 남자다. 이 또한 철학자가 꼼짝 못하게 윽박지른 결과인지도 모른다.

이런 생각을 하면서 계속 동정을 살피고 있자니, 그런 줄도 모르는 주인은 실컷 '메롱'을 한 후 이렇게 말했다.

"꽤 충혈된 것 같군. 역시 만성 결막염이야."

충혈이 된 눈꺼풀을 집게손가락 옆쪽으로 세게 비비기 시작했다. 어지간히 가렵긴 하겠지만, 그렇지 않아도 벌게진 것을 그렇게 비벼대면 견뎌내지 못할 것이다. 머지않아 소금 뿌린 도미 눈알처럼 썩어 문드러질 게 뻔하다. 곧 눈을 뜨고 거울을 들여다보는 걸 보니 아니나 다를까 북국의 잔뜩 찌푸린 겨울 하늘처럼 흐려져 있다. 하긴 평소에도 그다지 맑은 눈은 아니었다. 과장된 형용사를 쓰자면 검은자위와 흰자위를 구별할 수 없을 만큼 혼돈된 채 흐리멍덩했다. 그의 정신이 몽롱하여 늘 요령부득인 것처럼, 그의 눈도 애매모호하게 영원히 눈구멍 안을 떠돌고 있다.

이는 태독(胎毒) 때문이라고도 하고 천연두의 후유증이라고도 해석되어 어렸을 때는 버드나무벌레나 송장개구리⁸의 신세도 꽤 졌다고 하는데, 어머니가 그렇게 정성 들인 보람이 있기는커녕 오늘날까지 태어날 당시와 마찬가지로 흐리멍덩하다. 내 생각에는 결코 태독이나 천연두 때문이 아니다. 그의 눈동자가 이처럼 흐릿하고 혼탁한 비경(悲境)에서 방황하고 있는 것은 곧 그의 두뇌가 불투명한 내용물로 구성되어 있고 그 작용이 암담하고 흐릿함의 극에 달해 있어 그것이 자연스럽게 형체로 드러난 것인데, 그런 줄도 모르는 어머니는 쓸데없는 걱정을 했던 것이다.

연기가 나면 불이 있다는 것을 알 수 있듯이 탁한 눈은 어리석음을 증명한다. 그러고 보면 그의 눈은 그의 마음의 상징이고, 그의 마음은 덴보센(天保錢)⁹처럼 구멍이 뚫려 있으니 그의 눈 역시 덴보센과 마찬가지로 높은 가치로 통용되지 않는 것이다.

주인이 이번에는 수염을 비틀기 시작했다. 원래부터 버릇이 좋지 않은 수염이라 모든 게 제멋대로 자라나 있다. 아무리 개인주의가 유행하는 세상이라고 해도 이렇게 제멋대로 자라서야 주인이 얼마나 성

---

8 아이가 밤에 울거나 경련 등의 발작을 일으킬 때 쓰는 묘약이라고 한다.

9 에도 시대 말기부터 통용되던 동전으로 가운데 구멍이 뚫려 있었다. 메이지 시대에 들어서는 그 가치가 떨어져 우둔한 사람, 시대에 뒤처진 사람을 욕하는 데 쓰였다.

가실까 충분히 짐작할 수 있다. 주인도 생각하는 바가 있는지, 요즘에는 훈련을 많이 시켜 되도록 체계적으로 자라도록 애쓰고 있다. 열심히 공들인 효과가 없지 않아 요즘에는 차츰 가지런해졌다. 지금까지는 수염이 제멋대로 나 있었지만 요즘에는 수염을 기르고 있다고 자랑할 정도가 되었다. 열심히 공들인 효과가 있으면 고무되는 법이라 자기 수염의 전도유망함을 보고 주인은 아침저녁으로 틈만 나면 반드시 수염에게 편달을 가한다.

그의 야망은 독일 황제 폐하[10]처럼 향상심이 활발한 수염을 기르는 데 있다. 그러므로 모공이 옆으로 향하든 아래로 향하든 전혀 개의치 않고 한데 싸잡아 위쪽으로 끌어올린다. 수염도 무척 고생스러울 것이다. 때로는 소유주인 주인조차 아프다. 하지만 그게 훈련이다. 싫든 좋든 거꾸로 훑어 올린다. 문외한이 보면 속을 알 수 없는 도락 같지만, 당사자만은 아주 지당한 일로 알고 있다. 교육자가 쓸데없이 학생의 본성을 고쳐놓고 자신의 공을 보라며 자랑하는 것과 같은 것이니 비난해야 할 이유는 전혀 없다.

주인이 열성을 다해 수염을 조련하고 있자니 부엌에서 다각형 하녀가 우편물이 왔다며 예의 붉은 손을 서재 안으로 쑥 들이밀었다. 오른손으로 수염을 붙잡고 왼손으로 거울을 들고 있던 주인은 그대로 입구 쪽을 돌아보았다. 여덟 팔 자의 꼬리에게 물구나무를 서라고 명령한 듯한 수염을 보자마자 다각형 하녀는 갑자기 부엌으로 돌아와 솥뚜껑에 몸을 기대고 큰 소리로 웃었다. 주인은 태연하다. 유유히 거울

---

10 프리드리히 빌헬름 2세(Friedrich Wilhelm Viktor Albert, 1859~1941). 양쪽 끝이 위로 굽어 올라간 콧수염이 유명하여 '카이저 수염'으로 불렸다. 9장 말미에는 고양이의 주인도 이와 비슷한 콧수염을 기르고 있다고 나온다.

을 내리고 우편물을 집어 들었다. 첫 번째 우편물은 활판인쇄를 한 것인데, 어쩐지 위압적인 글자가 늘어서 있다. 읽어보니 이러했다.

삼가 아룁니다.

다복하심을 축하드립니다. 회고하건대 러일전쟁은 연전연승의 기세를 몰아 평화롭게 극복을 고하였으며 우리의 충성스럽고 용맹하며 정의롭고 씩씩한 장병들은 바야흐로 절반이 넘게 만세 소리와 함께 개선하여 국민의 환희는 이루 말할 수 없습니다.

앞서 천황께서 선전조서를 발포하자 정의와 용기를 나라에 바친 장병들은 오랫동안 이역만리에서 추위와 더위의 고난을 잘 참고 한결같은 마음으로 전투에 임해 국가에 목숨을 바쳤으니 그 지극한 정성을 오래도록 마음속에 새기고 잊어서는 아니 될 것입니다.

그리고 군대의 개선은 이번 달 안에 대부분 종료를 고할 것입니다. 이에 본회는 25일을 기해 우리 구에서 출정한 1천여 명의 장병에 대하여 우리 구민 전체를 대표하여 장대한 개선 축하회를 개최함과 아울러 전몰 군인 유족을 위로하기 위하여 열성으로 맞이함으로써 다소나마 감사의 뜻을 전하고자 하오니 구민 여러분의 협찬을 바랍니다.

이 성전을 거행하는 행운을 얻는다면 본회의 면목은 더할 바 없겠습니다. 아무쪼록 협조하시어 적극적으로 의연금을 내주시기를 바라 마지않습니다.

삼가 아뢰었습니다.

발송인은 어느 귀족이었다. 주인은 말없이 한 번 읽고는 곧바로 봉투 안에 집어넣고 모른 체하고 있었다. 의연금 따위는 낼 것 같지 않다. 지난번에 도호쿠 지방에 흉작[11]이 들었을 때도 의연금을 2엔인가 3엔을 내고 나서, 만나는 사람마다 의연금을 뜯겼다고 난리를 쳤을 정도다. 의연금이라고 하면 내는 것이지 뜯기는 게 아니다. 도둑을 만난 것도 아닌데 뜯겼다고 하는 것은 온당치 못하다. 그런데도 도난이라도 당한 것처럼 생각하는 주인이, 군대 환영회라고 해서, 귀족의 권유라고 해서 활판으로 인쇄된 종이 쪼가리에 금전을 낼 인간이라고는 생각되지 않는다. 억지로 가져간다면 모를까. 주인의 입장에서 보면 군대를 환영하기 전에 먼저 자신을 환영하고 싶은 것이다. 자신을 환영한 후라면 대개의 것은 환영할 것 같지만, 자신이 생계에 곤란을 겪는 동안은, 환영은 귀족에게 맡겨둘 요량인 듯하다. 주인은 두 번째 우편물을 집어 들고 말했다.

"이야, 이것도 활판인쇄로군."

목하 추랭지절에 귀댁의 융성이 점점 더하심을 축하드리옵니다. 말씀 드리옵건대 본교는 아시다시피 재작년 이래 두세 명의 야심가 때문에 방해를 받아 한때 그 피해가 극에 달하였습니다. 하지만 이 모든 것이 불초한 신사쿠가 부덕한 소치라고 생각하여 깊이 스스로를 경계하고 와신상담[12]하고 있습니다. 그 고행의 결과 이제야 가까스로 우리의 이상에 적합한 교사(校舍) 신축비를 독력으로 마련할 방도를 강구하였습니다. 그것은 다름 아니라 별책 『재봉비술 강요(裁縫秘術綱要)』라는 서책의 출판입니다. 본서는 불초한 신사쿠가 다년간 고심하며 연구한 공예상의 원리원칙

11 소세키가 이 작품을 연재하던 1905년 도호쿠 지방은 70년 만의 흉작으로 극심한 기근에 시달렸다.
12 일본에서는 청일전쟁 후 러시아·독일·프랑스의 간섭에 대한 반발로 이 말이 널리 쓰이게 되었다.

에 따라 살을 찢고 피를 짜내는 심정으로 저술한 것입니다. 따라서 제본한 실비에 약간의 이윤만 보탠 가격으로 본서를 널리 일반 가정에 보급하고 자 하오니 구입하시기 바랍니다. 한편으로 그 분야의 발달에 일조함과 동시에 또 한편으로는 근소한 이윤을 축적하여 교사 건축비에 할애할 심산입니다. 그러하오니 황송하기 그지없으나 본교 건축비에 기부한다 생각하시고, 이 『재봉비술 강요』를 한 부 구입하시어 하녀에게라도 주시어 찬동의 뜻을 표해주시기를 간곡히 바라 마지않습니다. 삼가 아뢰었습니다.

대일본 여자 재봉 최고등 대학원

교장 누이다 신사쿠(縫田針作) 구배(九拜)

주인은 이 정중한 편지를 냉담하게 둘둘 말아 쓰레기통에 휙 던져버렸다. 애써 보낸 신사쿠 교장의 구배도 와신상담도 아무런 도움이 되지 못한 것은 딱한 일이다.

세 번째 우편물이다. 세 번째는 굉장히 색다른 광채를 띠고 있다. 봉투가 엿 가게 간판처럼 홍백으로 얼룩덜룩한 가로무늬가 있어 화려하고, 그 한가운데에 '진노 구샤미(珍野苦沙弥)[13] 선생 호피하(虎皮下)'[14]라고 굵직한 팔분체(八分體)[15]로 쓰여 있다. 안에서 뭐가 나올지 모르겠지만 겉보기에는 굉장히 훌륭하다.

---

13 주인의 성이 진노(珍野)라는 것이 여기서 처음 밝혀진다. 진노 구샤미는 진쿠샤(狆くしゃ)를 연상시키는데, 진쿠샤는 '진'이라는 개가 재채기(구샤미)할 때처럼 못생긴 얼굴이라는 뜻이다.

14 '호랑이 가죽 깔개에게'라는 뜻으로, 군인이나 학자에게 보내는 편지에 많이 쓰였다.

15 중국 한나라 때 왕차중(王次中)이 개발한 서체로 예서(隷書)에서 이분(二分), 전서(篆書)에서 팔분(八分)을 취하여 개발한 장식적인 서체다. 그 이전의 예서는 고예(古隷)라고 하고, 오늘날의 예서는 이 팔분체를 가리킨다.

만약 내가 천지를 다스린다면 서강(西江)의 물을 한입에 다 삼킬 만하고, 만약 천지가 나를 다스린다면 나는 한낱 길가의 티끌에 지나지 않을 것이다. 모름지기 천지와 나는 어떤 교섭이 있는 것인가…… 처음으로 해삼을 먹은 사람의 그 담력을 존경해야 하고, 처음으로 복어를 먹은 사내의 그 용기를 존중해야 한다. 해삼을 먹을 수 있는 자는 신란[16]의 재림이요 복어를 먹을 수 있는 자는 니치렌[17]의 분신이다. 구샤미 선생은 그저 박고지 초된장 무침을 알 뿐이다. 박고지 초된장 무침을 먹고 천하의 학자가 된 자를 나는 아직 보지 못했다……

친우도 그대를 팔 것이다. 부모도 그대에게 비밀이 있을 것이다. 애인도 그대를 버릴 것이다. 부귀는 원래부터 믿을 것이 못 된다. 작위와 녹봉은 하루아침에 잃을 것이다. 그대의 머릿속에 비장되어 있는 학문에는 곰팡이가 필 것이다. 그대는 무엇을 믿으려 하는가. 천지 안에서 무엇을 믿으려 하는가. 신?

신은 인간이 괴로운 나머지 날조한 토우일 뿐. 인간이 너무 고달픈 나머지 싸지른 똥이 응결되어 고약한 냄새를 풍기는 시체일 뿐. 믿어서는 안 되는 것을 믿고 편안하다고 말한다. 쯧쯧, 취한이 멋대로 애매한 말을 늘어놓고, 휘청휘청 묘로 향한다. 기름이 다하면 등불도 저절로 꺼진다. 업이 다하면 무엇이 남겠는가. 모름지기 구샤미 선생은 차라도 마시라……

사람을 사람으로 여기지 않으면 두려울 게 없다. 사람을 사람으로 여기지 않는 자가 나를 나로 여기지 않는 세상에 분개하는 것은 어째서인가.

16 신란(親鸞, 1173~1262). 가마쿠라 시대의 승려로 악인정기설(惡人正機說)을 주장하며 정토진종(淨土眞宗)을 열었다.
17 니치렌(日蓮, 1222~1282). 니치렌종(日蓮宗)의 개조로 독자적인 법화불교를 수립했다. 이 문파가 한국에 들어와 일련정종(日蓮正宗)을 이루었다.

권귀영달(權貴榮達)을 누리는 자는 사람을 사람으로 여기지 않는 데서 얻은 것이나 마찬가지다. 다만 다른 사람이 나를 나로 여기지 않을 때 불끈 화가 나 안색이 변한다. 자유롭게 안색을 바꾸라. 바보 같은 자식……

내가 사람을 사람으로 여기는데 남이 나를 나로 여기지 않을 때, 불평분자는 발작적으로 강림한다. 이 발작적 활동을 이름 하여 혁명이라 한다. 혁명은 불평분자의 행위가 아니다. 권귀영달을 누리는 자가 기꺼이 일으키는 것이다. 조선에 인삼이 많다는데 선생은 어이하여 복용하지 않는가.

스가모[18]에서

덴도 고헤이(天道公平) 재배(再拜)

신사쿠는 구배였는데 이 사내는 단지 재배뿐이다. 기부금을 의뢰하는 편지가 아니어선지 칠배만큼 건방을 떨고 있다. 기부금 의뢰는 아니지만, 그 대신 무슨 소리인지 통 알 수가 없는 글이다. 어느 잡지사에 보내도 퇴짜를 맞을 게 뻔한 글이기 때문에 두뇌가 흐리멍덩한 것으로 널리 알려진 주인은 반드시 갈기갈기 찢어버릴 것이라 생각했는데, 뜻밖에 몇 번이고 읽고 있다. 이런 편지에 의미가 있다고 생각하여 끝까지 그 의미를 파헤치겠다는 결심인지도 모른다.

무릇 천지간에 알 수 없는 것은 무척 많지만, 의미를 붙여서 의미 없는 것은 하나도 없다. 아무리 어려운 문장이라도 해석하려고 하면 쉽게 해석할 수 있는 법이다. 인간을 바보라고 하든 영리하다고 하든 손쉽게 알 수 있는 일이다. 그것만이 아니다. 인간을 개라고 하든 돼지라고 하든 특별히 괴로워할 정도의 명제는 아니다. 산은 낮다고 해

18 도쿄 스가모 병원은 주로 정신질환자를 수용하고 치료하던 곳이었다.

도 상관없고, 우주가 좁다고 해도 별 지장이 없다. 까마귀가 하얗고 고마치[19]가 추녀이며 구샤미 선생이 군자라고 해도 통하지 않을 리 없다. 그러므로 이런 무의미한 편지라도 어떻게든 이유를 붙이기만 하면 의미는 알 수 있다.

특히 주인처럼 알지도 못하는 영어를 억지로 갖다 붙여 설명해온 사내는 더욱더 의미를 붙이고 싶어 한다. 날씨가 좋지 않은데도 왜 '굿모닝'이라고 하느냐는 학생의 질문에 일주일간이나 생각하고, 콜럼버스라는 이름을 일본 말로 뭐라 하느냐는 질문에 사흘 밤낮으로 답을 궁리할 정도의 사내에게는, 박고지 초된장 무침을 먹은 천하의 학자라고 하든, 조선 인삼을 먹고 혁명을 일으키려 했다고 하든, 멋대로 된 의미가 아무 데서나 솟아나는 것이다. 잠시 후 주인은 '굿모닝' 식으로 이 난해한 어구를 이해한 모양인지 크게 칭찬했다.

"거참 의미심장하군. 철학깨나 연구한 사람임에 틀림없어. 아주 훌륭한 식견이야."

이 한 마디에서도 주인이 얼마나 어리석은지 잘 알 수 있지만, 뒤집어 생각해보면 다소 그럴듯한 점이 없는 것도 아니다. 주인은 뭐든 잘 모르는 것을 존중하는 버릇이 있다. 꼭 주인만 그러는 것은 아닐 것이다. 잘 모르는 것에는 무시할 수 없는 것이 잠복해 있고, 헤아릴 수 없는 것에는 어쩐지 고상한 마음이 일어나는 법이다. 그러므로 속인은 모르는 것을 아는 것처럼 떠벌리지만, 학자는 아는 것을 모르는 것처럼 설명한다. 대학 강의에서도 모르는 것을 말하는 사람은 평판이 좋고, 아는 것을 설명하는 사람은 인망이 없는 것을 보아도 잘 알 수 있다.

주인이 이 편지에 탄복한 것도 의미가 명료해서가 아니다. 취지가

---

19 오노노 고마치(小野小町, 809~901). 헤이안 시대의 가인으로 절세의 미녀로 알려져 있다.

어디에 있는지 도무지 이해하기 어렵기 때문이다. 뜬금없이 해삼이 나온다거나 너무 고달픈 나머지 싸지른 똥이 나오기 때문이다. 그러 므로 주인이 이 문장을 존경하는 유일한 이유는 도가에서 『도덕경(道德經)』을 존경하고, 유가에서 『역경(易經)』을 존경하고, 선가에서 『임제록(臨齊錄)』을 존경하는 것과 같은 것으로, 전혀 이해할 수 없기 때문이다. 다만 전혀 이해할 수 없는 상태로는 마음이 놓이지 않으니 멋대로 주석을 붙여 아는 체만은 하는 것이다. 알 수 없는 것을 안다고 생각하며 존경하는 것은 예로부터 유쾌한 일이다.

주인은 공손하게 팔분체로 쓰인 명필을 둘둘 말아 책상 위에 놓은 채 팔짱을 끼고 명상에 잠겼다.

"이리 오너라. 이리 오너라."

그때 현관에서 누군가 큰 소리로 안내를 청했다. 목소리는 메이테이 선생 같은데, 그에게 어울리지 않게 자꾸 안내를 청하고 있다. 주인은 서재에서 아까부터 그 소리를 듣고 있었지만 팔짱을 낀 채 미동도 하지 않는다. 현관에까지 나가 손님을 맞이하는 것은 주인의 역할이 아니라는 주의에서인지 주인은 서재에 앉아 있으면서도 대꾸를 하지 않았다. 하녀는 조금 전에 빨랫비누를 사러 나갔다. 아내는 뒷간에 있다. 그렇다면 손님을 맞이하러 나가야 하는 건 나밖에 없다. 나도 나가는 건 싫다. 그러자 손님은 현관에서 마루로 올라와 장지문을 열어젖히고 성큼성큼 안으로 들어왔다. 주인도 주인이지만 손님도 손님이다. 객실 쪽으로 가는가 싶더니 장지문을 두세 번 열었다 닫았다 하고는 이번에는 서재 쪽으로 갔다.

"어이가 없구먼. 어이, 뭐 하고 있나, 손님이 왔는데?"

"아, 자넨가."

"아, 자넨가가 뭔가. 거기 있으면 뭐라고 하면 좋지 않나, 아무도 없는 줄 알았잖은가."

"음, 무슨 생각 좀 하고 있었네."

"생각하고 있었다 해도 그렇지, 들어오라는 말 정도는 할 수 있지 않은가."

"그럴 수도 있겠지."

"배짱은 여전하군그래."

"얼마 전부터 정신 수양에 힘쓰고 있거든."

"별짓을 다 하는군. 그놈의 정신 수양을 한답시고 대답조차 할 수 없게 된 날은 손님만 성가시겠구먼. 그렇게 진득하게 있으면 곤란하지. 사실 나 혼자 온 게 아니라네. 대단한 손님을 모셔왔으니 좀 나와서 만나보게."

"그래, 누굴 데려왔나?"

"누구면 또 어떤가, 잠깐 나와 만나주게. 자네를 꼭 만나고 싶다고 하니까."

"누군가?"

"누가 되었든, 어서, 일어서게."

"또 속일 심산이겠지."

주인은 팔짱을 낀 채 벌떡 일어나 툇마루로 나가서는 아무것도 모르고 객실로 들어갔다. 객실에는 1미터 80센티미터쯤 되는 도코노마를 정면으로 마주한 채 한 노인이 숙연히 정좌한 자세로 기다리고 있었다. 주인은 자기도 모르게 품에서 두 손을 빼내고 장지문 옆에 엉덩이를 내려놓았다. 노인과 나란히 서쪽을 향하고 앉게 된지라 두 사람이 서로 인사할 수가 없었다. 옛날 기질의 사람은 예의범절에 까다로운 법이다.

"자, 저쪽으로 앉으시지요."

노인은 도코노마 쪽을 가리키며 주인에게 채근했다. 2, 3년 전까지만 해도 주인은 객실 어디에 앉든 상관없는 것으로 알고 있었는데, 어떤 사람에게서 도코노마에 대한 강의를 들은 뒤부터는 도코노마 가까이에는 일절 접근하지 않았다. 도코노마(床の間)는 상단(上段)의 칸(間)이라는 말이 변한 것으로, 막부에서 파견된 사자(使者)가 앉는 곳이라는 설명을 들었던 것이다. 더군다나 생면부지의 연장자가 완강히 버티고 있으니 상석을 논할 계제가 아니었다. 그러고 보니 인사조차 제대로 하지 못했다.

"자, 저쪽으로 앉으시지요."

일단 고개를 숙이고 상대가 한 말을 그대로 되풀이했다.

"아니, 그래서는 인사를 할 수 없으니 저쪽으로 앉으시지요."

"아니, 그래서는…… 저쪽으로 앉으시지요."

주인은 적당히 상대의 말을 흉내 냈다.

"그리 겸손하시면 송구스러워서 오히려 내가 황송하오. 부디 사양치 마시고 자 저쪽으로."

"겸손하시면…… 송구스러우니…… 부디."

주인은 새빨개진 얼굴로 입을 우물거리며 말했다. 정신 수양도 그다지 효과가 없는 모양이다. 메이테이 선생은 장지문 뒤에서 웃음을 흘리며 보고 있다가 이만하면 됐다 싶었는지 뒤에서 주인의 엉덩이를 밀고 억지로 비집고 들어오며 말했다.

"자, 들어가게. 그렇게 장지문에 딱 붙어 있으면 내가 앉을 데가 없잖은가. 사양하지 말고 안으로 들어가게."

주인은 어쩔 수 없이 안쪽으로 들어갔다.

"구샤미, 이분이 매번 자네한테 얘기한 시즈오카의 백부님이시라 네. 백부님, 이 사람이 구샤미입니다."

"이거 처음 뵙겠소이다. 매번 메이테이가 폐만 끼친다고 해서 언젠 가 찾아뵙고 고견을 듣고자 했는데, 다행히 오늘 근처에 올 일이 있어 인사도 할 겸 이렇게 찾아왔소이다. 아무쪼록 기억해주시고 앞으로도 잘 부탁드리겠소이다."

노인은 고풍스러운 어조로 막힘없이 말했다. 주인은 교제 범위가 좁고 말수가 없는 사람인 데다 이렇게 고풍스러운 노인을 만난 적은 거의 없었던지라 처음부터 다소 주눅이 들어 난감해하는 참에 거침없 는 말을 듣게 되자 조선 인삼도 엿 가게 간판도 깡그리 잊어버리고 그 저 난처한 나머지 묘한 대답을 하고 말았다.

"저도…… 저도…… 좀 찾아뵐까 생각하고 있던 참이었는데…… 아무쪼록 잘 부탁드립니다."

주인은 이렇게 말을 끝내고 다다미 바닥에서 고개를 살짝 들고 보 니 노인이 아직도 엎드려 있는지라 황송하여 퍼뜩 다시 머리를 바닥 에 박았다.

노인은 시간을 가늠하여 고개를 들고는 말을 이었다.

"저도 원래 이쪽에 집도 있고 해서 오랫동안 쇼군 밑에서 살았소만, 에도 막부가 무너지고 나서 시즈오카로 낙향한 뒤로는 일절 나오지 않았소이다. 지금 와서 보니 어디가 어딘지 전혀 알 수 없어, 메이테 이가 데리고 다니지 않으면 볼일조차 못 볼 지경이외다. 상전벽해(桑 田碧海)라 하더니, 막부를 세우신 이래 3백 년이나 이어온 쇼군 가문 이 이렇게……"

메이테이 선생은 성가시겠구나 싶었는지 말을 잘랐다.

"백부님, 쇼군 가문도 아주 훌륭했는지 모르겠지만 메이지 시대도 괜찮습니다. 옛날에는 적십자[20] 같은 것도 없지 않았습니까."

"그야 그렇지. 적십자 같은 건 전혀 없었지. 특히 황족의 존안을 뵙는다는 건 메이지 시대가 아니고서는 불가능한 일이지. 나도 장수한 덕분에 이렇게 오늘 총회에도 참석하고 황자님의 목소리도 들었으니 이제 죽어도 여한이 없다."

"오랜만에 도쿄 구경을 하신 것만 해도 득을 보신 겁니다. 구샤미, 백부님께서는 이번 적십자 총회 참석 차 시즈오카에서 일부러 올라오셨다네. 오늘 함께 우에노로 갔다가 지금 돌아오는 길이라네. 그래서 이렇게 프록코트를 입고 계시지. 지난번에 내가 시로키야에 주문한 것 말일세."

메이테이 선생이 주인에게 이렇게 일러주었다. 과연 프록코트를 입고 있다. 그런데 전혀 몸에 맞지 않는다. 소매는 너무 길고, 옷깃은 쫙 벌어져 있고, 등은 움푹 파여 있고, 겨드랑이 밑은 추켜올라가 있다. 아무리 볼품없이 만들려고 해도 이렇게까지 정성 들여 모양을 망치기는 쉽지 않을 것이다. 게다가 하얀 셔츠와 하얀 옷깃이 따로 떨어져 있어 고개를 들면 그 사이로 울대뼈가 보인다. 무엇보다 검은색 옷깃 장식이 옷깃에 딸려 있는지 셔츠에 딸려 있는지 알 수가 없다.

프록코트는 그래도 참아줄 수 있지만 백발에 상투를 튼 것은 가히 가관이다. 말로만 듣던 쇠부채가 어디에 있는지 눈여겨봤더니 무릎 옆에 딱 붙어 있다. 주인은 그제야 겨우 제정신을 차려 정신 수양의

---

20 일본적십자사는 1887년에 설립되었다. 당시 적십자 총재는 황족인 아리스가와노미야 다루히토(有栖川宮熾仁)였다.

결과를 노인의 복장에 충분히 적용해보고는 살짝 놀랐다. 설마 메이테이가 얘기한 정도는 아닐 거라고 생각했는데 만나보니 그 이상이었다. 만약 자신의 곰보 자국이 역사적 연구의 재료가 된다면 이 노인의 상투나 쇠부채는 반드시 그 이상의 가치가 있을 것이다. 주인은 어떻게든 그 쇠부채의 유래에 대해 물어보고 싶었지만 노골적으로 물어볼 수도 없고, 그렇다고 이야기가 끊기는 것도 실례라고 생각하여 아주 평범한 질문을 던졌다.

"사람들이 많이 왔겠지요?"

"참 엄청난 인파였소. 그런데 사람들이 다들 나를 어찌나 힐끔힐끔 쳐다보던지, 아무래도 요즘 사람들은 호기심이 참 많아진 것 같소이다. 옛날에는 그렇지 않았소만."

"아, 예, 그렇지요. 옛날에는 그렇지 않았겠지요."

주인도 노인처럼 말했다. 이는 주인이 억지로 아는 체한 게 아니었다. 그저 몽롱한 머리에서 적당히 흘러나온 말이라고 봐도 좋을 것이다.

"게다가 이 투구망치는 또 얼마나 보던지."

"그 쇠부채는 상당히 무겁겠습니다."

"구샤미, 한번 들어보게. 꽤나 무거우이. 백부님, 좀 들어보게 하세요."

"실례올시다만 그럼."

노인은 묵직하게 들어 올려 주인에게 건넸다.

"역시."

교토의 곤카이코묘지(金戒光明寺)를 참배한 사람이 렌쇼[21]의 큰 칼

---

21 렌쇼(蓮生, 1141~1207). 구마가이 나오자네(熊谷直實)의 법명. 가마쿠라 초기의 무장으로 전쟁에 패하여 곤카이코묘지 호넨(法然)의 제자가 되었다. 이곳에 그의 유품이 남아 있다.

을 받아든 꼴로 주인은 잠시 들고 있다 노인에게 돌려주었다.

"다들 이걸 쇠부채라고 하는데, 이건 투구망치라 하는 것으로 쇠부채와는 전혀 다른……"

"아, 그렇군요. 그런데 어디에 쓰는 물건인지요?"

"투구를 내려치는 것이외다. 내려치고 난 다음에 적이 아찔해하는 틈을 노려 칼로 베는 것이지요. 구스노키 마사시게[22] 시대 때부터 써온 것으로……"

"백부님, 그렇다면 그게 마사시게의 투구망치인가요?"

"아니, 누구 건지는 모르지. 하지만 아주 오래된 것이야. 겐무(建武) 시대[23]에 만든 건지도 모르고."

"겐무 시대에 만들어진 것은 모르겠습니다만 간게쓰 군이 아주 난처해했어요. 구샤미, 오늘 돌아올 때 대학을 지나는 길이라 마침 기회다 싶어 이과(理科)에 들렀는데, 간게쓰 군이 물리 실험실을 구경시켜주었다네. 그런데 이 투구망치가 철로 만든 것이라 자력 기계가 고장이 나는 바람에 한바탕 소동이 벌어졌다네."

"아니, 그럴 리 없다. 이건 겐무 시대의 철인데, 성분이 좋은 철이라 절대 그럴 염려는 없어."

"아무리 성분이 좋은 철이라도 그렇지요. 실제로 간게쓰 군이 그렇게 말했으니 어쩔 수 없는 노릇이지요, 뭐."

"간게쓰라면 유리알을 갈고 있던 그 젊은이 말이냐? 젊은 나이에 참 안됐구나. 다른 할 일이 있을 법도 한데."

22 구스노키 마사시게(楠正成, 1294~1336). 가마쿠라 시대 말기에서 남북조 시대에 걸쳐 활약한 무장.

23 1334~1338년.

"딱하지만 그것도 연구랍니다. 그 유리알을 다 갈면 훌륭한 학자가 될 수 있다고 하니까요."

"유리알을 갈아 훌륭한 학자가 될 수 있다면 누구라도 될 수 있겠구나. 나도 될 수 있고, 유리 가게 주인도 될 수 있겠지. 중국에서는 그런 일을 하는 사람을 옥인(玉人)이라고 했는데, 아주 신분이 낮은 자지."

노인은 이렇게 말하며 주인 쪽을 보고 은근히 동의를 구했다.

"예, 그렇군요."

주인은 공손히 동의했다.

"무릇 요즘 학문은 모두 형이하학이라 얼핏 좋아 보이지만, 막상 쓰려고 하면 아무짝에도 쓸모없는 것이외다. 옛날에는 그것과 달랐소이다. 사무라이가 하는 일은 모두 목숨을 거는 일이었으니 만일의 경우에 당황하지 않도록 마음을 수양했는데, 아시겠지만 유리알을 갈거나 철사를 꼬거나 하는 그런 손쉬운 일이 아니었다 그 말이외다."

"예, 그렇군요."

주인은 또 공손히 동의했다.

"백부님, 마음의 수양이라는 건 유리알을 가는 대신에 팔짱을 끼고 마냥 앉아 있기만 하는 것 아닌가요?"

"그러니 난처한 게야. 절대 그런 손쉬운 일이 아니다. 맹자는 구방심(求放心)이라고 하셨을 정도야. 소강절[24]은 심요방(心要放)이라고 말씀하신 적도 있다. 또 불가에서는 중봉(中峯) 선사[25]가 구불퇴전(具不退轉)[26]이라고 가르치셨다. 그리 쉽게는 알 수 없지."

"도무지 무슨 말인지 모르겠는데요. 대체 어떻게 하면 된다는 것인

---

24 소강절(邵康節, 1011~1077). 북송의 유학자.

25 원나라 때의 선승.

가요?"

"넌 다쿠안 선사의 『부동지신묘록(不動智神妙錄)』[27]을 읽은 적이 없느냐?"

"예, 들어본 적도 없어요."

"마음을 어디에 둘 것인가. 적의 움직임에 마음을 두면 적의 움직임에 마음을 빼앗길 것이요, 적의 칼에 마음을 두면 적의 칼에 마음을 빼앗길 것이다. 적을 베려 하는 데 마음을 두면 적을 베려 하는 데 마음을 빼앗길 것이요, 자기 칼에 마음을 두면 자기 칼에 마음을 빼앗길 것이다. 베이지 않으려는 데 마음을 두면 베이지 않으려는 데 마음을 빼앗길 것이요, 남의 자세에 마음을 두면 남의 자세에 마음을 빼앗길 것이다. 이렇듯 마음을 둘 데가 없다고 쓰여 있다."

"용케 잊어먹지 않고 외우고 계시네요. 백부님도 기억력이 참 좋으십니다. 꽤 긴 글이잖아요. 구샤미, 알겠는가?"

"예, 그렇군요."

이번에도 주인은 '예, 그렇군요'로 넘기고 말았다.

"구샤미 군, 그렇지 않소이까. 마음을 어디에 둘 것인가, 적의 움직임에 마음을 두면 적의 움직임에 마음을 빼앗기고 적의 칼에 마음을 두면……"

"백부님, 구샤미도 그런 건 잘 알고 있어요. 요즘엔 매일 서재에서 정신 수양만 하고 있으니까요. 손님이 와도 내다보지도 않을 정도로 마음을 내팽개치고 있으니 걱정 없어요."

---

26 '구방심', '심요방', '구불퇴전' 모두 중봉 선사의 말로, '구방심'은 흩어지는 마음을 끌어모은다는 뜻이고, '심요방'은 마음을 놓아주는 것이 필요하다는 뜻이며, '구불퇴전'은 처음 정한 뜻을 도중에 바꾸지 않고 계속 유지한다는 뜻이다.

27 검도에 빗대어 선의 묘체를 설파한 말을 중심으로 엮은 불서(佛書).

"거참 기특한 일이로고. 너도 좀 같이 해보면 좋을 텐데."

"헤헤헤헤, 그럴 틈이 어디 있어요. 백부님이 한가하신 몸이라 남들도 다 놀고 있는 줄만 아시지요?"

"실제로 놀고 있는 게 아니더냐?"

"한중망(閑中忙)이라 하잖아요."

"그래, 그렇게 실수를 하니 수양을 해야 한다는 거 아니냐. 망중한이라는 말은 있지만 한중망이라는 말은 들어본 적이 없다. 그렇지 않소, 구샤미 군?"

"예, 아무래도 들어본 적이 없는 것 같습니다."

"하하하하, 그리되면 못 당하지. 그런데 백부님, 오랜만에 도쿄의 장어라도 드셔야 하지 않겠어요. 지쿠요테이(竹葉亭)로라도 모시겠습니다. 전차로 가면 금방입니다."

"장어도 좋지만 오늘은 약속이 있어서 스이하라의 집으로 가야 하니까 나는 이쯤에서 실례해야겠다."

"아아, 스기하라 할아버지요? 그 할아버지도 정정하신가 보네요."

"스기하라가 아니라 스이하라다. 넌 이렇게 실수만 하니 문제라는 게다. 다른 사람 성명을 틀리는 건 큰 실례다. 조심해야 하느니라."

"하지만 스기하라(杉原)라고 쓰여 있잖아요."

"그렇게 쓰고 스이하라라고 읽는 게다."

"이상하네요."

"뭐가 이상하다는 게냐? 명목(名目) 읽기[28]라고 옛날부터 있었던 거다. 구인(蚯蚓)[29]을 우리말로 '미미즈'라고 한다. 그건 '메미즈(目見

---

28 고래의 관례에 따라 읽는 방식.
29 지렁이.

ず)'[30]의 명목 읽기다. 하마(蝦蟆)[31]를 가에루라 읽지 않고 가이루라고 읽는 것도 마찬가지지."

"이야, 신기하네요."

"두꺼비를 때려죽이면 벌렁 뒤집어지지(가에루). 그걸 명목 읽기로 '가이루'라고 한다. 대나무 울타리를 말하는 스키가키(透垣)를 '스이가키', 줄기가 뻗어 나오는 것을 말하는 구키타치(莖立)를 '구쿠타치'로 읽는 것도 다 마찬가지다. 스이하라를 스기하라라고 하는 건 촌놈들이나 하는 말이지. 주의하지 않으면 사람들이 비웃느니라."

"그럼 그 스이하라 할아버지 집으로 지금 가시는 건가요? 이거 참, 곤란한데."

"뭐, 싫으면 넌 안 가도 된다. 나 혼자 갈 터이니."

"혼자 가실 수 있겠어요?"

"걸어서는 힘들다. 인력거를 불러 타고 가야지."

주인은 얼른 알아듣고 인력거꾼을 불러오라고 하녀를 보냈다. 노인은 몇 번이고 인사를 한 다음 상투를 튼 머리에 중절모를 쓰고 돌아갔다. 메이테이 선생은 남았다.

"저분이 자네 백부님이신가?"

"저분이 나의 백부일세."

"음, 그렇군."

주인은 다시 방석 위에 앉아 팔짱을 끼고 생각에 잠겼다.

"하하하하, 호걸이지 않나? 나도 저런 백부가 있으니 행운아인 셈이지. 어디를 모시고 가든 저런 식이라네. 자네, 놀랐겠구먼."

---

30 눈이 보이지 않는다는 뜻.
31 두꺼비.

메이테이 선생은 주인을 놀래주었다는 생각에 크게 기뻐했다.

"뭐, 그리 놀라지는 않았네."

"저런 분을 보고도 놀라지 않았다니 배짱 한번 두둑하군."

"하지만 저 백부님은 꽤 훌륭한 데가 있는 것 같네. 정신 수양을 주장할 때는 크게 감탄했다고 해도 좋네."

"감탄해도 되나 모르겠네. 자네도 앞으로 예순쯤 되면 역시 저 백부처럼 시대에 뒤처질지도 모르네. 정신 똑바로 차리게. 시대에 뒤처지는 것을 돌려가며 취하는 건 눈치 없는 짓이야."

"자네는 자꾸 시대에 뒤처지는 걸 걱정하지만 때와 장소에 따라서는 시대에 뒤처지는 편이 낫다네. 무엇보다 지금의 학문은 앞으로, 앞으로만 갈 뿐인데, 아무리 가봐야 끝이 있는 게 아니네. 도저히 만족을 얻을 수 없다는 거지. 그에 비하면 동양식 학문은 소극적이고 깊은 맛이 있네. 마음 자체를 수양하는 거니 말일세."

주인은 얼마 전 철학자에게서 들은 이야기를 자신의 생각인 양 늘어놓았다.

"대단한 일이 벌어졌는걸. 어쩐지 야기 도쿠센 같은 소리를 하는군."

야기 도쿠센이라는 이름을 듣고 주인은 화들짝 놀랐다. 실은 얼마 전에 와룡굴을 방문하여 주인을 설복하고는 유유히 돌아간 철학자가 바로 야기 도쿠센 선생이고, 지금 주인이 그럴싸하게 점잔을 빼며 늘어놓은 논리도 그 야기 도쿠센 선생의 말을 그대로 되풀이한 것이었기 때문이다. 모를 줄 알았던 메이테이 선생의 입에서 야기 도쿠센이라는 이름이 간발의 차도 없이 튀어나온 순간, 주인이 하룻밤 사이에 몰래 세워놓은 콧대가 여지없이 꺾이고 말았다.

"자네, 도쿠센의 주장을 들어본 적이 있나?"

주인은 위험했으므로 확인해보았다.

"들으나마나 그 사람 주장은 10년 전 학교에 다닐 때나 지금이나 조금도 달라지지 않았지."

"진리는 그렇게 바뀌는 게 아니니, 바뀌지 않는 점이 미더운 것인지도 모르지."

"거 그렇게 편을 들어주니 도쿠센도 그런 논리로 그럭저럭 버텨나가나 보군. 무엇보다 야기(八木)라는 성부터가 근사하지. 그 수염이 딱 염소[32] 아닌가. 그리고 그 수염도 기숙사 시절부터 그 모습 그대로 길렀지. 도쿠센(獨仙)이라는 이름도 기발해. 예전에 우리 집에 묵을 작정으로 찾아와서는 예의 그 소극적 수양이라는 논리를 늘어놓더군. 언제까지고 똑같은 말을 되풀이하며 그만둘 생각을 않기에 내가, 자네, 이제 그만 자세, 라고 했더니 그 사람 참 무사태평하더군. 자기는 잠이 오지 않는다며 시치미를 뚝 떼고는 역시 소극론을 펼치는 데는 참 난처하더군. 어쩔 수 없으니, 자네는 잠이 안 올지 모르지만 난 무척 졸리니까 제발 잠 좀 자라고 부탁해서 잠을 자게 한 것까지는 좋았는데, 그날 밤 쥐가 나와 도쿠센의 콧등을 물었다네. 한밤중에 야단법석이었지. 그 사람 뭔가 깨달음을 얻은 것처럼 말하지만 목숨은 아까웠는지 굉장히 걱정하던 꼴이라니. 쥐의 독이 온몸에 퍼지면 큰일이라며 어떻게 좀 해보라고 괴롭히는 데는 두 손 들고 말았네. 그래서 어쩔 수 없으니까 부엌에 가서 종이쪼가리에 밥알을 묻혀 떡하니 붙여주고 얼렁뚱땅 넘어갔네."

"어떻게 말인가?"

32 염소(山羊)도 일본어로 야기다.

"이건 물 건너온 고약인데 최근 독일의 명의가 발명한 거다, 인도 사람이 독사에 물렸을 때 썼더니 즉효가 있었다고 한다, 그러니 이것만 붙이면 괜찮을 거다. 이렇게 말해주었네."

"자네는 그때부터 둘러대고 속이는 데는 도가 텄구먼그래."

"……그랬더니 그 사람 완전히 믿어버리고는 안심하고 쿨쿨 자더군. 역시 호인이더라니까. 다음 날 일어나서 보니까 고약 밑으로 실보무라지가 매달려 예의 그 염소수염에 걸려 있더군. 정말 가관이었네."

"하지만 그 시절보다는 상당히 나아진 것 같더군."

"자네, 최근에 만나보았나?"

"일주일쯤 전에 찾아와서 오랫동안 이야기를 하고 갔네."

"어쩐지 도쿠센 식의 소극론을 펼친다 했네."

"실은 그때 무척 감동을 받아서 나도 분발해서 수양이나 해볼까 하는 참이네."

"분발하는 건 좋지만, 남의 말을 그리 쉽게 곧이들으면 놀림감이 되기 십상이네. 대체로 자네는 남의 말을 이것저것 덮어놓고 받아들이는 게 탈이야. 도쿠센도 주둥이 하나는 알아줘야 하겠지만, 막상 무슨 일이 벌어지면 다른 사람들과 마찬가지야. 자네, 9년 전의 대지진[33] 알고 있지? 그때 기숙사 2층에서 뛰어내려 다친 사람은 도쿠센뿐이었으니까."

"거기에 대해서는 그 사람이 여러 가지로 설명하지 않았나?"

"그랬지. 굉장히 다행스러운 일이었다, 선의 기봉(機鋒)은 몹시 예리한 것이어서 이른바 재빨리 기능하게 되면 무서울 정도로 빠르게 사물에 대응할 수가 있다, 사람들이 지진이 일어났다며 허둥대고 있

---

33 1894년 대지진이 도쿄 일대를 덮쳐 다수의 사상자가 나왔다.

을 때 자신만은 2층 창문으로 뛰어내린 것은 수양의 효과가 나타난 것이라 기쁘다, 발을 절뚝거리면서도 이렇게 말하며 기뻐했지. 억지가 정말 대단한 사람이야. 대체로 선(禪)입네 불(佛)입네 하며 요란하게 떠들어대는 놈치고 수상하지 않은 놈이 없다니까."

"그럴까?"

구샤미 선생은 다소 기세가 꺾였다.

"얼마 전에 왔을 때 선종 스님의 잠꼬대 같은 말을 하지 않았나?"

"음, 번개가 춘풍을 가른다든가 하는 글귀를 가르쳐주고 갔네."

"음, 번개 말이군. 그게 10년 전부터 입버릇처럼 하는 말이니 우습지. 무각(無覺) 선사[34]의 번개 하면 기숙사 안에서 모르는 사람이 없을 정도였으니까. 게다가 도쿠센은 때때로 급해지면 번개가 춘풍을 가른다고 해야 할 것을 실수로 춘풍이 번개를 가른다고 말하니 재미있지. 다음에 한번 시험해보게. 그 사람이 침착하게 말할 때 이것저것 반대를 해보게. 그러면 금세 허둥대면서 묘한 말을 할 걸세."

"자네처럼 짓궂은 사람은 당할 수가 없다니까."

"누가 짓궂은 사람인지 알 수가 없네. 난 선승이라느니 깨달음이니 하는 것이 아주 싫네. 우리 집 근처에 난조인(南藏院)이라는 절이 있는데, 그곳에 한 여든 살쯤 되는 노승이 있지. 그런데 얼마 전 소나기가 내렸을 때 절 안에 벼락이 떨어져 그 노승이 있던 뜰 앞 소나무가 쪼개져버렸네. 그런데 노승이 태연자약했다기에 자세히 물어보니 귀가 먹었다네. 그러니 태연자약할 수밖에. 도쿠센도 혼자 깨닫든 말든 하면 모르겠지만, 걸핏하면 남을 끌어들이니까 좋지 않은 거지. 실제로 도쿠센 때문에 두 사람이나 미쳐버렸으니까."

34 깨닫지 못한 선승이라는 뜻으로 앞에서 나온 무학(無學) 선사를 비튼 것.

"누가 말인가?"

"누구냐고? 한 사람은 리노 도젠이네. 도쿠센 때문에 선학에 빠져서 가마쿠라로 갔다가 결국 거기서 미쳐버렸다네. 엔가쿠지(円覺寺)[35] 앞에 기차 건널목이 있잖은가. 그 건널목 안으로 뛰어들어 레일 위에서 좌선을 했다네. 그런데 저쪽에서 오는 기차를 멈춰 보이겠노라고 아주 기염을 토했다네. 기차가 알고 멈춰서 목숨을 건지기는 했는데, 그 대신 이번에는 불속으로 뛰어들어도 타지 않고 물속으로 들어가도 빠지지 않는 금강불괴(金剛不壞)의 몸이라며 절 안의 연꽃 연못에 들어가 부글부글 허우적거렸다네."

"그래 죽었는가?"

"다행히 그때 지나가던 승려가 건져주었는데, 그 후 도쿄로 돌아가서는 끝내 복막염으로 죽고 말았다네. 복막염으로 죽었지만 복막염에 걸린 건 승방에서 보리밥이나 절인 무청만 먹은 탓이니 결국 간접적으로 도쿠센이 죽인 것이나 마찬가지지."

"무작정 열중하는 것도 한마디로 좋다 나쁘다고 말할 수 없겠구먼."

주인은 잠깐 기분 나쁜 표정을 지었다.

"정말 그러네. 도쿠센한테 당한 사람이 동창 중에 또 한 명 있다네."

"위험하군. 그래 누군가?"

"다치마치 로바이 군이네. 그 사람도 완전히 도쿠센의 꾐에 빠져 장어가 승천한다느니 하는 말만 늘어놓다가 결국 그렇게 되고 말았다네."

"그렇게 되고 말았다니, 그게 무슨 말인가?"

35 가마쿠라에 있는 임제종 엔가쿠지파 본산. 소세키도 이곳에서 참선한 적이 있다.

"결국 장어가 승천하고 돼지가 신선이 되었다는 말이지."

"그건 또 무슨 말인가?"

"야기가 도쿠센(獨仙)이라면 다치마치는 돈선(豚仙)이라는 말이네. 그 사람만큼 먹을 것에 욕심을 부리는 사람도 없었는데, 그 먹보와 선승의 심술이 함께 발동했으니 구제불능이었지. 처음에는 우리도 몰랐는데, 지금 생각해보니 묘한 말만 늘어놓았지. 우리 집에 찾아와서는, 자네, 저 소나무에 커틀릿이 날아오지 않았나, 우리 고향에서는 어묵이 판자를 타고 헤엄을 친다네, 하고 자꾸 경구를 내뱉더란 말이지. 그런 말을 늘어놓은 것까지는 좋았는데, 자네, 밖에 있는 도랑에 밤경단을 깨러 가지 않겠나, 하고 재촉하는 데는 나도 두 손 들고 말았지. 그러고 나서 2, 3일 있다가 결국 돈선이 되어 스가모 정신병원에 수용되고 말았네. 원래 돼지 따위는 정신병자가 될 자격이 없지만 도쿠센 덕분에 그 지경에 이르고 만 거지. 도쿠센의 세력도 정말 대단하다니까."

"저런, 지금도 스가모에 있나?"

"있다뿐인가. 자기가 무슨 대단한 사람이라도 되는 양 기염을 토하고 있지. 요즘에는 다치마치 로바이라는 이름이 시시하다고 스스로 덴도 고헤이(天道公平)라 칭하면서 천도(天道)의 화신을 자처하고 있다네. 굉장하지. 한번 찾아가보게."

"덴도 고헤이?"

"그래, 덴도 고헤이라네. 미치광이 주제에 근사한 이름을 붙였지. 때로는 고헤이(孔平)라고 쓰는 일도 있네. 세상 사람들이 길을 잃고 헤매고 있으니 꼭 구해주고 싶다면서 닥치는 대로 친구나 누군가에게 편지를 보내고 있다네. 나도 네다섯 통쯤 받았는데, 그중에는 꽤 긴 것도 있어서 부족한 우표 값을 문 일도 두 번이나 된다네."

"그럼 나한테 온 것도 로바이가 보낸 거로군."

"자네한테도 왔던가. 그놈 참 묘하거든. 역시 빨간색 봉투였겠지?"

"음, 한가운데가 빨갛고 좌우는 하얀색이었네. 좀 색다른 봉투였지."

"그건 일부러 중국에 주문한 거라네. 하늘의 도는 하얗고, 땅의 도도 하얗고, 사람은 그 중간에 있어 빨갛다는 돈선의 격언을 나타낸 것이라네."

"꽤 사연이 있는 봉투로군."

"미치광이인 만큼 아주 공을 들였지. 그리고 미쳐도 식탐만은 여전한 듯 매번 먹을 것에 대한 이야기가 꼭 쓰여 있으니 기묘하지. 자네한테도 무슨 소리를 하지 않았나?"

"음, 해삼 이야기가 쓰여 있었네."

"로바이는 해삼을 좋아했으니까, 그럴 만하지. 그리고?"

"그리고 복어와 조선 인삼인가 하는 이야기가 쓰여 있었네."

"복어와 조선 인삼이라, 절묘한 조합이야. 아마 복어를 먹고 식중독에 걸리면 조선 인삼을 달여 먹으라고 할 생각이었겠지."

"그렇지도 않은 것 같네."

"그렇지 않아도 상관없네. 어차피 미쳤으니까. 그것뿐이었나?"

"아니, 또 있네. 구샤미 선생, 차라도 마시게, 하는 말이 쓰여 있었네."

"아하하하, 차라도 마시라니, 너무 심했는데. 그 말로 자네를 끽소리 못하게 했다고 생각하고 있을 걸세. 걸작이야. 덴도 고헤이, 만세!"

메이테이 선생은 재미있어 하며 큰 소리로 껄껄 웃기 시작했다. 주인은 적잖은 존경심을 가지고 몇 번이나 독송한 편지를 보낸 이가 확실한 미치광이라는 것을 알고 나니 조금 전의 열성과 고심이 어쩐지 헛수고가 된 듯하여 화가 나기도 하고 또 정신병자의 글을 그토록 수고스럽게 감상했나 생각하니 부끄럽기도 했다. 마지막으로 광인이 쓴 글에 그토록 감탄한 이상 자신도 신경에 다소 이상이 온 것이 아닐까 하는 의심도 들었기에 분노와 수치와 걱정이 뒤섞인 상태로 어쩐지 침착함을 잃은 표정으로 앉아 있었다.

그때 현관문이 드르륵 열리며 묵직한 구두 소리가 두 번쯤 현관에서 울리는가 싶더니 우렁찬 목소리가 들려왔다.

"계세요? 계십니까?"

주인은 엉덩이가 무거운 것에 비해 메이테이 선생은 또 굉장히 싹싹한 사람이라 하녀가 나가는 것도 기다리지 못하고 들어오라고 외치면서 가운뎃방을 두 걸음에 건너 현관으로 뛰어나갔다. 양해도 없이 남의 집에 불쑥 들어오는 것은 폐가 되지만, 일단 들어온 이상은 서생처럼 손님을 맞아주기도 하니 아주 편하다. 아무리 메이테이 선생이라도 손님임에는 틀림없다. 그 손님이 현관으로 나가는데 주인인 구샤미 선생이 객실에 꼼짝 않고 앉아 있을 수만은 없는 노릇이다. 일반적인 사내라면 나중에라도 나가보겠지만, 그렇지 않은 이가 구샤미 선생이다. 아무렇지 않게 방석에 엉덩이를 붙이고 있다. 다만 엉덩이를 붙이고 있는 것과 차분히 앉아 있는 것은 그 모습은 비슷해 보이지만 실상은 무척 다르다.

현관으로 뛰어나간 메이테이 선생은 뭔가 열심히 말하고 있었는데, 잠시 후 안쪽을 향해 큰 소리로 외쳤다.

"어이, 주인 양반, 좀 번거롭더라도 나와보게. 자네가 직접 나와봐야겠네."

주인은 하는 수 없이 팔짱을 낀 채 느릿느릿 나갔다. 보아하니 메이테이 선생은 명함 한 장을 든 채 웅크린 자세로 인사를 하고 있었다. 굉장히 위엄 없는 자세다. 그 명함에는 경시청 형사과 순사 요시다 도라조라고 쓰여 있다. 도라조와 나란히 서 있는 이는 스물대여섯쯤 되어 보이는 키가 크고 결기 있는, 위아래로 감색 바탕에 줄무늬가 있는 옷을 차려입은 사내다. 묘하게 이 사내도 주인과 마찬가지로 팔짱을 낀 채 잠자코 서 있다. 어디서 본 듯한 얼굴이라 생각하며 자세히 관찰해보니 본 정도가 아니었다. 얼마 전 심야에 내방하여 참마를 훔쳐 간 도둑놈이었다. 아니, 이번에는 백주대낮에 당당하게 현관으로 들어오셨다 이건가.

"이봐, 이분은 형사과 순사로 지난번의 도둑을 잡았으니 자네더러 출두하라는 말을 전하러 일부러 오셨다네."

주인은 그제야 순사가 찾아온 이유를 안 듯 도둑놈 쪽을 향해 정중히 머리를 숙여 예를 표했다. 도둑 쪽이 도라조보다 사내다워 그가 형사라고 지레짐작한 것이다. 도둑놈도 놀랐음에 틀림없지만 그렇다고, 저는 도둑입니다, 하고 밝히기도 뭐했는지 시치미를 떼고 서 있었다. 역시 팔짱을 낀 채다. 하긴 수갑을 차고 있으니 꺼내려고 해도 빠질 리 없을 것이다. 보통은 이런 상황이면 대충 알 터인데, 이 주인은 요즘 사람 같지 않게 관리나 경찰에게 무턱대고 고마워하는 버릇이 있다. 관청의 위광은 굉장히 무서운 것이라 알고 있다. 하긴 이론상으로 보면 순사란 자신들이 돈을 내 고용한 파수꾼 정도라는 것은 알고 있지만, 실제로 맞닥뜨리면 묘하게 굽실거린다. 주인의 아버지가 옛날 변두리의 촌장[36]이었으니 윗사람에게 굽실굽실 머리를 조아리며 살아온 습관이 업보가 되어 아들에게 이렇게 대물림된 것인지도 모른다. 참 딱하기 그지없는 노릇이다.

순사는 우스운 모양인 듯 히죽히죽 웃으며 말했다.

"내일 오전 9시까지 니혼즈쓰미 지서로 나와주십시오. 도난품은 뭐였습니까?"

"도난품은……"

주인은 말문을 열었으나 애석하게도 모두 잊어버렸다. 다만 기억하고 있는 것은 다타라 산페이가 보내온 참마뿐이다. 참마 따위 어떻게 되든 상관없다고 생각했지만, 도난품은…… 하고 말문을 열었으나 뒤를 잇지 못하는 것이 너무나도 얼간이 같아서 체면이 말이 아니었다. 남이 도둑을 맞았다면 어떤지 모르지만 자신이 도둑을 맞았으면서 명확히 대답할 수 없는 것은 제 앞가림도 못하는 사람이라는 증거라고 생각하며 말을 이었다.

"도난품은…… 참마 한 상자요."

도둑놈도 이때는 우스웠는지 고개를 숙이고 옷깃에 턱을 묻었다. 메이테이 선생은 크게 웃으며 말했다.

"하하하하, 참마가 어지간히 아까웠나 보군."

순사만은 의외로 진지했다.

"참마는 나오지 않은 것 같지만, 다른 물건은 대체로 다 찾은 것 같습니다. 뭐, 가서 보시면 아시겠지요. 그리고 돌려받으려면 청구서가 필요하니 도장을 지참하는 것도 잊지 마십시오. 9시까지는 나오셔야 합니다. 니혼즈쓰미 지서입니다. 아사쿠사 경찰서 관할의 니혼즈쓰미 지서입니다. 그럼 안녕히 계십시오."

36 소세키의 아버지도 우시고메 일대(현재의 신주쿠 구)의 촌장이었다.

순사는 혼자 말하고 돌아갔다. 도선생도 뒤를 따라 문을 나섰다. 손을 꺼낼 수 없어 문을 닫을 수 없었기에 그대로 열어둔 채 가버렸다. 어이가 없으면서도 불만스러운지 주인은 뾰로통한 표정으로 문을 쾅 닫았다.

"아하하하, 자네는 형사를 무척 존경하는구먼. 늘 그렇게 겸손하면 좋을 텐데, 순사한테만 공손하니 탈이라는 거지."

"알려주려고 일부러 찾아온 거 아닌가."

"알려주러 오는 게 그쪽 일 아닌가. 당연한 일로 치부해도 충분하다네."

"하지만 예사로운 일이 아니지 않나."

"물론 예사로운 일이 아니네. 탐정이라는 지겨운 일이지. 예사로운 일보다 하등이라네."

"자네, 그런 말을 하다간 크게 봉변을 당할 걸세."

"하하하하, 그럼 형사 욕은 그만 하기로 하세. 그런데 자네, 형사를 존경하는 것은 그렇다 치고, 도둑놈을 존경하는 데는 놀라지 않을 수 없었네."

"누가 도둑놈을 존경했다고 그러나?"

"자네가 그랬지."

"내가 도둑놈과 무슨 교제가 있었다고 그러나?"

"없었다니, 자넨 도둑놈한테 절을 하지 않았나?"

"언제?"

"방금 허리를 굽히고 절을 하지 않았는가?"

"바보 같은 소리, 그건 형사였네."

"그런 차림을 한 형사 봤나?"

"형사니까 그런 차림을 한 거 아닌가."

"거, 고집은."

"자네야말로 고집을 부리는 거네."

"자, 무엇보다 형사라는 사람이 남의 집에 와서 그렇게 팔짱을 끼고 서 있는 거 봤나?"

"형사가 팔짱을 끼지 말란 법이 있나?"

"그렇게 맹렬히 나오니 어이가 없네만, 자네가 고개를 숙여 인사를 하는 동안 그놈은 내내 팔짱을 끼고 서 있었다네."

"형사니까 그 정도 일은 할 수 있을지도 모르지 않나."

"자신만만하네그려. 아무리 말해도 들어먹지를 않으니 참."

"왜 듣겠나. 자네는 입으로만 도둑놈, 도둑놈 하지만, 그 도둑놈이 들어온 것을 본 것도 아니지 않나. 그저 그렇게 생각하고 혼자 고집을 부리는 거지."

여기에 이르자 메이테이 선생도 도저히 구제할 수 없는 사내라고 단념한 모양으로 평소의 그답지 않게 입을 다물고 말았다. 주인은 오랜만에 메이테이 선생을 굴복시켰다고 생각하고 의기양양했다. 메이테이 선생은 주인이 고집을 부릴수록 가치가 떨어진다고 생각하는데, 주인은 자신이 고집을 부릴수록 메이테이 선생보다 대단해진다고 생각한다. 세상에는 이렇게 종잡을 수 없이 엉뚱한 일이 간혹 있다. 끝까지 고집을 부려 이겼다고 생각하는 동안, 그 사람의 인간적 가치는 뚝 떨어지고 만다. 고집을 부린 당사자는 죽을 때까지 자기 체면을 세웠다고만 생각하고, 그때 이후 사람들이 경멸하며 상대해주지 않을 거라고는 꿈에도 생각하지 않으니 신기할 따름이다. 행복한 사람이다. 이런 행복을 돼지의 행복이라 부른다고 한다.

"그거야 어쨌든, 내일 가볼 생각인가?"

"가고말고. 9시까지 오라고 했으니 8시에는 나가야지."

"학교는 어떡하고."

"쉬어야지. 학교야 뭐."

기세 좋게 내팽개치듯 말했다.

"대단한 기세일세. 쉬어도 괜찮은가?"

"괜찮다마다. 우리 학교는 월급제니까 월급이 깎일 염려는 없다네. 괜찮네."

숨김없이 고백하고 말았다. 교활하기도 하지만 단순하기도 하다.

"자네, 가는 건 좋은데 가는 길은 알고 있나?"

"어찌 알겠나. 인력거를 타고 가면 될 일 아닌가."

주인은 뾰로통해 있었다.

"시즈오카의 백부님한테 뒤지지 않을 도쿄 통한테는 두 손 들었네."

"얼마든지 두 손 들게나."

"하하하하, 자네, 니혼즈쓰미 지서란 말일세, 예사로운 곳이 아니라네. 요시와라야."

"뭐라고?"

"요시와라라고."

"유곽이 있는 그 요시와라 말인가?"

"그래, 도쿄에는 요시와라가 한 군데밖에 없으니까. 어떤가, 그래도 가볼 생각인가?"

메이테이 선생은 다시 놀리기 시작한다.

주인은 요시와라라는 말을 듣고 '그건 좀' 하며 잠시 망설이는 듯했으나 이내 마음을 고쳐먹고 쓸데없는 일에 허세를 부렸다.

"요시와라든 유곽이든 한 번 간다고 한 이상, 무슨 일이 있어도 가야지."

어리석은 사람은 자칫 이런 데서 고집을 부리는 법이다.

"그래, 재미있겠군, 잘 보고 오게나."

메이테이 선생은 이렇게 말했을 뿐이다. 일대 파란을 일으킨 형사 사건은 이것으로 일단락되었다. 메이테이 선생은 그러고 나서도 여전히 쓸데없는 잡담을 늘어놓고는 해 질 녘이 되어서야, 너무 늦어지면 백부님에게 혼난다며 돌아갔다.

메이테이 선생이 돌아간 뒤 대충 저녁을 마치고 서재로 물러간 주인은 다시 팔짱을 끼고 다음과 같은 생각을 하기 시작했다.

'메이테이의 이야기를 듣자 하니, 내가 감탄하며 본받으려고 한 야기 도쿠센도 그다지 본받을 만한 인간은 아닌 듯하다. 뿐만 아니라 그의 주장은 어쩐지 상식적이지 않고, 메이테이의 말처럼 정신병적 계통에 속해 있는 것 같다. 하물며 그는 버젓이 두 명의 미치광이 졸개를 거느리고 있다지 않은가. 심히 위험하다. 함부로 접근했다가는 그 계통 안으로 끌려들어갈 것만 같다.

내가 글을 보고 감탄한 나머지 그 사람이야말로 대단한 식견을 가진 위인임에 틀림없다고 믿었던 덴도 고헤이, 즉 다치마치 로바이는 완전한 미치광이고, 실제로 스가모 병원에서 기거하고 있다. 메이테이의 말이 침소봉대한 농지거리라고 해도 그가 정신병원에서 명성을 떨치며 천도의 주재자를 자임하고 있다는 것은 아마 사실일 것이다. 이런 나도 어쩌면 정신이 좀 나간 것인지도 모른다.

유유상종이라는 말도 있듯이 미치광이의 주장에 감탄한 이상, 적어도 그 문장이나 언사에 동정을 표한 이상, 나 역시 미치광이와 인연이 깊은 자일 것이다. 설령 같은 틀로 주조되지는 않았다 하더라도 미치광이와 처마를 나란히 하고 이웃하며 살았다면 경계인 벽 하나쯤 뚫고 어느 틈엔가 같은 방에서 무릎을 맞대고 담소를 나누지 않았을 거라고 단언할 수 없다.

이건 큰일이다. 역시 생각해보면 얼마 전부터 내 뇌의 작용은 나 스스로도 이상하다고 느낄 만큼 아주 기묘했다. 뇌수 20시시 정도의 화학적 변화야 그렇다 치고, 의지가 움직여 행동하고 말하는 점에서 이상하게도 중용을 잃은 부분이 많다. 혀에서 샘물이 솟아나는 것도 아니고 겨드랑이에서 시원한 바람이 부는 것도 아닌데 치근에서 미친 냄새가 나고 근육에서 미친 맛이 나는 것을 어찌하면 좋단 말인가.

정말 큰일이다. 어쩌면 이미 어엿한 환자가 되었는지도 모를 일이다. 다행히 아직 남을 해치거나 세상에 방해가 되는 일을 하지 않았으니 동네에서 쫓겨나지 않고 도쿄 시민으로 존재하고 있는 게 아닐까. 이건 소극이나 적극을 따질 문제가 아니다. 우선 맥박부터 짚어보지 않으면 안 된다. 그런데 맥에는 별 이상이 없는 것 같다. 머리에 열이 있나? 특별히 피가 거꾸로 솟구칠 기미도 보이지 않는다. 하지만 아무래도 걱정이다.'

'이런 나와 미치광이만을 비교하여 유사점만 찾고 있어서는 도저히 미치광이의 영역에서 벗어날 수 없을 것 같다. 방법이 나빴다. 미치광이를 표준으로 삼아 자신을 그쪽으로 끌어가 해석하니 이런 결론이 나오는 것이다. 만약 건강한 사람을 기준으로 삼아 그 옆에 나를 두고 생각해보면 어쩌면 반대의 결과가 나올지도 모른다. 그렇다면 우선 가까운 데서부터 시작해야 한다.

첫째, 오늘 찾아온 프록코트 차림의 백부님은 어떤가. 마음을 어디에 둔단 말인가…… 이 사람도 좀 수상한 것 같다.

둘째, 간게쓰 군은 어떤가. 도시락을 지참하고 아침부터 밤까지 유리알만 갈고 있다. 이 사람도 같은 부류다.

셋째는…… 메이테이? 장난치고 돌아다니는 것을 천직으로 여기는 것 같다. 바로 쾌활한 미치광이임에 틀림없다.

넷째는…… 가네다 씨의 아내다. 악독한 근성은 완전히 상식에서 벗어나 있다. 완전한 미치광이다.

다섯째는 가네다 씨 차례다. 가네다 씨는 아직 만나보지 못했지만, 우선 그 아내를 정중하게 떠받들고 금실 좋게 사는 것을 보면 비범한 인간으로 판단해도 별 지장은 없을 것이다. 비범은 미치광이의 다른 이름이니 우선 이 사람도 같은 부류라 해도 무방할 것이다.

그리고 또, 아직 많이 남아 있다.

낙운관의 군자들. 나이로 보면 아직 어린 싹에 불과하지만 미쳐 날뛴다는 점에서는 일세를 풍미할 만큼 아주 뛰어난 호걸들이다. 이렇게 하나하나 열거해보니 대부분 비슷한 부류인 것 같다. 뜻밖에 마음이 든든해졌다. 사회는 어쩌면 미치광이들이 모여 있는 곳인지도 모르겠다. 미치광이들이 모여 맹렬히 싸우고 서로 으르렁거리고 욕을 퍼붓고 빼앗고, 그 전체가 집단적으로 세포처럼 무너졌다가 다시 솟아나고 솟아났다가 다시 무너지며 살아가는 곳을 사회라고 하는 것인지도 모른다. 그중에서 다소 이치를 알고 분별이 있는 놈은 오히려 방해가 되니 정신병원을 만들어 거기에 가둬둔 채 나가지 못하게 하는 것이 아닐까. 그렇다면 정신병원에 갇혀 있는 자는 보통 사람이고, 병원 밖에서 날뛰고 있는 자가 오히려 미치광이다. 미치광이도 고립되어 있으면 미치광이 취급을 받지만 단체가 되어 세력이 생기면 정상적인 인간이 되어버리는 것인지도 모른다. 심한 미치광이가 돈과 권력을 남용하여 대다수 경미한 미치광이들에게 난동을 부리게 하고, 자신은 사람들로부터 훌륭한 사내라는 말을 듣는 예가 적지 않다. 뭐가 뭔지 도통 모르겠다.'

이상은 주인이 그날 밤 등불 아래에서 홀로 심사숙고했을 때의 심리 작용을 있는 그대로 그려낸 것이다. 그의 두뇌가 얼마나 흐리멍덩한지는 이 기록에서도 뚜렷하게 드러난다. 그는 카이저를 흉내 낸 팔자수염을 기르고 있지만 광인과 정상인을 구별할 수 없을 만큼 얼간이다. 뿐만 아니라 그는 애써 이 문제를 제시하여 자신의 사고력에 호소했으면서도 결국 아무런 결론에도 이르지 못하고 말았다. 그는 무슨 일이든 철저하게 생각할 두뇌가 없는 사내다.

그가 내린 결론은 막연하여 그의 콧구멍에서 나오는 아사히 담배의 연기처럼 종잡을 수 없는데, 이는 그의 논의에서 유일한 특색으로 기억해야 할 사실이다.

나는 고양이다. 고양이인 주제에 어떻게 주인의 마음속을 이렇게 정밀하게 기술할 수 있느냐고 의심하는 자가 있을지도 모르겠다. 하지만 고양이에게도 이 정도의 일은 아무것도 아니다. 이래 봬도 나는 독심술을 터득했다. 언제 터득했느냐는 그런 쓸데없는 질문은 하지 않는 게 좋다. 아무튼 터득했다.

인간의 무릎 위에 올라가 졸고 있을 때 나는 내 부드러운 털을 인간의 배에 살짝 비빈다. 그러면 한 줄기 전기가 일어나 그의 마음속이 손에 잡힐 듯이 내 심안에 비친다. 얼마 전에는 주인이 내 머리를 부드럽게 쓰다듬으면서 갑자기, 이 고양이의 가죽을 벗겨 조끼를 만들면 아주 따뜻하겠는걸 하는, 말도 안 되는 생각을 하는 걸 바로 알아차리고 그만 등골이 오싹해진 일도 있다. 끔찍한 일이다.

그런 사정으로 그날 밤 주인의 머릿속에서 일어난 생각을 다행히 여러분에게 알릴 수 있게 된 것을 나는 큰 영예로 여기는 바다. 다만 주인은 '뭐가 뭔지 도통 모르겠다'고까지 생각한 다음에는 쿨쿨 잠에 빠져들고 말았다. 날이 밝으면 뭘 어디까지 생각했는지 전혀 기억하지 못할 것이다. 만일 앞으로 주인이 미치광이에 대해 생각하는 일이 생기면 처음부터 다시 생각해야 할 것이다. 물론 지금과 같은 경로를 거쳐 '뭐가 뭔지 도통 모르겠다'는 결론에 도달할 거라는 보증은 없다. 하지만 아무리 다시 생각하고 어떤 경로를 거친다고 해도 끝내 '뭐가 뭔지 도통 모르겠다'는 결론에 도달할 것이라는 것만은 분명하다.

『나는 고양이로소이다』 하편(10~11장) 자서*

　　『나는 고양이로소이다』의 하권을 활자로 찍어보니 페이지가 부족하다고 조금 더 써달라고 한다. 아마도 출판사 측에서는 『나는 고양이로소이다』를 자유자재로 늘이고 줄일 수 있다고 알고 있는 모양이다. 아무리 고양이라도 일단 독에 빠져 극락왕생한 이상 그렇게 천박하게 부활할 수는 없는 노릇이다. 페이지가 부족하다고 해서 호락호락 독에서 기어오르는 것은 고양이의 체면에 관계된 문제이니 이것만은 거절하기로 했다.

　　『나는 고양이로소이다』에서 고양이가 독에 빠지는 시기, 소세키 선생은 책 속의 주인공 구샤미 선생과 마찬가지로 교사였다. 독에 빠지고 나서 몇 달이 지났는지, 물론 극락왕생한 고양이는 알 리가 없다. 하지만 이 서문을 쓰는 오늘, 소세키 선생은 이미 교사가 아니다. 주인 구샤미 선생도 지금쯤 휴직이나 아니면 면직을 당했을지도 모른다.

　　세상은 고양이의 눈알처럼 빙빙 회전하고 있다. 불과 몇 달 안에 왕

---

* 『筑摩全集類聚版 夏目漱石全集』第十卷, 筑摩書房(1972).

생할 수도 있다. 월급을 헛되게 할 수도 있다. 세밑도 지나고 설도 지나 꽃도 지고 또 새싹이 돋는 시절이 되었다. 앞으로 어느 정도 회전할지 알 수 없다. 다만 영원히 변치 않는 것은 독 안 고양이 눈알 속의 눈동자뿐이다.

1907년 5월

10

"여보, 벌써 7시예요."

장지문 너머로 안주인이 말을 건넸다. 주인은 일어났는지 아니면 아직 자고 있는지 등을 지고 누워 대답을 하지 않는다. 대답하지 않는 것은 이 사내의 버릇이다. 반드시 뭐라고 입을 열어야 할 때만 '응' 할 뿐이다. 이 '응'도 어지간한 일로는 쉬이 나오지 않는다. 인간도 대답을 귀찮아 할 만큼 게을러지면 어딘지 모르게 멋이 풍기기도 하지만, 이런 인간치고 여자에게 사랑받은 예는 없다. 현재 같이 살고 있는 아내조차 그다지 귀하게 여기지 않는 듯하니, 나머지는 익히 알 수 있다고 해도 큰 잘못은 아닐 것이다.

친형제에게 버림받은 사람을 생판 남인 유녀(遊女)가 사랑할 리 없다는 노랫말도 있듯이, 아내에게도 사랑받지 못한 주인이 일반 숙녀의 마음에 들 리 없다. 이 자리에서 주인이 이성에게 인기가 없다는 것을 굳이 폭로할 필요는 없겠지만, 본인이 어처구니없는 착각을 하여 나이가 많아 아내의 사랑을 받지 못한다는 평계를 대면 미망의 씨

앗이 될 수 있으니 그것을 자각하는 데 일조할 수 있지 않을까 하는 친절한 마음에 잠깐 덧붙였을 따름이다.

알려달라고 한 시각에 그 시간이 되었다고 알려주어도 상대가 그 말을 무시하는 이상, 등을 돌리고 '응' 하는 대꾸도 하지 않는 이상, 잘못은 남편에게 있고 아내에게 있지 않다고 결론내린 안주인은 '늦어도 전 몰라요'라는 태도로 빗자루와 먼지떨이를 들고 서재로 가버렸다.

잠시 후 탁탁탁탁 온 서재를 털어대는 소리가 들려온 것을 보면 늘 하는 청소를 시작한 모양이었다. 대체 청소란 운동을 위해서인가 유희를 위해서인가. 청소할 의무가 없는 내가 관여할 바가 아니니 시치미를 떼고 있으면 그만이지만, 이곳 안주인의 청소법은 굉장히 무의미한 것이라 하지 않을 수 없다. 무의미하다고 하는 이유는, 이곳 안주인은 그저 청소를 위한 청소를 한다는 점이다. 먼지떨이로 장지문을 한 차례 떨고, 빗자루로 다다미방을 대충 쓴다. 이것으로 청소가 끝났다고 해석한다. 청소의 원인 및 결과에 대해서는 털끝만큼의 책임도 지지 않는다. 그러므로 깨끗한 곳은 매일 깨끗하지만 쓰레기가 있는 곳, 먼지가 쌓여 있는 곳은 늘 쓰레기가 모여 있고 먼지가 쌓여 있다.

'곡삭지희양(告朔之餼羊)'[1]이라는 말도 있듯이, 그래도 하지 않는 것보다는 나을지 모른다. 하지만 한다고 해도 그다지 주인에게 도움이 되지 않는다. 도움이 되지 않는데도 매일매일 고생스럽게 하는 것이 안주인의 훌륭한 점이다. 다년간에 걸친 습관으로 아내와 청소는 기

---

1 『논어』에 나오는 말로, 지금은 형식뿐인 예라도 없애는 것보다는 낫다는 의미와 형식만 남은 허례허식(虛禮虛飾)이라는 두 가지 의미로 쓰인다. 여기서는 전자의 뜻.

계적으로 연상될 만큼 굳게 결부되어 있는데도 불구하고, 아내가 태어나기 이전처럼, 먼지떨이와 빗자루가 발명되지 않은 옛날처럼 청소의 실질은 털끝만치도 갖추어지지 않았다. 생각건대 이 양자의 관계는 형식논리학의 명제에서 명사(名辭)처럼 그 내용과 관계없이 결합된 것이었을 게다.

나는 주인과 달리 원래 아침 일찍 일어나는 편이어서 이때는 이미 배가 고파 미칠 지경이다. 집안 식구들도 아직 밥상 앞에 앉지 않았는데 고양이 신분에 도저히 아침을 먼저 먹을 수는 없는 노릇이다. 김이 모락모락 나는 국물이 내 밥그릇 안에서 맛있는 냄새를 풍기며 오르지 않을까 생각하면 가만히 있을 수 없다는 점이 고양이의 천박함이다. 부질없는 일을 부질없다는 걸 알면서도 기대할 때는 그저 그 기대만을 머릿속에 그리며 얌전히 앉아 있는 것이 상책이지만, 막상 그렇게는 잘 안 되는 것이어서 마음속의 바람과 실제가 일치하는지 일치하지 않는지 꼭 시험해보고 싶어진다. 시험해보면 실망할 게 뻔한 일조차 최종적인 실망을 사실로 받아들이기 전까지는 인정할 수 없는 법이다.

나는 참지 못하고 부엌으로 들어갔다. 먼저 부뚜막 그늘에 있는 내 밥그릇을 들여다보니 아니나 다를까 어제 싹싹 핥아먹은 그대로, 들창으로 새들어온 초가을 햇빛에 고요히 빛나고 있었다. 하녀는 이미 막 지은 밥을 밥통에 퍼 담고, 지금은 풍로에 올려놓은 냄비 안을 휘젓고 있다. 밥솥 주위에는 끓어올라 넘친 밥물 몇 줄이 바삭바삭하게 눌어붙어 있는데, 그중 어떤 것은 얇은 종이를 붙여놓은 것처럼 보인다.

이미 밥도 국도 다 되었으니 먹게 해도 좋을 듯싶었다. 이럴 때 점잔을 빼는 건 소용없는 짓이다. 설령 내 바람대로 되지 않더라도 밀져야 본전이니 큰맘 먹고 아침밥을 재촉해보자. 아무리 빌붙어 사는 몸이라 해도 시장기를 느끼는 건 마찬가지다. 이렇게 생각한 나는 야옹야옹 하며 어리광을 부리듯, 호소하는 듯 또는 애원하는 듯 울어보았다. 하녀는 전혀 돌아볼 기미가 없다. 타고난 다각형이라 인정머리가 없다는 것은 알고 있었지만, 잘 울어 동정을 불러일으키는 것이 내 수완이다. 이번에는 냐옹냐옹 하고 울어보았다. 그 울음소리는 내가 생각해도 비장한 음색을 띠어 타향살이를 하는 자의 애간장을 녹이기에 충분한 것 같았다.

하녀는 여전히 들은 척 만 척 돌아보지 않았다. 이 여자는 귀머거리인지도 모른다. 귀머거리라면 남의 집 하녀를 할 수 없겠지만, 어쩌면 고양이 소리만 못 듣는 것인지도 모른다. 세상에는 색맹이라는 게 있는데, 당사자는 완전한 시력을 갖고 있다고 생각해도 의사가 보기에는 불구라고 한다니, 하녀는 성맹(聲盲)일 것이다. 성맹도 틀림없는 불구다. 불구인 주제에 엄청 건방지다.

한밤중에는 내가 용무가 있어 아무리 문 좀 열어달라고 해도 결코 열어준 적이 없다. 간혹 나가게 해주는가 싶어도 이번에는 들여보내주지 않는다. 여름에도 밤이슬은 몸에 독이다. 하물며 서리는 말할 것도 없다. 처마 밑에서 밤을 새며 아침 해를 기다리는 일이 얼마나 괴로운 일인지 상상도 못할 것이다.

얼마 전 문을 닫고 들여보내주지 않았을 때는 들개의 습격을 받아 하마터면 죽을 뻔했는데 간신히 헛간 지붕으로 뛰어올라 밤새 부들부들 떨었다. 이런 일은 모두 하녀의 몰인정에서 나온 괘씸한 일이다. 이런 자를 상대로 울어봤자 반응이 있을 리 없지만, 시장할 때 신을 찾고 궁한 나머지 도둑질도 하고 사랑의 번민 끝에 시가도 읊듯이 다

급해지면 무슨 짓이든지 하는 것이니 웬만한 일이라면 다 해보고 싶어진다.

세 번째에는 니야옹니야옹 하고 주의를 환기하려고 특별히 복잡하게 울어보았다. 나로서는 베토벤의 심포니 못지않은 미묘한 음이라고 확신했지만, 하녀에게는 아무런 영향도 주지 못하는 듯했다. 하녀는 갑자기 무릎을 꿇고 널빤지 하나를 치우고는 그 안에서 12센티미터쯤 되는 길쭉한 참숯 하나를 꺼냈다. 그러고 나서 길쭉한 그놈을 풍로 모서리에 탁탁 치자 세 개 정도로 부서지면서 주변은 그 가루로 새까매졌다. 국물 안에도 조금은 들어간 것 같다. 하녀는 그런 일에 꽤 넘하는 여자가 아니다. 곧바로 부서진 세 개의 숯을 냄비 밑으로 해서 풍로 안으로 밀어 넣었다. 도저히 내 심포니에 귀 기울일 것 같지 않았다. 하는 수 없이 다실 쪽으로 돌아가려고 맥없이 욕실 옆을 지나는데, 여자아이 셋이서 한창 세수를 하느라 분주했다.

세수를 한다고 하지만, 위의 두 딸은 유치원생이고 셋째는 언니 꽁무니도 따라다닐 수 없을 만큼 어려서 정식으로 얼굴을 씻거나 몸단장을 제대로 할 리 없다. 제일 어린아이가 양동이에서 젖은 걸레를 꺼내더니 열심히 얼굴을 문지른다. 걸레로 얼굴을 문지르면 기분 좋을 리 없겠지만, 지진으로 흔들릴 때마다 '아, 재밌쪄' 하며 깔깔대는 아이라 이런 일 정도에 놀랄 것은 없다. 어쩌면 야기 도쿠센 선생보다 더 도통한 것인지도 모른다.

과연 맏딸은 맏딸인 만큼 스스로 언니를 자임하고 있어 양치질하는 그릇을 땡그렁 내팽개치고는 걸레를 빼앗으려 들었다.

"아가야, 이건 걸레야."

아가도 꽤 자신에 차 있었는지라 쉽게 언니의 말을 들으려 하지 않았다.

"싫어, 바부."

아가는 이렇게 말하면서 걸레를 잡아당겼다. '바부'라는 말이 무슨 뜻인지, 어원이 어떻게 되는지 아는 사람이 아무도 없다. 그저 이 아가가 떼를 쓸 때 더러 사용할 뿐이다. 이때 걸레가 언니의 손과 아가의 손에 의해 좌우로 당겨지는 바람에 물을 머금은 한가운데서 물이 뚝뚝 떨어져 아가의 발을 흠뻑 적셨다. 발뿐이라면 참겠지만 무릎 언저리까지 흠뻑 젖는다. 아가는 이래 봬도 겐로쿠[2]를 입고 있다. 듣자니 중간 크기의 무늬라면 뭐든지 겐로쿠라고 부르는 모양이다. 대체 누가 가르쳐주었는지는 알 수 없다.

"아가야, 겐로쿠가 젖으니까 그만해, 알았지?"

언니가 제법 재치 있는 말을 했다. 하지만 이 언니는 바로 얼마 전까지 겐로쿠와 쓰고로쿠(雙六, 주사위 놀이)를 헷갈리던 만물박사다.

겐로쿠라고 하니 생각난 김에 말하자면, 이 아이의 말실수는 엄청난 것으로 때때로 사람을 바보로 만드는 듯한 실수를 한다. 화재로 기노코[3]가 날아온다거나 오차노미소[4] 여학교에 갔다거나 에비스와 다이도코[5]가 나란히 있다고 하기도 한다. 또 언젠가는 '난 짚 가게(와라다나) 아이가 아니야'라고 하기에 다시 자세히 물어보니 우라다나(셋집)와 와라다나를 헷갈린 것이었다. 주인은 이런 말실수를 들을 때마다 웃었지만, 자신이 학교에 나가 영어를 가르칠 때는 학생들에게 진지한 얼굴로 이보다 더 우스꽝스러운 실수를 할 것이다.

2 겐로쿠 시대(1688~1704)풍의 크고 화려한 무늬로, 메이지 시대 러일전쟁 후에 유행했다.
3 기노코는 버섯이다. 히노코(불씨)를 잘못 말한 것이다.
4 여학교 이름은 오차노미즈다.
5 재물의 신인 에비스와 다이도쿠를 말하면서 부엌을 뜻하는 다이도코라고 한 것.

아가는—당사자는 아가라고 하지 않고 늘 아바라고 한다—젠로쿠가 젖은 것을 보고 '젠도코가 척척해'라고 말하며 울기 시작했다. 젠로쿠가 차가워지면 큰일이니 하녀가 부엌에서 뛰어나와 걸레를 빼앗고는 옷을 닦아주었다. 이런 소동 중에서도 비교적 조용한 것은 차녀인 슨코 양이다. 슨코 양은 등을 돌린 채 선반 위에서 굴러떨어진 가루분 병을 열어 열심히 화장을 하고 있다. 먼저 병에 집어넣은 손가락으로 콧등을 쓱 문지르자 세로로 하얀 선이 생겨 코가 어디에 있는지 좀 더 분명해졌다. 다음으로 분가루가 잔뜩 묻은 손가락을 돌리며 볼을 비벼대자 여기에도 하얀 덩어리가 생겼다. 이만큼 장식이 갖추어졌을 때 하녀가 들어와 아가의 옷을 닦는 김에 슨코의 얼굴도 닦고 말았다. 슨코는 다소 불만스러운 것 같았다.

나는 이 광경을 지켜보다, 이제 주인이 일어났나 싶어 다실에서 침실로 가 안을 살펴봤으나 주인의 머리는 보이지 않고 대신 250밀리미터가 넘는 발등이 높은 발 하나가 이불 바깥으로 쑥 나와 있었다. 머리가 나와 있으면 누가 깨울 때 성가실 것 같아 이렇게 이불 속으로 파고들었을 것이다. 거북이 같은 사내다. 그때 서재 청소를 끝낸 안주인이 다시 빗자루와 먼지떨이를 들고 조금 전처럼 장지문 입구로 들어왔다.

"아직 일어나지 않은 거예요?"

이렇게 말하고는 잠깐 서서 머리도 나와 있지 않은 이부자리를 쳐다보고 있었다. 이번에도 대답이 없다. 아내는 입구에서 두 걸음만 들어가 빗자루로 방바닥을 탁탁 치면서 거듭 대답을 요구했다.

"여보, 안 일어나실 거예요?"

이때 주인은 이미 잠에서 깨 있었다. 깨 있으면서 아내의 습격에 대비하려고 미리 이불 속에 머리를 처박고 있었던 것이다. 머리만 내놓지 않으면 혹시 봐주지 않을까 하는 시답잖은 기대를 품고 누워 있었으나 좀처럼 봐줄 것 같지 않다. 하지만 첫 번째 소리는 문지방 위에서 났으니 적어도 2미터쯤 거리가 있어 다소 안심하고 있었다. 그런데 방바닥을 탁탁 치는 빗자루 소리가 1미터쯤으로 가까워져 살짝 놀랐다. 그뿐 아니라 두 번째의 '여보, 안 일어나실 거예요?' 하는 소리가 거리에서나 음량에서나 전보다 배 이상의 기세로 이불 안에까지 들리자 이거 안 되겠다 싶어 기어들어가는 목소리로 '응' 하고 대답했다.

"9시까지 가야 하잖아요. 빨리 준비하지 않으면 늦겠어요."

"그렇잖아도 지금 일어나려고 했어."

이불 밑으로 대답하는 것이 참으로 가관이다. 아내는 늘 이런 수에 속아, 일어나겠구나 싶어 안심하고 있으면 다시 잠들어버리기 때문에 방심은 금물이라며 몰아세웠다.

"자, 일어나세요."

일어난다고 하는데도 계속 일어나라고 몰아세우면 못마땅한 법이다. 주인처럼 제멋대로인 사람은 더욱 못마땅할 것이다. 이 때문인지 주인은 머리까지 뒤집어쓰고 있던 이불을 단숨에 확 밀어젖혔다. 커다란 두 눈을 다 뜨고 있다.

"뭐야, 시끄럽게. 일어난다고 했으면 알아먹어야지."

"일어난다고 하고서 일어나지 않으니까 그렇죠."

"누가 언제 그런 거짓말을 했다고 그래."

"늘 그렇잖아요."

"바보 같은 소리."

"누가 바보 같은 소리를 하는지 모르겠네요."

빗자루를 짚고 뾰로통한 얼굴로 머리맡에 서 있는 안주인의 모습이 듬직했다. 이때 뒷집 인력거꾼네 아이인 얏 짱이 갑자기 으앙 하고 큰 소리로 울기 시작했다. 얏 짱은 주인이 화를 내기만 하면 울어야 한다. 인력거꾼네 여편네가 그렇게 시키기 때문이다. 여편네는 주인이 화를 낼 때마다 얏 짱을 울려 용돈을 버는지는 모르겠으나 얏 짱으로서는 아주 고역이다. 이런 사람이 엄마라면 아침부터 저녁까지 내내 울지 않으면 안 되는 것이다. 이런 사정을 감안하여 주인도 좀 화내는 것을 삼가준다면 얏 짱의 수명이 조금은 늘어날 텐데, 아무리 가네다 씨의 부탁을 받았다 하더라도 이런 어리석은 짓을 하는 것을 보면 덴도 고헤이 선생보다 훨씬 심하게 정신이 나갔다고 판단해도 좋을 것이다.

화를 낼 때마다 울게 할 뿐이라면 그래도 좀 낫겠지만, 가네다 씨가 근처의 부랑배들을 시켜 질그릇으로 만든 너구리라고 주인을 놀리도록 할 때마다 얏 짱은 울어야 한다. 주인이 화를 낼지 아닐지 아직 확실히 알 수 없을 때부터 반드시 화를 낼 거라 예상하고 미리 손을 써서 얏 짱은 울고 있는 것이다. 이렇게 되면 주인이 얏 짱인지 얏 짱이 주인인지 알 수 없게 된다. 주인을 골탕 먹이는 데는 전혀 수고스럽지 않다. 얏 짱에게 살짝 핀잔을 주기만 하면 힘 안 들이고 주인의 뺨을 갈기게 되는 것이다.

옛날 서양에서는 처형해야 할 범죄자가 국경 밖으로 도망쳐 붙잡지 못한 경우 그 사람 대신 인형을 만들어 화형에 처했다고 한다. 가네다 집안에도 이런 서양의 고사에 능통한 전략가가 있는 모양인지 신통한 계략을 전수한 셈이다. 요령 없는 주인에게 낙운관이며 얏 짱의 어머니는 필시 골칫거리일 것이다. 그밖에도 골칫거리는 많았다. 어쩌면 온 동네가 골칫거리인지도 모른다. 다만 지금은 무관한 일이니 조금씩 차례로 소개해가기로 하겠다.

얏 짱의 울음소리를 들은 주인은 아침 일찍부터 어지간히 울화통이 터졌는지 벌떡 일어나 이불 위에 앉았다. 이렇게 되면 정신 수양이고 야기 도쿠센 선생이고 뭐고 아무 소용이 없다. 고쳐 앉으며 두 손으로 두피가 벗겨질 정도로 벅벅 머리를 긁어댔다. 한 달이나 쌓여 있던 비듬이 가차 없이 목덜미며 잠옷 옷깃에 떨어졌다. 대단한 장관이다.

수염은 어떤가 하고 보니 이 역시 놀랄 만큼 삐쭉삐쭉 힘차게 서 있다. 주인이 화를 내고 있는데 수염만 차분히 있어서는 송구하다고 여긴 모양인지 하나하나 불끈하여 이리저리 맹렬한 기세로 멋대로 뻗어 있다. 이것도 상당한 볼거리다. 어제는 거울 앞이기도 해서 얌전히 독일 황제 폐하를 흉내 내며 정렬해 있었으나 하룻밤 자고 나니 훈련이고 나발이고 내 알 바 아니라는 듯이 곧바로 본래의 제멋대로인 몰골로 돌아간 것이다. 마치 주인의 하룻밤 정신 수양이 다음 날이 되면 씻은 듯이 말끔히 사라지고 곧바로 타고난 멧돼지의 본성이 전면에 드러나는 것이나 마찬가지다. 이런 난폭한 수염을 가진 난폭한 사내가 면직도 되지 않고 지금까지 용케 교사로 근무해왔구나 생각하니 비로소 일본이 넓다는 것을 알 수 있었다.

그만큼 넓으니 가네다 씨나 가네다 씨의 주구가 인간으로 살아올 수 있었을 것이다. 그들이 인간으로 인정되는 동안 주인도 면직이 될 이유가 없다고 확신하고 있는 듯하다. 만일의 경우 스가모에 엽서를 띄워 덴도 고헤이 선생에게 문의해보면 금방 알 수 있는 일이다.

이때 주인은, 어제 소개한 혼돈된 태고의 눈을 부릅뜨고 벽장을 뚫어져라 쳐다보았다. 이 벽장은 높이가 2미터쯤 되는데 위아래 칸으로 나뉘어 각각 한 짝씩 문이 달려 있다. 아래쪽 벽장은 이불 끝자락이 닿을락 말락 하는 거리에 있어 다시 일어난 주인이 눈만 뜨면 자연히 시선이 가게 되어 있다. 거기에는 무늬가 들어간 종이가 군데군데 찢어져 묘한 내장이 그대로 들여다보인다. 내장에는 여러 가지 것들이 있다. 어떤 것은 활판으로 인쇄된 것이고 어떤 것은 육필이다. 어떤 것은 뒤집어져 있고 어떤 것은 거꾸로다. 주인은 이 내장을 보고 뭐가 쓰여 있는지 읽고 싶어졌다. 지금까지는 인력거꾼네 여편네라도 붙잡아서 소나무에 콧잔등이라도 문질러주어야 속이 풀릴 것처럼 화가 나 있던 주인이 뜬금없이 휴지나 다름없는 종이에 쓰인 글을 읽고 싶어 하는 것은 이상한 것 같지만, 이런 양성의 울화증 환자에게는 드문 일도 아니다. 어린아이가 울 때 모나카[6] 하나를 주면 금방 울음을 그치고 웃는 것이나 매한가지다.

옛날 주인이 어느 절에서 하숙하고 있을 때[7] 장지문 하나를 사이에 두고 비구니 대여섯 명과 함께 기거했다. 비구니란 원래 심술궂은 여자 중에서 가장 심술궂은 여자들인데, 한 비구니가 주인의 성품을 꿰뚫어보았는지 밥 짓는 냄비를 두드리면서 '울다 웃으면 똥구멍에 털 난대요, 울다 웃으면 똥구멍에 털 난대요' 하며 장단을 맞춰 노래했다고 한다. 주인이 비구니를 아주 싫어하게 된 것은 그때부터라고 하는데, 비구니를 싫어한다고 해도 성품은 딱 노래 그대로다. 주인은 울거나 웃거나 기뻐하거나 슬퍼하는 걸 남보다 두 배는 하는 대신 어느 것

---

6 찹쌀가루 반죽을 얇게 밀어 구운 것에 팥소를 넣은 과자.

7 소세키 자신도 1894년 10월부터 이듬해 4월까지 도쿄의 호조인(法藏院)이라는 절에서 하숙을 한 적이 있다.

이나 길게 가는 일이 없다. 좋게 말하면 집착이 없고 심기가 마구 변한다고 하겠지만, 이를 속된 말로 쉽게 말하자면 속이 깊지 못하고 경박한 데다 콧대만 센 응석받이다. 응석받이인 이상, 싸움이라도 하려는 기세로 벌떡 일어난 주인이 갑자기 마음이 바뀌어 벽장의 내장을 읽으려 드는 것도 그럴듯하다고 말하지 않을 수 없을 것이다.

제일 먼저 눈에 들어온 것이 물구나무를 선 이토 히로부미의 얼굴이다. 위를 보니 메이지 11년(1878) 9월 28일이라고 쓰여 있다. 한국 통감[8]은 그 시절부터 이미 포고문 꽁무니를 쫓아다니고 있었던 것으로 보인다. 대장은 그 시절 뭘 하고 있었을까, 하고 읽을 수 있을 것 같지 않은 글자를 억지로 읽으니 대장경(大藏卿)[9]이라 쓰여 있다. 과연 대단한 신분이다. 아무리 물구나무를 서도 대장경이다.

약간 왼쪽을 보니 이번에는 대장경이 누워 낮잠을 자고 있다. 당연하다. 물구나무를 서서는 그리 오래 버틸 수 없다. 아래쪽에는 커다란 목판에 '그대는'이라는 세 글자만 보인다. 그 뒤가 보고 싶지만 아쉽게도 보이지 않는다. 다음 줄에는 '빨리'라는 두 글자만 보인다. 이것도 읽고 싶지만 그것뿐이어서 실마리가 없다. 만약 주인이 경시청의 탐정이었다면 남의 것이라도 개의치 않고 떼어냈을지도 모른다.

탐정 중에는 고등교육을 받은 자가 없어 사실을 밝혀내기 위해서는 뭐든지 한다. 그건 어떻게 해볼 도리가 없는 노릇이다. 바라건대 좀 더 조심했으면 좋겠다. 조심하지 않을 거라면, 사실을 결코 밝혀낼 수 없게 하는 것도 좋을 것이다. 듣자니 그들은 무고한 양민에게 없는 사

8 1905년부터 1910년까지 일본이 한국(대한제국) 경성에 설치한 통감부의 장관. 이토 히로부미는 1906년 3월 3일에 취임한 초대 총감이었다.
9 1878년 당시 이토 히로부미는 대장소보(大藏少輔, 1869년에 임명)와 내무경(內務卿, 1878년에 임명)을 겸하고 있었다.

실을 날조하여 죄를 뒤집어씌우는 일도 서슴지 않는다고 한다. 양민이 돈을 내 고용한 자가 고용주를 죄인으로 만드는 것 역시 미친 짓이라 하기에 충분하다.

다음으로 눈을 돌려 한가운데를 보니 오이타 현이 공중제비를 하고 있다. 이토 히로부미조차 물구나무를 설 정도이니 오이타 현이 공중제비를 하는 것은 당연하다. 여기까지 읽은 주인은 두 주먹을 불끈 쥐고 천장을 향해 높이 쳐들었다. 하품을 하려는 것이다.

이 하품이 또 고래가 멀리서 우는 소리처럼 아주 요상한 것이었는데, 하품이 일단락되자 주인은 느릿느릿 옷을 갈아입고 세수를 하러 욕실로 갔다. 기다리고 있던 아내는 재빨리 요와 이불을 개고 여느 때처럼 청소를 시작했다. 청소가 여느 때와 같은 일인 것처럼 주인이 세수하는 방법도 10년을 하루같이 여느 때와 같다.

지난번에 소개한 것처럼 여전히 꽥꽥거리는 소리를 내고 있다. 그러고 나서 머리 가르마를 타고 서양 수건을 어깨에 걸치고 다실로 행차하여 직사각형의 목제 화로 옆에 자리를 잡고 초연히 앉았다. 목제 화로라 하면 나뭇결이 고운 느티나무로 만든 것이거나 재를 넣는 부분에 동을 입힌 것이어서 막 머리를 감아 풀어져 내린 머리의 여인이 한쪽 무릎을 세우고 앉아 먹감나무로 만든 테두리를 긴 곰방대로 두드리는 모습을 상상하는 이가 없지 않겠지만, 우리 구샤미 선생의 목제 화로는 결코 그런 세련된 것이 아니다. 무엇으로 만들었는지 문외한으로서는 짐작조차 할 수 없을 만큼 예스럽고 아담한 것이다.

목제 화로는 잘 닦아 반들반들 윤이 나는 것이 장점인데, 이 물건은 느티나무인지 벚나무인지 아니면 오동나무인지 전혀 알 수 없는 데다 거의 닦지 않아 거무죽죽하고 볼썽사납기 그지없다. 이런 것을 대체 어디서 사왔을까. 하지만 사온 기억이 없다. 그렇다면 누군가에게 받았느냐 하면, 주었다는 사람도 아무도 없다고 한다. 그러면 훔쳐온 것이냐고 캐물으니 어쩐지 그 부분은 애매하다.

옛날 친척 중에 한 노인이 있었는데, 그 노인이 죽었을 때 한동안 집을 봐달라는 부탁을 받은 적이 있다. 그런데 그 후 집을 마련하여 그 노인의 집을 떠날 때 거기서 자기 것인 양 쓰고 있던 화로를 아무 생각 없이 들고 왔다는 것이다. 다소 질이 나쁜 것 같다. 생각해보면 질이 나쁜 것 같지만, 이런 일은 세상에 왕왕 있는 일일 것이다. 은행가 같은 사람들은 매일 남의 돈을 만지다 보면 남의 돈이 자기 돈처럼 보이게 된다고 한다. 관리는 국민의 심부름꾼이다. 일을 처리하도록 일정한 권한을 위탁한 대리인 같은 것이다. 그런데 위임받은 권력을 등에 업고 매일 사무를 처리하다 보면, 이는 자신이 소유한 권력이고 국민 따위는 이에 참견할 이유가 전혀 없다고 착각하게 되는 것이다. 이런 사람이 세상에 넘치는 이상, 목제 화로 사건으로 주인에게 도둑놈 근성이 있다고 단정할 수는 없다. 만약 주인에게 도둑놈 근성이 있다고 한다면 세상 사람들 모두 도둑놈 근성이 있다는 얘기가 될 것이다.

목제 화로 옆에 진을 치고 밥상 앞에 앉아 있는 주인의 삼면에는 조금 전에 걸레로 얼굴을 닦았던 아가와 오차노미소 학교에 다닌다는 돈코, 그리고 분가루 병에 손가락을 집어넣은 슨코가 이미 자리를 잡고 앉아 아침을 먹고 있다. 주인은 일단 세 여자아이의 얼굴을 차례차례 둘러보았다. 돈코의 얼굴은 서양 철로 만든 칼의 날밑 같은 윤곽을 가졌다. 슨코도 여동생인 만큼 다소 언니의 모습을 가져 류큐 식 옻칠을 한 붉은 쟁반 정도의 자격은 있다. 다만 아가는 혼자 이채를 띠어 얼굴이 길쭉하다. 그런데 세로로 긴 얼굴이라면 세상에 그런 예가 적지 않겠지만, 이 아이는 가로로 길다. 아무리 유행이 변하기 쉬운 것이라고 해도 옆으로 긴 얼굴이 유행하는 일은 없을 것이다.

비록 자기 자식이지만 그래도 주인이 절실히 생각하는 것이 있다. 아이들은 성장한다. 그냥 성장하는 것이 아니라 절간의 죽순이 대나무로 변화하는 기세로 자란다. 언제 이렇게 자랐나 하는 생각을 할 때마다 주인은 뒤에서 누가 쫓아오는 것 같은 기분이 들어 마음이 조마조마하다. 아무리 종잡을 수 없는 주인이라도 이 세 딸들이 여자라는 것 정도는 알고 있다. 여자인 이상 언젠가는 시집을 보내야 한다는 것 정도는 알고 있는 것이다. 알고만 있을 뿐 시집보낼 수완이 없다는 것 또한 자각하고 있다.

그래서 자기 자식이면서도 조금은 벅차하는 것이다. 벅차할 거라면 낳지 않았으면 좋았겠지만, 그러지 못하는 것이 인간이다. 인간을 정의하는 데 다른 것은 필요 없다. 그저 쓸데없는 일을 만들어내 스스로 괴로워하는 존재라고 하면 충분하다.

역시 아이들은 대단하다. 아버지가 이만큼 처치 곤란해하고 있다는 것은 꿈에도 모른 채 신나게 밥을 먹고 있다. 그런데 어떻게 해볼 도리가 없는 아이는 아가다. 아가는 올해 세 살이어서 밥 먹을 때는 세 살짜리에 맞게 아내가 세심하게 작은 젓가락과 밥그릇을 주는데 아가는 도무지 말을 듣지 않는다. 반드시 언니의 그릇과 젓가락을 빼앗아 쥐기 힘든 것을 억지로 들고 힘겨워한다. 세상을 둘러보면 무능하고 재주 없는 소인배일수록 제멋대로 설치며 격에 맞지 않은 관직에 오르고 싶어 하는 법인데, 그런 성질은 바로 아가 시절부터 싹트는 것이다. 그렇게 된 이유가 이처럼 깊은 것이라 교육이나 훈육으로는 결코 바로잡을 수 없다. 그러니 일찌감치 포기하는 게 상책이다.

아가는 옆에서 빼앗은 거대한 밥그릇과 장대한 젓가락을 들고 제멋대로 맹위를 떨치고 있다. 제대로 다룰 수 없는 것을 무턱대고 사용하려고 하니 자연스럽게 마음껏 맹위를 떨칠 수밖에 없다. 아가는 우선 젓가락 두 개를 함께 쥐고 밥그릇에 푹 찔러 넣었다. 밥그릇에는 밥이 80퍼센트쯤 담겨 있고 그 위로 된장국이 가득 차 있다. 젓가락의 힘이 밥그릇에 전달되자마자 지금껏 간신히 균형을 잡고 있던 것이 갑작스럽게 습격을 받아 30도쯤 기울었다. 동시에 된장국이 가슴팍으로 가차 없이 흘러내렸다. 아가는 그 정도의 일로 물러서지 않는다. 아가는 폭군이다. 이번에는 밥그릇 아래로 푹 찔러 넣은 젓가락을 위로 힘껏 들어 올렸다. 동시에 조그마한 입을 그릇으로 가져가 들어 올린 밥알을 입이 터지도록 밀어 넣었다. 흘러내린 밥알은 누런 국물과 함께 콧잔등과 볼과 턱에 얏 하는 구호 소리와 함께 들러붙었다. 들러붙지 못하고 다다미 위에 떨어진 밥알은 헤아릴 수 없다. 어지간히 무분별하게도 먹는다.

나는 유명한 가네다 씨를 비롯한 천하의 세력가에게 삼가 충고한다. 그대들이 남을 대할 때 아가가 밥그릇과 젓가락을 다루듯이 하면 그대들의 입으로 들어가는 밥알은 아주 적을 것이다. 필연적인 기세로 뛰어들 것이 아니라 주저하며 뛰어들어야 한다. 부디 재고하기를 바란다. 세상 물정에 밝은 수완가에게도 어울리지 않는 일이다.

언니 돈코는 자신의 젓가락과 밥그릇을 아가에게 빼앗기고 어울리지 않게 작은 것을 들고 아까부터 참고 있었는데, 원래 너무 작아서 가득 담았다고 생각해도 입을 크게 벌리고 세 숟갈 정도면 그릇이 비고 만다. 따라서 자꾸 밥통 쪽으로 손을 내민다. 이미 네 공기를 비우고 이번에 다섯 공기째다. 돈코는 밥통 뚜껑을 열고 커다란 주걱을 든 채 잠시 바라보고 있다. 더 먹을지 그만 먹을지 망설이고 있는 것 같은데, 결국 결심한 모양인지 누룽지가 없는 쪽을 골라 한 주걱을 떠올린 것까지는 좋았다. 그런데 그것을 뒤집어 밥그릇에 꾹 담을 때 들어가지 못한 밥 덩어리가 다다미 위로 떨어지고 말았다. 돈코는 놀라는 기색도 없이 떨어진 밥을 정성껏 줍기 시작했다. 주워서 어떻게 하는지 봤더니 다시 밥통 안에 넣고 마는 게 아닌가. 좀 지저분한 것 같다.

아가가 일대 활약을 펼쳐 젓가락을 들어 올렸을 때는 마침 돈코가 밥을 다 담은 순간이었다. 과연 언니는 언니인 만큼 몹시 지저분한 아가의 얼굴을 보다 못해 말한다.

"어머, 아가야, 이게 뭐야, 얼굴이 밥알투성이잖아."

돈코는 바로 아가의 얼굴을 청소하기 시작했다. 먼저 콧잔등에 들러붙은 밥알을 떼어낸다. 떼어내 버리나 했더니, 웬걸 곧바로 자신의 입속에 넣는 게 아닌가. 놀라운 일이다. 그러고 나서 볼을 청소하기 시작한다. 볼에는 밥알들이 무리를 이루고 있어 세어보니 양쪽을 합쳐 스무 개쯤 되었다. 언니는 하나하나 정성껏 떼어내 먹고, 또 떼어내 먹었다. 드디어 아가의 얼굴에 붙은 것을 하나도 남기지 않고 다 먹어치웠다. 그러자 지금까지 얌전히 단무지를 씹고 있던 슌코가 갑자기 그릇에 막 떠 담은 된장국에서 고구마 조각을 떠내더니 기세 좋게 입 안에 넣었다. 여러분도 알다시피 국에 넣은 고구마 익은 것만큼 뜨거운 것은 없다. 어른도 주의하지 않으면 입 안이 화상을 입은 것처럼 화끈거린다. 하물며 슌코처럼 고구마를 먹어본 경험이 없는 어린아이라면 당연히 당황하게 된다. 슌코는 악 하고 입 안의 고구마를 밥상 위로 뱉어냈다. 그 두세 조각이 무슨 까닭에선지 아가 앞까지 미끄러져 딱 적당한 거리에 멈췄다. 아가는 원래 고구마를 아주 좋아했다.

좋아하는 고구마가 눈앞으로 날아왔으니 잽싸게 젓가락을 내던지고 손으로 덥석 집어 우적우적 먹어치웠다.

아까부터 이런 꼬락서니를 보고 있으면서도 주인은 한 마디도 하지 않고 오로지 자신의 밥을 먹고 자신의 국을 먹더니, 이때는 이미 이쑤시개로 한창 이를 쑤시는 중이었다. 주인은 딸의 교육에 절대적 방임주의를 취할 생각인 것으로 보인다. 지금 이 세 아이가 에비차 시키부(海老茶式部)[10]나 네즈미 시키부(鼠式部)[11]가 되어 약속이나 한 듯이 모두 정부(情夫)를 두어 집을 나간다 한들 여전히 자신의 밥을 먹고 자신의 국을 먹으며 태연히 보고 있을 사람이다. 무능하기 짝이 없다.

하지만 지금 세상에 유능하다는 사람들을 보면, 거짓말을 하여 사람을 꾀는 일, 눈 감으면 코를 베어갈 만큼 약삭빠르게 행동하는 일, 허세를 부리며 남을 위협하는 일, 마음속을 떠보고 함정에 빠뜨리는 일 말고는 아무것도 모르는 것 같다. 중학교에 다니는 소년들까지 보고 배워 그렇게 하지 않으면 세력을 떨칠 수 없다고 잘못 알고 있고, 마땅히 낯을 붉혀야 할 일을 당당하게 하면서 자신을 미래의 신사라 여기고 있다.

이런 사람을 유능한 일꾼으로 여겨서는 곤란하다. 불한당이라고 해야 마땅하다. 나도 일본의 고양이라서 나름대로 애국심은 있다. 그렇게 유능한 사람들을 볼 때마다 한 대 쥐어박고 싶다. 그런 자가 한 사람이라도 늘어나면 국가는 그만큼 쇠할 따름이다. 그런 학생은 학교의 치욕이고, 그런 국민은 국가의 치욕이다. 치욕인데도 불구하고 세

10 메이지 시대 일본 여학생들 사이에 거무스름한 적갈색(海老茶) 옷깃이 널리 유행해 『겐지 이야기』의 저자 무라사키 시키부(紫式部)를 비틀어 에비차 시키부라 불렀다.

11 소세키가 에비차 시키부를 다시 비틀어 지어낸 말이다.

상 천지에 깔려 있는 것은 이해할 수 없는 일이다. 일본 사람은 고양이 정도의 기개도 없어 보인다. 한심한 일이다. 그런 불한당에 비하면 주인은 훨씬 고급한 인간이라고 하지 않을 수 없다. 무기력한 점이 고급한 것이다. 무능한 점이 고급한 것이다. 약아빠지지 않은 점이 고급한 것이다.

이처럼 무능한 방식으로 무사히 아침을 끝낸 주인은 곧 양복으로 갈아입고 인력거를 불러 니혼즈쓰미 지서로 출두했다. 현관문을 열고 나갔을 때 인력거꾼에게 니혼즈쓰미라는 곳을 아느냐고 물었더니 인력거꾼은 헤헤헤 하며 웃었다. 유곽이 있는 요시와라 근처의 니혼즈쓰미라고 확인해준 것은 좀 우스꽝스러웠다.

주인이 보기 드물게 현관에서 인력거를 타고 출타한 뒤 안주인은 여느 때처럼 식사를 마치고 아이들을 재촉했다.

"자, 학교 가야지. 이러다 늦겠다."

"어, 오늘 학교 안 가는 날인데."

아이들은 태연하게 말하고는 채비할 기색조차 보이지 않는다.

"학교 안 가는 날이긴, 얼른 준비해."

안주인은 꾸짖듯이 말했다.

"하지만 어제 선생님이 오늘 쉬는 날이라고 했는걸."

언니는 이렇게 말하며 좀처럼 움직이지 않는다. 그러자 안주인도 좀 이상했는지 벽장에서 달력을 꺼내 넘겨보니 빨간 글자로 공휴일이라고 되어 있다. 주인은 공휴일인 줄도 모르고 학교에 결근계를 냈을 것이다. 안주인 역시 그런 줄도 모르고 우편함에 결근계를 넣었을 것이다. 다만 주인이 정말 몰랐는지, 알고도 모른 척했는지는 다소 의문이다. 이런 사실을 알고 안주인은 깜짝 놀랐다.

"그럼, 다들 얌전히 놀아."

안주인은 평소처럼 반짇고리를 꺼내 바느질을 시작했다.

그 후 30분간은 집 안이 평온하여 나에게 재료가 될 만한 일은 그다지 일어나지 않았다. 하지만 불쑥 묘한 손님이 찾아왔다. 열일고여덟 살쯤 되어 보이는 여학생이다. 뒤축이 굽은 구두를 신고 보라색 하카마를 질질 끌다시피 하며 머리를 주판알처럼 부풀린 여학생이 계시냐는 말도 없이 부엌문으로 불쑥 들어왔다. 주인의 조카다. 학교에 다니는 학생이라고 하는데, 일요일이면 가끔 놀러 왔다가 숙부와 걸핏하면 말다툼을 하고 돌아가는 유키에(雪江)라는 예쁜 이름의 아가씨다. 하지만 얼굴은 이름만큼은 아니어서, 잠깐 나가 1, 2백 미터쯤 걷다 보면 꼭 한 번쯤 보게 되는 인상이다.

"안녕하세요, 숙모."

유키에 양은 다실로 성큼성큼 들어와 반짇고리 옆에 엉덩이를 부렸다.

"어머, 이렇게 이른 시각에……"

"오늘은 대제일[12]이라서 아침나절에 잠깐 들르려고 서둘러 8시 반쯤 집을 나섰어요."

"그래, 무슨 일이라도 있는 거야?"

"아뇨, 그냥 오랫동안 통 안 왔으니까 잠깐 들른 거예요."

"잠깐이 아니어도 좋으니까 천천히 놀다가 가. 숙부도 곧 돌아올 테니까."

"숙부는 벌써 어디 나가셨어요? 웬일이래요."

"응, 오늘은 좀 묘한 델 가셨어…… 경찰서에 가셨거든, 묘하지?"

12 황실의 대제(大祭)가 있는 날로 공휴일이다.

"어머, 왜요?"

"지난봄에 도둑이 들었는데, 잡혔다나봐."

"그래서 참고인으로 간 거예요? 참 성가시겠다."

"아니, 물건이 나왔대. 훔쳐간 게 나왔으니까 가지러 오라고, 어제 순사가 일부러 찾아왔거든."

"어머, 그렇구나. 그러니까 숙부가 이렇게 빨리 나갔지. 평소라면 아직도 자고 있을 텐데."

"숙부만 한 잠꾸러기는 없으니까…… 그리고 깨우면 막 화를 낸다니까. 오늘 아침에도 7시까지는 꼭 깨우라고 해서 깨웠더니 이불을 뒤집어쓰고 대답도 안 하는 거야. 그래도 걱정이 돼서 다시 깨우니까 이불 속에서 뭐라고 구시렁대는데, 정말 질렸다니까."

"왜 그렇게 잠이 많을까요? 아마 신경쇠약일 거예요."

"그게 뭔데?"

"정말 무턱대고 화를 내잖아요. 그러면서 학교에서는 어떻게 가르치는지 모르겠어요."

"뭘, 학교에서는 점잖다던데."

"그럼 더 나빠요. 꼭 곤약 염라대왕[13]이니까요."

"그건 왜?"

"왜긴요, 곤약 염라대왕이니까 그렇죠. 꼭 곤약 염라대왕 같지 않아요?"

"그냥 화만 내는 게 아니야. 사람이 오른쪽이라고 하면 왼쪽이라고 하고 왼쪽이라고 하면 오른쪽이라고 하거든. 뭐든지 남이 말하는 대로 한 적이 없다니까. 정말 고집불통이야."

13 집 안에서는 염라대왕처럼 큰소리치지만 밖에서는 곤약처럼 흐물흐물 패기가 없는 사람.

"청개구리 같아요. 숙부는 그게 도락인 거예요. 그러니까 뭘 하게 하려면 반대로 말하면 돼요. 그럼 생각대로 될 거예요. 얼마 전에 양산을 사줄 때도 일부러 자꾸 필요 없다고 하니까 필요 없을 리 없다며 바로 사주셨거든요."

"호호호호 제법이네. 나도 이제 그렇게 해야겠다."

"그렇게 하세요. 안 그러면 손해예요."

"얼마 전에 보험회사 사람이 와서 꼭 들어달라고 권했거든. 이런저런 이유를 설명하고, 이런 이익이 있고 저런 이익이 있다고 하여튼 한 시간이나 이야기를 했는데 끝내 안 드는 거야. 우린 저축해놓은 돈도 없고 이렇게 애들이 세 명이나 되는데 적어도 보험이라도 들어두면 상당히 마음 든든할 텐데, 그런 건 전혀 신경 쓰지 않는다니까."

"그러네요, 무슨 일이라도 생길지 모르니 불안한데."

열일고여덟 살짜리 아가씨에게 어울리지 않는 살림꾼 같은 소리를 했다.

"뒤에서 그 이야기를 듣고 있으니까 정말 재미있더라고. 그렇다고 보험의 필요성을 인정하지 않는 건 아니야. 필요한 거니까 회사도 있는 거겠지, 하지만 죽지 않는 이상 보험에 들 필요는 없지 않느냐고 억지를 부리더라니까."

"숙부가요?"

"응, 그러니까 회사 사람이, 물론 죽지 않으면 보험회사는 필요 없다, 그러나 인간의 생명이라는 건 질긴 것 같아도 여린 것이어서 언제 위험이 닥칠지 알 수 없는 거라고 하니까 숙부는, 괜찮다, 난 죽지 않기로 결심했다, 이러는 거야. 정말 말도 안 되는 소리를 한다니까."

"아무리 결심해도 죽잖아요. 저도 시험에 꼭 붙을 생각이었는데 결국 낙제하고 말았거든요."

"보험사 사원도 그렇게 말했어. 수명은 자기 마음대로 되지 않는다고. 결심해서 장수할 수 있다면 아무도 죽지 않을 거라면서."

"보험사 사람 말이 지당하네요."

"그럼 지당하지. 그런데 그걸 모르는 거야. 아니, 절대 죽지 않는다, 맹세코 죽지 않는다고 억지를 부리더라니까."

"이상하네요."

"이상하고말고, 아주 이상하지. 보험 부금을 내느니 차라리 은행에 저금하는 게 훨씬 낫다며 고집을 부리는 거야."

"저금해놓은 게 있어요?"

"있긴 뭐가 있겠어. 자기가 죽고 난 뒤의 일 같은 건 털끝만큼도 생각하지 않는 사람이라니까."

"정말 걱정되네요. 왜 그럴까요? 이 집에 찾아오는 사람 중에 숙부 같은 사람은 아마 한 사람도 없을 거예요."

"그럼, 어디 또 있을라고. 천연기념물이지."

"스즈키 씨한테라도 부탁해서 한 마디 해달라고 하세요. 그런 온화한 분이라면 말하기도 꽤 편할 텐데."

"하지만 스즈키 씨는 우리 집에서 평판이 안 좋아."

"모두 거꾸로네요. 그럼 그 사람이 좋겠네요. 왜 그 차분한 사람 있잖아요."

"야기 선생님?"

"네."

"야기 선생님한테는 아주 질려하던데. 어제 메이테이 선생님이 와서 험담을 하고 갔으니까 생각만큼 효과가 없을지도 몰라."

"상관없잖아요. 그렇게 의젓하고 차분한 사람이면. 얼마 전 학교에 와서 연설을 했어요."

"야기 선생님이?"

"네."

"야기 씨가 유키에 학교 선생님이야?"

"아뇨, 선생님은 아니지만 숙덕부인회(淑德婦人會) 때 초대 강연을 했어요."

"재미있었어?"

"글쎄요, 그렇게 재미있지는 않았어요. 하지만 그 선생님 얼굴이 아주 길쭉하잖아요. 그리고 스가와라노 미치자네[14]처럼 양끝이 아래로 처진 수염을 기르고 있으니까 다들 감탄하며 듣던데요."

"무슨 이야기를 했는데?"

안주인이 이렇게 묻고 있을 때 툇마루 쪽에서 유키에의 목소리를 듣고 세 아이들이 우당탕탕 다실로 들이닥쳤다. 지금껏 대나무 울타리 바깥 공터에서 놀고 있었을 것이다.

"와아, 유키에 언니 왔다!"

위의 두 아이가 신난다는 듯 큰 소리를 질렀다.

"그렇게 시끄럽게 굴지 말고 다들 조용히 앉아 있어. 유키에 언니가 지금 재미있는 얘기를 하고 있으니까."

안주인은 일거리를 구석으로 치우며 말했다.

"유키에 언니, 무슨 이야기, 난 이야기가 좋아."

돈코가 말했다.

---

14 스가와라노 미치자네(菅原道眞, 845~903). 헤이안 시대의 학자이자 정치가. 사후에 덴만덴진(天滿天神)으로 신앙의 대상이 되었고 학문의 신으로 받들어지고 있다.

"'토끼와 너구리'[15] 이야기야?"

슨코가 물었다.

"아가도 이야기."

아가는 이렇게 말하며 언니들 사이에서 무릎을 내밀며 앞으로 나왔다. 하지만 이것은 이야기를 듣겠다는 것이 아니라 아가도 이야기를 하겠다는 뜻이다.

"어머, 또 아가 이야기야."

언니가 웃으며 말했다.

"아가는 나중에 해. 유키에 언니 이야기가 끝나면."

안주인은 아가를 달래보았으나 좀처럼 말을 들을 것 같지 않았다.

"싫어, 바부."

아가는 큰 소리를 질렀다.

"그래그래, 알았어. 아가부터 이야기해. 무슨 얘기 할 건데?"

유키에가 양보했다.

"이짜나, 즈님, 즈님, 어디 가제요, 할꼬야."

"아, 재미있어, 그다음은?"

"나는 논에 벼 베러 간다."

"그래, 아주 잘 알고 있네."

"니가 오믄 방애가 대."

"어머, 오믄이 아니라 오면이라고 해야지."

돈코가 끼어들었다.

"바부."

---

15 일본 옛날이야기의 하나로 너구리에게 아내를 잃은 할아버지를 위해 토끼가 원수를 갚아준다는 내용.

아가는 여전히 이렇게 일갈하여 곧바로 언니를 물리쳤다. 하지만 언니가 끼어드는 바람에 이야기를 까먹었는지 그다음 이야기가 나오지 않았다.

"아가야, 그게 끝이야?"

유키에가 물었다.

"이짜나, 담에 방구 끼면 안 대. 뿡, 뿡, 하고."

"호호호호, 망측하게. 그런 거 누가 가르쳐줬어?"

"기요 언니가."

"기요 언니는 참 못됐구나, 그런 걸 다 가르쳐주고. 자, 이제 유키에 언니 차례야. 아가는 얌전히 듣고 있어야 해."

아내가 쓴웃음을 지으며 이렇게 말하자 그 대단하던 폭군도 납득한 모양인지 한참 동안 입을 다물고 있었다.

"야기 선생님의 연설은 이런 거였어요."

유키에가 드디어 입을 열었다.

"옛날 어느 네거리 한가운데에 돌로 만든 커다란 지장보살이 있었대요. 그런데 거기는 하필 마차와 인력거가 다니는 아주 번잡한 곳이어서 그 지장보살이 방해가 되었다나 봐요. 할 수 없이 마을 사람들이 몰려와 의논을 했대요. 어떻게 그 지장보살을 구석 쪽으로 옮길지 궁리한 거죠."

"그거 진짜 있었던 얘기야?"

"글쎄요, 그런 얘기는 안 했어요. 아무튼 여러 가지로 의논을 했는데, 마을에서 가장 힘센 사내가, 그거라면 문제없다, 내가 한번 옮겨보겠다, 하고는 혼자 네거리로 가서 웃통을 벗어젖히고 땀을 뻘뻘 흘리며 끌어당겼지만 꿈쩍도 하지 않더래요."

"상당히 무거운 지장보살이었나 보네."

"네, 그래서 그 사내가 기진맥진하여 집으로 돌아가 잠들어버렸고, 마을 사람들은 다시 의논을 했어요. 그러자 이번에는 마을에서 가장 영리한 사내가, 나한테 맡겨라, 내가 한번 해보겠다, 하고는 찬합에 찹쌀떡을 가득 담아 지장보살 앞으로 가져가 '여기까지 오너라' 하면서 찹쌀떡을 보여주었어요. 지장보살도 먹을 욕심이 생길 테니까 찹쌀떡으로 낚을 수 있을 거라 생각했는데 꿈쩍도 하지 않더래요. 그래서 영리한 사내는 이걸로는 안 되겠다 싶어, 이번에는 표주박에 술을 담아 한 손에 들고 또 한 손에는 술잔을 들고 다시 지장보살 앞으로 가서 '자, 마시고 싶지 않아? 마시고 싶으면 여기까지 와봐' 하고 세 시간이나 놀려댔지만 역시 꿈쩍도 하지 않았대요."

"유키에 언니, 지장보살은 배가 안 고픈 거야?"

돈코가 물었다.

"아아, 찹쌀떡 먹고 싶다."

슌코가 말했다.

"영리한 사내는 두 번 다 실패하자 이번에는 가짜 돈을 잔뜩 만들어서 '자, 갖고 싶지? 갖고 싶으면 가지러 와봐' 하고 돈을 내밀었다 당겼다 했지만, 이것도 전혀 도움이 되지 않았대요. 상당히 고집스러운 지장보살이었나 봐요."

"그러네. 숙부하고 좀 닮았어."

"네, 딱 숙부예요. 끝내 영리한 사내도 정나미가 떨어져 포기하고 말았대요. 그런데 그다음에 크게 허풍을 떠는 사람이 나타나, 내가 틀림없이 옮겨놓을 테니까 안심하라, 고 하면서 아주 쉬운 일처럼 떠맡고 나서더래요."

"그 허풍 떠는 사람은 어떻게 했는데?"

"그게 재미있어요. 처음에는 순사 옷을 입고 가짜 수염까지 붙이고 지장보살 앞으로 가서 '이놈, 움직이지 않으면 좋지 않을걸, 경찰이 가만두지 않을 거야' 하고 얼렀대요. 요즘 세상에 경찰 흉내 내봤자 아무도 말을 듣지 않는데 말이에요."

"그러게 말이야. 그래서 지장보살이 움직였대?"

"움직이기는요, 숙부 같은걸요."

"하지만 숙부는 경찰한테 꼼짝 못하는데."

"어머, 그래요, 그런 얼굴로요? 그럼 그렇게 무서워할 필요 없겠네요. 하지만 지장보살은 움직이지 않고 태연히 있더래요. 그래서 허풍쟁이는 굉장히 화가 나서 순사 옷을 벗고 가짜 수염도 쓰레기통에 버리고, 이번에는 큰 부자 복장을 하고 나왔대요. 요즘 세상에서 말하면 이와사키[16] 남작 같은 얼굴을 하고 말이에요. 우스꽝스럽지요."

"이와사키 같은 얼굴은 어떤 건데?"

"그냥 으스대는 얼굴이겠지요, 뭐. 그러고는 아무것도 하지 않고, 또 아무 말도 하지 않고 커다란 여송연을 피우면서 지장보살 주위를 돌더래요."

"그러면 어떻게 되는데?"

"지장보살을 어리둥절하게 만드는 거지요."

"꼭 만담가의 말장난 같다. 그래서 생각대로 어리둥절했고?"

"어림없죠. 상대는 돌인걸요. 속이는 것도 정도껏 해야지, 이번에는 전하로 변장하고 왔더래요, 바보같이."

---

16 이와사키 야스노케(岩崎弥之助, 1851~1908). 미쓰비시(三菱) 상회의 창업자 이와사키 야타로(岩崎弥太郎)의 동생으로 미쓰비시 재벌의 2대 총수. 1896년 남작 작위를 받았다.

"저런, 그 시절에도 전하가 있었대?"

"있었겠지요. 야기 선생님은 그렇게 말했어요. 분명히 전하로 분장했다고요. 황공한 일이지만 전하로 분장하고 왔다고요. 무엇보다 불손한 일이잖아요, 허풍쟁이 주제에."

"전하라면 어떤 전하인데?"

"어떤 전하라니요, 어떤 전하든 불경한 일이잖아요."

"그건 그렇지."

"전하도 소용없었대요. 어쩔 수 없이 허풍쟁이도 도저히 자기 솜씨로는 지장보살을 어떻게 할 수 없다며 손을 들고 말았대요."

"거참, 고소하네."

"네, 내친김에 감옥에라도 보냈으면 좋았을 텐데 말이에요. 하지만 동네 사람들은 여러모로 걱정을 하면서 다시 의논을 했는데, 이제 아무도 맡고 나서는 사람이 없어서 난감했대요."

"그래서 끝이야?"

"아직 남았어요. 마지막에 인력거꾼과 부랑자를 고용해서 지장보살 주위를 왁자지껄 떠들면서 돌게 했대요. 그냥 지장보살을 괴롭혀서 그 자리에 버티고 있지 못하게 하면 된다면서 밤낮으로 번갈아가며 떠들었대요."

"고생스러웠겠네."

"그래도 상관하지 않더래요. 지장보살도 참 고집스럽지요."

"그러고 나서 어떻게 되었어?"

돈코가 열심히 물었다.

"그러고 나서 말이지, 아무리 매일 왁자지껄 떠들어대도 효과가 없으니까 다들 싫증을 내기 시작했는데, 인력거꾼이나 부랑자는 일당을 받는 일이니까 며칠이든 기꺼이 야단법석을 피웠대."

"유키에 언니, 일당이 뭐야?"

슨코가 물었다.

"일당이라는 건 돈을 말하는 거야."

"돈을 받아서 뭐에 쓰는데?"

"돈을 받아서 말이야…… 호호호호, 슨코는 참 얄밉구나…… 그래서 숙모, 매일 밤낮으로 그렇게 소란을 피우고 있었는데, 그때 동네에서 바보 다케라고, 아무것도 모르고 아무도 상대해주지 않는 바보가 그 소동을 보고, 왜 그렇게 시끄럽게 구느냐, 몇 년이 걸려도 지장보살 하나 못 움직이느냐, 참 딱한 사람들이다, 하더래요."

"바보인 주제에 대단하네."

"정말 대단한 바보예요. 다들 바보 다케가 하는 말을 듣고, 밑져야 본전이다, 어차피 못하겠지만 한번 해보게 하자, 하면서 다케한테 부탁하니까 다케는 두말없이 받아들였대요. 다케는 인력거꾼과 부랑자들에게 그런 거추장스러운 소란은 피우지 말고 조용히 물러나 있게 하고는 지장보살 앞으로 표연히 나가더래요."

"유키에 언니, 표연이는 바보 다케의 친구야?"

돈코가 중요한 대목에서 이상한 질문을 하는 바람에 안주인과 유키에는 깔깔 웃음을 터뜨렸다.

"아니, 친구가 아니야."

"그럼 누구야?"

"표연히라는 건 말이야…… 뭐라고 말해야 좋을지 모르겠네."

"표연이는 말할 수 없는 거야?"

"그게 아니라 표연히라는 건 말이야……"

"응."

"봐, 다타라 산페이 아저씨 알지?"

"응, 참마를 주었어."

"그 다타라 아저씨 같은 걸 말하는 거야."

"다타라 아저씨가 표연이야?"

"응, 아무튼 그래. 그래서 바보 다케가 지장보살 앞으로 가서 팔짱을 끼고는, 지장보살님, 마을 사람들이 당신한테 움직여달라니까 움직여주세요, 했더니 지장보살이 홀연, 그래, 그럼 진작 그렇다고 말할 것이지, 하면서 느릿느릿 움직이더라는 거예요."

"묘한 지장보살이네."

"그다음부터가 연설이에요."

"아직도 남았어?"

"네, 그러고 나서 야기 선생님이 이렇게 말했어요. 오늘은 부인회 모임입니다만 제가 일부러 이런 이야기를 한 것은 다소 생각하는 바가 있어서입니다. 이렇게 말씀드리면 실례일지 모르겠으나 여성들은 아무튼 무슨 일을 할 때 정면으로 지름길로 가지 않고 오히려 먼 길로 돌아가는 수단을 취하는 폐단이 있습니다. 하지만 이건 여성들한테만 한정된 이야기는 아닙니다. 메이지 시대인 오늘날에는 남자들도 문명의 폐해 때문에 다소 여성적이 되어 흔히 쓸데없는 고생과 노력을 허비하며, 이것이 옳은 방식이다, 신사가 해야 할 방침이라고 오해하는 경우가 많은 것 같습니다. 그런데 이런 것은 개화의 악행에 속박된 기형아입니다. 특별히 논할 건 없습니다. 다만 여성들께서는 되도록 지금 말씀드린 옛날이야기를 기억하셨다가 무슨 일이 있을 때 아무쪼록 바보 다케처럼 솔직한 생각으로 일을 처리해주셨으면 합니다. 여러분들이 바보 다케가 되면 부부 간, 고부 간에 일어나는 꺼림칙한 갈등의 3분의 1은 확실히 줄어들 것입니다. 인간은 속셈이 있으면 있을수록 그 속셈이 저주를 내려 불행의 씨앗이 됩니다. 대부분의 여성이 평균적인 남성보다 불행한 것은 바로 그 속셈이 너무 많기 때문입니다. 아무쪼록 바보 다케가 되어주십시오. 이런 연설이었어요."

"야아, 그래서 유키에는 바보 다케가 될 생각이야?"

"싫어요, 바보 다케라니. 그런 건 되고 싶지 않아요. 가네다 씨네 도미코 양은, 무례하다며 엄청 화를 내던걸요."

"가네다 씨네 도미코 양이라면 저 건너편 골목에 사는?"

"네, 그 하이칼라 아가씨 말이에요."

"그 아가씨도 유키에 학교에 다녀?"

"아뇨, 그냥 부인회 모임이니까 들으러 온 거예요. 정말 하이칼라죠. 깜짝 놀랐다니까요."

"엄청 예쁘다고 하던데."

"그냥 그래요. 자랑할 만한 정도는 아니에요. 그렇게 화장을 하면 누구나 예뻐 보이잖아요."

"그럼 유키에도 그 아가씨처럼 화장을 하면 두 배는 예뻐지겠네."

"어머, 됐어요, 몰라요. 하지만 그 아가씬 너무 치장을 많이 해요. 아무리 돈이 많아도 그렇지."

"치장을 너무 많이 한다고 해도, 돈은 많은 게 좋잖아."

"그거야 그렇지만, 그 아가씨는 좀 바보 다케가 되는 게 나을 거예요. 얼마나 잘난 척하는지 몰라요. 얼마 전에도 어떤 시인이 신체시집을 바쳤다고 얼마나 떠들고 다니던지."

"도후 씨겠지."

"어머, 그 사람이 바쳤대요? 참 유별난 사람이네요."

"하지만 도후 씨는 굉장히 심각해. 자신이 그런 걸 하는 게 당연하다고 생각할걸."

"그런 사람이 있으니까 문제예요. 아, 그리고 재미있는 일이 또 있어요. 얼마 전에 누가 도미코 씨한테 연애편지를 보냈대요."

"어머, 망측하게시리. 누구야, 그런 짓을 한 게."

"누군지는 모른대요."

"이름도 안 썼대?"

"이름은 제대로 쓰여 있었는데 들어본 적이 없는 사람이래요. 그런데 그 편지가 얼마나 긴지, 거의 2미터나 되었대요. 이런저런 묘한 이야기가 쓰여 있었는데, 내가 당신을 사모하고 있는 것은 마치 종교가가 신을 동경하는 것과 같다느니, 당신을 위해서라면 새끼양이 되어 제단에 바쳐지는 것도 더없는 명예라느니, 심장의 모양이 삼각형이고 그 삼각형의 중심에 큐피드의 화살이 꽂혔으니 바람총이라면 적중한 것이라느니……"

"그거 진지한 거야?"

"진지한 거래요. 실제로 제 친구 중에 그 편지를 본 사람이 세 명이나 되는걸요."

"참 재수 없는 사람이네, 그런 걸 다 보여주고. 그 아가씨는 간게쓰 씨한테 시집갈 생각이니까 그런 일이 세상에 알려지면 곤란할 텐데."

"곤란이 뭐예요, 아주 득의양양하던데. 다음에 간게쓰 씨가 오면 알려주세요. 간게쓰 씨는 전혀 모르고 있을 테니까요."

"글쎄, 그 사람은 학교에서 유리알만 갈고 있으니까 아마 모르고 있을 거야."

"간게쓰 씨는 정말 그 아가씨와 결혼할 생각일까요? 참 딱하네요."

"왜? 돈이 많아서 무슨 일이라도 생기면 힘이 되고 좋지 않을까?"

"숙모는 툭하면 돈, 돈 하니까 품위가 없어요. 돈보다 사랑이 더 중요하잖아요. 사랑이 없으면 부부관계는 성립하지 않아요."

"그래, 그럼 유키에는 어떤 데로 시집갈 건데?"

"그런 걸 어떻게 알아요? 아직 아무 일도 없는데."

유키에와 숙모는 결혼에 대해 멋대로 의견을 나누고 있는데, 아까부터 제대로 알아듣지도 못하면서 열심히 듣고 있던 돈코가 불쑥 입을 열었다.

"아, 나도 시집가고 싶다."

이 철없는 희망에, 청춘의 기운이 흘러넘쳐 크게 동정해야 할 유키에도 잠시 아연실색했지만 안주인은 비교적 태연하게 웃으며 물었다.

"그래, 어디로 가고 싶은데?"

"난 말이야, 사실 쇼콘샤(招魂社)[17]로 시집가고 싶은데 스이도바시(水道橋)를 건너는 게 싫어서 어떻게 할지 생각 중이야."

안주인과 유키에는 이 명답을 듣고 하도 어이가 없어 반문할 생각도 하지 못하고 자지러지게 웃었다. 그때 차녀 슨코가 언니에게 이런 제안을 했다.

"언니도 쇼콘샤 좋아해? 나도 아주 좋아하는데. 그럼 같이 쇼콘샤로 시집가자, 응? 싫어? 싫으면 됐어. 나 혼자 인력거 타고 얼른 가버릴 테니까."

"아가도 갈 거야."

결국 아가까지도 쇼콘샤로 시집가게 되었다. 이렇게 세 아이가 나

17 야스쿠니 신사.

란히 쇼콘샤로 시집을 갈 수 있다면 주인도 필시 홀가분할 것이다.

그때 인력거 소리가 덜거덕 대문 앞에 멈추는가 싶더니 곧바로 기세 좋은 하녀의 목소리가 들렸다.

"어서 오세요."

주인이 니혼즈쓰미 지서에서 돌아온 모양이었다. 인력거꾼이 내민 커다란 보자기를 하녀에게 들린 주인은 유유히 다실로 들어왔다.

"어, 왔어."

유키에에게 인사를 하면서 문제의 그 목제 화로 옆에, 손에 들고 있던 술병 같은 것을 툭 내던졌다. 술병 같은 것이란 물론 순수한 술병이 아니고 꽃병 같은 것도 아닌, 일종의 이상한 도기라서 할 수 없이 일단 그렇게 말한 것이다.

"묘한 술병이네요. 경찰서에서 그런 걸 받아왔어요?"

유키에가 쓰러진 병을 세우면서 숙부에게 물었다. 숙부는 유키에의 얼굴을 보면서 자랑한다.

"어때, 멋지지?"

"이게 멋져요? 별론데요. 기름병 같은 걸 왜 가져왔어요?"

"이게 어디가 기름병이야? 그렇게 몰취미한 말을 하니까 문제야."

"그럼 뭔데요?"

"꽃병이지."

"꽃병치고는 주둥이가 너무 작고 몸통은 너무 뚱뚱해요."

"그게 흥미로운 거지. 너도 참 풍류를 모르는구나. 숙모와 조금도 다를 바가 없어. 딱하기는."

주인은 혼자 기름병을 쳐들고 장지문 쪽을 바라보았다.

"어차피 풍류도 모르니 경찰서에서 기름병을 받아오는 짓은 하지 않아요. 그렇잖아요, 숙모?"

숙모는 그럴 계제가 아니었다. 눈을 부릅뜨고 보자기를 풀면서 도난품을 확인하고 있었다.

"어머, 놀라운데요. 도둑놈도 진보했나 봐요. 다 풀어 빨아서 손질까지 해놨어요. 이것 좀 봐요, 여보."

"누가 경찰서에서 기름병을 받아오겠어? 기다리는 게 지루해서 그 주변을 산책하다가 파온 거야. 너는 모르겠지만 그래도 진품이야."

"잘도 진품이겠네요. 도대체 숙부는 어디를 산책한 거예요?"

"어디긴, 니혼즈쓰미 주변이지. 요시와라에도 들어가봤다. 굉장히 번잡한 곳이더라. 넌 그 철문[18] 본 적 있어? 없지?"

"그런 걸 누가 봐요? 매춘부가 있는 요시와라 같은 곳에는 갈 일 없어요. 숙부는 교사 신분에 그런 데를 다 가다니, 정말 놀랍네요. 안 그래요, 숙모?"

"응, 그래. 아무래도 뭔가 좀 빠진 것 같은데. 다 돌려받은 거 맞아요?"

"못 받은 건 참마뿐이야. 9시까지 출두하라고 해놓고 11시까지 기다리게 하는 법이 어디 있어? 이러니까 일본 경찰은 안 된다는 거야."

"일본 경찰이 안 된다고요, 요시와라를 산책하는 게 더 안 되는 거 아니에요? 그런 일이 알려지면 면직되고 말 거예요, 안 그래요, 숙모?"

"응, 그렇겠지. 여보, 제 오비 한쪽이 없어요. 어쩐지 부족한 것 같더라니."

"오비 한쪽쯤은 포기해야지. 난 세 시간이나 기다렸다고, 소중한 시

18 요시와라 유곽 입구에 세워진 무쇠로 만든 대문.

간을 한나절이나 버렸단 말이야."

일본 옷으로 갈아입은 주인은 화로에 기대 느긋하게 기름병을 바라보고 있었다. 안주인도 어쩔 수 없다며 포기했는지, 찾아온 물건을 그대로 벽장에 넣고 자리로 돌아왔다.

"숙모, 이 기름병이 귀한 물건이래요. 지저분하지 않아요?"

"나 원 참, 그걸 요시와라에서 사왔어요?"

"뭐가 나 원 참이야, 알지도 못하는 주제에."

"그래도 그런 병이라면 어디나 있잖아요, 요시와라에 가지 않더라도."

"하지만 없어. 좀처럼 없는 물건이야."

"숙부는 딱 지장보살이네요."

"어린애인 주제에 건방진 소리는. 아무래도 요즘 여학생들은 입이 걸어서 탈이라니까. 『온나다이가쿠(女大學)』[19]라도 좀 읽어라."

"숙부는 보험을 싫어하죠? 여학생과 보험 중에서 어느 걸 더 싫어해요?"

"보험은 싫지 않아. 그건 필요한 거야. 미래를 생각하는 사람이라면 누구나 들지. 하지만 여학생은 무용지물이야."

"무용지물이라도 좋아요. 보험도 들지 않은 주제에."

"다음 달부터 들 생각이야."

"정말이요?"

"정말이고말고."

"그만두세요, 보험 같은 건. 그보다 그 돈으로 뭔가 사는 게 나아요.

---

19 에도 시대 중기부터 여성의 교육에 이용된 교훈서다. 여기서 말하는 '대학(大學)'은 교육기관인 대학이 아니라 사서오경의 하나인 『대학』을 말한다.

안 그래요, 숙모?"

숙모는 히죽히죽 웃고 있다. 주인은 진지하게 말했다.

"넌 백 년이고 2백 년이고 살 거라 생각하니까 그렇게 한가한 소리나 지껄이는 거야. 하지만 좀 더 이성이 발달하면 당연히 보험의 필요성을 절감하게 될 게다. 다음 달부터 꼭 들 거야."

"그래요? 그렇다면 할 수 없죠 뭐. 하지만 지난번처럼 양산을 사줄돈이 있으면 보험에 드는 편이 나을지도 몰라요. 사람이 필요 없다고 해도 막무가내로 사준 거잖아요."

"그렇게 필요 없는 거였어?"

"네, 양산 같은 거 갖고 싶지 않았어요."

"그럼 돌려줘. 마침 돈코가 갖고 싶어 하니까, 그걸 돈코에게 주면되겠다. 오늘 갖고 온 거냐?"

"어머, 그건 너무해요. 너무 심한 거 아니에요? 기껏 사줄 때는 언제고, 다시 돌려달라니."

"필요 없다니까 돌려주라는 거 아니냐? 전혀 심한 거 아니다."

"필요 없는 건 그렇다고 해도 너무해요."

"넌 참 뭘 모르는 소리를 하는구나. 필요 없다고 하니까 돌려달라는건데 뭐가 너무하단 말이냐?"

"그래도."

"그래도 뭐냐?"

"그래도 너무해요."

"어리석기는, 똑같은 말만 되풀이하는구나."

"숙부도 똑같은 말만 되풀이하고 있잖아요."

"네가 되풀이하니까 어쩔 수 없지 않느냐. 실제로 필요 없다고 하지 않았느냐."

"그렇게 말하긴 했죠. 필요 없긴 해도, 돌려주는 건 싫은 걸 어떡해요."

"놀라 자빠지겠군. 벽창호에다 고집불통이니 도리가 없다. 너네 학교에선 논리학도 안 가르치더냐?"

"됐어요, 어차피 무식하니까 마음대로 말하세요. 사준 물건을 돌려달라니, 생판 남이라도 그렇게 몰인정한 말은 하지 않을 거예요. 바보다케 흉내라도 좀 내보세요."

"무슨 흉내를 내라고?"

"좀 솔직하고 담박해지라는 말이에요."

"넌 어리석은 주제에 고집불통이구나. 그러니까 낙제를 하는 거야."

"낙제를 해도 숙부한테 학비 내달라는 말은 하지 않아요."

유키에는 말이 여기에 이르자 마음을 억누르지 못한 것인지 한 줌의 눈물이 보라색 하카마 위로 뚝뚝 떨어졌다. 주인은 그 눈물이 어떤 심리작용에서 기인한 것인지 연구하는 것처럼 하카마 위와 고개 숙인 유키에의 얼굴을 멍하니 쳐다보고 있었다. 그때 하녀가 부엌에서 붉은 손을 문지방 너머로 가지런히 모으고 말했다.

"손님이 찾아오셨습니다."

"누구라고 하더냐?"

"학교 학생이라고 합니다."

하녀는 울고 있는 유키에 양의 얼굴을 옆 눈으로 힐끗거리며 대답했다. 주인은 거실로 나갔다. 나도 얘깃거리도 얻고 인간도 연구할 겸 주인을 따라 살그머니 툇마루로 돌아갔다. 인간을 연구하기 위해서는 뭔가 풍파가 있을 때를 택하지 않으면 결과를 얻을 수 없다. 평소에는 대부분 그 사람이 그 사람이어서 보고 들어도 신명이 나지 않을 만큼 평범하다. 하지만 무슨 일이 생기면 그 평범함이 갑자기 영묘하고 신비한 작용 때문에 뭉게뭉게 피어올라 기이한 것, 이상한 것, 묘한 것, 색다른 것, 한마디로 말하면 우리 고양이들이 볼 때 알아두면 앞으로 도움이 될 사건이 곳곳에서 활발하게 나타난다.

유키에 양의 홍루(紅淚) 같은 것은 바로 그런 현상 가운데 하나다. 이처럼 불가사의하고 예측할 수 없는 마음을 갖고 있는 유키에 양도 안주인과 이야기를 나누고 있을 때는 그 정도일 거라고는 생각하지 못했는데 주인이 돌아와 기름병을 내던지자마자 순식간에, 죽은 용이 증기식 소방용 펌프에서 쏟아진 물을 맞고 갑자기 되살아나는 것처럼 갑자기 그 심오하고 속을 헤아릴 수 없는 교묘하고 미묘하고 영묘한 기질을 유감없이 드러내고 말았다. 하지만 그 기질은 세상의 모든 여성에게 공통된 기질이다. 다만 아쉽게도 쉽게 나타나지는 않는다. 아니, 하루 종일 끊임없이 나타나기는 하지만, 이처럼 현저하고 분명하고 가차 없이 나타나지는 않는다. 다행히 주인처럼 툭하면 내 털을 거꾸로 쓰다듬고 싶어 하는 비뚤어진 성격의 괴짜가 있었기에 이런 촌극도 구경할 수 있었을 것이다.

주인의 뒤만 따라다니면 어디를 가든 사람들은 무대 위의 배우처럼 자기도 모르게 움직이는 것임에 틀림없다. 이렇게 재미있는 주인을 모신 덕분에 고양이의 짧은 삶에서도 상당히 많은 경험을 할 수 있다. 고마운 일이다. 이번 손님은 어떤 사람일까.

객실 구석에 앉아 있는 꼴을 보아하니 열일고여덟, 유키에 양과 비슷한 나이의 학생이다. 속이 들여다보일 정도로 짧게 깎은 머리는 큼직하고, 얼굴 한가운데에는 주먹코가 단단히 자리를 잡고 있다. 이렇다 할 특징은 없지만 두개골만은 엄청 크다. 머리를 빡빡 깎았는데도 저렇게 크게 보이는데, 주인처럼 머리를 길게 기르면 얼마나 사람들의 시선을 끌까 싶다. 이런 머리를 가진 이는 어김없이 공부를 못한다는 것이 주인의 오래된 지론이다. 실제로 그럴지도 모르지만, 얼핏 보기엔 나폴레옹 같은 대단한 장관이다. 옷은 학생들이 흔히 입는, 사쓰마 산인지 구루메 산인지 아니면 이요 산인지 알 수는 없지만 어쨌든 소매가 짤막한 비백 무늬 겹옷을 입고 있고, 그 속에는 셔츠도 속옷도 입지 않은 것 같다. 맨살에 겹옷을 입거나 맨발로 다니는 것을 멋지다고 한다는데, 이 학생은 아주 지저분한 느낌을 주었다. 특히 다다미 위에 도둑놈 같은 엄지발가락 자국을 또렷이 세 개나 찍어놓은 것은 전적으로 맨발 탓일 것이다. 그는 네 번째 자국 위에 턱하니 앉았더니, 자못 거북한 듯 황송해하고 있었다. 대체로 황송해할 만한 자가 얌전히 대기하고 있는 것은 그다지 신경 쓸 일이 아니지만, 반들반들 짧게 깎은 머리의 난폭자가 황송해하고 있는 것은 어쩐지 어울리지 않았다. 길을 가다 선생님을 만나도 인사하지 않는 것을 자랑으로 여길 정도의 학생들이 설사 30분이라도 남들처럼 앉아 있는 것은 고역일 것이다. 그런데 타고난 공겸(恭謙)의 군자, 성덕(盛德)의 장자(長者)처럼 앉아 있으니 당사자야 고역이겠지만 옆에서 보기에는 꽤나 우스꽝스러웠다. 교정이나 운동장에서 그렇게 야단법석을 피우던 녀석이 무슨 일로 이렇게 자제하고 있는지를 생각하면 가엾기도 하지만 우습기도 했다.

이렇게 한 사람씩 상대하게 되니 아무리 우둔한 주인이라도 학생에게 얼마간 무게가 있어 보인다. 주인도 아마 뿌듯해하고 있을 것이다. 티끌 모아 태산이라는 말처럼 미미한 한 학생도 여러 명이 모이면 얕

잡아볼 수 없는 집단이 되어 배척운동이나 데모를 벌일지도 모른다. 이는 겁쟁이도 술을 마시면 대담해지는 것과 같은 현상일 것이다. 머릿수를 믿고 소동을 일으키는 것은 그 숫자에 취해 제정신을 잃은 것이라 해도 무방할 것이다. 그렇지 않다면 황송해한다기보다는 오히려 주눅이 들어 스스로 장지문에 몸을 딱 붙이고 있을 정도의 학생이, 아무리 늙었다고 해도 적어도 선생이라는 이름이 붙은 주인을 경멸할 수는 없다. 무시할 수 없는 것이다.

"자, 앉지."

주인은 방석을 들이밀면서 말했다.

"아, 네."

빡빡이 학생은 대답만 하고 딱딱하게 굳어진 채 움직이지 않는다. 바로 코앞에 해지기 시작한 사라사 방석이 앉으라는 말 한 마디 없이 자리를 차지하고 있고, 그 뒤로 살아 있는 커다란 머리가 우두커니 앉아 있는 광경은 묘한 것이었다. 방석은 깔고 앉기 위한 것이지 쳐다보기 위해 안주인이 상점에서 사온 게 아니다. 방석이면서 누군가 깔고 앉지 않는다면 그 방석으로서는 바로 명예가 훼손당하는 것이다. 이를 권한 주인 또한 얼마간 체면이 서지 않는 일이다. 주인의 체면을 깎으면서까지 방석과 눈싸움을 하고 있는 빡빡이는 결코 방석 자체가 싫은 게 아니다. 사실 태어나서 지금까지 할아버지 제사 때 말고는 좀처럼 무릎을 꿇고 앉아본 일이 없기 때문에 아까부터 이미 다리가 저리기 시작하여 발끝이 살짝 곤란을 호소하고 있었다. 그런데도 방석에 앉지 않는다. 방석이 할 일 없이 무료하게 대기하고 있는데도 깔고 앉지 않는다. 주인이 '자, 앉지' 하는데도 깔고 앉지 않는다. 참으로 성가신 빡빡이다. 이 정도로 조심성이 있다면 여러 명이 모였을 때도 조금 조심하면 좋을 텐데, 학교에서도 좀 더 조심하면 좋을 텐데, 하숙집에서도 좀 더 조심하면 좋을 텐데. 그러지 않아도 될 때는 사양하고, 그래야 할 때는 겸손하지 않고, 아니, 큰 행패를 부린다. 성품이 좋지 않은 빡빡이다.

그때 뒤쪽 장지문을 쓰윽 열고 유키에 양이 학생에게 공손하게 차한 잔을 건넸다. 평소라면 '이야, 새비지 티가 나왔군요' 하고 놀렸겠지만, 주인 한 사람에게도 황송한데 묘령의 여성이 학교에서 갓 배운 오가사와라류 예법[20]에 따라 묘하게 뽐내는 듯한 손놀림으로 찻잔을 내미니 빡빡이는 무척 난감해하는 표정이었다. 유키에 양은 장지문을 닫으면서 문 뒤에서 히죽히죽 웃었다. 그러고 보면 여자는 동년배라도 남자에 비하면 참 대단하다. 빡빡이에 비하면 여자의 배짱은 훨씬더 두둑하다. 특히 조금 전까지만 해도 분하다고 홍루를 주르르 흘려놓고 지금은 이렇게 히죽히죽 웃고 있으니 더욱 두드러져 보인다.

유키에 양이 물러난 뒤에는 쌍방이 한참을 아무 말 없이 참고 있었다. 하지만 이래서는 수행을 하는 것이나 마찬가지라고 깨달은 주인이 드디어 입을 열었다.

"자네 이름이 뭐라고 했나?"

"후루이……"

"후루이? 후루이 뭐라고 했던가. 이름은?"

"후루이 부에몬(古井武右衛門)입니다."

"후루이 부에몬, 으음, 참 긴 이름이로군. 요즘 이름이 아니라 옛날이름이야, 그래 4학년이라고 했지?"

---

20 원래는 무가 예법의 한 유파였으나 민간에도 전해졌고, 메이지 시대에는 일본 여학교의 예법 교육에 도입되었다.

"아니요."

"3학년인가?"

"아뇨, 2학년입니다."

"갑반인가?"

"을반입니다."

"을반이라면 내가 담임을 맡고 있는 반이군그래."

주인은 감탄하고 있다. 사실 이 얼큰이는 입학할 때부터 주인의 눈에 띄었던 터라 결코 잊어버릴 수가 없다. 그뿐 아니라 때때로 꿈에 보일 만큼 인상적인 머리다. 그러나 무사태평한 주인은 이 머리와 고풍스러운 이름을 연결시키고, 그렇게 연결된 것을 다시 2학년 을반으로 연결할 수 없었던 것이다. 그러므로 꿈에 보일 만큼 인상적인 머리가 자신이 담임을 맡고 있는 반의 학생이라는 말을 듣고 무심코 '그래' 하고 마음속으로 박수를 쳤던 것이다. 하지만 이 커다란 머리에 고풍스러운 이름, 게다가 자신이 담임을 맡고 있는 학생이 지금 무슨 일로 찾아왔는지 짐작조차 할 수 없다.

원래 주인은 덕망이 없는 인물이라 설날이든 세밑이든 학교 학생이 찾아오는 일은 거의 없다. 후루이 부에몬이 처음이라고 할 수 있으니 진기한 손님인 셈인데, 무슨 일로 찾아왔는지 몰라 주인도 무척 난감해하는 듯하다. 이렇게 재미없는 사람의 집으로 그저 놀러 왔을 리도 없을 테고 또 사직을 권고하기 위해서라면 좀 더 의기양양했을 것이다. 그렇다고 후루이 부에몬 같은 학생이 일신상의 문제로 의논할 일이 있을 리도 없다. 아무리 생각해도 주인으로서는 알 수가 없었다. 부에몬 군의 모습을 보니 본인도 자신이 왜 이곳에 왔는지 분명치 않은 눈치다. 하는 수 없이 결국 주인이 대놓고 물었다.

"자네, 놀러 온 건가?"

"그렇지 않습니다."

"그럼 무슨 볼일이라도 있나?"

"네."

"학교 일인가?"

"네, 좀 말씀드릴 게 있어서요……"

"음, 그럼 무슨 일인지 말해보게."

부에몬 군은 고개를 숙인 채 아무 말이 없다. 원래 부에몬 군은 중학교 2학년치고는 언변이 좋은 편으로, 머리가 큰 것에 비해 지능은 발달하지 않았지만 언변만큼은 을반에서도 뛰어난 편이다. 실제로 얼마 전 콜럼버스가 일본 말로는 뭐냐고 물어 주인을 몹시 난감하게 했던 학생이 바로 이 부에몬 군이다. 그렇게 뛰어난 부에몬 군이 조금 전부터 벙어리 공주님처럼 머뭇머뭇하고 있는 것은 뭔가 사연이 있어서일 것이다. 단지 조심스러워서 그러는 것 같지는 않았다. 주인도 좀 수상쩍다고 생각했다.

"할 얘기가 있으면 얼른 하지 그래."

"말씀드리기가 좀 곤란한 문제라서……"

"말하기 곤란하다?"

주인은 이렇게 물으며 부에몬 군의 얼굴을 쳐다봤는데, 여전히 고개를 푹 숙이고 있어서 무슨 일인지 짐작할 수가 없었다. 하는 수 없이 다소 말투를 바꿔 온화하게 덧붙였다.

"괜찮아. 뭐든지 말해도 좋아. 달리 듣는 사람도 없으니까. 나도 다른 사람한테 말하지 않을 거고."

"정말 말씀드려도 괜찮을까요?"

부에몬 군은 여전히 망설이고 있다.

"그럼, 괜찮아."

주인은 제멋대로 판단한다.

"그럼 말씀드리겠습니다만."

이렇게 말한 부에몬 군은 빡빡머리를 불쑥 쳐들고 눈이 부신 듯 잠깐 주인 쪽을 쳐다봤다. 그 눈은 세모꼴이다. 주인은 입 안 가득 머금은 담배연기를 내뿜으면서 잠깐 얼굴을 돌렸다.

"사실은 그…… 일이 난처하게 되고 말아서……"

"뭐가?"

"뭐냐면 굉장히 난처한 일이라 찾아온 것입니다."

"그러니까 뭐가 난처한 일이냐고?"

"그럴 생각이 없었습니다만 하마다가 자꾸 빌려달라고 해서요……"

"하마다라는 건 하마다 헤이스케 군을 말하는 건가?"

"네."

"하마다한테 하숙비라도 빌려준 건가?"

"그런 걸 빌려주지는 않습니다."

"그럼 뭘 빌려줬다는 거야?"

"이름을 빌려줬습니다."

"하마다가 자네 이름을 빌려서 뭘 했는데?"

"연애편지를 보냈습니다."

"뭘 보냈다고?"

"그러니까, 이름은 안 되고, 우편함에 넣어주겠다고만 했습니다."

"도무지 무슨 소린지 통 모르겠군. 대체 누가 뭘 했다는 건가?"

"연애편지를 보냈습니다."

"연애편지를 보냈다? 누구한테?"

"그래서 말씀드리기 곤란하다고 한 겁니다."

"그럼 자네가 어떤 여자한테 연애편지를 보낸 건가?"

"아뇨, 제가 아닙니다."

"하마다가 보낸 건가?"

"하마다도 아닙니다."

"그럼 누가 보낸 건가?"

"누군지 모릅니다."

"도대체 이게 무슨 소린지 원. 그렇다면 아무도 보내지 않은 건가?"

"이름만은 제 이름입니다."

"이름만은 자네 이름이라니, 무슨 소린지 원 알 수가 있나, 이거. 좀 조리 있게 얘기해보게. 그 연애편지를 받은 사람은 누군가?"

"가네다 씨라고, 건너편 골목에 사는 여자입니다."

"가네다라는 그 사업가 집 말인가?"

"네."

"그래, 이름만 빌려줬다는 건 또 어떻게 된 일인가?"

"그 댁 아가씨가 하이칼라인 데다 건방지다고 연애편지를 보낸 겁니다…… 하마다가 이름이 없으면 안 된다고 해서, 그럼 네 이름을 쓰라고 했더니, 자기 이름은 시시하고, 후루이 부에몬이라는 이름이 낫겠다고…… 그래서 결국 제 이름을 빌려주게 된 겁니다."

"그런데 자네는 그 집 아가씨를 알고 있나? 교제라도 있었나?"

"교제고 뭐고 없습니다. 얼굴조차 본 적이 없습니다."

"무례하군. 얼굴도 모르는 사람한테 연애편지를 보내다니, 대체 무슨 생각으로 그런 짓을 한 건가?"

"다들 그 여자가 건방지고 잘난 척만 한다고 해서 그냥 놀려준 것입니다."

"점점 더 무례하군. 그럼 자네 이름을 대놓고 써서 보냈단 말인가?"

"네, 글은 하마다가 썼습니다. 제가 이름을 빌려주고 엔도가 밤에 그 집까지 가서 우편함에 넣고 왔습니다."

"그럼 셋이 공모했다 이거군."

"네, 그런데 나중에 생각해보니까 만약 들켜서 퇴학이라도 당하면 큰일이다 싶어, 너무 걱정된 나머지 2, 3일 동안 잠도 못 자고 머리가 멍했습니다."

"그거 참 어처구니없는 짓을 했군그래. 분메이중학교 2학년 후루이 부에몬이라고 쓴 건가?"

"아니요, 학교 이름은 쓰지 않았습니다."

"학교 이름을 쓰지 않은 것은 다행이군. 학교 이름이 나와보게, 그거야말로 분메이중학교의 명예와 관련된 문제가 되거든."

"어떻게 될까요? 퇴학당하게 될까요?"

"글쎄."

"선생님, 저희 아버지는 굉장히 까다로운 사람이고, 게다가 어머니는 계모입니다. 그래서 퇴학이라도 당하게 되면 저는 아주 곤란해집니다. 정말 퇴학당하게 되는 걸까요?"

"그러니까 분별없는 짓을 하지 말았어야지."

"그런 짓을 할 생각이 없었지만 그만 하고 말았습니다. 퇴학당하지 않도록 어떻게 안 되겠습니까?"

부에몬 군은 울먹이는 소리로 애원했다. 아까부터 장지문 뒤에서는 안주인과 유키에 양이 키득키득 웃고 있었다. 주인은 짐짓 젠체하며

'글쎄'를 연발하고 있었다. 꽤 재미있는 광경이다.

내가 재미있다고 하면 뭐가 그리 재미있느냐고 묻는 사람이 있을지도 모르겠다. 그렇게 묻는 것은 당연하다. 인간이든 동물이든 자신을 아는 것은 평생의 큰 과업이다. 자신을 알 수만 있다면 인간도 인간으로서 고양이보다 더 존경을 받아도 좋다. 그때는 나도 이런 짓궂은 글을 쓰는 일도 딱한 노릇이니 당장 그만둘 생각이다. 하지만 자신이 자신의 코 높이를 모르는 것과 마찬가지로 자신이 어떤 사람인지 좀처럼 알기 힘든 모양이다. 그러니 평소 경멸하는 고양이에게조차 이런 질문을 던지는 것이리라. 인간은 건방진 듯해도 역시 어딘가 나사가 빠져 있다. 만물의 영장입네 하면서 어디를 가든 만물의 영장임을 내세우지만 이까짓 사실도 이해하지 못한다. 게다가 부끄러운 줄도 모르고 태연자약인 데는 한바탕 웃음이라도 터뜨리고 싶어진다.

그들은 만물의 영장을 등에 업고, 내 코가 어디에 있는지 가르쳐줘, 하면서 소란을 피운다. 그렇다고 만물의 영장을 그만두느냐 하면 천만의 말씀, 죽어도 내놓으려고 하지 않는다. 이 정도로 공공연히 모순된 태도를 보이며 태연히 있을 수 있다면 애교가 있다고 할 것이다. 애교를 택한 대신 바보로 만족하지 않으면 안 된다.

내가 여기서 부에몬과 주인, 그리고 안주인과 유키에 양을 재미있어 하는 것은 단지 외부의 사건이 우연히 맞부딪쳤고, 그 맞부딪침이 특이한 곳으로 파동을 전하기 때문이 아니다. 사실 그 맞부딪침의 반향이 인간의 마음에 각각 다른 음색을 일으키기 때문이다.

먼저 주인은 이 사건에 오히려 냉담하다. 부에몬 군의 아버지가 얼마나 까다롭고 어머니가 그를 얼마나 의붓자식 취급을 하든 그다지 놀라지 않는다. 놀랄 리가 없다. 부에몬 군이 퇴학당하는 것은, 자신이

면직되는 것과 전혀 다른 차원의 일이다. 천 명 가까운 학생이 모두 퇴학당한다면 교사도 의식주를 해결하는 데 궁해질지도 모르지만, 후루이 부에몬 군 한 사람의 운명이 어떻게 되든 주인의 생계와는 거의 무관하다. 관계가 희미하니 저절로 동정도 희미해지는 것이다.

생면부지의 사람을 위해 눈살을 찌푸린다거나 콧물을 짠다거나 탄식하는 것은 결코 자연스러운 경향이 아니다. 인간이 그렇게 정이 많고 배려심 넘치는 동물이라는 건 도저히 받아들이기 어렵다. 다만 세상에 태어난 세금이라 치고, 때때로 교제를 위해 눈물을 보인다거나 딱하다는 표정을 지어 보일 뿐이다. 이를테면 눈속임 표정인데, 사실은 상당히 힘든 예술이다. 세상 사람들은 이 눈속임에 뛰어난 사람을 예술적 양심이 강한 사람이라고 하며 대단히 귀히 여긴다. 그러므로 사람들이 귀히 여기는 인간만큼 수상쩍은 이도 없다. 시험해보면 금방 알 수 있다.

이 점에서 주인은 오히려 서툰 부류에 속한다고 해도 좋을 것이다. 서툴기에 귀히 여겨지지 않는다. 귀히 여겨지지 않으니 의외로 내부의 냉담을 숨기지 않고 드러낸다. 그가 부에몬 군에게 '글쎄'라는 말만 연발하고 있다고 해도 그 속내는 쉽게 알 수 있다. 여러분은 우리 주인 같은 선인(善人)을 냉담하다는 이유로 싫어해서는 결코 안 된다. 냉담은 인간 본래의 성질이고, 그 성질을 숨기려 애쓰지 않는 이는 정직한 사람이다. 만약 여러분이 이럴 때 냉담 이상을 바란다면, 그거야말로 인간을 과대평가한 것이라 하지 않을 수 없다. 정직함조차 동이 난 세상에서 그 이상을 기대하는 것은 바킨의 소설[21]에서 시노나 고분

21 교쿠테이 바킨(曲亭馬琴, 1767~1848)의 『난소사토미 핫켄덴(南總里見八犬伝)』을 말한다. 시노, 고분고 등 주인공들은 인의예지충효신제(仁義禮智忠孝信悌) 등 봉건 도덕의 화신이다.

고 등 여덟 겐시(犬使)들이 뛰쳐나와 건너편 이웃으로 이사라도 오지 않는 한 어림도 없는 무리한 주문이다.

일단 주인에 대해서는 이 정도로 해두고, 다음에는 다실에서 웃고 있는 여자들에 대해 이야기하기로 하자. 이들은 주인의 냉담에서 한 발짝 더 나아가 해학의 영역으로 뛰어들어 즐거워하고 있다. 이 여자들은 부에몬 군이 골치를 앓고 있는 연애편지 사건을 부처의 복음이나 되는 양 고마워하고 있다. 이유는 없다. 그냥 고마운 것이다. 굳이 따져보자면 부에몬 군이 난감해하는 것이 고마운 것이다. 여러분은 여자들에게 이렇게 물어보라. '당신은 남이 난처해하는 것을 재미있어 하며 웃습니까?'라고. 그러면 질문을 받은 사람은 이렇게 묻는 자를 바보라 할 것이고, 아니면 이런 질문을 해서 숙녀의 품성을 모욕했다고 할 것이다. 모욕했다고 여기는 것은 사실일지도 모르지만, 난처해하는 사람을 보고 웃은 것도 사실이다. 그렇다면 이제 내 품성을 모욕할 만한 일을 해보일 테니까 뭐라고 하면 안 된다고 미리 말하는 것과 같다. 나는 도둑질을 한다. 그러나 절대 부도덕하다고 해서는 안 된다. 만약 부도덕하다고 하면 내 얼굴에 먹칠을 하는 것이다. 나를 모욕한 것이다. 이렇게 주장하는 것이나 마찬가지다.

여자는 꽤 영리하다. 생각에 조리가 서 있다. 적어도 인간으로 태어난 이상, 밟히거나 차이거나 된통 야단을 맞았을 때도, 게다가 남이 뒤도 돌아보지 않을 때도 태연할 수 있는 각오가 반드시 필요하다. 그뿐 아니라 누가 침을 뱉고 똥물을 끼얹어놓고 깔깔거리며 웃어도 기분 좋게 생각하지 않으면 안 된다. 그렇지 않으면 이처럼 영리한 여자라는 이름이 붙은 것들과는 교제할 수 없다. 부에몬 군도 어쩌다가 그만 엉뚱한 실수를 하여 무척 송구스러워하고 있지만, 이렇게 송구스러워하는 사람을 뒤에서 비웃는 것이 실례라는 생각 정도는 하고 있을지도 모른다. 하지만 그것은 나이 어린 사람의 치기다. 남이 실례를 범했을 때 화를 내면 상대방이 소심한 사람이라고 한다니, 그런 말을 듣기 싫다면 그냥 얌전히 있는 게 좋을 것이다.

마지막으로 부에몬 군의 심리를 잠깐 소개하기로 하자. 부에몬 군은 걱정의 화신이다. 그 위대한 두뇌는 나폴레옹의 두뇌가 공명심으로 충만한 것처럼 걱정으로 터질 것만 같다. 때때로 그 주먹코가 실룩실룩 움직이는 것은 걱정이 안면 신경으로 전해져 반사작용처럼 무의식적으로 활동하기 때문이다. 그는 커다란 탄환을 삼켜버린 것처럼 배 속에 어떻게 해볼 도리가 없는 덩어리를 품고 요 2, 3일 동안 어떻게 처리해야 좋을지 몰라 난처해하고 있다. 특별히 해결책이 나올 것 같지도 않아 너무 괴로운 나머지, 담임인 선생님을 찾아가면 어떻게든 도와주지 않을까 생각하고 싫은 사람의 집으로 큰 머리를 숙이고 찾아온 것이다.

그는 평소 학교에서 주인을 놀리거나 동급생을 선동하여 난처하게 한 일은 까맣게 잊고 있다. 아무리 놀리고 난처하게 해도 담임이라는 이름이 붙은 이상 걱정해줄 게 틀림없다고 믿고 있는 듯하다. 어지간히 단순한 학생이다. 담임은 주인이 좋아서 맡은 게 아니다. 교장의 명령에 따라 어쩔 수 없이 쓰고 있는, 말하자면 메이테이 선생의 백부가 쓰고 있는 중절모 같은 것이다. 그저 이름뿐이다. 그저 이름뿐이어서는 아무것도 할 수 없다. 막상 필요할 때 이름이 도움이 된다면 유키에 양은 이름만으로 벌써 맞선이 성사되었어야 한다. 부에몬 군은 그저 제멋대로일 뿐만 아니라 다른 사람이 자기에게 친절해야 한다는, 인간을 과대평가한 가정에서 출발하고 있다. 비웃음을 당할 거라고는 생각도 하지 않았을 것이다.

부에몬 군은 담임 집으로 찾아와 아마 인간에 대한 하나의 진리를 발견했을 것이다. 그는 이 진리 덕분에 앞으로 점점 더 진정한 인간이 될 것이다. 남을 걱정하는 것에는 냉담해질 것이고, 남이 난처해할 때는 깔깔거리며 웃을 것이다. 이렇게 하여 천하는 미래의 부에몬 군으로 채워질 것이다. 가네다 씨 및 가네다 부인으로 채워질 것이다.

나는 부에몬 군이 한시라도 빨리 자각하여 진정한 인간이 되기를 간절히 희망한다. 그렇지 않으면 아무리 걱정하고 후회한들, 아무리 선으로 향하는 마음이 절실한들 가네다 씨와 같은 성공은 도저히 이루지 못할 것이다. 아니, 사회는 머지않아 부에몬 군을 인간의 거주지 밖으로 추방할 것이다. 분메이중학교에서 퇴학당하는 정도가 아닌 것이다.

이런 생각을 하며 재미있어 하고 있으니 드르륵 현관문이 열리고 장지문 뒤에서 얼굴 반쪽이 쓰윽 나타났다.

"선생님!"

부에몬 군에게 '글쎄'만 연발하고 있던 주인은 현관에서 누가 부르기에 누굴까 하면서 그쪽을 쳐다봤다. 장지문에서 비스듬히 절반쯤 드러난 얼굴은 바로 간게쓰 군이었다.

"왔나, 들어오게."

주인은 이렇게 말만 하고 그대로 앉아 있었다.

"손님인가요?"

간게쓰 군은 여전히 얼굴을 절반만 드러낸 채 되물었다.

"뭐, 괜찮으니 들어오게."

"실은 선생님을 모시고 어디 좀 갈까 싶어서 온 건데요."

"어디를 간다는 건가? 또 아카사카인가? 그쪽은 이제 질색이네. 지난번에는 하도 많이 걸어서 다리가 뻣뻣해졌다네."

"오늘은 괜찮습니다. 오랜만에 나가시지 않겠습니까?"

"어디로 간다는 건가? 어쨌든 들어오게."

"우에노에 가서 호랑이 울음소리나 들어볼까 합니다."

"시시하지 않은가, 그보다 잠깐 들어오게."

간게쓰 군은 멀리서는 도저히 담판이 나지 않을 것 같아서인지 신발을 벗고 느릿느릿 들어왔다. 여느 때처럼 엉덩이에 천을 덧댄 쥐색 바지를 입고 있었는데, 이는 시대 때문도 아니고 또 엉덩이가 무거워졌기 때문도 아니다. 요즘 자전거 연습을 시작했는데 국부에 비교적 많은 마찰이 가해지기 때문이라고 본인은 변명한다.

"실례하겠네."

미래의 아내로 주목하고 있는 사람에게 연애편지를 보낸 연적이라고는 꿈에도 모른 채 간게쓰 군은 부에몬 군에게 가볍게 고개를 숙여 인사하고는 툇마루 가까운 자리에 앉았다.

"호랑이 울음소리를 들어봐야 시시하지 않겠나?"

"네, 지금은 그렇지요. 지금부터 여기저기 산책을 하다가 밤 11시쯤 우에노로 가는 겁니다."

"그래?"

"그럼 공원 안의 울창한 노목이 굉장할 겁니다."

"글쎄, 낮보다는 좀 한가하겠지."

"그래서 어떻게든 되도록 숲이 울창한, 낮에도 사람이 다니지 않는 곳을 골라 걷고 있으면 어느새 속된 도시에서 살고 있는 기분은 사라지고 산속을 헤매고 있는 듯한 기분이 들 겁니다."

"그런 기분으로 뭘 어쩌겠다는 건가?"

"그런 기분으로 잠시 멈춰 서 있으면 곧 동물원에서 호랑이가 우는 거지요."

"그렇게 딱 맞춰 울겠는가?"

"걱정하지 마십시오, 울 겁니다. 그 울음소리는 낮에도 이과대학까지 들릴 정도니까, 고요한 심야에 사방에는 인적도 없고 소름끼치며 도깨비의 기운이 코를 찌를 때……"

"도깨비의 기운이 코를 찌른다는 건 또 무슨 소린가?"

"왜 그런 말 하지 않습니까, 무서울 때."

"그런가, 별로 들어보지 못한 것 같은데, 그래서?"

"그래서 호랑이가 우에노의 늙은 삼나무 잎을 모조리 떨어뜨릴 기세로 울겠지요. 굉장하잖아요."

"그야 굉장하겠지."

"어떻습니까, 모험하러 나가시지 않겠습니까? 아마 유쾌하실 겁니다. 호랑이 울음소리는 한밤중에 들어보지 않았다면 들었다고 할 수 없을 겁니다."

"글쎄."

주인은 부에몬의 애원에 냉담한 것처럼 간게쓰 군의 탐험에도 냉담했다.

이때까지 묵묵히 호랑이 이야기를 부러운 듯 듣고만 있던 부에몬 군은 주인의 '글쎄'라는 말에서 새삼 자신의 처지를 떠올렸는지 다시 물었다.

"선생님, 저는 걱정됩니다만, 어떻게 하면 좋겠습니까?"

간게쓰 군은 무슨 말인가, 하는 표정으로 그 커다란 머리를 보았다.

나는 생각할 일이 있어 잠깐 실례하고 다실로 돌아갔다.

다실에서는 안주인이 킥킥 웃으면서 교토 산 자기인 싸구려 찻잔에 엽차를 가득 따라 안티몬으로 도금된 받침 접시 위에 올려놓으며 말했다.

"유키에, 미안하지만 이것 좀 내갈래?"

"제가요? 싫어요."

"왜?"

안주인은 좀 놀란 모양인 듯 웃음을 뚝 그쳤다.

"아무튼 싫어요."

유키에 양은 재빨리 아주 새침한 표정을 지은 채 옆에 있던《요미우리 신문》위로 덮치듯이 눈길을 떨어뜨렸다. 안주인은 일단 협상을 시작했다.

"어머, 묘한 일이네, 간게쓰 씨야. 괜찮아."

"그래도 전 싫은걸요."

유키에 양은《요미우리 신문》에서 눈을 떼지 않았다. 이런 때 한 자도 눈에 들어올 리 없겠지만 읽지 않는다는 것을 폭로하면 다시 울기 시작할 것이다.

"전혀 부끄러운 일이 아니잖아."

이번에는 웃으면서 일부러 찻잔을《요미우리 신문》위로 밀었다.

"어머, 정말 못됐어."

유키에 양이 이렇게 말하며 찻잔 밑의 신문을 빼내려다가 그만 받침 접시에 걸리는 바람에 엽차가 쏟아져 신문을 적시고 다다미 틈새로 스며들었다.

"그거 보라니까."

"어머, 큰일이네."

유키에 양은 부엌으로 달려갔다. 걸레를 갖고 올 생각이었다. 나는 이 촌극이 살짝 재미있었다.

간게쓰 군은 그런 줄도 모르고 객실에서 묘한 이야기를 하고 있었다.

"선생님, 장지를 다시 발랐네요. 누가 발랐습니까?"

"여자가 발랐지. 잘 바르지 않았나?"

"네, 솜씨가 꽤 있는데요. 가끔 오는 아가씨가 발랐습니까?"

"응, 그 아이도 도왔지. 장지를 이 정도 바르면 시집갈 자격은 있다고 으스대고 있다네."

"아아, 그렇군요."

간게쓰 군은 이렇게 말하며 장지문을 쳐다보았다.

"이쪽은 평평한데 오른쪽 끝은 종이에 주름이 잡혔네요."

"그쪽부터 해서 그렇다네. 경험이 부족할 때 한 곳이니까."

"아, 그렇군요. 솜씨가 좀 떨어지네요. 저 표면은 초월곡선이라 보통 함수로는 도저히 표현할 수 없거든요."

"그런가."

간게쓰 군이 이학자인 만큼 어려운 말을 하자 주인은 적당히 대꾸했다.

이런 상황이라면 아무리 탄원해봐야 도저히 가망이 없다고 판단한 부에몬 군은 갑자기 그 위대한 두개골을 다다미 위에 처박은 채 무언중에 결별의 뜻을 표했다.

"돌아가려고?"

주인이 물었다.

부에몬 군은 폭이 넓은 삼나무 나막신을 꿰고 맥없이 문을 나섰다.

가엾게도. 저렇게 내버려두면 바위 위에 시라도 적어놓고 게곤(華嚴) 폭포에서 몸을 날릴지도 모른다.[22] 원인을 밝히자면 가네다 씨 딸의 하이칼라와 건방짐 때문에 일어난 일이다. 만약 부에몬이 죽으면 유령이 되어 그 딸에게 앙얼을 입혀 죽게 하는 게 좋다. 그런 여자 하나 둘쯤 세상에서 사라진다고 난처해할 남자는 하나도 없다. 간게쓰 군도 좀 더 아가씨다운 여자를 얻는 게 좋다.

"선생님 학생입니까?"

"응."

"머리가 엄청 크네요. 공부는 잘합니까?"

"머리 크기에 비해서는 못하는 편이지만, 간혹 묘한 질문을 한다네. 얼마 전에는 콜럼버스를 일본어로 하면 어떻게 되느냐고 물어서 아주 난처했네."

"머리가 너무 크니까 그런 쓸데없는 질문을 하는 거겠지요. 그래, 선생님은 뭐라고 하셨습니까?"

"뭐? 적당히 번역해주었지."

"그래도 번역해주기는 하셨다는 건가요? 참 대단하시네요."

"애들은 어떻게든 번역해주지 않으면 신뢰하질 않으니까."

"선생님도 꽤나 정치가가 되셨군요. 그런데 지금 그 학생은 힘이 하나도 없는 것이, 선생님을 놀려먹을 학생처럼은 보이지 않는데요."

"오늘은 좀 곤란한 일이 있었다네. 바보 같은 놈이지."

"무슨 일이 있었는데요? 잠깐 본 것뿐인데 어쩐지 무척 가엾다는

---

22 1903년 닛코(日光)의 게곤 폭포에서 제1고등학교 학생 후지무라 미사오(藤村操)가 바위 위 나무에 시를 적어놓고 투신자살했다. 철학적 자살로서 당시 화제가 되었다. 후지무라 미사오는 소세키의 제자이기도 했다.

생각이 들었습니다. 대체 무슨 일이 있었습니까?"

"정말 바보 같은 일이지. 가네다 씨 딸한테 연애편지를 보냈다네."

"네? 저 얼큰이가요? 요즘 학생은 정말 대단하네요. 놀랍습니다."

"자네도 걱정이 되겠지만……"

"뭐, 전혀 걱정되지 않습니다. 오히려 재미있는데요, 뭐. 연애편지를 아무리 보내도 전 괜찮습니다."

"자네가 그렇게 안심하고 있다면 상관없지만……"

"상관없고말고요, 전 전혀 개의치 않습니다. 하지만 저 얼큰이가 연애편지를 썼다는 건 좀 놀라운데요."

"그게 말이야, 장난으로 쓴 거라네. 그 아가씨가 하이칼라에다 건방지니까 놀려주려고 세 명이 공모해서……"

"세 명이서 편지 한 통을 가네다 씨 댁 아가씨한테 보냈단 말입니까? 이야기가 점점 더 재미있어지는데요. 서양 요리 일인분을 시켜 셋이서 같이 먹은 셈 아닌가요."

"그런데 각자의 역할이 있었다네. 한 놈은 글을 쓰고, 한 놈은 우편함에 넣고, 한 놈은 이름을 빌려주었지. 그런데 오늘 온 학생이 이름을 빌려준 놈인데 말이야, 이놈이 가장 멍청해. 게다가 가네다의 딸 얼굴도 본 적이 없다고 하거든. 어떻게 그런 무모한 짓을 했는지 원."

"그거 참 근래의 큰 사건이네요. 걸작입니다. 저 얼큰이가 여자한테 연애편지를 보내다니, 재미있지 않습니까?"

"엉뚱한 말썽이 생기겠는걸."

"무슨 일이 생기든 상관없습니다. 상대가 도미코 양인걸요, 뭐."

"그래도 자네가 신부로 맞이할지도 모르는 사람 아닌가."

"그러니까 상관없다는 겁니다. 뭐, 도미코 양 따위, 개의치 않습니다.”

“자네가 개의치 않아도……”

“뭐, 도미코 양도 개의치 않을 겁니다. 괜찮습니다.”

“그러면 그건 괜찮다고 하고, 당사자가 나중에야 갑자기 양심에 찔리고 겁이 나니까, 기가 죽어서 우리 집으로 상담하러 찾아온 거라네.”

“아, 예. 그래서 그렇게 풀이 죽어 있었던 거로군요. 참 소심한 학생인가 봅니다. 선생님, 무슨 말씀을 해주셨나 보군요.”

“본인은 퇴학당하지 않을까, 그걸 제일 걱정하고 있더군.”

“왜 퇴학을 당하는데요?”

“그야 나쁘고 부도덕한 일을 했으니까.”

“아니, 부도덕하다고 할 정도는 아니지 않습니까. 상관없습니다. 도미코 양은 아마 명예라고 생각하고 떠벌리고 다닐 겁니다.”

“그럴 리가.”

“어쨌든 안됐네요. 그런 일을 하는 게 나쁘다고 해도, 그렇게 걱정하게 하면 젊은 남자 하나만 죽이는 꼴입니다. 머리는 크지만 인상이 그렇게 나쁘지 않던데요. 코를 실룩실룩하는 게 귀엽기도 하고 말입니다.”

“자네도 꼭 메이테이처럼 한가한 말을 하는군.”

“뭐, 이게 시대사조인걸요. 선생님은 너무 옛날식이라서 뭐든지 까다롭게 해석하시는 겁니다.”

“하지만 바보 같지 않은가. 알지도 못하는 데다 장난으로 연애편지를 보내다니, 아주 몰상식한 거 아닌가.”

“장난은 대개 상식을 벗어난 것이지요. 구제해주세요. 공덕이 될 겁니다. 저런 꼴이라면 필시 게곤 폭포로 갈 겁니다."

"그럴지도 모르겠군."

"그렇게 하세요. 좀 더 분별력이 있고 다 큰 어른들도 그보다 훨씬 더한 장난을 하고서도 시치미를 뚝 떼고 있지 않습니까. 저 아이를 퇴학시킬 정도라면, 그런 어른들도 닥치는 대로 추방하지 않으면 불공평하겠지요."

"그도 그렇군."

"그럼 어떻습니까? 우에노로 호랑이 울음소리를 들으러 가는 건."

"호랑이 말인가?"

"네, 들으러 가시지요. 실은 2, 3일 안에 고향에 다녀와야 할 일이 생겨서 당분간 아무 데도 선생님을 모실 수 없으니까요. 오늘은 꼭 함께 산책을 할 생각으로 찾아온 겁니다."

"그런가, 내려간다고, 볼일이라도 있는 건가?"

"네, 볼일이 좀 생겼습니다. 아무튼 나가시지요."

"그래, 그럼 나가볼까."

"자, 가시지요. 오늘은 제가 저녁을 사겠습니다. 그러고 나서 운동을 하고 우에노로 가면 딱 좋은 시간일 겁니다."

간게쓰 군이 자꾸만 재촉하는 바람에 주인도 마음이 동해 함께 나갔다. 뒤에서는 안주인과 유키에 양이 아무 거리낌 없이 깔깔깔깔 웃어대고 있었다.

11

도코노마 앞에서 메이테이 선생과 도쿠센 선생이 바둑판을 사이에 두고 마주앉아 있다.

"그냥은 하지 않겠네. 지는 사람이 뭔가 내기로 하세. 알았나?"

메이테이 선생이 다짐을 하자 도쿠센 선생은 여느 때처럼 염소수염을 잡아당기면서 이렇게 말했다.

"그러면 모처럼의 고상한 놀이가 속악한 것이 되고 말지 않은가. 내기 같은 걸 해서 승부에 마음을 빼앗기면 재미가 없어지네. 승패를 떠나 흰 구름이 자연스럽게 산봉우리를 돌아 나와 유유히 흘러가는 듯한 마음¹으로 한 수를 두어야 깊은 맛을 알 수 있는 거라네."

"또 시작인가. 그런 신선 같은 사람을 상대하면 너무 힘들다네. 영락없이 『열선전(列仙傳)』에 나오는 인물이군그래."

"무현금(無絃琴)²을 타는 거지."

"무선전신을 보낸다는 건가?"

1 도연명(陶淵明)의 『귀거래사(歸去來辭)』에 나오는 시구를 이용한 표현.

"아무튼 해보지."

"자네가 흰 돌을 잡겠나?"

"어느 쪽이든 상관없네."

"역시 신선답게 대범하군. 자네가 흰 돌이면 나는 저절로 검은 돌이 되겠군. 자, 두게나. 어디서부터든 두어보게."

"검은 돌부터 두는 게 규칙이라네."

"아, 그렇군. 그렇다면 겸손하게 정석대로 여기부터 두겠네."

"정석에 그런 수는 없다네."

"없어도 상관없네. 새롭게 발명한 정석일세."

나는 세상 견문이 협소하여 바둑이라는 것을 근래에 처음 보았는데, 생각하면 할수록 묘하게도 생겨먹었다. 넓지도 않은 네모난 판을 옹색하게 다시 네모난 칸으로 나눠 현기증이 날 정도로 어수선하게 흰 돌과 검은 돌을 늘어놓는다. 그러고는 이겼다느니 졌다느니 죽었다느니 살았다느니 진땀을 흘리며 수선을 피운다. 고작해야 사방 30센티미터 정도의 면적이다. 고양이의 앞발로 한 번 휘젓기만 해도 엉망진창이 될 정도다. '끌어 모아 엮으면 초암(草庵)이 되고, 풀어놓으면 다시 원래의 들판이 된다.'[3] 쓸데없는 장난이다. 팔짱을 끼고 바둑판을 바라보고 있는 편이 훨씬 마음 편하다. 그것도 처음 30, 40수까지는 돌을 늘어놓는 모양이 그다지 눈에 거슬리지 않았는데, 막상 승패가 갈리려 할 때 들여다보니 꼬락서니가 딱하기 그지없다. 흰 돌과 검은 돌이 바둑판에서 밀려 떨어질 정도로 서로 밀치며 삐걱대고

2 도연명은 악기를 연주할 줄 몰랐지만 술이 얼큰해지면 무현금, 즉 현이 없는 거문고를 어루만지며 마음을 달랜 것으로 유명하다.

3 일본의 『선문법어집(禪門法語集)』에 수록된 「무소가나호고(夢窓仮名法語)」에 "끌어 모아 엮으면 섶나무 암자가 되고 풀어놓으면 원래의 들판이 되네"라는 구절이 있다.

있다. 답답하다고 해서 옆에 있는 놈에게 비키라고 할 수도 없고, 방해가 된다며 앞 선생한테 퇴거를 명할 권리도 없다. 천명이라 생각하여 체념한 채 그 자리에 꿈쩍 않고 가만히 있을 수밖에 없다.

바둑을 발명한 자가 인간이니 바둑판에 인간의 기호가 나타난다고 한다면, 답답한 바둑돌의 운명은 좀스러운 인간의 성품을 대표하고 있다고 해도 무방하다. 바둑돌의 운명으로 인간의 성품을 짐작할 수 있다고 한다면, 인간이란 천공해활(天空海闊)한 세계를 스스로 좁혀 자기가 두 발을 딛고 있는 자리 밖으로는 절대 나갈 수 없도록 잔재주를 부려 자신의 영역에 새끼줄을 치는 것을 좋아한다고 단언하지 않을 수 없다. 한마디로 인간이란 구태여 고통을 바라는 존재라고 평해도 좋을 것이다.

무사태평한 메이테이 선생과 도통한 도쿠센 선생은 오늘따라 무슨 생각에서인지 벽장에서 낡은 바둑판을 꺼내 이 숨 막힐 듯이 답답한 장난을 시작한 것이다. 역시 두 사람이 자리를 함께했으니 처음에는 각자 자신의 뜻대로 움직여 흰 돌과 검은 돌이 바둑판 위를 자유자재로 어지러이 날았다. 하지만 바둑판의 넓이에는 한계가 있어 돌 하나하나가 놓일 때마다 가로세로의 칸이 메워져갔으므로, 아무리 무사태평하다고 해도, 아무리 도통했다고 해도 답답해지는 것은 당연한 노릇이다.

"메이테이, 자네의 바둑은 참 난폭하구먼. 그런 곳에 들어오는 법은 없네."

"선승의 바둑에는 그런 법이 없을지 모르지만 혼인보(本人方)[4] 유파에는 있으니 어쩔 수 없지 않나."

4 17세기부터 내려오는 일본의 4대 바둑 가문 가운데 하나.

"하지만 죽을 텐데."

"'신(臣), 죽음도 불사하거늘 하물며 돼지 어깨살쯤이야.'[5] 일단 이렇게 가볼까."

"그렇게 나오셨다, 좋네. '남쪽에서 훈풍이 불어오니 궁궐에 선선함을 선사하도다.'[6] 이렇게 이어두면 문제없지."

"이런, 그걸 잇다니, 역시 대단하네. 설마 그렇게 이을 리는 없을 거라 생각했네. '치지만 말아주게, 하치만 좋을.'[7] 이렇게 하면 어쩌시겠나?"

"어쩌고저쩌고 할 게 뭐 있겠나. '일검의천한(一劍倚天寒)'[8]이라, 단칼에 베어야지. 음, 성가시군. 과감하게 끊어야지."

"아아, 큰일이군. 거기가 끊기면 죽는데. 그럼 안 되지. 잠깐 기다리게."

"그러니 아까부터 말하지 않았나. 이런 데로 들어오는 거 아니라고 말이네."

"함부로 들어가 실례했소이다. 이 흰 돌 하나만 물러주시게."

"그걸 무르란 말인가?"

"이왕 무르는 김에 그 옆의 것도 물러주게."

"이봐, 너무 뻔뻔한 거 아닌가."

---

5 『사기』 「항우본기」에 나온 고사를 비튼 것. 술을 돼지 어깨살로 비틀었다. 초나라 항우와 한나라 유방의 회견장에서 위기에 처한 유방을 구하려고 들어간 한나라의 금회에게 항우가 술을 권하자 "신, 죽음도 불사하거늘 하물며 술쯤이야" 하고 대답했다.
6 『당시기사(唐詩紀事)』에 실려 있는 당나라 유공권(柳公權)의 연구(聯句)에서.
7 잇다(つぐ, 쓰구)를 치다(つく, 쓰쿠)로 비튼 것, 즉 '잇지만 말아주게'를 '치지만 말아주게'로 비튼 것이다.
8 선어(仙語)로 몽골이 일본을 공격했을 때 송나라 무학선사가 호조 도키무네에게 했던 말이기도 하다.

"Do you see the boy[9]인가? 자네와 나 사이 아닌가? 그렇게 남 대하듯 하지 말고 좀 물러주게. 죽느냐 사느냐 하는 판국 아닌가. 잠깐, 잠깐 하면서 하나미치에서 무대로 뛰어나가는 장면이란 말일세.[10]"

"난 그런 거 모르네."

"몰라도 좋으니 좀 물러주게."

"자네, 아까부터 여섯 번이나 무르지 않았나."

"기억력도 좋구먼. 다음에 내가 두 배로 물러줌세. 그러니 좀 물러주게나. 자네도 참 고집스럽군. 좌선을 했으니 사람이 좀 트여야 할 것 아닌가."

"하지만 이 돌이 죽기라도 하면 오히려 내가 살짝 질 것 같아서 말이야……"

"애초에 자네는 져도 상관없다는 식이 아니었나?"

"난 져도 상관없지만 자네한테만은 지고 싶지 않네."

"엉터리 도를 닦았군. 여전히 춘풍이 번개를 가르고 있군그래."

"춘풍이 번개를 가르는 게 아니라 번개가 춘풍을 가르는 걸세. 자네는 거꾸로야."

"하하하하, 이젠 대충 거꾸로 해도 될 때라 생각했더니 역시 정확한 데가 있군. 그럼 어쩔 수 없으니 돌을 던져야 하나."

"생사사대(生死事大) 무상신속(無常迅速), 삶과 죽음이 가장 큰 일이고 덧없는 세월은 빨리 지나간다고 했으니, 돌을 던져야지."

---

9 '이봐, 너무 뻔뻔한 거 아닌가(ずうずうしいぜ おい, 즈즈시이제, 오이)'의 일본어 발음과 'Do you see the boy'의 일본식 발음이 비슷해서 잘못 들은 척하는 모습.

10 가부키 작품인 「시바라쿠(暫)」에 나오는 한 장면을 가리킨다. 주인공 시바라쿠(暫)가 잠깐, 잠깐 하면서 무대로 뛰어나가 악인을 물리치는 장면을 말한다. 하나미치는 앞에서 설명한 대로 객석에서 무대로 이어진 통로다.

"아멘!"

메이테이 선생은 전혀 관계없는 곳에 돌 하나를 툭 놓았다.

도코노마 앞에서 메이테이 선생과 도쿠센 선생이 열심히 승패를 겨루고 있을 때 객실 입구에는 간게쓰 군과 도후 군이 나란히 앉아 있고 그 옆에는 주인이 누렇게 뜬 얼굴로 앉아 있다. 간게쓰 군 앞에 바싹 말린 가다랑어 세 마리가 벌거벗은 채 다다미 위에 가지런히 배열되어 있는 것은 가히 가관이다.

이 가다랑어포는 간게쓰 군의 품에서 나왔다. 벌거숭이였지만 꺼낼 때는 그 따스함이 손바닥에 전해질 만큼 온기가 있었다. 주인과 도후 군이 가다랑어포에 묘한 시선을 보내고 있으니 곧 간게쓰 군이 입을 열었다.

"실은 나흘쯤 전에 고향에 다녀왔는데, 여러 가지로 볼일이 있어 여기저기 돌아다니느라 올라올 수 없었습니다."

"그리 서둘러 올 게 뭐 있나."

주인은 여느 때처럼 무정한 소리를 했다.

"서둘러 오지 않아도 되지만 이 선물을 하루빨리 드리지 않으면 안 된다는 걱정에서……"

"가다랑어포 아닌가."

"네, 고향의 특산물입니다."

"특산물이라지만 도쿄에도 있을 것 같은데."

주인은 가장 큰 놈을 집어 들고 코끝으로 가져가 냄새를 맡았다.

"냄새를 맡아본다고 좋은 가다랑어포인지 아닌지 알 수 있는 게 아닙니다."

"좀 크다고 특산물이라는 건가?"

"우선 드셔보시지요."

"어차피 먹어보기는 하겠지만, 어째 이놈은 끝이 없잖은가?"

"그러니 빨리 가져오지 못한 게 걱정스러웠다고 한 겁니다."

"그건 어째서인가?"

"어째서라뇨, 그야 쥐가 먹어서 그렇죠."

"그건 위험하지. 함부로 먹었다가는 페스트에 걸릴 테니까."

"아니, 괜찮습니다. 그 정도 갉아먹었다고 해가 되진 않습니다."

"대체 어디서 갉아먹었는가?"

"배에서입니다."

"배에서? 어떻게?"

"넣을 곳이 없어서 바이올린과 함께 자루 안에 넣고 배를 탔는데, 그날 밤에 당했습니다. 가다랑어포뿐이라면 또 모르겠지만, 가다랑어포로 착각했는지 소중한 바이올린 몸통까지 조금 갉아먹었습니다."

"참 경망스러운 쥐로구먼. 배에서 살다 보면 그렇게 분별력이 떨어지는 건가."

주인은 아무도 알아듣지 못할 소리를 하면서 여전히 가다랑어포를 바라보고 있었다.

"뭐 쥐니까 어디 살든 경망스럽겠지요. 그러니 하숙집으로 가져가면 또 당하지 않을까, 안심할 수 없어서 밤에는 이불 속에 넣고 잤습니다."

"좀 지저분할 것 같군."

"그러니 드실 때는 좀 씻으셔야 할 겁니다."

"좀 씻는다고 깨끗해질 것 같지 않은데."

"그럼 잿물에라도 담갔다가 박박 닦으면 되겠지요."

"바이올린도 안고 잤나?"

"바이올린은 너무 커서 안고 잘 수 없······"

"뭐라고? 바이올린을 안고 잤다고? 그거 참 풍류로세. '가는 봄이여, 비파를 안은 무거운 마음'[11]이라는 시도 있지만, 그건 아주 먼 옛날 일이야. 메이지의 수재는 바이올린을 안고 자지 않으면 옛사람을 능가할 수 없지. '잠옷 바람에 긴 밤을 지키는구나, 바이올린이여'는 어떤가? 도후 군, 신체시로 이런 표현을 할 수 있을까?"

간게쓰 군의 말을 자르고 건너편에서 메이테이 선생이 쩌렁쩌렁한 목소리로 이쪽 이야기에 끼어들었다.

"신체시는 하이쿠와 달리 그렇게 갑작스럽게 지을 수가 없습니다. 하지만 일단 지어놓으면 영혼을 울리는 묘한 울림이 있지요."

도후 군은 진지하게 대답했다.

"그럴까, 영혼은 겨릅을 태워 불러들이는 줄 알았는데,[12] 역시 신체시의 힘으로도 불러들일 수 있단 말이지?"

메이테이 선생은 여전히 바둑은 거들떠보지도 않고 놀리고만 있다.

"그런 쓸데없는 소리를 하다가는 또 지고 말걸세."

주인은 메이테이 선생에게 주의를 주었다. 그래도 메이테이 선생은 태연히 대꾸했다.

"이기고 싶어도 지고 싶어도 상대가 가마솥 안의 문어처럼 꼼짝을 하지 않으니 나도 무료해서 어쩔 수 없이 바이올린 대열에 낀 거 아닌가."

그러자 상대인 도쿠센 선생은 다소 거친 어조로 내뱉었다.

11 요사 부손의 하이쿠.
12 일본에는 음력 7월 보름인 우란분절에 겨릅을 태워 사자(死者)의 영혼을 맞는 풍습이 있다.

"자네 차례일세. 내가 기다리고 있는 거라네."

"엥? 벌써 두었나?"

"두었고말고, 진작 두었지."

"어디에?"

"이 흰 돌을 비스듬히 뻗었네."

"오호라, 그 흰 돌을 비스듬히 뻗어 지고 말겠다? 그렇다면 나는, 나는, 나는, 하다가 날 저물겠군, 아무래도 좋은 수가 없어. 자네, 한 수 더 두게 해줄 테니까 아무 데나 두게."

"그런 바둑이 어디 있다던가."

"그런 바둑이 어디 있다던가, 라면 내가 두지. 그럼 이 귀퉁이에 살짝 구부려서 두어볼까. 간게쓰 군, 자네 바이올린은 싸구려라서 쥐가 무시하고 갉아먹은 거네. 좀 더 분발해서 좋은 걸 사게. 내가 한 3백 년 된 걸로 이탈리아에 주문해줄까?"

"제발 부탁드립니다. 이왕 해주시는 김에 대금도 부탁하고 싶은데요."

"그런 고물이 도움이 되겠는가?"

아무것도 모르는 주인이 메이테이 선생에게 일갈했다.

"자네는 인간 고물과 바이올린 고물을 동일시하는 거로군. 인간 고물이라도 가네다 모씨 같은 자는 지금도 유행하고 있는 정도니까, 그런데 바이올린은 오래될수록 좋은 거라네. 자, 도쿠센, 제발 빨리 두게나. 게이마사의 대사[13]는 아니네만 가을 해는 금방 지니까 말이네."

---

13 조루리의 한 유파인 기다유부시(義太夫節) 작품인 『고이뇨보소메와케타즈나(恋女房染分手綱)』에 등장하는 게이마사(慶政)의 대사에 "날이 저물었습니까? 가을 해는 짧군요"라는 것이 있다.

"자네같이 성급한 사람과 바둑을 두는 건 고통이야. 생각할 틈이고 뭐고 없으니 말일세. 어쩔 수 없으니 여기에 한 수 둬서 집으로 만들어두어야겠군."

"이런, 결국 살려주고 말았군. 분하게 되었는걸. 설마 거기에 두지는 않겠지, 하고 잠깐 잡담을 하며 노심초사하고 있었는데, 역시 틀렸군그래."

"당연하지. 자네는 바둑을 두는 게 아니라 속임수를 쓰는 거지."

"그게 혼인보식, 가네다식, 현대 신사식이지. 이보게, 구샤미, 역시 도쿠센은 가마쿠라에서 장아찌를 먹은 사람이라 그런지 꿈쩍도 하지 않는군. 정말 감탄했네. 바둑은 형편없지만 배짱은 두둑하다니까."

"그러니 자네처럼 배짱이 없는 사람은 흉내라도 좀 내는 게 좋을 거네."

주인이 돌아앉은 채 대답하자마자 메이테이 선생은 커다랗고 붉은 혀를 날름 내밀었다. 도쿠센 선생은 전혀 개의치 않는 듯 다시 상대를 재촉했다.

"자, 자네 차례일세."

"자넨 바이올린을 언제 시작했나? 나도 좀 배워볼까 하는데, 꽤 어렵다고 하더군."

도후 군이 간게쓰 군에게 물었다.

"음, 하지만 어느 정도까지는 누구나 할 수 있네."

"같은 예술이니 시가에 취미가 있는 사람이 음악도 빨리 익히지 않을까 은근히 기대하고 있는데, 어떤가?"

"그렇겠지, 자네라면 아마 잘할 수 있을 거네."

"자넨 언제부터 시작했나?"

"고등학교 시절이지. 선생님, 제가 바이올린을 배우게 된 자초지종[14]을 말씀드린 적이 있었던가요?"

"아니, 아직 듣지 못했네."

"고등학교 시절에 선생이라도 있어서 배우기 시작했나?"

"뭐, 선생이고 뭐고 없었네, 독학이었지."

"정말 천재로군."

"독학을 했다고 다 천재라 할 수는 없겠지."

간게쓰 군은 새치름해한다. 천재라는 말을 듣고 새치름해하는 건 간게쓰 군뿐일 것이다.

"그야 아무래도 좋지만, 어떤 식으로 독학했는지 좀 들려주게. 참고할 테니까."

"얘기하는 거야 좋지만, 선생님, 얘기해볼까요?"

"그래, 얘기해보게."

"요즘은 바이올린 케이스를 들고 다니는 젊은 애들을 자주 볼 수 있습니다만, 그 시절에는 고등학교 학생 중에 서양 음악을 하는 친구는 거의 없었습니다. 특히 제가 다닌 학교는, 시골 중에서도 시골이라 삼실로 엮은 조리도 없을 만큼 질박한 고장에 있었습니다. 물론 학교 학생 중에 바이올린을 켜는 학생은 한 명도 없었지요……"

"어쩐지 저쪽에서 재미난 얘기가 시작된 모양이군. 도쿠센, 이쯤에서 적당히 끝내지 않겠나?"

"아직 정리되지 않은 데가 두세 군데 있네."

"있으면 어떤가. 어지간한 데는 자네한테 진상하지."

14 간게쓰의 모델이라는 데라다 도라히코의 구마모토 제5고등학교 시절의 체험을 근거로 하고 있다. 소세키는 그 학교에서 데라다 도라히코를 가르쳤다.

"그렇다고 받을 수는 없지."

"선학자(禪學者)답지 않게 꼼꼼한 사람이군그래. 그럼 단숨에 끝내주겠네. 간게쓰 군, 어쩐지 성당히 재미있을 것 같군. 그 고등학교지, 학생들이 맨발로 등교한다는⋯⋯"

"그렇지는 않습니다."

"하지만 다들 맨발로 군대식 체조를 하고 '우향우'를 해서 발바닥이 아주 두꺼워졌다는 이야기 아닌가?"

"설마요. 누가 그런 얘길 했습니까?"

"누구면 어떤가. 그리고 도시락으로는 큼직한 주먹밥 한 개를 여름 밀감처럼 허리춤에 차고 와서 먹는다고 하지 않은가. 먹는다기보다는 오히려 물어뜯는다고 해야겠지. 그러면 안에서 매실장아찌 하나가 나온다고 하더군. 그 매실장아찌가 나오기를 기대하며 소금기 없는 주위를 집중적으로 물어뜯으며 돌진한다고 하는데, 역시 원기 왕성한 모습 아닌가. 도쿠센, 자네가 좋아하는 이야기인 것 같은데."

"질박하고 강건하고 믿음직한 기풍이로군."

"믿음직한 게 또 있네. 그 고장에는 재떨이가 없다고 하더군.[15] 내 친구가 그 고장에서 봉직할 때 도게쓰호(吐月峰)[16]라는 표시가 찍힌 재떨이를 사러 나갔는데 도게쓰호는커녕 재떨이라는 이름이 붙은 물건 자체가 하나도 없었다네. 이상하다 싶어 물어봤더니 재떨이 같은 건 뒤쪽 대숲에 가서 잘라오면 누구라도 만들 수 있는데 살 필요가 어디 있겠느냐고 점잔을 빼며 대답하더라네. 이것도 질박하고 강건한 기풍

---

15 구마모토에 재떨이가 없다는 것은 제5고등학교 시절 소세키의 체험이기도 하다.
16 도게쓰호(도겟포)는 시즈오카 시에 있는 산 이름인데, 그 지역의 대나무로 만든 재떨이의 이름이 되었다.

을 보여주는 미담 아닌가, 도쿠센?"

"음, 그야 그렇지만, 여기 공배를 하나 메워야겠네."

"좋아. 공배, 공배, 공배라. 이러면 되겠군. 난 그 이야기를 듣고 참 놀랐네. 그런 데서 자네가 바이올린을 독학하다니, 그건 참 장한 일이야. 『초사(楚辭)』에 '곤궁하여 의지할 데 없이 고독하다'는 시구가 있는데 간게쓰 군이 바로 메이지의 굴원이네."

"굴원은 싫습니다."

"그럼 금세기의 베르테르네. 뭐, 돌을 메우고 집을 세라고? 꽤나 고지식한 사람이로군. 세보지 않아도 내가 진 건 분명하네."

"그래도 매듭은 지어야지."

"그럼 자네가 해주게나. 난 그런 걸 세고 있을 때가 아니네. 이 시대의 천재 베르테르 군이 바이올린을 배우기 시작한 일화를 듣지 않으면 조상님께 죄스러우니 이만 실례하겠네."

메이테이 선생은 자리를 떠나 간게쓰 군 쪽으로 무릎을 밀고 나아갔다. 도쿠센 선생은 흰 돌을 집어 흰 집을 메우고 검은 돌을 집어 검은 집을 메우면서 입으로 열심히 계산하고 있다. 간게쓰 군은 이야기를 계속한다.

"그 지방의 풍습이 이미 그런 데다 우리 고향 사람들이 또 굉장히 완고해서 조금이라도 유약한 사람이 있으면 다른 고장 학생들 사이에 나쁜 소문이 돈다며 무턱대고 엄중한 제재를 했기 때문에 정말 고역이었습니다."

"자네 고향 학생들은 정말 융통성이 없더군. 대체 뭐 때문에 감색 무지 하카마 같은 걸 입는 건지 원. 그것부터가 별나다고. 그리고 바닷바람을 맞아서 그런지 아무래도 피부가 까맣더군. 남자니까 그래도 괜찮지만, 여자가 그래서는 필시 곤란하겠지."

메이테이 선생 한 사람이 끼어들자 중요한 이야기는 어디론가 날아 가버렸다.

"여자도 그렇게 까맣습니다."

"그래도 용케 시집들을 가는 모양이로군."

"그거야 그 고장 여자가 다들 까마니까 어쩔 수 없는 일이지요."

"불행이군. 안 그러나, 구샤미?"

"까만 게 좋을 거네. 어설피 하얘면 거울을 볼 때마다 자만심이 생 겨 못쓰네. 여자라는 건 어떻게 해볼 도리가 없는 물건이거든."

주인은 탄식하듯 크게 한숨을 내쉬었다.

"하지만 고장 사람들이 모두 까맣다면 까만 사람들이 자만심을 갖 지 않을까요?"

도후 군이 그럴싸한 질문을 던졌다.

"아무튼 여자는 전혀 필요 없는 존재야."

"그런 말을 했다간 제수씨가 나중에 기분 상해할 텐데."

메이테이 선생이 웃으면서 주인에게 주의를 주었다.

"전혀 상관없네."

"안 계신가?"

"아마 아이들을 데리고 나갔을 걸세."

"어째 조용하다 싶더라니. 헌데, 어디에 갔는가?"

"어딘지는 모르겠네. 마음대로 나다니니까."

"그럼 마음대로 돌아오나?"

"뭐, 그렇지. 자네는 독신이라 좋겠네."

주인이 이렇게 말하자 도후 군은 다소 불만스러운 표정을 지었다.

간게쓰 군은 히죽히죽 웃었다.

"장가를 들면 다들 그런 마음이 들지. 도쿠센, 자네도 안사람한테 시달리지 않나?"

"뭐? 잠깐. 4, 6이 24, 25, 26, 27. 좁다 싶더니 46집이로군. 좀 더 이겼다고 생각했는데 세보니 고작 18집 차란 말인가. 뭐라고 했나?"

"자네도 안사람한테 시달릴 거라고 했네."

"아하하하, 별로 시달리지는 않네. 우리 집사람은 원래부터 나를 사랑했거든."

"그거 참 실례했네. 그러니 도쿠센 아닌가."

"도쿠센 선생님만이 아닙니다. 그런 예는 얼마든지 있습니다."

간게쓰 군이 천하의 아내들을 대신하여 잠깐 변호의 수고를 떠맡았다.

"저도 간게쓰 군 의견에 찬성합니다. 제 생각에 인간이 절대의 영역으로 들어가는 길은 단 두 길뿐인데, 그 두 길은 바로 예술과 사랑입니다. 부부의 사랑은 그 하나를 대표하는 것이니까 인간은 반드시 결혼해서 이 행복을 완수하지 않으면 하늘의 뜻에 반하는 거라고 생각합니다. 어떻게 생각하십니까, 선생님?"

도후 군은 여전히 성실하게 메이테이 선생 쪽으로 돌아앉았다.

"훌륭한 논리네. 나 같은 사람은 도저히 절대의 경지에 들어갈 수 없겠군."

"장가를 가면 더 들어가기 힘들다네."

주인은 못마땅한 표정으로 말했다.

"어쨌든 저희 같은 미혼 청년들은 예술의 기운을 받아 향상일로(向上一路)를 개척하지 않으면 인생의 의의를 알 수 없으니, 우선 바이올린이라도 배울까 싶어 아까부터 간게쓰 군의 경험담을 듣고 있는 겁니다."

"그렇지, 그래, 베르테르 군의 바이올린 이야기를 듣기로 했지. 자, 이야기해보게. 이제 방해하지 않을 테니."

메이테이 선생이 겨우 칼끝을 거두자 이번에는 도쿠센 선생이 나섰다.

"향상일로는 바이올린 같은 걸로 열리는 게 아니네. 그렇게 마음껏 유희를 한다고 해서 우주의 진리를 알 수 있다면 큰일이지. 저간의 사정을 알려면 역시 낭떠러지에서 손을 떼서 죽다 살아날 정도의 기백이 없으면 안 되지."

도쿠센 선생은 거드름을 피우며 도후 군에게 훈계 비슷한 설교를 한 것까지는 좋았는데, 도후 군은 선종의 선 자도 모르는 사내라 감탄한 기색이라고는 영 보이지 않았다.

"네, 그럴지도 모릅니다만 역시 예술은 인간이 갈망하는 것의 극치를 표현한 것이라고 생각합니다. 그러니 무슨 일이 있어도 그걸 버릴 수는 없습니다."

"버릴 수 없다면, 바라는 대로 내 바이올린 얘기를 들려주도록 하겠네. 지금까지 말씀드린 것처럼 그런 사정이라 저도 바이올린 연습을 시작하기까지 무척 고심했습니다. 우선 악기를 사는 것부터 힘들었습니다, 선생님."

"그랬겠지, 삼실로 엮은 조리도 없는 고장에 바이올린이 있을 리 없을 테니까."

"아뇨, 있기는 했습니다. 돈도 전부터 모아두었기 때문에 별 지장은 없었는데, 도저히 살 수가 없는 겁니다."

"왜?"

"좁은 동네라서 샀다 하면 금방 들키고 맙니다. 들키면 이내 건방지 다느니 하는 제재가 들어오니까요."

"옛날부터 천재는 박해를 받았으니까."

도후 군은 크게 동정을 표했다.

"또 천재라는 소린가, 제발 그 말만은 그만 했으면 좋겠네. 그래서 말이지요, 매일 산책을 하며 바이올린이 있는 가게 앞을 지날 때마다, 저걸 사면 좋을 텐데, 저걸 손에 들면 어떤 기분일까, 아아, 갖고 싶다, 아아, 갖고 싶다, 이런 생각을 하지 않은 날이 없었습니다."

"그랬겠지."

메이테이 선생은 이렇게 평했다.

"묘하게 미쳤군."

주인은 전혀 이해하지 못하며 이렇게 말했다.

"역시 자네는 천재야."

도후 군은 감탄했다. 다만 도쿠센 선생만은 초연히 수염을 비비 꼬고 있었다.

"그런 곳에 어떻게 바이올린이 있었는지, 그것이 제일 의아할지 모르겠습니다만, 생각해보면 그건 아주 당연한 일입니다. 그 고장에도 여학교가 있었고, 그 여학교 학생은 수업시간에 매일 바이올린 연습을 해야 했으니까 있었던 거지요. 물론 좋은 건 없었습니다. 그저 간신히 바이올린이라는 이름을 붙일 만한 것이었습니다. 그래서 가게에서도 그다지 중요시하지 않아 두세 개를 한꺼번에 가게 앞에 매달 아두었습니다. 그런데 때로 산책을 하다 가게 앞을 지날 때 바람이 불거나 꼬마들 손이 닿으면 우는 소리를 낼 때가 있었습니다. 그 소리를 들으면 갑자기 심장이 터질 듯해서 안절부절못했습니다."

"위험했군. 물 지랄, 사람 지랄, 지랄에도 여러 종류가 있는데 자네는 베르테르인 만큼 바이올린 지랄이었군."

메이테이 선생이 놀렸다.

"이야, 그 정도로 감각이 예민하지 않으면 진정한 예술가가 될 수 없습니다. 아무리 봐도 천재 기질이네."

도후 군은 점점 더 감탄했다.

"네, 실제로 지랄인지도 모릅니다. 하지만 그 음색만은 오묘했습니다. 그 후로 지금까지 꽤 오랫동안 켜왔지만 그때만큼 아름다운 소리를 낸 일이 없습니다. 글쎄요, 뭐라 형용해야 좋을까요. 도저히 말로 표현할 수가 없습니다."

"은쟁반에 옥구슬 굴러가는 듯한 소리라고 하지 않은가."

도쿠센 선생이 어려운 말을 꺼냈지만 아무도 맞장구를 쳐주지 않은 것은 딱한 노릇이었다.

"제가 매일 가게 앞을 산책하는 동안 그 오묘한 소리를 들은 건 딱세 번이었습니다. 세 번째로 들었을 때 어떻게든 그걸 사야겠다고 결심했습니다. 설사 고장 사람들로부터 질책을 당하고 다른 고장 사람들로부터 경멸을 당하더라도, 주먹에 맞아 목숨을 잃는 한이 있더라도, 자칫 잘못되어 퇴학 처분을 당하더라도 이것만은 사지 않을 수 없다고 생각했습니다."

"그러니까 천재라는 거네. 천재가 아니라면 그렇게 굳게 마음먹을 수 없는 법이거든. 부럽네. 나도 어떻게든 그만큼 맹렬한 느낌을 가져보려고 몇 해 전부터 유의하고 있네만, 아무래도 잘 안 되네. 음악회 같은 델 가서도 되도록 열심히 듣고는 있지만 어쩐지 그렇게 흥미가 일지 않으니."

도후 군은 이렇게 말하며 자꾸만 부러워했다.

"흥미가 일지 않는 게 행복한 거라네. 지금이니까 아무렇지 않게 얘기할 수 있네만, 그때의 고통은 도저히 상상할 수 없는 것이었네. 그러고 나서, 선생님, 드디어 분발하여 샀습니다."

"음, 어떻게?"

"바로 11월 천장절(天長節)[17] 전날 밤이었습니다. 집안사람들은 숙박하고 올 예정으로 모두 온천으로 떠났기 때문에 집 안에는 한 사람도 없었습니다. 그날은 몸이 아프다고 말하고 학교도 쉰 채 누워 있었습니다. 오늘 밤에는 일단 나가서 진작부터 바라고 있던 바이올린을 사자고, 이불 속에서 그 생각만 하고 있었습니다."

"꾀병을 부려 학교까지 쉬었단 말인가?"

"바로 그렇습니다."

"역시 조금은 천재로군그래."

메이테이 선생도 조금 놀라는 눈치였다.

"이불 속에서 머리를 내밀고 있자니, 이제나저제나 날이 저물기를 기다리는 게 견딜 수가 없었습니다. 하는 수 없이 이불을 머리까지 뒤집어쓰고 눈을 감은 채 기다려봤지만 그것도 소용없었습니다. 고개를 내밀자 강렬한 가을 햇살이 2미터쯤 되는 장지문 가득 쨍쨍 내리쬐는 데는 확 짜증이 났습니다. 장지문 위쪽에 좁고 길쭉한 그림자가 생겨 가끔 가을바람에 흔들리는 것이 눈에 띄었습니다."

"뭔가, 가늘고 길쭉한 그림자라는 건?"

"떫은 감의 껍질을 벗겨 처마에 매달아둔 겁니다."

17 11월 30일, 메이지 천황의 생일.

"음, 그래서?"

"어쩔 수 없이 이부자리에서 나와 장지문을 열고 툇마루로 나가서 곶감 하나를 빼먹었습니다."

"맛있었나?"

주인은 어린애 같은 질문을 했다.

"맛있습니다, 그 고장 감은. 도쿄에서는 도저히 그런 맛을 모를 겁니다."

"감은 됐고, 그러고 나서 어떻게 되었나?"

이번에는 도후 군이 물었다.

"그러고 나서 또 이불 속으로 파고들어 눈을 감고 빨리 날이 저물었으면 하고 마음속으로 신불께 빌었습니다. 세 시간쯤 지났겠다 싶었을 즈음, 이제 저물었겠지, 하고 고개를 내밀어봤더니 웬걸 강렬한 가을 햇살은 여전히 장지문 가득 쨍쨍 비치고 있고, 위쪽에 가늘고 길쭉한 그림자가 너울거리고 있었습니다."

"그 얘긴 들었네."

"아직 몇 번 더 남았네. 그러고 나서 이부자리에서 나와 장지문을 열고 곶감 하나를 먹고 다시 이불 속으로 들어가 빨리 해가 졌으면 좋겠다고 마음속으로 신불께 기도를 드렸습니다."

"역시 제자리 아닌가."

"자, 선생님, 서두르지 마시고 들어주십시오. 그러고 나서 서너 시간쯤 이불 속에서 참고 있다가, 이번에는 저물었겠지, 하고 고개를 쑥 내밀어보았더니 강렬한 가을 햇살은 여전히 장지문 가득 비치고 있고 위쪽에 가늘고 길쭉한 그림자가 너울거리고 있었습니다."

"언제까지고 똑같은 소리 아닌가."

"그러고 나서 이부자리에서 나와 장지문을 열고 툇마루로 나가 곶감 하나를 먹고⋯⋯."

"또 곶감을 먹었는가? 언제까지 곶감만 먹고, 끝이 없군그래."

"저도 감질나서 말이지요."

"자네보다 듣는 쪽이 훨씬 더 감질나네."

"선생님은 너무 성급하셔서 이야기하기가 힘들어 죽겠습니다."

"듣는 사람도 좀 힘들다네."

도후 군도 은근히 불만을 토로했다.

"여러분이 그렇게 힘들어하시니 어쩔 수 없습니다. 대충 하고 끝내지요. 요컨대 저는 곶감을 먹고 이불 속으로 파고들고, 이불 속으로 파고들고는 곶감을 먹고, 그러다 결국 처마에 매달아둔 곶감을 다 먹고 말았습니다."

"다 먹었으면 날도 저물었겠지?"

"그런데 그렇지도 않았습니다. 제가 마지막 곶감을 먹어치우고 이제는 저물었겠거니 하고 고개를 내밀고 보니 여전히 강렬한 가을 햇살이 장지문 가득 비치고⋯⋯."

"나는 이제 됐네. 아무리 해도 끝날 줄을 모르니 원."

"얘기하는 저도 진절머리가 납니다."

"하지만 그 정도로 끈기가 있으면 어지간한 일은 다 성취하겠네. 가만히 있다가는 내일 아침까지 가을 햇살이 쨍쨍 내리쬐겠네. 대체 언제쯤 바이올린을 살 생각인가?"

그 대단한 메이테이 선생도 더 이상 참을 수 없게 된 모양이었다. 다만 도쿠센 선생만은 태연하게 내일 아침까지라도, 모레 아침까지라도, 가을 햇살이 아무리 강렬히 내리쬐어도 상관없다는 듯 전혀 동요하는 기색을 보이지 않았다. 간게쓰 군도 태연자약한 모습이었다.

"언제 살 생각이냐고 하시는데, 밤만 되면 당장 사러 나갈 생각이었습니다. 다만 안타깝게도 언제 고개를 내밀어도 가을 햇살이 쨍쨍 내리쬐고 있으니, 그때 저의 괴로움은 지금 여러분이 감질내는 정도의 소란이 아니었습니다. 저는 마지막 곶감을 먹어도 아직 날이 저물지 않은 것을 보고 무심코 눈물을 흘리고 말았습니다. 도후 군, 난 정말 비참해서 울었다네."

"그랬겠지. 예술가는 원래 애틋한 정도 많고 한도 많으니까 운 것에는 동정이 가는데, 이야기는 좀 더 빨리 진행시켰으면 하네만."

도후 군은 사람이 좋고 한없이 성실하여 우스꽝스러운 대꾸를 했다.

"나도 빨리 진행시키고 싶은 마음은 굴뚝같지만, 아무리 해도 날이 저물어주지 않으니 어쩌겠나."

"그렇게 날이 저물어주지 않으면 듣는 쪽도 곤란하니 그만두세."

더 이상 참지 못한 주인이 드디어 말을 꺼냈다.

"그만두면 더 곤란합니다. 지금부터가 정말 재미있는 대목이니까요."

"그렇다면 들을 테니 빨리 날이 저문 것으로 하면 어떻겠나."

"좀 무리한 주문입니다만 선생님께서 그리 말씀하시니 그럼 양보해서 날이 저문 것으로 하겠습니다."

"거 잘됐군."

도쿠센 선생이 시치미를 떼고 말하자 모두 와 하고 웃음을 터뜨렸다.

"드디어 밤이 되었기 때문에 일단 안심이 되어 한숨을 돌리고 구라카케무라의 하숙집을 나섰습니다. 저는 원래 시끄러운 곳이 싫어서 일부러 편리한 시내를 피해 인적이 드문 한촌의 농가를 잠시 조촐한 거처로 삼고 있었습니다."

"인적이 드물다는 건 너무 과장 아닌가?"

주인이 이렇게 항의하자 메이테이 선생도 불만을 토로했다.

"조촐한 거처라는 것도 과장 아닌가? 도코노마도 없는 다다미 네 장 반짜리 방 정도로 하는 게 사실적이고 재미있겠지."

"사실이야 어떻든 언어가 시적이어서 느낌이 좋네."

도후 군만은 칭찬했다. 도쿠센 선생은 진지한 얼굴로 물었다.

"그런 곳에 살면서 학교에 다니는 게 힘들었겠군. 학교까지는 몇 킬로미터쯤 되었나?"

"학교까지는 5백 미터쯤밖에 안 되었습니다. 학교가 원래 한촌에 있어서……"

"그럼 그 주변에서 하숙하는 학생들도 꽤 있었겠군."

도쿠센 선생은 좀처럼 납득이 안 되는 모양이었다.

"네, 대부분의 농가에 한두 명쯤 꼭 있었습니다."

"그런데 인적이 드물단 말인가?"

도쿠센 선생은 정면으로 공격했다.

"네, 학교만 없다면 인적이 아주 드문 곳이지요…… 그래서 그날 밤에는 손으로 짠 무명 누비옷 위에 금단추가 달린 교복 외투를 입고 외투에 달린 모자를 푹 뒤집어써 되도록 사람들 눈에 띄지 않도록 주의했습니다. 때마침 감잎이 지는 계절이라 하숙집에서 난고(南鄕) 가도로 나가는 길에는 낙엽이 수북했습니다. 한 걸음 한 걸음 내디딜 때마다 바스락거리는 소리가 신경 쓰였습니다. 누가 따라오지나 않을까 불안해서 견딜 수가 없었지요. 뒤를 돌아보자 도레이지(東嶺寺)의 울창한 숲이 어둠 속에서 검게 보였습니다. 도레이지는 마쓰다이라(松

平) 가문의 위패를 모시는 절로, 고신야마(庚申山) 기슭에 있습니다. 제 하숙집에서 1백 미터밖에 떨어지지 않은 아주 그윽하고 조용한 사찰입니다. 숲 위로는 쉴 새 없이 반짝이는 별빛이 달빛처럼 밝은 밤하늘, 은하수가 나가세가와(長瀨川)를 비스듬히 가로지르고 있고, 그 끝은, 뭐랄까요, 하여간 하와이 쪽으로 흐르고 있었습니다.”

“하와이라는 건 엉뚱한데.”

메이테이 선생이 말했다.

“난고 가도를 2백 미터쯤 걸어가 다카노다이마치에서 시내로 들어가고, 고조마치를 지나 센고쿠마치를 돌고, 구이시로초를 옆으로 보며 도리초 1가, 2가, 3가를 순서대로 지난 다음, 오와리초, 나고야초, 샤치호코초, 가마보코초……”

“그렇게 여러 마을을 지나지 않아도 되네. 결국 바이올린을 샀단 말인가 안 샀단 말인가?”

주인이 답답하다는 듯 물었다.

“악기가 있는 가게는 가네젠, 즉 가네코 젠베 댁이니 아직 멀었습니다.”

“멀어도 좋으니까 빨리 사기나 하게.”

“알겠습니다. 그래서 가네젠 쪽으로 가서 보니 가게에는 램프가 쩽쩽하게 켜져 있고……”

“또 그놈의 쩽쩽인가, 자네의 그 쩽쩽은 한두 번에 끝나지 않으니 이야기가 진척되지 않는구먼.”

메이테이 선생이 방어선을 쳤다.

“아니, 이번의 쩽쩽은 그냥 한 번뿐이니까 그리 염려하시지 않아도 됩니다. 불빛으로 보니 예의 그 바이올린이 희미하게 가을 등불을 반사하여 몸통의 둥그스름한 부분이 차가운 빛을 띠고 있었습니다. 팽팽한 현의 일부만이 반짝반짝 하얗게 눈에 비쳤습니다……"

"묘사가 아주 훌륭하네."

도후 군이 칭찬했다.

"저거다, 저 바이올린이다, 하고 생각하니 갑자기 가슴이 두근두근하고 다리가 후들거렸습니다."

"흥."

도쿠센 선생이 코웃음을 쳤다.

"나도 모르게 뛰어가 호주머니에서 지갑을 꺼내고 그 지갑에서 5엔짜리 지폐 두 장을 꺼내……"

"드디어 산 건가?"

주인이 물었다.

"사려고 생각했습니다만, 아니지, 잠깐만, 지금이 중요한 때다, 섣부른 짓을 했다가는 낭패를 당하고 말 것이다, 그만두자, 하고 아슬아슬한 순간에 단념하고 말았습니다."

"뭐야, 아직도 안 샀단 말인가. 바이올린 하나 갖고 어지간히 질질 끄는군."

"질질 끄는 게 아닙니다. 아직 살 수 없었으니 할 수 없는 노릇이지요."

"왜?"

"왜냐하면 아직 초저녁이라 오가는 사람들이 많았으니까요."

"사람이 2백 명, 3백 명 오간들 그게 무슨 상관인가. 자네는 참 묘한 사람이군."

주인은 잔뜩 골을 냈다.

"그냥 길가는 사람들이라면 천 명이든 2천 명이든 아무 상관없겠지만, 소매를 걷어붙인 학교 학생들이 기다란 막대기를 들고 배회하고 있어 쉽게 살 수가 없었습니다. 개중에는 침전당(沈澱黨)이라 칭하며 늘 반에서 밑바닥을 기면서도 기뻐하는 녀석들이 있었으니까요. 그런 녀석들은 꼭 유도가 강합니다. 그러니 함부로 바이올린에 손을 댈 수가 없었습니다. 무슨 봉변을 당할지 몰랐으니까요. 저도 바이올린이 갖고 싶었습니다만, 그래도 목숨은 아까웠거든요. 바이올린을 켜고 죽는 것보다는 켜지 않고 사는 게 나았습니다."

"그럼 결국 사지 않았다는 얘기로군."

주인이 확인했다.

"아뇨, 샀습니다."

"참 감질나게 하는 사람이군. 살 거라면 빨리 사게. 싫다면 안 사도 좋으니까 빨리 매듭을 짓는 게 좋을 거고."

"헤헤헤헤, 세상일이라는 게 어디 자기 생각대로만 되는 건가요."

간게쓰 군은 이렇게 말하면서 아사히 담배에 불을 붙여 피우기 시작했다.

주인은 귀찮아졌는지 훌쩍 일어나 서재로 들어가는가 싶더니 낡아빠진 양서(洋書) 한 권을 들고 나와 넙죽 엎드려 읽기 시작했다. 도쿠센 선생은 어느새 도코노마 앞으로 물러나 혼자 바둑을 두고 있었다. 모처럼의 일화도 너무 길게 끄는 바람에 듣는 사람이 한 사람, 두 사람 줄어, 남은 사람은 예술에 충실한 도후 군과 일찍이 시간을 잡아먹는 일에서 물러선 적이 없는 메이테이 선생뿐이었다.

담배 연기를 세상 속으로 후 하고 거침없이 길게 내뿜은 간게쓰 군은 곧 전과 같은 속도로 이야기를 이어나갔다.

"도후 군, 나는 그때 이렇게 생각했네. 초저녁에는 도저히 안 되겠다, 그렇다고 한밤중에는 가네젠도 잠을 자는 시간이라 역시 안 된다, 어떻게든 돌아다니는 학교 학생들이 집으로 돌아가고 가네젠도 아직 잠들지 않은 시간을 노리지 않으면 모처럼의 계획도 수포로 돌아갈 것이다, 하지만 그 시간을 적절히 가늠하는 것은 어려운 일이다, 라고 말이네."

"그렇지, 그거야 어렵겠지."

"그래서 나는 그 시간을 대충 10시쯤으로 잡았다네. 그래서 그때부터 10시까지 어딘가에서 시간을 보내지 않으면 안 되었네. 집으로 돌아갔다가 다시 나오는 것도 큰일이고, 그렇다고 친구 집에 잡담하러 가는 것은 어쩐지 마음이 꺼림칙해서 좋지 않고, 어쩔 수 없이 그 시간까지 시내를 산책하기로 했네. 평소라면 좀 어슬렁거리면 두 시간이나 세 시간쯤 금방 가는데, 그날 밤에는 시간이 어쩌나 더디게 가던지, 일각이 여삼추라는 말이 이런 거구나 하고 절실히 느꼈다네."

이렇게 말하고 나서 정말 그렇게 느꼈다는 듯 일부러 메이테이 선생 쪽을 보았다.

"옛 사람도 '기다리는 몸에 모질어라, 고타쓰여'[18]라고 노래한 적이 있으니까, 또 기다리게 하는 사람보다 기다리는 사람이 힘들다고도 하니까, 처마에 매달린 바이올린도 괴로웠겠지만 방향을 잃은 탐정처럼 우왕좌왕 갈피를 못 잡고 있는 자네는 더욱 괴로웠겠지. '처량한 몰골이 상갓집 개 같구나',[19] 아니, 사실 집 없는 개처럼 딱한 것도 없지."

18 우타자와부시(歌沢節) 「와가모노(我もの)」의 한 구절.
19 『사기』에 나오는 말로 세상을 유랑하던 공자에 대한 표현.

"개라니 너무 가혹하십니다. 이래 봬도 지금까지 개로 비유된 적은 한 번도 없습니다."

"자네 얘기를 듣다 보면 어쩐지 옛날 예술가의 전기를 읽는 듯한 기분이 들어 동정을 금할 수 없네. 개에 비유한 건 선생님의 농담이니 괘념치 말고 이야기를 계속해보게."

도후 군은 이렇게 위로했다. 물론 간게쓰 군은 위로를 받지 않아도 이야기를 계속할 생각이었다.

"그러고 나서 오카치마치에서 핫키마치를 지나고, 료가에초에서 다카조마치로 나가 현청 앞에서 늙은 버드나무 수를 헤아리고, 병원 옆에서 창의 불빛을 세고, 곤야바시(紺屋橋) 위에서 궐련 두 개비를 피우고, 그러고는 시계를 보았지."

"그래, 10시가 되었던가?"

"안타깝게도 아직 안 되었습니다. 곤야바시를 건너 강을 따라 동쪽으로 올라가다가 장님 세 명을 만났지요. 그리고 개가 자꾸만 짖었습니다, 선생님……"

"기나긴 가을밤에 강변에서 개 짖는 소리를 듣다니 연극조로군. 자네는 도망자 격이야."

"무슨 나쁜 짓이라도 했나?"

"이제 하려는 참이었지."

"바이올린을 사는 게 나쁜 짓이라니 딱한 노릇이군. 그럼 음악학교 학생들은 죄다 죄인이잖나."

"사람들이 인정하지 않는 일을 하면 아무리 좋은 일을 해도 죄인이지, 그러니 세상에 죄인이라는 것만큼 믿을 수 없는 것도 없거든. 예수도 그런 세상에 태어났으면 죄인이 되는 거 아니겠나. 호남아 간게쓰 군도 그런 고장에서 바이올린을 사면 죄인이지."

"그럼 죄인이라고 해두죠. 죄인이라는 건 상관없지만 10시가 되지 않은 건 참 곤란했습니다."

"다시 한 번 마을 이름을 헤아리면 될 일 아닌가. 그래도 부족하다면 다시 가을 햇살을 쨍쨍 비추면 되고. 그래도 그 시간이 되지 않으면 또 곶감을 세 다스쯤 먹으면 될 일이고. 언제까지든 들을 테니 10시가 될 때까지 해보게."

간게쓰 군은 히죽히죽 웃었다.

"선생님께서 그렇게 선수를 치시니 항복하는 수밖에 없겠습니다. 그럼 한 발 건너뛰어 10시가 되었다고 하지요. 마음속으로 정하고 있던 10시가 되어 가네젠 앞으로 가니 밤공기가 싸늘한 때라 그런지 번잡하던 료가에초도 거의 인적이 끊겨 맞은편에서 들려오는 나막신 소리마저 쓸쓸한 느낌이었습니다. 가네젠은 이미 큰 문은 닫혀 있었고 미닫이 쪽문만 살짝 열려 있었습니다. 저는 개한테 쫓기는 심정으로 미닫이를 열고 들어갔는데, 어쩐지 섬뜩했습니다."

이때 주인은 지저분한 책에서 잠깐 눈을 떼고 물었다.

"자네, 바이올린은 산 건가?"

"이제 사려는 참입니다."

도후 군이 대답했다.

"아직도 사지 않았다고, 어지간히 *끄는구면*."

주인은 혼잣말처럼 중얼거리고 다시 책을 읽기 시작했다. 도쿠센 선생은 묵묵히 흰 돌과 검은 돌로 바둑판을 거의 다 메웠다.

"눈 딱 감고 뛰어들어 모자를 뒤집어쓴 채 바이올린을 달라고 말하자 화로 주위에 몰려 잡담을 하고 있던 네댓 명의 점원들이 놀라 약속이나 한 듯이 제 얼굴을 쳐다봤습니다. 저는 무심코 오른손을 들어 모자를 푹 더 눌러 썼습니다. 이봐, 바이올린 달라니까, 하고 두 번째로 말하자 제일 앞에서 제 얼굴을 쳐다보고 있던 어린 점원이 네, 하고 분명치 않은 대답을 하고 일어나 가게 앞에 걸려 있던 서너 개를 한꺼번에 가져왔습니다. 얼마냐고 묻자 5엔 20전[20]이라고 했습니다."

"아니, 그렇게 싼 바이올린도 다 있나? 그거 장난감 아닌가?"

"다 가격이 같으냐고 물었더니, 네, 어느 것이나 다 똑같습니다, 다 공들여 튼튼하게 만든 것입니다, 하기에 지갑에서 5엔짜리 지폐와 은화 20전을 꺼내 주고는 준비해간 보자기를 꺼내 바이올린을 쌌습니다. 그러는 동안 가게 점원들은 하던 이야기를 멈추고 물끄러미 제 얼굴만 쳐다보고 있었습니다. 얼굴은 모자로 가리고 있었기 때문에 알아볼 염려는 없었지만, 어쩐지 조바심이 나 한시라도 빨리 밖으로 나가고 싶어 견딜 수가 없었습니다. 간신히 보자기에 싼 꾸러미를 외투 안에 숨기고 가게를 나왔더니 점원들이 입을 모아 큰 소리로, 감사합니다, 하는 바람에 등골이 오싹했습니다. 밖으로 나와 잠깐 둘러보았는데 다행히 아무도 없는 것 같았습니다. 1백 미터쯤 떨어진 곳에서 두세 명이 온 동네가 떠나가라 시를 읊으며 오고 있었습니다. 이거 큰일 났다 싶어 가네젠 모퉁이에서 서쪽으로 돌아 도랑가를 따라 야쿠오지 길로 나가서는 한노키무라에서 고신야마 기슭으로 빠져 가까스로 하숙집으로 돌아왔습니다. 하숙집에 돌아오니 어느새 새벽 2시 10분 전이었습니다."

---

20 『일본 양악 백년사』에 따르면, 당시 가장 잘 팔리는 바이올린이 10엔쯤이었고, 1907년 도쿄권업박람회에 출품된 바이올린(松永貞治郎 作)은 70엔이었다. 한편 데라다 도라히코는 1909년에 본체 22엔, 활 3엔짜리를 구입했다.

"밤새 걸었던 모양이로군."

도후 군이 안됐다는 듯이 말했다.

"드디어 끝났구먼. 아이고 맙소사, 정말 지루한 주사위 놀이[21]였어."

메이테이 선생은 휴 하고 한숨을 내쉬었다.

"이제부터가 들을 만한 대목입니다. 지금까지는 서막에 불과하지요."

"아직도 남았단 말인가? 이거 쉬운 일이 아니군. 웬만한 사람은 자네의 끈기에 다 나가떨어지겠네."

"끈기는 그렇다 치고, 여기서 그만두면 부처님을 그려놓고 점안(點眼)을 하지 않는 것이나 마찬가지니 조금만 더 얘기하겠습니다."

"물론 얘기하는 거야 자네 마음이지. 나도 듣기는 하겠네."

"구샤미 선생님도 들으시는 게 어떻습니까? 이제 바이올린은 샀습니다. 네? 선생님."

"이번에는 바이올린을 팔 참인가? 파는 이야기는 듣지 않아도 되네."

"아직 파는 대목은 아닙니다."

"그럼 더욱 들을 이유가 없지."

"이거 참 곤란한데. 도후 군, 열심히 들어주는 건 자네뿐이네. 조금 맥이 빠지긴 하지만, 뭐 어쩔 수 없지. 대충 얘기하겠네."

"대충이든 아니든 상관없으니 천천히 얘기하게. 아주 재미있네."

"고심하고 고심한 끝에 바이올린을 손에 넣었지만 우선 어디다 두

---

21 도카이도(東海道) 53개소의 역참 그림이 그려진 판에 주사위를 던져 숫자만큼 움직이는 놀이.

어야 할지부터 곤란했네. 내 방에는 꽤 많은 사람들이 놀러 오니 함부로 걸어두거나 세워두었다가는 금방 들통이 날 테니까. 구멍을 파고 묻으면 다시 파내는 것이 귀찮을 거고."

"그렇겠지, 천장에라도 숨겨두었나?"

도후 군은 속 편한 소리를 했다.

"천장은 없었네, 농가였으니까."

"그거 곤란했겠군. 그래, 어디에 두었나?"

"어디에 두었을 것 같나?"

"모르겠네, 두껍닫이 안인가?"

"아닐세."

"이불로 싸서 벽장에 넣어두었나?"

"아니네."

도후 군과 간게쓰 군이 바이올린을 숨겨놓은 장소에 대해 이런 문답을 주고받는 동안 주인과 메이테이 선생도 뭔가 열심히 얘기하고 있었다.

"이건 뭐라 읽나?"

주인이 물었다.

"어디?"

"이 두 행일세."

"어디 보세, Quid aliud est mulier nisi amiticiœ inimica……[22] 이거 라틴어 아닌가."

"라틴어라는 건 알겠는데 무슨 뜻이냐 그 말이네."

---

22 영국 작가 토머스 내시(Thomas Nashe, 1567~1601)의 작품 『어리석음의 분석*The Anatomie of Absurditie*』(1589)에 나오는 말로 "여자란 무엇인가. 우애의 적이 아닌가"라는 뜻이다.

"자네, 평소에 라틴어를 읽을 줄 안다고 하지 않았나?"

메이테이 선생은 위험하다고 생각했는지 살짝 피했다.

"물론 읽을 수 있지. 읽을 수야 있네만, 이게 뭐냐는 거지."

"무슨 뜻인 거야 알지만, 이게 뭐냐는 거지는 좀 심한 거 아닌가."

"어찌 되었든 영어로 좀 번역해보게."

"해보게라는 건 과격하군. 꼭 졸개 취급 아닌가."

"졸개든 뭐든, 무슨 뜻이냐니까."

"자, 라틴어 같은 건 나중에 보고 잠깐 간게쓰 군 얘기나 들어보세. 지금 중요한 대목이니까. 드디어 발각이 되느냐 마느냐 하는 위기일발의 아타카노세키[23]에 당도했단 말일세. 간게쓰 군, 그다음엔 어떻게 되었나?"

메이테이 선생은 갑자기 흥미를 보이며 바이올린 팀에 끼었다. 가엾게도 주인은 홀로 남겨졌다. 간게쓰 군은 이에 힘을 얻어 숨겨둔 장소를 설명한다.

"결국 낡은 고리짝에 숨겼습니다. 고리짝은 고향을 떠날 때 할머니가 작별 선물로 준 것인데, 확실히는 모르나 할머니가 시집올 때 가져온 것이라 합니다."

"그거 골동품이로군. 바이올린과는 좀 어울리지 않는 것 같은데. 그렇지 않나, 도후 군?"

"네, 좀 어울리지 않네요."

"천장도 어울리지 않는 건 마찬가지 아닌가."

---

23 아타카(安宅)는 이시카와 현의 지명으로, 옛날 이곳에 관문이 있었다. 오슈(奧州)로 도망쳐 피하려는 미나모토노 요시쓰네 일행이 검문을 받았을 때 벤케이(弁慶)의 재치로 화를 면했다는 이야기가 요쿄쿠 「아타카」나 가부키 「간진초(勸進帳)」에 의해 널리 알려졌다.

간게쓰 군은 도후 군을 몰아세웠다.

"어울리지는 않지만 하이쿠는 되니 안심하게. '가을, 쓸쓸한 고리짝에 숨긴 바이올린이여', 어떤가?"

"선생님, 오늘은 하이쿠가 좀 되시네요."

"오늘만 그런 건 아니네. 늘 마음속에 준비되어 있거든. 내가 하이쿠에 얼마나 조예가 깊은지 돌아가신 시키[24] 선생도 혀를 내두를 정도였으니까."

"선생님, 시키 선생님과는 교분이 있었습니까?"

정직한 도후 군은 진솔한 질문을 던졌다.

"뭐, 교분은 없었지만, 무선전신으로 내내 서로 마음을 터놓는 사이였지."

이런 어처구니없는 말에 질린 나머지 도후 군은 입을 다물고 말았다. 간게쓰 군은 웃으면서 다시 이야기를 이어나갔다.

"그래서 숨겨둘 곳은 생겼는데, 이제 꺼내는 것이 문제였습니다. 그냥 꺼내기만 한다면 남의 눈을 피해 쳐다보는 정도야 할 수 있지만 쳐다보기만 해서는 아무 소용이 없으니까요. 켜지 않으면 아무 도움이 되지 않습니다. 하지만 켜면 소리가 나고 또 소리가 나면 금방 발각됩니다. 바로 무궁화 울타리를 사이에 두고 남쪽에는 침전당의 우두머리가 하숙을 하고 있으니 위험하기 짝이 없습니다."

"곤란했겠군."

도후 군이 딱하다는 듯 박자를 맞추었다.

"그래, 거참 곤란했겠군. 말보다는 증거인 소리가 나는 거니까, 고

---

24 소세키의 친구였던 마사오카 시키를 말한다. 『나는 고양이로소이다』 중편은 '죽은 친구 시키'에게 바쳐졌다.

고노 쓰보네도 바로 소리 때문에 잘못되었으니까 말이네.[25] 뭔가를 훔쳐 먹거나 가짜 돈을 만드는 일이라면 그나마 사정이 나은 편이지만 음곡은 숨길 수 없는 것이니 말일세."

"소리만 나지 않는 거라면 어떻게든 해보겠지만……"

"아니, 잠깐만. 소리만 나지 않는다면, 이라고 했는데, 소리가 나지 않아도 숨길 수 없는 게 있다네. 옛날에 우리가 고이시카와에 있는 어느 절에서 자취[26]를 하던 시절, 스즈키 도주로라는 사람이 있었네. 이 도주로가 조미료로 쓰는 달콤한 맛술을 아주 좋아해서 맥주병에 그 맛술을 사와 홀짝홀짝 즐겨 마셨지. 어느 날 도주로가 산책하러 나간 사이에, 그러지 말았어야 했는데, 구샤미가 살짝 훔쳐 마셨지……"

"내가 언제 스즈키의 맛술을 마셨다고 그러나, 마신 건 자네 아닌가."

주인은 느닷없이 소리를 버럭 질렀다.

"이런, 책을 읽고 있어 괜찮을 줄 알았더니 역시 듣고 있었군. 하여튼 방심할 수 없는 사람이라니까. '귀도 밝고 눈도 재다'[27]는 말은 딱 자네를 두고 하는 말이야. 음, 듣고 보니 나도 마신 것 같기는 하네. 내가 마신 건 틀림없지만 들킨 건 자네 아닌가. 이봐, 자네들, 들어보게. 구샤미는 원래 술을 못 마시네. 그런데 남의 맛술이라고 생각하고 열심히 마셔댔으니 큰일 난 거지. 얼굴이 온통 시뻘겋게 달아올랐다네.

25 다카쿠라 천황이 총애하던 고고노 쓰보네(小督の局)는 황후의 아버지 다이라노 기요모리 (平清盛)의 미움을 사 사가노(嵯峨野)에 은거하고 있었는데 그녀를 찾아다니던 이가 그녀의 고토 (琴) 소리를 듣고 찾아냈다고 한다. 『헤이케 모노가타리(平家物語)』나 요쿄쿠 「고고노」에 이 이야기가 등장한다.

26 앞에서도 나왔지만, 소세키는 학창 시절 고이시카와의 호조인이라는 절에서 하숙한 적이 있다.

27 입도 싸고 손도 재다(꼭 좋은 뜻은 아님)는 말을 비튼 표현.

정말 눈 뜨고는 볼 수 없는 꼴이었지……."

"닥치게. 라틴어도 읽을 줄 모르는 주제에."

"하하하하, 그래 도주로가 돌아와서 맥주병을 흔들어보니까 절반 이상이나 비었거든. 분명히 누군가 마셨다고 생각하고 둘러보니 이 친구가 구석진 곳에 붉은 진흙을 떡칠한 인형처럼 얼어 있지 뭔가."

세 사람은 무심코 폭소를 터뜨렸다. 주인도 책을 읽으면서 키득키득 웃었다. 도쿠센 선생 혼자 잘 두지도 못하는 바둑에 지나치게 몰입하다가 좀 지쳤는지 바둑판 위에 엎드려 어느새 쿨쿨 자고 있었다.

"소리가 안 나는 것으로 들킨 일이 또 있네. 옛날에 내가 우바코 온천에서 한 노인과 한 방에 묵은 적이 있었지. 도쿄에서 포목점인가 뭔가를 한다는 노인네였네. 뭐 방을 같이 쓰는 거니까 포목점이든 헌옷가게 주인이든 상관없는 일이지만, 한 가지 곤란한 일이 생기고 말았지. 우바코에 도착한 지 3일 만에 내 담배가 떨어지고 말았거든. 다들 알고 있겠지만 우바코라는 곳은 산속에 달랑 집 한 채만 있는 곳이라 온천에 들어가 밥을 먹는 것 말고는 달리 할 일이 없는 불편한 곳이지. 그런데 담배가 떨어졌으니 난감할 수밖에. 원래 뭐가 없어지면 더 갖고 싶어지는 법이잖나. 담배가 없다는 생각을 하자마자 평소에는 그렇지도 않았는데 갑자기 담배가 피우고 싶어 미치겠는 거야. 그런데 밉살스럽게도 그 노인네는 보자기 가득 담배를 준비해서 산으로 올라왔더라고. 그걸 조금씩 꺼내서는 사람 앞에 책상다리를 하고 앉아, 피우고 싶지 하고 약을 올리기라도 하듯이 뻐끔뻐끔 피워대는 거야. 그냥 피우기만 하는 거라면 참을 수도 있겠지만, 나중에는 연기로 도넛을 만들어보기도 하고 위로 내뿜기도 하고 옆으로 내뿜기도 하고, 또는 연기를 옆으로 길게 뻗치도록 내뿜기도 하고 코로 연기를 재빨리 들락거리게 하기도 하더란 말이지. 그러니까 뽐냈다는 거지."

"뽐냈다는 건 무슨 뜻인가요?"

"옷이나 장신구라면 뽐내는 거지만 담배니까 뽐내는 거 아니겠나."

"아, 예. 그런 고역을 견딜 바에는 차라리 달라고 하면 되지 않나요?"

"하지만 달라고는 못하지. 나도 남자 아닌가."

"남자는 달라고 하면 안 되는 건가요?"

"안 될 거야 없지만 난 안 그러네."

"그래서 어떻게 했는데요?"

"달라고 하지 않고 훔쳤지."

"아이고, 저런."

"그 노인네가 수건을 차고 욕탕으로 가길래, 이때다 싶어 정신없이 연거푸 피웠지. 아, 기분 좋다, 그런데 이런 생각을 할 겨를도 없이 장지문이 드르륵 열리지 않겠나. 어이쿠, 하고 돌아보니 담배 주인이지 뭔가."

"욕탕에는 들어가지 않은 건가요?"

"들어가려고 했는데 쌈지를 놓고 왔다는 걸 깨닫고 복도에서 되돌아온 거였네. 누가 쌈지를 훔쳐간다고, 그것부터가 실례인 거지."

"그런 말 할 처지가 아닌데요, 담배를 훔쳐 피우는 솜씨로 봐서는."

"하하하하, 그 노인네도 꽤 안목이 있었던 거지. 쌈지는 그렇다 치고, 노인네가 장지문을 열자 이틀간 참다가 피워댄 담배 연기가 숨이 막힐 듯 방 안에 자욱한 게 아니겠나, 악사천리(惡事千里)라고 하는 거지. 금방 들키고 만 거야."

"그 할아버지가 뭐라 하던가요?"

"과연 나잇값을 하더군. 아무 말도 하지 않고 궐련 50, 60개비를 얇은 종이에 싸더니, 실례하오만 변변치 못한 담배지만 괜찮으면 피우시지요, 하고는 다시 욕탕으로 가지 않겠나."

"그런 게 에도 취향이라는 걸까요?"

"에도 취향인지 포목점 취향인지는 모르겠지만, 그러고 나서 난 그 할아버지와 흉금을 터놓고 2주일을 아주 재미있게 지내다 돌아왔다네."

"2주 동안 담배는 그 할아버지 신세를 진 건가요?"

"뭐, 그런 셈이지."

"이제 바이올린 얘기는 끝난 건가?"

주인은 책을 덮고 일어나면서 결국 항복 선언을 했다.

"아직입니다. 이제부터가 재미있는 대목입니다. 마침 재미있는 대목이니 들어주시지요. 이왕 하는 얘기니 바둑판 위에서 낮잠을 주무시고 계시는 선생님, 성함이 뭐라 하셨지요, 아, 도쿠센 선생님, 선생님도 같이 들어주었으면 좋겠네요. 저렇게 주무시면 몸에 해로울 텐데요, 어떤가요? 이제 깨워도 좋지 않을까요?"

"어이, 도쿠센, 일어나게, 일어나라니까. 재미있는 이야기가 있네. 일어나게. 그렇게 자면 몸에 해롭네. 자네 안사람이 걱정하지 않은가."

"어."

얼굴을 든 도쿠센 선생의 염소수염을 타고 침 한 줄기가 길게 흘러내려 달팽이가 기어간 흔적처럼 또렷이 빛나고 있다.

"아아, 잘 잤다. '산 위의 흰 구름 내 나른함을 닮았구나.' 아아, 기분 좋게 잘 잤다."

"잘 잔 건 다들 인정하니까 좀 일어나보게."

"이제 일어나는 건 좋은데, 무슨 재미있는 이야기라도 있나?"

"드디어 바이올린을 어떻게 한다고 했더라, 구샤미?"

"어떻게 할 건지 원. 도통 짐작할 수가 있어야지."

"이제 곧 켤 참입니다."

"이제 곧 바이올린을 켠다네. 이리 와서 듣게나."

"아직도 바이올린인가. 난감하군."

"자넨 무현금을 켜는 축이니 곤란하지 않겠지만, 간게쓰 군이 끼익 끼익 켜면 벽 하나를 사이에 둔 이웃들한테까지 들리니까 아주 곤란한 거 아닌가."

"그런가? 간게쓰 군, 이웃들한테 들리지 않게 바이올린 켜는 걸 모르는가?"

"모릅니다. 있다면 가르쳐주십시오."

"듣지 않아도 '노지백우(露地白牛)'[28]를 보면 금방 알 텐데."

도쿠센 선생은 무슨 말인지 통 알 수 없는 소리를 했다. 간게쓰 군은, 잠이 덜 깨어 저런 해괴한 소리를 한다고 생각하며 일부러 상대하지 않고 화제를 진행시켰다.

"가까스로 한 가지 묘책을 찾아냈습니다. 다음 날은 천장절이어서 아침부터 집에 있으면서 고리짝 뚜껑을 열었다 닫았다 하며 안절부절 못하고 하루를 보냈습니다만, 드디어 날이 저물자 고리짝 밑에서 귀뚜라미가 울기 시작했을 때 큰맘 먹고 바이올린과 활을 꺼냈습니다."

"드디어 꺼냈군."

도후 군이 말했다.

28 넓은 들판에 서 있는 흰 소라는 뜻으로 한 점 번뇌의 불결함도 없는 청정한 경지를 말한다.

"함부로 켰다가는 위험하지."

메이테이 선생이 주의를 주었다.

"먼저 활을 꺼내 손잡이에서부터 끝까지 살펴보니……"

"어설픈 칼 장수도 아니고 참."

메이테이 선생이 놀렸다.

"실제로 이게 제 영혼이라 생각하자, 기나긴 밤 불빛 아래 사무라이가 칼집에서 시퍼렇게 날이 선 명검을 뽑을 때와 같은 기분이 드는 겁니다. 저는 활을 든 채 덜덜 떨었습니다."

"정말 천재네."

도후 군이 이렇게 말하자 메이테이 선생이 덧붙였다.

"정말 지랄이군."

"빨리 켜는 게 좋겠네."

주인이 말했다. 도쿠센 선생은 난처한 표정을 지었다.

"다행스럽게도 활은 별 문제가 없었습니다. 마찬가지로 이번에는 바이올린을 램프 옆으로 가져가 앞뒤를 자세히 살펴보았습니다. 그러는 5분 동안 고리짝 밑에서는 시종 귀뚜라미가 울고 있었다고 생각해주십시오……"

"뭐든지 그렇게 생각해줄 테니까 안심하고 켜기나 하게."

"아직 켜지는 않습니다. 다행히 바이올린도 상처 하나 없었습니다. 이거라면 문제없겠다고 벌떡 일어나……"

"어디, 가는 건가?"

"좀 가만히 있어주십시오. 그렇게 한 마디 할 때마다 방해하시면 이야기를 할 수 없지 않습니까."

"이봐, 다들, 조용히 하라네, 쉬잇."

"떠드는 건 자네뿐이네."

"아, 그런가, 이거 실례했군, 경청, 경청."

"바이올린을 옆구리에 끼고 조리를 발끝에 걸친 채 사립문 밖으로 두세 걸음 나갔는데, 가만있자……"

"저런 또 나왔군. 어딘가에서 기어코 정전이 될 거라고 생각했다니까."

"이제 돌아가봐야 곶감도 없네."

"선생님들께서 그렇게 훼방을 놓으니 정말 유감입니다만, 도후 군 한 사람을 상대로 할 수밖에 없습니다. 들어보게, 도후 군, 두세 걸음 나갔다가 다시 돌아와 고향을 떠날 때 3엔 20전에 산 빨간 담요를 머리에 뒤집어쓰고 램프를 훅 불어 껐더니 깜깜해져서 이제 조리가 어디에 있는지도 알 수 없게 되었네."

"대체 어디로 가려는 건가?"

"그냥 들어보게. 간신히 조리를 찾아 신고 밖으로 나가니 별빛이 달빛처럼 밝은 밤에 떨어진 감잎, 빨간 담요에 바이올린이라니. 오른쪽으로, 오른쪽으로 언덕길을 올라 고신야마에 접어드니 도레이지의 종이 댕 하고 담요를 통해, 귀를 통해, 머릿속으로 울려 퍼졌네. 몇 시쯤이었을 것 같나, 도후 군?"

"모르겠는데."

"9시야. 그때부터 가을 긴 밤을 혼자 오다이라라는 곳까지 산길을 9백 미터쯤 올라가는데, 겁이 많은 내가 평소라면 무서워서 벌벌 떨었을 텐데, 한 가지 일에 집중하니까 신기하게도 무섭다든가 무섭지 않다든가 하는 그런 마음 자체가 털끝만치도 들지 않더란 말이지. 그저 바이올린을 켜고 싶다는 생각에 가슴이 벅차오르기만 할 뿐이니 묘한 일이더군. 오다이라라는 곳은 고신야마 남쪽에 있는데 화창한 날에 올라가 보면 적송 사이로 아랫마을이 한눈에 내려다보이는 아주 전망 좋은 평지라네. 넓이는 한 1백 평쯤 될까. 한가운데는 다다미 네 장 크기쯤 되는 바위가 하나 있고, 북쪽은 우노누마라는 연못으로 이어져 있고, 연못 주위에는 세 아름이나 되는 녹나무가 울창하지. 산 속이니까 사람 사는 곳은 장뇌(樟腦)를 채취하는 오두막 한 채가 있을 뿐이고, 연못 근처는 대낮에도 그다지 기분 좋은 곳은 아니네. 다행히 훈련을 위해 공병이 길을 닦아두었으니 오르는 데는 그리 힘들지 않았네. 가까스로 바위 위에 올라가 담요를 깔고 아무튼 그 위에 앉았네. 그렇게 추운 밤에 오른 것은 처음이었으니까 바위 위에 앉아 잠시 숨을 돌리자 주위의 적막함이 차츰 마음속 깊이 스며들더군. 이럴 때 사람의 마음을 어지럽히는 것은 그저 무섭다는 느낌뿐이니까, 그 느 낌만 없앤다면 교교하고 열렬한 기운만 남게 되지. 20분쯤 멍하고 있으니 어쩐지 수정으로 만든 궁전에서 혼자 살고 있는 것 같은 기분이 들었네. 게다가 혼자 살고 있는 내 몸이, 아니 몸만 아니라 신기하게 도 마음도 영혼도 모조리 한천 같은 걸로 만든 것처럼 투명해져서 내 가 수정 궁전에 있는 건지, 내 마음속에 수정 궁전이 있는 건지 알 수 없게 되었지……"

"일이 엉뚱하게 되었군."

메이테이 선생이 진지하게 놀렸고, 뒤따라 도쿠센 선생이 다소 감 탄한 듯한 모습을 비쳤다.

"흥미로운 경지로다."

"만약 이 상태가 오래 계속되었다면, 저는 다음 날 아침까지 애써 가져간 바이올린도 켜보지 못하고 멍하니 바위 위에 앉아 있었을지도 모릅니다."

"여우라도 있는 곳인가?"

도후 군이 물었다.

"이렇게 자타도 구별할 수 없게 되어 살아 있는 건지 죽은 건지도 짐작되지 않을 때, 돌연 뒤쪽 오래된 늪 안쪽에서 꺄악! 하는 비명 소리가 들렸네."

"드디어 나왔군."

"그 소리가 멀리 메아리치면서 온 산의 가을 나뭇가지를 태풍과 함께 휩쓸었다 싶을 때 퍼뜩 정신을 차렸네."

"이제야 안심이군."

메이테이 선생이 가슴을 쓸어내리는 시늉을 했다.

"대사일번건곤신(大死一番乾坤新)[29]이라."

도쿠센 선생이 이렇게 말하고 눈짓을 했다. 간게쓰 군에게는 전혀 통하지 않았다.

"그러고 나서 정신을 차리고 주위를 둘러보니 고신야마가 온통 적막하여 빗방울 떨어지는 소리 하나 들리지 않았네. 그런데 지금 그 소리는 뭐였을까 하고 생각했지. 사람 소리치고는 너무 날카롭고 새소리치고는 너무 크고 원숭이 소리치고는, 아니, 이 주변에 설마 원숭이는 없겠지. 그럼 뭐지, 뭘까, 하는 의문이 머릿속에 일어나자 이를 해석하려고 지금까지 아주 조용히 있던 것들이 복닥복닥, 뒤죽박죽, 북적북적, 마치 코노트 전하[30]를 환영할 당시 광란하는 도회인들의 모습

29 육신을 내던지고 크게 죽으면 별천지가 열린다는 뜻.

30 코노트의 아서 왕자(Prince Arthur of Connaught, 1883~1938). 영국의 왕족으로 1906년 메이지 천황에게 고타 훈장을 수여하기 위해 일본을 방문했다.

처럼 뇌리를 이리저리 뛰어다녔네. 그러는 사이에 온몸의 모공이 급히 열리고 정강이에 세차게 끼얹은 소주처럼 용기, 담력, 분별, 침착 등으로 불리는 손님들이 솔솔 증발해버렸네. 심장이 늑골 아래서 스테테코[31]를 추기 시작했지. 연에 달아 소리 나게 하는 물건처럼 두 발이 덜덜 떨리기 시작했네. 이거 안 되겠다 싶어 다시 담요를 머리에 휙 뒤집어쓰고 바이올린을 옆구리에 끼고 비슬비슬 바위에서 뛰어내려 산기슭을 향해 옆도 돌아보지 않고 산길 9백 미터를 쏜살같이 달려 내려갔지. 그리고 하숙집에 도착해서는 이불을 둘둘 말고 자버렸네. 지금 생각해도 그렇게 섬뜩한 일은 없었네, 도후 군."

"그래서?"

"그걸로 끝이네."

"바이올린은 안 켜는가?"

"켜고 싶어도 켤 수 없지 않은가. 까악! 하는데. 자네도 필시 켜지 못했을 걸세."

"어째, 자네 이야기는 뭔가 빠져 있는 것 같은 느낌이네."

"그래도 사실인 걸 어쩌겠나. 어떻습니까, 선생님?"

간게쓰 군은 득의양양하게 좌중을 둘러보았다.

"하하하하, 그거 훌륭하군. 거기까지 끌고 오느라 상당히 고심했겠어. 난 동방 군자의 나라에 남자 샌드라 벨러니[32]가 출현하나 싶어 지금까지 진지하게 듣고 있었네."

메이테이 선생은 누군가 샌드라 벨러니에 대해 설명해달라고 하지

---

31 메이지의 라쿠고가(落語家) 산유테이 엔유(三遊亭円遊)가 요세(寄席, 대중적인 연예장)에서 인기를 얻었던 우스꽝스러운 춤.

32 영국의 소설가 조지 메러디스(George Meredith, 1828~1909)의 소설 『샌드라 벨러니*Sandra Belloni*』의 여주인공.

않을까 했는데, 뜻밖에 아무도 묻지 않자 스스로 설명했다.

"샌드라 벨러니가 달밤에 숲 속에서 하프를 안고 이탈리아풍의 노래를 하는 장면은, 자네가 바이올린을 안고 고신야마로 올라가는 것과 분위기는 비슷하지만 기량은 다르네. 안타깝게도 샌드라 벨러니는 달에 사는 미녀를 놀라게 했는데, 자네는 오래된 늪의 너구리 요괴한테 놀랐으니 아슬아슬한 장면에서 우스꽝스러움과 숭고함이라는 큰 차이를 낳은 거지. 꽤나 유감이겠네."

"그리 유감스럽지는 않습니다."

간게쓰 군은 의외로 태연했다.

"도대체 산 위에서 바이올린을 켜려고 하다니, 그런 하이칼라한 짓을 하니 놀라게 되는 거 아닌가."

이번에는 주인이 혹평을 덧붙였다.

"호남아가 아귀 굴에서 사는 것, 즉 자신이 미망에 빠져 있다는 것을 깨닫지 못하다니, 안타까운 일이로다."

도쿠센 선생은 이렇게 탄식했다. 간게쓰 군은 도쿠센 선생이 한 말을 이해한 예가 한 번도 없었다. 간게쓰 군뿐만이 아니라 아마 아무도 이해하지 못했을 것이다.

"그건 그렇고, 간게쓰 군, 요즘에도 학교에 가서 유리알만 갈고 있나?"

잠시 후 메이테이 선생이 화제를 돌렸다.

"아뇨, 얼마 전에 고향에 다녀와서 잠시 중단한 상태입니다. 이제 유리알 가는 것도 질려서, 사실 집어치울까 하는 생각을 하고 있습니다."

"하지만 유리알을 갈지 않으면 박사가 될 수 없지 않은가."

주인은 살짝 눈살을 찌푸렸지만 간게쓰 군은 의외로 태평했다.

"박사 말인가요, 헤헤헤헤. 박사라면 되지 않아도 상관없습니다."

"그러면 결혼도 연기되고 둘 다 곤란할 텐데."

"결혼이라니, 누구 결혼 말입니까?"

"그야 자네지 누구겠나?"

"제가 누구와 결혼한다는 겁니까?"

"가네다의 딸이지."

"뭐라고요?"

"뭐라고라니, 그렇게 약속했잖은가."

"약속 같은 거 한 적 없습니다. 그런 말을 퍼뜨리는 거야 그쪽 마음이겠지요."

"이거 참, 멋대로군. 그렇지 않나, 메이테이? 자네도 그 일은 알고 있잖은가."

"그 일이라니, 코 사건 말인가? 그 사건이라면 자네와 나만 알고 있는 게 아니라 공공연한 비밀로 천하의 사람들한테 쫙 퍼진 일 아닌가. 실제로 《요로즈초호(萬朝報)》[33] 같은 신문사에서는 신랑신부라는 표제로 지면에 실을 수 있는 영예를 언제쯤 누릴 수 있을 것 같으냐고 나한테까지 물으러 오는 통에 아주 귀찮을 정도네. 도후 군 같은 경우는 진작부터 「원앙가」라는 일대 장편시를 지어놓고 석 달 전부터 기다리고 있는데, 간게쓰 군이 박사가 못 되는 날엔 모처럼의 걸작을 썩히게 되지 않을까 걱정되어 죽겠다는군. 어이, 도후 군, 그렇지 않나?"

"아직은 걱정할 만큼 힘들지는 않습니다만, 어쨌든 진심 어린 마음을 담은 작품을 발표할 생각입니다."

33 일본에서 1892년에 창간된 일간신문.

"그거 보게, 자네가 박사가 되느냐 마느냐에 따라 사방팔방으로 엉뚱한 영향이 미치게 된다네. 정신 바짝 차리고 유리알을 갈아주게."

"헤헤헤헤, 여러 가지로 폐를 끼쳐서 죄송합니다만, 이제 박사가 되지 않아도 됩니다."

"어째서?"

"어째서라뇨, 저는 이미 어엿한 아내가 있는 몸인걸요."

"아니, 그거 참 대단하군. 어느새 비밀결혼이라도 했단 말인가. 방심할 수 없는 세상이로군. 구샤미, 지금 들은 대로 간게쓰 군은 이미 처자가 있는 몸이라네."

"아이는 아직 없습니다. 결혼한 지 한 달도 안 됐는데 아이가 있으면 어쩌라고요."

"대체 언제, 어디서 결혼을 했나?"

주인은 예심판사 같은 질문을 했다.

"언제라뇨, 고향에 갔더니 떡하니 집에서 기다리고 있었습니다. 오늘 선생님께 가져온 이 가다랑어포도 결혼 축하 선물로 친척한테서 받은 겁니다."

"겨우 세 마리로 축하하다니, 구두쇠로군."

"아니, 많이 받았는데 그중에서 세 마리만 가져온 겁니다."

"그럼 고향 여자일 거고, 피부도 까맣겠군."

"네, 새까맣습니다. 저에게는 안성맞춤이지요."

"그런데 가네다 쪽에는 어떻게 할 생각인가?"

"어떻게 하고 말고 할 것도 없습니다."

"그래도 도리가 아닌 것 같은데, 그렇지 않나, 메이테이?"

"그렇지도 않네. 다른 데로 시집보내면 마찬가지 아닌가. 어차피 부부라는 건 어둠속에서 이마를 맞대는 것과 같은 거거든. 요컨대 맞대지 않아도 되는데 일부러 맞대게 하니 쓸데없는 짓이라는 거지. 이왕 쓸데없는 일이라면 누가 누구와 이마를 맞대든 상관할 바 없지 않은가. 다만 딱한 것은 「원앙가」를 만든 도후 군 정도가 아닐까?"

"「원앙가」야 뭐 사정에 따라 이쪽으로 방향을 돌려도 상관없습니다. 가네다 씨 댁 아가씨의 결혼식 때는 따로 지으면 되니까요."

"시인이라 과연 자유자재로군."

"가네다 쪽에는 양해를 구했나?"

주인은 아직도 가네다 쪽을 신경 쓰고 있었다.

"아뇨, 양해를 구할 이유가 없는걸요. 제가 그쪽에 딸을 달라거나 청혼한 일이 없으니까요. 그냥 잠자코 있으면 됩니다. 아니, 잠자코 있어도 됩니다. 지금쯤 탐정이 열 명이나 스무 명쯤 달라붙어 시시콜콜 보고했을 테니 다 알고 있을 겁니다."

탐정이라는 말을 들은 주인은 갑자기 씁쓸한 표정으로 말을 건넸다.

"음, 그렇다면 잠자코 있게."

그래도 성에 차지 않았는지 탐정에 대해 다음과 같은 말을, 자못 대단한 의견인 양 늘어놓았다.

"방심하고 있을 때 남의 호주머니를 터는 게 소매치기요, 방심하고 있을 때 남의 마음을 낚는 게 탐정이네. 아무도 모르게 덧문을 열고 들어가 남의 소유물을 훔쳐가는 것이 도둑놈이고, 아무도 모르게 말로 남의 마음을 읽어내는 게 탐정이네. 다다미에 칼을 꽂고 강제로 남의 돈을 착복하는 것이 강도요, 으름장을 놓아 남의 의지를 강제하는 것이 탐정이네. 그러니 탐정이라는 놈은 소매치기, 도둑놈, 강도의 일족으로, 도저히 상종할 수 없는 족속이지. 그런 놈이 하는 말을 듣다 보면 버릇 되네. 절대 지지 말게."

"아니, 괜찮습니다. 비열한 탐정 1천 명이나 2천 명쯤 대열을 이뤄 습격해온다고 해도 무섭지 않습니다. 유리알 가는 데 명수인 이학사 미즈시마 간게쓰 아닙니까."

"야, 이거 장하군. 과연 신혼 학사라 원기가 왕성해. 그런데 구샤미. 탐정이 소매치기, 도둑놈, 강도와 동류라면 그 탐정을 부리는 가네다 같은 사람은 뭐와 동류인가?"

"구마사카 조한 정도겠지."

"구마사카라니 괜찮군. '하나로 보인 조한이 둘이 되어 죽었다'[34]고 하는데, 고리대금업으로 재산을 모은 건너편 골목의 조한 같은 놈은 고집쟁이에다 욕심쟁이라 몇 동강이 나더라도 죽을 염려는 없네. 그런 놈한테 걸리면 불행이지. 평생 화를 입을 거야, 간게쓰 군, 조심하게."

"뭐, 괜찮습니다. '어머나, 무시무시한 도선생이여, 수법은 이미 알고 있다, 그런데도 감히 쳐들어오겠느냐'[35] 하고 혼쭐을 내주지요 뭐."

간게쓰 군은 태연자약하게 호쇼류(宝生流)[36]로 기염을 토했다.

"탐정 얘기가 나왔으니 하는 말이네만, 20세기 사람들은 대체로 탐정처럼 되는 경향이 있는데 그건 무슨 까닭일까?"

도쿠센 선생은 역시 그답게 현안과는 관계없는 초연한 질문을 던졌다.

---

34 미나모토노 요시쓰네가 구마사카 조한 일당의 습격을 물리치고 조한을 칼로 두 동강을 내는 요쿄쿠의 한 장면이다.

35 노(能)의 곡명 〈에보시오리(烏帽子折)〉에 나오는 장면.

36 노가쿠(能樂) 유파의 하나.

"물가가 높은 탓이겠지요."

간게쓰 군이 대답했다.

"예술 취미를 이해하지 못해서겠지요."

도후 군이 대답했다.

"인간에게 문명이라는 뿔이 나서 별사탕처럼 삐쭉삐쭉해졌기 때문이지."

메이테이 선생이 대답했다.

이번에는 주인 차례다. 주인은 거드름을 피우는 어조로 이런 이야기를 시작했다.

"그건 내가 꽤 생각해온 일이네. 내 해석에 따르면 현대인의 탐정적 경향은 바로 개인의 자각심이 너무 강해진 게 원인이라고 생각하네. 내가 자각심이라 명명한 것은 도쿠센이 말하는 견성성불(見性成佛)이라든가 자기는 천지와 동일체라는 깨달음 같은 것과는 다른 거네."

"이런, 얘기가 상당히 어려워진 것 같군. 구샤미, 자네가 이렇게 거창한 이야기를 혀끝에 올렸으니 나도 나중에 거리낌 없이 현대 문명에 대한 불평을 당당히 말하겠네."

"멋대로 말하게, 할 말도 없는 주제에."

"그런데 있다네. 그것도 많이. 지난번에 자네는 형사와 순사를 신처럼 떠받들더니 오늘은 또 탐정을 소매치기, 도둑놈에 비교하다니 영락없이 모순의 화신 아닌가. 나는 시종일관, 그러니까 내 부모가 태어나기 전부터 지금까지 한 번도 지론을 바꾼 적이 없는 사람이네."

"형사는 형사고 탐정은 탐정이네. 지난번은 지난번이고 이번은 이번이고. 지론이 바뀌지 않은 건 발전하지 않았다는 증거라고 할 수 있지. 아주 어리석은 사람은 교화도 할 수 없다고 했는데, 딱 자네를 두고 한 말이 아닌가."

"그거 가혹하군. 탐정도 그렇게 정면으로 나오니까 귀여운 구석이 있군그래."

"내가 탐정이란 말인가?"

"탐정이 아니니까 솔직하고 좋다는 거네. 말싸움은 그만하지, 그만. 자, 그 거창한 다음 이야기나 들어보세."

"요즘 사람들은 자신과 타인의 이해관계에 깊은 골이 존재한다는 사실을 너무 잘 알고 있다는 거네. 이러한 자각은 문명이 발달함에 따라 하루하루 예민해지기 때문에 결국에는 일거수일투족도 자연스럽게 할 수 없게 되지. 윌리엄 어니스트 헨리[37]라는 사람이 스티븐슨을 평하기를, 그는 거울이 걸린 방에 들어가 거울 앞을 지날 때마다 자기 모습을 비춰보지 않으면 성이 차지 않을 만큼 한시라도 자기를 잊은 일이 없는 사람이라고 했는데, 오늘날의 추세를 잘 표현하고 있지 않은가. 잠을 자도 나, 잠을 깨도 나, 가는 곳마다 이 내가 따라다니니 인간의 언동이 인공적으로 곰상스러워질 뿐이지. 자신도 갑갑해지고 세상도 고통스러워질 뿐이야. 그러니 마치 맞선을 본 젊은 남녀 같은 심정으로 아침부터 밤까지 살아야 하는 거네. 유유자적이니 느긋함이니 하는 말은, 글자는 있어도 의미가 없는 말이 되어버렸어. 이런 점에서 이 시대 사람들은 탐정 같고 도둑놈 같다는 걸세. 탐정은 남의 눈을 속이고 자기만 좋은 일을 하려는 장사니까 자연히 자각심이 강해지지 않으면 안 되지. 도둑놈도, 붙잡히지나 않을까, 들키지나 않을까 하

---

37 윌리엄 어니스트 헨리(William Ernest Henley, 1849~1903). 영국의 시인, 비평가, 편집자. 로버트 루이스 스티븐슨과 절친했던 사이로, 『보물섬』의 외다리 선장 롱 존 실버의 모델로 알려져 있다. '나는 내 운명의 주인'이라는 취지의 시 「인빅투스(Invictus)」가 대표작이다.

는 걱정이 염두에서 떠나는 일이 없으니까 자연히 자각심이 강해지지 않을 수 없고. 요즘 사람들은 자나 깨나 어떻게 하면 자신에게 이익이 되고 손해가 되는지를 생각하니까 자연히 탐정이나 도둑놈과 마찬가지로 자각심이 강해지지 않을 수 없네. 하루 종일 두리번두리번, 살금살금, 묘에 들어갈 때까지 한시도 안심할 수 없는 것이 요즘 사람들의 심정이지. 문명의 저주야. 한심한 일이지."

"야, 이거 재미있는 해석이로군."

도쿠센 선생이 말했다. 이런 문제가 나오면 도쿠센 선생은 좀처럼 가만히 있지 못한다.

"구샤미의 설명은 내 생각을 그대로 말해준 거네. 옛사람들은 자신을 잊으라고 가르쳤지. 요즘 사람들은 자신을 잊지 말라고 가르치니, 완전히 다르네. 하루 종일 자신을 의식하는 일로 충만해 있지. 그러니 한시도 태평한 때가 없네. 늘 초열지옥이지. 천하의 어떤 약도 자신을 잊는 것 이상의 명약은 없네. '삼경월하입무아(三更月下入無我)'[38]란 이런 경지를 노래한 거지. 요즘 사람들의 친절함에는 자연스러움이 빠져 있어. 영국 사람들이 나이스(nice) 하며, 자랑하는 행위도 의외로 자각심이 가득 차서 넘칠 것 같네.

영국의 왕세자[39]가 인도에 놀러 가 인도 왕족과 함께 식사를 할 때, 그 왕족이 왕세자 앞인 줄도 모르고 그만 자기 나라 식으로 감자를 손으로 집어 접시에 옮기고 나서는 얼굴이 새빨개지며 크게 부끄러워했다네. 그랬더니 왕세자는 아무것도 모르는 척한 얼굴로 자기도 손가

---

38 중국 선승의 시를 모은 『강호풍월집(江湖風月集)』에 실린 광문(廣聞) 화상의 시구 '삼경월하입무하(三更月下入無何)'의 하(何)를 아(我)로 바꾼 것으로, 깊은 밤 달빛 아래서 무아지경에 들어간다는 뜻이다.

39 빅토리아 여왕의 장남 에드워드 7세를 말한다.

락 두 개로 감자를 집어 접시에 옮겼다고 하네."

"그게 영국 취향입니까?"

간게쓰 군이 물었다.

"나는 이런 이야기를 들었네."

이렇게 말하며 주인이 이야기를 덧붙였다.

"역시 영국의 어느 병영에서의 일인데, 연대 장교들 여럿이서 한 하사관한테 식사 대접을 했다네. 식사가 끝나고 손을 씻는 물을 유리그릇에 담아 내왔는데, 이 하사관은 연회에 익숙하지 않았는지 유리그릇에 입을 대고 벌컥벌컥 마셔버렸네. 그러자 연대장이 갑자기 하사관의 건강을 축하한다고 말하면서 자신도 핑거볼에 담긴 물을 단숨에 마셔버렸지. 그래서 그 자리에 있던 장교들도 앞을 다투어 유리그릇을 들고 하사관의 건강을 축하했다네."

"이런 일도 있었다네."

잠자코 있는 걸 싫어하는 메이테이 선생이 말했다.

"칼라일이 처음으로 여왕을 알현했을 때, 그는 궁정의 예법을 따르지 않는 괴짜라 갑자기 '어디 보자' 하면서 의자에 털썩 앉았지. 그런데 여왕 뒤에 서 있던 많은 시종이며 궁녀들이 다들 키득키득 웃었다네. 아니 웃은 게 아니라 웃으려고 했지. 그러자 여왕이 뒤를 돌아보며 살짝 무슨 신호인가를 하니까 많은 시종과 궁녀들이 어느새 다들 의자에 앉아, 칼라일은 체면을 구기지 않았다고 하네. 꽤 정성 들인 친절도 다 있지 않은가."

"칼라일이라면 다들 서 있었다고 해도 태연히 앉아 있었을지도 모르지요."

간게쓰 군이 단평을 시도했다.

"친절 쪽의 자각심은 그런대로 괜찮지."

도쿠센 선생은 이야기를 이었다.

"하지만 자각심이 있는 만큼 친절을 베푸는 데도 힘이 든다는 것이거든. 딱한 일이지. 문명이 발달함에 따라 살벌한 기운이 사라지고 개인과 개인의 교제가 온화해진다고들 하는데, 그건 아주 잘못된 거네. 자각심이 이렇게 강해졌는데 어떻게 온화해진단 말인가. 뭐 얼핏 보면 아주 조용하고 아무 일도 없는 것 같지만 서로는 굉장히 힘들거든. 스모 선수가 모래판 한가운데서 샅바를 붙잡고 버티며 움직이지 않는 것이나 진배없겠지. 옆에서 보기에는 지극히 평온해 보이지만 당사자들의 배는 불룩거리지 않는가."

"싸움도 옛날에는 폭력으로 제압하는 것이라 오히려 죄가 덜했지만, 요즘에는 상당히 교묘해져서 자각심이 훨씬 더 커지는 거지."

메이테이 선생에게 차례가 돌아왔다.

"베이컨이 자연의 힘을 따라야 비로소 자연을 이길 수 있다고 했는데, 요즘의 싸움은 바로 베이컨의 말대로 되고 있으니 신기할 따름이네. 꼭 유도 같은 것이지. 적의 힘을 이용하여 적을 쓰러뜨리려고 하거든……"

"또는 수력발전 같은 것이지요. 물의 힘에 거스르지 않고 오히려 그걸 전력으로 변화시켜 멋지게 도움이 되게 하니……"

간게쓰 군이 말을 시작하자 도쿠센 선생이 바로 그 뒤를 가로챘다.

"그러니까 가난할 때는 가난에 얽매이고 부유할 때는 부에 얽매이고 걱정스러울 때는 걱정에 얽매이고 기쁠 때는 기쁨에 얽매이는 거지. 재주가 많은 사람은 그 재주 때문에 무너지고, 지혜로운 사람은 그 지혜 때문에 무너지고, 구샤미처럼 짜증을 잘 내는 사람에게는 그

짜증을 이용하기만 하면 금방 뛰쳐나가 적의 속임수에 걸려들……"

"옳소! 옳소!"

메이테이 선생이 손뼉을 치자 구샤미 선생은 히죽히죽 웃으며 대꾸했다.

"이래 봬도 난 그렇게 쉽게는 걸려들지 않는다고."

이 말에 다들 웃음을 터뜨렸다.

"그런데 가네다 같은 사람은 뭐로 망할까?"

"그 사람 마누라는 코로 망하고, 가네다는 업보로 망하고, 졸개들은 탐정으로 망하려나."

"그럼 딸은?"

"딸은, 딸은 본 적이 없어서 뭐라 말할 수는 없지만, 옷으로 망하거나 먹는 걸로 망하거나 아니면 술로 망한다고 해야 하나. 설마 사랑으로 망하지는 않겠지. 경우에 따라서는 소토바 고마치[40]처럼 객사할지도 모르지."

"그건 좀 심한데요."

그녀에게 신체시를 바쳤던 도후 군이 이의를 제기했다.

"그러니까 '응무소주 이생기심(應無所住而生其心)'[41]이라는 건 중요한 말이네. 그런 경지에 이르지 않으면 인간은 괴로워서 못 견디지."

도쿠센 선생은 자꾸 자기 혼자 깨달음이라도 얻은 듯한 말을 했다.

---

40 간아미(觀阿弥)의 노가쿠(能樂)로, 오노노 고마치(小野小町)를 주인공으로 하는 '오노모노(小町物)'의 대표 작품이다. 노쇠한 미녀 오노노 고마치가 미쳐 날뛴 후 깨달음에 이르는 모습을 그린 작품이다.

41 『금강경』에 나오는 구절로 '마땅히 머무는 바 없이 마음을 일으켜야 한다'는 뜻이다. 어느 날 육조 혜능(慧能)이 『금강경』을 읽다가 바로 이 대목에서 홀연히 깨달았다고 하여 선종에서는 무척 중시하는 문구다.

"그렇게 잘난 척하는 게 아닐세. 자네 같은 사람은 자칫 춘풍을 가르는 번개에 맞아 거꾸로 쓰러질지도 모르네."

"아무튼 이런 기세로 문명이 발달해간다면 난 살아가는 게 싫네."

주인이 이런 말을 꺼냈다.

"사양할 필요 없으니 죽지 그러나."

메이테이 선생이 일언지하에 갈파했다.

"죽는 건 더 싫네."

주인이 이해할 수 없는 고집을 부렸다.

"숙고하고 태어난 사람은 아무도 없지만, 다들 죽을 때는 걱정하는 것 같네요."

간게쓰 군이 냉정한 격언을 내뱉었다.

"돈을 빌릴 때는 아무 생각 없이 빌리지만, 갚을 때는 다들 걱정하는 것이나 마찬가지지."

이럴 때 금방 답할 수 있는 이는 메이테이 선생뿐이다.

"빌린 돈 갚는 걸 생각하지 않는 이가 행복한 것처럼, 죽는 일을 걱정하지 않는 이는 행복한 거지."

도쿠센 선생은 세상의 번거로움에서 초연한 모양이었다.

"자네 말대로라면 뻔뻔한 사람이 곧 깨달은 사람이겠네."

"그렇지. 선종의 가르침에 '철우면 철우심, 우철면 우철심(鐵牛面鐵牛心, 牛鐵面牛鐵心)'[42]이라는 말이 있네."

"그럼 자네가 그 표본이라도 된단 말인가?"

"그렇지는 않네. 하지만 죽는 것을 걱정하게 된 것은 신경쇠약이라

---

42 『벽암록(碧巖錄)』에 나오는 '철우지기(鐵牛之機)'라는 말을 비튼 것으로, 철로 만든 소처럼 지레에도 움직이지 않는 마음이라는 뜻이다.

는 병이 발명된 이후의 일이네."

"아무리 봐도 자네는 역시 신경쇠약 이전의 백성이네."

메이테이 선생과 도쿠센 선생이 묘한 말을 주고받는 동안, 주인은 간게쓰 군과 도후 군을 상대로 열심히 문명에 대한 불만을 털어놓고 있었다.

"어떻게 빌린 돈을 갚지 않고 넘기느냐가 문제네."

"그런 문제는 없습니다. 빌린 것은 갚지 않으면 안 되니까요."

"아니, 뭐, 이건 내 의견이니까 잠자코 들어보게. 어떻게 빌린 돈을 갚지 않고 넘기느냐가 문제인 것처럼, 어떻게 죽지 않고 넘기느냐가 문제네. 아니, 문제였네. 연금술이 그거지. 하지만 모든 연금술은 실패했네. 인간은 어떻게든 죽지 않으면 안 된다는 것이 분명해진 거지."

"그건 연금술 이전부터 분명했습니다."

"아니, 이건 내 의견이니까 잠자코 들으라니까. 알겠나. 어떻게든 죽지 않으면 안 된다는 사실이 분명해졌을 때 두 번째 문제가 생겨나지."

"아, 예."

"어차피 죽는다면 어떻게 죽는 게 좋을까. 이것이 두 번째 문제라네. 자살 클럽[43]은 이 두 번째 문제와 함께 생겨나야 할 운명이었지."

"그렇군요."

"죽는 건 괴로워. 하지만 죽지 못하면 더 괴롭지. 신경쇠약에 걸린 국민은 살아 있는 것이 죽는 것보다 훨씬 심한 고통이라네. 그래서 죽음을 걱정하는 거지. 죽는 게 싫어서 걱정하는 게 아니네. 어떻게 죽는 게 좋을지 걱정하는 거라네. 다만 대부분의 사람들은 지혜가 부족하니까 자연 그대로 내버려두어도 세상이 괴롭혀 죽여준다네. 하지만

---

43 스티븐슨의 단편집 『신(新)아라비안나이트』에 실린 한 단편.

보통내기가 아닌 사람들은 세상으로부터 조금씩 괴롭힘을 당하며 죽어가는 것에 만족하지 않네. 반드시 죽는 방법에 대해 여러 가지로 생각한 끝에 참신한 방안을 내놓을 걸세. 그래서 향후 세계의 추세는 자살자가 증가하고, 그 자살자가 모두 독창적인 방법으로 이 세상을 하직할 게 분명하네."

"상당히 뒤숭숭해지겠는데요."

"그렇지. 분명히 그럴 거네. 아서 존스[44]라는 사람이 쓴 희곡에 열심히 자살을 주장하는 철학자가 있는데……"

"자살했나요?"

"아쉽게도 하지는 않네. 하지만 앞으로 1천 년만 지나면 모두 실행할 게 분명하네. 1만 년 후에는 죽음이라고 하면 자살 말고는 존재하지 않는 것으로 여겨질 걸세."

"큰일 나겠네요."

"그렇지, 분명히 그럴 거야. 그렇게 되면 자살도 상당히 연구가 축적되어 어엿한 학문이 될 것이고, 낙운관 같은 중학교에서도 정식 과목으로 윤리 대신 자살학을 가르치게 될 거야."

"묘하겠네요. 저도 들으러 가고 싶을 정도입니다. 메이테이 선생님, 들었습니까? 구샤미 선생님의 명강을."

"들었네. 그때가 되면 낙운관의 윤리 선생은 이렇게 말하겠지. 여러분, 도덕이라는 야만적인 인습을 지켜서는 안 됩니다. 세계의 청년으로서 여러분이 첫 번째로 주의해야 할 의무는 자살입니다. 하지만 자신이 좋아하는 것은 타인에게 베풀어도 좋을 터이니 자살에서 한 걸음 더 전진하여 타살을 해도 좋습니다. 특히 저 바깥의 가난한 학자

44 헨리 아서 존스(Henry Arthur Jones, 1851~1929). 영국의 극작가.

진노 구샤미 같은 이는 살아 있는 것이 상당히 고통스러워 보이니 하루 빨리 죽여주는 것이 여러분의 의무입니다. 무엇보다도 옛날과 달리 오늘날은 개명한 세상이니 창, 언월도 또는 활이나 총 같은 것을 사용하는 비겁한 행동을 해서는 안 됩니다. 다만 넌지시 빈정대는 고상한 기술로 놀려대서 죽이는 것이 본인을 위한 공덕도 되고 또 여러분의 명예도 될 것입니다……"

"야, 이거 재미있는 강의를 하는군요."

"아직 재미있는 대목이 남았네. 현대에는 경찰이 인민의 생명과 재산을 보호하는 걸 가장 중요한 목적으로 하고 있지. 그런데 그때가 되면 순사는 개를 때려잡듯이 곤봉으로 천하의 공민을 박살내고 다닐 걸세."

"왜 그렇죠?"

"왜라니, 요즘 사람들에게는 생명이 소중하니까 경찰이 보호해주지만, 그때의 국민은 살아 있는 것이 고통이라 순사가 자비를 베풀어 때려죽여주는 거지. 하긴 눈치깨나 있다는 사람들은 대체로 자살을 하니까 순사한테 맞아죽는 이는 아주 무기력하거나 자살할 능력이 없는 백치 또는 불구자들뿐이겠지만. 그래서 순사한테 죽고 싶은 사람은 문간에 팻말을 걸어두는 거야. 그냥 뭐, '죽고 싶은 남자 있음' 또는 '죽고 싶은 여자 있음', 이렇게 말이네. 그렇게 붙여두면 순사가 적당한 때 찾아와서는 원하는 대로 금방 처리해주는 거지. 시신 말인가? 시신은 순사가 수레를 끌고 와 실어가는 거지. 또 재미있는 일이 벌어지네……"

"정말 선생님의 농담은 끝이 없군요."

도후 군은 크게 감탄했다. 그러자 도쿠센 선생은 평소대로 염소수염에 신경을 쓰면서 느릿느릿 말하기 시작했다.

"농담이라고 하면 농담이지만 예언이라고 하면 예언일지도 모르네. 진리에 철저하지 않은 자는 자칫 눈앞의 현상 세계에 속박되어 물거품 같은 몽환을 영원한 사실로 인정하고 싶어 하는 법이라, 좀 엉뚱한 얘기를 했다 하면 금방 농담으로 치부해버리거든."

"'연작(燕雀)이 어찌 대붕의 뜻을 알리오', 이런 얘기네요."

간게쓰 군이 두 손 들었다는 듯이 말하자 도쿠센 선생은 바로 그렇다는 표정으로 이야기를 이어나갔다.

"옛날 스페인에 코르도바⁴⁵라는 곳이 있었지……"

"지금도 있지 않나요?"

"있는지도 모르지. 옛날이고 지금이고 하는 문제는 제쳐두고, 아무튼 그곳에서는 저녁때 사원에서 종이 울리면 집집마다 모든 여자들이 강으로 나가 수영을 하는 풍습이 있었네."

"겨울에도 했나요?"

"그건 확실히 모르겠지만, 어쨌든 노소와 귀천을 불문하고 모두 강물에 뛰어들었지. 다만 남자는 한 사람도 뛰어들지 않고 그냥 멀리서 보고만 있었네. 멀리서 보고 있으면 해질 무렵의 어슬어슬한 물결 위에 하얀 살갗이 희미하게 움직였지……"

"시적이네요. 신체시가 되겠는데요. 그게 어디라고 하셨죠?"

도후 군은 나체 이야기만 나오면 몸을 내밀고 앞으로 나온다.

"코르도바야. 그런데 그 지방의 한 젊은이가 여자와 함께 수영할 수도 없고, 하지만 멀리서는 그 모습을 확실히 볼 수 없는 게 안타까워

---

45 스페인 남부의 도시 코르도바 지역의 여자들이 목욕하는 이야기는 프랑스의 소설가 프로스페르 메리메(Prosper Mérimée, 1803~1870)의 『카르멘』에 나온다.

살짝 장난을 치기로 했지……"

"허어, 어떻게 말인가?"

장난이라는 말을 들은 메이테이 선생은 크게 기뻐했다.

"사원 종지기한테 뇌물을 써서 일몰을 알리는 종을 한 시간 일찍 치게 한 거지. 여자들은 어리석은 존재인지라 종이 울렸다며 각자 강가로 모여들어 속옷 바람으로 풍덩풍덩 물속으로 뛰어들었네. 뛰어들긴 했는데 평소와 달리 좀처럼 해가 저물지 않는 거야."

"강렬한 가을 햇빛이 쨍쨍하게 쏟아졌겠군."

"다리 위를 보니 남자들이 쭉 늘어서서 바라보고 있는 거야. 부끄러워도 어떻게 할 도리가 없으니까 얼굴만 붉혔다네."

"그래서?"

"그러니까 인간은 그저 눈앞의 습관에 미혹되어 근본 원리를 잊어버리기 쉬우니 조심하지 않으면 안 된다는 말이지."

"옳거니, 참 고마운 설교로군. 눈앞의 습관에 미혹되는 이야기를 나도 하나 해볼까. 얼마 전에 어떤 잡지를 읽었더니 사기꾼에 관한 소설이 있었네. 내가 여기서 서화(書畵) 골동품 가게를 열었다고 하세. 그러면 가게 앞에 대가의 족자나 명인의 도구들을 진열해놓을 거 아닌가. 물론 가짜가 아니라 명실상부한 진짜 상등품만 늘어놓는 거지. 상등품이니까 아주 비싸겠지. 그런데 유별난 손님이 와서 이 모토노부[46]의 족자가 얼마냐고 묻는 거야. 그게 6백 엔이라고 치세. 내가 6백 엔이라고 말하자 그 손님은 갖고 싶기는 한데 수중에 6백 엔이 없으니 아쉽지만 다음으로 미뤄야겠다고 하지."

46 가노 모토노부(狩野元信, 1476~1559). 무로마치 후기, 즉 16세기 초엽의 화가로 가노파의 새로운 화풍을 완성했다.

"그렇게 말하기로 정해져 있었나?"

주인은 여전히 일부러 꾸며 보이려는 의도 없이 물었다. 메이테이 선생은 시치미를 뗀 얼굴로 말을 이었다.

"그거야 소설 아닌가. 그렇게 말한다고 해두는 거네. 그래서 내가 그림 값은 상관없으니 마음에 드시면 가져가라고 하지. 그러면 손님은 그렇게는 할 수 없다고 망설이고. 그럼 월부로 하자, 월부도 조금씩 오래 갚는 걸로, 어차피 앞으로 단골이 될 테니, 아니, 조금도 사양할 것 없다, 한 달에 10엔쯤은 어떻겠느냐, 아니 5엔이라도 상관없다. 내가 이렇게 아주 싹싹하게 이야기하는 거지. 그러고 나서 나와 손님 사이에 두세 마디 오가고, 결국 내가 가노 모토노부의 족자를 6백 엔, 단 매월 10엔씩 불입하는 조건으로 팔아넘기는 거지."

"브리태니커 백과사전을 파는 것 같네요."[47]

"브리태니커 백과사전을 파는 조건은 확실하지만, 내 경우엔 아주 불확실하네. 이제부터 교묘한 사기가 시작되니 잘 들어보게. 한 달에 10엔씩 6백 엔을 갚으려면 몇 년이 걸릴 것 같나, 간게쓰 군?"

"그거야 5년이지요."

"물론 5년이지. 그런데 5년이라는 세월은 길다고 생각하나 짧다고 생각하나, 도쿠센?"

"일념만년, 만년일념(一念萬年, 萬年一念)[48]이라고 했으니 짧기도 하고 짧지 않기도 하겠지."

"뭔가, 그거 도가(道歌)[49]인가. 상식 없는 도가로군. 그런데 5년간 매

---

47 당시 일본에서 《런던 타임스》 신문사가 브리태니커 백과사전을 월부로 판매한 것을 말한다.
48 만 년이 한 생각 속에 들어 있고, 한 생각은 만 년 속에 있다는 뜻.
49 도덕이나 훈계의 뜻을 알기 쉽게 노래한 와카(和歌).

달 10엔씩 갚는 거니까, 손님은 예순 번을 납부하면 되는 거네. 하지만 습관이란 아주 무서운 것이라 예순 번이나 매달 같은 일을 반복하다 보면 예순한 번째에도 10엔을 납부하게 된다는 거지. 예순두 번째에도 10엔을 내게 되고, 예순세 번째, 예순네 번째, 이렇게 횟수를 거듭함에 따라 아무래도 기한이 다가오면 10엔씩 내지 않으면 마음이 개운치 않게 되는 거거든. 그 약점을 이용해서 나는 계속 매달 10엔씩 이익을 보는 거지."

"하하하하, 설마 그 정도로 잊어버리지는 않겠지요."

간게쓰 군이 웃으며 이렇게 말하자 주인은 다소 진지하게 나왔다.

"아니, 그런 일이 실제로 있다네. 난 대학 때 학자금으로 빌린 돈[50]을 매달 계산해보지도 않고 갚아나갔는데 나중에는 그쪽에서 그만 내라고 하더라고."

주인은 자신의 수치를 인간 일반의 수치처럼 공언했다.

"거 보라고, 그런 사람이 실제로 여기 있으니 확실한 거라니까. 그러니 내가 아까 말한 문명의 미래기(未來記)를 듣고 농담이라고 비웃는 자는 예순 번이면 끝나는 월부를 평생 지불하고도 정당하다고 생각하는 사람들이야. 특히 간게쓰 군이나 도후 군처럼 경험이 일천한 청년들은 내가 하는 말을 잘 듣고 속지 않도록 해야 할 게야."

"잘 알겠습니다. 월부는 반드시 예순 번만 내겠습니다."

"아니, 농담인 것 같지만 실제로 참고할 만한 이야기네, 간게쓰 군."

도쿠센 선생은 간게쓰 군을 향해 말했다.

"예를 들어 말하자면, 지금 구샤미나 메이테이가, 자네가 아무 말 없이 결혼한 것이 온당하지 않으니까 가네다인가 하는 사람한테 사죄

---

50 실제로 소세키는 대학을 졸업한 뒤 매달 학자금을 변제했다고 한다.

하라고 충고한다면 자네는 어떻게 하겠나? 사죄할 생각인가?"

"사죄하는 것만은 용서하시기 바랍니다. 그쪽에서 사과한다면 몰라도, 제가 그럴 생각은 없습니다."

"경찰이 자네한테 사죄하라고 명령한다면 어쩔 텐가?"

"당연히 거절하지요."

"대신이나 귀족이 그런다면 어떡하겠나?"

"역시 거절하겠습니다."

"그거 보게. 옛날과 지금은 사람이 그만큼 달라졌네. 옛날에는 나라님의 위광이면 뭐든지 할 수 있었지. 그다음에는 나라님의 위광으로도 할 수 없는 일이 생기는 시대가 되었고. 지금은 제아무리 전하라도, 각하라도 개인의 인격을 어느 정도 이상은 무시할 수 없는 세상이 된 거지. 심하게 말하면 상대가 권력이 있으면 있을수록 무시당하는 쪽이 불쾌감을 느끼고 반항하는 세상이 된 거야. 그러니 지금은 옛날과 달리 나라님의 위광 '때문에' 오히려 할 수 없는 일이 생기는 새로운 세상이라는 거네. 옛날사람들이라면 도저히 생각할 수 없는 일이 당연시되는 세상이 된 거지. 세태나 인정의 변천이라는 건 아주 신기한 것이라서 메이테이의 미래기도 농담이라고 하면 농담에 지나지 않겠지만, 그런 현상을 설명하는 것이라고 하면 꽤 묘미가 있는 얘기 아닌가."

"그걸 알아주는 사람이 있으니 미래기를 계속 얘기하고 싶어지는군. 도쿠센의 설명처럼 요즘 세상에 나라님의 위광을 등에 업거나 2, 3백 개의 죽창을 믿고 억지로 뜻을 관철하려는 이는 마치 가마를 타고 기어코 기차와 경쟁하려고 안달하는, 시대에 뒤떨어진 고집불통이라 할 수 있지. 뭐, 벽창호인 고리대금업자 조한 선생쯤 되는 사람이니 잠자코 그 솜씨나 구경하면 될 일이지만, 나의 미래기는 임시변통할 수 있는 작은 문제가 아니라네. 인간 전체의 운명에 관한 사회적 현상이니까 말이지.

요즘 문명의 경향을 넓은 시야에서 곰곰이 살펴 먼 미래의 추세를 점치자면 결혼은 불가능한 일이 될 거네. 놀라지 말게. 결혼은 불가능해질 거야. 이유는 이러하네. 앞에서 이야기한 대로 요즘은 개성 중심의 세상이지. 주인이 한 가족을 대표하고, 군수가 한 군을 대표하고, 영주가 한 영지를 대표하던 시절에는 대표자 이외의 사람에게는 인격이 전혀 없었어. 있어도 인정받지 못했지. 그러던 세상이 확 변해 모든 생존자가 개성을 주장하기 시작하고 누구에게나 너는 너, 나는 나라고 말하게 되었네.

두 사람이 길에서 만나면, 네가 인간이면 나도 인간이라며 마음속으로 싸움을 걸면서 지나치지. 그만큼 개인이 강해졌다는 거야. 개인이 평등하게 강해졌다는 것은 개인이 평등하게 약해졌다는 말이기도 해. 남이 나를 해치기 힘들어졌다는 점에서는 확실히 내가 강해졌지만, 좀처럼 남에게 관여할 수 없게 되었다는 점에서는 확실히 옛날보다 약해진 거겠지. 강해지는 것은 기쁘지만 약해지는 것은 아무도 달가워하지 않으니까 남이 털끝이라도 건들지 못하도록 나의 강점을 끝까지 고수함과 동시에 적어도 남에 대해서는 털끝의 반만큼이라도 건드리고 싶으니까 남의 약점을 억지로라도 과장하고 싶어 하지.

이렇게 되면 사람과 사람 사이에 공간이 없어져, 살아가는 게 갑갑해지지. 자신을 힘껏 팽창시켜 터질 것처럼 부푼 상태에서 괴로워하며 살아가는 거야. 괴로우니까 여러 가지 방법으로 개인과 개인 사이에서 여유를 찾게 되지. 이렇게 인간이 자업자득으로 괴로워하고, 괴로운 나머지 생각해낸 첫 번째 방안이 부모 자식이 별거하는 제도라네. 일본에서도 산속으로 들어가보게. 한 집에 한 집안사람이 한꺼번에 득실거리며 살고 있네. 주장해야 할 개성도 없고, 있어도 주장하지 않으니까 별문제는 없겠지만, 문명의 백성은 설사 부모 자식 간에도 서로 자기주장을 하지 않으면 그만큼 손해니까 자연히 양자의 안전을 유지하기 위해서는 별거할 수밖에 없는 거지.

유럽은 문명이 발달했으니 이 제도가 일본보다 빨리 시행되었네. 간혹 부모 자식이 함께 사는 경우도 있지만, 아들이 아버지한테 돈을 빌려도 이자를 내야 한다거나 남처럼 하숙비를 내기도 하지. 부모가 자식의 개성을 인정하고 존중해주니까 이런 미풍이 성립하는 거라네. 이런 풍습은 하루빨리 일본에 들여와야 하네. 친척은 오래전부터 떨어져 살고 있고, 부모 자식은 오늘날에야 떨어져 살고 있어 가까스로 견디고 있는 것 같긴 하지만, 개성의 발달과 그 발달에 따라 이에 대한 존경심도 한없이 확대될 것이니 아직도 떨어지지 않았다면 편하게 살 수 없을 거네.

하지만 부모 형제가 떨어져 사는 오늘날, 더 이상 떨어질 게 없으니 최후의 방안으로 부부가 떨어지게 되는 거지. 요즘 사람들은 한곳에 사니까 부부라고 생각하네. 이게 아주 잘못된 생각이야. 한곳에서 살기 위해서는 한곳에 있기에 충분할 만큼 개성이 맞아야 하네. 옛날이라면 불만이 없었지. 이체동심(異體同心)이니 뭐니 하여 겉으로는 부부 두 사람으로 보이지만 실은 한 사람이었으니까. 그러니 해로동혈(偕老同穴)이니 하면서 죽어서도 한 구멍 속의 너구리처럼 한 무덤에 묻히는 거지. 야만적인 일이야.

그러나 지금은 그렇게 할 수 없지. 남편은 어디까지나 남편이고 아

596

내는 어디까지나 아내니까. 그 아내가 여학교에서 치마바지[51]를 입고 확고한 개성을 단련한 후 속발(束髮)[52]한 모습으로 몰려오는 상황이라 도저히 남편의 뜻대로 될 리가 없지. 또 남편의 뜻대로 되는 아내라면, 아내가 아니라 인형이니까 말이야. 현명한 아내일수록 개성은 굉장한 정도로 발달하네. 발달하면 할수록 남편과 맞지 않게 되고. 맞지 않으면 자연히 남편과 충돌하지. 그러니 현명한 아내라는 이름이 붙은 이상, 아침부터 밤까지 남편과 충돌하는 거야. 아주 다행스러운 일이지만, 현명한 아내를 맞이하면 할수록 부부가 괴로워하는 정도도 심해지는 거지. 부부 사이에 물과 기름처럼 확연한 경계가 있는데, 그것도 안정되어 그 경계가 수평선을 유지하면 그런대로 괜찮지만, 물과 기름이 서로 공작을 하니 집안은 대지진이라도 일어난 것처럼 들썩거리는 거지. 이쯤에 이르러서야 부부가 동거하는 것이 서로에게 손해라는 것을 깨닫게 되는 거라네."

"그래서 부부가 헤어지는 건가요? 걱정이군요."

간게쓰 군이 말했다.

"헤어지지. 분명히 헤어질 거야. 천하의 모든 부부가 헤어지겠지. 지금까지는 한곳에 사는 것이 부부였지만, 앞으로는 동거하는 자를 부부의 자격이 없는 자로 간주하게 될 걸세."

"그러면 저 같은 사람은 자격이 없는 축에 들겠네요."

간게쓰 군은 아슬아슬한 순간에 아내 자랑을 했다.

"메이지 시대에 태어나 다행인 거지. 나 같은 사람은 미래기를 얘기할 만큼 두뇌가 시류보다 한두 걸음 앞서 있으니, 지금부터 독신으로

---

51 스커트처럼 전체가 통으로 된 바지. 메이시 시대 여학생들이 애용했다.
52 메이지 시대 이후에 서양의 영향을 받아 생겨나 유행한 트레머리.

있는 거라네. 남들은 내가 실연한 탓이다 뭐다 떠들어대는데, 그들의 근시안적인 시야는 정말 가여울 정도로 천박한 거지. 그거야 어쨌든, 미래기 얘기나 계속하도록 하지.

그때 한 철학자가 하늘에서 내려와 천지가 개벽할 진리를 주창하네. 그 진리는 이런 거라네.

인간은 개성의 동물이다. 개성을 없애면 인간을 없애는 것과 같은 결과에 빠진다. 인간의 의의를 완전하게 하기 위해서는 어떤 대가를 치르는 한이 있더라도 이 개성을 유지함과 동시에 발전시켜야 한다, 누습에 얽매여 마지못해 결혼을 집행하는 것은 인간의 자연스러운 경향에 반하는 야만적인 풍습이다. 개성이 발달하지 않은 몽매한 시대라면 모르겠지만, 문명화된 오늘날 여전히 이런 병폐에 빠져 부끄러운 줄도 모르고 반성하지 않는 것은 심각한 오류다. 고도로 개화한 오늘날 두 개의 개성이 보통 이상으로 친밀하게 연결되어야 할 이유가 있을 리 없다. 이렇게 명백한 이유가 있는데도 무식한 청춘남녀가 한때의 열정을 이기지 못하고 함부로 결혼식을 올리는 것은 심히 부도덕한 까닭이다. 나는 인간의 도리를 위해, 문명을 위해, 그들 청춘남녀의 개성을 보호하기 위해 전력을 다해 이 야만적인 풍습에 저항하지 않을 수 없다……"

"선생님, 저는 이 주장에는 전적으로 반대합니다."

이때 도후 군이 과감히 손바닥으로 무릎을 치며 말했다.

"저는 세상에서 사랑과 아름다움만큼 귀중한 것은 없다고 생각합니다. 우리를 위로하고, 우리를 완전하게 하며, 우리를 행복하게 하는 것은 바로 사랑과 아름다움입니다. 우리의 정서를 우아하게 하고, 품성을 고결하게 하며, 감정을 세련되게 하는 것은 바로 그 둘입니다.

그러니 우리는 언제 어디서 태어난다고 해도 이 둘을 잊을 수 없는 것입니다. 이 둘이 현실 세계에 나타나면, 사랑은 부부라는 관계가 되고, 아름다움은 시가와 음악이라는 형식으로 나뉩니다. 그러므로 인류가 지구 표면에 존재하는 한 부부와 예술은 결코 사라지지 않을 거라 생각합니다."

"사라지지 않는다면 다행이겠지만, 지금 철학자가 말한 대로 분명히 사라지고 말 테니까 어쩔 수 없는 거라고 포기하는 거지. 뭐 예술이라고? 예술도 부부와 같은 운명으로 귀착될 걸세. 개성의 발달은 개성의 자유라는 뜻이겠지. 개성의 자유라는 의미는 나는 나, 남은 남이라는 의미일 테고. 그러니 예술 같은 게 존재할 리 없잖은가. 예술이 번창하는 것은 예술가와 향락자 사이에 개성이 일치하기 때문이겠지. 자네가 아무리 신체시가라며 분발해도 자네의 시를 읽고 재미있어 하는 사람이 하나도 없다면, 딱한 일이네만 자네의 신체시도 자네 말고는 독자가 없어지는 것 아니겠나. 그렇다면 아무리 「원앙가」를 지어봐야 소용없는 일 아닌가. 다행히 메이지 시대인 오늘날 태어났으니 천하가 다들 애독하는 거겠지만……"

"아니, 그 정도는 아닙니다."

"지금도 그 정도가 아니라면 인문이 발달한 미래, 즉 일대 철학자가 나와 비결혼론(非結婚論)을 주장하는 시대가 되면 아무도 읽어주지 않을 것 아닌가. 사람들 각자가 특별한 개성을 가지고 있으니 남이 지은 시문 같은 건 전혀 재미있어 하지 않을 거라는 거지. 실제로 지금도 영국 같은 데서는 이러한 경향이 분명히 나타나고 있네. 현재 영국의 소설가 중에서 가장 개성이 뚜렷한 작품을 쓴다는 메러디스[53]를 보게, 제임스[54]를 보게. 독자가 아주 적지 않은가. 적을 수밖에. 그런 작품은 그런 개성을 가진 사람이 아니면 재미있게 읽을 수 없으니 어쩔 수 없는 일이지. 이러한 경향이 점점 발달하여 혼인이 부도덕한 일이 되는 시대에는 예술도 완전히 사라지는 거지. 그렇지 않은가. 자네가 쓴 것은 내가 이해할 수 없게 되고, 내가 쓴 것은 자네가 이해할 수 없게 되는 날, 자네와 나 사이에 예술이고 뭐고 있을 수 없지 않은가, 그런 말이네."

"그야 그렇겠지만 저는 아무래도 직각적(直覺的)으로 그렇게 생각되지 않습니다."

"자네가 직각적으로 그렇게 생각하지 않는다면 나는 곡각적(曲覺的)으로 그렇게 생각할 뿐이네."

"곡각적일지도 모르겠지만."

이번에는 도쿠센 선생이 입을 열었다.

"아무튼 인간에게 개성의 자유를 허용하면 할수록 서로가 갑갑해진다는 것은 틀림없는 사실이네. 니체가 초인 같은 걸 들고 나온 것도 바로 그 갑갑함을 해소할 길이 없어, 어쩔 수 없이 그런 철학으로 변형한 탓이지. 얼핏 그 사람의 이상처럼 보이지만 그건 이상이 아니라 불평이네. 개성이 발달한 19세기에 위축되어, 옆 사람에게 좀처럼 거리낌 없이 몸을 뒤척일 수 없으니까, 에라 모르겠다 하는 심정으로 그런 난폭한 글을 휘갈긴 거지. 그래서 그걸 읽으면 장쾌하다기보다는 오히려 안됐다는 느낌이 드네. 그 목소리도 용맹하게 정진하는 목소리가 아니야. 아무리 봐도 원통하고 분하다는 소리지. 그도 그럴 거

---

53 조지 메러디스(George Meredith, 1828~1909). 영국의 소설가, 시인. 난해한 문장으로 알려졌으며 소세키도 연구논문이나 소설에 자주 언급했다.

54 헨리 제임스(Henry James, 1843~1916). 미국 태생의 소설가. 유럽에 영주하면서 유럽과 미국의 차이를 주제로 한 작품을 남겼다.

야. 옛날에는 위대한 사람 하나가 나타나면 천하의 모든 사람들이 그 기치 아래 모여들었으니 얼마나 유쾌했겠나. 그런 유쾌함이 현실에서 일어났다면, 일부러 니체처럼 붓과 종이의 힘으로 그걸 책에다 쓸 필요는 없었겠지. 그러니 호메로스의 작품이나 「체비 체이스」[55]는 똑같이 초인적인 성격을 그리고 있지만, 느낌이 전혀 다른 거네. 쾌활해. 유쾌하게 쓰여 있지.유쾌한 사실이 있고 그것을 종이에 옮긴 거니까 쓴맛이 없는 거지. 하지만 니체의 시대는 그렇게 되지 않아. 영웅 같은 건 한 사람도 나오지 않지. 나온다고 해도 아무도 영웅으로 대접하질 않아. 옛날에는 공자가 단 한 사람이었으니까 공자도 세력을 떨칠 수 있었지만 지금은 공자가 여러 명이나 있어. 어쩌면 천하의 사람들이 모두 공자인지도 모르지. 그러니 나는 공자다, 하고 뻐겨봤자 먹혀들지 않아. 먹혀들지 않으니까 불만인 거고. 그리고 불만이니까 책에서만이라도 초인 같은 걸 내세우는 거지. 우리는 자유를 원해서 자유를 얻었어. 자유를 얻고 나니 부자유를 느끼고 난처해하지. 그러니 서양 문명 따위는 얼핏 좋아 보여도 실상은 틀려먹은 거야. 이에 비해 동양에서는 옛날부터 마음을 수양했지. 그쪽이 옳아. 보라고. 개성이 발달하니까 모두 신경쇠약에 걸리고, 그걸 수습할 수 없게 되었을 때에야 비로소 '덕이 있는 왕의 백성은 마음이 편하다'[56]는 말의 가치를 발견하게 되는 거지. '무위이화(無爲而化)',[57] 즉 성인의 덕이 크면 굳이 인도하지 않아도 백성들이 스스로 따라와 감화된다는 말을 무시할 수 없다는 걸 깨닫게 된다는 거야. 하지만 깨달아봤자 그때는 이미 어

55 「체비 체이스 발라드(The Ballad of Chevy Chase)」. 15세기경에 만들어진 영국에서 가장 오래된 담시.
56 『논어』에서 공자가 요 임금의 덕치를 칭송하는 말이다.
57 『노자』에 나오는 말이다.

쩔 도리가 없지. 알코올 중독에 빠지고 나서, 아, 술을 먹지 말았어야 했는데, 하고 생각하는 것과 같은 거거든."

"선생님들은 꽤 염세적인 말씀을 하시는 것 같은데, 저는 참 묘합니다. 여러 가지 이야기를 들었는데도 아무런 느낌이 없거든요. 어떻게 된 걸까요?"

간게쓰 군이 말했다.

"그거야 이제 막 아내를 얻었으니 그렇겠지."

메이테이 선생이 곧장 해석을 내렸다. 그러자 주인이 불쑥 이런 말을 하기 시작했다.

"아내를 얻고는 여자가 좋은 거라고 생각하면 엄청난 착각이네. 참고 삼아 내가 재미있는 걸 읽어주겠네. 잘 들어보게."

조금 전 서재에서 꺼내온 낡은 책을 들고 주인이 말했다.

"이 책은 아주 오래된 책이지만 그 시대부터 여자의 나쁜 짓을 분명히 밝히고 있네."

"좀 놀랐습니다. 대체 언제 나온 책입니까?"

간게쓰 군이 물었다.

"토머스 내시[58]라고 16세기 영국 작가의 저서네."

"정말 놀랍네요. 그 시대에 이미 제 아내에 대한 험담을 늘어놓은 사람이 있었습니까?"

"여자에 대한 여러 험담이 있지만, 그중에는 꼭 자네 아내한테 해당되는 얘기도 있으니 들어보는 게 좋을 거네."

"네, 듣겠습니다. 고마운 일이네요."

---

58 토머스 내시는 신랄한 작품을 쓴 작가로, 본문에 나오는 '옛 현인들의 여성관'은 『어리석음의 분석』(1589)에 나온다.

"우선 옛 현인들의 여성관을 소개한다고 쓰여 있네. 자, 듣고 있나?"

"다들 듣고 있네. 독신인 나까지 듣고 있으니까."

"아리스토텔레스가 말하길, 여자는 어차피 쓸모없는 존재이니 아내를 맞으려면 덩치가 큰 사람보다는 작은 사람을 얻어야 한다. 쓸모없이 덩치만 큰 것보다는 작은 편이 재앙이 덜하니……"

"간게쓰 군의 아내는 덩치가 큰 편인가 작은 편인가?"

"쓸모없이 덩치만 큰 편입니다."

"하하하하, 그거 참 재미있는 책이로군. 자, 그다음을 읽어보게."

"어떤 사람이 묻기를, 최대의 기적은 무엇인가. 현자가 대답하기를 정숙한 부인……"

"그 현자란 사람은 누군가요?"

"이름은 쓰여 있지 않네."

"어차피 실연당한 현자일 게 뻔하지."

"다음에는 디오게네스가 나오네. 어떤 사람이 묻기를, 아내는 언제 맞이해야 하는가. 디오게네스가 대답하기를, 청년은 아직 이르고 노인은 이미 늦다. 이렇게 쓰여 있네."

"술독에서 생각했군그래."

"피타고라스가 이르길, 천하에 무서운 것이 세 가지 있는데 불, 물, 여자다."

"그리스 철학자들도 의외로 경솔한 말을 했군그래. 나로 말하자면 천하에 무서운 게 없네. 불속에 뛰어들어도 타지 않고 물속에 들어가도 가라앉지 않고……"

도쿠센 선생은 잠깐 말문이 막혔다.

"여자를 만나도 빠지지 않는 거겠지."

메이테이 선생이 구원병으로 나섰다. 주인은 재빨리 그다음을 읽었다.

"소크라테스는, 인간에게 가장 어려운 일은 부녀자를 다루는 일이라고 했다. 데모스테네스가 이르기를, 사람이 만약 그의 적을 괴롭히고자 한다면 자기 여자를 적에게 넘기는 것보다 좋은 계책은 없다. 가정의 풍파로 밤낮없이 그를 고달프게 하여 일어설 수조차 없게 하기 때문이다. 세네카는 부녀자와 무학(無學)을 세계의 2대 재앙이라 했고, 마르쿠스 아우렐리우스는 제어하기 힘든 점에서 여자는 선박과 비슷하다고 했으며, 플라우투스는 여자가 아름다운 옷을 화려하게 차려입는 성벽은 타고난 추함을 감추려는 졸렬한 책략에 근거한 것이라 했다. 일찍이 발레리우스가 친구 아무개에게 글을 써서 이르기를, 천하에 여자가 몰래 할 수 없는 일이 없으니 바라건대 하늘이 가엾게 여겨 그대로 하여금 그녀들의 술책에 빠지지 않게 하기를. 그가 또 이르기를, 여자란 무엇인가, 우애의 적 아닌가, 피할 수 없는 괴로움 아닌가, 필연적인 해악 아닌가, 자연의 유혹 아닌가, 꿀을 닮은 독 아닌가, 만약 여자를 버리는 것이 부덕이라면 그들을 버리지 않는 것은 더 큰 죄라 하지 않을 수 없다."

"이제 됐습니다, 선생님. 어리석은 아내에 대한 험담을 듣는 건 그 정도로 족합니다."

"아직 4, 5페이지 남았으니 듣는 김에 다 들어보는 게 어떤가?"

"이제 그 정도로 해두게. 마나님께서 돌아오실 시간 아닌가."

메이테이 선생이 놀리자 다실 쪽에서 안주인이 하녀를 부르는 소리가 들린다.

"기요! 기요!"

"이거 큰일 났군. 어이, 마나님이 집에 계시지 않은가."

"으흐흐흐, 무슨 상관인가."

주인은 웃으면서 말했다.

"제수씨, 제수씨, 언제 돌아오셨습니까?"

다실은 잠잠하기만 할 뿐 대답이 없다.

"제수씨, 방금 한 얘기 들었습니까, 네?"

여전히 대답이 없다.

"방금 한 얘기는 구샤미의 생각이 아닙니다. 16세기 내시라는 사람의 주장이니 안심하세요."

"몰라요."

안주인은 먼 데서 간단히 대답했다. 간게쓰 군은 키득키득 웃었다.

"모르고 실례했습니다, 하하하하."

메이테이 선생이 거리낌 없이 웃고 있는데, 문이 거칠게 열리며 안내를 청하는 말도 없이, 실례하겠다는 말도 없이, 쿵쾅거리는 발소리가 들리는가 싶더니 객실 장지문이 난폭하게 열리고 다타라 산페이 군의 얼굴이 그 사이로 나타났다.

오늘 산페이 군은 평소와 달리 새하얀 셔츠에 갓 맞춘 프록코트를 입고 이미 어지간히 취한 데다 오른손에 묵직하게 늘어뜨린 줄로 묶은 네 병의 맥주를 가다랑어포 옆에 내려놓자마자 인사도 없이 털썩 주저앉았다. 편히 앉은 그 모습은 눈부신 무사 같다.

"선생님, 요즘 위장병은 어떻습니까? 이렇게 집에만 계시니 좋지 않은 겁니다."

"아직 좋지 않다고도 뭐라고도 하지 않았네."

"말씀하지 않아도 안색이 좋지 않습니다. 선생님, 안색이 누렇습니다. 요즘엔 낚시가 좋아요. 전 지난번 일요일에 시나가와에서 배 한 척을 빌려 다녀왔습니다."

"뭘 좀 낚았나?"

"한 마리도 못 잡았습니다."

"못 잡아도 재미있나?"

"호연지기를 기르는 거지요, 선생님. 여러분은 어떤가요? 낚시하러 간 적 있습니까? 낚시, 재미있습니다. 넓은 바다를 작은 배로 돌아다니는 거니까요."

산페이 군은 아무에게나 말을 걸었다.

"나는 작은 바다를 큰 배로 돌아다니고 싶네."

메이테이 선생이 말을 받았다.

"이왕 하는 낚시라면 고래나 인어라도 낚지 못하면 시시합니다."

간게쓰 군이 대답했다.

"그런 게 낚이겠습니까? 문학자는 상식이 없다니까."

"저는 문학자가 아닙니다."

"그런가요, 그럼 당신은 뭐 하는 사람입니까? 저 같은 비즈니스맨은 상식이 제일 중요하니까요. 선생님, 요즘 저는 상식이 상당히 풍부해졌습니다. 아무래도 그런 곳에 있으면 주변 사람들이 그런 사람들이라 그런지 저절로 그렇게 됩니다."

"어떻게 되는데?"

"담배만 해도 그렇습니다. 아사히나 시키시마 같은 담배를 피워서는 영 체면이 안 섭니다."

산페이 군은 이렇게 말하며 필터에 금박을 입힌 이집트 궐련[59]을 꺼내 뻐끔뻐끔 피우기 시작했다.

"그런 사치를 부릴 돈은 있나?"

"돈은 없지만 조만간 어떻게 되겠지요. 이 담배를 피우면 신용이 엄청 달라집니다."

"간게쓰 군이 유리알을 가는 것보다 편한 신용이라 좋구먼, 수고스럽지도 않고. 간편한 신용이야."

메이테이 선생이 간게쓰 군에게 이렇게 말하자 간게쓰 군이 뭐라 대답하기도 전에 산페이 군이 끼어들었다.

"당신이 간게쓰 씨입니까? 결국 박사가 되지 못했군요. 당신이 박사가 되지 못하니 제가 갖기로 했습니다."

"박사학위를 말인가요?"

"아뇨, 가네다 씨 댁 따님 말입니다. 사실 안타깝게 생각합니다. 하지만 그쪽에서 꼭 거둬달라고 하도 사정을 하는 바람에 결국 받아들이기로 했습니다. 선생님, 그러나 간게쓰 씨한테는 도리가 아닌 것 같아서 걱정입니다."

"아무쪼록, 사양 마시고."

간게쓰 군이 이렇게 말하자 주인은 애매하게 대답했다.

"자네가 맞이하고 싶다면 맞이하면 되는 거지."

"그거 참 경사스러운 이야기로군. 그러니 어떤 딸을 두든 걱정할 게 아닌 거야. 누가 데려가나 했더니, 내가 아까 말한 대로 이렇게 훌륭한 신사 사위가 생기지 않았는가. 도후 군, 신체시 소재가 생겼네. 당장 시작하게."

메이테이 선생이 여느 때처럼 우쭐해하자 산페이 군이 도후 군에게

59 이집트 산 담뱃잎으로 만든 영국제 궐련. 당시 일본에서는 고가의 외국 담배였다.

말했다.

"당신이 도후 씨인가요? 결혼식 때 뭔가 지어줄 수 있습니까? 금방 활판으로 찍어서 여러분께 돌리겠습니다. 《다이요(太陽)》[60]에도 실어 달라고 하겠습니다."

"예, 까짓것 지어보겠습니다. 언제쯤 필요하십니까?"

"언제든지 좋습니다. 이미 지어놓은 것이라도 괜찮습니다. 그 대신 피로연 때 초대해서 대접하겠습니다. 샴페인을 마시게 해드리지요. 샴페인 마셔본 적 있습니까? 샴페인, 맛있습니다. 선생님, 피로연 때 악대를 부를 생각입니다만, 도후 씨의 시에 곡을 붙여 연주하면 어떻겠습니까?"

"좋을 대로 하게."

"선생님, 곡을 붙여주시지 않겠습니까?"

"무슨 말도 안 되는 소리를."

"여기 계신 분들 중에 음악을 하실 줄 아는 분 없습니까?"

"낙제 후보자 간게쓰 군이 바이올린의 귀재네. 정중히 부탁해보게. 하지만 샴페인 정도로는 들어주지 않을 걸세."

"샴페인도 말이죠, 한 병에 4엔이나 5엔쯤 하는 건 좋지 않지만, 제가 대접하는 건 그런 싸구려가 아닙니다. 어디 한 곡 만들어주지 않겠습니까?"

"예, 예 만들어드리고말고요. 한 병에 20전짜리 샴페인이라도 만들어드리겠습니다. 뭣하면 공짜로라도 만들어드리지요."

"공짜로는 부탁할 수 없지요. 사례는 하겠습니다. 샴페인이 싫으시다면 이런 사례는 어떻습니까?"

<hr>

60 1895년에 하쿠분칸(博文館)에서 창간한 월간 종합잡지로 당시 널리 읽혔다.

다타라 군은 이렇게 말하면서 윗도리 안주머니에서 일고여덟 장의 사진을 꺼내 팔랑팔랑 방바닥에 떨어뜨렸다. 상반신을 찍은 사진이 있다. 전신을 찍은 사진이 있다. 서서 찍은 사진이 있다. 앉아서 찍은 사진이 있다. 하카마를 입고 찍은 사진이 있다. 예복을 입고 찍은 사진이 있다. 높이 추켜올린 머리 모양을 하고 찍은 사진이 있다. 죄다 묘령의 여자 사진뿐이다.

"선생님, 후보자가 이만큼이나 있습니다. 간게쓰 씨와 도후 씨한테 사례로 이 가운데 누군가를 소개해줘도 좋습니다. 이건 어떻습니까?"

산페이 군은 사진 한 장을 간게쓰 군에게 들이밀었다.

"괜찮은데요. 꼭 소개해주세요."

"어느 쪽입니까?"

"어느 쪽이든 상관없습니다."

"꽤 바람기가 있는데요. 선생님, 이 아가씨는 박사의 조카입니다."

"그런가?"

"이 아가씨는 성격이 아주 좋습니다. 나이도 어리지요. 이제 열일곱 살입니다. 이 아가씨라면 지참금이 1천 엔이나 있습니다. 그리고 이쪽은 지사의 딸이지요."

다타라 군은 혼자 떠들었다.

"그 아가씨들을 몽땅 얻을 수는 없습니까?"

"몽땅 말입니까? 욕심이 좀 과한데요. 일부다처주의자입니까?"

"다처주의자는 아닙니다만 육식론자이긴 합니다."

"뭐든 상관없으니 사진이나 빨리 치우게."

"그럼 어느 쪽도 안 하겠다 그런 말이지요."

주인이 엄하게 꾸짖는 것처럼 말하자 산페이 군은 이렇게 확인하면서 사진을 한 장 한 장 호주머니에 넣었다.

"뭔가, 그 맥주는?"

"선물입니다. 미리 축하할 겸 모퉁이 술집에서 샀습니다. 한 잔 하시지요."

주인은 손뼉을 쳐서 하녀를 불러 마개를 따게 했다. 주인, 메이테이, 도쿠센, 간게쓰, 도후, 이 다섯 명은 정중하게 컵을 들어 산페이 군의 여자 복을 축하했다.

"여기 계신 여러분을 피로연에 초대하겠습니다. 다들 와주시겠습니까? 와주실 거지요?"

산페이 군은 아주 유쾌한 듯이 물었다.

"난, 싫네."

주인은 바로 대답했다.

"왜요? 제 인생에 한 번뿐인 대사입니다. 참석하지 않다니요, 좀 몰인정하신 거 아닌가요?"

"몰인정한 건 아니지만, 아무튼 난 안 가."

"마땅한 옷이 없어서인가요? 하오리와 하카마 정도는 어떻게든 마련하겠습니다. 사람들 앞에도 좀 나서는 게 좋을 텐데요, 선생님. 유명한 분들께도 소개해드리겠습니다."

"그건 딱 질색이네."

"위장병이 다 나을 텐데요."

"낫지 않아도 상관없네."

"그리 고집을 부리신다면야 어쩔 수 없지요. 선생님은 어떠신가요? 오실 수 있습니까?"

"나 말인가? 꼭 가지. 가능하다면 중매인의 영광을 누리고 싶은 마음이네. '샴페인도 삼삼 아홉 잔이여, 봄날 저녁'. 뭐, 중매인이 스즈키 도주로라고? 옳아, 내 그럴 줄 알았네. 아쉽지만 어쩔 수 없는 일이지. 중매인이 둘이면 너무 많으니, 그냥 인간으로서 참석하겠네."

"선생님은 어떻습니까?"

"나 말인가? 일간풍월 한생계(一竿風月閑生計), 인조백빈 홍류간(人 釣白蘋紅蓼間)[61]이라."

"그건 뭔가요? 『당시선(唐詩選)』입니까?"

"나도 모르지."

"모르신다고요? 허 참. 간게쓰 씨는 와주시겠지요? 지금까지의 관 계도 있고 하니."

"꼭 가겠습니다. 제가 만든 곡을 악대가 연주하는데 못 듣는 건 애 석한 일이니까요."

"그렇고말고요. 당신은 어떻습니까, 도후 씨?"

"글쎄요. 저는 두 분 앞에서 신체시를 낭독하고 싶습니다."

"그거 유쾌하겠군요. 선생님, 저는 태어나서 이렇게 유쾌한 적이 없 습니다. 그러니 맥주 한 잔 마시겠습니다."

산페이 군은 자신이 사온 맥주를 혼자 벌컥벌컥 마시고는 얼굴이 벌게졌다.

어느덧 짧은 가을 해도 저물고, 담배꽁초가 산가지처럼 흩뜨려진 화로 속을 들여다보니 불은 진작 꺼져 있었다. 과연 그렇게 태평한 이 들도 다소 흥이 다한 것인지 도쿠센 선생이 먼저 일어섰다.

"꽤 늦었네. 이제 돌아가세."

---

61 '낚싯대 하나를 빗 삼아 풍류를 즐기네. 하얀 부평초와 붉은 여뀌꽃 피는 물가에서'라는 뜻 이다.

"나도 가야지."

도쿠센 선생에 이어서 다들 이렇게 중얼거리고 현관으로 나섰다. 잔치가 끝난 뒤처럼 객실은 쓸쓸해졌다.

주인은 저녁을 마치고 서재로 들어갔다. 안주인은 오슬오슬한 속옷의 깃을 여미고 빛바랜 옷을 깁고 있다. 아이들은 베개를 나란히 하고 잠들어 있다. 하녀는 목욕하러 갔다.

무사태평해 보이는 이들도 마음속 깊은 곳을 두드려보면 어딘가 슬픈 소리가 난다.

도통한 듯 보이는 도쿠센 선생 역시 발은 지면 외에는 밟지 않는다. 마음 편해 보일지도 모르겠지만 메이테이 선생의 세상은 그림 속의 세상이 아니다. 간게쓰 군은 유리알 가는 일을 그만두고 드디어 고향에서 아내를 데려왔다. 이것이 순리다. 하지만 순리가 오래 계속되면 필시 지겨워질 것이다. 도후 군도 앞으로 10년쯤 지나면 무턱대고 신체시를 바치는 일이 잘못이라는 걸 깨닫게 될 것이다. 산페이 군도 물에 사는 사람인지 산에 사는 사람인지 판단하기가 쉽지 않다. 평생 샴페인을 대접하며 의기양양해할 수 있으면 좋으련만. 스즈키 도주로 씨는 어디까지고 굴러갈 것이다. 구르다 보면 흙탕물도 묻는다. 흙탕물이 묻어도 구르지 않는 자보다는 말발이 선다.

고양이로 태어나 인간 세상에 살게 된 것도 이제 2년이 넘었다. 나로서는 이 정도로 식견 있는 고양이는 다시없을 거라 생각했는데, 지난번에 듣도 보도 못한 무르[62]라는 동족이 불쑥 나타나 기염을 토하는 바람에 살짝 놀랐다. 잘 들어보니 실은 백 년 전에 죽었는데 어쩌다가 호기심이 발동하여 나를 놀라게 하려고 일부러 유령이 되어 멀리 저승에서 출장을 왔다고 한다. 이 고양이는 어머니를 만나러 갈 때 인사의 징표로 물고기 한 마리를 물고 갔는데 도중에 도저히 참을 수 없어 자신이 먹어버렸을 정도로 불효자인 만큼, 재주도 인간에게 지지 않을 정도로 상당하다. 한번은 시를 지어 주인을 놀라게 한 적도 있다고 한다. 이런 호걸이 한 세기도 전에 출현했다면, 나처럼 변변치 않은 놈은 진작 이 세상에 하직을 고하고 무하유향(無何有鄕)[63]에 돌아가 유유자적해도 좋을 것이다.

주인은 조만간 위장병으로 죽을 것이다. 가네다 영감은 욕심 때문에 이미 죽은 것이나 진배없다. 가을 나뭇잎은 거의 다 떨어졌다. 죽는 것이 만물의 정해진 운명이니, 살아 있어 그다지 도움이 되지 않는다면 일찌감치 죽는 것이 현명한 일인지도 모른다. 여러 선생들의 말에 따르면 인간의 운명은 자살로 귀착되는 모양이다. 방심하면 고양이도 그런 갑갑한 세상에 태어나게 된다. 무서운 일이다. 왠지 울적해졌다. 산페이 군이 사온 맥주라도 마시고 기운 좀 내야겠다.

부엌으로 갔다. 문틈으로 들어온 가을 바람 때문인지 등불은 어느새 꺼져 있다. 달밤인지 창문에 그림자가 비친다. 쟁반 위에 컵이 세 개 놓여 있고, 그중 두 개에는 누런 물이 반쯤 담겨 있다. 유리 안에 든 것은 뜨거운 물이라도 차갑게 느껴진다. 하물며 싸늘한 밤 달그림자에 비쳐 고요히 숯불 끄는 항아리와 나란히 놓인 액체이고 보니 입

---

62 에른스트 테오도르 아마데우스 호프만(Ernst Theodor Amadeus Hoffmann)의 소설 『고양이 무르의 인생관Lebensansichten des Katers Murr』의 주인공 무르를 말한다. 여기서 기염을 토했다고 한 것은, 소세키의 친구인 독문학자 후지시로 소진(藤代素人)이 《신소설(新小說)》 1906년 5월호에 '카테르 무르 구술, 소진 필기'라는 형식의 희문(戱文) 「고양이 문사 기염록(猫文士氣焰錄)」을 발표했는데, 『나는 고양이로소이다』에서 고양이 '나'가 자신을 언급하지 않은 건 실례라는 무르의 불평을 말한다.

63 『장자』에 나오는 말이다. 있는 것이라고는 아무것도 없는 곳이라는 뜻으로, 장자가 추구한 무위자연의 이상향을 말한다.

술을 대기도 전에 한기가 느껴져 마시고 싶은 마음이 싹 가신다. 그러나 뭐든 시도해볼 일이다. 산페이 군은 저걸 마시고 나서 얼굴이 벌게져 숨 막힐 듯이 더운 숨을 내뱉었다. 고양이도 마시면 기분이 좋아지지 말란 법도 없을 것이다.

어차피 언제 죽을지 모르는 목숨이다. 여하튼 목숨이 붙어 있는 동안 해볼 일이다. 죽고 나서, 아아, 아쉽다, 하고 무덤 속에서 후회해봐야 소용없는 일이다. 과감히 마셔보자, 하고 기세 좋게 혀를 넣어 할짝할짝 해보고는 깜짝 놀랐다. 어쩐지 혀끝이 바늘에 찔린 것처럼 얼얼했다. 인간은 무슨 별난 취향에 이런 썩어빠진 것을 마시는지 모르겠으나 고양이에게는 도저히 마실 게 못된다. 아무래도 고양이와 맥주는 궁합이 안 맞는 모양이다. 이거 큰일이다, 하고 일단 내민 혀를 거두어들였다가 생각을 바꿨다. 인간은 입버릇처럼 좋은 약은 입에 쓰다고 하면서 감기에 걸리면 얼굴을 찡그리고 이상한 것을 마신다. 마셔서 낫는 것인지 그냥 낫는 데도 마시는 것인지 지금껏 의문이었는데 마침 잘됐다. 이 문제를 맥주로 해결해보자. 마시고 배 속까지 쓰면 그걸로 그만이다. 만약 산페이 군처럼 제정신을 잃을 정도로 기분이 좋아지면 전무후무한 횡재이니 동네 고양이들에게 가르쳐줘도 될 것이다. 뭐 어떻게 될지 운을 하늘에 맡기고 해치우자고 결심하고 다시 혀를 내밀었다. 눈을 뜨고 있으면 마시기 힘들어 질끈 감고 다시 할짝할짝 핥기 시작했다.

참고 또 참으며 맥주 한 잔을 가까스로 다 마셨을 때 나에게 묘한 현상이 일어났다. 처음에는 혀가 얼얼하고 입 안이 외부에서 압박하는 것처럼 고통스러웠는데 점차 편해지더니 한 잔을 다 마셨을 때는 그다지 힘들지도 않았다. 이제 괜찮겠다 싶어 두 잔째는 힘들이지 않고 해치웠다. 내친김에 쟁반 위에 쏟아진 것도 핥듯이 배 속에 넣었다.

그러고 나서 잠깐 동안 나는 내 몸의 상태를 살피기 위해 가만히 웅크리고 있었다. 몸이 점차 뜨거워졌다. 눈언저리가 발그레해졌다. 귀가 화끈거렸다. 노래를 하고 싶었다. 〈고양이다, 고양이〉라는 노래에 맞춰 춤을 추고 싶었다. 주인도 메이테이도 도쿠센도 똥이나 처먹어라, 하는 기분이 되었다. 가네다 영감탱이를 할퀴어주고 싶었다. 가네다 마누라의 코를 물어뜯고 싶었다. 이런저런 것들이 하고 싶어졌다. 마지막에는 휘청휘청 일어나고 싶었다. 일어났더니 비틀비틀 걷고 싶었다. 이거 참 재미있군, 하는 생각에 밖으로 나가고 싶었다. 밖으로 나가자 달님에게 '안녕하세요' 하고 인사하고 싶었다. 정말 기분이 좋았다.

기분 좋게 술에 취한다는 게 이런 거구나, 하는 생각을 하면서 여기저기 정처 없이 산책하는 것 같기도 하고 아닌 것 같기도 한 기분으로 칠칠치 못한 발을 대충 옮기고 있으니 왠지 잠이 쏟아져 내리는 것 같았다. 자고 있는 건지 걷고 있는 건지 알 수 없었다. 눈은 뜨고 있다고 생각하는데 눈꺼풀이 이루 말할 수 없이 무거웠다. 이렇게 되면 어쩔 수 없다. 바다든 산이든 놀랄쏜가, 하고 앞발을 앞으로 내밀었다고 생각한 순간 풍덩 하는 소리가 들려 깜짝 놀라는 사이에 당하고 말았다. 어떻게 당했는지 생각할 겨를도 없었다. 그저 당했다는 것을 알고 말고 할 것도 없이 그다음에는 엉망진창이 되고 말았다.

제정신을 차렸을 때는 물 위에 떠 있었다. 괴로워서 발톱으로 닥치는 대로 긁었으나 긁을 수 있는 것은 물뿐이어서 긁으면 바로 물속으로 빠지고 말았다. 할 수 없이 뒷발로 뛰어오르며 앞발로 긁었더니 드드득 하는 소리가 들리고 발에 뭔가 닿는 느낌이 있었다. 간신히 머리만 내밀고 어딘가 둘러봤더니 나는 커다란 독에 빠진 것이었다. 이 독

에는 지난여름까지 물옥잠이라는 물풀이 무성하게 자라 있었는데, 그
후 까마귀가 날아와 물옥잠을 죄다 쪼아 먹어버린 데다 미역을 감았
다. 미역을 감으면 물이 줄어든다. 물이 줄어들면 까마귀도 오지 않게
된다. 요즘에는 물이 꽤 줄어들어 까마귀가 보이지 않는구나 하는 생
각을 아까 했는데, 내가 까마귀 대신 이런 데서 미역을 감게 될 줄은
꿈에도 생각하지 못했다.

물에서 독 아가리까지는 12센티미터가 조금 넘는 거리였다. 발을
뻗어도 닿지 않았다. 뛰어오를 수도 없었다. 그렇다고 가만히 있으면
물에 빠지기만 할 뿐이었다. 허우적거려봐야 독에 발톱만 닿을 뿐이
고, 닿았을 때는 살짝 뜨는 것 같지만 미끄러지면 순식간에 쑥 빠지고
말았다. 물속에 빠지면 숨이 막혀 바로 드드득드드득 긁어댔다. 그러
다가 몸에서 힘이 빠졌다. 마음은 급한데 다리가 생각대로 움직여주
지 않았다. 결국에는 물에 빠지기 위해 독을 긁어대는지, 긁어대기 위
해 물에 빠지는 것인지 나 자신조차 알 수 없게 되었다.

그때 고통스럽게 숨을 헐떡이면서 이렇게 생각했다. 이런 고통을
당하는 것은 곧 독 위로 오르고 싶어 하기 때문이다. 오르고 싶은 마
음은 굴뚝같지만 오를 수 없다는 것은 분명히 알고 있다. 내 발은 채
10센티미터도 되지 않는다. 설령 몸이 물 표면에 뜬다 해도, 거기서
있는 힘껏 앞발을 뻗어도 10센티미터가 넘는 독 아가리에 발톱이 닿
을 수가 없다. 독 아가리에 발톱이 닿지 않는다면 아무리 긁어대며 안
달을 해봐야, 1백 년 동안 몸이 부서져라 애를 써봐야 나갈 수는 없다.
나갈 수 없다는 것을 분명히 알고 있는데도 나가려고 하는 것은 억지
다. 억지를 부리려고 하니 고통스러운 것이다. 소용없다. 사서 고생하
고 고문을 자청하는 것은 바보 같은 짓이다.

'이제 그만두자. 될 대로 되라지. 드드득 긁어대는 건 이제 싫다.'

앞발도 뒷발도 머리도 꼬리도 자연의 힘에 맡기고 저항하지 않기로 했다.

차츰 편해졌다. 고통스러운 것인지 다행스러운 것인지 짐작할 수가 없다. 물속에 있는 것인지 방 안에 있는 것인지도 잘 모르겠다. 어디에 어떻게 있어도 상관없다. 그냥 편하다. 아니, 편하다는 느낌 자체도 느낄 수 없다. 세월을 잘라내고 천지를 분쇄하여 불가사의한 태평함으로 들어선다. 나는 죽는다. 죽어 이 태평함을 얻는다. 죽지 않으면 태평함을 얻을 수 없다. 나무아미타불, 나무아미타불. 고맙고도 고마운지고.

인간 세상을 꿰어보는 고양이 군의 고군분투기

장석주(문학평론가, 『일상의 인문학』 저자)

이름도 없고 어디서 태어났는지도 모를 고양이를 주인공으로 내세운 『나는 고양이로소이다』는 소세키가 38세라는 늦은 나이에 작가로 입신하는 계기가 된다. 소세키의 등단작이자 출세작이 된 이 소설은 애초에 단편으로 내놓은 작품이다. 하이쿠 전문잡지인 《호토토기스》는 「나는 고양이로소이다」가 당대의 삶과 사회를 생생하고 우스꽝스럽게 그려내며 호평과 반향을 일으키자 작가에게 이 소설을 장편 분량으로 연재하도록 권유해서 1905년 1월에서 1906년 7월까지 총 11회 동안 연재하기에 이른다.

이 무렵 러일전쟁에서 승리를 거둔 뒤 일본 사회에는 전승국 국민이라는 자부심과 낙관주의가 퍼졌는데, 이와 함께 서양 문물의 확산과 더불어 자본과 권력만을 좇는 세태와 배금주의에 물든 영악한 개인주의 풍조도 널리 퍼진다. 1900년 일본 문부성 후원으로 영국 유학을 떠나 2년여를 머물며 서구의 개인주의를 뼛속 깊이 겪은 소세키의 의식에 깃든 것은 서구에 대한 문화적 열등감과 동경, 그리고 비판의

식이다. 밀물처럼 쏟아져 들어오는 서구 근대를 흡수하며 일본 사회가 불가피하게 서구화 지향이라는 대세에 따를 것이라는 예견은 충분히 가능한 것이었다.

소세키를 국민작가라 꼽는 것은 문학을 넘어서서 그가 촉매 역할을 함으로써 일본 사회에 퍼지게 된 교양주의 열풍과도 무관하지 않다. 도쿄제국대학 교수직도 사양하고 《아사히 신문》의 소설 기자로 활동한 소세키는 당대 교양주의의 중심으로서, 지식인이 비판적 교양인이라는 관념을 뿌리내리게 한 장본인이었다. 도사카 준은 "오늘날 보통 교양이라고 생각되는 것은 소세키적 교양이고, '소세키 문화'라는 의식에서 유래하는 교양이라는 관념인 것이다"*라고 그 점을 짚는다.

국민작가로 꼽히는 소세키 문학의 출발점은 일본 근대와 겹친다. 일찍이 영국 유학을 경험한 소세키 시대의 교양주의란 서유럽에서 발양된 개인주의가 일본 사회에도 널리 퍼지고 깊이 스민 것, 즉 자기본위(本位)로서 행동하고 자기의 이익만을 추구하는 태도가 자유주의적인 것으로 용인되어버린 교양주의다. 한편으로 소세키는 개인주의에 대립하는 일본의 전근대적 정치체제, 즉 천황제 가족국가주의 체제의 모순을 완전하게 극복하지는 못한 것으로 평가를 받는다. 그는 천황제 가족국가주의에 굴종한다고 당대인들의 봉건적 노예근성을 비판하면서도 그 자신 역시 타협하고 안주하는 한계를 드러낸다. 어쨌든 소세키는 메이지 시대의 당대인들이 개인주의를 취하면서 도의와 윤리를 저버린 채 오로지 이기적인 자기 본위만을 따르는 현실을 차갑게 바라본다. 그가 『나는 고양이로소이다』에서 자신을 포함한 자

* 조영일, 「우리는 과연 세계문학전집에서 벗어날 수 있을까」(《작가세계》 2010년 여름호)에서 재인용.

기 본위의 이기주의와 위선적 교양주의에 물든 지식인 군상을, 더 나아가 어리석음과 뻔뻔함을 드러내는 사회 전체를 풍자한 것도 '소세키적 교양'의 산물이다.

제목에서도 암시하고 있듯이 『나는 고양이로소이다』는 고양이를 1인칭 관찰자 시점의 화자(話者)로 내세운 이색적인 작품이다. 이 고양이는 사람들의 동정과 관심이 쏠리자 자신이 고양이라는 사실을 망각한 채 인간 세계의 일원이라는 터무니없는 망상에 사로잡힌다.

인간에게 조금씩 동정을 받게 되자 자신이 고양이라는 사실을 점차 망각하게 된다. 고양이보다는 어느새 인간 쪽에 다가간 기분이 들면서 이제 고양이라는 동족을 규합하여 두 발로 다니는 선생들과 자웅을 겨뤄보겠다는 생각은 털끝만큼도 없다. 그뿐 아니라 때로는 나도 인간 세계의 일원이라는 생각이 들 때조차 있을 만큼 진화한 것은 믿음직스럽기까지 하다. 감히 동족을 경멸하는 것은 아니다. 다만 성정이 비슷한 것에서 일신의 편안함을 찾는 것은 자연스러운 일인바, 이를 변심이라느니 경박하다느니 배신이라고 하는 것은 좀 곤란하다. 이런 말을 지껄이며 남을 매도하는 자 중에는 융통성이 없고 궁상을 떠는 사람이 많은 것 같다.
(114~115쪽)

무위도식을 일삼으며 주인의 품에서 졸기만 하는 이 고양이를 두고 한 지인이 "휴식을 취하는 것 말고는 아무런 능력도 없는 것"으로 매도할 때 고양이는 유가의 정좌 수행을 들먹이며 "아무튼 물질적인 것에 의해서만 움직이는 속인들은 오감을 자극하는 일 말고는 이렇다 활동도 하지 않기 때문에 다른 것을 평가하는 데도 육체적인 것만 고

혀하니 성가시다. 무슨 일이든 소매를 걷어붙이고 땀이라도 내지 않으면 일하지 않는 것으로 치부한다"(257쪽)면서 이들의 천박함에 분개한다. 어쨌든 자신의 가치를 몰라주는 사람들을 비꼬고 조롱하는 고양이 같지 않은 고양이의 모습이 쓴웃음을 자아내게 한다. 한마디로 오만하고 방자하기 이를 데 없는 고양이다.

그다음에 이어지는 대목은 더 가관이다. "겉모습 이외의 활동을 볼 수 없는 자들에게 내 영혼의 광휘를 보라고 강요하는 것은, 중에게 머리를 묶으라고 강요하는 것과 같고 참치에게 연설을 해보라고 하는 것과 같으며 전철에 탈선을 요구하는 것과 같"(259쪽)다라는 대목에서 작가의 익살이 번득이며 독자의 웃음을 유발한다. 그렇다고 이 작품을 고양이의 생태에 관한 이야기로 읽으면 곤란하다. 물론 이웃집 예쁜 고양이에 대한 연모가 그려지기도 하지만 작가가 취하는 것은 고양이의 시선이다. 고양이의 시선은 인간적 감정을 배제한 채 있는 그대로의 인간 세계를 그리기 위한 소설적 장치다. 동물의 시점을 내세움으로써 인간과 거리가 생김과 동시에 인간 세계에 대한 자연주의적 관찰을 최적화할 수 있는 여유도 발생한다. 그리하여 독자를 고양이의 눈에 비친 과장과 허풍의 거품이 낀 인간 사회의 생태, 심리, 교양주의를 차갑게 응시하도록 이끈다.

고양이의 주인은 중학교 영어 선생인 구샤미다. 주인은 주변에서 교양인으로 대접받고 있고 스스로도 자신을 교양인이라고 생각한다. 스즈키와의 대화에서 제 잇속만을 우선으로 추구하고 따르는 '속세인'들에 대한 구샤미의 혐오가 드러난다. 이것은 구샤미가 세속에 등을 돌리는 중요한 원인이기도 하다.

나는 학교 다닐 때부터 사업가가 아주 질색이었네. 돈만 벌 수 있다면 무슨 짓이든 하거든. 옛말로 하자면 장사치 아닌가. (206쪽)

장사치에 대한 혐오는 이타적인 윤리와 도의가 소멸해버리고 그 대신에 배금주의와 이기주의가 기세를 떨치게 된 당대 사회의 천박한 풍속에 대한 작가의 혐오일 것이다. 그에 반해 세속 사회에 발을 걸치고 있는 스즈키의 반론은 미약하다.

설마…… 꼭 그렇게만은 말할 수 없지. 좀 천박한 구석이 있기는 하지만, 아무튼 돈과 함께 죽을 각오가 없으면 해낼 수 없는 일이니까. 그런데 그 돈이라는 놈이 괴물이라서 말이야. 지금도 어떤 사업가한데 이야기를 듣고 왔는데, 돈을 버는 데도 삼각법을 써야만 한다는 거야. 의리가 없고 인정이 없고, 부끄러움이 없는 것, 이것으로 삼각이 된다는 거네. 재미있지 않은가? 아하하하. (206~207쪽)

돈을 제일의적 가치로 추구하는 사회에서 의리, 인정, 부끄러움 따위는 무시하는 속물주의의 표본으로, 구샤미의 집과 한 동네에 있는 대저택의 주인으로 간게쓰와 혼담이 오가는 가네다 일가가 등장한다. 구샤미는 세상과 담을 쌓고 지내며 고고한 척하지만, 그에 대한 고양이의 태도는 아주 신랄하다.

그는 고약한 굴처럼 서재에 딱 들러붙어 일찍이 외부 세계를 향해 입을 연 적이 없다. 그러면서도 자신은 아주 달관한 듯한 상판대기를 하고 있으니 가소롭기 짝이 없다. (39쪽)

속세의 이권 다툼에서 달관한 듯한 태도를 보인 주인에 대해 고양이는 가소롭기 짝이 없다고 경멸한다. 고양이의 눈에 비친 주인의 실제 모습은 약진하는 시대에 편승하지 못하고 그 대열에서 낙오한 채 궁상을 떨고 있는 태만한 한량에 지나지 않는다.

내 주인은 나와 얼굴을 마주치는 일이 좀체 없다. 직업은 선생이라고 한다. 학교에서 돌아오면 하루 종일 서재에 틀어박혀 거의 나오지 않는다. 식구들은 그가 뭐 대단한 면학가인 줄 알고 있다. 그 자신도 면학가인 척하고 있다. 그러나 실제로 그는 식구들이 알고 있는 것처럼 부지런한 사람이 아니다. 나는 가끔 발소리를 죽이고 그의 서재를 엿보곤 하는데, 대체로 그는 낮잠을 자고 있다. 가끔은 읽다 만 책에 침을 흘린다. 그는 위장이 약해서 피부가 담황색을 띠고 탄력도 없는 등 활기 없는 징후를 드러내고 있다. 그런 주제에 밥은 또 엄청 먹는다. 배터지게 먹고 나서는 다카디아스타제라는 소화제를 먹는다. 그다음에 책장을 펼친다. 두세 페이지 읽으면 졸음이 몰려온다. 책에 침을 흘린다. 이것이 그가 매일 되풀이하는 일과다. (19쪽)

세상과 단절된 채 고고하게 서재에만 틀어박혀 있는 지식인의 실제 모습은 어떤가? 고양이는 서재에 틀어박혀 주로 낮잠을 자고, 어쩌다 책을 펼쳐 읽는다 해도 이내 침을 흘리며 잠에 빠져버리는 주인의 실체를 폭로한다. 고양이의 주인이 신경성 위염을 앓고 있다는 것, 곰보라는 것, 매일 밤 읽지도 않는 책을 수고스럽게 침실까지 가져온다는 것, 인간관계에 소극적이라는 것 따위의 신체적 특징, 취향과 습관 따위는 작가와 많이 닮았다.* 구샤미에게서 도쿄 고등사범학교 영어교

사를 지내고 국비유학생으로 영국 유학을 다녀온 당대 지식인의 표
상이자 교양의 표준으로 칭송받은 소세키를 떠올리는 것은 무리가 아
니다.

구샤미와 더불어 이 소설의 중요한 한 축인 메이테이 역시 미학자
를 자처하는 서구 교양주의자다. 그는 구샤미의 소극적인 성격에 반
해 매우 적극적인데, 그래서 구샤미의 집을 제 집처럼 스스럼없이 드
나든다. 자신을 프랑스의 유명한 비평가 생트뵈브와 동렬에 두면서
구샤미를 한낱 영어 강독 선생으로 격하한다. 메이테이는 서양의 문
물과 지식에 대해 해박한 척 굴지만 그것들 대부분은 근거가 모호한
것들이거나 엉터리로 지어낸 것이다. '도치멘보'라는 요리, 공작새 혓
바닥 요리, 고대 로마인들의 식생활론 등을 펼치지만 그것들은 메이
테이의 과장과 허풍이 섞인 잡담이요 재담에 지나지 않는다. 메이테
이의 허장성세는 『미술원론』을 백일홍이 질 때까지 완성한다고 호언
장담한 데서 여실하게 드러난다.

약속 같은 걸 지킨 적이 없고 추궁을 당해도 결코 사과한 적도 없고, 이
러쿵저러쿵 변명만 늘어놓지. 언젠가 사찰 경내에 백일홍이 피었을 때였
는데, 이 꽃이 질 때까지 『미술원론』이라는 책을 쓰겠노라고 하더군. 그래
서 못 쓴다, 도저히 불가능한 일이라고 했지. 그랬더니 메이테이 군이 대
답하기를, 난 이래 봬도 겉보기와는 달리 의지가 강한 남자다, 그렇게 의
심스러우면 내기를 하자고 하기에 난 그 말을 곧이곧대로 믿고 간다의 서
양 요리를 내기로 했다네. 책 같은 걸 쓸 마음이 없다고 생각했으니까 내

* 실제로 소세키는 세 살 때 천연두에 걸려 얼굴에 곰보와 같은 흉터가 남았고, 위궤양으로 평
생을 고생했다.

기에 응하기는 했지만 내심 걱정했네. 나한테는 서양 요리를 한턱낼 만한 돈이 없었으니까 말이야. 그런데 예상했던 대로 원고를 쓸 기색이 전혀 보이지 않더군. 이레가 지나도 스무 날이 지나도 한 장도 쓰지 않는 거야. 마침내 백일홍이 지고 꽃 한 송이 남지 않게 되어도 본인은 태연하기만 하더라니까. 그래서 드디어 서양 요리를 얻어먹게 됐나 싶어 계약을 이행하라고 했더니 시치미를 뚝 떼지 않겠나. (217~218쪽)

구샤미는 그게 불가능하다는 사실을 꿰뚫는다. 두 사람은 그걸 두고 내기를 걸지만 메이테이는 책을 약속한 날까지 완성하지 못했으면서도 뻔뻔한 궤변으로 넘어간다. 메이테이는 자기가 책을 쓰지 못한 것은 기억력이 박약한 죄지 의지의 죄가 아니라고 우기면서 약속 이행을 거부한다. 어쨌든 메이테이가 나타나는 대목에서 소세키의 풍자와 해탈은 더욱 활기를 띠고 독자들의 웃음을 유발한다.

일본 근대 사회는 의리나 인정과 같은 전근대 사회의 미덕들이 희박해지면서 자기 본위의 이기적인 개인주의 물결이 휩쓸고 간다. 사업가 가네다 일가가 당대의 배금주의로 휩쓸려가는 세태를 대표한다면, 그 반대편에 구샤미를 중심으로 미학가, 이학자, 시인, 철학자 등등 한담과 무위도식을 일삼는 무리가 있다.** 이들은 현실의 쓸모와는 무관한 잉여적 교양으로 무장한 일종의 지식인 공동체라고 할 수 있는데, 배움은 많으나 현실 적응력은 떨어져 자발적 소외자 집단

** 1906년경 소세키의 집에는 독문학자 고미야 도요다카, 아동문학가 스즈키 미에키치, 소설가 모리다 소헤이 등이 드나드는데, 소세키는 목요일을 면회일로 따로 정해 제자들과 후배 문인들을 만난다. 이 모임이 목요일마다 소세키의 집에 모여 갖가지 토론을 벌이는 '목요회'가 결성되는 계기다. 아마도 『나는 고양이로소이다』에서 구샤미의 집에 모인 인물들이 벌이는 담론들은 분명 목요회의 그것과 닮았을 것으로 추정된다.

을 이룬다. 이들은 사회 주변부로 밀려난 자들이고, 사회 부적응에서 벗어나지 못한다. 세태와 풍속을 한껏 조롱하지만 이들의 행태는 사회적 공익의 생산과는 무관한 철딱서니 없는 자들의 공허한 몸짓에 지나지 않는다.

간게쓰의 논문 주제가 "개구리 안구의 전동(電動) 작용에 대한 자외선의 영향"이라든지, 또는 완벽한 실험도구를 마련하기 위해 끊임없이 유리알을 간다든지 하는 것은 현실에서 아무 쓸모가 없다는 점에서 메이테이의 헛웃음을 유발하는 과장과 허풍으로 버무려진 재담이나 다를 바가 없다. 가네다의 주구 노릇을 하는 스즈키가 구샤미에게 돈과 다수를 따르라고 충고하지만 고집불통이고 주변머리라고는 없는 까닭에 그렇게 하고 싶어도 하지 못한다. 세속에 대한 경멸과 거부는 그것이 자발적인 것이든 아니든 사회와의 괴리를 불러오고, 결국은 이들 내면 어딘가에 현실 패배자와 낙오자의 쓸쓸함과 슬픔이 고이게 한다.

소설의 끝 부분에 나오는 "무사태평하게 보이는 사람들도 마음속 깊은 곳을 두드려보면 어딘가 슬픈 소리가 난다"(612쪽)라는 문장에는 이런 패배자의 내면에 대한 관조와 통찰에서 나오는 함의가 나타난다. 아울러 작가가 이들 지식인의 한심함과 허풍을 조소하기도 했지만 이들의 슬픔에 공감하는 마음도 엿보인다. 구샤미와 메이테이, 간게쓰와 산페이 등등 인물들이 벌이는 황당무계한 잡담과 재담, 익살스런 작당들에도 불구하고 천진과 위선으로 얼룩진 이들의 마음속 깊은 곳에서 울려나오는 슬픈 소리는 작가의 마음에서 나온 공명(共鳴)이었음이 드러난다.

『나는 고양이로소이다』에서 작가는 일본 메이지 시대의 근대 지식인이 보여준 당대의 교양주의가 가진 허세와 위선을 풍자하기 위해 자신의 분신까지 내세워 자기비하를 하는 것은 아닌가? 『나는 고양이로소이다』의 압권은 풍자와 해학에 있을 테지만 그 뒤에 그늘로 드리워진 연민과 비애도 취해야 한다. 아마도 그것은 현실과 조화를 이루지 못하고 삐걱거린 작가 자신에 대한 연민과 비애일 것이다. 주인공과 그 주변 인물들은 지적 오만에 빠져 세속을 경멸하지만 그들 스스로 속세인과 한통속이다. 간게쓰가 가네다의 딸 도미코를 제치고 엉뚱한 여자와 결혼을 하고, 산페이가 간게쓰만을 오매불망 쳐다보다가 닭 쫓던 개 꼴이 되어버린 도미코를 취한다. 철딱서니 없는 이들은 이것을 기려 술판을 벌인다. 시종일관 요지경 속인 인간 세상만사를 오연한 눈으로 관찰하는 고양이는 인간들이 남긴 술을 호기심으로 마시고 취해 실수로 물독에 빠진 채 거기서 허우적대다가 죽음을 맞는다. 이 재기발랄한 고양이의 어처구니없는 죽음이라니! 보라, 고양이는 끝끝내 의연하다.

> 나는 죽는다. 죽어 이 태평함을 얻는다. 죽지 않으면 태평함을 얻을 수 없다. 나무아미타불, 나무아미타불, 고맙고도 고마운지고. (617쪽)

정작 현세적 삶에 대한 체념과 달관을 보여주는 것은 고양이다. 무의미하게 한세상을 사느니 죽는 게 낫다! 요지경으로 얽힌 인간 세상을 꿰어보는 고양이 군의 고군분투기는 고양이의 무상한 죽음과 함께 끝난다. 죽음을 불가사의한 태평함에 드는 것으로 받아들이는 고양이에게서 작가의 허무주의적인 태도가 번뜩인다.

나쓰메 소세키 연보

1867년 0세

2월 9일(음력 1월 5일) 현재의 도쿄 신주쿠(구 에도(江戶) 우시고메바바시타(牛込馬場下))에서 출생. 나쓰메 나오카쓰(夏目直克)와 후처 나쓰메 지에(夏目千枝) 사이에서 5남 3녀 중 막내로 태어남. 본명은 나쓰메 긴노스케(夏目金之助). 태어나자마자 요쓰야(四谷)의 만물상에 양자로 보내졌다가 곧 돌아옴.

1868년 1세

11월, 요쓰야의 시오바라 쇼노스케(鹽原昌之助)와 시오바라 야스(鹽原やす) 부부에게 다시 입양됨.

1870년 3세

천연두에 걸려 얼굴에 흉터가 약간 생김. 흉터는 평생 고민거리가 됨.

1872년 5세

시오바라가의 장남으로 호적에 오름.

1874년 7세

4월, 양부모의 불화로 양모와 함께 잠시 친가로 감.

11월, 아사쿠사(淺草)의 도다 소학교에 입학.

1876년 9세

양아버지가 아사쿠사의 동장에서 면직되어, 소세키는 시오바라가에
적을 둔 채 생가로 돌아옴.

5월, 이치가야(市ヶ谷) 소학교로 전학.

1878년 11세

2월, 친구들과 만든 잡지에 「마사시게론(正成論)」을 발표.

4월, 이치가야 소학교 졸업. 긴카(錦華) 학교 소학심상과(小學尋常科)
　　로 전학하고 11월에 졸업.

1879년 12세

3월, 간다(神田)의 도쿄 부립 제1중학교에 입학.

1881년 14세

1월 21일, 생모 나쓰메 지에 사망.

봄에 도쿄 부립 제1중학교 중퇴.

4월경, 한학을 전문으로 가르치는 니쇼(二松) 학사로 전학.

1882년 15세

봄에 니쇼 학사 중퇴.

1883년 16세

봄에 도쿄 대학 예비문(현재의 도쿄 대학 전신 중 하나) 시험 준비를 위해 세이리쓰(成立) 학사에 입학.

1884년 17세

9월, 도쿄 대학 예비문 예과에 입학. 입학 직후 맹장염을 앓음.

1885년 18세

9월, 도쿄 대학 예비문 예과 3급으로 진급.

1886년 19세

7월, 복막염 때문에 학년 말 시험을 치르지 못하고 낙제.
9월, 에토(江東) 의숙 교사가 되어 의숙 기숙사에서 제1고등중학교(도쿄 대학 예비문의 후신)에 다님.

1887년 20세

3월에 맏형이, 6월에 둘째 형이 폐결핵으로 사망.
9월, 제1고등중학교 예과에 진급. 이 시기에 과민성 결막염을 앓음.

1888년 21세

1월, 성을 시오바라에서 나쓰메로 복적.

9월, 제1고등중학교 본과에 진학해서 영문학을 전공.

1889년 22세

1월부터 마사오카 시키(正岡子規)와 친해짐.

5월, 시키의 한시 문집인 『나나쿠사슈(七草集)』에 대해 한문으로 평을 씀. 9편의 칠언절구를 덧붙이면서 처음으로 '소세키'라는 호를 사용.

9월, 한문체의 기행문집 『보쿠세쓰로쿠(木屑錄)』 탈고.

1890년 23세

7월, 제1고등중학교 본과 졸업.

9월, 도쿄제국대학 영문학과 입학. 문부성 대비생(貸費生)이 됨.

1891년 24세

7월, 문부성 특대생이 됨. 셋째 형의 부인 도세(登世)가 입덧 때문에 죽자 큰 충격을 받음. 딕슨 교수의 부탁으로 『호조키(方丈記)』를 영역.

1892년 25세

4월 5일, 병역을 피할 목적으로 친가로부터 분가하여 본적을 홋카이도(北海道)로 옮김.

5월, 도쿄 전문학교(현재의 와세다 대학)의 강사가 됨.

8월, 마사오카 시키가 그의 고향인 시코쿠(四國) 마쓰야마(松山)에서 요양 중일 때 방문하여 다카하마 교시(高浜虛子)를 처음 만남.

1893년 26세

7월, 도쿄제국대학을 졸업하고 대학원에 진학.

10월, 도쿄 고등사범학교의 영어 촉탁 교사가 됨.

1894년 27세

12월 말~1895년 1월, 폐결핵에 걸려 가마쿠라(鎌倉)의 엔카쿠지(圓覺
寺)에서 참선을 하며 치료에 임함. 일본인이 영문학을 한다는 것에
위화감을 느끼며 이즈음 신경쇠약 증세가 심해짐.

1895년 28세

4월, 시코쿠 에히메(愛媛) 현에 있는 보통중학교에 부임(월급 80엔).

8월~10월, 시키가 마쓰야마로 돌아와 소세키의 하숙집에서 함께 생
활. 하이쿠에 열중하며 많은 가작(佳作)을 남김. 이곳에서의 경험은
『도련님(坊っちゃん)』의 소재가 됨.

12월, 귀족원 서기관장(현재의 참의원 사무총장) 나카네 시게카즈(中根
重一)의 장녀 나카네 교코(中根鏡子)와 맞선을 보고 약혼.

1896년 29세

4월, 구마모토(熊本)의 제5고등학교 강사로 부임(월급 100엔).

6월 9일, 나카네 교코와 결혼. 구마모토에서 신혼 생활을 시작.

7월, 제5고등학교의 교수가 됨.

1897년 30세

4월, 교사를 그만두고 문학에 전념하고 싶다는 뜻을 시키에게 편지로
알림.

6월 29일, 아버지 나쓰메 나오카쓰 사망.

7월, 교코와 함께 도쿄로 감. 구마모토에서 도쿄까지의 장거리 여행이 원인이 되어 교코가 유산.

12월, 오아마(小天) 온천을 여행하며 『풀베개(草枕)』의 소재를 얻음.

1898년 31세

6월, 제5고등학교 학생으로 문하생이 된 데라다 도라히코(寺田寅彦) 등에게 하이쿠를 지도. 도라히코는 『나는 고양이로소이다(吾輩は猫である)』에 나오는 이학사 간게쓰의 모델로 알려짐.

7월, 교코가 히스테리 증세를 보이며 구마모토 현의 자택 가까이에 흐르는 시라카와(白川)의 이가와부치(井川淵) 하천에 뛰어들어 자살을 기도했지만 근처에 있던 어부가 구함.

1899년 32세

5월, 맏딸 후데코(筆子)가 태어남.

6월, 영어과 주임이 됨.

9월, 구마모토 주위에 있는 아소(阿蘇) 산을 여행하며 『이백십일(二百十日)』의 소재를 얻음.

1900년 33세

6월, 문부성으로부터 영문학 연구를 위해 2년 동안 영국 유학을 다녀오라는 명을 받음(유학비 연 1,800엔).

9월 8일, 요코하마에서 출항.

10월 28일, 런던 도착.

1월 26일, 둘째 딸 쓰네코(恒子)가 태어남.

5~6월 화학자 이케다 기쿠나에(池田菊苗)가 런던을 방문해서 함께 하숙. 이케다의 영향으로 『문학론』 구상을 결심하고 귀국할 때까지 저술에 몰두.

7월, 신경쇠약 재발.

1902년 35세

3월, 장인 나카네 시게카즈에게 편지를 보내 영일동맹 체결에 들뜬 일본인들을 비판하고 대규모 저술 구상을 언급.

9월, 신경쇠약이 극도로 악화되고, 일본에도 나쓰메 소세키의 증세가 전해짐. 문부성은 독일 유학생 후지시로 데이스케(藤代禎輔)에게 소세키를 데리고 귀국하도록 지시.

11월, 마사오카 시키가 7년 동안 앓던 결핵으로 사망했다는 소식을 다카하마 교시의 편지를 받고 알게 됨.

12월 5일, 일본 우편선에 승선해서 귀국길에 오름.

1903년 36세

1월 24일, 도쿄 도착.

3월, 도쿄 혼고(本鄕) 구(현재의 분쿄 구) 센다기(千駄木)로 이사.

4월, 제1고등학교 강사가 됨(연봉 700엔). 또한 도쿄제국대학 영문과 교수를 겸함(연봉 800엔).

9월, 제1고등학교의 제자인 후지무라 미사오(藤村操)가 게곤(華嚴) 폭포에 몸을 던져 자살하는 사건이 발생. 다시 신경쇠약이 악화됨. 교코와 불화가 심해져 임신 중인 부인을 친정으로 보내고 별거.

10월, 셋째 딸 에이코(榮子)가 태어남.

1904년 37세

2월, 러일전쟁 발발.

7월, 어린 고양이 한 마리가 집에 들어오고, 교코가 귀여워함.

9월, 메이지(明治) 대학 고등예과 강사를 겸함(월급 30엔).

12월, 당시《호토토기스(ホトトギス)》를 주재하고 있던 다카하마 교시
　　로부터 작품 집필을 권유받고, 『나는 고양이로소이다』 1장을 문학
　　모임에서 낭독.

1905년 38세

1월~1906년 8월, 『나는 고양이로소이다』를《호토토기스》에 발표.
　　1회분으로 끝날 예정이었지만 호평을 받아 11회에 걸쳐 장편으로
　　연재. 이때부터 작가로 살아갈 뜻을 굳힘.

1월, 「런던탑(倫敦塔)」을《데이코쿠분가쿠(帝國文學)》에, 「칼라일 박
　　물관(カーライル博物館)」을《가쿠토(學燈)》에 발표.

4월, 「환영의 방패(幻影の盾)」를《호토토기스》에 발표.

5월, 「고토노소라네(琴のそら音)」를《시치닌(七人)》에 발표.

9월, 「하룻밤(一夜)」을《주오코론(中央公論)》에 발표.

11월, 「해로행(薤露行)」을《주오코론》에 발표.

12월 14일, 넷째 딸 아이코(愛子)가 태어남.

1906년 39세

1월, 「취미의 유전(趣味の遺伝)」을 《데이코쿠분가쿠》에 발표.

4월, 『도련님』을 《호토토기스》에 발표.

9월, 『풀베개』를 《신쇼세쓰(新小說)》에 발표.

10월, 『이백십일』을 《주오코론》에 발표. 평소에 그의 자택에 출입이 잦은 문하생들의 방문을 매주 목요일 오후 3시 이후로 정해서 '목요회'라고 불리게 됨.

11월, 요미우리(讀賣) 신문사에서 입사 의뢰가 왔으나 거절.

1907년 40세

1월, 『태풍(野分)』을 《호토토기스》에 발표.

4월, 제1고등학교와 도쿄제국대학 강사를 사직. 아사히(朝日) 신문사에 소설을 쓰는 전속작가로 입사.

5월, 『문학론』(大倉書店) 출간.

6월 5일, 장남 준이치(純一)가 태어남.

9월, 도쿄 우시고메 구 와세다미나미초(早稻田南町)로 이사. 이후 죽을 때까지 소세키 산방(漱石山房)이라고 불린 이 집에서 거주.

6~10월, 『우미인초(虞美人草)』를 《아사히 신문》에 연재.

1908년 41세

1~4월, 『갱부(坑夫)』 연재.

6월, 「문조(文鳥)」 연재(오사카 《아사히 신문》).

7~8월, 「열흘 밤의 꿈(夢十夜)」 발표.

9~12월, 『산시로(三四郞)』 연재.

12월 16일, 차남 신로쿠(伸六)가 태어남.

636

1909년 42세

1~3월, 「긴 봄날의 소품(永日小品)」 연재.

3월, 『문학평론』(春陽堂) 출간.

6~10월, 『그 후(それから)』 연재.

9월, 남만주철도주식회사 총재인 친구 나카무라 제코의 초대로 만주
와 한국을 여행. 이때 신의주, 평양, 서울, 인천, 부산을 방문함.

10~12월, 기행문 『만한 이곳저곳(滿韓ところどころ)』 연재.

11월, '아사히 문예란'을 새로 만들고 주재함. 위경련으로 고통받음.

1910년 43세

3월 2일, 다섯째 딸 히나코(ひな子)가 태어남.

3~6월, 『문(門)』 연재.

6~7월, 위궤양 때문에 나가요(長与) 위장병원에 입원.

8월, 슈젠지(修善寺) 온천에서 다량의 피를 토하고 위독한 상태에 빠
짐. 이를 '슈젠지의 대환'이라 부름.

10월~1911년 3월, 슈젠지의 체험을 바탕으로 『생각나는 일들(思い出
す事など)』을 32회에 걸쳐 연재.

1911년 44세

2월, 위궤양으로 입원 중에 문부성으로부터 문학박사 학위 수여를 통
지받지만 거절함.

8월, 오사카 《아사히 신문》의 의뢰로 간사이(關西) 지방에서 순회 강
연을 함.

10월, '아사히 문예란'이 폐지됨. 아사히 신문사에 사표를 내지만 반

려됨. 다섯째 딸 히나코가 급사함.

1~4월, 『춘분 지나고까지(彼岸過迄)』 연재. 신경쇠약과 위궤양이 재발

하여 고통받음.

7월, 메이지 천황 사망. 연호가 다이쇼(大正)로 바뀜.

10월경, 남화풍의 그림을 그림.

12월, 자택에 전화가 들어옴.

12월~1913년 11월, 『행인(行人)』 연재.

4월, 위궤양이 재발하고 신경쇠약이 심해져 『행인』 연재 중단(9월부터

재개).

4~8월, 『마음(こころ)』 연재.

11월, '나의 개인주의'라는 주제로 가쿠슈인(學習院)에서 강연함.

1월, 제자 데라다 도라히코에게 보낸 연하장에 금년에 죽을지도 모른

다고 씀.

1~2월, 『유리문 안에서(硝子戸の中)』 연재.

3~4월, 교토(京都) 여행. 위통으로 쓰러짐.

6~9월, 『한눈팔기(道草)』 연재.

12월, 아쿠타가와 류노스케(芥川龍之介), 구메 마사오(久米正雄)가 처음으로 목요회에 참가. 이들은 마지막 문하생이 됨.

1916년 49세

1월, 「점두록(點頭錄)」 연재.

2월, 아쿠타가와 류노스케에게 보낸 편지에서 그의 작품 『코(鼻)』를 격찬함.

4월, 당뇨병 진단을 받고 치료에 들어감.

5~12월, 『명암(明暗)』 연재.

8월, 오전에는 소설을 쓰고 오후에는 한시를 쓰고 그림을 그림.

11월 초, 목요회에서 만년의 사상으로 알려진 칙천거사(則天去私)에 대해 처음 언급함.

11월 16일, 마지막 목요회가 열리고 모리타 소헤이, 아베 요시시게, 아쿠타가와 류노스케, 구메 마사오 등이 출석함.

11월 21일, 위궤양 악화로 쓰러짐.

12월 2일, 내출혈로 다시 위독한 상태에 빠짐.

12월 9일 오후 6시 45분 사망.

12월 14일, 도쿄 《아사히 신문》에 연재되던 『명암』이 제188회를 마지막으로 연재 중단됨.

장례식 접수는 아쿠타가와 류노스케가 담당했으며 모리 오가이를 비롯한 많은 명사들이 조문함.

12월 28일, 도쿄 도시마(豊島) 구에 있는 조시가야(雜司ヶ谷) 묘원에 안장됨. 조시가야 묘원은 『마음』의 주인공 K가 자살 후 묻힌 장소임.

■ 『나는 고양이로소이다』 번역을 마치고

『나는 고양이로소이다』, 진지하게 읽지 마시라. 그랬다가는 메이테이 선생에게 늘 당하고 마는 구샤미 선생 꼴이 나기 십상이니. 그냥 힘 빼고 즐기시라. 코믹소설, 뭐 그런 거라 생각하시라. 이러저러한 걸 풍자한 것 아니겠나, 하며 의미 맞추기에 골머리를 앓다가는 고양이한 테도 무시당할 터. 그러다 보면 웃어넘기지만은 못할 여운이 묵직하게 그림자를 드리울 것이다.

키득거리며 읽다가, 이걸 읽는 독자를 상상하며 소세키는 또 얼마나 키득거렸을까. 이건 독자를 위해 쓴 게 아니라 스스로 즐긴 게 아닐까. 점잖은 체면에 이런 글을 쓸 수 있다니, 얼마나 통쾌했을까.

고양이가 독자에게 전한 말을 그대로 옮긴다.

대체로 내가 쓴 것은 입에서 나오는 대로 적당히 쓴 것이라 생각하는 독자도 있을지 모르지만, 나는 결코 그렇게 경솔한 고양이가 아니다. 한 글자 한 구절 안에 우주의 오묘한 이치를 담은 것은 물론이고, 그 한 글자 한 구절이 층층이 연속되면 수미가 상응하고 전후가 호응하여, 자질구레 한 이야기라 여기며 무심코 읽었던 것이 홀연 표변하여 예사롭지 않은 법 어(法語)가 되니, 아무렇게나 누워서 읽거나 발을 뻗고 한꺼번에 다섯 줄 씩 읽는 무례는 결코 범해서는 안 된다. 당나라의 문인 유종원(柳宗元)은 한유(韓愈)의 글을 읽을 때마다 장미수로 손을 씻었다고 한 만큼, 나의 글 에 대해서는 적어도 자기 돈으로 잡지를 사와 읽어야지 친구가 읽다 만 것으로 임시변통하는 무례만은 범하지 않기를 바란다. (402쪽)

나쓰메 소세키, 욕심난다, 번역할 수 있어 영광이고.

그런데 그와 우리 사이의 100년은 어디로 갔을까.

옮긴이 **송태욱**

연세대학교 국문과를 졸업하고 같은 대학 대학원에서 문학박사 학위를 받았다. 도쿄외국어대학원 연구원을 지냈으며, 현재 대학에서 강의하며 전문번역가로 활동하고 있다.

지은 책으로 『르네상스인 김승옥』(공저)이 있고, 옮긴 책으로 『사랑의 갈증』, 『세설』, 『만년』, 『환상의 빛』, 『형태의 탄생』, 『책으로 찾아가는 유토피아』, 『일본 정신의 기원』, 『트랜스크리틱』, 『소리의 자본주의』, 『포스트콜로니얼』, 『천천히 읽기를 권함』, 『번역과 번역가들』, 『연애의 불가능성에 대하여』, 『매혹의 인문학 사전』, 『안도 다다오』, 『빈곤론』, 『해적판 스캔들』, 『오늘의 일본 문학』, 『문명개화와 일본 근대 문학』, 『유럽 근대 문학의 태동』, 『현대 일본 사상』, 『십자군 이야기』(전3권), 『잘라라, 기도하는 그 손을』 등 다수가 있다. 현암사에서 기획한 나쓰메 소세키 소설 전집 번역으로 한국출판문화상 번역상을 수상했다.